MIA JAMES

Ravenwood. Die Schule der Nacht

Buch

Als April Dunne erfährt, dass sie mit ihren Eltern in den Londoner Nobelbezirk Highgate ziehen soll, ist sie alles andere als begeistert – zu wohl fühlte sie sich in ihrem bisherigen Zuhause im schottischen Edinburgh. Tatsächlich lässt sich ihr Leben in Highgate höchst merkwürdig an: Gleich an ihrem ersten Abend in der neuen Stadt wird in dem um die Ecke gelegenen legendären Highgate Cemetery ein bekannter Rocksänger ermordet. Und in ihrer neuen Schule, der Eliteschule Ravenwood mit all den glamourösen Mitschülern, fühlt sich April eher fehl am Platz.
Einziger Lichtblick: der attraktive, unnahbare Gabriel Swift.
Doch Gabriel ist nicht nur unnahbar, sondern auch unergründlich: Als April nach ihrem ersten Schultag einen Spaziergang über den Friedhof macht, wird sie ebenda von einem mysteriösen Wesen verfolgt... und läuft keinem anderen als Gabriel in die Arme, der sie in Sicherheit bringt und sie auffordert, sofort den Friedhof zu verlassen. Am nächsten Morgen erfährt April, dass dort etwa zur selben Zeit eine ihrer Mitschülerinnen durch einen Biss in den Hals getötet wurde.
Im Folgenden verdichten sich die Zeichen, dass hinter der glanzvollen Fassade von Ravenwood etwas nicht mit rechten Dingen zugeht. Was hat es mit den Morden auf sich – und mit dem Wesen, das April angegriffen hat? Wieso war Gabriel genau zu dem Zeitpunkt auf dem Friedhof, als dort der Mord geschah – und weshalb wusste er, dass ihr Gefahr droht?
April weiß, dass es klüger wäre, der Polizei oder zumindest ihren Eltern von den seltsamen Vorkommnissen zu erzählen. Stattdessen macht sie sich selber auf die Suche nach der Lösung des Rätsels. Und gerät dabei in einen abgrundtiefen Strudel von Gefahr und Leidenschaft...

Autorin

Mia James ist in London geboren und aufgewachsen. Wenn sie dort nicht gerade nach Vampiren jagt, Friedhöfe besucht oder durch Covent Garden streift (natürlich nur zu Recherchezwecken, nicht etwa zum Shoppen), sitzt sie schreibend an ihrem alten viktorianischen Schreibtisch, von dem sie den Eindruck hat, dass es dort spuken könnte. Mit »Ravenwood« gibt sie ihr Debüt als Romanautorin. Der zweite Band der Ravenwood-Reihe ist bereits bei Goldmann in Vorbereitung.

Mia James

Ravenwood

Die Schule der Nacht

Roman

Aus dem Englischen
von Anja Galić

GOLDMANN

Die englische Originalausgabe erschien 2010
unter dem Titel »By Midnight« bei Gollancz,
an imprint of the Orion Publishing Group, London.

Verlagsgruppe Random House FSC-DEU-0100
Das FSC®-zertifizierte Papier *Super Snowbright* für dieses Buch
liefert Hellefoss AS, Hokksund, Norwegen.

1. Auflage
Taschenbuchausgabe September 2012
Copyright © der Originalausgabe 2010 by Mia James
All rights reserved.
Copyright © der deutschsprachigen Ausgabe 2012
by Wilhelm Goldmann Verlag, München,
in der Verlagsgruppe Random House GmbH
Umschlaggestaltung: UNO Werbeagentur, München
Umschlagmotiv: FinePic; Getty Images/Milk & Honey Creative
Satz: Uhl + Massopust, Aalen
Druck und Bindung: GGP Media GmbH, Pößneck
Redaktion: Carola Henke
Th · Herstellung: Str.
Printed in Germany
ISBN 978-3-442-47771-5

www.goldmann-verlag.de

Für Fin

Prolog

SPITALFIELDS, EAST LONDON, 1887

Sie würde sterben. Er konnte spüren, wie ihr Leben zwischen seinen Fingern zerrann. Er hatte die Anzeichen nicht wahrhaben wollen, hatte versucht, sich einzureden, ihre fast schon durchscheinende Blässe rühre nur von der Kälte der Nacht her. Doch als er nun im Schein der Gaslaterne stehen blieb, sah er die tiefen Schatten unter ihren Augen und das dunkel schimmernde Blut auf ihren Lippen. Er brauchte kein Arzt zu sein, um zu wissen, was das bedeutete. Zu oft schon hatte er es gesehen. Sie glühte am ganzen Körper, und auf ihrem zarten Hals zeichneten sich dunkle Flecken ab. Der Tod hatte seine Male auf ihr hinterlassen – es war nur noch eine Frage der Zeit, bis er sie sich holen würde.

»Es tut mir leid.« Sie rang nach Atem. »Ich brauche nur eine kleine Rast, dann wird es mir gleich besser gehen.«

»Natürlich«, sagte er und legte sie behutsam auf den Stufen eines Hauseingangs nieder. »Ruh dich aus, so lange du willst.«

Auf dem hübschen Gesicht des jungen Mannes lag ein schmerzerfüllter Ausdruck. *Sie ist so wunderschön, selbst jetzt noch*, dachte er verzweifelt. *Wie kann Gott zulassen, dass sie mir genommen wird?* Plötzlich hob er den Kopf und ließ den Blick seiner blauen Augen unruhig durch das nebelverhangene Dunkel der hinter ihnen liegenden Gasse schweifen. Seine Nasenflügel blähten sich witternd, obwohl der faulige Gestank, der über den Straßen Londons lag, alle anderen Gerüche übertünchte.

»Sie kommen«, flüsterte er kaum hörbar. »Hier können wir nicht bleiben.«

Das Mädchen stöhnte leise auf, als er sich bückte und sie in seine starken Arme nahm. Hastig sah er sich nach allen Seiten um, dann beschleunigte er seine Schritte und eilte mit wehendem Umhang durch die Nacht. Als er von der schmalen Gasse in eine breitere Straße einbog, glitt er auf dem feuchten Kopfsteinpflaster aus und wäre fast gestürzt. Trotz der späten Stunde herrschte im Viertel noch einige Betriebsamkeit, und ein winziger Hoffnungsschimmer stahl sich in sein Herz, als er die hohe graue, sich dem Mond entgegenreckende Kirchturmspitze erblickte. Wenn er die Kirche erreichen könnte, wäre vielleicht doch noch nicht alles verloren. Gott konnte ihn nicht im Stich lassen. Das Mädchen in seinen Armen eng an die Brust gedrückt, stürzte er über die Straße, wich einem Fuhrwerk aus, ohne auf den fluchenden Kutscher zu achten, und stürmte die Stufen zum Portal der Kirche hinauf.

»Öffnet die Tür!«, rief er und hämmerte mit der Faust gegen das massive Eichenholz. »Lasst uns hinein, um Himmels willen!«

Das Mädchen noch immer fest in den Armen haltend, wandte er den Kopf und blickte über die Straße. In der Dunkelheit war nichts zu erkennen, doch er wusste, dass sie bald da sein würden. Nichts würde sie davon abhalten, mit spitzen Klauen und gebleckten Zähnen ihre Beute einzufordern.

»Im Namen Gottes, so helft uns doch!«, flehte er verzweifelt und schlug erneut gegen die Tür.

»Was wisst Ihr schon von Gott?«, fragte eine Stimme. Knarrend öffnete sich die Tür einen Spaltbreit, und der schwarze Lauf einer Pistole wurde sichtbar. »Schert Euch fort, Teufelsbrut. Ich weiß, was Ihr seid.«

Der junge Mann richtete seinen flammenden Blick auf die Tür. »Nicht für mich bitte ich um Zuflucht«, sagte er. »Sondern für sie.« Er hob das Mädchen ins Licht. Das kleine silberne Kreuz an der Kette um ihren Hals leuchtete matt auf.

Einen Moment herrschte Stille, schließlich verschwand die Pistole.

»Dann bringt sie herein. Rasch.«

Der Geistliche wirkte für einen Mann seines Standes noch recht jung. Er ging zwar gebeugt, und sein Gesicht war von tiefen Falten durchzogen, doch sein Haar war noch nicht vollständig ergraut. Während der junge Mann zusah, wie der Priester die Tür verriegelte, stellte er fest, dass ihm der gleiche Geruch des Todes anhaftete wie dem Mädchen.

»Hier entlang«, sagte der Geistliche und hielt seinen Leuchter hoch, um ihnen den Weg zu weisen. Er öffnete eine Tür, die in einen kleinen, aber behaglichen und von Kerzen erhellten Raum führte, in dem ein kleines Kaminfeuer brannte. »Hier, legt sie auf die Pritsche.«

Als das Mädchen lag, drehte der Priester seine Petroleumlampe auf und hielt sie dicht an ihr Gesicht. In dem harten Licht wirkte ihre Haut aschfahl, ihre Lippen schimmerten bläulich, und auf ihrer Stirn hatten sich Schweißperlen gebildet. Er schüttelte den Kopf. »Es gibt nichts, was wir noch tun können.«

Der junge Mann griff nach dem Arm des Priesters, umklammerte ihn verzweifelt. »Aber es muss doch etwas geben – ein Gebet oder eine Beschwörungsformel? Bitte!«, flehte er.

Der Geistliche entzog sich dem Griff und breitete hilflos die Hände aus. »Es ist zu spät. Nun kann nur noch Gott ihr helfen.«

Der junge Mann sah ihn an, in seinem Blick glomm wilde Entschlossenheit. »Dann muss ich es tun.«

Die Augen des Priesters weiteten sich entsetzt. »Nein. Nein! Ich flehe Euch an!«

»Ich habe keine andere Wahl«, sagte der junge Mann finster. »Ich habe versucht, sie zu retten, sie von diesen Dämonen fortzubringen. Aber sie stirbt. Sie *stirbt*!«

»Hol Euch der Teufel!«, rief der Priester. »Das ist ein Haus Gottes.«

Der junge Mann stieß den Priester aus dem Raum. »Dann geht und betet für uns«, zischte er.

Er verriegelte die Tür und kniete sich neben die Pritsche. Sanft strich er dem Mädchen die feuchten Haare aus dem fiebrigen Gesicht. In ihrer Kehle gurgelte das Blut, und ihre Lider schlossen und öffneten sich flatternd.

»Die Zeit ist gekommen, Lily. Die Zeit ist gekommen«, murmelte er und fuhr ihr zärtlich über den blassen Hals. »Von nun an werden wir für immer zusammen sein.«

Er beugte sich über sie, die Lippen wie zu einem Kuss geöffnet. Das Gesicht schmerzerfüllt und dennoch entschlossen, drehte das Mädchen ihm den Kopf zu.

»Nein«, wisperte sie. »Ich kann nicht. Ich *will* nicht.« Eine Träne rann über ihre Wange.

»Aber es ist der einzige Weg, der uns noch bleibt«, drängte er. »Vereine dich mit mir, und du wirst geheilt sein. Ich ertrage es nicht, dich zu verlieren.«

Sie lächelte schwach, die Zähne von Blut befleckt. »Was wir haben, ist etwas ganz Besonderes, mein Liebster«, antwortete sie. Ihr Blick war klar und bestimmt. »Zerstöre es nicht durch diese Sünde.«

»Was ich getan habe, habe ich für uns getan«, sagte er sanft.

»Aber wenn du dies tust, wenn du noch einen Menschen tötest, wird Gott dir niemals verzeihen, und du wirst für immer verloren sein.« Sie sah die widerstreitenden Gefühle in seinem Gesicht und versuchte zu lächeln. »Wir werden wieder zusammen sein, ich verspreche es dir«, sagte sie.

Das Geräusch splitternden Holzes hallte vom Vordereingang der Kirche in die kleine Kammer.

»Sie sind hier.«

»Nicht«, sagte sie und umklammerte seine Faust. »Du bist nicht wie sie. Versprich mir, dass du stark bleiben wirst.«

Er nickte traurig. »Ich verspreche es. Nur derjenige, der mich zu dem gemacht hat, was ich bin – er wird dafür bezahlen.«

»Dann wirst du frei sein?«

»Ja, mein Herz. Und wir werden für immer vereint sein.«

Auf einmal wurde sie von einem heftigen Hustenanfall geschüttelt.

»Sei unbesorgt, unsere Liebe wird fortdauern«, stieß sie keuchend hervor. »Ich werde wieder bei dir sein.«

Ihr Brustkorb zuckte nach oben, einmal, zweimal, dann versteiften sich ihre Glieder. Ihre Lider zitterten, und ihre Lippen öffneten sich.

»Ich liebe dich«, hauchte sie, bevor ihre Augen sich für immer schlossen.

»Neeeiiin!« Er riss ihren leblosen Körper an sich, presste ihren Kopf an seine Brust. »NEIN!«

Einen Augenblick lang verharrte er so, weinte in ihr Haar, dann stand er langsam auf. Von draußen drangen dumpfe Schläge und erneut das Geräusch von splitterndem Holz zu ihm. Mit einem letzten Blick auf die Pritsche warf er seinen Umhang ab und öffnete die Tür.

Teil eins

Erstes Kapitel

NORDLONDON, HEUTE

Der Fuchs war das Erste, was sie sah. Als sie durch den strömenden Regen, der auf die Windschutzscheibe prasselte, zum Kirchturm hinaufspähte, bemerkte sie die kupferne Wetterfahne, die sich im Wind drehte. Obwohl der Turm bestimmt dreißig Meter hoch war, bildete April sich ein, das rostige Quietschen zu hören, während das Tier unaufhörlich im Kreis herumwirbelte, als würde es seinem eigenen Schwanz nachjagen.

»Wie kommt jemand bloß auf die Idee, einen Fuchs als Wetterfahne auf eine Kirchturmspitze zu setzen?«, brummte sie. »Besonders religiös ist das ja nicht.«

»Hmmm? Was hast du gesagt, Schatz?« Ihr Vater blickte kurz von der nassen Fahrbahn auf und sah sie im Rückspiegel fragend an.

»Nicht so wichtig.« Seufzend knabberte sie am Nagel ihres Zeigefingers, der an der Seite leicht eingerissen war. Das Letzte, worauf sie jetzt Lust hatte, war einer der »faszinierenden« Vorträge ihres Vaters über die Geschichte englischer Sakralbauten. Nein, das stimmte nicht ganz: Das Letzte, worauf sie Lust hatte, war in diesem winzigen Auto eingequetscht sitzen zu müssen, das sich gerade achthundert Kilometer von zu Hause entfernt den Hügel hinaufkämpfte. Und angesichts der angespannten Stimmung, die während der letzten Hälfte ihrer achtstündigen Fahrt von Schottland hierher zwischen ihrer Mutter und ihrem Vater geherrscht hatte, hatte sie den

Verdacht, dass sie da nicht die Einzige war. Als der Wagen um die Ecke bog, kam auch der Rest der Kirche in Sicht: Sie war wuchtig und grau, hatte hohe Fenster und war vor allem eins: *alt*. April schüttelte frustriert den Kopf. Sie war alt und langweilig, genau wie alles andere, was sie bis jetzt hier gesehen hatte.

»Bist du dir sicher, dass wir richtig sind?«, fragte ihre Mutter und wischte gereizt über das beschlagene Seitenfenster. »Sieht irgendwie mehr nach Lincoln als nach London aus.«

Ausnahmsweise war April einmal mit ihrer Mutter einer Meinung. Sie warf der elegant gekleideten Frau mit den weizenblonden Haaren und den hohen Wangenknochen, die auf dem Beifahrersitz saß, einen kurzen Blick zu. *Wo sind meine Wangenknochen?*, fragte sie sich unglücklich und betrachtete ihr von stumpfbraunen Haaren umrahmtes Gesicht, das sich in der Fensterscheibe spiegelte. »Die bilden sich schon noch heraus«, sagte ihre Mutter immer, »außerdem bist du sehr hübsch, so wie du bist.« *Erzähl das mal den ganzen Jungs, die sich nicht für mich interessieren.*

Während sie im Schritttempo durch die Hauptstraße des Orts fuhren, presste April die Nase gegen die Scheibe und betrachtete die altmodische Apotheke im Fünfzigerjahrestil, die verstaubte Auslage des Juweliergeschäfts und die gebeugt gehenden Rentner – *leben hier etwa nur Rentner?* –, die sich gegen den Wind ankämpfend nach Hause schleppten oder wohin auch immer alte Leute an einem Sonntagabend unterwegs waren.

»Ich finde, es sieht … trostlos aus«, sagte April.

»Keine Sorge, es regnet ja nicht ständig.« Ihr Vater warf ihr im Rückspiegel ein aufmunterndes Lächeln zu.

»Alles halb so wild, Liebes«, sagte ihre Mutter, während sie ihre Chanel-Puderdose aufklappte und sich in dem kleinen Spiegel die Lippen nachzog. »In den Sommerferien kannst du alle deine Freunde wiedersehen. Freu dich doch – wir wohnen hier nur ein paar U-Bahn-Stationen vom Piccadilly Circus entfernt!«

Elf – um genau zu sein, dachte April finster. Als ihr Vater angekündigt hatte, dass sie nach Highgate in Nordlondon ziehen würden, hatte sie sich die Umgebung auf dem Stadtplan genau angesehen und sämtliche Fluchtwege ausgekundschaftet. Natürlich war ihr klar, dass ihr Vater einen neuen Job brauchte, nachdem er seine Stelle als Redakteur beim *Scotsman* verloren hatte, aber warum mussten sie dazu aus Edinburgh wegziehen, wo sie all ihre Freunde hatte? April war zwar gebürtige Engländerin, hatte aber ihre gesamte Teenagerzeit in Edinburgh verbracht. Zum Süden Englands hatte sie keinerlei Bezug, und diesem düster wirkenden Teil Londons würde sie nicht das Geringste abgewinnen können, da war sie sich jetzt schon sicher. Am meisten ärgerte sie, dass sie gerade erst einen Platz an der Leith School of Art bekommen hatte, einer weiterführenden Schule mit Schwerpunkt Kunst, die in einem superschönen modernen Neubau untergebracht war, an der man keine Schuluniform tragen musste und wo sie sicher haufenweise coole Jungs kennengelernt hätte. Ältere Jungs, die schon eigene Autos hatten und sie nicht als elfjährige Bohnenstange mit Zahnspange gekannt hatten. Tja, daraus würde jetzt nichts werden. April hatte alles versucht, um ihre Eltern dazu zu überreden, ohne sie nach England zu ziehen – sie hätte bei ihrer besten Freundin Fiona oder bei Freunden ihrer Eltern wohnen können, ja, sie hätte sich sogar bereit erklärt, aufs Internat zu gehen –, aber alle ihre Vorschläge waren mit der Begründung abgeschmettert worden, dass sie sie auf gar keinen Fall alleine lassen würden. Stattdessen hatte sie an ihrer alten Schule ausharren müssen, bis alles für den Umzug vorbereitet war, und wurde jetzt in irgendeinen bonzigen Rentnervorort Londons gekarrt, wo sie eine Million Lichtjahre von allem entfernt sein würde, das sie kannte. Und das

Schlimmste war, dass sie mitten im Schuljahr wechseln musste: Ihre Rolle als Außenseiterin war damit sozusagen schon
vorprogrammiert. April zuckte zusammen, als ihre Mutter die
Puderdose zuschnappen ließ und rief: »Da wären wir!«

Ihrer Mutter – *Silvia*, wie April sie in Gedanken nannte, um
wenigstens für sich so tun zu können, als wäre sie in Wirklichkeit gar nicht ihre Mutter – hatte es zwar gefallen, dass
ihr Mann in Edinburgh in den besten Kreisen verkehrt hatte und sie beide dadurch ständig auf elegante Dinnerpartys
eingeladen worden waren, aber die Stadt Edinburgh selbst mit
ihren düsteren Granitbauten und dem rauen Klima hatte sie
immer gehasst. Sie war in den Londoner Stadtteilen Belgra-
via und Covent Garden aufgewachsen und behauptete gern
scherzhaft, sie würde sofort Nasenbluten bekommen, sobald
sie sich nördlicher als Hampstead von der Hauptstadt entfernte. Aber sosehr sie auch darunter gelitten hatte, in der Provinz festsitzen zu müssen, der plötzliche Statusverlust ihres
Mannes machte ihr noch viel schwerer zu schaffen. Seit er ihr
mitgeteilt hatte, dass er seinen Redakteursposten verlieren
würde, aber bereits eine neue Stelle bei der Lokalzeitung von
Hampstead in Aussicht hätte, hatte sie ihm das Leben schwer
gemacht. Oder besser gesagt: *noch* schwerer als sonst. April
konnte sich nicht erinnern, dass es je eine Zeit gegeben hätte,
in der ihre Mutter ihrem Vater nicht die Hölle heißgemacht
hatte. Aber diesmal war es besonders schlimm. In den Augen
ihrer Mutter war der neue Job ihres Mannes ein »gravierender
Rückschritt« und »völlig unter seiner Würde«. Silvia war der
Meinung, er hätte zumindest versuchen sollen, sich für einen
Redakteursposten bei einer der renommierten überregionalen
Zeitungen wie dem *Telegraph* oder der *Times* zu bewerben.
»Soll ich den Leuten vielleicht erzählen, dass du deine Tage
damit verbringst, über die Wohltätigkeitsbälle irgendwelcher
Kleingärtnerverbände zu berichten?«, hatte sie ihm bei einem

ihrer vielen Streits verächtlich an den Kopf geworfen. Dabei hatte April eigentlich gehofft, dass der Umzug nach London – in die pulsierende Großstadt – wenigstens ein Gutes haben und ihre Mutter etwas sanfter stimmen würde.

Natürlich war sie auch enttäuscht gewesen, als ihr Vater seine Stelle verloren hatte. Sie war immer stolz darauf gewesen, dass er Journalist war, während die Eltern ihrer Freunde alle langweilige Jobs in der IT- oder Finanzbranche hatten. Außerdem hatte sein Beruf einige Vergünstigungen mit sich gebracht: kostenlose Rezensionsexemplare von Büchern und Karten für Konzerte im Playhouse oder Pressevorführungen von Filmen, die noch nicht angelaufen waren. Die befreundeten Kollegen ihres Vaters aus der Kulturredaktion hatten die Einladungen immer gerne an ihn weitergereicht. Dass über den Artikeln, die er für den *Scotsman* geschrieben hatte, neben seinem Namen auch immer ein Foto abgebildet gewesen war, hatte bedeutet, dass William Dunne *jemand* war, was April wiederum davor bewahrt hatte, ein *Niemand* zu sein.

Ihr Vater bog schwungvoll auf einen großen Platz ein, in dessen Zentrum eine Art kleiner Park angelegt war, und parkte vor einem schmalen Wohnhaus im georgianischen Stil mit hellgelb lackierter Tür, das eingequetscht zwischen lauter ähnlich aussehenden Häusern stand. *Na toll*, dachte April.

»Was ist?«, fragte ihr Vater, als weder seine Frau noch seine Tochter Anstalten machten, aus dem Wagen zu steigen. »Wir haben fast den ganzen Tag im Auto gesessen – wollt ihr denn nicht reingehen?«

Sie rissen die Wagentüren auf und hasteten durch den strömenden Regen die gepflasterte Einfahrt hinauf. Der Wind zerrte an ihren Haaren und Mänteln, während sie dicht zusammengedrängt auf dem kleinen überdachten Treppenabsatz warteten, bis Aprils Vater endlich den richtigen Schlüssel gefunden hatte und sie ins Haus konnten.

Drinnen erwartete sie ein enger, düsterer Flur mit einer langen Treppe, die steil nach oben führte. Das Haus war stockdunkel, roch muffig und war ziemlich … unheimlich.

»Na, was sagt ihr? Ist doch nett hier, oder?« William Dunne rang sich ein Lächeln ab und stupste seine Tochter in die Seite. »Richtig *heimelig*, was?«

Aprils Mutter rümpfte die Nase. »Wenn ich Tilda zwischen die Finger bekomme …«, fauchte sie.

Aprils Vater warf seiner Tochter einen verstohlenen Blick zu und tat so, als würde er vor Angst erschauern, was ihre Laune kurzzeitig etwas hob. Tilda war eine von Silvia Dunnes besten Freundinnen, eine eingebildete Society-Schnepfe, mit der sie als Schülerin eines noblen Mädcheninternats in den Achtzigern das Zimmer geteilt hatte. Mittlerweile war Tilda für ein angesehenes Immobilienbüro als Maklerin tätig und hatte den Dunnes den nach ihren eigenen Worten »einmaligen Insidertipp« mit dem Haus gegeben, von dem sie geschworen hatte, es wäre das beste Objekt, das sie in der Gegend jemals gesehen hätte. April hasste Tilda, so wie sie alle Freundinnen von Silvia – allesamt arrogante Zicken – hasste, aber nachdem sie ihnen das angeblich so tolle Haus vermittelt hatte, war sie bereit gewesen, ihre Meinung über sie noch einmal zu überdenken. Als sie jetzt jedoch vorsichtig durch den Flur gingen, war sie sich da nicht mehr so sicher. Die Räume waren düster, und in der Luft hing ein feuchter, leicht modriger Geruch. Selbst als sie das Licht einschalteten, trug das nur wenig dazu bei, die unheimliche Atmosphäre zu verbessern. Das Wohnzimmer war eigentlich groß und hatte eine hohe Decke, trotzdem wirkte es seltsam eng und bedrückend.

»Ich gebe zu, dass Tilda gesagt hat, sie hätte das Haus schon länger nicht mehr von innen gesehen«, setzte Silvia zu einer Erklärung an, obwohl ihr die Enttäuschung deutlich anzumerken war. »Sie hat immer unglaublich viel zu tun.«

»Warum fangt ihr beiden nicht schon mal mit dem Auspacken an? Die Umzugsleute haben die Kartons in die Zimmer gestellt«, sagte Aprils Vater und ging auf den großen Marmorkamin zu. Er war bereits Anfang der Woche hier gewesen, um die Möbelpacker zu beaufsichtigen. »Ich mache uns ein schönes Feuer im Kamin und sorge dafür, dass es ein bisschen gemütlicher wird, während ihr euch im Haus umschaut.«

April wusste, dass ihr Vater versuchte, es von der positiven Seite zu sehen – wie immer. Aber der alles andere als einladende Empfang in ihrem neuen Zuhause hatte ihr Heimweh nach ihren Freunden und ihrem Leben in Edinburgh nur noch verstärkt. Seufzend folgte sie ihrer Mutter durch das Esszimmer in die geräumige Küche im hinteren Teil des Hauses, die im Gegensatz zu den übrigen Räumen wenigstens hell war. Die marmorne Arbeitsplatte und der glänzende rot emaillierte Herd reflektierten helles Neonlicht. Silvia öffnete den riesigen amerikanischen Kühlschrank.

»Wusste ich's doch, dass Tilda mich nicht im Stich lassen würde«, sagte sie triumphierend und zog eine teuer aussehende Flasche Rotwein heraus. »Jetzt brauchen wir nur noch die Gläser ...«, murmelte sie und suchte ungeduldig die Geschirrschränke ab.

»Ich schau mich ein bisschen um, okay?«, sagte April, die genau wusste, dass ihre Mutter ihr sowieso nicht zuhörte. »Vielleicht werfe ich mir ein paar Ecstasy-Pillen ein oder geh in den Keller und lasse mich von einem Axtmörder zerstückeln, in Ordnung?«

Silvia wedelte zerstreut mit der Hand. »Das klingt doch gut, Schatz, mach das.«

Einen Axtmörder fand April zwar nicht, dafür aber jede Menge heruntergewohnte Zimmer und knarrende Treppen. Ihr Vater hatte die Kartons mit ihren Sachen in einen kleinen Raum unterm Dach bringen lassen und sogar das Bett frisch bezogen, auf dem eine Tagesdecke lag, die er offenbar extra neu gekauft hatte. *Wirklich* sehr *heimelig*, dachte sie. Sie stellte sich ans Fenster und blickte missmutig über die Dächer nach draußen in den Regen, dann setzte sie sich im Schneidersitz aufs Bett und rief ihre beste Freundin Fiona an.

»Hi, Fee hier. Bitte nach dem Piepston – blablabla. Ihr wisst schon, was zu tun ist …«, sprang die Mailbox an. April war zwar enttäuscht, sich nicht bei Fiona über ihr neues Zuhause ausheulen zu können, musste jedoch beim Klang ihrer fröhlichen Stimme, die sich immer ein wenig atemlos anhörte, unwillkürlich lächeln. Fiona Donald – »ein altehrwürdiger schottischer Name«, wie sie gern, von Würgegeräuschen begleitet, betonte – hatte sie davor bewahrt durchzudrehen, als sie vor fünf Jahren an die St. Geoffrey's School gekommen und nebeneinandergesetzt worden waren. »Stell dir bloß mal vor, wie schrecklich unser Leben gewesen wäre, wenn sie uns damals nicht in alphabetischer Reihenfolge gesetzt hätten«, hatte Fee noch bei ihrer Abreise nach Highgate gesagt. Ohne diese Laune des Schicksals, die sie zusammengeführt hatte, hätten sie womöglich nie festgestellt, dass sie beide eine Schwäche für seichten Mainstream-Pop hatten und sich überhaupt in jeder Beziehung bestens verstanden. Von da an hatten sie sich in allen Lebenslagen unterstützt, ob es nun missglückte Haarfärbeexperimente oder unglückliche, zum Scheitern verurteilte Schwärmereien für irgendwelche Jungs waren. April konnte sich ein Leben ohne ihre beste Freundin gar nicht vorstellen. Aber von jetzt an würde sie alleine klarkommen müssen.

»Hey, Süße«, hinterließ sie ihr eine Nachricht auf der Mailbox. »Sind grade angekommen. Es gießt in Strömen, und ich bin hier anscheinend im Rentnerparadies gelandet. Das bringt es wohl so ungefähr auf den Punkt. Meld dich bitte, sobald du kannst, ja? Ich brauch dringend ein bisschen Aufmunterung!«

Sie klappte das Handy zu, legte sich aufs Bett und starrte an die Decke. Von unten drangen zornige Stimmen zu ihr herauf – mal ganz was Neues. »Warum hast du sein Angebot nicht angenommen?«, rief ihre Mutter gerade. »Er versucht doch nur, uns zu helfen.« Woraufhin ihr Vater entgegnete: »Herrgott, Silvia! Ist es vielleicht ein Verbrechen, dass ich selbst für meine Familie sorgen will?«

April wusste genau, worum es bei der Auseinandersetzung ging. Morgen würde ihr erster Schultag an der Ravenwood School sein. Man hatte ihr noch nicht einmal einen einzigen freien Tag zugestanden, um ihre Sachen auszupacken und sich ein bisschen in der neuen Umgebung einzugewöhnen. Das wenige, was sie über ihre neue Schule wusste, hörte sich nicht besonders vielversprechend an. Die Schüler waren anscheinend alle entweder junge Genies und Nachwuchswissenschaftler oder Sprösslinge aus den wohlhabendsten Familien Londons, die dort aufgenommen worden waren, weil sie entweder ihr ganzes Leben lang von Nachhilfelehrern gefördert worden waren oder weil ihre Daddys tief in ihre Brieftaschen gegriffen hatten. April vermutete, dass sie selbst nur deswegen an der Schule aufgenommen worden war, weil ihr Vater seine Beziehungen hatte spielen lassen. Das allein hätte schon gereicht, um sie einzuschüchtern, aber der Anblick des Schulgebäudes, an dem sie vorhin auf dem Weg hierher vorbeigefahren waren, hatte ihr auch noch den letzten Rest von Mut genommen. Das riesige düstere Ungetüm im neogotischen Stil, das am Rande von Hampstead Heath lag, war vor ein paar hundert Jahren wohl einmal ein bedeutendes Herrenhaus gewesen und sah so gruselig aus, als würde es noch immer von seinen ursprünglichen Besitzern heimgesucht. Dabei war es noch nicht einmal die unheimliche Atmosphäre, die April zu schaffen machte, sondern die Schüler. Sie konnte sich lebhaft vorstellen, wie ihr erster Schultag morgen ablaufen würde: Während alle anderen in Ferraris abgesetzt werden würden, würde sie in ihren Turnschuhen angetrottet kommen. Genau das war das Problem und der Grund für den Streit eine Etage tiefer: Ravenwood war eine teure Schule, und in Anbetracht ihrer heiklen finanziellen Lage würden ihre Eltern sich schwertun, die hohen Schulgebühren zu finanzieren. Aprils Großvater mütterlicherseits, der ein stattliches Anwesen in Covent Garden besaß und seine eigene Tochter an die besten Schulen des Landes geschickt hatte, hatte ihnen angeboten, für die Gebühren aufzukommen, was William jedoch entschieden abgelehnt hatte und seitdem immer wieder Gegenstand heftiger Auseinandersetzungen zwischen ihren Eltern war. April wusste natürlich ganz genau, weshalb Silvia alles andere als glücklich über die Entscheidung ihres Mannes war. Ironie des Schicksals: Endlich hätte sie die Gelegenheit gehabt, in London bis zum Umfallen ihrer Shoppingleidenschaft zu frönen, würde es sich aber wegen der schwindelerregend hohen Schulgebühren nicht leisten können.

April stellte sich seufzend ans Fenster und sah hinaus. Der Regen hatte mittlerweile nachgelassen, und der Mond leuchtete auf die nass schimmernden Dachziegel. Sie sah, dass sich die seltsame Wetterfahne auf der Kirchturmspitze immer noch ruckartig im Wind hin und her bewegte.

»Ruhig, Füchschen«, flüsterte sie.

Links konnte sie über den Platz auf die dahinterliegende Hauptstraße sehen. *Wenn die dunklen Wolken nicht wären, könnte es hier sogar ganz hübsch sein*, dachte April, als sie plötzlich etwas in dem kleinen Park bemerkte – drei dunkle Gestalten, die unter den hohen Bäumen entlangschlenderten und sich dann auf eine Bank setzten. April kniff die Augen zusammen, um besser sehen zu können. Das waren eindeutig zwei Jungs und ein Mädchen. Ihr Herz machte einen Sprung: Jugendliche! Sie schienen ungefähr in ihrem Alter zu sein, obwohl sie es aus der Entfernung nicht mit absoluter Sicherheit sagen konnte. Aufgeregt griff sie nach ihrem Handy und stürmte nach unten.

Das Wohnzimmer war wie verwandelt. Im Kamin prasselte ein behagliches Feuer, und überall im Raum waren dicke, flackernde Kirchenkerzen verteilt. Der Raum wirkte auf einmal warm und gemütlich, genau wie ihr Vater es versprochen hatte. Er selbst hatte es sich bereits, umringt von Unterlagen und aufgeschlagenen Büchern, in einem Sessel vor dem Kamin bequem gemacht und hackte mit verbissenem Gesichtsausdruck auf die Tastatur seines Laptops ein. Es überraschte April nicht, ihren Vater schon wieder in seine Arbeit vertieft zu sehen, nachdem sie gerade erst in das neue Haus eingezogen waren und er sich heftig mit ihrer Mutter gestritten hatte. Ihr Vater ließ sich durch nichts von seiner Arbeit abhalten. So lange April zurückdenken konnte, hatte er immer irgendetwas getippt oder recherchiert, war in ein Buch oder die Zeitung vertieft gewesen oder hatte Fragen ins Telefon gebellt. Als sie jetzt so darüber nachdachte, fiel ihr auf, dass sie ihn eigentlich niemals schlafend gesehen hatte. Wenn er nicht gerade für die Zeitung an einer Enthüllungsstory über korrupte Politiker oder irgendeinen Arzneimittelherstellerskandal arbeitete, schrieb er wie ein Besessener schwer verdauliche und ebenso schwer verkäufliche Sachbücher, für die sich, wenn überhaupt, nur Verschwörungstheoretiker und kauzige Professoren interessierten. Soweit April wusste, lieferte er darin hochspezifische wissenschaftliche Erklärungen für Geister, Ufos und die Existenz des Yetis. So etwas in der Art jedenfalls. April interessierte sich mehr für leichte Mädchenbücher.

»Ich schau mich draußen mal ein bisschen um«, verkündete sie, während sie sich ihren Lieblingsmantel überzog.

Ihr Vater blickte von seinem Laptop auf. »Da hat es aber jemand ganz schön eilig. Hat sich angehört, als hättest du beim Runterrennen immer drei Stufen auf einmal genommen.«

»Ich hab von meinem Fenster aus Anzeichen von menschlichem Leben entdeckt.« Sie lächelte.

»Könntest du unterwegs einen Brief für mich einwerfen?«, bat er sie und griff nach der abgewetzten Lederaktentasche neben seinem Sessel.

Sie konnte sich ein gerührtes Lächeln nicht verkneifen, als sie beobachtete, wie er einen dicken Stapel von Unterlagen herauszerrte und sie unordentlich vor sich auf dem Boden ausbreitete, um nach dem Brief zu suchen. Obwohl ihr der Gedanke fast ein bisschen unangenehm war, musste sie zugeben, dass ihr Vater ein gut aussehender Mann war. Alle Freundinnen ihrer Mutter schwärmten heimlich für ihn. Und April war sich sicher, dass auch ihre Mutter sich in erster Linie von seinem Aussehen angezogen gefühlt hatte – jedenfalls konnte sie sich nicht anders erklären, warum sie ihn geheiratet hatte. Silvia war eine klassische höhere Tochter, durch und durch versnobt und oberflächlich, während William ein ganz in seiner Arbeit aufgehender, zynischer und chaotischer Akademiker war, in dessen Brust ein großes, weiches Herz schlug. Wer es so lange mit Silvia aushielt, *musste* ein riesengroßes Herz haben. Und obwohl April alles andere als glücklich darüber war, dass sie hierhergezogen waren, wusste sie, dass ihr Vater am meisten von ihnen allen darunter litt, den Job verloren zu haben, den er liebte, und dazu gezwungen zu sein, noch einmal ganz von vorn anzufangen. Wahrlich kein leichtes Unterfangen, mit einem launischen Teenager als Tochter und einer an allem herumnörgelnden Ehefrau im Rücken.

»Danke, Dad«, sagte sie, als er ihr den zerknitterten Umschlag reichte.

Er neigte den Kopf und sah sie verwundert an. »Für den Brief?«

April grinste. »Genau ... für den Brief.«

Als sie aus der Tür trat und zum Eingangstor hinunterlief, blies ihr ein kräftiger Wind die Haare ins Gesicht. Sie strich sie sich hinters Ohr, blickte auf – und da sah sie ihn. Einen großen dunkelhaarigen Jungen, der auf der anderen Straßenseite stand und sie anstarrte.

Wow, dachte sie aufgeregt und gleichzeitig nervös. Er war schlank, trug dunkle Jeans und eine marineblaue Cabanjacke und wirkte, als wäre er geradewegs einem Abercrombie-&-Fitch-Werbeplakat entsprungen. In diesem Moment wurden seine Haare vom Wind aus der Stirn geweht, sodass sie in seine tief liegenden schwarzen Augen sehen konnte. Für den Bruchteil einer Sekunde schien etwas darin aufzuflackern: Wiedererkennen vielleicht... oder Überraschung? Sie sah ihn an und war wie gebannt von seinen Augen, die so dunkel und brennend waren, dass sie kurz darauf den Blick abwenden musste.

Wer war der Typ? Gehörte er zu der Gruppe, die sie vorhin auf der Bank im Park beobachtet hatte? Und warum starrte er sie so an?

»April?«

Sie fuhr herum und sah ihre Mutter mit verschränkten Armen in der Tür stehen. Silvia hatte sich umgezogen und trug jetzt eine helle Röhrenjeans und einen dicken cremefarbenen Kaschmirpullover – ein absolut ungeeignetes Outfit, um Umzugskisten auszupacken. »Würdest du mir bitte erklären, wo du jetzt noch hinwillst?«

April winkte mit dem Umschlag. »Dad hat mich gebeten, diesen Brief einzuwerfen.«

»Du kommst sofort wieder rein!«, zischte Silvia. »Morgen ist ein wichtiger Tag für dich.«

April warf ihr einen wütenden Blick zu. Warum musste sie sich immer in alles einmischen? Herrgott, sie wollte doch bloß einen kleinen Spaziergang machen.

»Mu-um …«, protestierte sie.

»Sofort, habe ich gesagt!« Ihre Mutter kam ein paar Schritte auf sie zu.

April sah noch einmal zur anderen Straßenseite hinüber. Der Junge war verschwunden, und der Platz wirkte so leer, als wäre nie jemand dort gewesen. Widerstrebend ging April den kleinen Pfad zurück.

»Was hast du denn?«, fragte sie genervt, als sie an der Tür ankam. »Warum darf ich nicht raus?«

Ihre Mutter sah über ihren Kopf hinweg zu der Stelle, wo der Junge gestanden hatte, und blickte dann rechts und links die Straße hinunter.

»Das kann ich dir gerne sagen«, antwortete sie und zog April ins Haus. »Hier in der Gegend hat es einen Mord gegeben.«

Zweites Kapitel

»Weißt du was über diesen Mord, Dad?«
April sah ihren Vater, der gerade in die Küche kam, erwartungsvoll an und schob sich die letzte Ecke ihres Toasts in den Mund. Es war Montagmorgen, halb neun, und ihre Mutter stand an der Tür und klimperte ungeduldig mit dem Autoschlüssel.

»Pass auf, was du sagst, sonst schreibt er gleich einen Artikel darüber«, sagte Silvia und warf ihrem Mann einen boshaften Blick zu. »Wenn ich dich zur Schule mitnehmen soll, müssen wir in ungefähr dreißig Sekunden los.«

Ja, ja, keine Panik. Ich hab's nicht eilig, an dieser dämlichen Freak-Schule anzufangen, dachte April. Sie wäre liebend gern noch ein bisschen sitzen geblieben, um sich eine spannende Horrorgeschichte über einen Mordfall in der Gegend anzuhören. Als Silvia sie gestern Abend ins Haus gezogen hatte, hatte sie nur vage irgendetwas über eine »Meldung in den Nachrichten« und »gefährliche Gegend« gemurmelt und sie dann zum Kistenauspacken nach oben geschickt. Kurz darauf hatte Fiona angerufen und sie mit dem neuesten Klatsch und Tratsch aus Edinburgh versorgt, worüber sie den Mord völlig vergessen hatte. Fee hatte nämlich gerade Miranda Cooper, eine von ihren Mitschülerinnen aus der St. Geoffrey's, zusammen mit Neil Stevenson im Kino gesehen. Neil, der aussah wie Orlando Bloom und in den April seit achtzehn Monaten verknallt war. Im Laufe des vergangenen Jahres war es ihr gelungen, sich ganz allmählich mit ihm anzufreunden. Er war sehr sportlich, gehörte zur In-Clique der Marshgate-Jungenschule, und ihre Wege hätten sich unter normalen Umständen wahrscheinlich niemals gekreuzt, wenn es der glückliche Zufall nicht gewollt hätte, dass seine Mutter eine von Silvias Busenfreundinnen war. Immer wenn Silvia sie von der Schule abgeholt und noch »auf einen Sprung« bei den Stevensons vorbeigeschaut hatte, waren er und April praktisch gezwungen worden, sich miteinander zu beschäftigen. »Geh ruhig hoch zu Neil und unterhalt dich ein bisschen mit ihm, Schatz«, pflegte ihre Mutter dann zu sagen und ungeduldig mit der Hand zu wedeln. »Ihr könnt euch doch eine CD anhören oder so etwas.« April hatte sich immer darüber geärgert, dass ihre Mutter offenbar kein Problem hatte, sie unbeaufsichtigt in das Zimmer eines Jungen zu lassen; hielt sie sie wirklich für so unattraktiv, dass sie keine Angst hatte, es könnte etwas passieren? Das Gute daran war, dass sie und Neil, nachdem sie ihre anfängliche Verlegenheit abgelegt hatten, gemeinsam über ihre Mütter lästerten und mit der Zeit zu so etwas wie heimlichen Verbündeten wurden. April hatte sich zwar nicht unbedingt Chancen bei Neil ausgerechnet, noch nicht einmal, als er sie zu seinem siebzehnten Geburtstag in einen Pub auf der Princess Street eingeladen hatte – aber hoffen durfte man als Mädchen ja wohl, oder? Sie hatte sich von ihrer Mutter ein traumhaft schönes Gucci-Kleid im Bohemestil geliehen und war mit Fee und einer anderen Freundin losgezogen. Als sie ein paar hundert Meter vor dem Pub zufällig Miranda begegneten, hatten sie sie spontan eingeladen mitzukommen. *Ein fataler Fehler*, wie sich herausstellte.

»Meinst du den Mord in Dartmouth Park?«, fragte ihr Vater und schenkte sich eine Tasse Kaffee ein. »Ich hätte gedacht, darüber wärst du schon längst bis ins kleinste Detail informiert.«

»Warum sollte ich?«

»Weil das Opfer ein ziemlich bekannter Sänger war. Seine Band hieß ... Belarus.«

Aprils Augen weiteten sich. »Was?! *Alix Graves* ist ... umgebracht worden?«

Im Gegensatz zu dem Großteil der Mädchen in ihrer Klasse war April kein Belarus-Fan. Ihre Musik war ihr einen Tick zu depressiv und die Texte zu düster. Ihr letztes Album war in einer Besprechung des *New Musical Express* als »extrem experimentell« bezeichnet worden. Aber Alix Graves war unbestritten heiß. Sie kannte mindestens drei Mädchen, die sicher sofort bei der Telefonseelsorge angerufen hatten, als sie erfahren hatten, dass er ermordet worden war. Fee zum Beispiel – alle wussten, dass sie jeden Abend vor dem Schlafengehen sein Foto küsste.

»Wer ist dieser Alix Graves?«, fragte Silvia und zog den Gürtel ihres Seidentrenchcoats enger.

»Wie bitte? Alix Graves ist zufällig einer der bekanntesten Rockstars in ganz England«, sagte April ungläubig. »›Moon Cry‹? ›Dark Angel‹?« Erstaunt blickte sie in das ratlose Gesicht ihrer Mutter. »Du hast echt noch nie was von ihm gehört?«

Ihr Vater lächelte. »Deine Mutter hört lieber Sting. Jedenfalls ist Alix in seinem Haus in Dartmouth Park ermordet worden, und das ist ziemlich weit von hier. Es besteht also kein Anlass zur Sorge. Aber die Polizei tappt offenbar immer noch völlig im Dunkeln und hat keinerlei Anhaltspunkt, wer der Mörder gewesen sein könnte. Sie tippen auf einen geistesgestörten Fan, aber das sind nur Vermutungen.«

April zückte sofort ihr Handy, um Fiona anzurufen, als ihre Mutter sich vernehmlich räusperte.

»Was ist denn jetzt?«, sagte sie gereizt. »Soll ich dich zur Schule mitnehmen oder nicht?«

April schleuderte ihrer Mutter einen vernichtenden Blick zu. Verstand sie denn nicht, dass das welterschütternde Neuigkeiten waren? Alix Graves war umgebracht worden und – was noch viel wichtiger war –, es war sozusagen direkt hier um die Ecke passiert! Sie musste dringend mit Fiona sprechen. Wahrscheinlich lief sie schon schwarz verschleiert durch Edinburgh.

»Ab mit dir, Liebes. Wir unterhalten uns später weiter darüber«, tröstete ihr Vater sie. »Ich kann mich ja mal bei meinen neuen Kollegen umhören, was die darüber wissen. Aber jetzt lass dir davon nicht deinen ersten Schultag verderben, okay?«

»Und nach der Schule kommst du sofort nach Hause, hast du gehört?«, sagte Silvia streng. »Ich möchte nicht, dass du allein unterwegs bist, während da draußen irgendein Verrückter frei herumläuft.«

»Und wie soll ich bitte schön Freunde finden, wenn ich nicht rausdarf?«, fragte April und ersetzte die Worte »Freunde finden« in Gedanken durch »Jungs kennenlernen«.

»Dann trittst du eben in den Schachclub eurer Schule ein«, antwortete Silvia zerstreut.

»*Soll das ein Witz sein?*« April warf ihrem Vater einen hilfesuchenden Blick zu.

»Tut mir leid, Schatz, aber was das angeht, stehe ich ganz auf der Seite deiner Mutter«, sagte William sanft. »Bis wir wissen, was genau passiert ist, solltest du wirklich kein Risiko eingehen.«

April griff kopfschüttelnd nach ihrer Tasche. »Ich geh lieber zu Fuß zur Schule – ist das wenigstens okay? Oder habt ihr etwa auch Angst, ich könnte am helllichten Tag umgebracht werden?«, fragte sie sarkastisch, stand auf und ging zur Tür. Einerseits war sie wütend auf ihre Eltern, gleichzeitig aber auch froh, ihren Start an der neuen Schule noch ein bisschen hinauszögern zu können. Wenn sie ehrlich war, fand sie den Gedanken, von einem Mörder verfolgt zu werden, weit weniger beängstigend als die Aussicht, den Schülern der Ravenwood School gegenübertreten zu müssen.

»Echt, Fee, ich fühl mich hier wie eine Gefangene«, stöhnte sie kurz darauf ins Handy. »Die würden mich wahrscheinlich am liebsten in den Keller sperren, bis ich alt genug bin, um verheiratet zu werden.«

April hatte Fiona angerufen, sobald sie durch die Haustür getreten war. Ihre Eltern hatten keine Ahnung, was die Nachricht von Alix Graves' Ermordung bedeutete (dabei redeten sie heute noch über den Tod John Lennons), und konnten überhaupt nicht nachvollziehen, wie hart das jemanden wie Fiona treffen musste, die jede freie Fläche ihres Zimmers mit Postern und Zeitungsausschnitten von Alix zugepflastert hatte.

»Schlimm«, seufzte Fiona mitfühlend. »Aber wenigstens lebst *du* noch.«

»Oh, tut mir leid, Fee«, entschuldigte April sich sofort. »Ich war so sauer auf sie, dass ich gar nicht nachgedacht habe, was ich sage. Wie geht es dir?«

»Ich komm schon klar.« Fiona schniefte. »So wirklich kapiert hab ich es noch nicht. Meinst du, ich komme damit durch, wenn ich heute schwarz gekleidet zur Schule gehe?«

April musste lächeln. Also hatte sie ihre Freundin richtig eingeschätzt – sie war zwar aufrichtig geschockt und traurig, aber natürlich würde sie sich die Gelegenheit nicht entgehen lassen, ein kleines Drama zu inszenieren. An der St. Geoffrey's School war das Tragen der panzergrauen, bordeauxrot umsäumten Schuluniform streng vorgeschrieben. Der Rock hatte züchtig die Knie zu bedecken, und jedes Mädchen, das es wagte, in einem kürzeren Rock in der Schule zu erscheinen, bekam den Zorn der Furcht einflößenden Schulleiterin Miss Batty zu spüren. April hatte am eigenen Leib erfahren, was das bedeutete, als sie einmal Schuhe getragen hatte, deren Absätze als »unangemessen hoch« erachtet worden waren. Ihr lief es heute noch eiskalt über den Rücken, wenn sie daran zurückdachte.

»Da kann ich dir nur viel Glück wünschen«, sagte April lachend. »Ich glaube, Miss Batty würde dich nicht einmal Schwarz tragen lassen, wenn deine ganze Familie auf einmal sterben würde, geschweige denn ...«

Sie bekam sofort ein schlechtes Gewissen, als Fiona zu schluchzen begann. »Tut mir leid, Fee. Ich wollte nicht ...« April konnte die Kilometer, die zwischen ihnen lagen, beinahe körperlich spüren. »Ach, Süße, ich wünschte, ich wäre bei dir und könnte dir helfen.«

»Wenn dein Vater mehr darüber herausfinden könnte, wie es genau passiert ist, würde mir das schon helfen, glaube ich.«

»Klar, ich frag ihn. Aber heute ist sein erster Arbeitstag bei der Zeitung, ich weiß nicht, ob er Zeit hat.«

»Schon gut.« Fiona putzte sich geräuschvoll die Nase. »*The show must go on*. Alix hätte es so gewollt. Vielleicht setze ich einfach einen schwarzen Hut auf, den ich vor der Schule wieder abnehme. Irgendeine kleine Geste in der Art.«

»Gute Idee.«

»Jetzt haben wir aber genug über mich geredet«, sagte Fiona entschlossen. »Heute ist dein erster Tag an der Ravenwood. Gott, ich beneide dich so!«

»Du beneidest mich? Mir graut davor. Diese ganzen abgehobenen Streber und Schnösel, das wird der totale Albtraum.«

»Hey, sei nicht so undankbar! Du musst keine Schuluniform tragen und darfst jede Menge neue Jungs kennenlernen, du Glückliche!«, rief Fiona, die sich anscheinend schnell wieder erholt hatte. »Hach, wenn ich an all die süßen Jungs denke, die im Unterricht neben dir sitzen, im Gang mit dir flirten und dir die Tür aufhalten werden ... Das reinste Paradies.«

April lächelte. Es war unglaublich, wie ein fünfjähriger Aufenthalt an einer reinen Mädchenschule die Vorstellungskraft beflügeln konnte. Seit sie die Zusage von Ravenwood bekommen hatte, stilisierte Fiona die Schule zu einer Art romantischer Jane-Austen-Fantasiewelt hoch, wo vornehme junge Herren den Mädchen unter der Krempe ihrer Zylinder verstohlene, aber leidenschaftliche Blicke zuwarfen.

»Ganz so aufregend wird es wohl nicht werden.«

»Oh doch. Verlass dich drauf«, blieb Fiona hartnäckig. »An der Schule sind bestimmt auch lauter Adelige – richtige echte Lords!«

»Ich glaube nicht, dass ...«

Aber Fiona ließ sie gar nicht ausreden. »Ich wette, die fahren alle einen Range Rover und nennen ihre Eltern Madam und Sir. Gott, du musst mich nach der Schule sofort anrufen. Ich will alles wissen!«

April wünschte, ihre Freundin würde recht behalten, aber sie glaubte nicht daran. Am liebsten hätte sie keinen Fuß in diese Schule gesetzt. Aber das Schlimmste war, dass Fionas Gerede über Jungs sie sofort wieder an Neil erinnert hatte. Sie hatte absolut keine Lust, irgendwelche neuen Jungs kennenzulernen, die dann auch wieder mit der erstbesten heißen Blondine davonzogen, die ihnen schöne Augen machte.

Fiona spürte sofort, dass sie etwas Falsches gesagt hatte.

»Wegen Neil und Miranda musst du dir jedenfalls keine Sorgen machen ...«

»Neil?«, fragte April. »Wieso? Was ist passiert?«

»Du wirst es nicht glauben, er ... zzzkrrrrr ... gesagt, dass zzzkkkkkck ... Miranda ... kkkkkzzzrrr ...«

Ihre Stimme ging in statischem Rauschen unter. »Fee? Wer hat was über Miranda gesagt?«

Stille. April schaute auf das Display ihres Handys. Kein Netz! Wie konnte das sein? Dabei war sie doch höchstens drei Kilometer von der Londoner Stadtmitte entfernt.

»Hallo? Kannst du mich noch hören? Fee?«

»Ich versteh dich kaum noch. Die Verbindung bricht zusammen«, rief Fiona. »Ruf mich an. Ich bin so gegen ...«

Ihre letzten Worte wurden wieder vom Rauschen verschluckt. *Verdammt, verdammt, verdammt.* April warf einen frustrierten Blick auf ihr Handy und sah dann die Straße entlang. »Ich breche auch gleich zusammen«, seufzte sie und ging den Hügel hinunter.

Allerdings fiel es ihr schwer, ihre schlechte Laune aufrechtzuerhalten, als sie im Licht des strahlenden Oktobermorgens auf den Heath-Park zusteuerte. Unter den die Straße säumenden Bäumen, deren Zweige anmutig herabhingen, leuchteten herbstlich rot und golden gefärbte Blätter, und April musste widerwillig zugeben, dass Hampstead ziemlich hübsch war – die hohen Backsteinhäuser mit ihren gepflegten Vorgärten, der Blick auf die Skyline Londons in der Ferne und das Grün, das in satte Rost- und Rottöne getaucht war. In Schottland gab es eigentlich gar keinen Herbst. Sie und Fiona hatten oft Witze darüber gemacht, dass es in Edinburgh im Grunde nur eine Jahreszeit gab: Winter. Natürlich schien im Juli und August ein paar Wochen lang schwach die Sonne, aber dann setzten sofort wieder heftige Schauer und ein fieser kalter Wind ein, der einem die Regentropfen ins Gesicht trieb. April blickte zweifelnd an ihrem Mantel herunter – er war zwar cool, aber aus einem dicken Wollstoff. So wie eigentlich alles in ihrem Kleiderschrank. Das war die einzige Möglichkeit, in Schottland nicht zu erfrieren. Insgeheim gefiel es ihr aber auch, sich in Schals und dicke Pullis zu hüllen, in denen sie ihren Körper verstecken konnte, den sie viel zu mager und knabenhaft fand – er war Welten von Miranda

Coopers sexy Kurven entfernt. Heute wollte sie noch weniger als sonst, dass irgendjemand sie genauer anschaute. Trotzdem war sie früher als eigentlich nötig aufgestanden, um sich in Ruhe überlegen zu können, was sie an ihrem ersten Schultag ohne Uniform anziehen sollte. Sie hatte wochenlang mit Fee darüber diskutiert, aber es war einfach unmöglich gewesen vorherzusagen, welcher Look an der Ravenwood angesagt war, obwohl die Schule ihr vorab eine Furcht einflößend lange Liste mit Verhaltensregeln zugeschickt hatte, einschließlich einer Kleiderordnung, die Absatzhöhe, Rocklänge und anderes festlegte. Trotzdem war es befreiend – um nicht zu sagen *erschreckend* –, in »richtigen« Sachen zur Schule zu gehen. Nach langem Überlegen hatte sie sich schließlich für eine Kombination entschieden, die stylish und gleichzeitig ungefährlich neutral war; in ihrem dunkelblauen Rock und dem cremefarbenen Pulli mit dem weiten Schalkragen würde sie kaum als Fashion-Ikone in die Geschichte eingehen, aber es sollte ja auch eher so eine Art Tarnkleidung sein. Sie wollte sich so unsichtbar wie möglich machen... Ob ihr das Outfit allerdings tatsächlich helfen würde, sich unauffällig einzufügen, oder ob sie damit eher aus der Masse der Schülerinnen herausstechen würde, würde sie leider erst erfahren, wenn sie dort war.

Von dem Hügel aus, auf dem Highgate lag, schlenderte sie die Swain's Lane hinunter, der man deutlich ansah, wie alt sie war. Auf der einen Seite wurde die Straße von altertümlichen Mauern begrenzt, und auf der anderen erhob sich ein hoher schmiedeeiserner Zaun, durch den man auf den alten Friedhof von Highgate blicken konnte. Als April sich im Internet vorab über ihren neuen Wohnort informiert hatte – in der heimlichen Hoffnung, irgendetwas Schreckliches herauszufinden, das ihre Eltern überzeugen würde, dass es doch besser wäre, in Schottland zu bleiben –, hatte sie gelesen, dass es eine Menge faszinierender Persönlichkeiten gab, die dort begraben waren. Berühmtheiten wie Karl Marx lagen hier sozusagen Schulter an Schulter mit Radclyffe Hall, der wenig bekannten Autorin eines Buches mit dem Titel »Quell der Einsamkeit«. April sah sich um. *Einsamkeit. Sehr treffende Beschreibung dieser Gegend,* dachte sie und schreckte zusammen, als plötzlich etwas durch die Hecke brach und über die Straße flitzte. Mit wild klopfendem Herzen presste sie eine Hand auf den Mund, um nicht laut aufzuschreien.

»Ein Fuchs!« Sie schüttelte über sich selbst den Kopf.

Natürlich wusste sie, dass Füchse in vielen Städten ein fast schon alltäglicher Anblick waren, aber in Edinburghs Granitwüste hatte sie noch nie einen gesehen.

»Was bist du bloß für ein Angsthase«, murmelte sie vor sich hin, sah dann aber doch noch einmal nervös über die Schulter zurück und ging ein bisschen schneller.

Als sie kurz darauf vor dem Schulgebäude stand, musste sie zugeben, dass es bei Tageslicht einen sehr imposanten Eindruck bot. Die Sonne stand zwar noch nicht besonders hoch, aber der Regen hatte die Dachziegel blank gewaschen, und die Pfützen auf dem Hof vor dem säulengestützten Portal spiegelten die ganze Pracht des altehrwürdigen Gemäuers wider. Als sie auf die hohen Tore zuging, musste sie sich zwischen einer langen Reihe von Autos hindurchschlängeln, die vor der Schule hielten.

April unterdrückte ein ungläubiges Lachen. Es sah aus wie bei einer Oscar-Verleihung – eine dunkle Luxuslimousine nach der anderen entließ ihre hochrangige Fracht auf einen imaginären roten Teppich, bevor sie wieder davonschnurrte. Sie zählte zwei graue Porsche Cayenne, drei Bentley und sechs schwarze Geländewagen unterschiedlicher Ausführungen, die alle getönte Scheiben hatten und direkt auf der breiten, kiesbedeckten Auffahrt der Ravenwood School hielten.

April sprach ein stummes Dankgebet, dass sie sich die Demütigung erspart hatte, sich von ihrer Mutter in ihrem kleinen Mittelklassewagen hier absetzen zu lassen. Obwohl sie die aussteigenden Schüler nur von hinten sehen konnte, erkannte sie sofort die leuchtend roten Sohlen der sicher nicht von der Schulleitung vorgeschriebenen hochhackigen Christian Louboutains, ganz zu schweigen von den als Schultaschen getarnten Louis-Vuitton- und Mulberry-Taschen aus unterschiedlichsten Kollektionen. *Oh Gott, ich bin mitten in der Hölle gelandet,* dachte sie. Dann holte sie tief Luft und schloss sich den ins Schulgebäude strömenden Schülern an. Es half ja nichts, irgendwann würde sie sowieso hineingehen müssen. Ein paar der jüngeren Schüler warfen ihr neugierige Blicke zu, aber sie nahm an, dass alle Oberstufenschüler für sie gleich aussahen. Als sie in der Eingangshalle stand, zog sie das Schreiben der Schule aus der Tasche, in dem stand, dass sie sich um neun Uhr in Raum sechsunddreißig melden sollte. Nur – wo war dieser Raum sechsunddreißig? Ihr blieb nichts anderes übrig, als jemanden zu fragen, also tippte sie einem Mädchen, das gerade an ihr vorbeiging, auf die Schulter. Als sie den Mantel berührte, zuckte sie zurück. Pelz – *echter* Pelz! Das Mädchen wirbelte so schnell zu ihr herum, dass ihre seidig glänzenden blonden Haare über die Schultern schwangen. Sie hatte unglaublich fein geschnittene Gesichtszüge – wie eine russische Zarin –, weit auseinanderliegende eisblaue Augen, zarte Alabasterhaut und einen kühlen, hochmütigen Ausdruck, der perfekt zu ihrer schneeköniginnenartigen Schönheit passte. April öffnete den Mund, um etwas zu sagen, brachte aber vor lauter Aufregung keinen Ton heraus. Das Mädchen musterte sie irritiert, dann strich sie den Ärmel ihres seidenweich schimmernden schwarzen Pelzmantels glatt, drehte sich um und ging weiter.

April hörte ein Kichern hinter sich.

»Gott behüte – sie hat es gewagt, das schwarze Kaninchen zu berühren!«

Als April sich umdrehte, sah sie ein Mädchen, das nicht sonderlich groß war, die Haare zu einem dunklen Bob geschnitten trug und ein spöttisches Grinsen im Gesicht hatte.

»Du siehst ziemlich verloren aus.«

»Das bin ich auch.« April errötete. Sie blickte der Pelz tragenden Schülerin nach, die gerade durch eine Flügeltür am Ende des Flurs verschwand. »War das wirklich schwarzes Kaninchenfell?«, fragte sie flüsternd.

»Ekelhaft, oder?«, antwortete das Mädchen. »Letztes Jahr war es ein weißer Nerz. Sie ist die einzige Schülerin, die in der Schule Pelz tragen darf. Weiß der Himmel, warum. Obwohl es natürlich etwas damit zu tun haben könnte, dass Davinas Vater praktisch der reichste Mann Londons ist. Ich nehme an, für so jemanden gelten die normalen Regeln hier nicht. Ich bin übrigens Caro Jackson. Und wer bist du?«

»April. April Dunne.«

Ihre Aufmerksamkeit wurde kurz von einem indisch aussehenden Schüler abgelenkt, der gerade durch den Eingang trat, einen akkurat gebügelten Designeranzug trug und aussah wie ein junger Maharadscha.

»Und was ist dein Fachgebiet?«

April ließ ihren Blick zu Caro zurückwandern. »Fachgebiet?«

»Deine Begabung.« Caro grinste. »Was hat dich hierher verschlagen? Mathe, Physik, Telekinese – was ist deine *Spezialität?* Du weißt ja sicher, dass Ravenwood eine Schule für junge Genies ist.«

Ihre letzten Worte trieften vor Sarkasmus. April musterte Caro eingehender. Von all den Leuten, die sie bis jetzt hier gesehen hatte, war sie die Einzige, die halbwegs normal aussah – weder wie einer der Musterschüler, die wahrscheinlich schon zum Frühstück abstrakte Algebra-Gleichungen lösten, noch wie die zukünftigen Topmodels, die vermutlich während der Ferien über Laufstege stolzierten. Ihr Pulli war schon ein bisschen ausgeleiert, und ihre Fingernägel waren schwarz lackiert – was, wie April wusste, strikt gegen die Schulordnung verstieß.

»Da muss ich leider passen – ich hab kein Spezialgebiet. Ich glaube, mein Vater hat seine Verbindungen spielen lassen, um mich hier einzuschleusen. An meinen Noten kann es jedenfalls nicht gelegen haben.« Sie zuckte mit den Achseln. Eigentlich war sie mit ihrem Durchschnitt von 1,7 ganz zufrieden, aber die Superhirne hier würden sich wahrscheinlich darüber totlachen. »In welcher Klasse bist du?«

»In der Zwölften. Bei Miss Holden.« Caro holte einen Apfel aus ihrer Tasche und biss herzhaft hinein.

»Cool! Ich auch!« April lächelte erleichtert. »Ich muss mich in Raum sechsunddreißig melden – kannst du mir sagen, wo ich den finde?«

»Klar«, meinte Caro. »Ich bin schon mit dreizehn hier eingeschult worden. Komm mit, wir müssen durch die Cafeteria.«

April folgte Caro gehorsam den Flur entlang. Aus der Ferne hallte ihnen Lärm entgegen, der immer lauter wurde, bis Caro eine Doppeltür aufdrückte, die in ein glasüberdachtes Atrium führte. Es war ein eindrucksvoller hoher Raum, der mit lachenden und wild durcheinanderredenden Schülern gefüllt war und eine ohrenbetäubende Akustik hatte. April versuchte, sich einen Überblick zu verschaffen: Entlang einer der mahagonivertäfelten Wände waren mehrere Getränkeautomaten aufgestellt, an einer anderen stand ein langer antiker Tisch, an dem ein paar Schüler saßen und Backgammon spielten. Scharen von Jugendlichen, die allesamt aussahen wie Models, saßen entspannt auf schwarzen Ledersofas, während jüngere Schüler an ihnen vorbeihasteten, als hätten sie dort nichts verloren.

»Unfassbar, dass es tatsächlich Leute gibt, die vor dem Unterricht noch Backgammon spielen«, flüsterte April.

»Ah … du hast die Superhirnfraktion entdeckt.« Caro lächelte und nickte in ihre Richtung. »Das sind unsere Intelligenzbestien, hauptsächlich Mathe-Asse oder Quantentheoretiker. Versuch erst gar nicht, dich mit ihnen zu unterhalten, es sei denn, du kennst von der Zahl Pi die zwanzigste Stelle nach dem Komma. Die kommen von überall aus der Welt – du wirst feststellen, dass Ravenwood ziemlich multikulti ist. Und die Londoner, die hier sind, schwimmen alle im Geld, Anwesende ausgenommen.«

April runzelte die Stirn. »Wen meinst du damit?«

»Mich. Ich gehöre zu den Außenseitern, wie alle Schüler mit Stipendium. Meine Mutter ist Friseurin, mein Vater Fensterputzer, was mich hier zu so etwas wie einem Marsmenschen macht.«

April nickte lächelnd. Obwohl sie dieses Mädchen gerade erst kennengelernt hatte, fühlte sie sich jetzt fast schon so, als würde sie dazugehören – auch wenn sie damit ein Mitglied der Außenseiter war. Caro deutete auf ein paar Schüler neben einem der Getränkeautomaten, die sich um einen hübschen Typen mit kunstvoll zerzausten blonden Haaren scharten. Sie waren alle unglaublich elegant gekleidet und hatten etwas Aristokratisches an sich.

»Wer sind die?«, fragte April.

»Das sind unsere Rugby-Jungs. Die meisten von denen wollen später mal Jura oder etwas ähnlich Schwergewichtiges studieren und beschäftigen sich intensiv mit Philosophie und internationalen Beziehungen, weil sie alle mal unweigerlich als Politiker Karriere machen werden. Dass diesen Typen keinen Millimeter über den Weg zu trauen ist, muss ich wohl

nicht extra betonen.« Caro folgte Aprils Blick und lächelte gequält. »Und um deine Frage vorwegzunehmen: Der hübsche
Kerl mit den blonden Haaren ist Benjamin Osbourne. Dem
kannst du am allerwenigsten trauen.«

In diesem Moment drehte sich der Junge, der neben Benjamin stand, um und sah April direkt in die Augen. Ein kleines Lächeln stahl sich in seine Mundwinkel, als er ihr fast un-
merklich zunickte. April stockte vor Überraschung beinahe
der Atem. Es war der dunkelhaarige Junge, den sie gestern
Abend auf dem Platz gegenüber ihrem Haus gesehen hatte.
Ihr Herz begann schneller zu schlagen.

»Oh-oh«, sagte Caro.

April sah sie erstaunt an. »Was ist?«

»Dieser junge Gott ist Gabriel Swift. Reine Zeitverschwen-
dung«, erklärte Caro. »Er gehört zu diesen anbetungswürdi-
gen Typen, die für uns Normalsterbliche unerreichbar sind.
Ich glaube, er interessiert sich eher für ältere Mädchen, jedenfalls hab ich ihn noch nie mit einer Schülerin von hier gesehen.«

April warf ihm noch einmal einen verstohlenen Seitenblick
zu und stellte enttäuscht fest, dass er nicht mehr zu ihr he-
rübersah.

»Und wer sind die da drüben?« April deutete auf ein Sofa
in der Mitte des Raums, auf dem sich fünf oder sechs überir-
disch schöne Mädchen aalten, die in ihren ausgewählten De-
signerkleidern pure Makellosigkeit verströmten.

»Das da – das sind die Schlangen«, sagte Caro mit grimmi-
gem Lächeln. »Die ›falschen Schlangen‹, um genau zu sein.
Im Prinzip teilt Ravenwood sich in zwei Gruppen auf – die
Superschlauen und die Superreichen. Diese Mädchen gehören zu den Reichsten der Reichen und außerdem zur gefürch-
tetsten Clique der Schule. Aber solche gibt's wahrscheinlich
überall, oder?«

April nickte. Selbst an der St. Geoffrey's hatte es eine Clique arroganter hübscher Mädchen gegeben, die immer in den neuesten Designerklamotten herumgelaufen waren, auf alle gewöhnlichen Schüler herabgeblickt und eine Art Sport daraus gemacht hatten, über andere herzuziehen. In Edinburgh, wo so ein Getue total albern gewesen war, hatten sie und Fee darüber lachen können, aber die Mädchen hier an der Ravenwood School waren so schön und wirkten so unerschütterlich selbstbewusst, dass sie etwas Furchteinflößendes an sich hatten.

»Das Gesamtvermögen der Mädchen, die du da auf dem Sofa siehst, beträgt ungefähr vierzig Milliarden Pfund«, sagte Caro lässig. »Das heißt, natürlich gehört das Geld ihren Eltern, aber trotzdem.«

»Da vorne sitzt das schwarze Kaninchen«, sagte April, die gerade das Mädchen mit der goldenen Mähne wiedererkannt hatte. In dem Moment, in dem sie zu ihr rübersah, ging Benjamin auf sie zu und setzte sich neben sie. »Wow. Ist das ihr Freund? Hat die ein Glück.«

»Ihr Bruder.« Caro lächelte. »Davina und Benjamin Osbourne. Ihr Vater Nicholas ist einer dieser ultrareichen osteuropäischen Oligarchen, der sein Vermögen in der Chemiebranche gemacht hat. Alles ziemlich zwielichtig. Witzigerweise interessiert Davina sich nicht für andere Jungs mit Geld, sondern für welche mit *Hirn*. Siehst du den Typen links von ihr?«

April nickte. Er war ganz niedlich, aber nicht umwerfend, und schien sich sichtlich unwohl zu fühlen.

»Das ist Jonathon, ihr aktuelles Objekt der Begierde. Ich glaube, sie steht nur deswegen auf die intelligenten Jungs, um auszugleichen, dass sie selbst nichts als heiße Luft im Kopf hat.«

Während April staunend zuhörte, musterte sie Caro verstohlen. Mit ihrer abgeklärten Weltanschauung und ihrer feinen Beobachtungsgabe passte sie überhaupt nicht in das Bild, das sie sich von dieser Schule gemacht hatte. April war froh, dass sie sie kennengelernt hatte. Dadurch fühlte sie selbst sich gleich nicht mehr so fehl am Platz.

»Und was ist mit dir, Caro? Was ist dein Spezialgebiet?«

»Oh, Chemie, Biologie, Physik, aber alles auf einem eher kreativen Level. Meine Zukunftspläne sind ziemlich langweilig. Ich würde später gern populärwissenschaftliche Bücher schreiben, so in der Art wie Stephen Hawking, nur ohne den bemüht witzigen Unterton.« Sie grinste.

»Wirklich? Mein Vater schreibt so was in der Art«, sagte April. »Er hat für den *Scotsman* gearbeitet.«

Caro sah sie mit großen Augen an. »Heißt dein Vater zufälligerweise *William* Dunne?«

April nickte.

»Oh mein Gott. William Dunne ist mein Idol«, rief Caro begeistert. »Ich glaub, ich habe alles gelesen, was er jemals geschrieben hat. Die Story über die Area 51 war einfach großartig. Seine Bücher sind unglaublich fundiert und gut recherchiert. Keiner schafft es wie er, Popkultur mit Wissenschaft zu verbinden.«

April lächelte höflich, obwohl sie innerlich zusammenzuckte. Typisch. Von allen Mädchen an dieser Schule musste sie ausgerechnet das kennenlernen, das wusste, wer ihr Vater war. Caro legte ihr eine Hand auf den Arm.

»Tut mir leid«, sagte sie zerknirscht. »Bin wohl ein bisschen ins Schwärmen gekommen. Na ja, in meiner Familie gibt es leider niemanden mit Vorbildfunktion. Wir haben nur Onkel David vorzuweisen – der besitzt immerhin eine chemische Reinigung.«

Der Gong ertönte, und die Schüler strömten aus der Cafeteria. April und ihre neue Freundin schlossen sich ihnen an.

»Hey, vielleicht hab ich sogar eine Story für deinen Vater. Hast du Lust, dich nach der Schule mit mir zu treffen?«

»Okay«, sagte April zögernd. »Worum geht's denn?«

»Um Ravenwood«, antwortete Caro mit der Andeutung eines Lächelns. »Ich glaube, hier findet eine gigantische Verschwörung statt, mit dem Plan, die Weltherrschaft zu übernehmen.«

Drittes Kapitel

Mr Sheldon war ein hochgewachsener Mann um die vierzig, der durch seine schlohweißen Haare allerdings wesentlich älter wirkte. Mit seinem dreiteiligen grauen Anzug und der silbern gerahmten Brille sah er aus wie ein Ehrfurcht gebietender Universitätsprofessor. Dass er außerdem der Schulleiter von Ravenwood war, verlieh seinem Auftreten noch mehr Autorität. Normalerweise unterrichteten Schulleiter nicht selbst, aber April hatte schon festgestellt, dass vieles an der Ravenwood School nicht dem entsprach, was sie als »normal« gewohnt war.

Mr Sheldon ging vor den Schülern des Philosophie-Kurses auf und ab und dozierte über die alten Griechen und Germanen – ein eigentlich tödlich langweiliges Thema, das aus seinem Mund erstaunlicherweise aber so spannend klang wie ein gut gemachter Dokumentarfilm im Fernsehen. Und trotzdem... *Irgendetwas stimmt nicht*, dachte April, die in der letzten Reihe saß und sich mit gesenktem Kopf in ihrer bewährten »Nichtauffall«-Taktik übte. Etwas an Mr Sheldon passte nicht ins Bild. Aus irgendeinem Grund machte der Mann sie nervös. Vielleicht lag es aber auch nur daran, dass sie es nicht gewohnt war, einem Lehrer wirklich zuzuhören – sich nicht nur von seinem monotonen Wortschwall einlullen zu lassen und hier und da ein paar unterrichtsrelevante Bruchstücke aufzuschnappen, sondern von dem, was er sagte, wirklich gefangen genommen und zum Nachdenken gebracht zu werden. Das war für sie eine ganz neue Erfahrung, zumal es um sie herum eigentlich genügend gab, das ihre Aufmerksamkeit hätte ablenken können. Zum Beispiel der umwerfende blonde Benjamin, der drei Reihen vor ihr saß und immer wieder den Kopf zur Seite drehte, um mit seinem Banknachbarn zu flüstern. Jedes Mal, wenn er das tat, sah sie sein leicht zynisches Lächeln, seine hohen Wangenknochen und seine … Äh, wie war das gleich noch mal mit dem Zuhören gewesen?

»Wie viele von Ihnen haben ›Star Trek‹ gesehen?«, fragte Mr Sheldon mit seiner angenehm dunklen Stimme. Nur ein paar Leute hoben zögerlich die Hand, was April angesichts der Superhirn-Dichte in der Klasse überraschte. Offensichtlich dachte Mr Sheldon genau das Gleiche, denn er lächelte. »Ich vermute mal, einige von Ihnen stellen ihr Licht bescheiden unter den Scheffel«, sagte er und erntete dafür ein paar schuldbewusste Lacher.

»Na schön, dann frage ich eben anders. Wer von Ihnen kennt ›Zurück in die Zukunft‹?«

Diesmal gingen mehr Hände in die Höhe, hauptsächlich in den beiden vorderen Reihen, wo die besonders eifrigen Schüler saßen.

»Sehr gut. Wer kann mir sagen, was die eigentliche Grundidee ist, die hinter diesem Film steht?«

Ein Junge aus der ersten Reihe meldete sich. Es war Jonathon, Davinas Freund, wie April feststellte.

»Zeitreisen«, sagte Jonathon. »Marty McFly reist mit der in ein Auto eingebauten Zeitmaschine des verrückten Professors Dr. Brown in die Vergangenheit und die Zukunft und muss dort verschiedene Probleme lösen, um seine Familie zu retten.«

Wieder wurde gelacht, und Mr Sheldon nickte.

»Sehr gut, Jonathon. Dieses Genre wird gemeinhin als Science-Fiction beschrieben, also als naturwissenschaftliche

Fiktion. Tatsächlich enthalten die Geschichten jedoch nur sehr wenig naturwissenschaftlich fundierte Fakten. Es gibt in Wirklichkeit keine Technologie zur Erbauung eines ›Flux-kompensators‹. Viel richtiger wäre es, bei Filmen wie ›Zurück in die Zukunft‹ von philosophischer Fiktion zu sprechen. Dadurch, dass Marty die Vergangenheit verändert, beeinflusst er Ereignisse in der Zukunft und umgekehrt.«

Erleichtert stellte April fest, dass sie nicht die Einzige war, die die Stirn runzelte.

»Was uns zur eigentlichen Problematik führt, mit der man sich befassen muss, wenn man über Zeitreisen schreibt«, fuhr Mr Sheldon fort. »Kann mir jemand sagen, wie diese Problematik oft genannt wird? Benjamin?«

Benjamin blickte noch nicht einmal auf. »Das Großvater-Paradoxon«, sagte er in fast schon gelangweiltem Tonfall.

»Sehr richtig, das Großvater-Paradoxon. Stellen Sie sich folgendes Szenario vor: Sie bauen eine Zeitmaschine, reisen siebzig oder achtzig Jahre in die Vergangenheit zurück und bringen Ihren Großvater um, der zu dieser Zeit noch ein kleiner Junge ist. Wenn Ihr Großvater jedoch tot ist, kann er Ihre Großmutter niemals kennenlernen, woraus folgt, dass Ihr Vater beziehungsweise Ihre Mutter nicht geboren werden, was wiederum bedeutet, dass Sie nicht existieren und schon gar nicht diese Zeitmaschine bauen können.«

Mr Sheldon blickte in die verwirrten Gesichter der Schüler und lachte. »Keine Sorge, ich wollte damit nicht Ihr Filmwissen auf die Probe stellen, sondern einfach nur ein anschauliches Beispiel benutzen, um die Neuzugänge in unserem Kurs über unseren aktuellen Stoff zu informieren.«

Oh Gott, stöhnte April innerlich, *zeig jetzt bitte nicht mit dem Finger auf mich.*

»Diejenigen unter uns, die sich schon seit Längerem mit dem Thema beschäftigen, wissen, was das Schöne an der Philosophie ist: dass sie uns die Möglichkeit bietet, für die großen Fragen der Menschheit – sind Zeitreisen möglich? Gibt es einen Gott? Haben wir einen freien Willen? – verschiedene Thesen aufzustellen, die ebenso einleuchtend sind wie die allgemein gängigen Erklärungen. Das bedeutet allerdings nicht, dass Sie für das Aufstellen möglichst wilder Theorien in einer Prüfung auch automatisch die beste Note bekommen.«

Alle lachten.

»Okay, lassen Sie uns einen Blick auf ein weiteres jahrhundertealtes Rätsel werfen: das Huhn und das Ei.«

Als Mr Sheldon in die letzte Reihe zeigte, setzte Aprils Herz ein paar Takte aus, doch dann stellte sie erleichtert fest, dass er auf das pummelige Mädchen mit den rosigen Wangen deutete, das neben ihr saß.

»Was war zuerst da, Emily? Das Huhn oder das Ei?«

»Das Ei«, antwortete das Mädchen wie aus der Pistole geschossen.

Mr Sheldon nickte. »Aha. Und warum?«

»Weil die DNS sich nur im Mutterleib oder in diesem Fall im Ei verändern kann, und da Evolution eine Abfolge genetischer Mutationen ist, muss sie vor der Geburt des Huhns stattgefunden haben, also im Ei.«

Mr Sheldon applaudierte. »Ganz ausgezeichnet. Vom wissenschaftlichen Standpunkt her gesehen ist das eine tadellose Antwort. Aber wir betreiben hier Philosophie, und deswegen frage ich: Was ist an dieser Aussage problematisch?«

Er hielt einen Moment inne und ließ den Blick langsam durch den Raum wandern. »Wie wäre es mit Ihnen, Miss Dunne?«

Entsetzt wurde April klar, dass er ihr direkt in die Augen sah. Woher wusste er, dass sie nicht aufgepasst hatte?

»Können Sie uns sagen, was an Emilys doch sehr lehrbuchhaften Erklärung falsch ist?«

April wandte den Kopf und sah, dass der rosige Schimmer

auf Emilys Wangen hektischen roten Flecken gewichen war und ihre Banknachbarin sie finster anstarrte.

»F… Falsch?«, stotterte April.

»Emily scheint alle Aspekte berücksichtigt zu haben.« Mr Sheldon strich sich nachdenklich übers Kinn. »Evolution, Mutationen – das klingt alles vollkommen einleuchtend, nicht wahr?« Er schüttelte kaum merklich den Kopf und wandte sich wieder den eifrig an seinen Lippen hängenden Schülern in den vorderen Reihen zu. »Vielleicht hat jemand anderes eine …«

»Evolution«, platzte April heraus.

»Verzeihung?«

»Also … ähm … Emily setzt voraus, dass die Evolution tatsächlich stattgefunden hat.«

»Oha.« Mr Sheldon lächelte in sich hinein. »Wie es scheint, haben wir eine wahre Christin in unserer Mitte, meine Damen und Herren«, sagte er und erntete damit erneutes Gelächter. »Aber …«, er hob die Hände, um die Schüler wieder zu beruhigen, »April hat nicht ganz unrecht. Emily geht in ihrer wissenschaftlichen Erklärung tatsächlich davon aus, dass die gängigen Erklärungsmuster Tatsachen sind. Und April beweist mit ihrer Antwort immerhin, dass sie in der Lage ist, selbstständig zu denken.«

April spürte, wie sie rot wurde.

»Bevor wir ihr allerdings Beifall spenden, möchte ich darauf hinweisen, dass ihre Antwort zugleich von geistiger Beschränktheit zeugt«, fuhr Mr Sheldon fort. April spürte, wie sie noch röter wurde, als Benjamin Osbourne sich zu ihr umdrehte, sich dann an seinen Freund wandte und ihm etwas ins Ohr flüsterte, woraufhin beide lachten.

»April mag zwar in der Lage sein, selbstständig zu denken«, sagte Mr Sheldon, »aber sie bewegt sich immer noch innerhalb der konventionellen Denkmuster. Kann man, nur weil man einmal beobachtet hat, wie ein Küken aus einem Ei geschlüpft ist, automatisch darauf schließen, dass das Gleiche auf die Millionen von anderen Eiern zutrifft, die jährlich gelegt werden? Ziehen Sie, wenn Sie einen Stuhl mit vier Beinen sehen, die logische Schlussfolgerung, dass alle Stühle zwingend vier Beine haben müssen? Eben nicht. Tatsächlich wissen wir so gut wie nichts über Eier, woher sie kommen, was sie sind oder ob sie überhaupt etwas mit Hühnern zu tun haben. Letzten Endes sind alles doch nur Vermutungen. Und genau das ist das Wesen der Philosophie: Es geht darum, herkömmliche Denkmuster auf den Kopf zu stellen und alles, was man sieht und was man zu wissen glaubt, infrage zu stellen.«

April warf Mr Sheldon einen leicht beleidigten Blick zu, aber er beachtete sie gar nicht mehr.

»Überlegen Sie doch mal: Was wissen Sie wirklich über die Menschen um Sie herum? Was wissen Sie über Ihre Mutter, Ihren Vater, Ihre Geschwister? Nimmt Ihr Bruder womöglich Drogen? Ist Ihre Schwester noch Jungfrau?«

Hier und da ertönte nervöses Kichern, aber Mr Sheldon blieb ernst.

»Wie sieht es mit Ihrem Sitznachbarn aus?«

April brauchte nicht zu Emily hinüberzusehen, um zu wissen, dass sie sie mit Blicken erdolchte. Stattdessen schaute sie in die andere Richtung – und hielt unwillkürlich die Luft an. Gabriel Swift starrte sie mit leicht zusammengekniffenen Augen unverhohlen an. Hastig drehte sie den Kopf weg und wurde prompt wieder rot.

»Was wissen Sie wirklich über Ihre Mitschüler?«, fragte Mr Sheldon noch einmal. »Natürlich vermuten Sie nicht, dass sie Böses im Schilde führen könnten – immerhin gehen Sie mit ihnen auf die gleiche Schule und sitzen jeden Tag neben ihnen. Vielleicht liegen Sie mit dieser Einschätzung richtig. Vielleicht aber auch nicht. Möglicherweise haben sie vor, eine

Bombe in diesem Klassenraum zu deponieren und uns alle in die Luft zu sprengen. Vielleicht noch Schlimmeres.«

Wieder kam in der Klasse nervöses Lachen auf. April sah noch einmal zu Gabriel, aber der hatte sich inzwischen in seinen Stuhl zurückgelehnt, und ein anderer Schüler blockierte ihre Sicht.

»Ich möchte, dass Sie sich in diesem Kurs – an dieser *Schule* – genau über solche Fragen Gedanken machen«, ergänzte Mr Sheldon. »Hier an der Ravenwood School erwarten wir von Ihnen, dass Sie die Dinge aus einem anderen Blickwinkel betrachten. Bohren Sie nach, benutzen Sie Ihren Verstand und hinterfragen Sie alles. Ich verspreche Ihnen, dass die Welt dadurch wesentlich interessanter wird.«

Als der Gong ertönte und die Schüler ihre Sachen zusammenpackten, klatschte Mr Sheldon in die Hände und öffnete einen Karton, der auf seinem Pult stand.

»Bevor Sie gehen, möchte ich Ihnen noch Ihre Hausaufgabe mitgeben.« Er hielt ein schwer aussehendes Buch in die Höhe und drückte jedem Schüler, der an ihm vorbeikam, ein Exemplar in die Hand. Ein paar brachen beim Anblick des dicken Wälzers in Stöhnen aus.

»Keine Sorge, das ist die Gesamtausgabe dieses Autors. Natürlich können Sie das Buch gerne komplett lesen, aber für meinen Kurs reicht die Lektüre der Kurzgeschichte ›Random Quest‹. Sie ist leicht verständlich und beinhaltet alles, was Ihr Herz begehrt: Krieg, Liebe und Zeitreisen. Stellen Sie sich Brad und Angelina in den Hauptrollen vor, wenn es Ihnen hilft. Wir sprechen dann in der nächsten Stunde darüber.«

Als April an ihm vorbeikam und er ihr das dicke Buch reichte, sagte er leise: »Sie haben gut mitgedacht, April. Das gefällt mir.«

Bevor sie etwas erwidern konnte, hatte er sich schon zwei Mädchen zugewandt, die in eine Zeitschrift vertieft waren.

»Genau davon spreche ich«, rief er, griff nach dem Magazin und warf es in den Papierkorb neben seinem Pult. »Sie lassen sich vom Promikult völlig vereinnahmen. Haben die jungen Damen noch nie etwas davon gehört, dass Gott die Anbetung von Götzenbildern verurteilt? Benutzen Sie gefälligst Ihren eigenen Kopf zum Denken!«

»Aber in dem Heft steht das letzte Interview mit Alix Graves«, jammerte das größere der beiden Mädchen.

»Alix Graves ist tot, Lucy«, sagte Mr Sheldon. »Ich bin mir sicher, dass Sie bis spätestens nächste Woche jemand neuen gefunden haben, den Sie anhimmeln können.«

Von der unsensiblen Reaktion ihres Lehrers genauso überrascht wie von der Tatsache, dass er Alix Graves überhaupt kannte, blickte April auf, als Gabriel sich plötzlich so ungestüm an ihr vorbeidrängte, dass ihr die Bücher aus der Hand fielen und auf den Boden klatschten. Als sie sich bückte, um sie wieder aufzuheben, hörte sie Gekicher und spürte, wie alle sie anstarrten. *Na toll. Klappt ja super mit meiner Nichtauffall-Taktik.*

»Alles okay?«

Sie hob den Kopf und blickte direkt in Benjamin Osbournes blaue Augen. Er streckte ihr mit besorgter Miene die Hand hin, um ihr aufzuhelfen. *Mein Gott, sieht der gut aus,* dachte sie überwältigt.

»Ja ... Ja, alles okay«, murmelte sie, packte hektisch ihre Sachen zusammen und eilte aus dem Klassenzimmer. Als sie sich in der Tür noch einmal umdrehte, sah sie, dass Benjamin ihr mit einem Lächeln auf den perfekten Lippen hinterherblickte.

»Ist wirklich alles okay?«

April nickte und trat hastig in den Flur hinaus. Nichts war okay. Absolut gar nichts. Sie war in ihrem Stolz verletzt, war ausgelacht worden, hatte sich völlig überfordert gefühlt und … na ja, Benjamin hielt sie wahrscheinlich für ein motorisch und geistig minderbemitteltes Mädchen, das ständig rot anlief. Aber das war noch nicht einmal das Schlimmste. Nein, was ihr am meisten zusetzte, war die Tatsache, dass Gabriel sie angerempelt hatte. Sie konnte es zwar nicht beschwören, war sich aber ziemlich sicher, dass er ihr etwas zugezischt hatte, als er sich an ihr vorbeidrängte. Und es hatte sich sehr nach »Besser, du verschwindest von hier!« angehört.

Viertes Kapitel

April war völlig verwirrt und verunsichert. Nach Mr Sheldons Philosophiekurs war sie vor ihren Mitschülern in den Pausenhof geflohen, weil sie ihre neugierigen Blicke nicht ertragen hatte. Sie hatte sich so sehr gewünscht, diesen Tag zu überstehen, ohne sich lächerlich zu machen, aber nicht einmal das hatte sie hinbekommen. *Verdammt noch mal, was ist bloß los mit mir? Warum muss ich mich immer blamieren – ganz besonders dann, wenn gerade irgendwelche süßen Jungs in der Nähe sind?* Sie ließ sich auf eine Bank fallen und stieß einen tiefen Seufzer aus. Nachdem sie sich wieder einigermaßen beruhigt hatte, verwandelte sich ihre Verlegenheit in Wut. Warum waren die Leute hier an der Schule auch alle so gemein? Mr Sheldon hatte doch ganz genau gewusst, dass es ihr erster Schultag war, wieso hatte er sie aufrufen und vor versammelter Klasse lächerlich machen müssen? Und diese blöde Emily konnte ihr auch gestohlen bleiben. Benjamin hatte zumindest versucht, ihr zu helfen, aber was war bloß in Gabriel gefahren, sie so heftig anzurempeln? Sie hatte ihn doch bloß ein paarmal angesehen, kein Grund, sie gleich umzurennen.

»Ich hasse diese Schule«, flüsterte sie und blickte missmutig auf das Buch, das Mr Sheldon der Klasse als Hausaufgabe mitgegeben hatte. Eine Werkausgabe von John Wyndham, einem Autor, von dem sie noch nie etwas gehört hatte. Als sie zum Inhaltsverzeichnis blätterte, sackte ihre Laune noch tiefer in den Keller. Die erste Geschichte hieß »Die Triffids«, und jetzt erinnerte sie sich, dass sie schon mal etwas darüber gelesen hatte. Es ging darin um irgendwelche riesigen menschenfressenden Pflanzen. April hatte mit Science-Fiction noch nie etwas anfangen können – sie fand diese ganzen Geschichten über Außerirdische und Helden mit Laserschwertern einfach nur albern. Genauso wie die Nerds, die darauf standen und in der Regel nicht sonderlich viel Wert auf Körperhygiene legten. Gelangweilt überflog sie die anderen Titel: *Kuckuckskinder*, *Chocky*, *Wenn der Krake erwacht* ... Sie klappte das Buch zu, schlug es an einer beliebigen Stelle wieder auf und las die ersten beiden Zeilen von »Kuckuckskinder«. *Wow*, dachte sie, *was für ein Schwachsinn*. Stirnrunzelnd las sie weiter, aber ihr erster Eindruck bestätigte sich im Verlauf der Geschichte nur noch: Die Sprache war total gestelzt und altmodisch. Immerhin musste sie kurz amüsiert grinsen, als sie feststellte, dass der Protagonist Richard *Gay*ford hieß. Sie schüttelte den Kopf. Es gab etwas, das sie noch alberner fand als Science-Fiction, nämlich Lehrer, die versuchten »modernen Unterricht« zu machen, aber dem Trend ungefähr drei Jahrzehnte hinterherhinkten. Seufzend beschloss sie, sich später weiter mit dem Buch zu befassen, steckte es in ihre Tasche und ging wieder ins Schulgebäude zurück, weil sie sich sicher war, dass alle aus ihrem Kurs mittlerweile gegangen waren. Sie fragte eine jüngere Schülerin nach dem Weg zum Ausgang. Das Mädchen half ihr bereitwillig weiter und gab ihr eine detaillierte Wegbeschreibung. Spätestens als sie sich im Heizungsraum wiederfand, hätte ihr klar sein müssen, dass sie auf den Arm genommen worden war, aber sie war ziemlich starrköpfig – eine Charaktereigenschaft, die sie vermutlich von ihrem Vater geerbt hatte – und ging trotz ihrer Zweifel weiter. Mittlerweile hatte sie völlig die Orientierung verloren. Ihr war lediglich klar, dass sie irgendwo im Keller herumirren musste. Wütend auf sich selbst, stieß sie eine Tür mit der Aufschrift

»Notausgang« auf und stürmte in das dahinterliegende Treppenhaus.

»Hey! Spinnst du?«, fragte eine aufgebrachte Stimme, als die schwere Stahltür gegen die Wand schlug. April hob den Blick und sah zwei umwerfend hübsche Mädchen am Treppengeländer lehnen. Ein drittes, das um ein Haar von der Tür getroffen worden wäre, hätte beinahe die Champagnerflasche fallen lassen, aus der sie gerade getrunken hatte, und wischte sich mit dem Handrücken über den Mund.

»Kannst du nicht aufpassen, wo du hinläufst?«, blaffte sie.

»Tut mir leid.« April trat einen Schritt beiseite, tat so, als hätte sie nichts gesehen, und steuerte auf die Treppe zu. *Alkohol in der Schule?* Sie war zwar keine Lehrerin, aber die Mädchen würden trotzdem nicht besonders erfreut darüber sein, beim Trinken erwischt worden zu sein. Als sie schon fast an ihnen vorüber war, stellte sich eine von ihnen ihr in den Weg. Es war das schwarze Kaninchen. Die traumhaft schöne Davina, Schwester des traumhaft schönen Benjamin.

»Du bist doch neu hier, oder?«, sagte sie und ließ den Blick ihrer kühlen blauen Augen über April wandern wie die Sensoren eines Scanners.

»Äh, ja, bin ich«, stammelte April und warf den beiden anderen Mädchen, die sie lauernd beobachteten, einen unsicheren Seitenblick zu. Nach einer gefühlten Ewigkeit lächelte Davina und streckte ihre schlanke Hand aus.

»Hallo. Ich bin Davina«, sagte sie. »Und das sind Layla und Chessy.« Sie zeigte auf ihre beiden Freundinnen.

»Ich heiße April.«

»Ich weiß.« Davina sah sie einen Moment lang prüfend an und deutete dann mit einem Nicken in Richtung Treppe. »Komm mit, wir machen eine kleine Besichtigungstour durch die Schule. Wahrscheinlich hat sich bis jetzt noch niemand die Mühe gemacht, dich ein bisschen rumzuführen, stimmt's?«

»Ähm … ja. Ich meine, nein … niemand«, stotterte April und folgte ihr die Treppe hoch. Die anderen beiden hefteten sich an ihre Fersen.

»Keine Sorge, wir kümmern uns um dich. Tun wir doch, oder?« Davina drehte sich lächelnd zu ihren Freundinnen um, die beide nickten. »Ich hab gehört, dass du aus Edinburgh kommst. Gott, ich liebe diese Stadt, sie ist so unglaublich romantisch. Meine Mutter hat beruflich mit dem Edinburgh Festival zu tun, deswegen bin ich fast jedes Jahr dort. ›The Scotsman‹ ist einfach fantastisch, findest du nicht auch?«

»Mein Vater hat für den *Scotsman* gearbeitet. Er ist Journalist.«

Davina warf ihr einen verwirrten Blick zu, dann lachte sie. »Doch nicht die Zeitung, Dummchen! Ich meine das Scotsman Hotel. Das Spa dort ist das beste der Stadt.« Sie streckte ihre Hand aus und spreizte die Finger. Ein riesiger Brillant funkelte an ihrem Zeigefinger, und April zweifelte keine Sekunde daran, dass er echt war. »Ich könnte dringend mal wieder eine Maniküre vertragen.« Sie seufzte und hakte sich bei April unter, als wären sie beste Freundinnen. »Mhmmmm … was ist das für ein himmlisches Parfum, das du benutzt?«, fragte sie.

»Das, ähm, ist bloß Seife, glaube ich.« April zuckte unsicher mit den Schultern, woraufhin Davina glockenhell auflachte.

»Du bist wirklich komisch«, sagte sie, als sie um eine Ecke bogen und durch eine Seitentür in den Hinterhof hinaustraten, wo sich die Sporthallen befanden.

»Erzähl doch mal ein bisschen von dir, April«, flüsterte Davina verschwörerisch. »Hast du einen Freund?«

April kicherte nervös.

»Ich interpretiere das mal als *Nein*«, rief Layla von hinten.

»Dagegen sollten wir dringend etwas unternehmen.« Davina blieb stehen und musterte sie von oben bis unten. April trat unbehaglich von einem Fuß auf den anderen, weil sie genau wusste, wie unförmig und unscheinbar sie neben diesem in jeder Hinsicht perfekt aussehenden Mädchen wirken musste.

»Doch ... da lässt sich auf jeden Fall noch das eine oder andere machen.« Davina strich über den Kragen von Aprils Mantel und zog die Hand schnell wieder zurück, als hätte sie etwas Schmutziges angefasst. »Ich habe ein sehr hübsches Kleid von Chloé, das mir etwas zu weit ist, darin würdest du umwerfend aussehen, und wenn wir dir die Augen dann noch im Smoky-Eyes-Look schminken ...« Als sie Aprils Gesichtsausdruck sah, lächelte sie zerknirscht. »Oh, April, tut mir leid. Jetzt hab ich es schon wieder gemacht, oder?«

»Was meinst du?«

»Ach, dass ich es immer gleich so übertreiben muss. Ich meine, wir haben uns gerade erst kennengelernt, und schon versuche ich, dich komplett umzustylen. Aber, wenn ich erst mal entschieden habe, dass ich jemanden mag, dann gehen meistens die Pferde mit mir durch ... Ziemlich blöd von mir, was?«

»Nein. Nein, überhaupt nicht. Im Gegenteil, das ist doch nett«, versicherte April ihr und zog ihren Mantel über der Brust zusammen. »Kein Problem, wirklich.«

Davina strahlte sie an und drückte ihr freundschaftlich die Hand. »Schön. Vielleicht hast du ja Lust, bald mal bei mir ...«

Aber April hörte Davina gar nicht zu, sondern blickte stirnrunzelnd über ihre Schulter. Ein paar Meter entfernt lief Gabriel an ihnen vorbei. Er schien es eilig zu haben, hatte die Brauen finster zusammengezogen und den Kragen seines Mantels gegen die Kälte hochgeschlagen.

»Was ist?«, fragte Davina.

»Nichts.« April schüttelte den Kopf. »Nur dieser Typ da

hinten ... Ich hab ihn gestern Abend schon mal gesehen. Ich glaube, er wohnt bei mir in der Nähe.«

»Gabriel?« Davina verdrehte die Augen. »Den vergisst du am besten ganz schnell wieder. Er ist zwar der beste Freund von meinem Bruder, aber so was von *zickig*, das ist nicht mehr normal«, sagte sie, während sie beobachteten, wie er mit hochgezogenen Schultern durch das Tor ging und die Straße überquerte. »Außerdem haben wir alle den Eindruck, dass er sowieso kein Interesse hat.«

April runzelte die Stirn. »Woran hat er kein Interesse?«, fragte sie, worauf Layla und Chessy kicherten.

»Sex, Schätzchen. Sex«, sagte Layla. »Oder gibt es das in Schottland etwa nicht?«

Hinter ihnen ertönte ein vernehmliches Räuspern. Als sie sich umdrehten, stand Caro vor ihnen und schwang lässig ihre Tasche vor und zurück.

»Störe ich?«, fragte sie mit unbewegter Miene.

April bemerkte, wie Layla und Caro sich einen feindseligen Blick zuwarfen. Die beiden kamen ihr vor wie zwei Katzen, die sich zufällig in einem fremden Garten über den Weg liefen. Sie fauchten sich zwar nicht an, aber die Stimmung zwischen ihnen war spürbar gereizt.

»Hallo, Caro«, sagte Layla kühl, bevor sie sich wieder April zuwandte. »Wir sehen uns dann morgen. Ich glaube, wir haben Englisch zusammen.«

Davina zog ihr piepsendes Handy aus der Tasche. »Mein Fahrer ist da. Ich bin dann auch weg. Kommst du, Chess?«

»Na? Neue Freundinnen gefunden?«, fragte Caro ironisch, sobald Davina und die beiden anderen Mädchen weg waren.

»Nein. Oder ja, vielleicht. Ich hab sie eben erst kennengelernt. Ich hatte mich im Schulgebäude verlaufen und ...«

Caro fuhr herum und stürmte so schnell aufs Tor zu, dass April kaum hinterherkam.

»Hey, was ist denn auf einmal los, Caro?«

»Gar nichts. Geht mich schließlich nichts an, mit wem du deine Zeit verbringst«, sagte sie, ohne sie anzusehen.

»Wer redet denn hier davon, dass ich Zeit mit ihnen verbringe? Ich bin ihnen bloß zufällig in die Arme gelaufen, und wir haben uns ein bisschen unterhalten.«

Caro blieb ruckartig stehen und sah April an. »Und, bist du jetzt glücklich?«

»Wie bitte? Sag mal, was hast du denn?«, fragte April verwirrt. Allmählich gewann sie den Eindruck, dass an der Ravenwood School alle ein bisschen gestört waren.

Caros grüne Augen funkelten wütend. »Das sind miese Hexen. Sie nehmen dich mit Haut und Haar in Besitz, krempeln dich komplett um und dann … Ach, vergiss es einfach!«, rief sie und wollte weitergehen.

»Caro! Bitte!« April hielt sie am Arm fest. »Rede mit mir.«

Caro sah sie einen Moment lang prüfend an, dann entspannten sich ihre Gesichtszüge, und sie stieß einen tiefen Seufzer aus. »Tut mir leid. Es hat nichts mit dir zu tun, sondern mit ihr.«

»Das hab ich mir schon gedacht«, sagte April und lächelte zaghaft. »Aber was habt ihr für ein Problem miteinander?«

Caro setzte zu einer Antwort an, schüttelte dann aber bloß den Kopf. »Glaub mir, April, diese Mädchen sind richtig böse. Das sind hinterhältige, grausame Hexen.«

April betrachtete Caro einen Moment lang mit hochgezogenen Brauen, dann brach sie in lautes Lachen aus. Caro verzog gequält das Gesicht, dann lachte sie auch.

»Tut mir leid.« Sie grinste betreten. »Aber wenn es um die ›Schlangen‹ geht, schieße ich mit meinem Hass immer ein bisschen übers Ziel hinaus. Sie sind vielleicht nicht die Töchter des Satans, aber du solltest dich vor ihnen in Acht nehmen. Das meine ich ganz ernst.«

»Mach ich.« April lächelte. Sie zögerte einen Moment und sagte dann: »Kann ich dich was fragen, Caro?«

»Klar.«

»Hast du ›Sakrileg‹ gelesen?«

»Ja, warum?«

»Und kann es sein, dass du auch ›24‹ schaust? Und ›Prison Break‹?

Beide begannen, prustend zu lachen.

»Okay, ich geb's zu. Ich hab eine Schwäche für Verschwörungstheorien«, sagte Caro. »Aber dass ich paranoid bin, bedeutet nicht, dass sie nicht hinter mir her sind.«

Nachdem sie das Schulgelände verlassen hatten und die Straße entlangschlenderten, versuchte Caro, April ihren Hass auf die »Schlangen« zu erklären. Sie und Layla hatten früher jede freie Minute miteinander verbracht, sich gegenseitig anvertraut, für welche Jungs sie schwärmten, beieinander übernachtet – kurz: Sie waren beste Freundinnen gewesen. Und dann war eines Tages Davina aufgetaucht, und alles hatte sich geändert. Layla war ihrem Glamour-Faktor sofort erlegen, und auf einmal hatte sich alles nur noch um Davina gedreht. Nachdem die Osbournes sie in den Sommerferien auch noch in ihre Villa am Schwarzen Meer eingeladen hatten, war sie nach ihrer Rückkehr wie verwandelt gewesen: Sie hatte abgenommen, sah aus, als hätte sie täglich mehrere Stunden im Kosmetiksalon verbracht, und trug nur noch die edelsten Designerklamotten.

»Das wäre ja alles kein Problem gewesen, wenn sie sich nicht auch sonst komplett verändert hätte«, erzählte Caro weiter. »Wir hatten früher so viel Spaß miteinander, aber plötzlich war sie total humorlos und biestig. Sie ist ein völlig anderer Mensch geworden. Ein Klon. Im Ernst, April, halt dich von denen fern, sonst endest du ganz genauso.«

»Vielen Dank für die Warnung, aber so schlimm fand ich

sie ehrlich gesagt gar nicht«, sagte April vorsichtig. »Okay, ich kann mir schon vorstellen, dass sie ziemlich gehässig sein können und sich für was Besseres halten, und dass Davina echten Pelz trägt, finde ich extrem geschmacklos, aber ...«

»Schon gut, reden wir nicht mehr davon«, sagte Caro beleidigt.

April nagte betreten an ihrer Unterlippe. Sie hatte Caro nicht verletzen wollen – schließlich war sie die Einzige, die sich wirklich für sie zu interessieren schien und die sich an ihrem ersten Tag total nett um sie gekümmert hatte. Warum nahm sie ihr gegenüber Leute in Schutz, von denen sie nicht das Geringste wusste?

»Tut mir leid«, entschuldigte sie sich hastig. »Ich bin gerade mal fünf Minuten hier und tue schon so, als wüsste ich über alles bestens Bescheid. Hör einfach nicht auf das, was ich sage, okay?«

Caro zuckte die Achseln. »Okay.«

»Hast du Lust, noch mit zu mir zu kommen?«, fragte April.

»Eigentlich hab ich keine Zeit, aber ... Ist dein Vater auch zu Hause?«

»Ich glaube nicht. Heute ist sein erster Arbeitstag bei der neuen Zeitung.«

Eine Weile sagte keine von ihnen ein Wort, bis April das Schweigen nicht mehr länger aushielt und das Thema wechselte.

»Erzähl doch mal. Worum geht es denn bei deiner Verschwörungstheorie?«

Doch Caro ging einfach stumm weiter, ohne darauf zu antworten. April blies die Backen auf. Puh. Ihre neue Freundin war anscheinend ganz schön kompliziert. Irgendwann blieb Caro abrupt stehen und sah sie an.

»Okay ... Ich hab noch keine konkreten Beweise, aber an der Schule ist irgendetwas im Gang. Ich hab ein total ungutes

Gefühl. Mir ist klar, dass das heute dein erster Schultag ist – wahrscheinlich willst du das alles gar nicht hören, aber ich hätte ein schlechtes Gewissen, wenn ich es dir nicht erzählen und dir womöglich irgendwas passieren würde.«

»Wie meinst du das?«

»Die Ravenwood School ist noch gar nicht so alt – es gibt sie erst seit zehn Jahren. Anscheinend wird sie durch Gelder aus irgendeiner Stiftung finanziert, aber niemand weiß, wer hinter dieser Stiftung steht. Bis auf den Falken gibt es niemanden, der öffentlich in Erscheinung tritt. Über die Leute, die die Schule verwalten, ist nichts bekannt.«

»Wer ist der Falke?«

Caro lächelte. »Mr Sheldon, unser Schulleiter. Das ist sein Spitzname. Den hat er wegen dieses Raubvogelblicks bekommen, mit dem er einen manchmal anschaut – so als wolle er sich jeden Moment auf dich stürzen und dich verschlingen.«

»Mit dem Blick hab ich auch schon Bekanntschaft gemacht. Aber woher weißt du das alles?«

»Ich hab ein bisschen nachgeforscht. Genau genommen, hab ich sogar ziemlich gründlich nachgeforscht, aber es gibt keinerlei Informationen darüber, woher die Stiftungsgelder kommen. Und merkwürdigerweise scheint sich auch niemand sonderlich dafür zu interessieren.«

»Das muss aber noch lange nicht heißen, dass hier irgendetwas vertuscht werden soll, oder?«

»Ich weiß schon, dass ich mich wie eine durchgeknallte Irre anhöre, aber ich bin davon überzeugt, dass hier irgendwas nicht mit rechten Dingen zugeht. Ich meine, hast du dir mal die Lehrer angeschaut? Sie sehen vielleicht wie ganz gewöhnliche Loser in schlecht sitzenden Jacketts mit Ellbogenflicken aus, aber die meisten von ihnen sind absolute Überflieger. Ich hab gegoogelt und festgestellt, dass die meisten von Eliteuniversitäten kommen und Koryphäen ihres Fachs sind.

Und das müssen sie auch sein, um mit manchen der Schüler hier mithalten zu können. Als ich ein paar von ihnen angesprochen und gefragt hab, warum sie sich entschieden haben, ausgerechnet an der Ravenwood School zu unterrichten, haben mir alle mehr oder weniger zu verstehen gegeben, dass man ihnen ein Angebot gemacht hat, das sie unmöglich ausschlagen konnten. Klar, die meisten Privatschulen verlangen hohe Schulgebühren und verfügen über entsprechend viel Geld, aber in der Ravenwood School steckt ein Vermögen. Ich meine, schau dir mal allein die Computer- und Laboranlagen an, die im Keller rumstehen. So eine hochmoderne technische Ausstattung findest du sonst nur noch bei der NASA!«

April schwieg verunsichert. »Okay … aber das muss doch nicht zwangsläufig bedeuten, dass eine Verschwörung dahintersteckt. Vielleicht wird die Schule von irgendeinem exzentrischen Milliardär finanziert – so jemandem wie Bill Gates –, der seinen Namen aus der Sache raushalten will.«

Caro schlug April so fest auf die Schulter, dass sie ein paar Schritte vorwärts stolperte. »Ha! Ich sehe, dass du verstehst.« Sie lachte. »Daran hab ich natürlich auch schon gedacht – vielleicht steckt auch ein Riesenkonzern wie Coca-Cola dahinter, der aus den spektakulären wissenschaftlichen Forschungsergebnissen der Schüler Kapital schlagen will. Was meinst du?«

»Kann schon sein … Ich gebe zu, dass das mit den geheimen Hintermännern, den Supercomputern und den dunklen Geldkanälen merkwürdig ist, aber ich verstehe immer noch nicht, was der Skandal daran sein soll.«

Caro sah sie mit hochgezogenen Augenbrauen an. »Die Vermissten – *die* sind der Skandal.«

»Die Vermissten?«

»Ja, genau. Es verschwinden immer wieder Leute. Nicht nur hier an der Schule, aber auch. Seit ich hier bin, sind insgesamt schon acht Schüler verschwunden.«

»Und wohin verschwinden sie?«

Caro zuckte mit den Schultern. »Offiziell wird immer behauptet, sie wären woanders hingezogen oder in ihre Heimatländer zurückgekehrt, nach Korea, Indien, Russland oder wohin auch immer. Aber ich hab drei von ihnen näher gekannt und versucht, Kontakt mit ihnen aufzunehmen. Sie waren nicht mehr aufzufinden.«

»Und was glaubst du, was mit ihnen passiert ist?«

»Ich glaube, dass sie sie sich geholt haben.«

»Wer sind ›sie‹?«

Caro legte eine dramatische Pause ein, dann beugte sie sich vor und flüsterte: »Die Vampire.«

April lachte, aber ihr Lachen erstarb, als sie merkte, dass Caro keine Miene verzog. *Das kann sie doch unmöglich ernst gemeint haben, oder?* Sie sah Caro stirnrunzelnd an und hoffte, dass noch eine Pointe folgen würde, aber ihre neue Freundin erwiderte ihren Blick, ohne mit der Wimper zu zucken.

»Die Vamp...«, begann April, als ihr Handy klingelte. Sie kramte es aus der Tasche und warf einen Blick aufs Display. Es war Fiona.

»Tut mir leid, aber da muss ich rangehen.«

»Kein Problem. Ich muss sowieso nach Hause, und da vorne kommt auch schon mein Bus.« Caro zeigte zur Bushaltestelle. »Du kannst ja vielleicht deinem Vater von der Sache erzählen«, rief sie, während sie losrannte. »Wäre toll, wenn ich mich mal mit ihm darüber unterhalten könnte.«

April nickte und winkte ihr hinterher.

Dann hob sie das Handy ans Ohr. »Hi, Fee.«

»Hey, Süße. Alles klar?«

»Ja ... mehr oder weniger.«

»Ich hab mich total mies gefühlt, weil ich dir von der Sache mit Neil und Miranda erzählt hab. Das war echt blöd von mir. Du hast gerade wirklich genug andere Probleme.«

Einen Moment lang wusste April nicht, wovon sie redete. Nach dem Tag heute kam ihr Edinburgh vor wie eine andere Welt, die nichts mit ihr zu tun hatte.

»Ach so das. Schon gut. Das Leben geht weiter.«

»Okay, dann erzählst du mir jetzt aber haarklein alles über die Ravenwood School!«

April sah, wie Caro in den Bus stieg, und rang sich ein Lächeln ab, als sie ihr vom Oberdeck aus zuwinkte. »Das glaubst du mir nie, Fee«, sagte sie. »Aber die sind hier alle total durchgeknallt.«

Fünftes Kapitel

Gute Mädchen kommen in den Himmel – böse kommen überallhin!, dachte April, als sie das Eingangstor hinter sich zuzog und über die Straße sprang. Sie hielt sich am Mast einer altmodischen Straßenlaterne fest, drehte sich einmal im Kreis darum und lief dann über den Platz. Kurzzeitig meldete sich ihr schlechtes Gewissen, weil sie sich einfach so über das Verbot ihrer Eltern hinwegsetzte, nach Einbruch der Dunkelheit hinauszugehen, aber als sie nach Hause gekommen war und festgestellt hatte, dass ihre Mutter noch nicht von ihrer Verabredung mit ihren Londoner Freundinnen zurück und ihr Vater noch in der Redaktion war, hatte sie beschlossen, dass es nichts schaden konnte, sich noch ein bisschen im Viertel umzusehen. Highgate war schließlich nicht South Central L.A. Und außerdem machte es unerwartet viel Spaß, sich heimlich davonzuschleichen. Sie hatte die letzten sechs Wochen – eigentlich sogar die ganzen letzten sechzehn Jahre, wenn sie es genau betrachtete – immer nur das gemacht, was andere von ihr erwartet hatten. Es war höchste Zeit, etwas daran zu ändern.

Als sie an der Highgate Literary & Scientific Institution vorbeikam, las sie auf der unter der Dachtraufe angebrachten Tafel, dass das Gebäude 1839 erbaut worden war. April stellte sich vor, wie eine Gruppe verschrobener Professoren dort herumsaß, Pfeife rauchte und über Lyrik diskutierte. *Das wäre das Richtige für Dad*, dachte sie lächelnd und warf einen Blick auf ihre Uhr. Es war halb sieben, und der Mond stand bereits am wolkenlosen Abendhimmel. Während sie die Swain's Lane entlangging, fragte sie sich, warum sich heute alle Leute, denen sie begegnet war, ein bisschen seltsam benommen hatten. Vielleicht lag es daran, dass bald Vollmond war.

Sie dachte über den vergangenen Tag nach und blies beim Ausatmen kleine Dampfwölkchen in die kalte Luft. Eigentlich gab es keinen Grund, Mr Sheldon wegen des kleinen Vorfalls in Philosophie böse zu sein. Im Grunde genommen hatte er nichts weiter getan, als sie dazu anzuspornen, ausgetretene Denkpfade zu verlassen und ihren eigenen Kopf zu benutzen. Und am Ende der Stunde hatte er sie sogar ein bisschen gelobt. Aber warum Gabriel Swift sie so grob angerempelt hatte, war ihr immer noch ein Rätsel. Trotzdem musste sie zugeben, dass ihr erster Tag an der Ravenwood School gar nicht so schlimm verlaufen war, wie sie befürchtet hatte. Sie hatte immerhin zwei neue Freundinnen gefunden – oder zumindest Bekanntschaften gemacht –, was doch eigentlich eine ganz gute Bilanz war. Besser als die komische Neue zu sein, mit der sich niemand unterhalten wollte. Davina war ihr zwar zu schnell zu vertraulich geworden, aber das war wahrscheinlich einfach ihre Art. Caro war ziemlich unverblümt und eindeutig ein bisschen durchgeknallt, trotzdem mochte sie sie jetzt schon richtig gern. Fiona hatte gelacht, als sie ihr Caro beschrieben hatte, und gesagt: »Die scheint ziemlich viel Ähnlichkeit mit deinem Dad zu haben.«

April spähte durch ein schmiedeeisernes Tor zu ihrer Linken auf die Kirche, deren Dach im Mondlicht schimmerte. *Das Ding ist bloß eine Kirche, kein Geisterschloss,* dachte sie lächelnd. Die Ravenwood School hatte dagegen tatsächlich Ähnlichkeit mit Draculas Schloss, zumindest von außen. Im Inneren waren es eher die anderen Schüler gewesen, die sie verunsichert hatten, als die schmalen, langen Flure. Was April am meisten erstaunt hatte, war die Tatsache, dass alle, die dort waren, anscheinend tatsächlich etwas lernen wollten. Es gab kein Gekicher in den letzten Reihen, keine Zettelchen, die heimlich weitergegeben wurden – alle waren voll und ganz auf den Unterricht konzentriert gewesen. April hatte sich sogar davon anstecken lassen und das erste Mal in ihrem Leben das Gefühl gehabt, wirklich am Unterricht teilzunehmen. Vielleicht waren ihre Mitschüler totale Streber, aber dafür, dass sie auf eine Schule für Hochbegabte gingen, waren sie noch verhältnismäßig normal. Und immerhin gab es dort Leute – und sogar Lehrer –, die schon mal etwas von Alix Graves gehört hatten.

Natürlich war der ermordete Bandleader der wahre Grund dafür, dass sie noch einmal nach draußen gegangen war. Auch wenn sie sich eingeredet hatte, nur ein bisschen Luft schnappen und sich in der Nachbarschaft umschauen zu wollen, führten ihre Schritte sie automatisch zu dem Haus, in dem Alix Graves gewohnt hatte. Sie wollte Fiona zuliebe versuchen, noch ein bisschen mehr über die Umstände seiner Ermordung herauszufinden. Ihr ging es nicht darum zu sehen, wo er umgebracht wurde – falls die Fenster nicht gerade blutverspritzt waren, wäre davon sowieso nichts zu sehen –, aber sie war neugierig darauf, wie das Haus des Rockstars wohl aussehen würde. Vor ihrem inneren Auge sah sie ein großes, altes Gemäuer mit Buntglasfenstern und dämonischen Wasserspeiern, die auf dem Dach saßen und hinuntergrinsten. *April Dunne, du hast definitiv zu viele Horrorfilme gesehen,* dachte sie kopfschüttelnd. In Dartmouth Park gab es angeblich viele solcher riesiger düsterer Spukhäuser, aber soweit sie wusste, hatte Alix in einem ultramodernen Penthouse aus Glas und Stahl gewohnt. Sie hatte vor, ein paar Handyfotos zu machen und sie Fiona zu schicken. Vielleicht würde ihr das helfen, mit seinem Tod abschließen zu können und …

Was war das?

April blieb erschrocken stehen – sie war sich sicher, einen Schrei gehört zu haben. Mittlerweile war es fast ganz dunkel geworden. Nichts regte sich, und bis auf das entfernte Rauschen des Verkehrs auf der Hauptstraße am Fuß des Hügels herrschte absolute Stille. April neigte lauschend den Kopf und ließ ihren Blick langsam durch die Dunkelheit wandern. Rechts und links von ihr zeichneten sich bedrohlich die alten Friedhofsmauern ab.

Da! Erneut zerriss ein Schrei die Stille der Nacht. *Was war das? Ein Baby? Eine Katze?*

April ging zu dem schmiedeeisernen schwarzen Tor zurück, an dem sie vorhin vorbeigekommen war – dem Eingang zum Friedhof. Es war ihr schon auf dem Schulweg aufgefallen, weil dahinter ein merkwürdiges kleines weißes Häuschen stand, aber heute Morgen war das Tor verschlossen gewesen – jetzt stand es einen Spaltbreit offen. *War es gerade eben auch schon offen?*, fragte sie sich. *Aber das hätte mir doch auffallen müssen, oder? Habe ich vielleicht bloß das Quietschen der Angeln gehört, als jemand das Tor aufgemacht hat?* Dem Berg trockenen Laubs nach zu urteilen, der am Boden lag, musste es eine Weile her sein, seit das Tor das letzte Mal geöffnet worden war. Sie ging näher heran und versuchte, durch die Gitterstäbe etwas zu erkennen, aber außer ein paar dunklen Schatten war nichts zu sehen.

Plötzlich ertönte von Neuem ein gellender Schrei. April wich erschrocken ein paar Schritte zurück. Diesmal bestand kein Zweifel: Es war ein Schmerzensschrei gewesen. Etwa von einem Menschen? Dann hörte sie erstickte Laute, die wie ein leises Wimmern klangen und ganz aus der Nähe kamen.

»Hallo?« Sie zwang sich, ihre Stimme fest und entschlossen klingen zu lassen. »Ist da jemand?«

Wieder ertönte der Schrei – leiser diesmal, schwächer.

»Hallo? Brauchen Sie Hilfe?«, rief sie. Trotz ihrer Angst und der eindringlichen Warnung ihrer Eltern konnte sie jetzt nicht einfach weitergehen. Vielleicht lag dort ein Mensch, der schwer verletzt war und dringend einen Krankenwagen brauchte.

April zog den bereits einen Spaltbreit geöffneten Flügel des Eingangstors ganz auf. Die rostige Angel gab ein leises Quietschen von sich, und im Dunkel des Friedhofs konnte April auf dem mit Unkraut überwucherten Pfad eine kleine dunkle Gestalt ausmachen. Während sie angestrengt etwas zu erkennen versuchte, sah sie, dass sie sich bewegte.

Als sie näher trat, streifte sie im Vorbeigehen das Tor, das erneut quietschte. Das kleine Wesen, das auf dem Pfad lag, zuckte zusammen und versuchte verzweifelt, auf die Beine zu kommen. Jetzt sah April, was es war: ein Fuchs.

Ein paar Meter von dem Tier entfernt ging sie in die Hocke, sprang aber sofort wieder erschrocken auf. Sie hatte irgendetwas Warmes und Nasses im Gras berührt. Zitternd hielt sie die Hand ins milchig weiße Mondlicht und sah, dass ihre Fingerkuppen dunkel schimmerten. *Ist das etwa Blut?*, fragte sie sich entsetzt und sah zu dem Fuchs hinüber. Er rührte sich nicht mehr, aber sie konnte ihn immer noch ganz leise winseln hören.

Ihr war nicht wohl dabei, so dicht neben einem wilden, verletzten Tier zu stehen, andererseits konnte sie es doch auch nicht einfach dort liegen lassen.

»Wer hat dir das angetan, mein Kleiner?«, flüsterte sie.

Sie drehte sich um und spähte in die Dunkelheit. Nichts als Bäume, Grabsteine und ... Plötzlich sah sie einen Schatten, der kein Schatten war.

Sie schrie leise auf und presste die Hand auf den Mund. Inmitten der Bäume stand jemand mit dunklen, stechenden Augen und beobachtete sie. Ohne einen weiteren Gedanken an den Fuchs zu verschwenden, wich sie rückwärts Richtung Tor zurück. Und dann erhob sich auf einmal ein ohrenbetäubendes Tosen, und sie spürte einen heftigen Luftzug, als etwas auf sie zustürmte. Sie spannte die Muskeln an und erwartete jeden Moment zu Boden geworfen zu werden, wurde stattdessen jedoch in die Luft gerissen und rückwärts vom Friedhof gezerrt. Einen Wimpernschlag später fand sie sich mit schmerzenden Gliedern mitten auf der Swain's Lane liegend wieder.

Verdammt noch mal, was ...?

»Lauf! Hau ab!«, flüsterte eine Stimme. April rappelte sich mühsam auf und blinzelte in die Richtung, aus der die Stimme kam, konnte aber nur eine schemenhafte Silhouette erkennen, die sich im Schatten des Tors zum Friedhof abzeichnete.

»Verschwinde von hier!«, zischte die Stimme. »Geh!«

Als die Gestalt sich umdrehte, fiel das Mondlicht auf ihr Gesicht, und April wurde schwindlig. Es war Gabriel Swift.

»LAUF!«, rief er und schlug das Tor zu. April fuhr panisch herum und rannte den Hügel hinauf, so schnell ihre Beine sie trugen.

April stand seit zehn Minuten unter der Dusche, die sie so heiß gestellt hatte, dass Dunstschwaden den Raum erfüllten, aber die Kälte wollte einfach nicht aus ihrem Körper weichen. Ihr klapperten die Zähne, und ihre Beine zitterten immer noch von ihrem Spurt den Hügel hinauf. Widerstrebend stellte sie das Wasser schließlich ab, wickelte sich in ein riesiges Frotteetuch und kauerte auf dem Rand der Badewanne, bis das Frösteln allmählich nachließ. Ihr Verstand suchte verzweifelt nach einer Erklärung für das, was sie gerade erlebt hatte. War das, was sie auf dem Friedhof gesehen hatte, wirklich nur ein toter Fuchs gewesen? Die Blutlache war für so ein kleines Tier schrecklich groß gewesen. War er vielleicht von einem Auto angefahren worden und hatte sich dann auf den Friedhof geschleppt? Oder hatte ein anderes Tier ihn angefallen? Warum war das Tor offen gewesen? Sie hätte schwören können, dass es am Morgen, als sie daran vorbeigegangen war, noch zugekettet gewesen war. Ihre Gedanken überschlugen sich, ohne dass sie Antworten auf ihre Fragen fand, vor allem nicht auf die, die sie am meisten beschäftigte: Was hatte Gabriel auf dem Friedhof zu suchen gehabt, und warum hatte er sie so grob auf die Straße gezerrt? Hatte er sie vor irgendetwas retten wollen? Und welcher Teufel hatte sie überhaupt geritten, sich im Dunkeln in einer Gegend herumzutreiben, in der sie sich kaum auskannte, und dann auch noch auf einen Friedhof zu gehen – war sie völlig verrückt geworden? Sie schüttelte über sich selbst den Kopf und musste zugeben, dass ihre Eltern mit ihrer Sorge ausnahmsweise einmal recht gehabt hatten. Eilig trocknete sie sich ab und zog sich an, dann griff sie entschlossen nach ihrem Handy und rief Fiona an.

»Hey! Ich bin's noch mal.«

Einen kurzen Moment lang herrschte überraschtes Schweigen in der Leitung. »Was ist denn los?«, fragte Fiona schließlich besorgt. »Du klingst total aufgelöst.«

»Ich hab vorhin einen kleinen Spaziergang durch Highgate gemacht, und dabei ist mir was total Seltsames passiert …«

»Wirf deinen Rechner an, und lass uns über Skype weiterreden«, schlug Fiona vor. »Ich hab sowieso Sehnsucht nach deiner hübschen Fratze.«

Fiona war schon immer ein kleines Computergenie gewesen – sie hatte bereits über WLAN im Netz gesurft, als die meisten anderen Leute sich noch über ein Modem eingewählt hatten –, und als April ihr von ihrem Umzug nach London erzählt hatte, hatte Fiona kurz darauf mit einer als Geschenk verpackten Webcam vor ihrer Tür gestanden. Unglaublich süß.

Während April ihren Laptop anschaltete und darauf wartete, dass er hochfuhr, hatte sie Zeit, noch einmal über das nachzudenken, was auf der Swain's Lane passiert war: im Grunde genommen nicht viel. Sie hatte ein verletztes Tier gesehen und war von einem Jungen, den sie nur vom Sehen kannte, angebrüllt und vom Friedhof gezerrt worden. Endlich erschien Fionas Gesicht auf dem Bildschirm. Es war leicht verschwommen und verpixelt, trotzdem kamen April bei ihrem Anblick vor Freude und Erleichterung beinahe die Tränen.

»Also«, sagte Fiona streng, »und jetzt erzählst du mir haarklein, was passiert ist, und lässt nichts aus – ich hab dich genau im Blick und merke, wenn du mir was verschweigst.«

»Okay … ich bin eine Straße entlanggegangen und hab plötzlich ein merkwürdiges Geräusch gehört«, begann April zögernd. »Es kam vom Friedhof, also bin ich reingegangen, um nachzusehen, und … und da lag ein Fuchs am Boden, der schwer verletzt war und gewinselt hat.«

Fiona wartete stirnrunzelnd ab, ob noch etwas kommen würde, und sagte dann: »Das ist alles?«

»Dann … dann bin ich plötzlich nach hinten umgefallen«, erzählte April, weil ihr klar war, wie absurd es sich für ihre Freundin anhören müsste, wenn sie ihr sagen würde, sie hätte das Gefühl gehabt, in die Luft emporgerissen worden zu sein. »Und dann stand auf einmal ein Typ vor mir und hat gebrüllt, dass ich abhauen soll.«

»Also ich wäre wahrscheinlich auch abgehauen, wenn ich auf einem Friedhof einen halbtoten Fuchs gesehen hätte.« Fiona schüttelte sich. »Echt gruselig! Aber wer war der Typ? Und warum hat er dich angebrüllt?«

»Keine Ahnung, aber … Ach, wahrscheinlich wollte er mich bloß erschrecken«, sagte April plötzlich verunsichert.

»Anscheinend hat mich die Sache mit dem Mord an Alix doch mehr mitgenommen, als ich dachte. Es ist ja praktisch direkt hier um die Ecke passiert.«

»Kann schon sein«, sagte Fiona wenig überzeugt. »Aber du solltest dir davon keine Angst machen lassen, Süße. Ich hab die Nachrichten über den Mord den ganzen Tag im Internet verfolgt. Die Polizei geht davon aus, dass der Täter entweder ein durchgeknallter Fan war oder jemand aus seinem privaten Umfeld. Was natürlich nicht heißt, dass die ganze Sache nicht furchtbar ist. Ich meine, so ein grausamer Mord passiert schließlich nicht jeden Tag. Oh Mann, ich bin dir keine besonders große Hilfe, oder?«

April lachte und spürte, wie die Anspannung ein bisschen von ihr abfiel.

»Doch, das bist du«, versicherte sie ihr. »Und ich freue mich wahnsinnig, dich zu sehen.« Sie musterte das Gesicht ihrer Freundin forschend. »Wie geht's dir überhaupt?«

»Ich versuche mich zusammenzureißen, auch wenn ich ganz schön fertig bin. Als Zeichen meiner Trauer hab ich mir heute in der Schule ein schwarzes Schultertuch umgelegt, aber Miss Batty ist total ausgeflippt deswegen.«

»Musstest du nachsitzen?«

Fiona lachte. »Nein, im Gegenteil. Miss Batty kennt sich in der Musikszene anscheinend nicht sonderlich gut aus. Als ich ihr gesagt hab, dass ich um Alix Graves trauere, hat sie gedacht, das sei irgendein Verwandter von mir, und hat mir ihr Beileid ausgesprochen. Ich könnte jederzeit zu ihr kommen, wenn ich das Bedürfnis hätte, mich auszuweinen.«

»Oh Mann!« April kannte Fionas Faible für Dramatik und konnte sich lebhaft vorstellen, dass sie der Verlockung nicht hatte widerstehen können, eine kleine Vorstellung ihrer schauspielerischen Fähigkeiten abzugeben. »Fee? Du bist doch hoffentlich nicht auf ihr Angebot eingegangen?«

Fiona schnitt eine Grimasse. »Für wie dämlich hältst du mich? Früher oder später wird sie rausfinden, wer Alix wirklich ist, und würde komplett an die Decke gehen, wenn ich ihre Gutmütigkeit so schamlos ausgenutzt hätte.«

April schüttelte lachend den Kopf. Sie vermisste Fiona und ihr begnadetes Talent, sich immer wieder Ärger einzuhandeln, aber jedes Mal mit einem blauen Auge davonzukommen. Mit ihr war es nie langweilig.

»Machst du heute Abend noch was?«

»Ich treffe mich gleich mit Sophie«, erzählte Fiona. »Wir wollen zu Juliet und einen Masterplan aushecken. Sie will Ian zurückerobern.«

April spürte einen eifersüchtigen Stich. Sie wäre so gern dabei gewesen, wenn ihre Freundinnen stundenlang über dem Text der perfekten Versöhnungs-SMS brüteten und über jedes einzelne Wort diskutierten, das Juliet am Telefon sagen sollte. Eben ganz normale, alltägliche Dinge tun, statt einsam in Highgate zu hocken und … Plötzlich blitzten wieder Gabriels dunkle Augen vor ihr auf. Sie erschauerte.

»April? Hörst du mir überhaupt noch zu?«

»Ich, äh … ja, tut mir leid.« Ihr wurde erst in diesem Moment bewusst, dass sie den letzten Satz ihrer Freundin gar nicht mitbekommen hatte.

»Wie es aussieht, hast du noch jede Menge zu tun«, sagte Fiona und deutete auf die Kartons, die in einer Ecke von Aprils Zimmers standen und darauf warteten, endlich ausgepackt zu werden. »Dann lass ich dich lieber mal wieder. Und hey, du fehlst mir …«

»Du mir auch«, sagte April traurig. »Viel Spaß bei Juliet. Aber amüsier dich ohne mich bloß nicht zu gut, ja?«

Fiona lachte. »Versprochen.«

April klappte den Laptop zu und sah sich in ihrem Zimmer um. Es war klein und wirkte beengt, was nicht nur an den vielen noch unausgepackten Kisten lag, die überall herumstanden. Jedenfalls war es alles andere als gemütlich. Sie stand auf, stellte sich ans Fenster und sah hinaus, weil sie die leise Hoffnung hegte, eine einsame Gestalt mit schwarzen Haaren in dem kleinen Park stehen zu sehen – aber der Platz lag völlig verwaist da. Zumindest war sie ziemlich sicher, dass niemand dort war, es sei denn ... er stünde in einem der dunklen Schatten verborgen. Nein, Unsinn. Was sie auf dem Friedhof zu sehen geglaubt hatte, musste eine Art Sinnestäuschung gewesen sein. Seufzend ging sie hinunter in die Küche, wo ihr Vater am Tisch saß und gerade in einen Käsetoast biss.

»Seit wann bist du zu Hause?«, fragte sie erstaunt.

»Bin grade erst gekommen«, erwiderte er und schenkte ihr eine Tasse Tee ein. »Hunger?«, fragte er und zeigte auf seinen Toast.

April schüttelte den Kopf.

»Wie war's in der Schule?«

»Interessant«, antwortete sie. »Und wie war dein erster Tag bei der neuen Zeitung?«

»Auch interessant.« Er lächelte. »Wo ist deine Mutter?«

April zuckte mit den Achseln. »Sie hat mir einen Zettel geschrieben, dass sie sich mit Freundinnen trifft.«

Ihr Vater griff nach den beiden Büchern, die vor ihm auf dem Tisch lagen, und stand auf. »Gut. Dann mach ich mich mal wieder an die Arbeit.«

»Kannst du nicht wenigstens noch eine Minute ruhig sitzen bleiben?«, fragte April lachend und drückte ihn wieder auf den Stuhl hinunter. »Du bist wirklich ein unverbesserliches Arbeitstier.«

Als sie nach Hause gekommen war, hatte sie bemerkt, dass er sich in dem Raum gegenüber vom Wohnzimmer bereits sein Arbeitszimmer eingerichtet hatte. Wohin man blickte, stapelten sich Bücher, Unterlagen und Ordner. April fragte sich, warum er immer so getrieben war. Vielleicht war es der Wunsch, endlich einmal einen Bestseller zu schreiben. Einer seiner alten Studienfreunde war ein erfolgreicher Zeitungsredakteur und verfasste nebenbei populärwissenschaftliche Geschichtsbücher, die reißenden Absatz fanden. April war nicht entgangen, dass sich jedes Mal ein neidischer Unterton in die Stimme ihres Vaters mischte, wenn die Sprache auf ihn kam. Andererseits versuchte er vielleicht auch nur, Silvia das zu ermöglichen, was sie sich wünschte: ein schönes Haus, ein schnelles Auto und ein glamouröses Leben. Aber so wie sie ihre Mutter kannte, würde wahrscheinlich noch nicht einmal das sie glücklich machen.

»Woran arbeitest du denn im Moment?«, erkundigte sie sich.

Ihr Vater legte die beiden Bücher wieder auf den Tisch und rieb sich das stoppelige Kinn. »Ich muss meinem Verleger bis Freitag ein Exposé für ein neues Buch vorlegen. Meine Agentin glaubt, dass wir diesmal einen ordentlichen Vorschuss raushandeln können. Vielleicht schaffen wir es sogar, einen Sender dafür zu interessieren. Der Stoff würde sich sehr gut für eine Fernsehdokumentation eignen.«

»Hey, das klingt toll.« April lächelte. »Und worum geht es diesmal?«

»Ums Londoner East End. Ich hab dir in den Ferien davon erzählt. Du weißt schon, meine Theorie zu den Massengräbern der Pestopfer.«

April zog ratlos die Schultern hoch. »Sorry, Dad, aber so langsam komme ich bei dir nicht mehr mit. In der einen Minute geht es um ägyptische Kulte und in der nächsten um Menschenhandel.«

Er lachte. »Tut mir leid. Ich hatte keine Ahnung, wie langweilig ich geworden bin.«

»Nicht langweilig«, sagte April liebevoll. »Verwirrend.«

Ihr Vater zupfte ein Stückchen Käse von seinem Toast und schob es auf seinem Teller herum. »Genau genommen hat es etwas mit diesem Viertel zu tun. Wenn deine Mutter wüsste, woran ich arbeite, würde sie dich abends erst recht nicht mehr vor die Tür lassen.«

April spürte, wie ihr wieder kalt wurde, und blickte zum Fenster, an dem mittlerweile der Regen herunterlief.

»Was ist?«, fragte ihr Vater.

»Nichts, ich hab nur ...«

»Was ist los, Schatz?«, fragte er und strich ihr über die Hand.

Ich habe nur dunkel glühende Augen in einem Schatten gesehen und in eine Blutlache gefasst, dachte sie, sprach es aber nicht laut aus.

»Vorhin in der Swain's Lane hab ich mir eingebildet, ich hätte was gesehen. Aber keine Sorge – ich bin wegen des Mordes an Alix Graves bloß ein bisschen durch den Wind.«

»Du warst in der Swain's Lane? Wann war das?«, fragte ihr Vater streng.

»Ach, nach der Schule, aber es fing schon an, dunkel zu werden«, sagte April hastig, schließlich konnte sie schlecht zugeben, dass sie gegen die Ausgangssperre ihrer Eltern verstoßen hatte. Ihr war nicht entgangen, dass sofort ein besorgter Ausdruck über das Gesicht ihres Vaters gehuscht war, als sie die Swain's Lane erwähnt hatte.

»Warst du allein unterwegs? Was hast du dort gesehen?«, fragte er.

»Ich ... ich weiß nicht genau, es war nur ...«, stotterte sie, weil sie nicht wusste, ob sie es ihm erzählen sollte. Eigentlich hätte sie gern mit jemandem darüber gesprochen, und ihr Vater wäre wahrscheinlich der ideale Gesprächspartner gewesen. Ein Mann, der Bücher über den Schneemenschen schrieb, würde ihr mit Sicherheit glauben, wenn sie ihm erzählte, sie hätte einen ... tja, was genau hatte sie eigentlich gesehen? Einen Geist? Einen Zombie? Nein, das konnte sie ihm nicht sagen. Es würde sich einfach zu lächerlich anhören.

»Ich hab einen verletzten Fuchs gesehen«, sagte sie schließlich lahm.

Ihr Vater zog amüsiert die Brauen hoch, wirkte gleichzeitig aber auch ein bisschen erleichtert. »Ich dachte schon, du hättest jemand gesehen, der dir irgendwie verdächtig vorkam.«

»Was meinst du mit *verdächtig*?«

Er streichelte beruhigend ihre Hand. »Nichts, Schatz. Das war nur so dahergesagt. Highgate ist einer der sichersten Stadtteile Londons.«

»Alix Graves wäre da bestimmt anderer Meinung.«

»Stimmt. Aber der Mord an ihm scheint persönliche Hintergründe gehabt zu haben. Die Polizei vermutet, dass es dabei um Geld ging. Du weißt ja, dass er eine eigene Produktionsfirma hatte und jedes Jahr das Fullmoon Festival mitorganisiert hat. Es soll da irgendeinen zwielichtigen Investor gegeben haben. Ich bezweifle also, dass der Mord etwas mit dem Viertel hier zu tun hatte.«

Obwohl ihr Vater lächelte, nahm April ihm seine demonstrative Ungezwungenheit nicht ab. Sie spürte genau, dass er mehr wusste, als er sagte.

»Wer soll sich denn Verdächtiges in der Swain's Lane herumtreiben?«, hakte sie noch einmal nach. »Meinst du vielleicht irgendwelche kriminellen Jugendlichen von einer anderen Schule?«

»Nein, nein, auf keinen Fall. Hier gibt es doch nur die Ravenwood School und die Highgate School, und die sind für messerschwingende Halbwüchsige definitiv zu nobel, Liebes.«

»Aber aus irgendeinem Grund wirst du doch gefragt haben.«

»Ich hab mich in letzter Zeit wahrscheinlich einfach ein bisschen zu viel mit Wegelagerern und Straßenräubern beschäftigt«, sagte er und klopfte auf eines der beiden Bücher, die auf dem Tisch lagen. April reckte den Hals, um den Titel lesen zu können: »Die dunkle Seite des Viktorianischen Zeitalters«. Ihr Vater zuckte mit den Achseln. »Recherche für mein neues Buch. In der Viktorianischen Epoche wimmelte es in London vor Gaunern und Mördern, die sich für einen Schluck Gin gegenseitig die Kehle aufschlitzten. Aber vergiss nicht ...«, betonte er und hob den Zeigefinger, als er Aprils bestürzten Gesichtsausdruck bemerkte, »... dass das hundertfünfzig Jahre her ist. Damals gab es noch keinen nennenswerten Polizeiapparat, die Menschen waren unvorstellbar arm, und London war viel kleiner. Die Stadtgrenzen umfassten gerade mal die Innenstadt und Covent Garden. Alles, was dahinter lag, war tiefste Provinz.«

»Sogar Highgate?«

»Ja und nein. Einerseits war Highgate ein eigenständiges Dorf, das vor vierhundert Jahren rings um das Gebäude errichtet wurde, in dem heute deine Schule untergebracht ist, andererseits beschloss man, den Friedhof hier anzulegen, weil es genügend Land gab und die Friedhöfe in London aus allen Nähten platzten und allmählich das Grundwasser verseuchten. Genau das ist auch das Thema meines neuen Buchs.«

Abermals lief April ein Schauer über den Rücken. »Es handelt von Friedhöfen?«

Ihr Vater stand auf und griff wieder nach seinen Büchern.

Er weicht mir aus, dachte April. *Was verschweigt er mir?*

»Auch, ja. Aber hauptsächlich von Krankheiten – die Pest, Massengräber, Seuchen, die sich über das Abwasser verbreiteten, und dergleichen«, murmelte er zerstreut.

»Sag bloß, diesmal geht es nicht um Monster?«, neckte sie ihn.

»Nein, diesmal geht es nicht um Monster, Schatz.« Er lachte, aber als er sie jetzt wieder ansah, war sein Blick ernst. »Es gibt keine Monster.«

Sechstes Kapitel

April hatte einmal eine Phase gehabt, in der sie geradezu süchtig nach Promimagazinen gewesen war. Sie hatte sich stundenlang Bilder von Filmpremieren und anderen Red-Carpet-Events angesehen, sämtlichen Klatsch über Stars und Sternchen gierig in sich aufgesogen und das Gelesene anschließend eingehend mit ihren Freundinnen erörtert, als würde sie die Schauspielerinnen und Popstars alle persönlich kennen. Sie hatte auch die Ratgeberkolumnen und Horoskope gelesen und es teilweise sogar ganz hilfreich gefunden, was darin zu den Themen Jungs, Prüfungsangst oder »Wie finde ich heraus, ob ich gut küssen kann« geschrieben wurde. Aber als sie jetzt auf dem Bett lag und in einer Zeitschrift blätterte, stellte sie fest, dass der Skandal um eine bekannte Schauspielerin, die in einem heruntergekommenen Gothic-Club in Soho dabei beobachtet wurde, wie sie sowohl mit Frauen als auch mit Typen herumgeknutscht hatte, sie völlig kaltließ. Sie warf das Magazin auf den Boden, ließ sich ins Kopfkissen sinken und starrte an die Decke. Die Digitaluhr auf ihrem Nachttisch zeigte an, dass es schon nach Mitternacht war, aber April war so unruhig und angespannt, dass sie einfach nicht einschlafen konnte. Ihre Gedanken rotierten in einer Endlosschleife. Kein Wunder, es war ja auch ein ziemlich aufregender Tag gewesen. So ein erster Schultag allein war schon traumatisch genug, aber das, was sie hinterher erlebt hatte – was auch immer es zu bedeuten hatte –, hätte jedem Menschen den

Schlaf geraubt. Ohne nachzudenken griff sie nach ihrem Handy, legte es dann aber gleich wieder auf den Nachttisch zurück. Wen wollte sie so spät noch anrufen? Sie könnte ins Internet gehen, aber was brachte ihr das? Alle ihre Freundinnen aus Edinburgh schliefen schon oder – noch schlimmer – waren aus und hatten Spaß. Sie drehte sich auf die Seite und schaute aus dem Fenster. Der Himmel schimmerte dunkelviolett, und zwischen den Regenwolken lugte der Mond hervor. April dachte daran, wie ihr Vater früher, als sie noch klein gewesen war, manchmal zum Nachthimmel hinaufgezeigt und ihr erzählt hatte, dass der Mann im Mond auf sie aufpasste.

»Siehst du?«, hatte er immer gesagt. »Er lächelt dich sogar an.« Heute Nacht sah es jedoch nicht so aus, als würde der Mann im Mond lächeln. Er schien vielmehr höhnisch zu grinsen. Seufzend rollte sie sich wieder auf den Rücken und wünschte sich die unbeschwerte Zeit zurück, als ihr Vater jeden Tag zur Arbeit in die Redaktion gefahren war und ihre Eltern noch glücklich miteinander gewesen zu sein schienen. Vor ihrem inneren Auge stiegen verschwommene Bilder auf: wie sie auf den Schultern ihres Vaters ritt, während er durch hüfthohes wogendes Gras lief, oder neben einem in der Sonne glitzernden Bach kauerte und mit einem kleinen Kescher Kaulquappen fing, die sie in einem Marmeladenglas sammelte. Bei der Erinnerung daran huschte ihr ein Lächeln übers Gesicht, auch wenn die Bilder ihrer Kindheit ihr fast so kitschig erschienen, als wären sie einem Laura-Ashley-Katalog entsprungen. Und wo war ihre Mutter in diesen sepiagetönten Erinnerungsschnappschüssen? Sie trödelte in einem wallenden Pucci-Kaftan und einem riesigen breitkrempigen Strohhut hinter ihnen her und jammerte über aggressive Wespen, Pollen und durch UV-Strahlen ausgelösten Hautkrebs. Damals hatte Silvias Genörgel noch einen witzigen Unterton gehabt, und ihr Vater hatte darüber lachen können und gescherzt, er hätte nichts dagegen, sie durch eine Mund-zu-Mund-Beatmung vor dem sicheren Tod zu retten, falls eine Blattlaus es wagen sollte, sich auf sie zu setzen. April musste lachen, als sie daran zurückdachte. So schlimm waren ihre Eltern eigentlich gar nicht. Sie konnten sie zwar manchmal in den Wahnsinn treiben und waren ziemlich spießig, aber sie liebte sie trotzdem. Na ja, meistens zumindest.

April musste wieder daran denken, wie ihr Vater reagiert hatte, als sie ihm erzählt hatte, dass sie nach Einbruch der Dunkelheit allein die Swain's Lane entlanggelaufen war. Wieso hatte ihn diese Vorstellung so beunruhigt? Das einzig Auffällige an der Straße war das Tor zum Friedhof, etwas weiter unten standen ansonsten nur ganz normale Wohnhäuser. Warum sollte er sich wegen eines Friedhofs Sorgen machen? Hatte es vielleicht etwas mit diesen Krankheiten und Seuchen zu tun, von denen sein neues Buch handelte? Oder mit dem Fuchs? Sie wusste, dass Wildtiere in der Regel von Parasiten befallen und oft Überträger von Krankheiten waren. Schaudernd betrachtete sie ihre Hände. Sie hatte sie unter der Dusche zwar ausgiebig geschrubbt, aber konnte sie sich sicher sein, alle ekligen Bazillen, die mit bloßem Auge gar nicht zu erkennen waren, abgewaschen zu haben? Plötzlich fing es an, sie am ganzen Körper zu jucken. Sie sprang aus dem Bett, zog sich ihren Morgenmantel über und tapste in die Küche hinunter, um sich das Desinfektionsgel zu holen, das ihre Mutter in einem der Schränke aufbewahrte. Wahrscheinlich war es inzwischen sowieso schon zu spät, um etwas zu tun – gut möglich, dass sie sich bereits Listerien, die Krätze oder irgendeine andere, noch nicht einmal erforschte Krankheit eingefangen hatte –, aber es konnte auch nichts schaden, auf Nummer sicher zu gehen. Im ganzen Haus brannte kein einziges Licht, und als April am Fuß der Treppe ankam, wurde ihr Blick unwillkürlich von dem Buntglasbogenfenster über der Eingangstür angezogen. In dem hereinfallenden Licht der Straßenlaternen konnte sie den von Jägern verfolgten Hirsch erkennen, der darauf dargestellt war. Eigentlich ein seltsames Motiv für ein Londoner Stadthaus, das besser über die Tür eines alten Landsitzes gepasst hätte. Aber dann fiel ihr wieder ein, dass ihr Vater ihr vorhin erzählt hatte, Highgate sei früher ein Dorf gewesen. Trotzdem wirkte die Jagdszene hier irgendwie fehl am Platz. Bei ihrem Anblick fühlte sie sich plötzlich seltsam ungeschützt, so als wäre die Haustür nicht stabil genug, um die Gefahren, die draußen in der Dunkelheit lauern konnten, fernzuhalten. *Du siehst Gespenster,* dachte sie, bekam aber trotzdem eine Gänsehaut. Fröstelnd ging sie in die Küche, wo sie die Schubladen und Schränke nach dem Desinfektionsgel durchsuchte. Als sie es endlich gefunden und sich die Hände mit der leicht klebrigen grünlichen Flüssigkeit eingerieben hatte, fühlte sie sich gleich ein bisschen besser. Sie nahm eine Dose Cola Light aus dem Kühlschrank, öffnete sie und wollte gerade daraus trinken, als sie zögerte. Koffein war eigentlich das Letzte, was sie jetzt brauchte, sie benötigte eher etwas, das sie zum Gähnen bringen würde. Ihr Blick fiel auf ihre Schultasche, die an einem der Küchenstühle hing. Sie klappte sie auf und kramte darin nach dem Buch von John Wyndham.

Science-Fiction — das perfekte Schlafmittel, dachte sie mit einem ironischen Lächeln. »Random Quest«, die Kurzgeschichte, die Mr Sheldon ihnen als Hausaufgabe zu lesen aufgegeben hatte, handelte von einem Mann namens Colin, der nach einem Laborunfall in einem Paralleluniversum aufwacht, in dem der Zweite Weltkrieg nie stattgefunden hatte. Viel wichtiger aber war, dass seine verstorbene Frau darin noch lebte und mit jemand anderem verheiratet war. Er selbst hatte auch eine neue Ehefrau, die … *Oh Gott, wen interessiert so was?!* April verdrehte die Augen, warf das Buch auf den Tisch und griff nach »Die dunklen Seiten des Viktorianischen Zeitalters«, das ihr Vater nach dem Abendessen dort liegen gelassen hatte. *Na also. Das ist doch schon viel besser*, dachte sie, als sie darin blätterte und von reichen Damen der besten Gesellschaft, die ihre Gatten vergifteten, und sich bekriegenden Taschendiebbanden las. Beim Umblättern flatterte plötzlich etwas zu Boden. April bückte sich danach und musste lächeln, als sie sah, dass es ein passbildgroßes Foto von ihr als Erstklässlerin war – eine niedliche Sechsjährige mit langen, dichten Haaren und einer Zahnlücke. Ihr Vater benutzte es wohl als Lesezeichen, und obwohl es ihr irgendwie peinlich war, dass ihr Vater sie offensichtlich immer noch als kleines Mädchen sah, freute sie sich andererseits, dass er das Foto aufbewahrt hatte. Sie wollte es gerade wieder zurücklegen, als ihr auf der Seite, in der es gesteckt hatte, ein paar Zeilen ins Auge fielen.

Am 16. Oktober 1888 traf eine denkwürdige Nachricht ein. Ihr lag das Stück einer Niere bei, die mutmaßlich von einem der jüngsten Opfer stammte, und dazu die Versicherung: »Das andere Stück habe ich gebraten und verspeist, und es mundete wirklich ganz vorzüglich.«

April schüttelte sich angewidert. *Um wen geht es da? Um den Großvater von Hannibal Lecter?* Als sie weiterlas, stellte sie fest, dass das Kapitel von verschiedenen Persönlichkeiten aus dem Viktorianischen Zeitalter handelte, die sich alle durch ihr »abweichendes Sexualverhalten« ausgezeichnet hatten – der berühmteste unter ihnen war Jack the Ripper, der – wie man annahm – Autor der Nachricht bezüglich des Wohlgeschmacks der Niere gewesen war. Von einem morbiden Interesse an den grausigen Verbrechen angetrieben, las sie weiter. Dem Buch zufolge hatte Jack the Ripper im Jahr 1888 sein Unwesen im

Londoner East End getrieben, was eigentlich noch gar nicht so lange her war. April dachte daran, was ihr Vater gesagt hatte, und wusste plötzlich, was sie die ganze Zeit irritiert hatte: Er hatte ihr erzählt, dass sein neues Buch etwas mit Highgate zu tun hatte und dass Silvia sie erst recht nicht mehr vor die Tür lassen würde, wenn sie wüsste, woran er arbeitete. Aber noch nicht einmal ihre Mutter würde auf die absurde Idee kommen, sie ins Haus zu sperren, nur weil Jack the Ripper vor über hundert Jahren hier seine Morde begangen hatte. Wovon hatte ihr Vater also gesprochen? April schlich durch den Flur zu seinem Arbeitszimmer und schloss leise die Tür hinter sich. Sie wusste zwar nicht, wonach sie eigentlich suchte, hoffte aber, auf irgendeinen Hinweis zu stoßen, der erklärte, warum ihr Vater ihr ausgewichen war, als sie ihn gefragt hatte, wovon sein neues Buch konkret handelte, und warum er betont hatte, dass Highgate einer der sichersten Stadtteile Londons sei. April hatte fast den Eindruck, als hätte er das nur gesagt, um sich selbst zu beruhigen. Sie setzte sich an seinen Schreibtisch und ließ den Blick über die Stapel mit Unterlagen, die Bücher und Post-its wandern, die auf allen verfügbaren Oberflächen klebten und mit rätselhaften Kürzeln beschriftet waren: »Verbind. zu alt. Römern?«, »FG anrufen und nach ›Ott.txt‹ fragen« oder »23.11.88–14.02.93 – Bedeut.?« April stutzte: Das letzte Datum war ihr Geburtstag. Sie war am Valentinstag 1993 geboren worden. Welche andere Bedeutung sollte dieses Datum noch haben? Sie klappte vorsichtig den Laptop auf und zuckte zusammen, als der Lüfter des hochfahrenden Rechners ansprang. Das Geräusch erschien ihr in der nächtlichen Stille entsetzlich laut. Sie sah zur Tür und lauschte, aber im Haus blieb alles ruhig. Erleichtert wandte sie sich wieder dem Bildschirm zu. Der Zustand des Desktops ähnelte dem des realen Schreibtischs ihres Vaters: ein einziges Durcheinander von Dateien und Ordnern, die Namen wie »Mythen« oder »Altertümliche Reliquien«, »Scotsman-Artikel« oder »Projekt Menschenhandel« trugen. April klickte einen Ordner an, den ihr Vater »Mythologie« genannt hatte. Er enthielt verschiedene Unterordner mit den Titeln »Griechisch«, »Römisch«, »Altnordisch« oder »Keltisch«. Ein Ordner trug den seltsam kryptischen Namen: »J-M569mp«. Als sie ihn anklickte, öffnete sich ein kleines Fenster mit der Aufforderung, ein Passwort einzugeben. Ratlos starrte sie auf den Bildschirm und gab dann wahllos ein paar Begriffe ein, jedoch ohne Erfolg. *Dann eben nicht*, dachte sie enttäuscht. *Sind wahrscheinlich sowieso nur irgendwelche ekligen Pornos, die ich gar nicht sehen will.*

Plötzlich hatte sie eine Idee. Sie klickte ins Hauptmenü, rief die zuletzt verwendeten Dateien auf und ging die Liste durch.

»Na also«, murmelte sie kurz darauf zufrieden und scrollte zu einer Textdatei namens »Highgate«.

Anscheinend handelte es sich um die Rohfassung des neuen Buchs. Einige Textstellen waren offensichtlich aus anderen Dokumenten eingefügt worden und schienen auf den ersten Blick gar nichts oder nur wenig mit den restlichen Eintragungen zu tun zu haben. Aber April fand auch einen längeren, zusammenhängenden Absatz, der mit »Vorwort« überschrieben war.

Dieser Stadt wohnt etwas zutiefst Böses inne …

»Etwas *Böses?*«, flüsterte sie erschrocken.

… und dieses Böse ist so alt, dass es geschichtlich kaum zu erfassen ist. Möglicherweise existiert es schon seit Anbeginn der Zeit und ist vielleicht sogar der wahre Grund, warum die Menschen einst beschlossen, sich an den Ufern der Themse anzusiedeln. Allerdings ist dieses Böse keine übernatürliche

*Macht, die im Dunklen lauert. Es ist sehr viel gewöhnlicher
und alltäglicher. Und genau das macht es so gefährlich und
schwer fassbar. Es ist ständig präsent und begegnet uns immer wieder aufs Neue in Mythen und Sagen. In unserer modernen Welt mit ihrer die Menschen isolierenden Technologie, die der Verseuchung durch das Böse in die Hände spielt
und es ihr ermöglicht, sich immer schneller und weiter auszubreiten, ist es sogar noch bedrohlicher geworden. Zugleich
sind es genau dieser technologische Fortschritt und die neuen
Denkansätze und Kommunikationsmöglichkeiten, mit deren
Hilfe das Böse besiegt werden kann, indem es ans Licht gezerrt wird, wo es zu Staub zerfällt.*

»Von wegen, es gibt keine Monster«, murmelte April leise vor
sich hin und scrollte rasch ans Seitenende, aber weiter war
ihr Vater nicht gekommen. Sie sah sich noch einmal die Liste der zuletzt verwendeten Dateien an und öffnete eine Datei
mit dem Namen »Kapitel?« Sie enthielt eine Liste mit folgenden Einträgen:

*Die Pest
Der Große Brand von London
Ungeklärte Gewaltausbrüche
Aufstände und Elendsviertel
Jack the Ripper
Hawley Crippen
Die Kray-Zwillinge*

Was hatte das alles zu bedeuten? Warum kam ihr Vater auf
den Gedanken, das alles könne etwas miteinander zu tun haben? Hatte er die Pest nicht auch vorhin bei ihrer Unterhaltung erwähnt? Von plötzlicher Unruhe erfüllt, klappte sie den
Laptop zu, durchsuchte die Unterlagen auf dem Schreibtisch

und entdeckte einen Stapel gelbbrauner Aktenordner mit dem Vermerk: »Hampstead/Highgate-Archiv. Bitte zurück«. Als sie einen davon aufschlug, fand sie darin vergilbte alte Zeitungsausschnitte aus dem *Islington Chronicle*, der *Hampstead Weekly News* und dem *Camden Bugle*, die auf Karton geklebt waren – einige von ihnen waren tatsächlich schon sehr alt. Es handelte sich um Meldungen über allem Anschein nach grundlose Übergriffe auf Polizisten und Geistliche und Randale von Jugendbanden, die sich alle im Norden Londons ereignet hatten, nur wenige Kilometer von ihrem neuen Haus entfernt. Ein Zeitungsausschnitt von 1903 über den Mord an einer Frau, die mit herausgerissener Kehle in Hampstead Heath aufgefunden worden war, verstörte sie besonders, und je mehr sie las, desto unbehaglicher fühlte sie sich. Alle Artikel handelten von entsetzlichen Morden, in deren Zusammenhang Wörter wie *Folter*, *Enthauptung* und *Massengräber* fielen. Einzeln betrachtet schien es sich zwar um extrem grausame, aber nicht besonders ungewöhnliche Vorfälle zu handeln, falls aber tatsächlich eine Verbindung zwischen ihnen existierte, war das zutiefst beunruhigend, besonders wenn die Verbindung darin bestand, dass sie alle etwas mit ihrem neuen Wohnort zu tun hatten. April klappte den Ordner mit den Zeitungsausschnitten wieder zu, legte ihn so auf den Stapel zurück, wie sie ihn vorgefunden hatte, und nahm sich dann die drei Schreibtischschubladen vor. Die obere war abgeschlossen, aber die mittlere ließ sich öffnen. Ganz zuoberst lag der Kalender ihres Vaters, der auf jeder Seite mit Terminen, Telefonnummern und unleserlichen Anmerkungen gefüllt war, darunter befand sich ein zerfleddertes altes Notizbuch, in das er mit seiner krakeligen Handschrift Gedanken und Ideen zu seinen Recherchen festgehalten hatte. April beschloss, sich das Büchlein später genauer anzusehen, legte es jedoch erst einmal zur Seite und griff nach einem großen Nachschlagewerk mit dem Titel »Topografische Geschichte Londons«, zwischen dessen Seiten Unmengen farbiger Post-its steckten. Die markierten Seiten enthielten alte Straßenkarten, einen Plan des Kanalisationsnetzes von London und eine Karte, auf der der Verlauf des Fleet verzeichnet war, der auf seinem gewundenen Weg zur Themse durch Highgate floss. Ein paar Seiten weiter hatte ihr Vater auf einer Karte mit Bleistift etwas eingezeichnet. Die Karte stammte aus dem Jahr 1884 und dokumentierte den Ausbau der Londoner Untergrundbahn – die Linien *Metropolitan District* und *East London*, die sich bis ins East End erstreckten. Ihr Vater hatte die Haltestelle *Whitechapel Station* eingekringelt.

Whitechapel! April schaltete entschlossen das Licht aus, griff nach dem Notizbuch und schlich in die Küche zurück. Dort schlug sie noch einmal »Die dunkle Seite des Viktorianischen Zeitalters« auf und blätterte darin, bis sie die gesuchte Stelle gefunden hatte. Also hatte ihre Erinnerung sie nicht getrogen: Der Frauenmörder Jack the Ripper hatte 1888 in London sein Unwesen getrieben – gerade einmal vier Jahre später –, und einer der Tatorte befand sich in Whitechapel. Aber was konnte der Bau der Untergrundbahn mit Jack the Ripper zu tun haben? Das ergab keinen Sinn. Andererseits besaß das riesige unterirdische Tunnelsystem und Kanalisationsnetz der Stadt etliche Geheimgänge, die sich perfekt dazu geeignet hätten, ungestört Verbrechen zu verüben – oder sich zu verstecken. War Jack the Ripper in den Abwasserkanälen untergetaucht? Oder steckte noch mehr dahinter? April hatte den Film »From Hell« mit Johnny Depp gesehen, der auf der Theorie basiert, Jack the Ripper könne enge Verbindungen zur königlichen Familie gehabt haben. War die Königsfamilie etwa auch »vom Bösen verseucht«?

»April?«

Ihr entfuhr ein kleiner Schrei.

»Hey ... keine Panik«, sagte ihr Vater, der in der Küchentür stand, und hob besänftigend die Hände. »Ich bin's doch nur.«

April schlug das Herz bis zum Hals. Zum einen weil sie sich so erschreckt hatte, zum anderen weil sie beinahe beim Schnüffeln ertappt worden war. Aber was hieß hier »beinahe« – sie hielt das Notizbuch ihres Vaters immer noch in der Hand.

»Dad, ich ...«

»WILL!«, tönte es aufgebracht von oben. »Was zum Teufel ist da unten los?«

Aprils Vater trat einen Schritt zurück in den Flur und blickte nach oben. »Meine Güte, Silvia, kein Grund, so einen Aufstand zu veranstalten. Ich unterhalte mich nur mit April«, rief er. »Geh wieder ins Bett!«

Während er abgelenkt war, ließ April das Notizbuch hastig in ihrer Schultasche verschwinden.

»Verdammt noch mal«, murmelte ihr Vater wütend. »Zum Glück ist in unserem Land der Besitz von Schusswaffen verboten. Sonst würde sie jetzt garantiert hier unten stehen und auf eingebildete Einbrecher losballern.«

»Tut mir leid, Dad«, sagte April. »Ich konnte nicht schlafen und wollte mir bloß schnell mein Buch holen.« Sie hob den Kurzgeschichtenband von John Wyndham in die Höhe.

»Die lassen dich gleich vom ersten Tag an ganz schön hart schuften, hm?«, sagte er lächelnd.

April stöhnte. »Ich hab keine Ahnung, woher ich noch Zeit für andere Dinge nehmen soll. Du müsstest mal die Leseliste für den Literaturkurs sehen, die ist ellenlang.«

Ihr Vater legte ihr einen Arm um die Schultern, drückte sie mitfühlend an sich und führte sie aus der Küche in den Flur hinaus.

»Dann solltest du jetzt lieber schnell wieder ins Bett gehen, sonst bist du morgen so müde, dass du gar nichts mehr lesen kannst.«

April nickte dankbar, und die beiden stiegen gemeinsam die Treppe hinauf. Im ersten Stock angekommen, gab sie ihrem Vater einen Gutenachtkuss und wandte sich zum Gehen, als er ihr eine Hand auf den Arm legte und sie zurückhielt.

»Und wie ist dein erster Eindruck?«, fragte er.

April erstarrte innerlich. *Er weiß es,* dachte sie entsetzt, *er weiß, dass ich sein Notizbuch habe.*

»Mein erster Eindruck wovon?«, fragte sie so ruhig wie möglich.

»Na, von deiner neuen Schule, Schatz. Wie ist es dir an deinem ersten Tag so ergangen? Wir hatten noch gar keine Gelegenheit, uns richtig darüber zu unterhalten. Ist bestimmt anstrengend gewesen.«

»Ach so, die Schule. Was meinst du mit *anstrengend*?«

»Na ja, ich dachte nur, wenn du um ein Uhr nachts noch wach bist, geht dir vielleicht irgendetwas durch den Kopf. Es macht dir dort doch hoffentlich niemand das Leben schwer, weil du neu bist, oder?«

»Nein, keine Sorge. Obwohl es natürlich nicht einfach ist, vor allem weil ich mitten im Schuljahr eingestiegen bin. Aber ich hab schon ein paar ganz nette Leute kennengelernt. Und in meiner Klasse ist ein Mädchen, das dir bestimmt gefallen würde – sie ist dir ziemlich ähnlich.«

Ihr Vater schnitt eine Grimasse. »Die Arme.«

»Es gibt Schlimmeres, Dad«, lachte April und lief dann schnell in ihr Zimmer hoch.

Wer ist der Ripper? Opfer seiner Umwelt. Infiziert? Durch verseuchte Böden ausgelöste Erkrankung? Mögl., aber warum die Gewalt? Verbindung zum Königshaus? Teil einer Vertuschungsaktion?

Die Handschrift ihres Vaters war so unleserlich, dass April sich fragte, wie er es all die Jahre hindurch geschafft hatte, seinen Lebensunterhalt als Journalist zu bestreiten. Wobei es ihm wahrscheinlich genügte, wenn er seine Notizen hinterher selbst noch lesen konnte. Sie blätterte auf die nächste Seite des zerfledderten und eng beschriebenen Büchleins, aber bevor sie weiterlas, neigte sie kurz lauschend den Kopf. Zwischen ihren Eltern hatte es einen kleinen Wortwechsel gegeben, als ihr Vater wieder ins Schlafzimmer zurückgekehrt war.

»Es ist doch nicht normal, die halbe Nacht aufzubleiben!« – »Sei nicht so streng mit ihr. Sie hatte heute ihren ersten Tag an der neuen Schule.« – »Ach, und wessen Schuld ist das?« So war es noch eine ganze Weile weitergegangen, aber nun war endlich Ruhe eingekehrt. April wandte sich wieder dem Notizbuch zu. Stellenweise konnte sie das Gekrakel ihres Vaters noch nicht einmal ansatzweise entziffern, und da er die Notizen nur für sich selbst geschrieben hatte, konnte sie sich zum Teil auch keinen Reim darauf machen.

Bereich um Whitechapel, Pestmassengräber – def. Überreste altrömischer Bauten unter Spitalfields – Verbindung? Gerüchte um Sarg/West End; eventuell Großstadtmythos? Weitere Verbindung der Ripper-Morde mit dem Königshaus?

Auf einer Seite stand in Großbuchstaben und mehrmals unterstrichen: »*VERSEUCHUNG*«.

April erinnerte sich, dass ihr Vater bei ihrem Gespräch in der Küche schon davon gesprochen hatte, dass es in seinem neuen Buch um Krankheiten und Seuchen gehen würde, aber wie konnte eine Krankheit eine Mordserie erklären? Oder Jack the Ripper dazu bringen, all diese Frauen zu zerstückeln?

Wenn das seine Theorie war, klang sie ziemlich an den Haaren herbeigezogen. Falls es tatsächlich ein Virus gäbe, das sich verbreitete und Menschen in mordlüsterne Bestien verwandelte, hätten die Medien das doch bestimmt schon als Thema aufgegriffen. Aber selbst wenn an der Geschichte etwas dran war, beantwortete das immer noch nicht die Frage, was das alles mit Highgate zu tun hatte. Anscheinend vermutete ihr Vater, dass diese »Verseuchung« sich über das U-Bahn-Netz ausbreitete, aber wo war der Bezug zu Highgate? Dadurch, dass sich das Viertel auf einer Anhöhe befand, war die U-Bahn nie bis hierher gebaut worden, weil man zur nächsten U-Bahn-Station immer erst den Hügel hätte hinabgehen müssen.

Unter dem Wort *VERSEUCHUNG* wiesen mehrere Pfeile auf Stichpunkte wie »Zahnfleischbluten«, »blasse Haut«, »Hypersexualität«. Ihr Vater hatte die gesamte Wortgruppe umkringelt und darunter ein Wort notiert, auf das ebenfalls ein Pfeil deutete.

»Vampire«.

April musste unwillkürlich lachen. »Oh Gott, Dad – das kann nicht dein Ernst sein ...!« Sie schüttelte den Kopf und musste sofort an Caro denken. Ihr würde das bestimmt gefallen.

Fast war sie erleichtert. Sie hatte schon befürchtet, ihr Vater hätte ein Komplott zur Vergiftung der Londoner Bevölkerung über das U-Bahn-Netz oder etwas Ähnliches aufgedeckt, aber es ging anscheinend doch wieder mal um seine üblichen Themen: Monster und Werwölfe. Sie runzelte die Stirn. Aber warum hatte er dann gesagt, sein Buch würde diesmal nicht von Monstern handeln? Weshalb sollte er lügen? Als sie zur nächsten Seite blätterte, lief es ihr eiskalt über den Rücken. Es standen nur zwei Worte darauf:

Highgate-Vampir.

Siebtes Kapitel

Der nächste Morgen fing alles andere als gut an. Es regnete in Strömen, und April wachte mit hämmernden Kopfschmerzen und dem schlimmsten Haardebakel in der Geschichte der *Bad Hair Days* auf – sie sah aus, als wäre sie über Nacht zum Mitglied einer Achtzigerjahre-Metal-Band mutiert. Außerdem verspürte sie ein unerklärliches Unbehagen, so als hätte sie einen Albtraum gehabt, an den sie sich nicht mehr erinnern konnte. Und als wäre das alles noch nicht genug gewesen, hatte am Frühstückstisch zwischen ihren Eltern mal wieder tiefste Eiszeit geherrscht. Eigentlich war es fast beeindruckend, wie es ihnen immer wieder gelang, in die knappe Zeitspanne zwischen Duschen und Frühstück noch einen handfesten Streit einzuschieben. Immerhin hatte sie es geschafft, das Notizbuch unbemerkt in das Arbeitszimmer ihres Vaters zurückzuschmuggeln, während die beiden sich angeblafft hatten. Anschließend war sie in die Küche gegangen, hatte gemurmelt, dass sie heute früh losmüsse, sich eine Scheibe Toast geschnappt und wollte sich gerade eilig zur Tür hinausschieben, als ihr Vater sie noch einmal zurückrief.

»Bei dem Regen fahre ich dich lieber zur Schule, April«, sagte er bestimmt. »Außerdem möchte ich nicht, dass du allein da draußen unterwegs bist, bevor wir nicht ein bisschen mehr über das wissen, was hier vor sich geht.«

Nachdem sie losgefahren waren, saßen sie erst einmal eine Weile schweigend nebeneinander und lauschten dem rhythmischen Schaben der Scheibenwischer. Es war offensichtlich, dass keiner von ihnen sonderlich erpicht darauf war, über den dunklen Schatten zu sprechen, der sich langsam über ihr Familienleben senkte. April hätte ihren Vater brennend gern auf die Sache mit den Vampiren angesprochen, aber sie konnte wohl schlecht sagen: »Ach übrigens, Dad, ich hab gestern Nacht in deinen Sachen rumgeschnüffelt und mich gefragt…« Sie verstand einfach nicht, warum er sie bezüglich des Themas seines Buches angelogen hatte. Schließlich war es nicht das erste Mal, dass er über unerklärliche Phänomene wie die mysteriösen Kornkreise oder den Bigfoot schrieb. Was war dieses Mal anders? Sie betrachtete die von grauen Häusern gesäumte dunkle Straße, durch die sie fuhren, und seufzte. Alles wirkte so düster, langweilig und deprimierend, dass sie sich fast nach ein bisschen übernatürlicher Aufregung sehnte.

»Hör mal, April, ich muss mit dir reden«, sagte ihr Vater schließlich.

Sie sah ihn erschrocken an. Hatte er etwa ihre Gedanken gelesen?

»Dir wird nicht gefallen, was ich dir jetzt sagen muss, Liebes, aber…«

Oh Gott, nein! April heftete den Blick auf den Wagen vor ihnen, um ihren Vater nicht ansehen zu müssen. *Sie wollen sich scheiden lassen! Gleich wird er mir sagen, dass Silvia eine Affäre mit ihrem Tennislehrer hat und ich mich zwischen ihm und Roger Federer entscheiden muss.*

»… letzte Nacht ist noch ein weiterer Mord passiert.«

April wandte ihm ruckartig den Kopf zu. »Wo? Hier in Highgate?«, fragte sie.

William Dunne sah seine Tochter an und nickte. »Leider ja. Ein Kollege aus der Nachrichtenredaktion rief heute früh an, um die Schlagzeilen der aktuellen Ausgabe mit mir zu besprechen. Deine Mutter war alles andere als begeistert über die morgendliche Störung, aber das kannst du dir ja wahrscheinlich denken.«

Aha, daher also die eisige Stimmung beim Frühstück. April konnte sich vorstellen, dass es Silvia völlig unbeeindruckt gelassen hatte, dass das »alberne kleine Käseblatt«, bei dem ihr Mann arbeitete, seine Titelseite neu überarbeiten musste. Außerdem war sie absurderweise davon überzeugt, dass Morgenlicht ihrem Teint nicht guttat, und wurde jedes Mal fuchsteufelswild, wenn jemand es wagte, ihren Schönheitsschlaf zu stören.

»Aber hast du nicht gesagt, der Mord an Alix Graves hätte irgendwas mit zwielichtigen Geschäften zu tun gehabt?«, fragte April, die spürte, wie sich ein mulmiges Gefühl in ihrem Magen ausbreitete.

»Das wurde anfangs auch angenommen«, antwortete ihr Vater und wandte kurz den Blick von der Straße, um sie anzusehen. »Aber möglicherweise gibt es zwischen den beiden Morden eine Verbindung.«

»Wirklich?« Aprils mulmiges Gefühl schlug in leichte Panik um. »War das Opfer auch diesmal jemand Berühmtes?«

Ihr Vater schüttelte den Kopf. »Nein. Eine ganz normale junge Frau. Ich weiß noch nicht viel darüber, aber anscheinend weisen die Fälle gewisse Gemeinsamkeiten auf. Was mir allerdings noch viel mehr Sorgen macht, ist ... Diesmal ist der Mord ganz in unserer Nähe begangen worden.«

April setzte sich so hin, dass sie ihren Vater im Blick hatte. »Ganz in unserer Nähe? *Wie* nah genau?«

Er zögerte. »Die Leiche wurde auf dem Highgate-Friedhof gefunden ... in der Nähe des Eingangs in der Swain's Lane. Die Polizei hat gestern Abend anonym einen telefonischen Hinweis erhalten.«

Eine eisige Hand schloss sich um Aprils Herz. *Mord?*, dachte sie. *Aber ich habe doch nur einen verletzten Fuchs gesehen!* Plötzlich kam ihr ein Gedanke, und ihre Augen weiteten sich entsetzt. Die riesige Blutlache! Unwillkürlich sah sie auf ihre Hände hinunter. War es womöglich das Blut der jungen Frau gewesen? *Oh Gott, bitte nicht ...*

»April?«

Erst in diesem Moment bemerkte sie, dass ihr Vater auf dem Seitenstreifen angehalten hatte.

»Dad ...«

Er nahm sie wortlos in die Arme und drückte sie fest an sich. April begann zu zittern, als ihr klar wurde, dass sie der armen Frau möglicherweise hätte helfen können, wenn sie nur ein paar Schritte weiter in den Friedhof hineingegangen oder ein paar Minuten früher dort vorbeigekommen wäre ... Vielleicht wäre sie dann jetzt aber auch selbst tot.

»Was ist los, Schatz?«, fragte ihr Vater und strich ihr sanft über die Haare. Obwohl seine Stimme besorgt klang, strahlte er Ruhe und Sicherheit aus. »Warum bist du denn so aufgelöst?«

»Oh Gott, Dad, ich glaube ... Ich hab es gesehen«, flüsterte sie und sah ihn mit großen angsterfüllten Augen an.

»Was hast du gesehen, Schatz?«

»Das Blut. Ich glaube, ich bin dort gewesen, kurz nachdem das Mädchen umgebracht wurde.«

Im Büro des Schulleiters herrschte dafür, dass die Schule ansonsten so ultramodern mit edlem, blank poliertem Holz und blitzendem Chrom eingerichtet war, ein überraschendes Chaos. Zwar waren die Möbel auch hier elegant und teuer, verschwanden aber beinahe unter den vielen Unterlagenstapeln, Aktenbergen und Büchern, die bei Mr Sheldon überall herumlagen, was April irgendwie beruhigend menschlich fand. Die einzige halbwegs freie Fläche im Raum war der Schreibtisch, was allerdings hauptsächlich daran lag, dass der riesige alte Computer des Schulleiters so viel Platz beanspruchte. *Wo hat er denn diese alte Kiste her?*, fragte April sich erstaunt. *Aus einem Museum?* Im Büro des Schulleiters einer hochexklusiven Privatschule – und in der Schaltzentrale eines mutmaßlichen genialen, eine gewaltige Weltverschwörung anzettelnden Bond-Bösewichts – hätte sie mehr Hightech erwartet. Zum Beispiel eine Wand voller Flachbildschirme, über die ständig die neuesten Nachrichten aus aller Welt flimmerten. Caro würde extrem enttäuscht sein, wenn sie ihr davon erzählte. Andererseits würde sie wahrscheinlich begeistert sein, wenn sie erfuhr, dass April bereits an ihrem zweiten Schultag ins Büro des Direktors gerufen worden war. Sie hatte sich zwar nichts zuschulden kommen lassen – mal abgesehen davon, dass sie sich dem Verbot ihrer Eltern widersetzt hatte, nach Einbruch der Dunkelheit noch vor die Tür zu gehen –, aber für Außenstehende musste es aussehen, als hätte sie irgendetwas Schlimmes ausgefressen, zumal auch schon die Polizei auf dem Weg hierher war. April blickte sich verstohlen um, in der Hoffnung, vielleicht irgendwelche Hinweise auf verdächtige Machenschaften zu entdecken, die Caros Vermutung bestätigten, doch in den verglasten Vitrinen standen bloß alte Wälzer mit lateinischen Titeln. Nichts, das auf eine internationale Verschwörung schließen ließ. Sie warf einen Blick auf die Wanduhr und stellte fest, dass sie nun schon seit zehn Minuten allein hier rumsaß. Nachdem sie ihrem Vater berichtet hatte, was sie am Abend zuvor gesehen hatte, hatte er darauf bestanden, sofort bei der Polizei anzurufen. »Das klingt, als wäre es wichtig, April«, hatte er ernst gesagt. »Selbst wenn es nichts mit dem Fall zu tun hat, müssen die Behörden über jedes noch so kleine Detail Bescheid wissen, um dieses Monster fassen zu können.«

Er hatte einen seiner Bekannten bei der Polizei angerufen,

der ihm sagte, dass April direkt in der Schule befragt werden würde, um keine wertvolle Zeit zu verlieren, falls sich die Informationen als wichtig erweisen sollten. »Außerdem ist es so weniger traumatisch für Ihre Tochter, als wenn wir sie aufs Revier bestellen würden«, hatte der Mann erklärt.

Bei der Polizei wissen sie vielleicht, wie man Mörder fängt, aber vom Schulalltag haben sie anscheinend keine Ahnung, dachte April seufzend. Es war schon schlimm genug, ins Büro des Schulleiters zitiert zu werden, aber als die Sekretärin Mrs Bagly sie mitten aus der Chemiestunde geholt und ihrem Lehrer Mr Fitzpatrick zugeraunt hatte, es ginge um eine Befragung durch die Polizei, hatte im Klassenzimmer sofort aufgeregtes Getuschel eingesetzt. April war sich sicher, dass an der Schule mittlerweile das Gerücht herumging, sie sei eine landesweit gesuchte Drogendealerin.

»Tut mir leid, dass Sie warten mussten, April«, entschuldigte sich Mr Sheldon, als er in den Raum trat und seinen Raubvogelblick prüfend auf sie heftete. Er nahm hinter seinem Schreibtisch Platz und verschränkte die Hände. »Wie ich höre, sind Sie in eine … wie soll ich sagen? … unangenehme Situation geraten. Können Sie mir erzählen, was genau Sie gesehen haben?«

April rutschte unbehaglich auf ihrem Stuhl hin und her. Es gefiel ihr nicht, wie Mr Sheldon sie ansah – mit einer Mischung aus Widerwillen und Neugier –, und sie war sich nicht sicher, ob sie ihm Dinge erzählen sollte, die eigentlich nur für die Ohren der Polizei bestimmt waren.

»Ich weiß nicht, ob ich überhaupt etwas Wichtiges gesehen habe«, erwiderte sie schließlich vage.

Mr Sheldon zog die grauen Brauen so eng zusammen, dass sie sich beinahe berührten.

»Ach … Ich dachte, Sie hätten das bedauernswerte Geschöpf auf dem Friedhof liegen sehen?«

April erstarrte. Außer mit ihrem Vater hatte sie mit niemandem darüber gesprochen, und in den Nachrichten war noch nicht über den Fall berichtet worden.

»Woher wissen Sie, dass ich auf dem Friedhof war?«

Mr Sheldons Ausdruck wurde etwas weicher. »Ich habe eine ganz gute Kombinationsgabe, Miss Dunne«, sagte er. »Im Übrigen verfüge ich selbst über ein paar Kontakte zur Polizei. In meiner Position ist das sozusagen unabdingbar, obwohl ich betonen möchte, dass wir hier an der Ravenwood School so gut wie nie Schwierigkeiten mit den Behörden haben.«

April bildete sich ein, aus seinem Ton eine kleine Spitze gegen sich herauszuhören, doch glücklicherweise klingelte in diesem Moment das Telefon.

Er nahm ab, bellte ein knappes »Ja?« in den Hörer, hörte einen kurzen Moment lang zu und legte dann wieder auf.

»Die Beamten sind bereits eingetroffen«, sagte er an April gewandt, und in seiner Stimme schwang leichte Enttäuschung mit.

Er stand auf und ging um seinen Schreibtisch herum, als es auch schon an der Tür klopfte und ein ernst wirkender, grauhaariger Mann und eine mollige, junge Frau eintraten. Die Frau trug einen schlecht sitzenden dunkelgrünen Hosenanzug und zog ein mürrisches Gesicht, der Mann erinnerte April an einen Marineoffizier aus einem Bruce-Willis-Film – die Sorte, die in der ersten halben Stunde getötet wird.

»Mr Sheldon?« Der Mann streckte die Hand aus. »Ich bin Detective Inspector Ian Reece, und das ist meine Kollegin, Detective Sergeant Amy Carling. Vielen Dank, dass wir Ihr Büro für die Befragung nutzen dürfen. Würde es Ihnen etwas ausmachen, uns mit Miss Dunne allein zu lassen?«

»Nun, da Aprils Eltern nicht anwesend sind«, antwortete der Schulleiter ruhig, »halte ich es für das Beste, wenn ich bleibe und ...«

»Nicht nötig, Mr Sheldon«, sagte April schnell. »Ich habe damit kein Problem.«

»Keine Sorge, Sir, bei uns ist sie gut aufgehoben.«

»Natürlich.« Mr Sheldon wandte sich zur Tür. »Lassen Sie mich wissen, falls Sie etwas benötigen.« Mit einem vielsagenden Blick in Aprils Richtung fügte er leise hinzu: »Ich könnte Ihnen ihre Schulakte bringen lassen ...«

»Wenn wir etwas brauchen, melden wir uns, Sir«, entgegnete der Beamte, schloss bestimmt die Tür hinter dem Schulleiter und wandte sich dann an April. »So, Miss Dunne, vielen Dank, dass Sie sich an uns gewandt haben. Würden Sie uns nun bitte genau erzählen, was Sie gestern Abend gesehen haben?«

»Alle starren mich an.«

Caro biss in ihr mit Marmite bestrichenes und mit Chips belegtes Brötchen und bröselte den Tisch in der Cafeteria mit Krümeln voll. »*Klar* starren sie dich an«, antwortete sie mit vollem Mund. »Du bist die Hauptverdächtige in einem brutalen Mordfall. Die wollen sehen, ob du noch irgendwo Blut an dir kleben hast.«

Die Schüler der Ravenwood School besaßen zwar genügend Anstand, um April nicht mit offenem Mund anzugaffen, aber jedes Mal, wenn sie aufblickte, spürte sie, wie sie schnell wegschauten, und bekam mit, wie sie miteinander flüsterten.

»Hör am besten gar nicht auf das, was Caro sagt, Herzchen. Ihre Fantasie geht mal wieder mit ihr durch«, sagte Simon und zwinkerte April zu. »Wahrscheinlich starren sie gar nicht dich an, sondern Caro. Ihre neue Haarfarbe ist aber auch wirklich ... faszinierend.«

Caro warf ihm einen vernichtenden Blick zu, und April lächelte. Simon Oliver war so etwas wie Caros bester Freund an der Ravenwood. Die beiden waren schon zusammen zur

Grundschule gegangen und hatten als Kinder gemeinsam ihrer Leidenschaft für Barbiepuppen gefrönt oder sich wilde Verkleidungen ausgedacht, aber seit sie in die Pubertät gekommen waren, war ihre Beziehung etwas komplizierter geworden.

»Simon ist eine unglaubliche Diva«, hatte Caro sich am Tag zuvor während des Mittagessens bei ihr beschwert. »Man weiß einfach nie, was er denkt.«

April hatte den Verdacht, dass Caro heimlich – und unglücklich – in Simon verliebt war. Mit seinem hellen Teint, dem lässigen Emo-Look und seiner Belarus-Tour-Shirts-Sammlung passte er genau in Caros Beuteschema. An der Schule ging zwar das Gerücht um, er wäre schwul, aber davon wollte Caro nichts hören. »Simon ist eben eigen«, war ihr Standardspruch. Jedenfalls verstand er es meisterhaft, Caro auf den Boden der Tatsachen herunterzuholen, wenn sie sich in ihre wilden Theorien hineinsteigerte. Hätte er nicht immer wieder vernünftige Gegenargumente angeführt, hätte April Caro wahrscheinlich jedes Wort geglaubt.

»Du denkst doch nicht wirklich, dass sie mich verdächtigen – oder?«, fragte sie ängstlich, aber Caro grinste nur.

»*Jeder* ist verdächtig«, sagte sie mit hochgezogener Braue. »Besonders die Leute, die über die Leiche« – sie zeichnete mit ihren Mittel- und Zeigefingern Anführungszeichen in die Luft – »›gestolpert‹ sind.«

»Ich bin über gar nichts gestolpert«, widersprach April. »Ich habe die Leiche ja noch nicht mal gesehen.«

»Tja, erzähl das mal den Bullen«, sagte Caro und biss genüsslich in einen Schokoriegel. »Die Statistiken sprechen für sich. Der Hauptverdächtige in einem Mordfall ist immer der Ehemann, gefolgt von demjenigen, der die Leiche gefunden hat. Und du musst zugeben, dass du tatsächlich Blut an den Händen hattest.«

»Ja, aber von einem Fuchs«, korrigierte Simon sie. »Und hättest du April richtig zugehört, wüsstest du, dass nicht sie diejenige war, die die Tote gefunden hat. Jemand anderes hat die Polizei informiert, schon vergessen?«

Caro hob die Hände und zog ein unschuldiges Gesicht. »Hey, mich muss sie nicht überzeugen. Ich nehme dir die Geschichte ab, April, besonders das mit den seltsam glühenden Augen, die dich aus dem Dunkel heraus beobachtet haben.«

April biss sich auf die Unterlippe. Ihr war klar, wie absurd es sich anhören musste, aber sie hatte diese Augen nun mal gesehen – oder hatte sie sich doch bloß alles eingebildet? Sie wusste schon selbst nicht mehr, was sie glauben sollte. Jedenfalls war sie fest entschlossen, bei der nächsten Gelegenheit mit Gabriel Swift zu sprechen. Hatte er die Leiche und möglicherweise sogar den Mörder gesehen? War er am Ende sogar irgendwie in die Sache verwickelt? Ihr war der bestürzte Ausdruck auf den Gesichtern der beiden Polizeibeamten nicht entgangen, als sie ihnen von dem »seltsamen Schatten« erzählt hatte. Und sie konnte ihre Reaktion auch gut nachvollziehen – ein Phantombild ließ sich anhand ihrer Beschreibung nicht gerade anfertigen.

»Ach so, Caro … noch was.« April sah sich verstohlen um und senkte die Stimme. »Du hast mir doch gestern erzählt, du hättest den Verdacht, dass in der Schule irgendetwas Merkwürdiges vor sich geht. Also mein Vater …«

»Ach so, das. Ja … tut mir leid.« Caro warf Simon einen peinlich berührten Blick zu. »Weißt du, ich hab das eher im übertragenen Sinne oder metaphorisch, oder wie immer man das nennen möchte, gemeint. Ähm, das war bloß so ein Gedanke. Du hast ja schon gemerkt, dass ich ein Faible für wilde Theorien hab. Sag deinem Vater lieber nichts davon, sonst hält er mich noch für total verrückt.«

Oder er glaubt dir die Geschichte, dachte April. Sie hätte Caro zwar gern erzählt, was sie in den Notizen ihres Vaters gefunden hatte, aber ihre Freundin hatte recht – die Vorstellung, dass irgendeine Verseuchung des Bodens oder gar ein Vampir für die ungeklärten Gewalttaten in London verantwortlich sein könnte, klang tatsächlich ziemlich absurd. Natürlich war sie daran gewöhnt, dass ihr Vater absurde Ideen hatte, aber sie musste sie ja nicht unbedingt mit der ganzen Welt teilen.

»Hey, mach dir keine Sorgen«, sagte Simon, als er Aprils beunruhigte Miene sah. »Schließlich hast du dieses Mädchen nicht umgebracht. Du hast nur versucht zu helfen, indem du der Polizei alles erzählt hast, was du weißt. Daraus kann dir niemand einen Strick drehen.«

Aprils Blick wanderte schuldbewusst zum Tisch der »Schlangen«, wo Gabriel saß. Sie hatte der Polizei nicht die ganze Wahrheit erzählt. Aus irgendeinem Grund, den sie sich selbst nicht erklären konnte, hatte sie den Beamten verschwiegen, dass sie Gabriel am Friedhof gesehen und dass er sie auf die Straße gezerrt und ihr gesagt hatte, sie solle verschwinden. Sie war kurz davor gewesen, es ihnen zu sagen, aber im letzten Moment hatte irgendetwas sie davon abgehalten. Hatte sie Angst vor Gabriel? Nein, das war es nicht. Irgendwie spürte sie, dass sie von ihm nichts zu befürchten hatte. Lag es daran, dass sie ihn nicht verraten wollte? Aber sie kannte ihn ja kaum.

Gabriel bemerkte ihren Blick nicht, weil er sich ganz auf Layla konzentrierte, die gerade gestenreich irgendetwas erzählte. Es ließ April keine Ruhe, dass sie selbst nicht wusste, was an dem Abend auf dem Friedhof passiert war. Was hatte Gabriel überhaupt dort zu suchen gehabt? War er es gewesen, der die Polizei angerufen hatte? April wusste nicht, was sie von alldem halten sollte. Vielleicht waren es die Gene ihres

Vaters, vielleicht auch nur krankhafte Neugier oder einfach das schlechte Gewissen, weil sie dem Mädchen nicht hatte helfen können – aber ganz gleich, was es war, April wusste, dass sie erst wieder ruhig würde schlafen können, wenn sie herausgefunden hatte, was in dieser Nacht passiert war. Hätte sie der Polizei Gabriels Namen genannt, würde sie wahrscheinlich niemals die Chance bekommen, es zu erfahren.

»Glaubst du wirklich, dass sie mich verdächtigen?«, fragte sie Caro noch einmal. »Okay, ich war in der Nähe des Tatorts, aber warum sollte ich jemanden umbringen?«

Caro zuckte mit den Achseln. »Geplatztes Drogengeschäft? Mord aus Eifersucht? Hey, genau!« Sie zeigte mit einer angebissenen Selleriestange auf April. »Vielleicht seid ihr ja ein lesbisches Liebespaar gewesen.«

»Schön, dass es wenigstens einen Menschen gibt, der die Sache genießen kann«, sagte Simon ironisch. »Es ist ja nicht so, als ginge es hier um ein schreckliches Verbrechen, bei dem ein Mensch ums Leben gekommen ist.«

»Jetzt sei nicht so gemein!« Caro lachte und warf ihm ihre Selleriestange an den Kopf. »Was kann ich denn dafür, dass ich eine Schwäche für mysteriöse Mordfälle habe?« Sie grinste. »Außerdem hat das Ganze doch wirklich auch etwas Gutes. Schau dir nur mal an, wie viel Aufmerksamkeit April plötzlich bekommt. Gestern war sie noch die langweilige Neue, und heute ist sie Bonnie von Bonnie und Clyde.«

Obwohl April eigentlich gar nicht zum Lachen zumute war, musste sie lächeln. Caros nüchterner Umgang mit dem Thema relativierte alles wieder ein bisschen und ließ sie hoffen, dass sie sich das mit den dunklen Augen vielleicht wirklich nur eingebildet hatte.

»Oh-oh ... Ärger im Anmarsch«, murmelte Caro in diesem Moment. April blickte auf und sah, wie Davina Osbourne auf ihren Tisch zumarschiert kam.

»Hey, hey«, säuselte sie und lächelte strahlend in die Runde. »April, Süße, ich hab gehört, was gestern Abend passiert ist.« Sie zog einen mitfühlenden Schmollmund. »Gott, das muss schrecklich für dich gewesen sein. Ich wollte mich nur mal kurz vergewissern, dass es dir gut geht.«

»Deine Fürsorge ist wirklich rührend, Davina, *Süße*«, äffte Caro ihren Tonfall nach.

»Nett von dir, danke«, sagte April schnell. »Aber mir geht's gut. Ich hab gestern Abend auf der Swain's Lane nur ein paar seltsame Geräusche gehört und ...«

»Oh mein Gott«, unterbrach Davina sie und presste sich die Hand auf den Mund. »Heißt das, du hast mitbekommen, wie Isabelle umgebracht wurde? Hast du ihre Todesschreie gehört?«

»Nein, ich habe nur ein seltsames Geräusch gehört. Die Polizei glaubt nicht mal, dass ich an der Stelle stand, an der ...«

»Wer ist Isabelle?«, fiel Caro ihr ins Wort.

Davina funkelte sie böse an und wandte sich dann wieder April zu.

»Ach, das wusstet ihr noch gar nicht? Sie hieß Isabelle Davis und war vor ein paar Jahren Schülerin an der Ravenwood. Eine meiner Freundinnen vom Royal Opera House war ganz gut mit ihr befreundet. Fantastischer Teint, tolle Haare – echt eine Schande, dass sie jetzt tot ist.«

April brachte kein Wort hervor. Dass sie jetzt den Namen des Opfers kannte, ließ den Mord irgendwie noch viel realer und bedrohlicher erscheinen.

»Alles in Ordnung, April?«, fragte Caro und berührte sie am Arm.

»Gott, hab ich vielleicht etwas Falsches gesagt?«, fragte Davina bestürzt. »Wie ungeschickt von mir. Möchtest du vielleicht ein Glas Evian trinken, wir haben eine Flasche da. Warum setzt du dich nicht einen Moment zu uns an den Tisch, bis du dich wieder ein bisschen beruhigt hast? Ich glaube, Chessy hat ein paar Valium von ihrer Mutter dabei.«

»Warum lässt du sie nicht einfach in Ruhe?«, zischte Caro. »Bevor du aufgetaucht bist, ging es ihr bestens.«

»Nein… danke, mir geht's gut. Ich glaube, ich brauche bloß ein bisschen frische Luft«, sagte April und stand auf. Sowohl Caro als auch Davina machten Anstalten, sie zu begleiten, aber sie schüttelte den Kopf und hob abwehrend die Hand. »Danke, aber ich… ich möchte lieber einen Moment allein sein«, erklärte sie und ging davon.

Als April durch die Schwingtür der Cafeteria in den Flur hinaustrat, spürte sie, dass alle Augen im Raum auf sie gerichtet waren. *Ich werde nicht weinen. Ich werde nicht weinen,* murmelte sie stumm vor sich hin, während sie blindlings durch die Gänge lief, bis sie schließlich in einer Art Pausenecke mit ein paar Sitzgelegenheiten landete, die glücklicherweise völlig verwaist war. Mit klopfendem Herzen ließ sie sich in einen Sessel fallen und atmete langsam durch die Nase ein und durch den Mund wieder aus. Sie versuchte sich daran zu erinnern, woran man denken sollte, um sich zu beruhigen – kühle, taufeuchte Sommerwiesen? Aber sie konnte sowieso an nichts anderes als an die glühenden Augen denken.

»Ach, wen haben wir denn da? Ravenwoods unartiges Mädchen der Woche…Na, so eine Überraschung«, sagte eine Stimme. »Ich habe mich schon gefragt, wann sich unsere Wege wohl kreuzen würden.«

Als April den Kopf hob, sah sie Benjamin Osbourne vor sich stehen, der durch die blonden Strähnen, die ihm ins Gesicht fielen, auf sie herunterblickte und spöttisch grinste.

»Bitte entschuldige meine schlechten Manieren«, sagte er und deutete eine Verbeugung an. »Wir sind uns noch gar nicht offiziell vorgestellt worden. Ich bin Benjamin. Ich glaube, du hast meine Schwester Davina schon kennengelernt, oder?«

April konnte nur nicken. Ohne den Blick seiner blauen Augen von ihr zu nehmen, neigte Benjamin den Kopf leicht nach links und sagte: »Und das hier ist mein Freund Marcus Brent.« Erst jetzt bemerkte April, dass hinter ihm ein großer Junge stand, der dunkelbraune Haare und so dichte Brauen hatte, dass seine Augen darunter fast verschwanden. Er war ihr schon vorhin in der Cafeteria aufgefallen, weil er sie so ungeniert angestarrt hatte – wobei die Beschreibung »empört angefunkelt« es wohl besser traf. Offensichtlich gehörte Marcus zu den Schülern, die der Meinung waren, dass die neue Schülerin Ravenwood in Verruf brachte.

»Lass uns weitergehen, Ben«, sagte Marcus ungeduldig. »Wir sind spät dran.«

»Kümmere dich nicht um ihn.« Benjamin lächelte. »Hübsche Mädchen schüchtern ihn immer ein.« Dann ließ er sich aber doch von Marcus weiterziehen und rief ihr über die Schulter noch ein »Bis bald!« zu.

April saß da wie vom Donner gerührt. Hatte der heißeste Typ der Schule sie gerade tatsächlich als »hübsch« bezeichnet? Oder sagte er das zu jedem Mädchen? Wahrscheinlich. Er gehörte bestimmt genau zu der Sorte gut aussehender reicher Jungs, die sich einbildeten, jedes Mädchen um den Finger wickeln zu können. Da war er bei ihr aber an der falschen Adresse. Kopfschüttelnd stand sie auf, plumpste aber sofort in den Sessel zurück, weil ihre Knie so zitterten.

»Wow ...« Sie massierte sich die Schläfen. Vielleicht hatte Benjamins Charme doch funktioniert. Als sie sich einigermaßen beruhigt hatte, ging sie auf die Mädchentoilette und betrachtete sich im Spiegel. Ihre Wangen glühten. Aber das hatte nichts mit Benjamin zu tun, versicherte sie sich selbst. Ganz und gar nicht. Obwohl er wirklich umwerfend aussah. Aber sie hatte nicht vor, sich nach Neil gleich in den nächsten unerreichbaren Typen zu verknallen. Auf keinen Fall.

Das hast du davon, dich an feuchtkalten Abenden auf der Straße herumzutreiben, schalt sie sich selbst, als es zur nächsten Stunde gongte. *Du musst dir irgendwas eingefangen haben.*

Achtes Kapitel

Die folgenden Tage konzentrierte April sich darauf, möglichst nicht aufzufallen. Sie war sehr überrascht, als sie am Ende der Woche feststellte, dass sie tatsächlich lieber wegen des interessanten Unterrichts als wegen der Leute in die Schule ging. An ihrer alten Schule hatte sie zwar auch ein paar Lieblingsfächer gehabt, sich aber bei den meisten anderen Fächern gefragt, was sie ihr überhaupt bringen sollten. Chemie? Todlangweilig. Geografie? Mal ehrlich, wer interessierte sich schon für tote Flussarme? Der Unterricht war ihr immer wie ein notwendiges Übel vorgekommen, das sie in Kauf nehmen musste, um jeden Tag mit Fiona und ihren anderen Freundinnen zusammen sein zu können. An der Ravenwood School war das anders. Der Unterricht war so spannend, dass er richtig Spaß machte. Mittlerweile las sie die auf dem Lehrplan stehenden Bücher sogar schon, *bevor* sie durchgenommen wurden. Anfangs hatte ihr Vater sie deswegen noch aufgezogen, aber als er gemerkt hatte, wie ernst es ihr damit war, hatte er bloß lächelnd gesagt: »Der Apfel fällt nicht weit vom Stamm.«

In Wirklichkeit war es ihre einzige Chance, überhaupt mit den anderen Schülern mithalten zu können, die ständig Begriffe wie »hypothetisch betrachtet« oder »in Korrelation zu« benutzten und in sämtlichen Fächern bereits genauso viel, wenn nicht sogar mehr als ihre Lehrer zu wissen schienen. Das Erstaunlichste aber war, dass die Lehrer die Meinung ihrer Schüler anscheinend wirklich ernst nahmen und respektierten. Für April war das eine echte kleine Sensation. Ihre Geschichtslehrerin Miss Holden hatte heute Morgen offenbar keine Lust, ihnen Namen und Daten einzutrichtern, und ließ sie stattdessen darüber diskutieren, was Geschichte eigentlich war – nämlich keine trockene Aufzählung von Geburten, Kriegen und Toden, sondern eine Art sich ständig wandelnder Organismus, der im Laufe der Zeiten und gesellschaftlichen und modischen Strömungen unterschiedlich interpretiert werden konnte. Trotzdem ertappte April sich während des Unterrichts immer wieder dabei, wie ihre Gedanken abschweiften. Das Unbehagen, das sie seit dem Spaziergang auf der Swain's Lane verspürte, ließ sie einfach nicht mehr los. Vor ihrem inneren Auge tauchte immer wieder Gabriel auf, der seltsam glühende Blick zwischen den Schatten der Friedhofsbäume, der zuckende Fuchs und sogar die ungläubigen Gesichter der beiden Detectives. Die Gedanken wirbelten durch ihren Kopf und vermischten sich zu einem unentwirrbaren Knäuel. Als sie auf das Kapitel in dem aufgeschlagenen Buch hinunterblickte, zu dem sie sich Notizen hatte machen sollen, stellte sie fest, dass sie stattdessen böse blitzende Augen und seltsam abstrakte Formen an den Rand gekritzelt hatte. Was ging in Highgate vor sich? Und warum stellte ihr Vater Nachforschungen über Vampire an? Er hatte ihr erzählt, dass die Polizei mangels Beweisen nach wie vor im Dunkeln tappte. Sie wussten weder, wie Isabelle Davis genau umgebracht wurde, noch ob ihr Tod tatsächlich etwas mit dem Mord an Alix Graves zu tun hatte. »Die Polizei hat nur ganz wenige Einzelheiten bekannt gegeben«, hatte ihr Vater gesagt, »und das bedeutet in aller Regel, dass der Mord ziemlich unappetitlich war und sie keine Nachahmungstäter auf den Plan rufen wollen oder dass die Umstände extrem heikel sind und sie mögliche Zeugen nicht abschrecken wollen.«

Caro war natürlich fest davon überzeugt, dass eine Verschwörung hinter der Sache steckte. »Sie geben keine Einzelheiten raus, weil sie keinen Staub aufwirbeln wollen, ist doch klar«, hatte sie gesagt. »Ich bin mir sicher, dass irgendein bekannter Geschäftsmann oder Promi in die Sache verwickelt ist, vielleicht sogar jemand aus ihren eigenen Reihen, deswegen halten sie dicht. Ich sage dir, das Ganze stinkt zum Himmel.«

April hatte zwar noch keine eigene Theorie zu den Morden entwickelt, war aber extrem beunruhigt, zumal sie immer noch nicht wusste, was Gabriel mit der ganzen Sache zu tun hatte. Sie konnte einfach nicht aufhören, an ihn zu denken. Natürlich sah er unfassbar gut aus, aber das allein war es nicht. Auch wenn sie es sich selbst nicht erklären konnte, spürte sie deutlich, dass es zwischen ihnen irgendeine Verbindung gab. Als sie in seine Augen gesehen hatte, hatte sie beinahe das Gefühl gehabt... Sie schauderte und verscheuchte den Gedanken sofort wieder. Eigentlich glaubte sie nicht, dass er etwas mit den Morden zu tun hatte, aber vielleicht war er derjenige gewesen, der die Polizei alarmiert hatte. Es war gut möglich, dass er – genau wie sie selbst – nur ganz zufällig am Friedhof vorbeigekommen war. Die letzten Tage war er nicht in der Schule gewesen, und sie war ihm auch auf dem Weg nach Hause nie begegnet, obwohl sie es sich insgeheim fast gewünscht und sich gleichzeitig auch vor einer Begegnung mit ihm gefürchtet hatte. Hatte er sie womöglich vor einem unsichtbaren Mörder beschützt?

»April?«

Als sie ihren Namen hörte, blickte sie erschrocken auf. Sie war so in Gedanken versunken gewesen, dass sie erst jetzt merkte, dass alle sie anstarrten. Schon wieder.

»April?«, sagte Miss Holden noch einmal. »Die Renaissance?«

»Oh, äh, ja... Wie war die Frage genau?«

Im Klassenzimmer wurde unterdrücktes Gekicher laut, und Miss Holden schüttelte ungehalten den Kopf.

»Sollten Sie wegen einer Unpässlichkeit nicht am Unterricht teilnehmen können, Miss Dunne, dann entschuldigen Sie sich bitte und suchen das Krankenzimmer auf, *bevor* die Stunde anfängt. Desinteressierte Schüler sind vielleicht an der Schule, die Sie zuvor besucht haben, die Norm gewesen, aber wir hier an der Ravenwood nehmen die Ausbildung sehr ernst.«

»Bitte entschuldigen Sie. Ich habe nicht besonders gut geschlafen und ...«

»Ihre nächtlichen Aktivitäten interessieren mich nicht im Geringsten«, herrschte Miss Holden sie an, worauf das Kichern noch lauter wurde. »Mich interessiert der Begriff der Renaissance als eine Art Neufassung der Geschichte. Also bitte.« Sie sah einen schlaksigen Jungen an, der links neben April saß. »Nun, Mr Frazer, vielleicht können *Sie* uns sagen, wie ...«

Nach diesem Zwischenfall folgte April dem Unterricht sehr viel aufmerksamer und schrieb fleißig mit, nahm sich jedoch zwischendurch immer mal wieder einen Augenblick Zeit, grausame Rachepläne gegen Miss Holden zu schmieden, die sie vor der gesamten Klasse bloßgestellt und sie dadurch nicht nur als Außenseiterin gebrandmarkt, sondern ihr den Ruf verpasst hatte, eine schlechte Schülerin zu sein – was an dieser Schule für Superhirne vermutlich das schlimmstmögliche Verbrechen war.

»Einen Moment noch bitte, April.«

Es hatte geläutet, und sie war gerade dem Pulk ihrer Mitschüler gefolgt, die plappernd und lachend aus dem Zimmer strömten, als Miss Holden sie zurückrief. Die Lehrerin schloss die Tür und bedeutete ihr, auf einem Stuhl in der ersten Reihe Platz zu nehmen, während sie selbst sich mit verschränkten Armen aufs Pult setzte. Sie war ungefähr Mitte dreißig, hatte schulterlange rote Locken und war im trendy Boho-Look gekleidet – eine mit Blümchen gemusterte Bluse, eine dicke Holzperlenkette, ein langer Rock mit Volants und Wildledersteifel –, aber ihr hübsches Äußeres schaffte es nicht, ihre strenge Ausstrahlung zu mildern.

Wenn sie weiter so finster die Stirn runzelt, dachte April, *braucht sie bald die erste Botox-Behandlung.*

»Ich kann nachempfinden, dass Sie sich hier bei uns noch ein bisschen verloren fühlen, April. Ein Umzug in eine neue Stadt und eine neue Schule bedeuten natürlich eine massive Umstellung.«

April nickte dankbar. »Ja, ich ...«

»Aber das heißt nicht«, unterbrach Miss Holden sie scharf, »dass Sie Ihre Befindlichkeiten in meinem Unterricht ausleben können. Ich dulde keine Störungen, welcher Art sie auch sind.« Sie legte eine kleine Pause ein und wartete ab, bis April sie wieder ansah, bevor sie fortfuhr. »Und weil es so wichtig ist, sage ich es Ihnen noch einmal: Ravenwood ist nicht wie Ihre alte Schule, April. Und zwar in keiner Weise.«

April wunderte sich über den Nachdruck, mit dem Miss Holden den letzten Satz ausgesprochen hatte. »In *keiner* Weise.« Sie sah ihre Lehrerin fragend an, aber da sprach sie schon weiter.

»Was wir Ihnen hier beibringen, ist wichtig, April. *Äußerst* wichtig. Einige würden sogar behaupten, dass es hier um Leben und Tod geht.«

Oh bitte! April musste sich das Lachen verkneifen. *So lebenswichtig ist der Geschichtsunterricht nun wirklich nicht.*

Miss Holden bemerkte ihren skeptischen Blick. »Mir ist durchaus bewusst, dass der Eindruck entstehen könnte, es handle sich hier um eine Schule für überprivilegierte neureiche Snobs – ein Eindruck, der sicherlich nicht ganz unberechtigt ist. Wir haben tatsächlich solche Schüler hier. Wenn Mummy und Daddy dafür bezahlen, dass ihre kleinen Lieblinge die bestmögliche Ausbildung erhalten, dann bekommen sie sie auch. Aber Sie sollten wissen, dass wir hier auch sehr viele Schüler haben, die alles dafür gegeben haben, aufgenommen zu werden, und weiterhin alles geben, um an der Schule bleiben zu können. Ihr einziges Ziel ist es, an einer der Eliteuniversitäten – Oxford, Cambridge, Harvard – aufgenommen zu werden, und wenn sie dieses Ziel nicht erreichen, dann wird das ... nun, sagen wir mal, Konsequenzen für sie haben.«

»Konsequenzen?«

»Ja, genau, Konsequenzen«, wiederholte Miss Holden, und für den Bruchteil einer Sekunde flackerte Wut in ihren Augen auf. Sie strich sich seufzend eine Locke aus dem Gesicht. »Sehen Sie, April, ich kenne Ihre Vorgeschichte. Im Moment interessieren Sie sich vielleicht vor allem für Jungs und Musik, aber das ändert nichts an der Tatsache, dass Sie ein intelligentes, hübsches Mädchen mit guter Vorbildung sind. Sie sind umfassend begabt, und ich bin mir sicher, dass etwas aus Ihnen wird, wenn Sie sich Mühe geben.«

April blickte verlegen auf ihre Hände hinunter.

»Aber wir haben hier Schüler, deren Talente begrenzter sind als Ihre. Diese jungen Menschen sind Genies auf ihrem jeweiligen Spezialgebiet – Mathe, Physik, Biologie –, aber sie sind das, was man gemeinhin als Fachidioten bezeichnet. Das Mathe-Ass bringt im Englischkurs allenfalls durchschnittliche Leistungen. Und jetzt stellen Sie sich bitte vor, was aus ihm werden würde, wenn er es wegen seiner Durchschnittsnote nicht schafft, an einer der renommierten Universitäten angenommen zu werden. Behalten Sie dabei auch die Auswirkungen auf das große Ganze im Auge – wenn diese Schüler nicht die Gelegenheit bekommen, ihr Potenzial voll auszuschöpfen, schaden wir dadurch in letzter Konsequenz der Gesell-

⊰ 120 ⊱

schaft, weil sie möglicherweise eines Tages ein Heilmittel gegen Krebs oder eine Technik, um auf dem Mond zu atmen, entwickelt hätten.«

Miss Holden betrachtete April einen Moment lang nachdenklich. »Aber etwas ist noch wichtiger: Wir müssen dafür sorgen, dass sie nicht unter schlechten Einfluss geraten.«

»Durch die Russen?«

Miss Holden lachte. »Nein, nicht durch die Russen«, sagte sie mit einem nachsichtig tadelnden Blick. »Die sowjetische Bedrohung gehört endgültig der Vergangenheit an.«

April spürte, wie sie feuerrot wurde, als Miss Holden auch schon wieder ernst wurde.

»Aber Sie werden sicher nachvollziehen können, dass Schüler mit einem derartigen Potenzial sehr angreifbar sind. Es gehört zu unseren Aufgaben, sie alle davor zu bewahren, negativ beeinflusst zu werden.«

April hielt das im ersten Moment für einen Scherz, aber ein Blick auf Miss Holdens ernste Miene belehrte sie eines Besseren. *Warum haben Erwachsene eigentlich ständig Angst, wir könnten durch irgendwen negativ beeinflusst werden?*, fragte sie sich, während sie die Perlenkette und Sandalen der Lehrerin musterte. *Dabei siehst du nicht aus, als hättest du noch nie in deinem Leben gekifft, du Heuchlerin.*

»Und da wir gerade von schlechtem Einfluss sprechen ... Wir betrachten es als wichtigen Bestandteil unserer pädagogischen Aufgabe, ein Auge darauf zu haben, welchen Umgang unsere Schüler pflegen.«

April sah sie fassungslos an. Hatte sie ihr etwa hinterherspioniert?

»Ich nehme an, Sie wissen, von wem ich spreche.«

»Von Caro?«

»Nein, nicht von Caro«, entgegnete Miss Holden ungeduldig. »Caroline Jackson mangelt es vielleicht manchmal an der nötigen Disziplin, und sie hat eine sehr spezielle Weltanschauung, aber ansonsten ist sie ziemlich harmlos. Ich spreche von den ›Schlangen‹ – wie sie so treffend genannt werden – und insbesondere von ihrer selbst ernannten Anführerin Davina Osbourne.«

April traute ihren Ohren kaum. Wie konnte eine Lehrerin es wagen, ihr vorzuschreiben, mit wem sie ihre Zeit verbringen sollte und mit wem nicht?

»Ich hätte eigentlich gedacht, Ihr Zuständigkeitsbereich würde am Schultor enden, Miss Holden«, sagte sie in herausforderndem Tonfall.

»Oh nein, April, er reicht noch sehr viel weiter. Und ich weiß, dass ich Ihnen nichts sage, was Sie nicht selbst schon gespürt hätten: Wer sich mit Davina Osbourne einlässt, lebt gefährlich. Ich weise Sie lediglich auf etwas hin, das offensichtlich ist – wenn Sie weiterhin Zeit mit ihr und ihren Freundinnen verbringen, werden Sie sich eine Menge Probleme einhandeln. Zusätzlich zu denen, die Sie bereits haben.«

»Das ist unfair«, sagte April. »Das war einfach nur Pech. Ich kann schließlich nichts dafür, wenn ich zufälligerweise an einem Ort vorbeikomme, wo gerade etwas Schlimmes passiert ist.«

»Ach nein?«

April zuckte zusammen. »Was soll das heißen?«

»Letztendlich sind wir für alles, was in unserem Leben passiert, selbst verantwortlich, April – sowohl für die guten als auch die schlechten Dinge. Machen Sie sich bewusst, dass Sie die Macht haben, Ereignisse zu beeinflussen.«

»Sie sind also der Meinung, ich hätte mich falsch verhalten? Was hätte ich denn anders machen sollen?«

April wurde plötzlich unglaublich wütend auf ihre Geschichtslehrerin. Wie konnte sie es wagen, ihr Vorwürfe zu machen? Zu dem Zeitpunkt, als sie den Fuchs gefunden hatte,

hatte sie doch noch nicht einmal gewusst, dass offensichtlich ganz in der Nähe ein Mädchen ermordet worden war!

»Wollen Sie damit sagen«, fragte April mit nur mühsam beherrschter Stimme, »dass diese Isabelle nicht tot wäre, wenn ich mich anders verhalten hätte?«

Miss Holden schwieg. Dann schüttelte sie kaum merklich den Kopf, rutschte vom Pult und strich ihren Rock glatt. »Seien Sie vorsichtig, April, das ist alles, worum ich Sie bitte. Auf der Schwelle zum Erwachsenwerden müssen Sie einige Entscheidungen treffen. Manche davon werden sehr wichtig sein, wichtiger als sie Ihnen vielleicht in dem Moment erscheinen.«

Arrogante Ziege, dachte April wütend. Aber sie wusste, dass sie sich nur noch mehr Ärger einhandeln würde, wenn sie sich mit einer Lehrerin anlegte, also stand sie auf und zwang sich zu einem Lächeln.

»Vielen Dank für den Rat, Miss Holden«, sagte sie und gab sich alle Mühe, es nicht ironisch klingen zu lassen. »Ich werde über das, was Sie gesagt haben, nachdenken.«

Miss Holden berührte sie kurz am Arm. »Ich bitte Sie darum.«

Merke: Keine Tagträume mehr während des Unterrichts, dachte April, als sie die Tür hinter sich schloss, den Flur entlangging und das Gebäude durch den Haupteingang verließ. Draußen war es so kalt, dass die Luft in ihren Lungen brannte.

»Darling!«, sagte plötzlich jemand, und April blieb vor Schreck fast das Herz stehen.

Als sie sich umdrehte, stand Davina direkt hinter ihr. *Wenn man vom Teufel spricht ...* April lief ein kalter Schauer den Rücken hinunter. Aber sie hatte nicht vor, sich von Miss Holden vorschreiben zu lassen, was sie zu tun hatte. Sie war so wütend auf ihre Lehrerin, dass sie wahrscheinlich sogar mit geschlossenen Augen über eine stark befahrene Kreuzung

gerannt wäre, wenn sie ihr gesagt hätte, sie solle sich von ver-
kehrsreichen Straßen fernhalten.

»Davina«, sagte sie überrascht. »Ich hab dich gar nicht bemerkt.«

»Passiert mir öfter.« Davina lächelte. Neben ihr stand ein
asiatisch aussehendes Mädchen mit schulterlangen Haaren
und einer Brille.

»Das ist Ling Po«, stellte Davina sie vor. »Sie ist auch neu
an der Schule. Ich dachte, ich mache euch beide mal miteinander bekannt, wo ihr doch praktisch im selben Boot sitzt.«

Ling Po lächelte verlegen und senkte den Blick.

»Sie ist noch etwas schüchtern«, erklärte Davina. »Aber
davon werden wir dich bald heilen, nicht wahr, Ling? Sag
mal …« Davina hakte sich bei April unter und schlenderte mit
ihr Richtung Schultor. »Wo hast du denn gesteckt? Ich hab
nach Geschichte auf dich gewartet. Wir haben uns schon Sorgen gemacht, stimmt's, Ling?«

»Miss Holden wollte sich noch kurz mit mir unterhalten«,
antwortete April.

Ein kaum merklicher Ruck ging durch Davina. »Hat sie dir
Fragen zu dem Mordfall gestellt?«

»Nein, sie hat mir bloß eine kleine Standpauke gehalten,
weil ich nicht die gesamte Stunde lang gebannt an ihren Lippen hing.«

Davina lachte. »Typisch. Die alte Hexe steckt ständig ihre
Nase in Dinge, die sie nichts angehen. Ignorier sie einfach, sie
ist bloß neidisch auf uns.«

»Neidisch? Auf *uns*?«

»Auf intelligente, hübsche Mädchen wie dich und mich.
Und Ling natürlich.« Sie warf dem anderen Mädchen über
die Schulter einen kurzen Blick zu. »Ich meine, schau dir
doch bloß mal an, wie die sich anzieht. Wie ein alterndes Hip-
piegirl. Total peinlich. Sie sieht viel älter aus, als sie ist, und

hasst alle Leute, die jünger und cooler sind als sie und Spaß haben.«

»Kann schon sein ...«, sagte April, die nicht überrascht war, dass Miss Holdens Abneigung auf Gegenseitigkeit beruhte.

»Glaub mir, sie ist eine alte, verbitterte Hexe. Aber jetzt zu etwas viel Wichtigerem. Ich hab auf dich gewartet, weil Milos Eltern übers Wochenende weg sind und wir am Sonntag eine Halloweenparty bei ihm schmeißen.«

»Am Sonntag?«, fragte April zweifelnd. Sie wusste genau, was ihre Eltern sagen würden, wenn sie sie bat, am Abend vor einem Schultag auf eine Party gehen zu dürfen, aber Davina schien gar nicht zugehört zu haben. In ihrem erlesenen Mikrokosmos spielten solche Überlegungen offensichtlich keine Rolle.

»Das wird *die* Party des Jahrhunderts«, schwärmte Davina. »Es kommen nur die tollsten Leute und alle natürlich in Abendgarderobe. Du kommst doch, oder? Bitte sag Ja!«

April nickte. »Klar, wahnsinnig gern ... wenn ich kann. Schick mir doch noch mal eine SMS mit der genauen Adresse. Meine Nummer ist ...«

Davina hielt ihr glänzendes schwarzes Handy in die Höhe. »Ich hab sie schon!«, trällerte sie.

April grinste in sich hinein. Wie konnte Miss Holden diese Mädchen bloß für gefährlich halten? Natürlich war Davina unglaublich oberflächlich und auch ein bisschen überheblich. Wahrscheinlich wusste sie noch nicht einmal, wie das Wort »Komplexe« überhaupt geschrieben wurde – sie hielt sich offensichtlich für die Größte. April hatte bis jetzt zwar noch keinen Kurs mit ihr gehabt, war sich aber ziemlich sicher, dass sie nicht ganz so dumm sein konnte, wie ihr divenhaftes Gehabe es vermuten ließ, sonst hätte sie es wohl kaum an die Ravenwood School geschafft, ganz egal, wie tief ihr Daddy in die Tasche gegriffen hatte. Oder war sie etwa ein Naturtalent im Fachgebiet Klatsch & Tratsch und gesellschaftliche Kontaktanbahnung? Jedenfalls war es völlig absurd, Davina und ihrer Clique zu unterstellen, sie würden einen schlechten Einfluss auf irgendjemanden ausüben. Ihr einziges Verbrechen bestand darin, nicht sonderlich tiefgründig zu sein.

»Ich überlege schon die ganze Zeit, was ich anziehen soll, aber ich kann mich einfach nicht entscheiden«, jammerte Davina, wie um Aprils Theorie zu untermauern. »Vielleicht dieses traumhaft schöne Chiffonminikleid von Dolce, das ich bei Harvey Nicks gesehen habe? Oder doch lieber etwas Glamouröseres? Ein Abendkleid von Dior oder eine McQueen-Robe? Was meinst du? Und dazu brauche ich ja auch noch die passenden Schuhe und eine Tasche, und ich muss Mummy unbedingt dazu bringen, mir ihre Cartier-Ohrringe zu leihen. Gott, das wird die genialste Party des Jahres!«

»Ich kann es kaum erwarten«, sagte April und war überrascht, als sie feststellte, dass es die Wahrheit war.

»Sie hat gesagt, dass ich harmlos bin?«

»*Ziemlich* harmlos«, korrigierte April und unterdrückte ein Grinsen, als Caro vor Entrüstung hektische Flecken bekam.

Die beiden Mädchen saßen in der Americano Coffee Bar auf der High Street, und April hatte ihr gerade von ihrer Begegnung mit Miss Holden und Davina erzählt.

»Ziemlich harmlos? Das ist ja noch viel schlimmer als harmlos ohne Adverb!«, rief Caro. »Als wäre ich sogar in meiner Harmlosigkeit mittelmäßig! Was soll ich bloß tun, damit sie erkennt, was für ein zerstörerisches Potenzial ich in mir trage?«

April lachte. »So wie es aussieht, musst du deine anarchistischen Anstrengungen verstärken.«

Caro schüttelte fassungslos den Kopf. »Das ist einfach nicht fair. Du findest ein totes Mädchen ...«

»Einen toten *Fuchs*«, unterbrach April.

»Ist doch egal«, knurrte Caro. »Jedenfalls bist du auf einmal das coolste Mädchen der Schule. Ich feile seit Jahren an meinem Image als Unruhestifterin, und dann kommst du hier anmarschiert, schläfst einmal im Unterricht ein, und schon bist du Che Guevara. Es gibt einfach keine Gerechtigkeit mehr auf dieser Welt.«

»Dann schlaf doch einfach öfter im Unterricht ein oder schmuggle heimlich eine Stinkbombe ins Lehrerzimmer«, schlug April vor.

»Meinst du, da hätte ich nicht schon selbst dran gedacht?« Caro seufzte. »Glaub mir, wenn ich mir mit so was nicht meine Chancen in Oxford verbauen würde, dann würde ich keine Minute zögern.« Sie starrte schlecht gelaunt in ihren Kaffee. »Apropos Stinkbombe – schon irgendwelche Pläne für den großen Abend?«

»Welchen großen Abend?«

»Na, die *Halloweenparty*«, raunte Caro.

April schüttelte den Kopf. »Ich glaub nicht, dass ich hingehe.«

»Was? Aber du musst hingehen!«

»Das verstehe ich jetzt nicht. Ich hab gedacht, du hast was dagegen, dass ich mich mit den falschen Schlangen einlasse. Eigentlich hab ich fest damit gerechnet, dass du mir wieder einen deiner Vorträge darüber halten wirst, dass ich mich nicht mit der dunklen Seite der Macht verbrüdern darf.«

»Nein! Kapierst du denn nicht? Du *musst* dich sogar mit ihnen verbrüdern. Das ist unsere einzige Möglichkeit, jemals herauszufinden, was dahintersteckt!«

April lachte. »Jetzt fang du nicht auch noch damit an.«

»Wie meinst du das?«

»Miss Holden hält Davina und ihre Clique für so eine Art gefährliche paramilitärische Organisation, die wild entschlossen ist, die Welt zu zerstören.«

»Na ja, sie haben schon ein ziemlich großes Bedürfnis danach, alles, was ihnen vor die Füße kommt, in den Staub zu treten«, sagte Caro. »Aber das tun sie mehr im übertragenen Sinne als durch Waffengewalt.«

»Dann hältst du sie also gar nicht für gefährlich?«

»Nein, sie selbst nicht – aber ihre Freunde und Verwandten sind definitiv gefährlich. Der Vater von dem Typen, bei dem die Party stattfindet – Milo Asprey –, ist ein hohes Tier in der Energiebranche. Außerdem ist er eng mit Davinas und Bens Vater, Nicholas Osbourne, befreundet, der wiederum Chef von Agropharm International ist.«

»Agropharm?«, hauchte April ehrfürchtig. »Von denen hab ja sogar ich schon mal was gehört. Die stellen Schmerztabletten her, oder?«

»Schmerztabletten, Farben, Kunststoffe, Sprengstoffe, chemische Waffen …«

April klappte die Kinnlade herunter.

»Aber nicht, dass du Mr Osbournes Absichten falsch verstehst, nein, nein. So schlecht ist er gar nicht, er engagiert sich sehr für wohltätige Zwecke und ist Vorsitzender von Airlift, einer humanitären Hilfsorganisation für Flüchtlinge aus Kriegsgebieten. Mit der einen Hand gibt er, was er mit der anderen nimmt – genau wie alle guten Politiker.«

»Woher weißt du das alles?«

»Ich habe da so meine Quellen.«

»Sind diese Leute Teil deiner Verschwörungstheorie?«

Caro zuckte mit den Achseln. »Wie schon gesagt, gibt es keinerlei Informationen darüber, wer hinter der Stiftung steht, die Ravenwood finanziert. Aber Mr Asprey sammelt aktiv Spenden für die Schule und ist bestens mit den Leuten im Schulministerium befreundet, die alle einen Heidenrespekt vor ihm zu haben scheinen.«

»Okay, aber das macht ihn doch noch nicht unbedingt zum Oberschurken, oder?«

»Nein, aber zum idealen Ausgangspunkt für unsere Nachforschungen.« Caro grinste. »Und deswegen müssen wir dich für deinen großen Auftritt auch ordentlich aufstylen.«

Neuntes Kapitel

Es gab Momente, in denen April ihre Mutter am liebsten erwürgt hätte – und der Shoppingmarathon an diesem Samstag war so ein Moment. Sie hatte aufgehört zu zählen, wie oft sie heute schon die Augen geschlossen und sich vorgestellt hatte, Silvia würde in einen offenen Fahrstuhlschacht stürzen oder vor einen LKW laufen. Aber auch wenn sie nicht stolz darauf war, solche mordlüsternen Gedanken zu haben, hielt sie sich deswegen noch lange nicht für eine Psychopathin, sondern tröstete sich damit, dass es für ein Mädchen ihres Alters relativ normal war, solche Fantasien zu haben. *Obwohl es mit Eltern wie meinen eigentlich unmöglich ist, sich normal zu entwickeln,* dachte sie, während sie sich im Erdgeschoss von Selfridges mit finsterer Miene hinter ihrer Mutter durch das Gedrängel in den Gängen schob. Ihr Vater war nie wirklich erwachsen geworden und verbrachte seine Freizeit mit der Jagd auf Ufos und Zombies, und ihre Mutter war geistig in der Barbiepuppen-Phase stecken geblieben und träumte davon, das Leben einer Prinzessin zu führen.

»Ist das nicht absolut hinreißend?«, rief Silvia in diesem Moment und hielt ein türkises Kleid mit Puffärmeln und einem silbernen Chiffonüberrock in die Höhe.

»Ich bin keine fünf mehr, Mum«, stöhnte April. »Und ich will auch nicht wie die kleine Meerjungfrau aussehen. Außerdem haben sie in der Einladung ausdrücklich gesagt, dass der Dresscode *schwarz* ist.«

»Aber das Kleid ist von Moschino, Schatz! Es ist wirklich günstig, und ich finde es sehr schick.«

April schüttelte bestimmt den Kopf. »Ich hätte am liebsten ein schlichtes kleines Schwarzes, Mom. Irgendetwas ganz Dezentes, in dem ich hübsch aussehe und nicht *durchgeknallt*.«

»Aber das ist das einzige Designerkleid, das ich bis jetzt hier unten gesehen habe.« Silvia blickte sich stirnrunzelnd um. »Warum gehen wir nicht einfach nach oben in die Designerabteilung und ...«

»Nein, Mum«, unterbrach April sie. »Wir können uns keine teuren Sachen mehr leisten, schon vergessen?«

»Wie könnte ich?« Silvia griff seufzend nach einem rosa Minikleid und sah ihre Tochter hoffnungsvoll an.

April schüttelte frustriert den Kopf. »*Schwarz*, Mum.«

»Aber in schwarzen Sachen siehst du immer so blass aus, Liebes.«

»Es ist eine Halloweenparty, da ist ein blasser Teint quasi die Eintrittskarte.«

Widerstrebend hängte Silvia das Kleid zurück und sah sich weiter um. »Ah! Da haben wir doch schon genau das Richtige – es entspricht deinen strengen Vorgaben und ist außerdem noch heruntergesetzt.«

Schwungvoll nahm sie ein Kleid von einem Ständer und hielt es April hin. Es war nachtschwarz, schimmerte seidig und sah extrem teuer aus.

»Okay, ich kann es ja mal anprobieren«, sagte April zögernd, obwohl sie auf den ersten Blick erkannte, dass das Kleid perfekt war. Ein paar Minuten später stand sie vor dem Spiegel in der Umkleidekabine und betrachtete sich zufrieden. Es war ein schlichtes kleines Schwarzes, genauso wie sie es sich vorgestellt hatte – relativ hochgeschlossen endete es knapp über dem Knie und war zeitlos, ohne altbacken, und sexy, ohne geschmacklos zu sein. Wenn sie sich jetzt noch die Haare hochsteckte und sich ein bisschen gothicmäßig schminkte, würde sie ziemlich cool aussehen. Ihre Mutter hatte ihr tatsächlich ein Traumkleid ausgesucht. Nicht, dass sie ihr das auf die Nase binden würde.

»Du siehst entzückend aus.« Silvia spähte durch den Vorhang. »Die Jungs werden sich um dich reißen.«

»Mum!«, stöhnte April, aber Silvia kicherte.

»Okay, mein schüchternes kleines Mäuschen«, sagte sie und griff nach Aprils Hand. »Dann wollen wir doch mal sehen, ob wir nicht auch noch ein paar todschicke Schuhe für dich finden.«

Mit Tüten und Taschen beladen, kletterte April in ein Taxi.

»Ich verstehe nicht, warum wir unbedingt mit dem Taxi fahren müssen«, brummte sie, als sie sich auf die Rückbank fallen ließ. »Bis zur nächsten U-Bahn-Station sind es gerade mal zwei Minuten zu Fuß.« Sie war zwar nicht unbedingt scharf darauf gewesen, sich mit ihren Einkäufen durch die volle Stadt zu kämpfen, zumal es auch noch angefangen hatte zu regnen, aber die Sorglosigkeit, mit der ihre Mutter das Geld zum Fenster rauswarf, während ihr Vater sich abstrampelte, um seine Familie durchzubringen, ärgerte sie.

»Meine Füße tun so weh – ich kann keinen Schritt mehr gehen«, stöhnte Silvia, zog einen Schuh aus und massierte sich die Zehen, während das Taxi sich langsam in den Rushhour-Verkehr einfädelte. »Außerdem wollte ich mich in Ruhe mit dir unterhalten.«

April verdrehte die Augen. Nicht schon wieder die alte »Lass die Finger von Drogen und pass auf, dass du nicht schwanger wirst«-Predigt, die sie jedes Mal über sich ergehen lassen musste, wenn sie auf eine Party ging oder sich mit einem Jungen traf. Was genau genommen nicht so wahnsinnig häufig der Fall war. Sie fand es immer unerträglich peinlich, sich mit ihrer Mutter über »Kondome« oder »Kiffen« unterhalten zu müssen, aber heute war der Zeitpunkt besonders ungünstig. Nachdem sie das Traumkleid gefunden hatten, hatte der Tag überraschend viel Spaß gemacht, und April hatte keine Lust, sich die Stimmung durch peinliche Aufklärungsgespräche ruinieren zu lassen. Nach dem Einkauf bei Selfridges hatten sie sich bei Nails Inc. eine Maniküre und eine Pediküre gegönnt, anschließend bei Carluccios zu Mittag gegessen – wo es den köstlichsten Waldpilz-Risotto gab, den April je gegessen hatte – und danach jedes einzelne Geschäft zwischen Marble Arch und Piccadilly durchstöbert. Für April war es am schönsten gewesen, dass sie ihre Mutter endlich mal wieder ausgelassen und fröhlich erlebt hatte – wenn auch das schlechte Gewissen an ihr nagte, weil sie so viel Geld ausgegeben hatten. Jedenfalls konnte sie jetzt gut auf ein intimes Mutter-Tochter-Gespräch verzichten, zumal ihr Miss Holdens Standpauke von gestern immer noch in den Knochen saß. *Ich ertrage keine wohlmeinenden Erwachsenen mehr, die glauben, mich vor Fehlern bewahren zu müssen.*

»Weißt du, Schatz, du bist inzwischen sechzehn und …«

»Mum, bitte. Ich bin alt genug, um …«, protestierte April, aber Silvia ließ sie nicht ausreden.

»Ich weiß, genau deswegen will ich ja auch mit dir sprechen. Du hast zweifellos die Intelligenz deines Vaters geerbt, aber manchmal verstehst du eben noch nicht alles, was zwischen Erwachsenen vor sich geht.«

Oh-oh, ich hab das Gefühl, das wird gar kein Aufklärungsgespräch, dachte April unbehaglich. *Lassen sie sich etwa doch scheiden?*

Silvia seufzte und sah aus dem Seitenfenster. »Dein Vater und ich, wir verstehen uns in letzter Zeit nicht so gut«, sagte sie leise. »Und ich möchte, dass du weißt, dass das nichts mit dir zu tun hat.«

Als hätte ich das je geglaubt!, empörte April sich stumm.

»Als Paar macht man immer wieder mal auch schwierige Zeiten durch … Das kommt in den besten Beziehungen vor. Aber wir wollen hier noch einmal ganz neu anfangen – neue Stadt, neue Arbeitsstelle, neue Schule, neues Haus.«

Als sie April den Kopf zuwandte, glitzerten Tränen in ihren Augen.

»Mach dir keine Sorgen, Schatz. Alles wird wieder gut«, sagte sie mit erstickter Stimme. »Ganz bestimmt.«

April wusste nicht, wie sie sich verhalten sollte. Es war nicht etwa so, als hätte ihre Mutter niemals Gefühle gezeigt, im Gegenteil. Sie bekam in regelmäßigen Abständen Tobsuchtsanfälle – zum Beispiel, weil Aprils Vater ihren Wünschen nicht nachkam – und konnte wegen eines Streits oder einer eingebildeten Kränkung tagelang beleidigt sein. Aber eine echte, aufrichtige Gefühlsregung wie diese hier kannte sie von ihrer Mutter eigentlich nicht. Und sie hatte sie tatsächlich noch nie zuvor weinen sehen. Kreischen und zetern, ja. Eimerweise hervorgepresste Krokodilstränen, während sie sich darüber beklagte, dass es niemanden interessierte, wie es ihr ging, ja. Aber nicht das. April war ratlos. Sollte sie ihr Mut zusprechen? Sie tröstend in den Arm nehmen? Aber bevor sie irgendetwas tun konnte, schlug ihre Mutter plötzlich mit der Faust gegen die Fensterscheibe.

»Der verdammte Mistkerl!«, flüsterte sie. Dann schüttelte sie den Kopf, griff in ihre Prada-Tasche, zog ein Taschentuch hervor und putzte sich geräuschvoll die Nase. »Mach dir keine Sorgen um mich, Schatz«, sagte sie betont munter und tätschelte Aprils Knie. »Ich hätte zum Mittagessen wahrscheinlich doch lieber keine zwei Manhattans trinken sollen. Übrigens wäre es mir lieb, wenn du deinem Großvater gegenüber nichts davon erwähnen würdest.«

Ach, darum geht es also, dachte April, und ihr Mitgefühl für ihre Mutter schrumpfte merklich. Silvia wollte nicht, dass ihr Großvater erfuhr, wie schlecht es um ihre Ehe bestellt war. Thomas Hamilton war ein beeindruckender Mann, der aus Rumänien nach England eingewandert war, in den Sechzigerjahren ein Vermögen gemacht hatte, dessen Herkunft im Dunklen lag, und nun in einer riesigen düsteren Villa in Covent Garden lebte, die voller seltsam verschnörkelter Möbel und exotischer Gerüche war. Als April noch ein kleines Mädchen gewesen war, war ihr ihr Großvater mit seinem zerzausten weißen Schopf und den buschigen Augenbrauen immer wie der böse Riese in Märchen vorgekommen, aber als sie älter wurde, hatte sie allmählich verstanden, dass er strikt nach den Wertvorstellungen seiner alten Heimat lebte, wo Familie und Traditionen eine wichtige Rolle spielten. Allerdings hatte ihn das nicht davon abgehalten, seinen Familiennamen zu ändern und sich alle Mühe zu geben, seinen Akzent abzulegen und seine Herkunft zu verbergen, während er die gesellschaftliche Leiter immer weiter emporgeklettert war. Im engsten Familienkreis wurde er jedoch nie müde, sie wieder und wieder daran zu erinnern, dass sie einem alten rumänischen Adelsgeschlecht entstammten − wobei er sich mit genauen Angaben bedeckt hielt. Er verpasste auch keine Gelegenheit, seine Tochter darauf hinzuweisen, dass sie seine Erwartungen enttäuscht hatte. Dass seine »kleine Prinzessin« einen einfachen Journalisten geheiratet hatte, grenzte in seinen Augen wahrscheinlich an Hochverrat. April nahm an, dass Silvia nicht wollte, dass er von ihren Eheproblemen erfuhr, weil er sich dadurch nur in seiner negativen Einschätzung bestätigt gefühlt hätte. Trotzdem nahm sie es ihrer Mutter übel, dass sie sie praktisch dazu aufforderte, für sie zu lügen. Missmutig starrte sie aus dem Fenster und beobachtete die gegen die Scheibe prasselnden Regentropfen.

»Keine Sorge, ich erzähl ihm schon nichts«, sagte sie gereizt. »Außerdem gibt es genügend andere Themen, über die wir uns unterhalten können. Immerhin haben wir ihn seit einem halben Jahr nicht mehr gesehen. Ich weiß, dass Grandpa manchmal ein bisschen unsensibel sein kann, aber so wie ich ihn kenne, würde er niemals auf die Idee kommen zu fragen, wie die Stimmung bei uns zu Hause ist.«

»Natürlich, Schatz«, sagte Silvia. »Aber du weißt doch, wie schnell dein Großvater sich aufregen kann … vor allem wenn es um deinen Vater geht. Es ist eine Ewigkeit her, dass wir ihn zuletzt allein besucht haben, also lass uns einfach unser Wiedersehen genießen und so tun, als wäre alles in bester Ordnung, ja?«

April musterte ihre Mutter prüfend. Wie jede andere Sechzehnjährige betrachtete sie ihren Vater und ihre Mutter meistens nicht als eigenständige Individuen, sondern als »Eltern«, die an ihr herumnörgelten oder sich über ihr unaufgeräumtes Zimmer aufregten. Es kam selten vor, dass sie auch mal einen Blick hinter die Fassade erhaschte, und sie war sich nicht sicher, ob ihr gefiel, was sie da sah. Ihre Mutter hatte sich in den letzten Monaten verändert, sie sah älter aus, erschöpft. Und April erkannte, dass sie ihr – so berechnend sie sonst auch sein konnte, um ihre Wünsche durchzusetzen – diesmal nichts vorspielte.

»Schon gut, ich hab doch schon gesagt, dass ich ihm nichts erzähle«, sagte sie seufzend, als das Taxi vor dem Haus ihres Großvaters zum Stehen kam. »Aber könntest du dafür vielleicht ausnahmsweise mal was Nettes über Dad sagen, wenn Grandpa wieder anfängt, über ihn herzuziehen?«

Ihre Mutter versuchte zu lächeln, aber es gelang ihr nicht. »Ich werde mir Mühe geben, Schatz.«

Trotz seines hohen Alters hatte Thomas Hamilton nach wie vor eine einschüchternde Ausstrahlung. Mit seinen ein Meter fünfundneunzig, dem mächtigen Kopf und seinen riesigen Pranken war er ein Bär von einem Mann. Und die Villa mit ihrer von schwarz-weißen Marmorsäulen getragenen Eingangshalle, dem herrschaftlichen Treppenaufgang und den Dutzenden Zimmern und Bädern war gleichermaßen überwältigend. April war es ein absolutes Rätsel, wie jemand ganz allein in einem so riesigen Haus leben konnte, noch dazu mitten in London, wo schon der Stellplatz für ein mobiles Toilettenhäuschen ein Vermögen kostete. Aber all die Pracht hatte nicht verhindern können, dass ihr Großvater während der letzten sechs Monate erschreckend gealtert war. Er ging gebückter, und die Falten hatten sich noch tiefer in sein Gesicht gegraben, trotzdem war er immer noch ein solcher Hüne, dass er sich vorbeugen musste, als er Silvia einen Kuss auf die Stirn drückte.

»Papa!«, kicherte sie nervös und schob ihn von sich. »Bitte nicht.«

»Wie bitte? Darf ich jetzt noch nicht einmal mehr meine einzige Tochter küssen?«, polterte er und breitete empört die Arme aus. »Ist es heutzutage etwa ein Verbrechen zu zeigen, dass man seine Familie liebt?«

»Natürlich nicht«, antwortete Silvia, »aber deswegen musst du nicht gleich so ein Theater veranstalten.«

»Was kann ich denn dafür, wenn ich mich freue, meine beiden Lieblingsmädchen zu sehen? Ihr ruft mich nie an, besucht mich nie ...«

»Schon gut, schon gut«, unterbrach Silvia ihn gereizt und stellte ihre Taschen und Tüten auf dem dunkelbraunen Chesterfieldsofa ab. »Jetzt sind wir ja hier.«

Der alte Mann zuckte die Achseln und wandte sich April zu. »Ah, meine kleine Prinzessin!«, rief er und drückte sie so fest an sich, dass sie das Gefühl hatte zu ersticken.

»Hallo, Grandpa«, keuchte sie, als sie wieder Luft bekam.

»Ist die junge Dame etwa schon zu erwachsen, um ihrem Großvater einen Kuss zu geben?«, schimpfte er gutmütig.

»Natürlich nicht«, sagte April und küsste ihn auf die ledrige Wange.

»Schon besser. Und jetzt lass dich anschauen.« Er trat einen Schritt zurück und musterte sie eingehend. »Aaahh, du hast die guten Gene deines Großvaters geerbt, Prinzessin.« Er lachte glucksend. »Du entwickelst dich zu einer echten Schönheit, genau wie deine Mutter!«

»Also wirklich, Papa. Siehst du denn nicht, dass ihr das peinlich ist«, schimpfte Silvia, obwohl April spürte, wie sehr sie sich über das Kompliment freute.

»Peinlich?«, dröhnte er und kniff April in die Wange. »Warum sollte es meinen Mädchen peinlich sein, dass sie schön sind?«

Eine vertraute hagere Gestalt in einem dunklen Anzug trat in die Eingangshalle. »Es ist alles für den Nachmittagstee angerichtet, Sir«, verkündete der Butler mit höflicher Zurückhaltung.

»Ah! Vielen Dank, Stanton«, antwortete der alte Mann und legte seiner Tochter und seiner Enkelin einen Arm um die Schulter. »Darf ich die Damen zu Tee und Kuchen in den Salon bitten?«

Er führte sie durch einen Bogengang in einen riesigen Raum, der mit seiner stuckverzierten hohen Decke und dem mit aufwendigen Schnitzereien versehenen Mahagonikamin genauso beeindruckend war wie der Rest des Hauses. Über dem Kamin hing das riesige Porträt eines Mannes, der – abgesehen von seinem Schnurrbart – auffallende Ähnlichkeit mit Thomas hatte und mit stolzer Miene auf dem Rücken eines sich aufbäumenden Pferdes saß. Aprils Großvater bemerkte den Blick seiner Enkelin, als sie in den Lehnsesseln Platz nahmen, die um einen edlen, mit hauchdünnem Porzellan und poliertem Silber gedeckten Tisch aus Walnussholz gruppiert waren.

»Als kleines Mädchen hast du vor diesem Gemälde immer Angst gehabt, weißt du noch?« Thomas lachte. »Du hast dich unterm Tisch verkrochen und gepiepst: ›Er schaut mich an, Grandpa! Er schaut mich an‹.«

»Wer kann es ihr verdenken?«, sagte Silvia. »Das Bild ist scheußlich.«

»Scheußlich?«, rief der alte Mann. »Es ist großartig!«

»Ich dachte immer, er wäre der Bösewicht aus einem Märchen«, sagte April. »Wie der fiese Onkel, der die Prinzessin entführt und versucht, die Macht über das Königreich an sich zu reißen.«

Thomas lachte dröhnend, dann griff er nach Aprils Hand und drückte sie liebevoll. »Das ist dein Urahn, Prinzessin. Er war ein großer Mann. Man nannte ihn den Dunklen Fürsten.«

»Fang nicht wieder damit an, Papa«, stöhnte Silvia.

»Warum nicht? Sie soll wissen, von welchem Geblüt sie ist – wie soll sie sonst lernen, wer sie ist? Besonders jetzt, wo ihr in solcher Nähe zu unseren Vorfahren lebt.«

Silvia warf ihrem Vater einen verärgerten Blick zu, den er aber ignorierte.

»Wie du ja sicherlich weißt, besitzen wir eine Familiengruft auf dem Friedhof von Highgate«, sagte er zu April.

»Wie bitte?« Vor Überraschung hätte sie sich beinahe an ihrem Tee verschluckt. »Davon hat mir noch kein Mensch etwas erzählt!«

»Ach? Ich dachte immer, dass deine Mutter es dir gesagt hat. Dort liegen ein Großonkel und zwei Cousins von dir«, sagte Thomas stolz. »Sie stammen aus einem Zweig der Familie, der vor vielen, vielen Jahren nach London kam. Ich wollte deine Großmutter auch dort begraben, Gott hab sie selig, aber es sollte nicht sein.«

»Warum nicht? Was war denn mit Grandma?«, fragte April. Die Eltern ihres Vaters waren schon gestorben, und weder er noch ihre Mutter hatten je über ihre große Familie gesprochen, weshalb sie kaum etwas über sie wusste. Wieder wechselten ihr Großvater und ihre Mutter einen seltsamen Blick.

»Deine Großmutter ist in die alte Heimat zurückgekehrt«, sagte Thomas ernst. »Es war ihr Wunsch, dass …«

»Nicht jetzt, Papa«, unterbrach Silvia ihn. »Vielleicht wenn April älter ist …«

Der alte Mann runzelte die Stirn. »Ich begreife dich nicht, Silvia. Jedes Mal sagst du, ›wenn sie älter ist‹ oder ›sie versteht es noch nicht‹. Ich glaube, du unterschätzt meine kleine Prinzessin. Sie ist eine starke Persönlichkeit, so wie alle Hamilton-Frauen.«

Vater und Tochter starrten sich an, als würden sie ein stummes Gefecht austragen, während April verwirrt zwischen den beiden hin- und hersah.

»Was verstehe ich noch nicht?«, fragte sie. »Worum geht es hier eigentlich?«

»Nichts Wichtiges, Schatz.« Silvia machte eine wegwerfende Handbewegung. »Das sind nur alberne Sagen und abergläubisches Geschwätz.«

Ihr Großvater sah aus, als wolle er widersprechen, wandte dann aber den Blick ab und schüttelte nur stumm den Kopf.

»Wer war dieser Dunkle Fürst«, hakte April, deren Neugierde jetzt geweckt war, noch einmal nach.

»Ein Visionär und Querdenker«, sagte Thomas mit stolzgeschwellter Brust. »Unsere Familie hat ihm unendlich viel zu verdanken. Wir wären nichts weiter als bettelarme Landarbeiter, wenn dein Ururgroßvater nicht heldenmütig …«

»Papa, bitte!« Silvia sah ihren Vater scharf an. April kannte diesen Blick. Ihre Mutter setzte ihn immer dann ein, wenn sie

140

ihrem Gegenüber klarmachen wollte, dass sie über eine bestimmte Sache nicht mehr diskutieren würde. Ihr Vater war der Einzige, der es in solchen Momenten wagte, ihr die Stirn zu bieten — und er hatte aus solchen Auseinandersetzungen schon einige Narben davongetragen.

»Ja, ja, schon gut. Vielleicht hast du recht«, lenkte Thomas ein. Er lächelte April nachsichtig an und strich ihr zärtlich über die Wange. »Verschieben wir die Geschichtsstunde auf ein anderes Mal. Ah, da bringt Stanton ja auch schon die köstlichen Florentiner!«

Während sie schweigend Tee tranken und das Gebäck knabberten, lauschten sie dem Regen, der gegen die Fenster prasselte. Das Wetter war im Laufe der letzten Tage stetig schlechter geworden, und es hörte sich an, als würde sich ein Unwetter zusammenbrauen.

»Und jetzt möchte ich einen Toast aussprechen«, verkündete Thomas schließlich und schlug mit einem Silberlöffel klirrend gegen seine Teetasse. »Auf meine liebe Tochter und Enkelin und auf die Familie.«

Sie hoben ihre Tassen, und die Stimmung entspannte sich wieder ein bisschen.

»Und nun zu dir.« Thomas wandte sich lächelnd an April. »Ich habe gehört, du gehst auf eine Party?«

April sah kurz zu ihrer Mutter hinüber, bevor sie nickte. »Ja, stimmt. Ein Mädchen aus meiner neuen Schule hat mich auf eine Halloweenparty eingeladen.«

»Das höre ich gern!«, sagte ihr Großvater zufrieden. »Dann hast du also schon ein paar Freundschaften geschlossen? Freunde zu haben ist sehr wichtig.«

»Aprils neue Freundin stammt übrigens aus einer sehr wohlhabenden Familie«, warf Silvia ein.

»Als ob das wichtig wäre, Mum«, sagte April genervt.

»Nun, ich würde dich ganz bestimmt nicht an einem Sonntagabend auf eine Party gehen lassen, wenn ich nicht der Meinung wäre, dass diese Leute der richtige Umgang für dich sind.«

»Der richtige Umgang?«, rief April empört.

»Deine Mutter hat völlig recht, Prinzessin«, mischte ihr Großvater sich ein. »Wohlstand ist nichts, dessen man sich schämen müsste. Im Gegenteil. Du solltest dich von der Tatsache, dass jemand Geld hat, nicht einschüchtern lassen – das hat mehr Vor- als Nachteile. Wer behauptet, Geld wäre nicht wichtig, weiß nicht, was es heißt, arm zu sein.«

»Aber ich gehe doch nicht deswegen auf die Party, weil Davinas Vater reich ist«, entgegnete April. »Außerdem ist es gar nicht ihre Party, sondern die von einem Freund von ihr, der Milo heißt. Auch wenn du es dir vielleicht nicht vorstellen kannst ...«, fügte sie mit einem demonstrativen Seitenblick auf ihre Mutter hinzu, »es gibt Menschen, die nicht so oberflächlich sind, andere Leute nur danach zu beurteilen, wie viel Geld sie haben.«

»Wer weiß, vielleicht lernst du dort ja einen netten, reichen, jungen Mann kennen?«, sagte Thomas zwinkernd.

»Stell dir vor, ich hab auch noch andere Dinge im Kopf als Jungs, Grandpa.«

»Also wenn du auch nur einen Hauch nach deiner Mutter kommst ...«

»Papa!«

»Was ist denn? Ich sage dir, April, den Kerlen ist der Mund offen stehen geblieben, wenn deine Mutter an ihnen vorbeigegangen ist«, erzählte Thomas stolz lächelnd. »Sie war damals das schönste Mädchen von ganz London. Und ist es nach wie vor.«

»Jetzt reicht es aber, Papa«, sagte Silvia streng, auch wenn um ihre Mundwinkel ein kleines Lächeln spielte.

»Nein, ich würde gern noch mehr hören«, bat April, die

froh darüber war, dass nicht mehr sie und ihr nicht vorhandenes Liebesleben im Mittelpunkt des Gesprächs standen. »Ich würde gern hören, wie Mum gewesen ist, als sie in meinem Alter war.«

»Eine Wildkatze ist sie gewesen!«, rief Thomas. »Hat sich nachts aus dem Internat geschlichen, um auf die rauschendsten Partys in Chelsea zu gehen und sich mit den Jungs aus Eton und Harrow zu treffen. Sie bildet sich ein, ich wüsste nichts davon, aber ihr Schulleiter hat mich immer über alles auf dem Laufenden gehalten.«

April sah erstaunt, wie ihre Mutter rot wurde – auch das hatte sie nie zuvor bei ihr erlebt.

»Während des Studiums hat sie auch nichts anbrennen lassen und sich ständig mit irgendwelchen Lords und Marquis getroffen. Einmal hat sie sogar ein Auge auf einen Amerikaner geworfen. Einen texanischen Ölerben, ist es nicht so, Silvia?«

»Rhetts Familie …«

»Rhett?«, prustete April. »Er hieß doch nicht wirklich Rhett, oder?«

»Doch. Das Lieblingsbuch seiner Mutter war nun mal ›Vom Winde verweht‹.« Silvia zuckte die Achseln. »Und die Familie war nicht nur ganz dick im Ölgeschäft, sondern auch in der Elektroindustrie.«

April musste laut lachen, als sie sich ihre Mutter als Scarlett O'Hara vorstellte, und freute sich diebisch darüber, endlich mal ein paar pikante Details aus ihrem Leben zu erfahren.

»Stell dir vor, April, deine Mutter war sogar mal mit einem echten Sultan verlobt.« Ihr Großvater grinste verschmitzt.

»Er war kein Sultan.« Silvia rümpfte pikiert die Nase. »Er war Emir, und wir waren nie offiziell verlobt. Ehrlich gesagt glaube ich, dass er sich mehr für seine Poloponys interessiert hat als für mich!«

Die drei lachten schallend, und endlich war das Eis gebrochen. April freute sich zu sehen, dass ihre Mutter zum ersten Mal seit langer Zeit vollkommen entspannt wirkte. Die Neckereien zwischen ihr und ihrem Vater wirkten warmherzig und liebevoll. Allerdings mischte sich auch eine Spur von Traurigkeit in ihre Freude darüber, dass die beiden sich so gut verstanden. Es war noch gar nicht so lange her, da hatten ihre Eltern sich gegenseitig auch so aufgezogen und miteinander gelacht und hatten es genossen, zusammen zu sein. Warum hatte sich das alles geändert? Weshalb war die Beziehung zwischen den beiden in letzter Zeit so verkrampft und gereizt? Wie konnten zwei Menschen, die sich liebten, sich gegenseitig das Leben so schwer machen?

»Deine Mutter hat nie ein besonders glückliches Händchen mit Männern gehabt«, sagte ihr Großvater jetzt.

Die fröhliche Stimmung am Tisch wich jäh frostigem Schweigen. April hörte plötzlich wieder, wie der Regen gegen die Fenster trommelte und draußen auf der nassen Straße der Verkehr vorbeirauschte.

Na toll, dachte sie enttäuscht. *Dabei lief alles gerade ausnahmsweise mal gut.*

»Was willst du damit andeuten?«, fragte Silvia schließlich gefährlich leise. Für jemanden, der die Familie nicht kannte, hätte es sich wie eine einfache Frage angehört, aber für alle Eingeweihten sprach sie Bände.

Thomas tat so, als hätte er nichts gehört, und wandte sich an April. »Deine Mutter hätte jeden Mann in London haben können. Einen Milliardär, einen Premierminister, vielleicht sogar einen echten Prinzen, aber nein, sie musste ja unbedingt einen Mann heiraten, der über Drachen und Meerjungfrauen schreibt.«

»Großvater, bitte!« April sah ihn flehend an. »Fang nicht wieder davon an.«

»Lass ihn doch«, fauchte Silvia. »Ich finde es immer wieder interessant, mir von jemandem, der in seinem eigenen Leben angeblich nie Fehler gemacht hat, sagen zu lassen, wie ich mein Leben hätte führen sollen.«

»Ich weiß nicht, wovon du sprichst«, sagte Thomas unschuldig. »Man wird ja wohl noch die eine oder andere Bemerkung über das Leben der eigenen Tochter machen dürfen, oder etwa nicht? Aber anscheinend bin ich für dich bloß der Vater mit der dicken Brieftasche ...«

»Jetzt geht das wieder los«, stöhnte Silvia und blickte genervt an die Decke. »Immer die gleiche alte Geschichte.«

»Wer hat dir die beste Ausbildung ermöglicht, die man mit Geld kaufen kann?«, fragte der alte Mann und bekam einen roten Kopf. »Wer hat dir damals das Apartment auf der King's Road gekauft? Den Sportwagen? Die ganzen teuren Designerkleider? Und wie hast du es mir vergolten? Indem du einen Versager geheiratet hast!«

»Einen Versager? EINEN VERSAGER?«, schrie Silvia und schlug so hart mit der flachen Hand auf den Tisch, dass das Porzellan klirrte. »So nennst du meinen Mann, den Vater meiner Tochter? Wie kannst du es wagen!«

»Ich wage es, weil ich dein Vater bin und mir nicht egal ist, was aus dir wird.«

»Ist es dafür nicht ein bisschen zu spät, Papa? Zu spät, sich zu sorgen, was aus mir ›wird‹? Als hättest du nicht alles von Anfang an so geplant.«

Thomas sah unbehaglich zu April hinüber. »Silvia ...« Seine Stimme bebte vor Wut. »Es ist nicht nötig ...«

»Oh, und ob es nötig ist«, zischte Silvia. »Du wolltest deiner Enkelin doch unbedingt etwas über unsere Familie erzählen.« Sie deutete verächtlich auf das Porträt über dem Kamin. »Nur zu! Erzähl es ihr ruhig, wo du doch so unglaublich stolz auf alles bist, was du getan hast. Wenn mein Mann eine solche

Niete ist und du ein so unbescholtenes rechtschaffenes Mitglied dieser Gesellschaft, dann raus damit. Erzähl es ihr, aber lass nichts aus!«

April hatte ihre Mutter noch nie so aufgebracht gesehen. Sie hatte sich über den Tisch gebeugt und funkelte ihren Vater jetzt wütend an. Er erwiderte ihren Blick trotzig, und April sah, dass er kurz davorstand zu explodieren. Die beiden wirkten wie zwei Kampfhunde, die an ihren Ketten zerrten, um sich gegenseitig an die Gurgel springen zu können. Der alte Mann wandte als Erster den Blick ab.

»Das ist jetzt nicht der richtige Moment«, sagte er mühsam beherrscht.

»Das dachte ich mir schon«, entgegnete Silvia.

»Hört auf!«, rief April. »Ich hab zwar keine Ahnung, worüber ihr euch streitet, aber ich finde es unerträglich, wie ihr euch benehmt. Alles war schön, wir haben so nett hier zusammengesessen – warum müsst ihr das immer kaputtmachen?«

»Siehst du, was du angerichtet hast? Deinetwegen ist sie jetzt völlig durcheinander. Wenn es um die Gefühle anderer Menschen geht, bist du wirklich wie ein Elefant im Porzellanladen.«

»Nein, Mum.« April sah ihre Mutter an. »Du bist kein bisschen besser als Grandpa und hackst immer auf den gleichen alten Geschichten herum, ganz egal, worum es verdammt noch mal geht.«

»Aber, Schatz …«

»Und hör endlich auf, mich ›Schatz‹ zu nennen.« April schleuderte ihre Serviette auf den Tisch und schob ihren Stuhl zurück. »Ich hab dich vorhin gebeten, dich mit Großpapa zu vertragen, aber das war ja anscheinend zu viel verlangt.«

»Deine Mutter ist eine sehr leidenschaftliche Frau, Liebes«, sagte Thomas. »Sie war nur …«

April fuhr zu ihrem Großvater herum. »Und du – du

kannst es einfach nicht lassen, Dad schlechtzumachen! Obwohl du genau weißt, wie sehr du Mum und mich damit verletzt. Aber ich sag euch jetzt mal was: Ich bin tatsächlich alt genug – alt genug, um zu sehen, dass ihr euch wie zwei kleine Kinder aufführt. Und ich bin auch alt genug, mir jetzt ein Taxi zu nehmen und allein nach Hause zu fahren. Dann könnt ihr euch endlich in Ruhe über das unterhalten, was ihr mir nicht erzählen wollt. Ist bestimmt eine spannende Geschichte, aber ich glaube, ich kann ganz gut ohne sie weiterleben.«

»Ich bitte dich, Prinzessin ... Liebes ...«

»Lass gut sein, Grandpa.« April sprang auf, stürmte aus dem Salon und drehte sich an der Tür noch einmal um. »Und nenn mich nicht Prinzessin. Von jetzt an bin ich April für dich, und ich möchte, dass du dich daran hältst.«

Zehntes Kapitel

Es war das perfekte Wetter für Halloween: düster, nasskalt und stürmisch. April blickte von ihrem Fenster aus auf die vom Wind gepeitschten dunklen Baumkronen im Park gegenüber und zuckte zusammen, als plötzlich Hagelkörner gegen die Scheibe prasselten und in der Ferne dumpfes Donnergrollen laut wurde. Auf ihrer Shoppingtour gestern war es auch schon regnerisch gewesen, aber heute deutete alles darauf hin, dass ein ausgewachsener Sturm im Anmarsch war.

»Vergiss es, Caro«, stöhnte April. »Egal was wir mit meinen Haaren anstellen – sobald ich einen Fuß vor die Tür setze, werde ich aussehen wie eine ersoffene Ratte.«

»Jetzt hör endlich auf rumzujammern und setz dich wieder hin«, sagte Caro und wedelte mit einer riesigen Dose Haarspray. »Wenn ich mit dir fertig bin, kannst du dich bei L'Oréal als Model bewerben.«

»Genau das hab ich befürchtet.« April zog eine Schnute und ließ sich wieder in den Sessel fallen, der ihnen als provisorischer Friseurstuhl diente.

»Keine Sorge. Ich hab dir doch erzählt, dass meine Mutter Friseurin ist. Ich bin praktisch mit Lockenstab und Glätteisen in der Hand auf die Welt gekommen. Außerdem ist auf einer Halloweenparty so ziemlich alles erlaubt. Es weiß doch niemand, ob du als die schöne Jungfrau gehst oder eine von den Untoten bist.«

April blickte entsetzt zu ihr auf. »Also ehrlich gesagt, würde ich heute Abend schon gern wie jemand aussehen, der noch einen Puls hat.«

»Damit wärst du dann aber ganz klar im Nachteil«, murmelte Caro, während sie an Aprils Haaren herumzupfte.

»Was soll das denn heißen?«

Caro tippte ihr mit dem Kamm gegen die Stirn. »Hallo! Es ist Halloween! Untote sind *heiß*! Und jetzt halt endlich mal still, sonst siehst du am Ende noch aus wie Marilyn Manson.«

Das eigentliche Problem war, dass April am liebsten gar nicht auf diese Party gegangen wäre. Caro hatte ihr zwar erzählt, dass Milos und Davinas Eltern eng befreundet waren, weshalb es wahrscheinlich völlig in Ordnung war, dass Davina sie einfach eingeladen hatte, aber das änderte trotzdem nichts daran, dass sie praktisch niemanden kannte, noch nicht einmal den Gastgeber. Und selbst wenn sie dort auf ein paar halbwegs nette Leute traf – was sollte sie mit ihnen reden?

»Es ist alles eine Frage der inneren Einstellung«, tröstete Caro sie, die ihre Gedanken gelesen zu haben schien. »Du gehst nicht als April, die neue Schülerin, die niemanden kennt, auf die Party, sondern als April, der heiße, frisch aus Edinburgh importierte Feger. Und fertig.« Sie drehte den Spiegel so, dass April sich darin betrachten konnte. »Ta-taaa!«

April schnappte nach Luft: Caro hatte ein kleines Wunder vollbracht. Mit den dunkel geschminkten Augen und den kunstvoll zerzausten Haaren, die ihr in sanften Wellen auf die Schultern fielen, sah sie umwerfend aus. Gemeinsam mit dem neuen Kleid, das ihrer zierlichen Figur schmeichelte, hätte sie es auf jeden Laufsteg einer Gothic-Fashion-Show geschafft.

»Oh Mann«, flüsterte sie.

»Was ist? Gefällt es dir nicht?«, fragte Caro und knabberte nervös an ihrem Daumennagel.

»Im Gegenteil! Ich bin begeistert!« April sprang auf, fiel

ihrer Freundin um den Hals und wirbelte sie im Kreis herum. »Du bist die Beste!«

»Hey, Vorsicht! Du verschmierst das Rouge«, schimpfte Caro und befreite sich aus der Umarmung, aber April entging nicht, wie sehr sie sich in Wirklichkeit über das Kompliment freute.

»Du bist ein Genie!« April setzte sich wieder vor den Spiegel, um sich Caros Werk genauer anzusehen. »Und ich sehe tatsächlich trotz allem noch wie ein menschliches Wesen aus.«

»Was hast du denn gedacht? Dass ich dich in einen Zombie verwandle?«

»Quatsch, aber ich sehe irgendwie so … hübsch aus. Und so … erwachsen. Ich erkenne mich selbst kaum wieder.«

»Na, jetzt tu mal nicht so bescheiden«, sagte Caro. »Ich hab nur noch ein bisschen betont, was sowieso schon da war.«

April strahlte erst Caro und dann wieder ihr Spiegelbild an. »Im Ernst, Caro, ich sehe aus wie ein Filmstar. So würde ich mich sogar auf den roten Teppich einer Oscarverleihung trauen.«

»Ich hab eigentlich nicht das Gefühl, dass du viel Schminke und ein tolles Kleid brauchst, damit die Leute dich anstarren.«

»Hey, was kann ich denn dafür, dass ich zufällig zur falschen Zeit am falschen Ort war?«

»Das meinte ich doch gar nicht.«

»Was denn dann?«, fragte April stirnrunzelnd.

Caro wich ihrem Blick aus und zupfte die losen Haare aus der Bürste. »Wahrscheinlich glaubst du, dass ich mir das nur einbilde, aber ist dir noch nicht aufgefallen, wie die ganzen Jungs an der Schule dich immer anschauen?«

»Na ja, ich bin eben neu.«

»Nein, es ist die Art, *wie* sie dich anschauen.«

»Ich versteh nicht, was du meinst.«

Caro seufzte. »Tja, ich versteh's leider selbst nicht wirklich. Aber da ist etwas in ihren Blicken, das ... das irgendwie unheimlich ist.«

April sah ihre Freundin verwirrt an. »Sag mal, worum geht es hier eigentlich? Bist du vielleicht neidisch, weil ich auf die Party eingeladen worden bin und du nicht?«

Caro schnaubte. »Als ob ich darauf neidisch wäre.«

April war den Tränen nahe. Sie war wegen dieser verdammten Party sowieso schon aufgeregt genug, und Caros seltsame Andeutungen machten es nicht gerade besser. Sie war nicht wie Caro, die ihr Anderssein kultivierte und sich bewusst von den anderen abgrenzte. Sie wünschte sich nichts mehr, als an der neuen Schule ihren Platz zu finden und dazuzugehören.

»Ich kann nichts dafür, dass sie mich anstarren«, rief sie aufgebracht. »Aber ich hab keine Lust, mir von dir ein schlechtes Gewissen machen zu lassen, bloß weil ich auf eine Party eingeladen wurde und du nicht.«

»Hey, jetzt reg dich doch nicht gleich so auf«, beschwichtigte Caro sie. »So hab ich das doch gar nicht gemeint. Außerdem bin ich wirklich alles andere als scharf drauf, mich in irgendeinen sündhaft teuren Designerfummel zu werfen, bloß um mit irgendwelchen hohlen Zicken über Lipgloss-Farben zu diskutieren. Wahrscheinlich bin ich bloß paranoid, hör einfach nicht auf mich.«

April holte tief Luft und atmete dann ruhig aus. Sie wusste, dass ihr Temperament manchmal mit ihr durchging – eine ihrer weniger netten Eigenschaften, die sie von ihrer Mutter geerbt hatte.

»Okay«, sagte sie. »Tut mir leid.«

Caro lächelte. »Entschuldigung angenommen. Also – was war noch mal der Grund, warum du hingehen solltest? Und sag jetzt bitte nicht, um heiße Typen aufzureißen.«

»Um zu spionieren?«

»Um zu spionieren. Genau.« Caro nickte zufrieden. »Das ist *die* Chance, endlich mehr darüber herauszufinden, wer wirklich hinter Ravenwood steckt und was diese Leute vorhaben. Vielleicht ist ja tatsächlich Milos Vater der Kopf und Geldgeber der Schule.«

April zog eine Grimasse. »Aber wie stellst du dir das vor? Ich geh doch bloß auf eine Party. Wer weiß, ob ich überhaupt die Möglichkeit habe, mich ein bisschen genauer im Haus umzuschauen, geschweige denn, in irgendwelchen Unterlagen herumzuschnüffeln und …«

»Immer mit der Ruhe, Miss Bond. Ich erwarte ja nicht von dir, dass du einen Safe knackst und Beweise eines Komplotts zur Übernahme der Weltherrschaft auf Mikrofilm aufnimmst.« Caro lächelte. »Es geht hauptsächlich erst einmal darum, dir das Vertrauen dieser arroganten Schnösel zu erschleichen. Vielleicht plaudert ja jemand zufällig irgendetwas über Daddys Geschäfte aus. Du gehst einfach auf die Party, amüsierst dich ein bisschen und sperrst Ohren und Augen auf. Aber geknutscht wird nicht, verstanden!«

»Alles klar, wird gemacht … wird *nicht* gemacht, meine ich natürlich. Hoffe ich zumindest.«

»Und hey, lass dich bloß nicht von denen einwickeln, und vergiss nicht, wer deine wahren Freunde sind.«

April betrachtete sich ein letztes Mal im Spiegel, dann drehte sie sich zu Caro um und sah sie ernst an.

»Wie könnte ich das denn vergessen?«

Als es plötzlich an der Tür klopfte, zuckte April erschrocken zusammen und stieß einen kleinen Schrei aus.

»Ich bin's nur!«, rief ihr Vater und öffnete die Tür einen Spaltbreit. »Bist du angezogen?«

»Dad! Nicht reinkommen!«, rief April. Aus irgendeinem Grund war es ihr plötzlich unangenehm, dass ihr Vater sie in ihrer Partyaufmachung sah. »Ich mach mich noch fertig.«

Aber da war Caro schon zur Tür gegangen und hatte sie aufgerissen. »Hallo, Mr Dunne! Wie schön, dass ich Sie endlich auch mal kennenlerne.«

»Oh … Hallo. Du musst Caro sein.« Aprils Vater lächelte. »Ich hab schon viel von dir gehört. April hat vor ein paar Tagen erzählt, du hättest eine Exklusivstory für mich?«

»Ich arbeite noch dran«, antwortete Caro. »Aber sobald ich alle nötigen Beweise zusammen habe, komme ich damit als Erstes zu Ihnen, versprochen!«

»Klingt gut.« Er lachte. »Ich wollte eigentlich nur kurz fragen, ob ihr schon startklar …?« Er verstummte, als sein Blick auf April fiel.

»Was ist?«, fragte April und zupfte nervös an ihren Haaren. »Findest du es übertrieben?«

»Nein … nein. Ich bin nur … überwältigt. Und frage mich, was mit meinem kleinen Mädchen passiert ist.«

»Oh Mann, Dad …«

»Tut mir leid, Schatz. Ich weiß, dass du langsam zu einer jungen Frau wirst, aber für mich warst du eben immer noch mein süßes kleines Mädchen. Damit will ich nicht sagen, dass du jetzt nicht mehr süß wärst, es ist nur … wow!«

»Ich schätze mal, das sollte ein Kompliment sein, April«, sagte Caro grinsend.

»Auf jeden Fall«, beeilte er sich zu sagen und betrachtete seine Tochter mit einem stolzen Funkeln in den Augen. »Du siehst wunderschön aus, Liebes.«

April schluckte trocken, und ihr Vater schaute verlegen zur Seite.

»Okay«, sagte er schließlich betont munter und klatschte in die Hände. »Dann wollen wir mal losfahren, bevor der Regen die Straße komplett überflutet und ihr am Ende noch mit mir hier festsitzt, statt auf eure Party zu gehen. Das wäre wohl nicht ganz der Abend, den ihr euch vorgestellt habt.«

Als er sich zur Tür drehte, fiel sein Blick auf Caros Jeans und T-Shirt, und er runzelte fragend die Stirn. »Oh. Du hast dich ja noch gar nicht umgezogen, Caro.«

»Ich bin ja auch nicht auf die Bonzenparty eingeladen.« Sie grinste. »Das ist nun mal der Preis, den man dafür zahlen muss, der Stachel im Fleisch des Establishments zu sein, wenn Sie verstehen, was ich meine. Die feinen Herrschaften sind lieber unter sich, wenn sie ihre zwielichtigen Geschäfte aushandeln – ich bin mir sicher, Sie kennen das Problem. Aber ich freue mich, dass wir im Wagen gleich noch ein bisschen Zeit haben, uns zu unterhalten, weil ich Sie nämlich fragen wollte, was Sie von der Krise im Nahen Osten halten und ...«

Während Caro noch weiterredete, warf William Dunne seiner Tochter einen hilfesuchenden Blick zu und floh dann die Treppe hinunter.

April hatte es geschafft, aus dem Auto auszusteigen und bis zur Eingangstür zu kommen, ohne sich die Frisur zu ruinieren. *Aber die nächste Hürde wird schwieriger werden*, dachte sie nervös, während sie die massive schwarze Tür vor sich betrachtete. Aus dem Inneren des Hauses dröhnte laute Musik, und sie kam sich plötzlich unglaublich allein vor. Als sie zum Wagen zurücksah, hatte ihr Vater bereits gewendet und fuhr gerade aus der Einfahrt. Auf der Fahrt hierher hatte er ihr noch einen liebevoll-strengen Vortrag gehalten. »Ich vertraue dir, Liebes«, hatte er am Ende hinzugefügt. »Ich weiß, du bist ein braves Mädchen, aber tu nichts, was ich nicht auch tun würde, und trink bitte nicht zu viel Alkohol, ja?«

Während Caro auf der Rückbank hinter vorgehaltener Hand gekichert hatte, hatte April sich vor Verlegenheit auf dem Beifahrersitz gewunden.

»Pass bloß auf dich auf, April«, hatte Caro sich eingemischt. »Ich hab gehört, dass es auf Partys Jungs geben soll, die versuchen, Mädchen zu küssen. Und manchmal rauchen sie sogar, und rauchen ist ganz böse, stimmt's, Mr Dunne?«

April atmete tief durch und drückte auf die Klingel.

Bitte, bitte, lass es zu keinen peinlichen Zwischenfällen kommen, betete sie stumm, während sie darauf wartete, dass ihr jemand aufmachte. *Lass mich diesen Abend überstehen, ohne dass ich mich zur Idiotin mache, mehr verlange ich gar nicht.*

Die Tür ging auf, und sie stand einem unglaublich süßen Typen gegenüber, der groß und dunkelhaarig war und samtbraune Augen hatte, mit denen er neugierig auf sie hinunterblickte. Er trug ein schwarzes Seidenhemd und hatte sich einen dünnen Schnurrbart über die Oberlippe gemalt.

»Zorro«, sagte er.

»Wie bitte?«, sagte April und versuchte, das nervöse Kribbeln in ihrem Magen zu ignorieren.

»Ich hab gesehen, wie du auf meinen Schnurrbart geschaut hast«, sagte er. »Ich bin Zorro. Also jedenfalls versuche ich, wie Zorro auszusehen.«

»Oh, tut mir leid ...«, stammelte April. »Ich hab nicht sofort erkannt, dass ...«

»Kein Problem«, kam er ihr zu Hilfe. »Ich hab bloß die letzten zwanzig Minuten damit verbracht, es jedem zu erklären, deswegen dachte ich, ich sag es diesmal lieber gleich. Aber, hey, komm doch erst mal rein. Sorry, dass ich dich im Regen stehen gelassen hab. Ich zeig dir, wo's zur Bar geht.« Er trat zur Seite und half ihr zuvorkommend über die Türschwelle. »Ach so, im richtigen Leben heiße ich übrigens Milo.«

Milo führte April durch einen dunklen Flur, der mit Sprühspinnweben und Pappe-Hexen geschmückt war. Allerdings hatte April den Eindruck, dass die Villa der Aspreys gar keine Halloween-Dekoration nötig gehabt hätte. Die dunklen Holzvertäfelungen an den Wänden, der pompöse, mit dunkelrotem Teppich ausgelegte Treppenaufgang und die schweren Samtvorhänge vor den bodentiefen Fenstern vermittelten bereits genug düstere Pracht. Trotzdem hatten sich die Gastgeber oder – was wahrscheinlicher war – die Mitarbeiter der beauftragten Eventfirma große Mühe gegeben, das Ganze mit leuchtenden Kürbissen, schummrigem Licht und blutroten Samtdecken, die über den Möbeln hingen, noch stimmungsvoller zu gestalten. *Aber vielleicht sieht es hier ja auch immer so aus,* dachte April, während sie staunend um sich blickte.

»Ich glaube, meine Verkleidung ist etwas danebengegangen«, sagte Milo, als sie sich durch die brechend vollen Räume schoben. »Schau dich um – jeder, der etwas auf sich hält, hat sich für ein sexy Halloween-Outfit entschieden … wie du.«

April hatte sich bereits umgesehen und festgestellt, dass alle coolen Schüler der Ravenwood School auf der Party waren – im Vorbeigehen nickte sie ein paar von ihnen zu und war überrascht, als ihr Lächeln erwidert und zurückgewinkt wurde. Erstaunlicherweise waren aber auch ein paar Leute von der Superhirnfraktion da, denen deutlich anzusehen war, dass sie sich in Laborkitteln wohler fühlten als in einer Zombieverkleidung.

»Ich finde, es steht dir sehr gut«, sagte April. »Das Zorro-Outfit, meine ich.« *Aber du würdest auch in einem Müllsack umwerfend aussehen,* fügte sie in Gedanken hinzu.

»Nett, dass du so höflich bist, mir nicht die Wahrheit zu sagen«, bedankte Milo sich mit einem Zwinkern, als sie die Bar erreicht hatten, die aussah wie aus einem exklusiven Club und mit allem ausgestattet war, was das Herz der Partygäste begehrte, einschließlich des eher spärlich bekleideten Thekenpersonals.

»Was darf ich dir zu trinken anbieten, April?«, fragte er.

April stutzte. »Woher weißt du, wie ich heiße?«

Milo lachte. »Die ganze Schule redet seit einer Woche praktisch über niemand anderen mehr.«

»Oh Gott …«, stöhnte April und wurde rot.

»Hey, das sollte ein Kompliment sein.« Milo reichte ihr ein Glas mit einer tiefroten Flüssigkeit. »Frisches Blut ist an der Ravenwood School immer willkommen. Die meisten von uns kennen sich schon seit hundert Jahren, und in meinem Fall ist das noch nicht mal so übertrieben – Ben und Davina kenne ich, seit wir Babys waren. Unsere Eltern sind miteinander befreundet. Ah … wenn man vom Teufel spricht, da vorne kommt sie ja schon.«

Natürlich hatte Davina sich wieder einmal selbst übertroffen und sogar ihren eigenen Dresscode gebrochen: Sie trug ein atemberaubendes bodenlanges blütenweißes Seidenkleid und eine weiße Pelzstola, über die schimmernd ihre vollen blonden Haare fielen. Als sie mit ihrem Freund Jonathon, der nervös einen Schritt hinter ihr zurückblieb, auf sie zuschwebte, sah sie aus wie die Weiße Hexe von Narnia.

»Darling!«, rief sie und küsste die Luft neben Aprils Wangen. »Wow!« Sie zog anerkennend eine Braue hoch. »Du siehst fabelhaft aus! Und dieses Kleid … Chloé, oder? Das muss aus der letzten Kollektion sein. Ich hatte vergangenes Jahr fast genau dasselbe. Ach, und wie ich sehe, hast du unseren Gastgeber auch schon kennengelernt«, fügte sie mit einem Blick auf Milo hinzu. »Lass dich von dem blöden Bärtchen nicht abschrecken, normalerweise sieht er nicht ganz so dämlich aus.«

»Vielen Dank, Vina«, entgegnete Milo ironisch und wandte sich dann wieder April zu. »Wir sehen uns bestimmt später«, sagte er und ließ noch einmal langsam den Blick über sie wandern, bevor er sich zum Gehen wandte.

»Nimm dich vor ihm in Acht«, warnte Davina, die Milo finster hinterhersah, als er in der Menge verschwand. »Auf den ersten Blick wirkt er harmlos, aber in seinem Inneren tun sich Abgründe auf. Sagt jedenfalls meine Mutter immer.«

Sie drehte sich zu Jonathon um und deutete hoheitsvoll auf Aprils Drink. »Sei so lieb und besorg mir auch so einen, ja?«

»Das Haus ist wirklich wahnsinnig schön«, sagte April bewundernd, als Jonathon weg war.

Davina zuckte mit den Achseln. »Kann schon sein, darüber habe ich nie wirklich nachgedacht. Ich gehe hier ein und aus, seit ich denken kann. Aber für eine Halloweenparty eignet es sich einfach perfekt, oder? Ah ... und da wir gerade von Perfektion sprechen. Was sagst du dazu?«, rief sie überdreht, als ein Mädchen in einem hautengen Catsuit und Lacklederstiefeln mit mörderisch hohen Absätzen auf sie zugestöckelt kam. Es dauerte einen kurzen Moment, bis April hinter der aufreizenden Aufmachung Ling Po erkannte, die schüchterne Chinesin, die sie vor ein paar Tagen kennengelernt hatte.

»Schaut sie nicht einfach umwerfend aus?«, schwärmte Davina. »Wir haben den ganzen Tag an diesem Look gearbeitet, nicht wahr, Ling? Sie sieht aus wie eine Sexgöttin!«

April nickte zögernd. »Die Verwandlung ist wirklich ... verblüffend.«

Ling schien sich in ihrer Haut alles andere als wohlzufühlen. Vor lauter Unbehagen wusste sie nicht, wohin mit ihren Händen, und rieb sich nervös über die Arme. »Ist es nicht ein bisschen übertrieben?«, fragte sie. »Ich bin es nicht gewöhnt, so ... so körperbetont angezogen zu sein.«

»Du kannst es dir leisten, Baby«, sagte Davina begeistert. »Die Typen werden sich heute Abend um dich reißen.«

»Und was sagst du dazu?« Ling sah April zweifelnd an.

»Dass du allen Jungs hier den Kopf verdrehen wirst.« April lächelte Ling aufmunternd zu.

»Okay, April, Darling«, sagte Davina und hakte sich bei Ling unter. »Ich muss dieses heiße Geschöpf dringend noch ein paar anderen Leuten vorstellen. Wir sehen uns dann später, ja?«

April nickte und sah Davina hinterher, die mit hoch erhobenem Haupt davonstolzierte und sich lächelnd und scherzend nach allen Seiten wendend unter die anderen wunderschönen Menschen mischte. *Sie sieht so lässig und unangestrengt aus,* dachte April neidisch.

»Kann ich dir einen Drink besorgen?«

Sie fuhr herum und blickte in Benjamins leuchtend blaue Augen. Irgendwie hatte sie das seltsame Gefühl, dass er schon eine ganze Weile hinter ihr gestanden hatte.

»Oh ... nein danke. Ich hab schon was«, antwortete April und hob ihr Glas.

»Was ist das? Bowle? Ich glaube, da habe ich was Besseres für dich«, sagte Benjamin und führte sie am Ellbogen zur Bar zurück. »Megan?«, rief er, worauf eine der hinter der Theke arbeitenden jungen Frauen sofort herbeigeeilt kam wie ein eifriges kleines Hündchen.

»Was kann ich für dich tun, Ben?«

»Meine Freundin hätte gern einen Apple Pearl, sei doch so nett und mach ihr einen, ja?«

»Klar, kein Problem«, antwortete das Mädchen mit einem verführerischen Lächeln, aber sobald Benjamin sich wegdrehte, verwandelte sich ihre Miene, und April sah, dass sie beinahe grün vor Neid wurde. *Keine Sorge, Süße, dein hübscher Ben steht sowieso nicht auf mich,* dachte sie, während sie ihn verstohlen musterte.

Benjamin Osbourne hatte definitiv etwas Unwiderstehliches an sich, aber das lag nicht – oder jedenfalls nicht nur – an seinem fantastischen Aussehen. Er besaß Charisma, strahlte Stärke und Selbstbewusstsein aus, genau wie seine Schwester. Außerdem hatte er ein umwerfendes Lächeln, das jedes Mal eine Reihe perfekter weißer Zähne entblößte.

»Und, wie geht es meinem unartigen Mädchen heute Abend?«, fragte er mit hochgezogener Braue.

»Ach, weißt du, ich fürchte, so unartig bin ich gar nicht. Die Gerüchte sind maßlos übertrieben, ich war nur zufällig zur falschen Zeit am falschen Ort.«

»Enttäusch mich nicht, April Dunne«, sagte Benjamin und beugte sich zu ihr herunter. »Ich hatte mich schon so darauf gefreut, mich von dir ins Verderben ziehen zu lassen.«

»Ich wüsste gar nicht, wo ich da anfangen sollte«, antwortete April und wandte verunsichert den Blick ab, als ihr klar wurde, dass sie tatsächlich mit ihm flirtete. Er kitzelte eine Seite in ihr hervor, die sie bis jetzt noch gar nicht an sich gekannt hatte, aber sie musste zugeben, dass diese neue selbstbewusste April Dunne ihr ganz gut gefiel.

Lächelnd griff Benjamin nach dem eleganten, mit einer sämigen grünen Flüssigkeit gefüllten Cocktailglas, das die Barfrau gerade auf die Theke gestellt hatte. »Wie wäre es, wenn wir damit anfangen?«, sagte er und reichte es ihr.

April nippte vorsichtig an dem Drink, der köstlich, allerdings auch ziemlich stark nach Alkohol schmeckte.

»Was ist da drin?«

»Jedenfalls nichts für brave Mädchen...«, grinste Benjamin.

April lächelte. »Und du? Trinkst du nichts?«

»Ah! Siehst du? Schon versuchst du mich betrunken zu machen.« Er lachte. »Ich hab's doch gewusst. Du willst mich also doch ins Verderben ziehen.«

»Der Abend ist noch jung«, sagte April, die allmählich Gefallen an ihrer neuen Rolle als Bad Girl fand.

»Wo ist denn dein Freund?«, fragte sie, um die Unterhaltung wieder in eine unverfänglichere Richtung zu lenken.

»Gabriel?«

April runzelte kurz die Stirn, als sie spürte, wie sich bei der bloßen Erwähnung seines Namens ihr Herzschlag beschleunigte.

160

Benjamin beobachtete sie belustigt. »Du scheinst nicht besonders gut auf ihn zu sprechen zu sein. Aber ich gebe zu, dass Gabriels Charme tatsächlich etwas gewöhnungsbedürftig ist.«

»Nein, ich ... äh ... ich meinte eigentlich deinen anderen Freund. Wie heißt er noch mal ... Marcus?«

»Ach so, der muss hier auch irgendwo sein. Unser lieber Marcus ist kein besonders geselliger Mensch, wie du vermutlich schon gemerkt hast.«

»Jedenfalls scheint er mich nicht besonders zu mögen.«

»Nimm es nicht persönlich. Er braucht manchmal ziemlich lange, bis er mit anderen Menschen warm wird.«

»In meinem Fall bin ich mir noch nicht mal so sicher, ob er mich überhaupt als Mensch wahrgenommen hat.«

»Ich kann dir versichern, dass hier sehr viele Leute sind, die dich als Mensch wahrnehmen und sehr sympathisch finden. Und glaub mir, auch wenn du es ihm nicht anmerkst – Marcus ist fasziniert von dir – wie wir alle.«

April wandte verlegen den Blick ab und tat so, als würde sie sich nach bekannten Gesichtern umsehen, spürte jedoch genau, wie Benjamin sie neugierig betrachtete.

»Hast du eigentlich eine Freundin?«, platzte sie plötzlich heraus.

Benjamin warf den Kopf in den Nacken und lachte. »Du bist ziemlich direkt, findest du nicht? Aber das gefällt mir. Das gefällt mir sogar sehr.«

»Das beantwortet aber noch nicht meine Frage.«

Benjamin beugte ganz langsam den Kopf zu ihrem Ohr hinunter und flüsterte: »Die Nacht ist noch jung, April Dunne, die Nacht ist noch jung.«

Sein warmer Atem auf ihrer Haut jagte ihr einen Schauer über den Rücken, und sie schloss für einen Moment die Augen und ertappte sich bei dem Gedanken, wie es sich wohl anfühlen würde, ihn zu küssen. Als sie die Augen wieder aufschlug, war er nicht mehr da. Verwirrt blickte sie sich um, aber er war wie vom Erdboden verschluckt. *Er kann sich doch nicht in Luft aufgelöst haben. Wie hat er das bloß gemacht?*, fragte sie sich irritiert und nahm einen tiefen Schluck von ihrem Cocktail.

Allmählich bereute April es, auf die Party gekommen zu sein. Sie kannte nur eine Handvoll Leute und niemanden so gut, dass sie es gewagt hätte, sich einfach dazuzustellen und in ein Gespräch einzumischen. Davina war sie den ganzen Abend über nur zweimal über den Weg gelaufen, und beim letzten Mal war sie kurz stehen geblieben, um ihr brühwarm zu erzählen, sie hätte Gabriel und ein Mädchen namens Sara gerade gemeinsam im Badezimmer verschwinden sehen. »Und was das heißt, kannst du dir ja wohl selbst denken«, hatte sie ihr zugeraunt und sie forschend angesehen, als wolle sie ihre Reaktion beobachten. Obwohl das, was sie gesagt hatte, April einen Stich versetzte, hatte sie sich nichts anmerken lassen und bloß den Kopf geschüttelt. Was machten die beiden im Bad? Drogen einwerfen … Sex haben … oder gemeinsam ein paar knifflige Gleichungen lösen? April hatte nur eine vage Vorstellung davon, was für Ravenwood-Schüler normal war. Den Rest des Abends hatte sie damit verbracht, durchs Haus zu schlendern, sich nicht anmerken zu lassen, wie verloren sie sich fühlte, und sich hinter den Papierschirmchen in ihren Cocktails zu verstecken. Um Caro nicht zu enttäuschen, hatte sie in so viele Räume gespäht wie möglich, aber die meisten waren leer oder von knutschenden Pärchen belegt gewesen – nichts deutete darauf hin, dass hier im Geheimen eine Verschwörung vorbereitet wurde. Als sie gerade beschlossen hatte, nach Hause zu gehen, kam ihr auf dem Weg die Treppe hinunter Gabriel entgegen, und sie konnte weder nach links noch nach rechts ausweichen.

»Hallo«, sagte sie kühl.

»Hallo.«

»Na? Amüsierst du dich?«, fragte sie spitz.

Gabriel runzelte die Stirn, offensichtlich verwundert über ihren Ton. »Warum fragst du?«

»Ach, nur so«, entgegnete sie, selbst überrascht darüber, dass es ihr so viel ausmachte, was Davina ihr über ihn und diese Sara erzählt hatte. »Man hört so dies und das.«

»Tatsächlich?« Er ging so dicht an ihr vorbei, dass sich ihre Schultern berührten, und sah sie dabei unverwandt an. »Ich hatte dich für ein Mädchen gehalten, das sich nicht auf das verlässt, was andere sagen, sondern ihre eigenen Schlüsse zieht.«

»Bin ich auch.«

Er zog die Brauen hoch.

April seufzte. Dann nahm sie all ihren Mut zusammen. »Was hast du eigentlich gegen mich, Gabriel?«, fragte sie.

Er wandte den Blick ab und zuckte mit den Achseln. »Wie kommst du darauf, dass ich etwas gegen dich hätte?«

»Na ja … immerhin hast du mir an meinem ersten Schultag gesagt, ich soll verschwinden.«

Er sah sie scharf an. »So hatte ich das nicht gemeint«, sagte er. »Ich habe versucht, dich … Ach, ist nicht so wichtig.«

April hätte am liebsten mit dem Fuß aufgestampft. »Warum kann hier eigentlich niemand sagen, was er wirklich denkt?«, sagte sie wütend.

»Wenn ich das richtig deute, magst du meine Freunde nicht besonders?«, sagte Gabriel amüsiert, was April noch wütender machte.

»Magst du sie denn?«

Er ignorierte die Frage und nippte an seinem Drink.

»Hast du diese Isabelle gekannt? War sie auch eine Freundin von dir?«

Sein Gesicht verfinsterte sich. April hielt dem Blick seiner funkelnden Augen stand, spürte jedoch, wie ihr Puls sich beschleunigte. Ihre Haut begann zu prickeln, als wäre die Luft zwischen ihnen elektrisch aufgeladen.

»Von welcher Isabelle sprichst du?«, fragte er.

»Ich bitte dich, das weißt du doch genau«, antwortete April mit gesenkter Stimme. Sie war sich sicher, dass Gabriel Swift viel mehr über das wusste, was an jenem Abend in der Swain's Lane passiert war, als er zugab. Man zerrte ein Mädchen, das man nicht kannte, nicht einfach so auf die Straße und rief ihr zu, sie solle abhauen, wenn keine echte Gefahr drohte. Er musste irgendetwas mit der Sache zu tun haben.

Als habe er ihre Gedanken gelesen, sagte er: »Hat dir Detective Reece nicht erzählt, wer an dem Abend die Polizei gerufen hat?«

»Du warst das?«

»Hast du dir vielleicht schon mal überlegt«, fuhr Gabriel fort, ohne auf ihre Frage einzugehen, »dass ich – genau wie du – ganz zufällig zur falschen Zeit am falschen Ort gewesen sein könnte? Und dass ich vielleicht versucht habe, dir zu helfen?«

»Aber warum erzählst du mir dann nicht …«, begann April, als plötzlich ein hochgewachsenes blondes Mädchen neben ihnen auftauchte und, ohne April zu beachten, die Arme um Gabriels Hals schlang.

»Da bist du, Baby!«, rief sie. »Ich dachte schon, du hättest mich vergessen.« Sie lächelte zu ihm auf, und als sie bemerkte, dass er immer noch April ansah, drehte sie sich zu ihr um und fragte: »Oh. Ich habe doch hoffentlich nicht bei irgendetwas gestört?«

»Keine Sorge, hast du nicht«, sagte April kühl, ging die letzten Stufen hinunter und drängelte sich durch die im Flur stehenden Feiernden, um so viel Abstand wie möglich zwischen sich und Gabriel zu legen. Sollte er sich doch von ihr

≈ 164 ≈

aus mit seinem niedlichen Häschen im Badezimmer vergnügen. Diese Typen waren doch alle gleich.

Sie flüchtete sich in einen schmalen, langen Raum, an dessen Wänden Bücherregale standen, die bis zur Decke reichten, und setzte sich in einen Sessel mit hoher Rückenlehne, in dem man sie vom Flur aus nicht sehen konnte. Als sie saß, spürte sie, dass sie mittlerweile doch ein bisschen angetrunken war. Sie zog ihr Handy heraus und schaute nach, ob sie eine SMS bekommen hatte. Und tatsächlich – Caro und Fiona hatten geschrieben. Caros SMS war keine Überraschung: *Vergiss unsere Mission nicht, Miss Bond. Over and out.*

Weil sie ein schlechtes Gewissen hatte, dass sie bis jetzt noch gar nichts herausgefunden hatte, beschloss sie, sich ein wenig in der Bibliothek umzusehen. Aber außer einer Menge langweiliger alter Bücher, von denen sie teilweise nicht einmal die Titel lesen konnte, da sie in einer seltsamen fremden Sprache verfasst waren, konnte sie nichts Auffälliges entdecken. Sie zog eines aus dem Regal und schlug es auf. Der Schrift nach zu urteilen, konnte es Griechisch oder Kyrillisch sein. Kopfschüttelnd stellte sie es wieder zurück. Ihre Mission war zum Scheitern verurteilt. Selbst wenn sie gewusst hätte, wonach und wo sie suchen musste, war es praktisch unmöglich, sich unbemerkt in die vielen Zimmer zu schleichen. Die Partygäste hatten sich im ganzen Haus verteilt, überall saßen knutschende und trinkende Hexen und Dämonen herum, manche lagen sogar eng umschlungen auf dem Boden. Und selbst wenn an Caros Theorie etwas dran war, würde kein kriminelles Superhirn auf die Idee kommen, irgendwelche Unterlagen mit dem Stempel ›Top Secret‹ einfach so offen herumliegen zu lassen. Seufzend schrieb sie ihr eine kurze Nachricht zurück: *Hab bis jetzt nur knutschende Pärchen aufgestöbert ... Bleib aber dran.* Die Antwort kam Sekunden später. *Cool! Selbst auch schon geknutscht?*

»Schön wär's«, murmelte April und scrollte zu Fionas SMS.

Wie ist die Party? Sind immer noch alle so grauenhaft und gemein? April lächelte. Die liebe Fee kam immer direkt auf den Punkt.

Nein. Heute sind sie grauenhaft, gemein + betrunken. Ich übrigens auch ein bisschen. Bleib auch nicht mehr lang, schrieb sie zurück.

Sie schloss die Augen und lehnte sich an eines der Regale. In Wahrheit war sie nicht nur ein bisschen, sondern ganz schön angetrunken, aber das Gefühl war nicht unangenehm. Ihr war warm, und ihr Kopf fühlte sich federleicht an. Es wäre nur schön gewesen, wenn sie ihre Freundinnen bei sich gehabt hätte, um sich gemeinsam mit ihnen zu amüsieren, und sie hätte auch nichts dagegen gehabt, einen süßen Jungen an ihrer Seite zu haben. April dachte kurz an Benjamin, verbannte ihn aber sofort wieder aus ihrem Kopf. Er hatte bloß mit ihr geflirtet. Im Verlauf des Abends hatte sie ihn ständig mit anderen Mädchen lachen und scherzen gesehen, einmal sogar mit zwei von den Streberinnen aus der Superhirnecke, denen er den Arm um die Schulter gelegt hatte. Er verteilte seine Gunst anscheinend ziemlich wahllos.

Ihr Handy verkündete den Eingang einer SMS – Fionas Antwort.

NEIN! *Geh noch nicht nach Hause! Schick mir erst noch ein paar Fotos von heißen Jungs!*

April lachte. Da verkroch sie sich in dieser verstaubten Bibliothek und bemitleidete sich selbst, während Fee wahrscheinlich zu Hause vor dem Fernseher hockte und sich wünschte, sie wäre auch auf einer glamourösen Halloweenparty wie dieser. So schlimm war es hier eigentlich gar nicht, auch wenn Gabriel sich als Weiberheld entpuppt hatte.

»Du interessierst mich sowieso nicht die Bohne, Gabriel Swift«, flüsterte sie und musste über sich selbst kichern – der

Alkohol stieg ihr immer mehr zu Kopf. Sie mischte sich wieder unter die Feiernden, lehnte sich etwas abseits an eine Säule und tat dann so, als würde sie durch ihr Handy scrollen, während sie in Wirklichkeit ein paar Fotos vom wilden Partytreiben schoss. Die Leute hier wären sicherlich nicht gerade begeistert, wenn sie mitbekommen würden, dass sie sie beim Trinken und Rauchen fotografierte, aber genau deswegen machte es ihr umso mehr Spaß. Es war das erste Mal an diesem Abend, dass sie sich wirklich amüsierte. Plötzlich fiel ihr Blick auf die Tanzfläche, wo Milo gerade mit einem breiten Lächeln im Gesicht ein Mädchen im Kreis herumwirbelte. *Wenigstens einer, der richtig nett ist,* dachte sie, machte schnell ein Foto und schrieb dann eine kurze SMS an Fiona, um es ihr zu schicken.

»Vergiss es, Süße. Der Typ ist definitiv eine Nummer zu groß für dich.«

April fuhr herum. Davinas Freundin Layla, deren Bekanntschaft sie an ihrem ersten Schultag gemacht hatte, stand vor ihr und musterte sie mit unverhohlener Abneigung.

»Es würde mich schwer wundern, wenn Milo Asprey sich für jemanden wie dich interessieren würde«, sagte sie und bedachte April mit einem abschätzigen Blick. »Er mischt sich nicht unter das gemeine Volk.«

April sah sie fassungslos an. Und weil ihr auf so viel Dreistigkeit keine Antwort einfiel, drehte sie sich einfach um und floh in den hinteren Teil des Hauses.

Sie wollte nur noch weg von hier. Schon vorher hatte sie sich ziemlich fehl am Platz gefühlt, aber jetzt war ihr mühsam aufgebautes Selbstbewusstsein endgültig in sich zusammengebrochen. Während sie auf der Suche nach dem Ausgang den Flur entlangeilte, fand sie sich plötzlich in der Küche wieder – wobei man in diesem Fall eher von einer Großküche sprechen musste. Der Raum war riesig, fast eine Art Halle, mit chromblitzenden Kühlschränken, mehreren Herden und Abzugshauben und meterlangen Marmorarbeitsplatten, auf denen massenhaft Gläser und Flaschen und Platten mit Häppchen aufgereiht waren. Ein paar Jungs standen um eine der Kücheninseln herum, legten sich kleine Köstlichkeiten auf den Teller und alberten miteinander herum. Seufzend lehnte April sich an den Türrahmen, beschloss, Fiona die Fotos zu schicken und sich dann auf den Heimweg zu machen. Als sie durch das Album scrollte, stellte sie fest, dass sie die Atmosphäre ziemlich gut eingefangen hatten: dekadent und sehr stylish – Mädchen in sexy Designerteilen, die auf der Tanzfläche Jungs mit kunstvoll zerzausten Haaren umtanzten, die Bar, an der der Alkohol in Strömen floss, und ein Ledersofa in einer Nische, auf dem wild geknutscht wurde. Kurz: eine rauschende Partynacht. Sie schickte Fee die Fotos und schrieb dazu: *Wie im Studio 54, nur mit mehr Fledermäusen.*

Danach beschloss sie, für Fiona noch ein paar Fotos von dieser absurd riesigen Küche zu schießen und dann wirklich nach Hause zu fahren.

»Hey!«, rief plötzlich eine wütende Stimme, als sie mit erhobenem Handy in die Küche trat. »Was machst du denn da?«

Einer der Jungs kam auf sie zugelaufen und baute sich so vor ihr auf, dass er ihr die Sicht versperrte.

»Nimm ihr das Handy ab!«, rief einer der anderen, und kurz darauf wurde es ihr auch schon aus der Hand gerissen. April wirbelte wütend herum und stand Marcus Brent gegenüber. *Ausgerechnet*, stöhnte sie innerlich.

»Was hast du hier drin zu suchen?«, herrschte er sie an, ein unheilvolles Funkeln in den Augen.

»Gib das sofort wieder her! Das ist meins«, sagte April und versuchte, ihm ihr Handy abzunehmen.

»Jetzt nicht mehr«, zischte er und hielt es in die Höhe, während jemand anderes von hinten ihre Handgelenke festhielt.

»Lass mich los!«, rief sie. »Ich hab doch überhaupt nichts gemacht!«

»Das wollen wir doch mal sehen.« Marcus scrollte durch das Fotoalbum. Anfangs wirkte er noch amüsiert, plötzlich spiegelte sein Gesichtsausdruck kalte Wut wider.

»Ach ja? Und was ist das hier?«, fragte er aufgebracht. »Aber das haben wir gleich ...«, murmelte er und fing an, die Bilder zu löschen.

»Hey! Sag mal, spinnst du? Das sind meine Fotos!«, rief April.

»Irrtum«, sagte Marcus überheblich. »Dir gehört hier gar nichts. Ich wette, wenn wir deine Tasche filzen würden, würden wir die Hälfte von Milos Familiensilber darin finden.«

»Für wen hältst du dich eigentlich, Marcus Brent? Gib mir sofort mein Handy wieder und lass mich in Ruhe!«, fauchte April, auch wenn sie damit nur ihre Angst überspielte. Sie war hier im hinteren Teil des Hauses fernab des Partytreibens, und niemand wusste, dass sie hier war.

»Tja, sorry, aber den Gefallen werde ich dir nicht tun.« Marcus strich ihr kalt lächelnd eine Haarsträhne aus dem Gesicht. »Jetzt zeigen wir dir erst mal, was wir mit miesen kleinen Diebinnen machen, die sich in unser Haus einschleichen.«

»Das hier ist nicht dein Haus, Marcus«, sagte plötzlich eine Stimme an der Tür.

Marcus' Augen weiteten sich, und in seinem Gesicht spiegelten sich Angst und Wut, als Benjamin in die Küche trat. Der Junge, der April festhielt, ließ sie sofort los, worauf sie rückwärts zu Boden stolperte.

»Deins ist es aber auch nicht, Ben. Außerdem hat sie uns heimlich fotografiert und ...«

»Raus«, sagte Benjamin ruhig und nahm ihm das Handy aus der Hand. Marcus und seine Freunde sahen sich einen

Moment lang an, dann traten sie widerstrebend, aber gehorsam den Rückzug aus der Küche an.

Ben streckte die Hand aus, um April aufzuhelfen, und gab ihr das Handy zurück. »Alles okay?« Er berührte sie sanft an der Schulter. »Hoffentlich hast du dir nicht wehgetan?«

»Alles okay.« Sie schüttelte seine Hand ab. »Ich würde jetzt nur gern allein sein.«

»Hey, es tut mir leid, dass meine …«

»Lass mich einfach in Frieden, okay?« April stürmte aus der Küche und bahnte sich wütend einen Weg durch die feiernde Meute im Flur, ohne auf die verwirrten Blicke oder empörten Rufe zu achten, wenn sie jemanden anrempelte oder zur Seite schubste. Sie wollte nur noch weg von hier und allein sein. Sie war unglaublich wütend auf Marcus, auf Davina, die sie eingeladen hatte, und auch auf sich selbst, weil sie so dumm gewesen war zu glauben, dass sie zu diesen Leuten passen würde. Ohne zu wissen, wo sie eigentlich hinlief, rannte sie durchs Haus, bis sie schließlich vor einer Glastür stand, die in einen beleuchteten Wintergarten führte. Als sie eintrat und sich umblickte, warfen die verglasten Wände, die bei Tag bestimmt einen hübschen Blick nach draußen boten, ihr Spiegelbild zurück. *Gott, ich sehe grauenhaft aus.* Sie kramte ihre Puderdose aus der Tasche und betrachtete sich in dem kleinen Spiegel. Ihre Wimperntusche war zerlaufen, und ihre Wangen glühten – *aber, hey, schließlich ist Halloween*, dachte sie ironisch.

In einer Ecke entdeckte sie ein paar Korbsessel, die um einen Tisch gruppiert waren. Nachdem sie sich gesetzt hatte, fächelte sie sich Luft zu und atmete tief durch, dann zog sie ein Taschentuch hervor und versuchte, so gut es ging, ihr verschmiertes Make-up zu richten. Auf dem Tisch standen eine offene Flasche Weißwein und mehrere leere Gläser. Offensichtlich war sie nicht die Erste, die den Wintergarten entdeckt hatte. Sie goss sich etwas Wein in ein noch unbenutztes Glas, trank es in einem Zug aus, verzog das Gesicht und wischte sich mit dem Handrücken über den Mund. Die Cocktails hatten deutlich besser geschmeckt, aber schließlich hatte sie den Wein ja nur aus medizinisch-therapeutischen Gründen getrunken. Plötzlich spürte April, dass sie nicht mehr allein war, und drehte sich um. In der Tür stand Milo und lächelte verlegen.

»Darf ich dir ein bisschen Gesellschaft leisten?«

April zuckte mit den Achseln. Gesellschaft war das Letzte, was sie im Moment brauchte.

Milo setzte sich in den Stuhl neben ihr. »Ich hab gerade gesehen, wie du am Salon vorbeigerannt bist. Ist alles okay?«

»Nein! Nichts ist okay!«, brach es aus April heraus. »Deine Freunde haben mich den ganzen Abend wie Dreck behandelt, und ich habe keine Ahnung, warum. Schließlich hab ich niemandem etwas getan und wollte einfach nur einen netten Abend verbringen, aber anscheinend ist es zu viel verlangt, sich mir gegenüber zumindest höflich zu verhalten. Klar, ich bin ja auch bloß *die Neue* ...« Auf einmal brach die ganze Enttäuschung aus ihr heraus, und sie konnte auch die Tränen nicht mehr zurückhalten. Wütend wischte sie sich mit dem Handrücken über die Wangen.

»Tut mir leid«, flüsterte sie, ohne Milo anzusehen. »Du kannst schließlich nichts dafür. Die Party war nur der totale Reinfall für mich.«

Milo nahm eine Serviette vom Tisch und reichte sie ihr. »Tja, ich würde zwar gern das Gegenteil behaupten, aber leider können meine Freunde manchmal tatsächlich ganz schöne Arschlöcher sein. Das bringt das Ganze wohl zwangsläufig mit sich, fürchte ich.«

April putzte sich die Nase und tupfte sich vorsichtig die Augen ab, um nicht schon wieder ihre Wimperntusche zu verschmieren.

»Wie meinst du das?«

»Na ja, wenn man auf eine Eliteschule geht, aus einer reichen Familie kommt und weiß, dass man für sein Geld nie wird arbeiten müssen oder wenn doch, automatisch einen Job bekommt, in dem man genau wie Daddy ein Vermögen verdienen wird. Wenn man sozusagen zu den oberen Zehntausend gehört. Das führt dann schnell dazu, dass Leute sich für etwas Besseres halten.« Er grinste. »Und wenn dann auch noch ein hübsches Mädchen ins Spiel kommt, drehen wir vollends durch und schlagen uns ihretwegen gegenseitig die Köpfe ein.«

April errötete. »Und wie kommt es dann, dass *du* so nett bist?«

Er lächelte. »Ich weiß nicht, ob ich das wirklich bin, aber ich versuche halbwegs auf dem Boden zu bleiben und gebe mir Mühe, nach Möglichkeit kein allzu großes Arschloch zu sein.«

April schenkte sich Wein nach – auf ein Glas mehr oder weniger kam es jetzt auch nicht mehr an – und prostete Milo zu. »Auf die netten Jungs«, sagte sie und wollte gerade einen Schluck trinken, als Milo ihr das Glas behutsam aus der Hand nahm.

»Ich glaube nicht, dass dir das guttut«, sagte er sanft und sah ihr tief in die Augen.

Aprils Herz machte einen Satz. »Was glaubst du denn, was mir guttun würde?«, flüsterte sie.

»Das hier…«, murmelte er und hauchte einen zarten Kuss auf ihre Lippen. April wich zurück und dachte kurz an Gabriel, aber dann erwiderte sie seinen Kuss, ließ sich von seiner Zunge locken, verdrängte alle Gedanken aus ihrem Kopf und spürte nur noch seine heißen Lippen auf ihren.

Als er seine Hand in ihren Nacken schob und sie noch enger an sich zog, entfuhr ihr ein Seufzer. Es fühlte sich so gut an, dass sie sich wünschte, der Moment würde nie enden.

»Du bist so süß«, wisperte er an ihrem Ohr, ließ seine Hände über ihren Körper wandern und bedeckte ihren Hals mit zarten Küssen. »So schön …«

Seine Lippen wanderten tiefer, verharrten einen Moment lang in der zarten Kuhle zwischen ihren Schlüsselbeinen und glitten dann bis zum sanft gewölbten Ansatz ihrer Brüste hinunter. Die Berührung hinterließ ein prickelndes Gefühl auf ihrer Haut, und ihre Hände suchten sich beinahe wie von selbst einen Weg unter sein Hemd und zeichneten die festen Konturen seiner Brustmuskeln nach. Er stöhnte leise, als sie mit den Fingerspitzen ganz leicht über seine Brustwarzen strich.

»Komm, lass uns in mein Zimmer raufgehen«, flüsterte er ihr heiser ins Ohr.

Sie nickte benommen, schlang die Arme um seinen Hals und schloss die Augen, als er sie erneut küsste. Als sie sie wieder öffnete, sog sie erschrocken die Luft ein. Gabriel Swift stand in der Tür und starrte sie finster an. Seine Augen waren zu schmalen Schlitzen verengt, die Kiefer angespannt, und sein ganzer Körper schien vor Wut zu beben.

April war wie gelähmt und unfähig, den Blick abzuwenden.

»Was hast du …?«, fragte Milo, als er ihr Gesicht sah, und wandte den Kopf zur Tür.

»Was willst du?«, fuhr er Gabriel an, eindeutig nicht erfreut darüber, gestört worden zu sein.

»Lass sie in Ruhe«, sagte Gabriel.

»Ich glaube, sie will gar nicht, dass ich sie in Ruhe lasse«, entgegnete Milo grinsend.

»Ich hab gesagt, du sollst sie in Ruhe lassen«, knurrte Gabriel.

»Schreib mir nicht vor, was ich zu tun habe, Swift«, fauchte Milo. »Was mischst du dich überhaupt ein. Sie gehört mir.«

»Milo, nicht …!«, sagte April, aber er hörte ihr gar nicht zu, sondern war mit einem Satz aufgesprungen und stürzte sich auf Gabriel. Ehe April noch Luft holen konnte, gingen die beiden auch schon mit den Fäusten aufeinander los.

»Aufhören!«, schrie April entsetzt, als Gabriel Milo einen so heftigen Stoß versetzte, dass er gegen ein paar Pflanzenkübel stolperte und sie mit sich zu Boden riss. Sofort sprang er wieder auf die Beine und rammte Gabriel die Faust ins Gesicht. »Ihr sollt aufhören! Sofort!«, schrie April noch einmal verzweifelt.

»Hau ab! Schnell!«, zischte Gabriel ihr zu, ein wildes Funkeln in den dunklen Augen.

Sie floh durch eine kleine Seitentür des Wintergartens nach draußen und rannte einen schmalen Kiesweg entlang. Der Regen peitschte auf ihre nackten Schultern, und der Wind zerrte an ihren Haaren, aber das war ihr egal. Sie wollte bloß noch weg – weg von den beiden sich prügelnden Jungs, weg von der Party. Am Ende des Pfads bog sie nach links und lief ein paar Stufen hinunter, die zu einem von dichten Hecken umschlossenen tempelartigen Pavillon führten. Sie flüchtete sich hinein und ließ sich keuchend auf eine kalte Steinbank fallen. Was war bloß in die beiden gefahren? Und was ging es Gabriel überhaupt an, dass sie Milo geküsst hatte? War er womöglich eifersüchtig? Sie ertappte sich bei dem Gedanken, dass sie sich wünschte, er wäre es, schob ihn aber gleich wieder beiseite. Fröstelnd holte sie ihr Handy heraus und schrieb eine SMS an Caro. *Sorry, keine Geheimnisse entdeckt, hab einen Typen geküsst, fühle mich hundeelend und gehe jetzt nach Hause.* Nachdem sie sie abgeschickt hatte, schlang sie die Arme um den Oberkörper und rieb sich die eiskalten Arme. Ein paar Minuten lang saß sie einfach nur da, fragte sich, wie lange sie wohl zu Fuß bis nach Hause brauchen würde, und hoffte inständig, dass es endlich aufhören würde zu regnen. Natürlich hätte sie ihren Vater anrufen können, aber sie wollte nicht, dass er sie in diesem aufgelösten Zustand sah. Einer plötzlichen Eingebung folgend, sah sie zum Eingang des kleinen Tempels. Irgendwie hatte sie gespürt, dass er dort stand, obwohl er nichts gesagt hatte.

»Es tut mir leid«, sagte Gabriel leise. »Ich weiß, wie absurd sich das für dich anhören muss, aber ich habe nur versucht, dich zu beschützen.«

»Wovor denn?«, entgegnete sie wütend. »Davor, geküsst zu werden? Was ist so schlimm daran?«

»Mir ist klar, dass du das kaum verstehen wirst, aber ...«

»Warum versuchst du dann nicht wenigstens, es mir zu erklären? Vielleicht verstehe ich es ja doch. Oder glaubst du, ich bin zu dumm dafür?«

»Es ist alles noch viel komplizierter, als du denkst ...«

»Ach so, ja? Wenn das so ist, werde ich es mit meinem Spatzenhirn wohl tatsächlich nicht begreifen. Tut mir leid, dass ich nicht so ein Genie bin wie ihr anderen Ravenwood-Schüler«, sagte sie verletzt. Sie sprang auf und wollte sich an ihm vorbeischieben, aber er versperrte ihr den Weg. »Wer hat dich überhaupt gebeten, den Beschützer für mich zu spielen? Ich kann auch sehr gut auf mich allein aufpassen!«

»Du kennst Milo nicht. Du weißt nicht, was er vorhatte ...«

»Nein, und das werde ich jetzt wohl auch niemals herausfinden. Zufrieden? Und außerdem bist du keinen Deut besser. Schließt dich mit anderen Mädchen im Badezimmer ein, um weiß der Teufel was mit ihnen da drin anzustellen.«

»Du verstehst das völlig falsch ...«

»Hör zu, Gabriel, wenn du mir nicht endlich sagst, was hier los ist, will ich jetzt nach Hause«, sagte sie, mühsam beherrscht.

Gabriel betrachtete sie einen Moment lang schweigend mit seinem durchdringenden Blick und nickte schließlich langsam.

»Okay. Aber ich werde dich begleiten.«

April zögerte, doch irgendetwas an dem seltsam traurigen Ausdruck in seinen Augen sagte ihr, dass er ihr nichts Böses wollte, auch wenn er sich ziemlich eigenartig benahm.

»Gut«, seufzte April. »Aber bitte erspar mir weitere unangenehme Überraschungen, okay?«

Über Gabriels Gesicht huschte tatsächlich ein kleines Lächeln. »Versprochen.«

Sie brauchten zehn Minuten, um über die windgepeitschte Auffahrt zur Straße zu gelangen, und legten den größten Teil des Wegs schweigend zurück. April warf Gabriel immer wieder verstohlene Seitenblicke zu, aber er schaute die ganze Zeit starr geradeaus. Wieder einmal wurde ihr bewusst, wie wenig sie über ihn wusste. Davina hatte ihn *zickig* genannt, und in der Schule war sie ihm kaum begegnet. Sie dachte noch einmal an den Zwischenfall in der Swain's Lane. War er ein skrupelloser Mörder? Oder doch ein Ritter in schimmernder Rüstung?

Sie gingen durch die menschenleeren Straßen in Richtung Hauptverkehrsstraße, um dort ein Taxi anzuhalten, aber als sie sie schließlich erreicht hatten, lag sie genauso verlassen da.

»Hier, dir ist doch bestimmt kalt.« Gabriel zog seine Jacke aus und legte sie ihr um die Schultern.

»Aber dann frierst du«, protestierte April.

»Mir ist immer kalt.« Gabriel lächelte.

Dankbar kuschelte sie sich in die vorgewärmte, mit Pelz gefütterte Jacke. »Willst du mir nicht doch sagen, was das vorhin sollte?«

»Ich kann dir zumindest eins sagen: Milo Asprey ist mit Vorsicht zu genießen. Ich bin mir sicher, dass er nichts Gutes mit dir vorhatte.«

»Hast du schon mal darüber nachgedacht, dass ich das, was er mit mir vorgehabt hat, vielleicht auch wollte? Was auch immer *Furchtbares* es gewesen wäre?«, fragte sie.

»Nein. Ich glaube nicht, dass du das gewollt hättest.«

»Du kennst mich doch gar nicht. Vielleicht bin ich ja gar nicht so lieb und nett, wie du denkst?«

»Vielleicht.« Er lächelte. »Aber ich hoffe es.«

Sie betrachtete ihn nachdenklich. »Wovor hast du mich beschützt, Gabriel? Was ist an dem Abend in der Swain's Lane passiert?«

»Du stellst so viele Fragen ...« Er schüttelte immer noch lächelnd den Kopf.

April blieb stehen und wirbelte zu ihm herum. »Jetzt machst du dich auch noch über mich lustig!«, rief sie. »Ich habe keine Ahnung, wovor du mich beschützen wolltest, aber vergiss nicht, dass ich dich auch schon mal geschützt habe. Ich hätte der Polizei sagen können, dass du an dem Abend auf dem Friedhof gewesen bist. Das Mindeste, was ich dafür von dir erwarten kann, ist doch wohl, dass du mir endlich erklärst, was verdammt noch mal hier vor sich geht!«

Gabriel antwortete nicht, sondern schaute gedankenverloren ins Leere. Schließlich nickte er langsam.

»Du hast recht«, antwortete er, nahm ihre Hände in seine und sah sie an. »Du hast zwar keinen Grund, mir zu glauben, und ich kann dir noch nicht alles sagen, aber ich schwöre dir, dass ich Isabelle nicht umgebracht habe. Ich weiß nicht, wer es war, aber als du auf den Friedhof gekommen bist, war der Mörder noch dort.« Gabriel sah sie eindringlich an. »Ich habe versucht, dich zu beschützen, April«, sagte er ernst. »Du warst in schrecklicher Gefahr.«

»Aber du doch auch, oder?«

Er schüttelte kaum merklich den Kopf. »Vielleicht beruhigt es dich zu wissen, dass du nichts für Isabelle hättest tun können. Sie war schon tot, als du gekommen bist, aber wenn du nur einen Moment früher aufgetaucht wärst, wärst du wahrscheinlich auch tot.«

April merkte erst jetzt, dass sie die ganze Zeit die Luft angehalten hatte. Sie wollte ihm gerade noch eine Frage stellen, als er ihre Hände losließ und an den Straßenrand trat. Das orange leuchtende Schild eines Black Cabs bog um die Ecke, und Gabriel hob den Arm.

Als sie im Wagen saßen, drehte April sofort die Heizung auf und rutschte ganz dicht an die Lüftungsschlitze heran.

»Scheint, als würde das Londoner Wetter dem in Edinburgh heute in nichts nachstehen, was?«

»Oh Gott, ja«, sagte April bibbernd. »Dort ist es zwar das ganze Jahr über so kalt, aber ich hab mich nie wirklich daran gewöhnt. Bist du denn schon mal in Edinburgh gewesen?«

Gabriel nickte. »Schon ein paarmal, aber mein letzter Besuch ist schon eine Weile her.«

»Bist du auf dem Festival gewesen?«

Gabriel sah sie lächelnd von der Seite an. »Ich glaube nicht, dass das Festival stattgefunden hat, als ich dort war.«

Sie hätte ihm gern noch mehr Fragen gestellt, aber es erschien ihr unpassend, nach allem, was Gabriel ihr erzählt hatte, über etwas so Oberflächliches mit ihm zu reden, und so schwiegen sie für den Rest der Fahrt. Er hatte recht – sie hatte keinen Grund, ihm zu glauben, aber der aufrichtige Ernst, mit dem er ihre Fragen beantwortet hatte – zumindest einige davon –, überzeugte sie, dass er die Wahrheit sagte. Sie wusste selbst nicht, warum sie das Gefühl hatte, ihm vertrauen zu können, und konnte nur hoffen, dass es nichts mit seinen dunklen Augen, seinen seidig glänzenden schwarzen Haaren und seinen hübschen hohen Wangenknochen zu tun hatte. Er hatte irgendetwas an sich, das sie magisch anzog, aber warum hatte sie sich dann so bereitwillig von Milo küssen lassen? Plötzlich fiel ihr wieder ein, dass er sich sogar während des Kusses mit Milo in ihre Gedanken geschlichen hatte. Gott, was war bloß mit ihr los?

Verwirrt schüttelte sie den Kopf und lächelte.

»Was ist?«, fragte Gabriel.

»Nichts«, sagte sie hastig. »Wo wohnst du eigentlich?«

»In der Nähe.«

Leichte Konversation war wohl tatsächlich nicht seine Stärke, dachte sie, als Gabriel sich vorbeugte und an die Trennscheibe klopfte. »Biegen Sie da vorne bitte nach links ab und lassen Sie uns an der Ecke raus«, bat er den Taxifahrer.

»Warum willst du denn schon hier aussteigen? Bis zu mir nach Hause ist es noch ein kleines Stück«, wunderte April sich.

»Ich will dir etwas zeigen«, sagte Gabriel. Er bezahlte den Fahrer und hielt ihr die Tür auf.

Mittlerweile hatte es aufgehört zu regnen, und auch der Wind hatte merklich nachgelassen. Während sie durch die dunkle Straße gingen, riss die Wolkendecke allmählich auf, und der noch nicht ganz volle Mond brachte den nassen Asphalt zum Glitzern.

»Hier entlang«, sagte Gabriel, und seine Finger streiften wie zufällig ihre Hand, als er sie durch eine schmale Gasse zwischen zwei Häusern führte.

April folgte ihm zögernd. »Ist das ein Privatgarten?«, flüsterte sie, während sie über einen von Unkraut überwucherten Rasen gingen.

»Hier wohnt niemand«, beruhigte Gabriel sie. Er öffnete ein kleines schmiedeeisernes Tor, das am Ende des Gartens in den Zaun eingelassen war. Dahinter lag ein dunkler, von Bäumen gesäumter Pfad.

»Ich weiß nicht, ob das so eine gute Idee ist, Gabriel«, sagte April nervös.

»Keine Sorge, vertrau mir.« Er griff wieder nach ihrer Hand.

»Wohin bringst du mich?«

»Wir sind gleich da.«

April hatte das Gefühl, in einen dunklen Wald zu treten. Nur wenig Mondlicht sickerte durch das Blätterdach, und um sie herum lauerten überall unheimliche Schatten. Gabriels Schritte waren so sicher, als würde er einen Stadtbummel machen, wohingegen sie tastend die Hand ausstreckte und damit rechnete, jeden Moment gegen einen Baum zu laufen oder über etwas zu stolpern.

»Gabriel!«, zischte sie nach einer Weile. »Bitte sag mir endlich, wo wir hingehen!«

»Wir sind schon da.«

Sie traten auf eine Lichtung mit einer riesigen, düster aussehenden, kreisförmigen Anlage, in deren Mitte sich ein mächtiger Baum erhob – es sah aus, als würde er aus einem gigantischen Pflanzenkübel herauswachsen. Mit einem Mal hatte April das sichere Gefühl, dass sie schon einmal hier gewesen war. Und dann begriff sie: Sie waren auf dem Friedhof.

»Was ist das?«, fragte sie beunruhigt.

»Das ist der Circle of Lebanon«, sagte Gabriel lächelnd. »Das Highlight des Highgate-Friedhofs.«

Er nahm ihre Hand und zog sie auf eine Treppe zu, die zu einem Durchgang führte, durch den sie in die Anlage traten.

»Du brauchst keine Angst zu haben«, sagte er, als er ihr wachsendes Unbehagen spürte. »Das ist ein guter Ort. Hier kommen noch nicht einmal Füchse her.«

Auch wenn es jeder Logik entbehrte, hatte April das seltsame Gefühl, dass ihr in Gabriels Gegenwart tatsächlich keine Gefahr drohte.

»Wow«, hauchte sie, als sie innerhalb des steinernen Ringes standen. Sie hatte erwartet, dass es darin dunkel und unheimlich sein würde, aber da hatte sie sich getäuscht. Das Mondlicht erleuchtete das Mauerwerk, als wäre es helllichter Tag. In gleichmäßigen Abständen waren in den inneren und äuße-

180

ren Mauerkreis schwarze Flügeltüren eingelassen. Teilweise waren Namen in den Stein gemeißelt worden.

»Das sind Katakomben, oder?«, flüsterte April. »Komisch. Obwohl wir hier inmitten von Gräbern stehen, fühle ich mich total sicher und habe keine Angst.«

»Diese Katakomben sind 1839, in dem Jahr, in dem der Friedhof eröffnet wurde, gebaut worden. Sie sollten besonders schön und prächtig aussehen, weil man wollte, dass möglichst viele Leute ihre verstorbenen Angehörigen hier zur letzten Ruhe betten. Man könnte sagen, dass sie sozusagen das Schaufenster des Friedhofs waren.«

Während sie an den massiven schwarzen Eisentüren vorbeischlenderten, verspürte April seltsamerweise kein Unbehagen, sondern Faszination. Wer waren die Menschen, die hinter diesen Mauern lagen? Was hatten sie für ein Leben geführt – waren sie glücklich gewesen?

»Dahinter gibt es nicht besonders viel zu sehen«, sagte Gabriel, als hätte er ihre Gedanken gelesen. »Die sterblichen Überreste sind in Bleisärgen beigesetzt worden und mittlerweile zu Staub zerfallen. Aber ich finde, man spürt ganz deutlich, wie viel Liebe dieser Ort ausstrahlt. Die Leute haben mit so viel Mühe dafür gesorgt, dass man sich an ihre Verstorbenen erinnert. Das tut man nur für Menschen, die man sehr geliebt hat.«

Als sie im Schatten eines kleinen Mauervorsprungs stehen blieben, schloss April einen Moment lang die Augen, um sich ganz der Stimmung des Orts hinzugeben.

»Vielleicht klingt es seltsam«, sagte Gabriel mit gedämpfter Stimme, »aber ich bin davon überzeugt, dass bestimmte Gegenstände und Orte Gefühle in sich aufnehmen und konservieren können. Deswegen gehen zum Beispiel selbst Menschen in Kirchen, die gar nicht besonders gläubig sind.«

April sah sich um. Gabriel hatte vollkommen recht – dieser Ort hatte nichts Unheimliches oder Gruseliges an sich.

181

Aus irgendeinem Grund hatte sie das intensive Gefühl, schon einmal hier gewesen zu sein, obwohl sie mit Sicherheit wusste, dass das nicht der Fall sein konnte. Trotzdem kamen ihr die grauen Mauern, die eingemeißelten Inschriften, selbst das Muster, das das Mondlicht auf den Pfad malte, merkwürdig vertraut vor.

»Ich finde nicht, dass es seltsam klingt«, antwortete sie schließlich. »Es bezweifelt ja auch niemand, dass Stonehenge, oder selbst so etwas wie ein Ehering, eine gewisse magische Kraft ausstrahlt.«

Gott, wie komme ich denn jetzt auf Eheringe?, fragte sie sich verlegen. *Am Ende denkt er noch, ich würde schon die Hochzeitsglocken für uns beide läuten hören.*

Aber Gabriel schien nichts dergleichen zu denken. Er legte ihr beide Hände auf die Schultern und führte sie auf ein schmiedeeisernes Tor zu.

»Das ist das Kolumbarium, der einzige Ort auf dem Friedhof, an dem Urnen beigesetzt werden können. Wenn du durch die Gitterstäbe schaust, kannst du sie sehen.«

April hielt sich an den kalten Eisenstäben fest und presste ihr Gesicht dazwischen. Gabriels Hände lagen immer noch auf ihren Schultern, und sie spürte die Wärme seines Körpers im Rücken. Sie wunderte sich selbst darüber, dass sie keinerlei Angst hatte, mit einem Jungen, den sie kaum kannte, mitten in der Nacht auf einem Friedhof zu stehen, sondern den Moment sogar unglaublich romantisch fand. Insgeheim wünschte sie sich, er würde sie zu sich umdrehen und sie im Mondlicht küssen …

»Spürst du sie?«, flüsterte Gabriel ganz dicht an ihrem Ohr. »Spürst du die Liebe, die an diesem Ort existiert?«

April musste gegen ihren Willen kichern. Sofort nahm Gabriel seine Hände weg und trat einen Schritt zurück. Die romantische Stimmung war dahin.

»Du hältst mich für einen durchgeknallten Spinner, stimmt's?«

»Überhaupt nicht. Du hast mich nur gerade an meinen Vater erinnert. Tut mir leid«, entschuldigte April sich und drehte sich zu ihm um. »Er hat ein Faible für unerklärliche Phänomene und schreibt Bücher über Ufos und den Bigfoot und solche Sachen.«

Ein seltsamer Ausdruck trat auf Gabriels Gesicht. »Hat er sich auch schon mit dem Highgate-Friedhof beschäftigt?«, fragte er.

»Soweit ich weiß, nicht. Aber ich bin mir sicher, dass es genau das richtige Thema für ihn wäre.« April blickte nachdenklich zum Circle of Lebanon zurück. »Und ich kann deine Faszination für diesen Ort absolut nachvollziehen. Er strahlt irgendetwas Magisches aus. Da fällt mir ein – unsere Familie hat auch eine Gruft hier!«

»Wo?«, fragte Gabriel mit eigenartig gepresster Stimme.

»Das weiß ich leider nicht. Mein Großvater hat mir erst gestern davon erzählt. Er stammt aus Rumänien und legt großen Wert auf Familientradition. Na ja, du weißt schon, ältere Leute sind manchmal eben ...«

»Vielleicht ist es besser, wenn wir jetzt wieder gehen«, unterbrach Gabriel sie plötzlich und wandte sich von ihr ab.

Verwundert fragte April sich, ob sie womöglich irgendetwas Falsches gesagt hatte. Eben war sie sich beinahe noch sicher gewesen, dass er sie gleich küssen würde, und jetzt stürmte er auf einmal so eilig die Stufen hinauf, dass sie kaum hinterherkam. Als sie oben angekommen waren, führte er sie einen Pfad entlang und half ihr anschließend, durch eine schmale Öffnung in der Mauer zu schlüpfen.

»Ich glaube, ich weiß, wo wir sind«, sagte April und betrachtete die schmale Wohnstraße, in der sie standen. Sie befanden sich südlich des Platzes, an dem sie wohnte.

»Ich begleite dich noch nach Hause«, sagte Gabriel.

»Ist Milo wirklich so gefährlich, wie du gesagt hast?«, fragte April, nachdem sie eine Weile schweigend nebeneinanderher geschlendert waren.

Gabriel zögerte, dann nickte er.

»Dann bedanke ich mich dafür, dass du mich gerettet und mir diesen verzauberten Ort gezeigt hast. Ich hätte nicht gedacht, dass der Abend noch so schön werden könnte.«

»Gern geschehen«, antwortete Gabriel etwas steif. »Der Circle of Lebanon ist einer meiner Lieblingsplätze.«

»Ich hoffe, dass ich mich irgendwann bei dir revanchieren kann.«

»Willst du mich etwa auch mal retten?«, fragte Gabriel, der offensichtlich seinen Humor wiedergefunden zu haben schien, lächelnd.

April lachte. »Nein. Ich meinte, dass ich dir gern einen meiner Lieblingsplätze zeigen würde«, antwortete sie. Als Gabriel nichts darauf erwiderte, wurde sie etwas verlegen.

»Entschuldige bitte, ich bin wohl immer noch ein bisschen betrunken«, murmelte sie errötend, während sie über den Platz gingen.

Als sie vor ihrem Haus angekommen waren, sah sie ihn erwartungsvoll an.

»Ich fände es sehr schön, wenn du mir deinen Lieblingsplatz zeigen würdest. Vielleicht irgendwann nächste Woche?«

»Sehr gern!«, sagte April und hoffte, dass sie sich nicht zu begeistert anhörte. Sie legte zögernd eine Hand auf das Gartentor und fragte sich, ob er sie vielleicht zum Abschied küssen würde, aber Gabriel hatte sich schon zum Gehen gewandt.

»Ich rufe dich an, April Dunne«, sagte er über die Schulter.

»Aber du hast doch meine Nummer gar nicht«, rief sie ihm leise hinterher.

»Keine Sorge, die werde ich schon rausfinden«, sagte er, während er mit großen Schritten zum Platz zurücklief.

»Warte noch!«, rief sie und rannte ihm hinterher. »Deine Jacke!«

»Oh, danke.« Gabriel lächelte. »Siehst du, jetzt hast du mich doch gerettet … vor dem Erfrierungstod.«

Jetzt mach schon!, flehte sie stumm, während sie ihm in die Augen sah. *Das ist die letzte Chance, dich* richtig *von mir zu verabschieden.*

Ihre Finger berührten sich, als er ihr die Jacke aus der Hand nahm, doch dann trat er einen Schritt zurück und zog sie sich an.

»Du solltest lieber ins Haus gehen, es ist wirklich kalt«, sagte er und verschwand schnell zwischen den Schatten der Bäume. Enttäuscht und zitternd vor Kälte lief April zum Haus zurück. Nachdem sie leise die Tür hinter sich zugezogen hatte, streifte sie die Schuhe ab und schlich auf Zehenspitzen zur Treppe.

»Psst!«

»Oh Gott!« April presste sich erschrocken eine Hand auf die Brust.

Ihr Vater steckte grinsend den Kopf aus dem Wohnzimmer.

»Dad!« Sie seufzte tief. »Du hättest mich beinahe zu Tode erschreckt.«

»Tut mir leid«, sagte er, wurde aber sofort ernst, als er ihr vom Regen durchnässtes Kleid und ihre zerlaufene Wimperntusche sah. »Du liebe Güte, April – du bist doch nicht etwa bei dem Wetter nach Hause gelaufen?«

»Nur das letzte Stück«, log sie und hoffte, er würde nicht weiter nachfragen. »Aber sonst ist alles bestens, wirklich.«

Er zog besorgt eine Braue hoch. »Dann hattest du also einen schönen Abend?«

»Ja, hatte ich … jedenfalls gegen Ende. Ich erzähle dir alles morgen früh, ja?« Sie lächelte, dann ging sie auf ihn zu und umarmte ihn fest.

»April?«, flüsterte er, als sie schon auf der Mitte der Treppe angekommen war. »Du sahst heute Abend wirklich wunderschön aus. Zumindest bevor du offensichtlich durch irgendwelche Hecken gekrochen bist.«

Sie errötete. »Danke, Dad.«

»Schlaf gut, Liebes.«

Während sie in ihr Zimmer hinaufging, fragte sie sich, ob sie nach allem, was sie erlebt hatte, überhaupt in der Lage sein würde zu schlafen. Aber kaum hatte sie sich aus ihren nassen Sachen geschält und sich ins Bett gekuschelt, fielen ihr auch schon die Augen zu, und sie träumte die ganze Nacht ... von Gabriel Swift.

Elftes Kapitel

Am nächsten Tag in der Schule gab April sich größte Mühe, nicht an Gabriel zu denken, musste sich aber kurz vor der Mittagspause schließlich eingestehen, dass sie mit diesem Vorhaben grandios gescheitert war. Sie hatte den kompletten Vormittag damit verbracht, jedes noch so kleine Detail ihrer Unterhaltung, jeden seiner Blicke zu analysieren und sich besorgt zu fragen, ob es klug gewesen war, ihm so viele Fragen zu stellen, oder ob sie zu aufdringlich gewesen war und ihn damit womöglich verschreckt hatte. Hatte er sie deswegen zum Abschied nicht geküsst? Natürlich hatte sie auch immer wieder an Milo und die Prügelei im Wintergarten denken müssen. Obwohl das alles erst gestern Abend passiert war, sah sie alle fünf Minuten auf ihrem Handy nach, ob nicht vielleicht eine SMS gekommen war oder sie einen Anruf verpasst hatte. Und immer wieder ertappte sie sich dabei, wie ein verträumtes Lächeln um ihre Lippen spielte, wenn sie daran zurückdachte, wie sie mit Gabriel im Circle of Lebanon im Mondlicht gestanden hatte. Gleichzeitig jagte ihr die Erinnerung an die leidenschaftlichen Küsse mit Milo heißkalte Schauer über den Rücken. Auch wenn sie sich ein bisschen dafür schämte, von Milo *und* von Gabriel zu träumen, sagte sie sich, dass es schließlich jedem Mädchen schmeicheln würde, wenn ihr gleich zwei Jungs den Hof machten.

Als es zur Mittagspause gongte, sehnte April sich verzweifelt danach, mit jemandem über alles, was passiert war, zu reden. Während der Geschichtsstunde, der sie nur mit Mühe hatte folgen können, hatte sie insgesamt sechs SMS von Fiona bekommen, die alle ungefähr denselben Inhalt gehabt hatten: »Ruf mich an, sobald du kannst! Du musst mir ALLES erzählen! Wann habt ihr Pause?« Aber bevor sie Fiona anrief, wollte sie erst mit Caro über Gabriel sprechen. Ihre neue Freundin war schon seit Jahren an der Ravenwood School und konnte ihr garantiert etwas mehr über ihn sagen. Wahrscheinlich wartete sie sowieso schon in der Cafeteria auf sie, weil sie genauso begierig wie Fiona darauf war, Einzelheiten über die Party zu erfahren. Eilig packte April ihre Bücher in die Tasche und wollte gerade zur Tür hinaus, als Miss Holden sie zurückrief.

»April? Kann ich Sie bitte kurz sprechen?«

Oh nein, dachte April. *Nicht schon wieder eine Moralpredigt.*

Die Lehrerin schloss die Tür und zog einen Hefter aus ihrer Tasche. »Ich würde mich gern mit Ihnen über Ihre Hausarbeit unterhalten«, sagte sie und warf den Hefter auf ihr Pult. »Wie schätzen Sie selbst Ihre Leistungen in Geschichte ein?«

»Na ja … ich versuche, so gut es geht, mitzukommen, was nicht immer ganz einfach ist … aber der Unterricht macht mir Spaß.«

»Um ganz ehrlich zu sein, April« – Miss Holden zog Aprils Hausarbeit aus dem Hefter –, »reicht das noch nicht. Für eine gewöhnliche Schule wäre es vielleicht genug, aber die Ravenwood School ist nun mal keine gewöhnliche Schule.«

»Das können Sie laut sagen«, murmelte April.

»Passen Sie auf, in welchem Ton Sie mit mir sprechen, junge Dame.« Die Lehrerin sah sie scharf an. »Natürlich versuche ich zu berücksichtigen, dass es vermutlich nicht Ihre Entscheidung war, auf diese Schule zu gehen, aber da Sie nun einmal hier sind, hat es wenig Zweck, damit zu hadern. Sie waren heute während des Unterrichts schon wieder extrem unaufmerksam. Möchten Sie an dieser Schule bleiben, April?«

Da April nicht wusste, was sie darauf antworten sollte, starrte sie auf den Boden.

»Dann will ich Ihr Schweigen mal als ein Ja werten.« Miss Holden seufzte. »Na gut, ich sage Ihnen, was wir tun werden.« Sie griff nach Aprils Arbeit und zerriss sie mit einer resoluten Bewegung in zwei Hälften.

Aprils Augen weiteten sich empört. »Aber daran hab ich Stunden gesessen«, rief sie.

»Was offensichtlich nicht gereicht hat«, sagte die Lehrerin und warf die zerrissene Arbeit in den Abfalleimer. Dann zog sie einen Bogen Papier aus dem Ordner und reichte ihn April. »Das ist Ihre neue Hausaufgabe. Die Kirche und ihre Rolle hinsichtlich der Schaffung gesellschaftlicher Strukturen im Mittelalter. Ich habe eine Leseliste beigefügt, die meisten darauf verzeichneten Bücher finden Sie in der Schulbibliothek. Wissen Sie, April, es würde Ihnen unglaublich guttun, wenn Sie anfangen würden zu lesen, statt ohne nachzudenken einfach Inhalte aus dem Internet zu übernehmen und leicht umzuformulieren. Ich möchte, dass Sie sich diesmal wirklich ins Zeug legen und mir zeigen, was in Ihnen steckt.«

April sah von dem Blatt Papier zu Miss Holden und wieder auf das Blatt. Auf der Liste standen sieben oder acht Bücher – erwartete ihre Lehrerin etwa allen Ernstes, dass sie die alle las?

»Das war es fürs Erste. Sie können gehen«, sagte Miss Holden.

»Aber ...«

»Ja?«

April schüttelte den Kopf. »Nicht so wichtig. Das heißt ... können Sie mir vielleicht etwas zum Circle of Lebanon sagen?«

Miss Holden sah sie stirnrunzelnd an. »Sie interessieren sich wohl für die Geschichte der Gegend hier? Nun, das ist immerhin ein Anfang.« Sie nahm ihr das Aufgabenblatt aus der Hand und fügte einen handschriftlichen Literaturverweis hinzu. »Ach, und April?«

»Ja?« April seufzte.

»Zur Bibliothek geht es in diese Richtung«, sagte Miss Holden und deutete nach rechts. »Am Ende des Flurs links. Sie können sie gar nicht verfehlen.«

April hatte Tränen in den Augen, als sie den Flur entlangging. *Diese gemeine Hexe!* Statt mitfühlend auf sie einzugehen und ihr zu helfen, wie man es von einer guten Lehrerin erwarten konnte, zerriss sie ihre Arbeit und machte sie fertig!

»Hallo, April.«

Sie fuhr herum und stand Layla und Sara Gold gegenüber. Sara war eines der rangniedrigeren Mitglieder der »Schlangen« und laut Davina das Mädchen, das auf der Party mit Gabriel im Badezimmer verschwunden war. Die beiden tuschelten und schienen sich königlich über irgendetwas zu amüsieren.

»Oh … äh … Hallo«, murmelte April und ging schnell weiter.

»Wie hat dir die Party denn so gefallen?«, rief Sara ihr spöttisch hinterher.

April blieb stehen und drehte sich zu den beiden um. »Ganz gut, wieso fragst du?«, entgegnete sie.

»Nur so. Ich hab gehört, du hättest sogar ziemlich viel Spaß gehabt.«

»Was willst du damit sagen?«, fragte April alarmiert.

»Ach, nichts weiter«, mischte Layla sich ein. »Es heißt nur, dass du deine Gunst extrem großzügig verteilst.«

Sara brach darüber in schallendes Gelächter aus, und April stellte mit einigem Unbehagen fest, dass sich bereits eine kleine Gruppe Schaulustiger um sie geschart hatte.

»Dasselbe könnte ich auch von dir behaupten, Sara«, sagte April scharf. »Ich habe gehört, dass du ziemlich viel Zeit im Badezimmer verbracht hast.«

Saras Lachen erstarb abrupt. »Wer hat das gesagt?«

In diesem Moment kam Caro durch die Schwingtür der Cafeteria gestürmt, packte April am Arm und zog sie mit sich den Flur hinunter. »Wir müssen uns dringend unterhalten«, zischte sie.

»Was ist denn los?«

»Nicht hier.« Sie zog April durch eine Tür auf den Innenhof und blieb ein paar Meter vom Gebäude entfernt stehen. »Irgendjemand verbreitet das Gerücht, dass du dich mit so ziemlich jedem Typen auf der Party eingelassen hast.«

»WAS?«, rief April erschrocken. »Bitte sag, dass das nicht wahr ist! Du willst mich doch bestimmt nur wieder aufziehen…«

Caro schüttelte den Kopf. »Über so etwas würde ich niemals Witze machen.«

April vergrub stöhnend das Gesicht in den Händen. Sie war erst seit einer Woche an dieser grauenhaften Schule, und schon hielt jeder sie für eine Schlampe. Dabei hatte sie doch nur ein bisschen zu viel getrunken und sich zu einem harmlosen Kuss hinreißen lassen.

»Aber warum sollte irgendjemand so etwas Schreckliches über mich sagen?«

»Vielleicht aus Wut? Anscheinend bist du gestern Abend jemandem ordentlich auf die Füße getreten, und dieser jemand rächt sich jetzt an dir.«

»Wer soll das denn sein?«

»Setz dich erst mal!« Caro führte April zu einer Bank und drückte sie an den Schultern hinunter. »Du erzählst mir jetzt genau, was gestern Abend alles passiert ist. Und lass ja nichts aus – jedes noch so kleine Detail könnte wichtig sein.«

»Verdammt, Caro«, jammerte April. »Hier geht es nicht um eine deiner Verschwörungstheorien, sondern um meinen Ruf! Was soll ich denn machen, wenn die Leute das Gerücht glauben? Wenn die mich für so eine Art Schulschlampe halten?«

Caro sah aus, als wollte sie widersprechen, nickte dann aber. »Entschuldigung, du hast recht. Trotzdem sollten wir den gestrigen Abend Stück für Stück gemeinsam durchgehen, nur so können wir herausfinden, wer hinter dem Gerücht steckt, und denjenigen dann so lange foltern, bis er alles wieder zurücknimmt. Also los.«

April holte tief Luft und versuchte, Caro so detailliert wie möglich zu beschreiben, was auf der Party passiert war – von dem Moment, in dem Milo ihr die Tür geöffnet hatte, über den kleinen Flirt mit Ben, den Zwischenfall mit Marcus in der Küche, ihre wilde Knutscherei mit Milo und die Prügelei bis hin zu dem romantischen nächtlichen Friedhofsbesuch mit Gabriel.

»Wow«, flüsterte Caro beeindruckt, als sie fertig war. »Da hast du ja einiges erlebt gestern Abend.«

»Meinst du, es kann sein, dass jemandem aufgefallen ist, wie ich mit all diesen Jungs geredet habe, und dass derjenige dann die falschen Schlüsse daraus gezogen hat?«

Caro zog eine Grimasse. »Reden ist eine Sache. Aber ich hab gehört, dass du dich praktisch jedem männlichen Partygast an den Hals geworfen hast. Und von Ben, Milo und Gabriel war dabei nicht die Rede.«

»Oh Gott«, sagte April. »Wer erzählt denn so was und warum?«

Caro dachte einen Moment lang nach. »Hat jemand gesehen, wie du Milo geküsst hast?«

»Nur Gabriel.«

»Ganz sicher?«

»Ja.«

»Hmmm. Dann kommt eigentlich nur Marcus Brent als Gerüchtekoch infrage. Anscheinend hast du ihn in der Küche bei irgendwas gestört, und jetzt versucht er, von sich abzulenken, und erzählt überall herum, du hättest dich an ihn und seine Kumpels rangemacht.«

»Als würde ich von diesen Widerlingen was wollen ...!«, stöhnte April und verzog das Gesicht. »Aber ich verstehe es trotzdem nicht. Ich hab schon gemerkt, dass Marcus mich nicht ausstehen kann, aber dass er gleich zu solchen fiesen Mitteln greift, um mich fertigzumachen ...?«

»Offensichtlich hat er sich durch dich bedroht gefühlt – du hättest beinahe sein Geheimnis entlarvt.«

»Welches Geheimnis denn?«

»Denk nach: Was hast du gemacht, bevor Marcus in der Küche auf dich los ist?«

»Hab ich dir doch schon erzählt. Ich habe Fotos von der Party geschossen.«

»Genau davon rede ich! Und er hat alle Bilder gelöscht! Warum wohl? Damit wir nicht sehen können, was er und seine Jungs zu verbergen haben.« Caro sah April an, als läge die Antwort auf der Hand.

»Was? Ich kapier nicht, worauf du hinauswillst.«

»Ha!« Caro rieb sich zufrieden die Hände. »Ich hab es schon die ganze Zeit vermutet!«

»Was hast du vermutet? Caro, sag mir sofort, wovon du redest!«

»Dass sie Vampire sind!«

April starrte ihre Freundin fassungslos an. Als sie sich wieder halbwegs gefasst hatte, öffnete sie den Mund, um etwas zu sagen, brachte aber kein Wort heraus. Schließlich schüttelte sie nur stumm den Kopf und stand auf.

»Hör zu, Caro, ich habe keine Lust mehr auf deine albernen Horrorgeschichten. Ich habe mir eingebildet, du wärst meine Freundin, und wollte dich wegen Gabriel um Rat fragen, aber du schaffst es ja noch nicht einmal eine Minute lang, ernst zu bleiben und mir wirklich zuzuhören, wenn ich ein echtes Problem habe. Aber das ist schon okay, ich komme auch allein klar.« Sie griff nach ihrer Tasche und steuerte wieder auf das Schulgebäude zu.

»Hey, warte doch!« Caro rannte ihr hinterher, überholte sie und stellte sich mit erhobenen Händen vor sie. »Mir ist schon klar, dass sich das absurd und krank anhört, aber lass mich doch erst mal ausreden.«

»Caro, bitte.« April versuchte, sich an ihr vorbeizuschieben. »Das ist völlig albern.«

»Und wie erklärst du dir dann, warum Marcus so fuchs-teufelswild geworden ist, als er dich mit der Kamera erwischt hat?«

April zuckte frustriert mit den Achseln. »Keine Ahnung! Vielleicht haben sie Drogen genommen. Sie standen alle um die Kücheninsel herum. Wahrscheinlich haben sie gerade eine Line Koks gezogen oder eine Tüte gebaut, was weiß ich? Jedenfalls haben sie irgendwas gemacht, das niemand sehen sollte.«

»Klar, es könnten Drogen gewesen sein – aber vielleicht gibt es noch eine viel einfachere Erklärung.«

»Dass sie angeblich alle Vampire sind, soll eine einfachere Erklärung sein? Ich bitte dich, Caro!«

April schüttelte enttäuscht den Kopf und drängelte sich an Caro vorbei. Natürlich kannte sie sie kaum, aber sie hatte so sehr gehofft, in ihr eine echte Freundin gefunden zu haben, auf die sie zählen konnte. Begriff sie denn nicht, wie ernst das alles war? Hier wollte sie jemand eindeutig fertigmachen und ihr den schlimmsten Ruf anhängen, den ein Mädchen an einer Schule haben konnte. Davon würde sie sich nie wieder erholen. Niemals.

»Verdammt, das gibt's doch gar nicht!« April saß in der Küche und starrte verzweifelt auf ihr Handy. Schon wieder kein Netz in diesem verfluchten Haus. Warum waren sie nur hierhergezogen? Schon auf dem Nachhauseweg hatte sie dreimal versucht, Fiona anzurufen, aber es war immer nur die Mailbox drangegangen.

»Denk nach, April«, murmelte sie. »Was würde Dad in so einer Situation tun?« Schottlands bester Enthüllungsjournalist würde jedenfalls wegen ein paar gescheiterter Anrufe garantiert nicht gleich das Handtuch werfen. Ihr blieb noch eine halbe Stunde, bevor die Mittagspause zu Ende war und sie wieder in die Schule zurückmusste – falls sie es heute überhaupt noch mal schaffte, hinzugehen –, aber ... Plötzlich machte es Klick in ihrem Kopf. Natürlich! Fiona hatte gerade selbst Mittagspause. April stürmte jeweils zwei Stufen auf einmal nehmend die Treppe in ihr Zimmer hinauf, warf sich aufs Bett, wo ihr Laptop lag, und weckte ihn aus dem Ruhezustand. Sie und Fiona hatten die Mittagspause früher immer im Computerraum der St. Geoffrey's School verbracht – angeblich um zu lernen, aber in Wirklichkeit hatten sie sich auf Facebook herumgetrieben und ihre Lieblings-Promiklatschseiten besucht. Sie war sich sicher, dass Fiona ihre Nachrichten bei Facebook checken würde, schließlich hatte sie selbst ja schon den ganzen Vormittag versucht, sie zu erreichen. Mit fliegenden Fingern meldete sie sich in ihrem Account an.

Fee, muss dich dringend sprechen! Kannst du mich anrufen?, schrieb sie und schickte die Nachricht ab.

Fast augenblicklich öffnete sich ein Chat-Fenster auf dem Bildschirm.

Was meinst du, was ich die ganze Zeit versuche, du Scherzkeks?? Dein Handy funktioniert nicht, und der Festnetzanschluss ist die ganze Zeit besetzt! Kuss, F.

Fluchend sprang April auf, stürzte zum Schreibtisch, wo

das Festnetztelefon lag – sie hatte ihre Eltern extra gebeten, ihr eine eigene Leitung einrichten zu lassen – und stellte fest, dass sie tatsächlich nicht aufgelegt hatte, als sie zuletzt telefoniert hatte. Kaum hatte sie den Knopf gedrückt, klingelte auch schon das Telefon.

»Gott sei Dank, Fee! Ich muss …«, rief sie, aber ihre Freundin ließ sie gar nicht zu Wort kommen.

»Sag mal, was ist denn bei dir los?«, fragte sie. »Ich versuche seit gestern Abend, dich zu erreichen! Was ist passiert? Ich hab die ganze Nacht vor lauter Sorge keine Auge zugemacht.«

»Oh, das tut mir total leid«, sagte April betroffen. »Aber eigentlich war gar nichts – der echte Super-GAU ist erst heute Vormittag passiert.«

Fiona schwieg einen kurzen Moment, als sie die verzweifelte Stimme ihrer Freundin hörte. »Hey, das sollte jetzt nicht wie ein Vorwurf klingen. Aber ich hab mir wirklich die schlimmsten Sachen ausgemalt, nachdem ich die Fotos gesehen hab. Also, was ist passiert?«

April erzählte ihr im Schnelldurchlauf von der Party und den Gerüchten, die seitdem in der Schule über sie in Umlauf waren. Dass sie sich mit Caro gestritten hatte, erwähnte sie nicht – es gab auch so genug zu bereden.

»Ich wollte mich wirklich schon viel früher bei dir melden, Fee«, beteuerte sie. »Aber morgens hatte ich nur Gabriel im Kopf und gehofft, ich würde ihn in der Schule sehen, und dann hab ich von diesen ekelhaften Lügen erfahren, die dieser Marcus über mich erzählt. Als ich in der Mittagspause versucht hab, dich zu erreichen, ging immer nur die Mailbox dran. Worüber wolltest du denn so dringend mit mir sprechen?«

Am anderen Ende der Leitung herrschte einen Moment lang Stille. »Na ja, es ist nichts wirklich Schlimmes, nur …

nur ein bisschen seltsam. Setz dich noch mal an deinen Computer, okay? Ich schicke dir gleich was.«

Stirnrunzelnd ging April zum Bett zurück und öffnete ihr Mailprogramm, wo bereits eine Mail von Fiona wartete. Sie trug den Betreff »????« und enthielt vier angehängte JPEGs.

April klickte sie nacheinander an und wartete, bis der Rechner sie heruntergeladen hatte.

»Siehst du die Bilder schon?«, fragte Fiona ungeduldig.

»Sie gehen gerade auf ... Moment ... Das erste ist ... oh. Oh Gott!«

Das Bild war zwar etwas unscharf, wie Handyschnappschüsse es meistens waren, aber man konnte trotzdem gut erkennen, was darauf zu sehen — beziehungsweise *nicht* zu sehen — war. Sie hatte es in der Nähe der Bar geschossen, wo die ganzen verwöhnten Bonzenkids sich auf Sofas räkelten, und konnte sich noch genau an das Motiv erinnern. Allerdings war ein Detail anders, als sie es in Erinnerung hatte. Im Zentrum des Bildes stand ein Sessel, auf dessen Armlehnen rechts und links zwei Mädchen saßen, die sich lachend vorbeugten. Aber auf der Party hatten sie nicht auf den Armlehnen gesessen, sondern ...

»Wo ist er hin?«

»Wen meinst du?«, fragte Fiona.

»Die Mädchen auf dem einen Foto ... die saßen nicht auf dem Sessel, sondern auf dem Schoß von einem Typen, der ziemlich heiß aussah. Er hatte ein rotes Hemd an, und es war fast schon peinlich, wie sie sich ihm an den Hals geworfen haben.«

»Und ...?«, fragte Fiona verwirrt.

»Verstehst du nicht? Ich hab ihn mit den beiden Mädchen zusammen fotografiert! Aber er ist nicht auf dem Bild drauf! Das gibt's doch gar nicht! Wie kann das sein?«, rief sie aufgelöst. Mittlerweile waren die anderen Bilder ebenfalls heruntergeladen, und sie klickte hastig darauf, um sie zu öffnen. Eines zeigte einen Schnappschuss von einem Flur, in dem sich die Partygäste drängten, einander zuprosteten und tanzten, ein anderes die Eingangshalle, aber ...

»Das gibt's nicht ... Das kann nicht sein!«, stöhnte April.

»Was ist denn? Schaust du gerade das Foto an, das du mir von Milo geschickt hast?«

»Aber das ... Ich versteh das nicht«, sagte April. »Fee, sag die Wahrheit! Hast du irgendwie mit Photoshop daran rumgebastelt?«

»Was? Ich? Spinnst du?« Fiona klang eingeschnappt. »Ich dachte, du hättest irgendwas damit gemacht.«

Beklommen betrachtete April das Foto auf dem Bildschirm. Ihr schlug das Herz bis zum Hals. Es war das Bild, das sie heimlich im Salon von Milo gemacht hatte, um ihn Fiona zu zeigen. Sie hatte darunter geschrieben: »Das ist Milo auf der Tanzfläche – ziemlicher Sexgott, was?« Aber Milo sah darauf nicht aus wie ein Sexgott. Das konnte er auch nicht, weil er gar nicht auf dem Foto zu sehen war. Genauso wenig wie der Typ im Sessel. April schluckte trocken, ihre Kehle war wie zugeschnürt. Vielleicht hatte sie sich geirrt, was die beiden Mädchen anging, möglicherweise hatten sie wirklich auf den Armlehnen gesessen, und der Typ war aufgestanden, bevor sie das Foto gemacht hatte ... Aber bei Milo war jeder Irrtum ausgeschlossen. Sie hatte die Handykamera direkt auf ihn gehalten, und er hatte breit lächelnd getanzt und ein Mädchen im Kreis herumgewirbelt. Aber jetzt war da nur noch das Mädchen zu sehen – ohne Tanzpartner. An der Stelle, wo er hätte sein sollen, war nichts als ein merkwürdig verschwommener schwarzer Fleck zu erkennen.

»Warum ist Milo nicht auf dem Foto?«

»Das war es, was ich dich fragen wollte«, sagte Fiona. »Zuerst habe ich noch gedacht, es wäre ein Scherz, aber warum hättest du dir die Mühe machen sollen, jemanden aus einer Partyaufnahme herauszuretuschieren? Und dann hab ich angefangen, mir Sorgen zu machen. Ich hab keine Ahnung, was bei dir los ist, aber irgendwas geht nicht mit rechten Dingen zu. Und jetzt auch noch die Geschichte mit diesem Marcus, der diese Gerüchte über dich verbreitet. Da ist doch irgendetwas faul.«

Faul. Genau das dachte April auch. *Oberfaul.*

»Was soll ich denn jetzt machen, Fee?«, fragte sie verzweifelt.

»Ich weiß es nicht, Süße. Vielleicht liegt es ja auch einfach nur am Handy?«

Nein, dachte April. Sie konnte es Fiona nicht erklären, sie war nicht auf der Party gewesen. Für einen Außenstehenden sah es vielleicht so aus, als wäre ihre Handykamera defekt oder als wären irgendwelche seltsamen Lichteffekte für das Fehlen der beiden Jungs auf den Fotos verantwortlich. Aber sie war dort gewesen. Sie hatte diese Jungs gesehen. Einen von ihnen hatte sie sogar geküsst!

»April? Bist du noch dran?«

»Sorry, Fee, aber ich muss los«, sagte April plötzlich.

»Wohin? Was willst du denn jetzt machen?«

»Erst mal geh ich in die Schule zurück, um mich vor jemandem auf die Knie zu werfen und mich zu entschuldigen, und dann ...«

»Was dann?«

»Danach gehe ich in die Bibliothek.«

Zwölftes Kapitel

April schaffte es gerade noch, rechtzeitig zur Englischstunde in der Schule zu sein. Verschwitzt schlüpfte sie ins Klassenzimmer und stellte erleichtert fest, dass in der letzten Reihe neben Caro noch ein Platz frei war. Caro nahm sie gar nicht zur Kenntnis, als sie sich neben sie setzte, sondern starrte trotzig geradeaus. Also riss sie von ihrem Block ein Stück Papier ab, schrieb eine Nachricht drauf und schob sie ihr rüber.

Tut mir leid, dass ich so überreagiert und dich angeschrien hab. Friede?

Caro nahm Aprils Stift und kritzelte darunter: *Nur wenn du mir nachher ein Stück Kuchen spendierst.*

April grinste und nickte. *Heute Abend um sieben im Americano?*

Caro hob den Daumen hoch und schrieb: *Hab einen Plan bezüglich der bösen Gerüchte. Und jetzt würde ich gern wieder dem Unterricht folgen, manche von uns sind nämlich hier, um was zu lernen …*

April unterdrückte ein Kichern. Sie lasen gerade »Hamlet«, dessen Handlung trotz der Morde und Geister und der verschrobenen Shakespeare'schen Sprache nach allem, was April in den letzten vierundzwanzig Stunden erlebt hatte, geradezu beruhigend normal wirkte.

»Viele Literaturwissenschaftler vertreten die Ansicht«, sagte Mr Andrews, ihr Englischlehrer, gerade, »dass ›Hamlet‹ den Reifungsprozess des Menschen von der Jugend bis zum

Erwachsensein – oder wenn Sie so wollen, von der Geburt bis zum Tod – verkörpere.«

April schrieb alles brav mit, obwohl sie persönlich der Meinung war, dass diese Literaturwissenschaftler Mist erzählten. Ihrer Ansicht nach war die Geschichte ganz einfach: Hamlets Onkel Claudius hat seinen Vater umgebracht, der ihm daraufhin als Geist erscheint und von ihm verlangt, sich an dem bösen Onkel zu rächen. Also bringt Hamlet seine Freundin dazu, sich umzubringen, anschließend gibt es einen erbitterten Schwertkampf, und am Ende sind alle tot. Der gute Hamlet hatte es eigentlich ganz schön einfach gehabt.

April hätte sich gewünscht, ihr würde auch ein Geist erscheinen, der ihr sagte, was es mit den Fotos auf sich hatte und was sie jetzt tun sollte. Hatte Caro recht? Waren Milo und der andere Junge deswegen nicht auf den Fotos zu sehen, weil sie Vampire waren? Waren sie womöglich die Vampire, auf die sich ihr Vater in seinem Notizbuch bezogen hatte? Sie schüttelte den Kopf. Jetzt ließ sie sich auch noch von diesem Unsinn anstecken! Nur weil sie mit ihrer Handykamera ein paar unbrauchbare Fotos geschossen hatte – nachdem sie ungefähr acht Cocktails intus gehabt hatte –, hieß das noch lange nicht, dass tatsächlich irgendwelche Untoten auf der Erde wandelten.

»›Hamlet‹ gehört zu den Stücken Shakespeares, die heute immer noch genauso aktuell sind wie damals, weil die Mehrheit der Zuschauer sich mit Hamlets innerem Kampf identifizieren kann«, sagte Mr Andrews. »Er weiß nicht, ob er dem Geist glauben soll oder nicht, ist von Menschen umgeben, die alle Hintergedanken haben, und sucht alle möglichen Ausreden, um die Entscheidung hinauszuschieben und nicht handeln zu müssen. Genau das ist der Dreh- und Angelpunkt des Stücks: Was ist besser – denken oder handeln? Kopf oder Herz? Und mit genau diesen Fragen müssen auch wir uns im wirklichen Leben Tag für Tag aufs Neue auseinandersetzen.«

Wem sagst du das, dachte April.

Kaum hatte es gegongt, sprang sie von ihrem Platz auf, winkte Caro flüchtig zu und machte, dass sie aus dem Klassenzimmer kam. Sie wollte so schnell wie möglich verschwinden, um den Blicken der anderen zu entgehen, die über ihre angebliche Orgie mit Marcus Brent und seinen dämlichen Freunden tuschelten. Außerdem hatte sie etwas Wichtiges zu erledigen. Den Blick gesenkt, ging sie den Flur hinunter, bog um die Ecke und tat so, als würde sie etwas in ihrer Tasche suchen, um niemanden ansehen zu müssen. Am Ende eines langen Flurs blieb sie vor einer Holztür stehen, neben der ein Schild mit der Aufschrift »Chandler Library« angebracht war. Dahinter lag ein überraschend großer Raum mit hoher Decke und einer ringsum verlaufenden Galerie. In der Mitte standen Tische mit hochmodernen Computern.

»Beeindruckend, nicht wahr?«, fragte eine Stimme links von ihr. April drehte sich um und entdeckte eine grauhaarige alte Dame, die hinter einer Informationstheke saß und einen Stapel Bücher abstempelte. Sie musste um die achtzig sein, hatte eine wächserne, von tiefen Falten durchfurchte Haut und trug eine Hornbrille, die mindestens seit 1956 aus der Mode war.

»Entschuldigen Sie?«

»Ich habe gesehen, wie Sie sich hier umgeschaut haben.« Die alte Dame lächelte. »Die meisten Schüler sind von der Größe der Bibliothek überrascht, wenn sie zum ersten Mal hierherkommen. Dieser Teil des Gebäudes wurde an das ursprüngliche Herrenhaus angebaut, als es zu einer Schule umfunktioniert wurde. Ich vermute, man wollte sicherstellen, dass all die jungen klugen Köpfe genügend Bücher zur Verfügung haben würden.«

April sah sich um. An einem der Tische in der Mitte des Raums saßen zwei asiatisch aussehende Mädchen, und ein paar Schüler standen in den Gängen und stöberten in Regalen, aber die Bibliothek war bei Weitem nicht so gut besucht, wie sie gedacht hätte.

»Tja, heutzutage läuft alles nur noch über das Internet«, sagte die Frau mit einem geringschätzigen Blick auf die Computer. »Oder die begüterten Eltern kaufen ihren Sprösslingen jedes Buch, das sie benötigen. Die Lesegewohnheiten der Menschen haben sich verändert. Dadurch ist die Chandler Library zu einer Fundgrube für seltene Fachbücher geworden, was ich durchaus befürworte, aber mir wäre es lieber, wenn die Leute sie auch lesen würden.«

April nickte ihr lächelnd zu und steuerte dann einen der Gänge an.

»Ihr Bibliotheksausweis?«

»Verzeihung?«

»Ich nehme an, Sie besitzen noch keinen Bibliotheksausweis?«

»Ach so, natürlich … ich brauche ja einen Ausweis.«

Die alte Dame schob ihr ein Anmeldeformular zu. »Füllen Sie das bitte aus, alles andere erledige ich dann.«

April warf ihr einen überraschten Blick zu – die Frau bewegte sich mit einer Behändigkeit, die sie ihr in ihrem Alter niemals zugetraut hätte. Ihre Miene blieb unbewegt, aber ihre Augen funkelten schelmisch. »Ich bin übrigens Mrs Townley. Wenn Sie Hilfe brauchen, rufen Sie einfach.«

April bedankte sich und ging in die Geschichtsabteilung, die in die Bereiche Militär, Gesellschaft, Weltgeschichte und Politik unterteilt war. Die Regale waren unglaublich gut bestückt, aber keines schien zu enthalten, wonach sie suchte. Eines der Bücher – »Die Inquisition in Großbritannien« – wirkte zunächst vielversprechend, aber abgesehen von ein paar Abbildungen von gefolterten und auf dem Scheiterhaufen verbrannten Ketzern bot es nur wenig, was für sie von Interesse gewesen wäre. Seit Caro vor ein paar Tagen zum ersten Mal Vampire erwähnt hatte, hatte April bereits im Internet zu dem Thema gesurft, aber nichts gefunden, was über das hinausging, was sie ohnehin schon aus Romanen und Filmen wusste – dass Vampire Knoblauch verabscheuten, im Spiegel nicht zu sehen waren und zu Asche verbrannten, sobald sie mit Sonnenlicht in Berührung kamen. Wobei die Sache mit dem Spiegel noch am interessantesten schien, weil das Prinzip möglicherweise auch auf Kameras zu übertragen war und etwas mit dem Silber zu tun hatte, mit dem alte Spiegel auf der Rückseite beschichtet waren. Leider kursierten im Netz viele widersprüchliche Informationen, was daran lag, dass die meisten Leute ihr Wissen aus Filmen und Büchern bezogen und gegenseitig voneinander abschrieben. Sie hatte auch absurde Blogs gefunden, in denen depressive Jugendliche von sich behaupteten, Vampire zu sein, allerdings gleichzeitig auch betonten, keine blutdürstigen Killer zu sein. Sie beteuerten, die »einzig wahre Wahrheit« über Vampire zu kennen, aber bei den meisten Einträgen, die April gelesen hatte, handelte es sich um eher bedauernswerte sexuelle Fantasievorstellungen. Im Grunde genommen suchte sie nach einem Buch, das denen ähnelte, die ihr Vater schrieb. Ein Werk, dessen Autor sich eingehend mit den kursierenden Gerüchten, dem Aberglauben und den albernen Theorien auseinandergesetzt hatte und ihr harte Fakten liefern konnte, wenn es denn welche gab. Aber ihren Vater konnte sie schlecht danach fragen. *Hey, Dad, ich hab mitgekriegt, dass du dich für Vampire in Highgate interessierst. Tja, weißt du, ich hab sie gefunden. Und mit einem von ihnen hab ich auf der Party sogar rumgeknutscht.* Sie würde von Glück sagen können, wenn er sie nicht sofort in eine Anstalt einweisen würde.

»Ah, da kommen wir der Sache doch schon ein bisschen näher«, murmelte sie, als sie eine Abteilung entdeckte, in der ausschließlich Bücher aus dem Bereich Mythen und Sagen standen. Dort gab es Bücher über Zombies, Hexen, Werwölfe und sogar Irrlichter, und dann endlich – ihr Herz machte einen Sprung – entdeckte sie tatsächlich fünf Bände über Vampire. Sie nahm sie aus dem Regal und setzte sich mit ihnen an einen Tisch, der außer Sichtweite der beiden Asiatinnen war. Es waren auch so schon genügend Gerüchte über sie in Umlauf, da musste sie nicht noch zusätzlich Öl ins Feuer gießen.

Gespannt blätterte sie in den Büchern, war jedoch nach kurzer Zeit genauso enttäuscht wie nach ihrer Internetrecherche. Vampire in Filmen, Vampire in der Literatur, Vampire in Volksüberlieferungen – und alle Autoren käuten die ewiggleichen Theorien wieder: Vampire hassen Silber, Kreuze oder Weihwasser und sterben, wenn man ihnen einen Pflock mitten ins Herz rammt, sie dem Sonnenlicht aussetzt oder ihnen den Kopf abschlägt. Einige können sich in Fledermäuse oder Wölfe verwandeln. Nichts von dem, was April las, hatte einen Bezug zu den Theorien ihres Vaters oder erschien ihr wie eine ernst zu nehmende wissenschaftliche Untersuchung. Und nirgendwo wurde Highgate oder ein Highgate-Vampir erwähnt. Dabei war sie sich sicher gewesen, in einer Bibliothek dieser Größe etwas über regionale Legenden finden zu können. Entmutigt stellte April die Bücher wieder ins Regal zurück, als ihr ein dicker Band auffiel, der aufgeschlagen auf einer der ausziehbaren Lesestützen lag. Neugierig entzifferte sie den Titel, und ihr Herz machte erneut einen Sprung, als sie las: »Londons Friedhöfe: Ein Wegweiser«, von Ian Montgomerie. Aufgeregt ging sie mit dem Buch zum Tisch zurück und begann zu lesen.

Anfang des 19. Jahrhunderts erlebte London einen enormen Aufschwung. Die Bevölkerungszahl stieg infolge unkontrollierter Einwanderung und der Landflucht verarmter Bauern sprunghaft auf das Doppelte an. Die Straßen waren jedoch nicht mit Gold gepflastert, wie viele von ihnen geglaubt hatten. Seuchen, Überbevölkerung, die unzureichende Abwasser- und Abfallbeseitigung und eine grassierende Hungersnot führten zu einem derart massiven Anstieg der Sterberate, dass die Regierung 1832 aus Angst vor Epidemien ein Gesetz verabschiedete, das die Einrichtung privater Gräberfelder vor der Stadt erlaubte. Der Plan ging auf, und innerhalb der folgenden zehn Jahre entstanden im Umkreis Londons in Kensal Green, West Norwood, Abney Park, Nunhead, Brompton, Tower Hamlet und Highgate sieben neue Friedhöfe, die später als die »Magnificent Seven« bekannt wurden.

April überflog das Kapitel über Highgate, fand darin allerdings, obwohl es durchaus interessant war – es ging um die Sichtweise auf den Tod im Viktorianischen Zeitalter, den Einsatz heidnischer und ägyptischer Symbolik und um Begräbnisse von Berühmtheiten –, nichts, was ihr weitergeholfen hätte. Und auch in den anderen Kapiteln wurden weder Vampire noch irgendwelche sonstigen übernatürlichen Erscheinungen erwähnt.

Sie brachte das Buch wieder zum Regal zurück und ging dann zur Theke, hinter der Mrs Townley nun mit geschlossenen Augen saß. Ihr Strickzeug ruhte vergessen im Schoß, und sie lauschte irgendetwas, das auf ihrem iPod lief. Seufzend legte April den ausgefüllten Antrag für den Bibliotheksausweis auf den Tisch und steuerte auf den Ausgang zu.

»Sie haben wohl nicht gefunden, wonach Sie gesucht haben, Kindchen?«

April fuhr herum und presste sich eine Hand auf die Brust. »Gott, sie hätten mich fast zu Tode erschreckt!«

Die alte Dame lachte in sich hinein. »Uralter Trick von mir. Funktioniert immer.«

April sah sie verwundert an. Gab es an dieser Schule denn niemanden, der einfach nur normal war? »Nein, leider nicht«, antwortete sie und versuchte vergeblich, sich ihre Enttäuschung nicht anmerken zu lassen.

»Nun, geben Sie nicht auf. Was auch immer es ist, wonach Sie suchen, es ist irgendwo dort draußen und wartet nur darauf, von Ihnen gefunden zu werden. Und wenn jemand ernsthaft nach Antworten sucht, bin ich immer gern bereit, behilflich zu sein.«

April nickte verwirrt, während sie auf die Tür zuging. »Vielen Dank.«

»Oh, fast hätte ich's vergessen!« Die alte Dame nahm einen riesigen Stapel Bücher aus dem Regal hinter sich und wuchtete ihn auf die Theke. »Das sind die Bücher, die auf der Leseliste von Miss Holden standen ...«

»Wow, danke!«, sagte April überrascht. »Woher wussten Sie, dass ...«

»Ganz einfach, Kindchen, Miss Holden hat mir die Liste per Mail geschickt. Sie ist eine sehr tüchtige Lehrerin.«

Nachdem April die Bücher in ihre Tasche gepackt hatte, zog sie den Zettel heraus, den Miss Holden ihr gegeben hatte, und deutete auf den Titel, den sie nachträglich handschriftlich hinzugefügt hatte. »Haben Sie dieses Buch auch da?«

»Da müssen Sie zu Griffin's gehen«, sagte Mrs Townley, nachdem sie einen flüchtigen Blick auf den Zettel geworfen hatte.

»Griffin's?«

»Die Buchhandlung auf der High Street. Richten Sie dem Besitzer Mr Gill schöne Grüße von mir aus und sagen Sie ihm, Sie wären eine meiner ›Spezialschülerinnen‹ – er weiß dann schon, was gemeint ist.« Sie beugte sich über die Theke und winkte April, näher zu kommen. »Ich schicke nicht viele Schüler zu Mr Gill«, flüsterte sie. »Er ist ein herzensguter

Mann, aber schon ziemlich alt, und ich möchte ihn nicht über-
strapazieren, also behalten Sie den Tipp mit der Buchhandlung bitte für sich.«

»Natürlich, nur …«, begann April, aber Mrs Townley hatte
sich bereits umgedreht.

»Achtung, junges Fräulein!«, schrie sie eines der beiden
asiatischen Mädchen an. »Wenn Sie das Buch so halten, brechen Sie ihm den Rücken, und wenn das passiert, breche ich
Ihnen den Rücken, verlassen Sie sich darauf!«

Im Weggehen hörte April, wie Mrs Townley ihren iPod
wieder einschaltete. Das Intro von *Number of the Beast* von
Iron Maiden drang an ihr Ohr.

Irrenhaus, dachte April kopfschüttelnd, als sie aus der Bibliothek ging, *ich bin in einem kompletten Irrenhaus gelandet.*

»Griffin's Bookshop« wirkte wie ein Relikt aus einer längst
vergangenen Zeit, das sich dem Fortschritt der restlichen Welt
verweigert hatte. *Eigentlich grenzt es an ein Wunder, dass der
Laden noch keiner Starbucks-Filiale hat weichen müssen,* dachte April. Von den winzigen Fenstern bis hin zu der schmalen verschlossenen Eingangstür war der Laden das absolute Gegenteil zu den hellen, einladenden und großräumigen
Geschäften, zwischen denen er sich befand. Die Ladenfront
war einst sicherlich hübsch angestrichen gewesen, aber unter
der jahrzehntealten Rußschicht, die der Verkehr auf der High
Street dort hinterlassen hatte, war der Farbton nicht mehr zu
erkennen. Über dem Eingang stand in stumpfen goldenen
Lettern: R. J. Griffin.

An der in die Tür eingelassenen Butzenscheibe klebte ein
handgeschriebener Zettel – »Bitte klingeln« –, aber erst nachdem sie es sechsmal versucht hatte, kam endlich ein älterer
Mann angeschlurft und ließ sie herein. April vermutete, dass
er Mr Gill war. Er hatte rote Apfelbäckchen und war bis auf

zwei wild abstehende weiße Haarbüschel über den Ohren vollkommen kahl. Mit der schmalen Lesebrille auf der Nasenspitze und der moosgrünen Strickweste wirkte er wie ein zerstreuter Cambridge-Professor. Besonders freundlich sah er allerdings nicht aus.

»Wie kann ich Ihnen helfen?«, fragte er misstrauisch, immer noch eine Hand auf dem Türknauf. »Falls Sie für irgendetwas Geld sammeln wollen, sind Sie hier nicht …«

»Oh … nein. Nein, ich suche nach einem Buch«, unterbrach April ihn hastig.

Der Mann zog die Brauen hoch und musterte April von Kopf bis Fuß. »Aha«, seufzte er. »Na, dann sollten Sie wohl besser reinkommen.«

Er öffnete die Tür gerade weit genug, damit April sich hindurchschieben konnte. Anschließend musste sie sich unter einem Strauß seltsamer getrockneter Blumen wegducken, der über dem Türrahmen hing, und um einen blinden bodenlangen Spiegel herumgehen, um den Laden überhaupt betreten zu können. Es war unglaublich eng, und jede freie Fläche war mit abgegriffenen, verstaubten, alten Büchern bedeckt. April machte sich keine allzu großen Illusionen, hier irgendetwas zu finden, geschweige denn das Buch, wegen dem sie gekommen war.

»Sie suchen also etwas Bestimmtes?«, fragte der alte Mann skeptisch. Wahrscheinlich waren seine sonstigen Kunden alle über siebzig. April kramte ihre Leseliste aus der Tasche und zeigte ihm den Buchtitel, den Miss Holden ihr notiert hatte.

»Ich gehe auf die Ravenwood School«, erklärte sie in fast schon entschuldigendem Ton. »Mrs Townley schickt mich. Ich soll Ihnen Grüße von ihr bestellen.«

Als der alte Mann den Namen der Bibliothekarin hörte, ging ein kurzes Leuchten über sein Gesicht. »Mrs Townley? Warum haben Sie das denn nicht gleich gesagt! Wie geht es der guten Marjorie?«

Marjorie?

»Ich ... ich glaube, es geht ihr gut, Sir«, antwortete sie höflich.

»Ah, herrliche Zeiten waren das, die wir am Ufer des Serpentine verbracht haben«, sagte Mr Gill mehr zu sich selbst als zu ihr.

April wartete einen Moment, doch Mr Gill blickte verträumt ins Leere und schwelgte offensichtlich in Erinnerungen.

»Ähm ... haben Sie das Buch denn da?«, sagte sie.

»Ach ja, das Buch«, erwiderte der Buchhändler, dessen Gesicht wieder einen mürrischen Ausdruck bekam. »Ich nehme an, wir haben so etwas in der Abteilung für Heimatkunde stehen. Sie befindet sich im hinteren Bereich des Leseraums«, sagte er und deutete auf eine schmale Tür neben dem Ladentisch.

April ging hindurch und fand sich in der Miniaturausgabe einer altmodischen Bibliothek wieder, die mit ihren bis zur Decke reichenden Holzregalen und zwei Lesepulten in der Mitte des Raumes gut in ein Landhaus aus dem neunzehnten Jahrhundert oder in einen Agatha-Christie-Roman gepasst hätte. An den Regalen waren handgeschriebene Schildchen befestigt, auf denen Begriffe wie »Antike«, »Naturgeschichte« und »Psychologie« standen. April ging die Regalreihen langsam ab und las die Buchrücken. Sie war zwar keine Gelehrte, aber ein paar der Titel kannte selbst sie: »Die Entstehung der Arten« von Charles Darwin, »Die Anatomie des Pferdes« von George Stubbs oder »Die Grundlage der allgemeinen Relativitätstheorie« von Albert Einstein.

»Wow«, flüsterte sie beeindruckt. Auch wenn sie nicht genau wusste, wie selten oder kostbar diese Bücher waren, war ihr klar, dass sie mehrere Tausend Pfund oder sogar mehr wert sein mussten. Die engen, verwinkelten Gänge zwischen den Regalen verliehen dem Raum, der wesentlich größer war, als es die kleine Ladenfront hätte vermuten lassen, etwas beinahe Labyrinthartiges.

In einer Ecke versteckt stieß sie schließlich auf die heimatkundliche Abteilung. Dort standen Dutzende Bildbände mit alten Karten und Schwarz-Weiß-Aufnahmen der Gegend von vor hundert Jahren und Bücher mit verblasstem Goldschnitt, die »Dr. Crippen – Der Giftmörder von Holloway«, »Die Schlacht um Churchyard Bottom Wood« oder »Leben und Sterben des Samuel Taylor Coleridge« hießen. Überall nur Mord und Tod. April zog ein paar Bücher heraus und überflog die Stichwortverzeichnisse, aber in keinem von ihnen wurden Vampire erwähnt, und das Buch, das Miss Holden ihr empfohlen hatte, konnte sie auch nirgends entdecken. Trotzdem hatte sie das Gefühl, bereits ein Stückchen weitergekommen zu sein, und freute sich, diesen versteckten Laden entdeckt zu haben, von dem ihr Vater mit Sicherheit absolut begeistert sein würde. Sie nahm sich vor, ihm später gleich davon zu erzählen, und schlenderte dann weiter in die medizinische Abteilung, wo ihr Blick von einem sehr alt aussehenden, in schwarzes Leder gebundenen Buch mit einem kleinen Scharnierverschluss angezogen wurde. Auf dem Titel stand nur ein einziges Wort: »Necronomicon«.

»Bitte nicht berühren«, ertönte plötzlich Mr Gills laute Stimme hinter ihr. April fuhr erschrocken zusammen. Sie hatte ihn überhaupt nicht kommen gehört. Der alte Mann schob sich an ihr vorbei und bedeckte das Buch mit einem Tuch. »Einige dieser Werke sind äußerst empfindlich.«

Kein Grund, sich wie ein Gespenst von hinten an mich ranzuschleichen, dachte sie.

»Kann ich Ihnen vielleicht bei der Suche behilflich sein?«, fragte er spitz.

April hätte zwar eigentlich lieber allein weitergestöbert,

hatte aber das deutliche Gefühl, dass dieser Mr Gill sie aus seinem Laden werfen würde, wenn sie nicht gleich irgendetwas Kluges sagte. »Ich suche nach einem Buch über Krankheiten und Seuchen oder Mythen über die Gegend hier.«

Mr Gill ging zu einem der Bücherregale und zog ein schmales Büchlein mit grünem Einband heraus. »Vielleicht hilft Ihnen das hier weiter«, sagte er und deutete auf ein Lesepult, vor dem ein hoher Hocker stand.

April bedankte sich mit einem Nicken und setzte sich. Das Buch hieß »Das heilende Wort in der Volksetymologie, in Mythen und in der Medizin«. Als sie das Stichwortverzeichnis aufschlug, hätte sie beinahe einen kleinen Freudenschrei ausgestoßen. Unter »V« fand sich der Eintrag: Vampire, S. 124. Aufgeregt blätterte sie zu der angegebenen Stelle:

Vampirismus ist zu allen Zeiten stets mit Krankheiten in Verbindung gebracht worden. In Überlieferungen steht er oft sinnbildhaft für den Schwarzen Tod – von Untoten ist dort die Rede, die in entlegene Dörfer einfallen und alle Bewohner töten. Vermutlich wurden diese Geschichten erfunden, um den Menschen das scheinbar Unerklärliche nachvollziehbar zu machen. Einfachen Bauern fällt es leichter, an zombieartige Wesen zu glauben, die sich von Blut ernähren, als an unsichtbare Bakterien, die sich durch die Luft verbreiten. Allerdings gibt es für die vermeintlichen Hinweise auf einen Vampir – dunkle Verfärbungen an Hals und Handgelenken, Blutgier, Hypersexualität, ausgeprägte Eckzähne, Sonnenempfindlichkeit und Abneigung gegen Knoblauch – ganz rationale Erklärungen. Es sind Symptome von Tollwut und Porphyrie, um nur zwei der damals verbreiteten Krankheiten zu nennen, die zu den Gerüchten und Spekulationen über Vampirismus geführt haben könnten.

Enttäuscht stellte April das Buch wieder ins Regal und kehrte zur Ladentheke zurück.

»War es nicht das, was Sie gesucht haben?«

»Nicht wirklich.«

»Ich nehme an, Sie suchen etwas über den Highgate-Vampir?«

Als April erstaunt den Blick hob, ließ Mr Gill sich zu einem winzigen Lächeln herab. »Dafür muss man kein Sherlock Holmes sein«, sagte er. »Sie haben nach Informationen über den Friedhof und nach alten Mythen gefragt. Da lag die Vermutung recht nah.«

»Oh«, sagte April ein bisschen verlegen. »Ja, Sie haben recht. Ich dachte, ich würde hier bei Ihnen vielleicht ein Buch darüber finden.«

Mr Gill runzelte unwillig die Stirn. »Alles hanebüchener Unsinn, nichts, was ich in meinem Geschäft verkaufen würde.«

»Verzeihung?«

»Die Bücher über den Highgate-Vampir sind das Papier nicht wert, auf dem sie gedruckt sind«, erklärte er. »Aber wenn Sie sich wirklich dafür interessieren: Hier oben ist alles gespeichert.« Er tippte sich mit dem Zeigefinger an die Stirn.

Aprils Augen weiteten sich. »Wirklich?«

»Wenn sich etwas so Aufregendes praktisch vor der eigenen Haustür ereignet, vergisst man es sein ganzes Leben nicht mehr. Der Vorfall trug sich in den frühen Siebzigerjahren zu, müssen Sie wissen. Ich bin mir sicher, Marjorie – Mrs Townley – erinnert sich noch genauso gut daran wie ich.«

»Können Sie mir erzählen, was damals passiert ist?«

Mr Gill deutete auf einen Hocker vor der Ladentheke, und April setzte sich.

»Nur damit wir uns richtig verstehen – ich erzähle Ihnen das alles nur wegen unserer, ähem, gemeinsamen Bekannten

Mrs Townley«, sagte er und schenkte ihr aus einer schottengemusterten Thermoskanne eine Tasse Tee ein.

April nickte.

»Nun, in den Siebzigerjahren war der Highgate-Friedhof
in einem ziemlich kläglichen Zustand. Ich nehme an, dass viele Hinterbliebene der ... äh ... *Friedhofbewohner* selbst gestorben waren und sich nicht mehr um die Gräber kümmern
konnten, jedenfalls waren die meisten von Unkraut überwu-
chert und völlig vernachlässigt. Schon bald entwickelte der
Friedhof sich zu einem Treffpunkt für zwielichtige Gestalten,
Hippies und dergleichen, und es kam zu einigen Vorfällen.
Gräber wurden geschändet und sogar Särge geöffnet. Eines
Tages behauptete ein Bursche, er hätte nachts eine »geister-
hafte Erscheinung« gehabt, und schaltete eine Anzeige in der
Lokalzeitung, in der er nach Menschen suchte, die ähnliche
Erfahrungen gemacht hatten. Das löste natürlich eine wahre
Flut an Zuschriften aus, und es meldeten sich unzählige Leu-
te, die behaupteten, dort ebenfalls Übernatürliches erlebt zu
haben. Allerdings schienen die Ereignisse nichts miteinander
gemein zu haben, und es war kein Zusammenhang zu erkennen: Geister, Blutspuren, tote Füchse ...«

»Tote Füchse?«, unterbrach April ihn.

»Ja, es ging damals das Gerücht um, dass auf dem Friedhof
tote Füchse mit zerfetzter Kehle gefunden worden seien. Aber
wahrscheinlich handelte es sich dabei lediglich um ein einziges Tier, das von einem Hund getötet wurde, und die Zahl erhöhte sich stetig, je öfter die Geschichte erzählt wurde. Interessant ist es trotzdem.«

»Was ist daran interessant?«

»Dass ausgerechnet von Füchsen die Rede war und nicht
von Katzen, Ratten oder Vögeln. Sie müssen wissen, dass
der Fuchs in Volksüberlieferungen immer schon eine große
Rolle spielte. Er steht für Schläue und Hinterlist und ist na-

türlich auch das Sinnbild für die Jagd. Die heidnischen Waliser glaubten, dass Hexen sich in einen Fuchs verwandeln können.«

April blickte auf ihre Teetasse hinunter. »Ich habe einen gesehen«, sagte sie leise. »Einen toten Fuchs, meine ich.«

Mr Gill runzelte die Stirn. »Wann war das?«

»Letzte Woche. Gleich hinter dem Nordtor des Friedhofs.«

»Nun, vermutlich wurde er von einem Auto angefahren und hat sich zum Sterben an einen ruhigen Ort geschleppt. In der Swain's Lane rasen sie wie der Teufel«, sagte der alte Mann, aber seine Miene hatte einen besorgten Ausdruck angenommen.

April nickte unverbindlich. »Wahrscheinlich haben Sie recht.«

»Mein liebes Kind, nun machen Sie doch nicht gleich so ein ängstliches Gesicht. Es konnte niemals bewiesen werden, dass an den Behauptungen über die Existenz von Vampiren etwas dran wäre, und wer sagt, er hätte einen gesehen, der ruft auch in irgendwelchen Radiosendungen an und behauptet, er wäre im Supermarkt einem Außerirdischen begegnet. Jedenfalls haben die meisten Leute die Geschichte über den Highgate-Vampir für eine Zeitungsente gehalten.«

»Gehören Sie auch zu diesen Leuten?«

»Ach wissen Sie, das meiste, was über Vampire gesagt und geschrieben wird, ist vollkommener Blödsinn. Die Geschichten beruhen häufig auf osteuropäischen Überlieferungen, und jeder fügt dann nach eigenem Geschmack noch das eine oder andere erfundene Detail hinzu.«

»Aber was ich nicht verstehe ... Sie haben doch bis jetzt nur von Geistern gesprochen, wieso folgerte man dann, dass es sich um einen Vampir handeln könnte?«

»Da kommen wir nun zum interessanten Teil der Geschichte. Eine Woche nach Erscheinen des Artikels ging bei der Zeitung ein Brief ein, in dem behauptet wurde, bei der Erscheinung habe es sich um einen Vampir gehandelt, der in einem Sarg aus Osteuropa herübergebracht worden sei. Natürlich gab es auch für diese Behauptung keinerlei Beweise, aber die Medien griffen sie auf, brachten sie in den Nachrichten und machten eine Riesenstory daraus. Es gab Gerüchte über eine enthauptete Frau und einen gepfählten Vampir in einer Gruft, es soll sogar ein ganzes Nest von ihnen auf dem Friedhof ausgehoben worden sein. Alles äußerst unglaubwürdige Geschichten, aber nichts, was einen Reporter auf der Jagd nach einer guten Story abschrecken würde.«

»Dann glauben Sie also, dass an der Sache nicht das Geringste dran gewesen ist?«

»Oh nein, im Gegenteil.«

April sah ihn an. Ein eiskalter Schauer lief ihr über den Rücken. »Sie glauben, dass es wirklich Vampire auf dem Friedhof gab?«

»Nicht gab, sondern *gibt*. Und nicht nur dort.«

»Wie bitte?«

»Oh ja, mein liebes Kind. Ich bin der festen Überzeugung, dass es Vampire gibt und dass sie mitten unter uns leben.«

Dreizehntes Kapitel

Schon in der zweiten Stunde hatte es sich in der ganzen Schule herumgesprochen, und bis zur Mittagspause war aus den Gerüchten so etwas wie das Amen in der Kirche geworden, und die Ursprungsgeschichte war bis zur Unkenntlichkeit verstümmelt. Simons Taktik hatte so brillant funktioniert, dass selbst April sich zu fragen begann, ob nicht doch ein Körnchen Wahrheit dahintersteckte. Sie hatten den Plan am Abend zuvor im Americano ausgeheckt. Nach der Unterhaltung mit Mr Gill hatte April der Kopf geschwirrt, und eigentlich hatte sie sich auf gar nichts anderes konzentrieren können, aber da Caro Simon mitgebracht hatte, beschloss sie, vorerst nichts davon zu erzählen. Was der alte Mann gesagt hatte – und er hatte dabei so aufrichtig und überzeugt geklungen, dass es ihr schwerfiel, ihn als verwirrten alten Exzentriker abzutun –, hatte sie zutiefst verstört.

»Hey! Dornröschen!«, hatte Caro gesagt und mit den Fingern vor ihrem Gesicht herumgeschnipst, als sie tief in Gedanken versunken am Tisch gesessen hatte. »Wir sind hier, um uns zu überlegen, was wir gegen die Gerüchte über dich unternehmen können. Wie wär's, wenn du uns wenigstens zuhörst? Wir haben nämlich eine Idee.«

»Schscht.« April sah sich ängstlich um, weil sie nicht wollte, dass jemand etwas mitbekam. »Am Ende breiten sie sich noch in der ganzen Stadt aus.«

»Keine Sorge«, flüsterte Simon und beugte sich verschwörerisch zu ihr vor. »Wir werden sie mit ihren eigenen Waffen schlagen.«

Sein Plan war ganz einfach und erwies sich doch als unglaublich wirkungsvoll. Simon hatte die Theorie, dass Klatsch eine Form modernen Goldgräbertums war – die Leute waren ständig auf der Jagd nach neuen Einzelheiten über ein bereits bestehendes Gerücht, und jeder, der mit neuen, saftigen Details aufwarten konnte, hatte sozusagen ein Nugget ausgegraben. Also setzten sie einfach eine neue Version des Gerüchts in Umlauf, und am Ende des Tages glaubte die ganze Schule daran, dass Caros und Aprils Darstellung der Ereignisse die einzig wahre war, nämlich, dass April auf der Party zufällig in die Küche gekommen sei und Marcus Brent dabei erwischt hätte, wie er gerade versuchte, einem seiner Freunde die Hose herunterzuziehen. Das war an sich noch kein besonders großer Skandal – unter den Jungs des Rugbyteams gehörten solche Albernheiten quasi zum Alltag –, aber Simon hatte die Idee gehabt, in ihre Version der Geschichte das Wörtchen »schwul« mit einfließen zu lassen, und damit hatte das Gerücht den nötigen Zündstoff bekommen, um sich wie ein Lauffeuer zu verbreiten. Nach Schulschluss waren alle davon überzeugt, dass Marcus Brent und seine Freunde bei der Ausübung einiger der extremsten Sexualpraktiken, die ein Mensch sich nur vorstellen konnte, erwischt worden waren. April war zwar fassungslos, dass die sonst so sittsam wirkenden Schüler der Ravenwood in der Lage waren, sich solche Schweinereien auszudenken, aber gleichzeitig überglücklich darüber, dass die Blicke, die man ihr jetzt zuwarf, eher mitleidig als entrüstet waren.

»Warum hast du mir denn nicht gleich erzählt, was wirklich passiert ist, Schätzchen?«, fragte Davina. April war den Schlangen zufällig auf der Mädchentoilette neben der Cafeteria in die Arme gelaufen, die ihnen anscheinend als eine Art

Versammlungsraum diente. »Ich meine, ich wusste ja, dass Marcus es faustdick hinter den Ohren hat, aber so etwas hätte ich ihm niemals zugetraut! Es muss schrecklich für dich gewesen sein.«

»So ein unschuldiges Mädchen wie du«, spottete Layla, »wahrscheinlich hast du einen Schock erlitten, als du gesehen hast, wie Jungs *da unten* aussehen.«

»Stimmt es denn?«, fragte Chessy begierig. »Hast du wirklich gesehen, wie er es ihm … du weißt schon … mit der Zunge gemacht hat?«

April hatte zu allem bloß den Kopf geschüttelt und ein leises »Darüber möchte ich lieber nicht sprechen« gemurmelt, was nur noch mehr Öl ins Feuer gegossen hatte.

»Oh Gott, wenn sie noch nicht mal drüber sprechen kann, muss es wirklich widerlich gewesen sein«, hörte sie Chessy zu Davina sagen, als die beiden die Toilette verließen.

Seltsam, wie schnell die Leute bereit sind, die schlimmsten Dinge über andere zu glauben, wunderte April sich, während sie sich im Spiegel betrachtete. Natürlich freute sie sich, dass der Plan so gut aufgegangen war, aber allmählich bekam sie ein schlechtes Gewissen. Marcus und seine Kumpels hatten zwar auch keine Skrupel gehabt, das Gerücht über sie in Umlauf zu bringen, aber irgendwie konnte sie sich nicht so richtig über ihren Erfolg freuen. Ihr machte zusätzlich nämlich noch etwas ganz anderes zu schaffen: Gabriel hatte sich bis jetzt noch nicht gemeldet. Sie hatte gehofft, ihm irgendwann zufällig auf dem Schulflur zu begegnen, aber er schien nie da zu sein. Als sie jetzt so darüber nachdachte, fiel ihr auf, dass sie ihn nur zweimal in der Schule gesehen hatte – beide Male an ihrem ersten Tag: in der Philosophiestunde und dann noch einmal nach Unterrichtsschluss, als er über den Schulhof geeilt war. Aber vielleicht würde sie ihn ja später auf dem Nachhauseweg treffen. Bei diesem Gedanken begann ihr Herz schneller zu schlagen. *Gott, wie müde ich aussehe. Mit den Ringen unter den Augen wird er sich bestimmt nicht in mich verlieben.* Unzufrieden betrachtete sie sich im Spiegel, dann stellte sie ihre Tasche auf dem Waschbecken ab und suchte nach ihrem Concealer. Eigentlich war es den Mädchen untersagt, sich in der Schule zu schminken, aber genau wie die meisten anderen Regeln wurde auch diese weitestgehend ignoriert. Außerdem konnte April sich nicht vorstellen, dass einer der Lehrer die Schlangen davon abhalten würde, sich frischen Lipgloss aufzutupfen oder die Wimpern nachzutuschen, was sie manchmal sogar während des Unterrichts machten. Es war erstaunlich, wie viele Freiheiten diese Mädchen sich herausnehmen durften. Andererseits, was lief an dieser Schule schon normal?

Plötzlich stutzte April. Sie hatte ein Geräusch gehört, das wie unterdrücktes Schluchzen geklungen hatte. Langsam schritt sie die Reihe der Toilettenkabinen ab und lauschte angestrengt. Das Schluchzen kam aus der Zelle ganz am Ende.

»Hallo?«, flüsterte sie und klopfte sachte an die Tür.

Diesmal war das Schluchzen ganz deutlich zu hören, und als sie versuchsweise am Griff rüttelte, stellte sie überrascht fest, dass die Tür nicht abgeschlossen war. Zusammengekauert auf dem Toilettendeckel, die Arme schützend um den Körper geschlungen, saß Ling Po.

»Ling … Was ist denn los?«, fragte April sanft. Ling sah sie kurz an, dann senkte sie den Blick und wiegte dabei kaum merklich ihren linken Arm hin und her.

»Was ist mit dir? Hast du dir wehgetan?«

Ling schüttelte den Kopf und zog den Ärmel ihrer Jacke ein Stück herunter.

April runzelte die Stirn und trat einen Schritt vor. »Darf ich mir deinen Arm mal ansehen?«

Ling zuckte zurück. »Nein!«, rief sie. »Lass mich! Das geht dich nichts an.« Sie schaute angsterfüllt zu April auf. »Bitte sag es ihnen nicht«, flehte sie. »Sag ihnen nicht, dass du das gesehen hast!«

»Hey, hey, ist ja gut. Ich werde bestimmt nichts sagen«, antwortete April, als sie bemerkte, dass Ling ein Papierhandtuch auf ihr Handgelenk presste. Sie beugte sich besorgt vor, aber Ling machte eine abwehrende Handbewegung.

»Bitte, Ling, ich will dir doch bloß helfen.«

»Wenn du mir wirklich helfen willst, dann lass mich in Ruhe!«, flüsterte Ling, sprang auf, schob sich an April vorbei und rannte aus der Toilette.

April sah ihr verwirrt hinterher. Sie wollte gerade wieder in den Waschraum zurückkehren, als sie etwas bemerkte. Auf dem weißen Toilettendeckel waren kleine rote Sprenkel zu sehen. *Blut?* Sie beugte sich vor – ja, das war definitiv Blut. Einen flüchtigen Moment lang dachte sie an Mr Gill und seine Behauptung, es gäbe tatsächlich Vampire und sie würden mitten unter ihnen leben, verwarf den Gedanken aber gleich wieder. Unsinn. Es konnte eigentlich nur eine logische Erklärung für das Blut geben. Sie verzog mitfühlend das Gesicht. Ling war eine Ritzerin. Aprils Freundin Rachel aus Edinburgh hatte auch so eine selbstzerstörerische Phase durchgemacht, als ihre Eltern sich scheiden ließen. Wahrscheinlich litt Ling unter dem Wechsel an eine neue Schule und dem Druck, alles richtig machen zu wollen, um von den Schlangen akzeptiert zu werden. April konnte ihre Situation nur allzu gut nachfühlen.

Kopfschüttelnd ging sie zum Waschbecken zurück und holte ihren Concealer aus der Tasche. Sie würde Caro fragen, ob sie mit jemandem an der Schule darüber sprechen sollte. Als sie sich zum Spiegel vorbeugte, kam ihr plötzlich ein Gedanke, der sie beinahe laut auflachen ließ. *Wenn die Schlangen Vampire wären, könnten sie sich gar nicht im Spiegel anschauen. Da wäre Davina mit ihrem Schönheitswahn ziemlich angeschmiert.*

Auf einmal spürte sie einen scharfen Schmerz am Hinterkopf. Jemand hatte sie an den Haaren gepackt und riss ihren Kopf in den Nacken.

»Ach, wir machen uns hübsch, ja?«, zischte Marcus dicht an ihrem Ohr. »Dafür braucht es aber noch ein bisschen mehr, fürchte ich.«

»Hey, was soll …«, begann April, aber ihr Satz endete in einem entsetzten Aufschrei, als Marcus sie an den Haaren vom Spiegel wegzerrte, am Hals packte und gegen die gefliese Wand presste.

»Du hältst das wohl für witzig, was?«

»Ich hab keine Ahnung, wovon du redest«, stieß April zwischen zusammengebissenen Zähnen hervor.

Marcus verstärkte den Griff um ihren Hals. »Oh doch, du weißt genau, wovon ich rede«, flüsterte er heiser. »Du und deine miesen kleinen Freunde – ihr habt einen Haufen Mist über mich herumerzählt.«

»So etwas würden wir nie …«

»Halt die Klappe!«, brüllte er. »Ich hab doch ganz genau gesehen, wie deine Loser-Freundin Caro und diese elende Schwuchtel in der Cafeteria die Köpfe zusammengesteckt haben. Also versuch ja nicht, mich für blöd zu verkaufen.« Seine Stimme bebte vor Wut. »Wir Ravenwood-Schüler sind nämlich für unsere herausragende Intelligenz bekannt, falls du es noch nicht mitbekommen haben solltest.«

»Nein, du liegst völlig falsch«, presste April hervor, während ihr vor Schmerzen die Tränen über die Wangen liefen.

»Wenn hier jemand falschliegt, dann bist das du.« Der Blick, mit dem er sie ansah, ließ sie vor Angst zittern. »Du hast nämlich nicht die leiseste Ahnung, mit wem du dich hier angelegt hast.«

Er schlang ihr einen Arm um den Hals und zerrte sie in Richtung der Toilettenkabinen. *Oh Gott, bitte hilf mir!*, dachte

April panisch, während sie nach ihm trat und vergeblich versuchte, sich aus seinem Griff zu befreien.

»Du erzählst doch überall herum, ich sei schwul«, zischte er. »Willst du wissen, ob an dem Gerücht was dran ist, ja? Willst du das? Soll ich ein paar von den Dingen, die ihr über mich erzählt, auch mit dir anstellen? Würde dir das gefallen? Hm?« Sein Mund verzog sich zu einem höhnischen Grinsen. April fühlte sich wie ein Lamm, dem gleich von einem Wolf die Kehle durchgebissen wird. Sie wusste, dass sie etwas unternehmen musste, bevor es zu spät war.

»VERPISS DICH!«, brüllte sie, so laut sie konnte, und rammte ihm mit voller Wucht ihr Knie zwischen die Beine. Marcus stieß ein überraschtes Keuchen aus, ließ sie los und sackte zu Boden. Hastig schob sie sich an ihm vorbei und stürzte auf die Tür zu, die genau in dem Moment aufgerissen wurde.

»Was geht hier vor sich?« Mr Sheldon kam mit großen Schritten in den Waschraum geeilt, die Augen zu wütenden Schlitzen verengt. »In meiner Schule wird nicht derartig unflätig herumgebrüllt.«

Dann fiel sein Blick auf April, ihre zerrauften Kleider, ihr aufgelöstes, tränenüberströmtes Gesicht. »Was um Himmels willen ...?« Er sah sich verwirrt um. »April! Was ist passiert?«

April konnte nur den Kopf schütteln und mit zitternder Hand hinter sich zeigen. Stirnrunzelnd trat Mr Sheldon an ihr vorbei und sah Marcus stöhnend auf dem Boden liegen. Der Schulleiter stieß einen unterdrückten Fluch aus und drehte sich dann zu April um. »Verschwinden Sie, April«, sagte er leise. »Ich regle das hier. Raus!«

Mehr brauchte er nicht zu sagen. Eilig ergriff April die Flucht.

Vierzehntes Kapitel

»Er wird anrufen. Irgendwann rufen sie immer an, glaub mir.«

April schüttelte den Kopf und ließ sich in ihr Kissen zurückfallen. »Dich vielleicht, Simon«, sagte sie traurig. »Mich nie.«

»Simon hat recht«, sagte Caro. »Außerdem sind seit der Party erst zwei Tage vergangen. Was ist das schon? Und überhaupt, du glaubst doch wohl nicht ernsthaft, dass ein Junge dich bei Mondschein an seinen Lieblingsort bringt und dich dann wieder vergisst.«

April versuchte zu lächeln, obwohl ihr eher zum Heulen zumute war. Es war nicht bloß die Tatsache, dass es Dienstagabend war und Gabriel noch nicht angerufen hatte, die sie so entmutigte, sondern die Summe dessen, was in den letzten zehn Tagen alles passiert war – von Marcus' Angriff auf der Mädchentoilette gar nicht zu reden. Sie hatte versucht, sich einzureden, sie hätte überreagiert, aber ihr Gefühl sagte ihr, dass ihre Angst begründet gewesen war. Er hatte vollkommen die Beherrschung verloren, und sie wollte sich gar nicht ausmalen, was er mit ihr gemacht hätte, wenn es ihr nicht gelungen wäre zu fliehen. Ihr schauderte, als sie an seinen hasserfüllten Blick zurückdachte. Am liebsten wäre sie ihm für alle Zeiten aus dem Weg gegangen, aber wenn sie nicht die Schule wechselte, würde es sich nicht vermeiden lassen, dass sie sich wieder begegneten. April seufzte. Seit sie nach London gezogen war, schien eine dunkle Wolke über ihrem Kopf zu schweben, und fast jeder Tag brachte irgendeine neue Katastrophe.

»Wenn er gesagt hat, dass er anruft, wird er das auch machen. Jungs haben bloß ein anderes Zeitgefühl als Mädchen«, erklärte Simon, während er vor dem Spiegel in Aprils Zimmer stand und sich die Haare kämmte. »Wahrscheinlich ist er gerade mit anderen Dingen beschäftigt, spielt Fußball oder ›Grand Theft Auto‹«

»Willst du damit allen Ernstes andeuten, dass Gabriel Swift so etwas wie Fußballschuhe oder eine Xbox besitzt?« Caro zog skeptisch die Brauen hoch.

»Nein, vermutlich nicht, aber dann ist er eben wegen irgendetwas anderem verhindert, vielleicht schreibt er tiefgründige Gedichte und hört dabei ›My Chemical Romance‹. Vielleicht ist er auch in einen Brunnen gefallen.«

Caro warf ihm ein Kissen an den Kopf. »Genau, oder er hat sich die Pest eingefangen. Jetzt reiß dich mal zusammen, Simon, die Sache ist ernst.«

»Okay, und was tun wir, wenn etwas ernst ist?«, sagte Simon und schob seinen Kamm in die Hosentasche.

»Keine Ahnung, uns unterm Bett verkriechen?«, fragte April kläglich.

»Nein, wir werfen uns in Schale!«, sagte Simon triumphierend. »Wer in den Schlund der Bestie starrt, sollte dabei wenigstens eine gute Figur machen.« Er öffnete Aprils Kleiderschrank und zog ein paar Sachen heraus. »Ah, das ist doch hübsch«, sagte er und hielt ein schwarzes Kleid hoch.

Caro schüttelte den Kopf. »Das hatte sie auf der Halloweenparty an. Außerdem ist es dem Anlass nicht angemessen.«

»Was soll es denn werden? Ein richtiges Date?«, fragte Simon. »Oder ist er bloß einsam und will sich bei einem Heißgetränk an deiner Schulter ausheulen?«

April zog ratlos die Schultern hoch. »Ich weiß es ja selbst nicht. Ich war betrunken und hab gesagt, dass ich ihm gern meinen Lieblingsplatz in London zeigen würde. Dabei hab ich noch nicht einmal einen.«

Caro warnte Simon mit einem Blick, irgendetwas Unpassendes darauf zu erwidern, und wandte sich an April. »Okay, stell dir vor, ich wäre diejenige, die verzweifelt auf den Anruf eines Jungen wartet, was würdest du mir raten?«

April seufzte.

»Na los, denk nach«, drängte Caro.

»Dass du ihn anrufen sollst.«

»Genau! Und warum tust du das dann nicht?«

April warf ihr einen düsteren Blick zu. »Hallo? Weil ich seine Nummer nicht habe. Er hat gesagt, dass er sich meldet.«

Caro machte ein langes Gesicht. »Oh. Tja, blöd. Ich hab sie auch nicht. Was ist mit dir, Simon?«

»Tut mir leid. Abgesehen davon kann ich mich aber auch nicht erinnern, ihn jemals mit einem Handy gesehen zu haben.«

»Und ich dachte immer, du wärst der am besten vernetzte Typ an der Ravenwood.«

»Das bin ich, Herzchen, das bin ich. Aber ich kann schließlich nicht jeden Schüler dazu zwingen, endlich im einundzwanzigsten Jahrhundert anzukommen. Manche von denen stecken ja immer noch im neunzehnten fest.«

Einen Moment lang schwiegen alle drei und starrten nachdenklich vor sich hin.

»Wie wäre es, wenn wir es irgendwie so einfädeln, dass sie sich ganz zufällig über den Weg laufen?«, schlug Caro schließlich vor. »April könnte sich einfach so lange vor seinem Haus herumtreiben, bis er auftaucht.«

»Genial – am besten in einem Minirock und einem Nieten-BH.«

»WAS?«, riefen Caro und April im Chor.

»Mein Gott, man wird ja wohl mal laut nachdenken dürfen«, entgegnete Simon gespielt beleidigt. »Obwohl ich sie mir schon ganz gut in der Rolle des sexy Vamps vorstellen könnte ...«

Caro gab ihm einen Klaps auf den Arm.

»Okay, nehmen wir mal an, ich hätte einen Minirock – wisst ihr überhaupt, wo Gabriel wohnt?«, fragte April.

Caro und Simon sahen sich an.

»Keine Ahnung«, antwortete Simon.

»Ich auch nicht«, sagte Caro. »Und gerade fällt mir auch auf, dass ich ihn noch nie außerhalb der Schule gesehen hab, und selbst da lässt er sich ja auch nicht besonders oft blicken.«

»Genau das wollte ich euch schon die ganze Zeit fragen«, sagte April. »Warum ist er eigentlich so gut wie nie in der Schule? Wie überhaupt ziemlich viele Leute aus unserer Stufe. Ich hab das Gefühl, dass manche kommen und gehen, wie es ihnen passt. Hab ich da vielleicht irgendetwas nicht mitbekommen?«

»Oh-oh«, lachte Simon. »Da hast du eines von Caros Lieblingsthemen angesprochen.«

»Was meint er?«, fragte April.

Caro warf Simon einen vernichtenden Blick zu. »Ach, du kennst ihn doch. Der Kerl kann einfach sein loses Mundwerk nicht im Zaum halten.«

April sah Simon an.

»Hey, was schaust du mich an, frag unsere Miss Marple hier. Ich hab damit nichts zu tun.« Als Simon klar wurde, dass April nicht lockerlassen würde, seufzte er und sagte: »Caro ist davon überzeugt, dass die Schlangen und die Typen aus dem Rugbyteam irgendetwas mit der riesigen Verschwörung zu tun haben, die sie hinter Ravenwood vermutet. Sie glaubt, sie hätten so eine Art Freifahrtschein, der es ihnen erlaubt, sich ungehindert danebenzubenehmen und es trotzdem auf eine Elite-Uni zu schaffen.«

»Glaubst du das auch?«

»Was das angeht, muss ich Caro ausnahmsweise mal recht geben. Diese Bonzenkinder machen weder ihre Hausaufgaben, noch nehmen sie an irgendwelchen Arbeitsgemeinschaften teil, und sie kommen tatsächlich, wann und wie es ihnen passt.«

»Vielleicht sind sie alle die totalen Überflieger.«

»Dann hör doch das nächste Mal noch etwas genauer hin, wenn du dich mit Davina Osbourne unterhältst...« Simon warf einen Blick auf seine Armbanduhr. »Gott, schon so spät? Da sitz ich hier und rede über Dates und vergesse dabei, dass ich selbst gleich eins habe.«

»Wer ist es diesmal? Ein Biker? Oder vielleicht ein Cowboy?«, neckte Caro ihn, aber April wusste, dass sie damit nur versuchte, ihre wahren Gefühle zu verbergen. Sie hatte den enttäuschten Ausdruck bemerkt, der über ihr Gesicht gehuscht war, als Simon sein »Date« erwähnt hatte.

»Der Gentleman genießt und schweigt«, antwortete Simon grinsend. »Und apropos Gentleman, ich glaube, ich sollte Sie lieber nach Hause begleiten, junge Dame. Die Straßen heutzutage sind einfach nicht mehr sicher.«

Die beiden verabschiedeten sich mit einer Umarmung von April, die sie bis zur Tür gebracht hatte.

»Und keine Sorge, er meldet sich ganz bestimmt«, sagte Simon, bevor er Caro nach draußen folgte. »Jungs wollen alle nur das eine, und – glaub mir – du hast davon jede Menge.«

April winkte ihnen lächelnd nach. Sie war ihren Freunden dankbar für die tröstenden Worte, aber wirklich beruhigt war sie nicht.

Ihre Mutter saß in der Küche an der Frühstückstheke, wo sie sich in dem kleinen tragbaren Fernseher eine Soap ansah.

»Sind deine Freunde schon gegangen?«, fragte sie, ohne vom Bildschirm aufzusehen.

»Ja.« April öffnete den Kühlschrank, warf einen kurzen Blick hinein, seufzte und schloss ihn dann wieder.

»Das ist schön«, murmelte ihre Mutter und tastete blind nach dem Glas Weißwein, das vor ihr stand. »Habt ihr euch gut unterhalten?«

Wütend funkelte April den Hinterkopf ihrer Mutter an. »Unterhalten? Nein, wir haben eine Orgie gefeiert und eine riesige Crackpfeife geraucht, aber nett, dass du fragst.«

Sie wartete auf eine Reaktion, doch ihre Mutter starrte weiter wie gebannt auf den Fernseher.

Kopfschüttelnd drehte April sich um und ging aus der Küche. Als sie an der Tür war, hörte sie, wie der Fernseher ausgeschaltet wurde.

»Du musst nicht glauben, dass ich nicht mitbekomme, was du sagst«, sagte ihre Mutter leise.

April fuhr verblüfft zu ihr herum.

»Auch die ironischen Scherze über Axtmörder und Drogen«, fuhr sie fort. »Ich bekomme alles mit. Noch bin ich nicht alt und taub.«

»Und warum sagst du dann nie was?«

Ihre Mutter lachte. »Ich dachte, es wäre dir lieber so.«

April musterte sie stirnrunzelnd. Sie war nicht in Stimmung für ihre Spielchen. Überhaupt waren ihre Eltern an allem schuld. Wenn sie sie nicht gezwungen hätten, in dieses schreckliche Highgate zu ziehen, wäre sie jetzt glücklich und müsste sich nicht ständig den Kopf über Dinge zerbrechen, die sie nicht verstand. Natürlich würde sie sich weiter insgeheim nach Neil Stevenson verzehren, aber das war immer noch besser, als von einem durchgeknallten Mitschüler an ihrer sonderbaren neuen Schule körperlich bedroht und von einem seltsamen Jungen ignoriert zu werden, der sich offensichtlich nicht über seine Gefühle für sie im Klaren zu sein schien und ein Faible für Friedhöfe hatte.

»Ist dir eigentlich klar, was du da sagst?«, fragte April fassungslos. »Glaubst du wirklich, ich will eine Mutter, die mich nicht beachtet?«

Silvia lächelte und nippte bedächtig an ihrem Wein. »Ich dachte, ich gefalle dir in der Rolle der ignoranten Mutter, weil du dann die schwer geprüfte Tochter spielen kannst.«

»Eine Mutter, die mit mir redet und sich für das interessiert, was ich tue, wäre mir lieber.«

Silvia stellte ihr Glas ab. »Wie kommst du darauf, dass ich mich nicht für dich interessiere?«

»Wann hast du denn jemals etwas Nettes zu mir gesagt oder mich bei etwas, das mir wichtig war, unterstützt?«

»Aber du hast doch nie irgendwelche Probleme ...«

»Spinnst du? Du hast doch echt überhaupt gar keine Ahnung von meinem Leben!«, rief April wütend. Ihr war bewusst, dass sie sich im Ton vergriff, aber die letzten Tage waren einfach zu viel gewesen. Der tote Fuchs, die seltsamen Eintragungen im Notizbuch ihres Vaters, die Geschichte mit Marcus und jetzt auch noch Gabriel, der sich überhaupt nicht mehr meldete. Dabei war sie sich so sicher gewesen, dass zwischen ihnen beiden eine ganz besondere Verbindung existierte. »Ich wette, du weißt noch nicht einmal, was wir gerade in der Schule durchnehmen.«

»Nein, aber um die Schule hat sich bis jetzt auch immer dein Vater gekümmert.«

»Siehst du? Genau davon rede ich! Du interessierst dich einfach nicht für mich. Aber ich weiß schon, warum. Ich konnte deine hochgesteckten Erwartungen ja noch nie erfüllen. Ich bin nicht hübsch genug, nicht beliebt genug, du traust mir ja noch nicht einmal zu, das richtige Kleid für eine Party auszusuchen.«

Silvia glitt von ihrem Barhocker und kam mit ausgebreiteten Armen auf sie zugelaufen. »Oh Gott, Schatz, so etwas darfst du noch nicht einmal denken«, rief sie erschüttert, aber April duckte sich weg und wich zur Tür zurück.

»Lass mich in Ruhe! Du brauchst nicht so zu tun, als würden dich meine Gefühle interessieren!«

Als ihre Mutter sie trotzdem in die Arme nahm und sie, so fest sie konnte, an sich drückte, brach April in Tränen aus.

»Es ist so ungerecht«, schluchzte sie. »Ich versuche die ganze Zeit mein Bestes zu geben, aber das interessiert anscheinend niemanden. Dad und du, ihr begreift überhaupt nicht, wie schwierig der Umzug nach London für mich war. Ihr sorgt euch immer nur um euch selbst und streitet euch wegen jeder Kleinigkeit.«

Endlich gab sie ihren Widerstand auf, legte den Kopf an die Schulter ihrer Mutter und weinte sich aus. Silvia wartete geduldig, bis der Tränenstrom versiegt war, dann nahm sie ein Taschentuch aus einer Packung, die auf der Arbeitsplatte lag, und hielt es ihr hin. »Mein armer Schatz«, sagte sie mitfühlend und streichelte April über den Rücken. »Weißt du was? Ich glaube, eine heiße Schokolade wäre jetzt genau das Richtige für dich.« Sie führte ihre Tochter zu einem Barhocker und machte sich dann am Herd zu schaffen, während April ihre Tränen trocknete. Als ihre Mutter schließlich einen dampfenden Becher cremiger heißer Schokolade vor sie hinstellte, brachte sie sogar schon wieder ein schwaches Lächeln zustande.

»Warum streitet ihr euch ständig, du und Dad?«, fragte sie, nachdem sie einen vorsichtigen Schluck von dem heißen Getränk genommen hatte.

Ihre Mutter lachte verlegen. »Ich ... Ich weiß es selbst nicht so genau. Vielleicht sind wir uns zu ähnlich.« Sie sah April an, als wolle sie noch etwas hinzufügen, schüttelte dann aber doch nur den Kopf. »Das ist alles nicht so einfach, Liebes. Es gibt da ein paar Dinge, die dein Vater und ich klären müssen, aber irgendwie kommt uns jedes Mal das Leben in die Quere.« Sie lächelte April liebevoll an. »Glaub mir, ich kann mir sehr gut vorstellen, wie schwer das alles für dich sein muss – der Umzug, die neue Schule –, und ich weiß, dass wir es dir mit unseren Streitereien nicht gerade einfacher machen.«

April schnaubte in ihre Schokolade. »Gut erkannt.«

Ihre Mutter nickte. »Ich werde mir in Zukunft mehr Mühe geben, und dein Vater auch. Versprochen.«

Einen Moment lang saßen sie in einträchtigem Schweigen nebeneinander.

»Es gibt doch noch etwas, das dich bedrückt, oder?«, fragte ihre Mutter schließlich sanft. »Was ist es?«

April seufzte. »Wie viel Zeit hast du?«

Silvia lächelte. »So viel, wie du brauchst.«

April zögerte. Sie war eigentlich nicht in der Stimmung, über ihr desaströses Liebesleben zu reden, vor allem nicht mit ihrer eleganten, attraktiven Mutter, die – zumindest laut Aussage ihres Großvaters – schon mit Prinzen und Milliardären ausgegangen war. Und welchen Ratschlag sollte sie ihr schon geben? *Vergiss diesen Jungen, du bist viel zu schade für ihn?*

»Ich weiß, was du denkst«, sagte Silvia.

April hob überrascht den Kopf.

»Du denkst: ›Was weiß die alte Frau schon über Jungs?‹, hab ich recht?«

»Woher weißt du, dass es um einen Jungen geht?«

»Weil es im Leben einer Frau um fast nichts anderes geht, Liebes. Nichts als die Liebe kann uns so traurig machen und so verwirren. Was glaubst du, warum ich so viel Zeit damit verbringe, mich mit deinem Vater zu streiten? Also, wer ist der Glückliche?«

April kaute verlegen auf ihrer Unterlippe. »Er heißt Gabriel und ist in meinem Philosophie-Kurs«, sagte sie schließlich seufzend.

»Und sieht bestimmt umwerfend aus.«

»Mum!«

»Was denn? Wegen irgendeines hässlichen Trolls würdest du ja wohl kaum so den Kopf hängen lassen.«

April musste kichern. »Ja, stimmt. Er sieht umwerfend aus. Und er treibt mich in den Wahnsinn.«

»Lass mich raten: Er hat gesagt, er ruft an, hat es aber noch nicht getan?«

April sah ihre Mutter verblüfft an. Was war denn auf einmal los? Es war ja beinahe so, als könnte sie plötzlich Gedanken lesen.

»Dafür braucht man keine Hellseherin zu sein, Schatz. So sind die Männer nun mal. Und das nicht erst seit gestern, glaub mir. Schon zu Zeiten, als junge Mädchen noch in Reifröcken durch Lustgärten wandelten, warteten sie mit bangem Herzen auf die versprochene Nachricht irgendeines schneidigen Oberstleutnants. Und solltest du eines Tages selbst Töchter haben, wird es ihnen nicht anders gehen.«

»Hoffentlich nicht!«

»Na schön, ich sag dir, was du tun musst – es nennt sich ›positive Visualisierung‹.«

»Was?«

»Ich weiß, dass es verrückt klingt, aber vertrau mir einfach, okay?«

Aprils Mutter stand auf, legte ihrer Tochter die Hände auf die Schultern und sah ihr tief in die Augen.

»Mum ...« April kicherte nervös und versuchte, sich loszumachen.

Aber ihre Mutter ließ sich nicht aus der Ruhe bringen. »Schließ die Augen und konzentriere dich.«

April stöhnte, machte aber brav die Augen zu.

»Gut, und jetzt stell dir ein Idealbild von dir selbst vor. Mach dich in deiner Vorstellung noch hübscher und klüger, als du es sowieso schon bist. So sexy, dass dir kein Mann widerstehen kann.«

»Das könnte eine Weile dauern«, murmelte April mit schiefem Lächeln.

»Mach dich nicht so schlecht, Schatz. Versuch es doch erst einmal. Okay ... hast du das Bild vor dir?«

April nickte. Vor ihrem inneren Auge sah sie sich als Femme fatale in einem langen schwarzen Kleid, die Haare kunstvoll hochgesteckt, ein funkelndes Brillantencollier um den Hals – ein bisschen wie Audrey Hepburn in *Frühstück bei Tiffany*.

»Gut, wo bist du?«

»An der Côte d'Azur. Ich schlendere die Strandpromenade entlang und verursache einen kleinen Verkehrsstau.«

Ihre Mutter lachte. »Wunderbar. Und jetzt kommt dir ein junger Mann entgegen – wer ist es?«

»Robert Pattinson.«

»Was hat er an?«

»Eine marineblaue Cabanjacke.«

»Interessant. Trägt er sonst noch etwas bei sich?«

»Er hat ein Geschenk für mich dabei.«

»Sehr gut. Was ist es?«

»Eine Schachtel Schokoladen-Eclairs.«

»Gut! Okay, was macht ihr beiden jetzt? Aber vergiss nicht, dass ich deine Mutter bin, also sag jetzt bitte nichts, das mich zum Erröten bringt.«

»Wir schlendern am Strand entlang, unterhalten uns und essen die Eclairs.«

»Und dann?«

»Dann bleibt Robert stehen, bückt sich und sammelt ein

paar hübsche Muscheln für mich, einfach so, weil er mir eine Freude machen will.«

»Fantastisch. So, und jetzt prägst du dir diese Bilder so gut ein, dass du sie nie wieder vergisst. Wenn du fertig bist, kannst du die Augen wieder aufmachen.«

April blinzelte ein paarmal und sah ihre Mutter dann erwartungsvoll an.

»Das war's.«

»Das war's? Und das soll jetzt alle meine Probleme lösen?«

»Wenn du in Zukunft wegen eines Jungen traurig bist, rufst du einfach diese Bilder in dir hervor und erinnerst dich wieder daran, wie umwerfend sexy du bist und dass du einen Jungen verdienst, der dich glücklich machen kann.«

»Aber wenn er nicht anruft, kann er mich auch nicht glücklich machen.«

»Aber genau das ist doch der Punkt, Liebes. Wenn er nicht anruft, ist er sowieso nicht der Richtige für dich, sondern ein Schwachkopf.«

Aprils erster Impuls war, Gabriel in Schutz zu nehmen, aber dann wurde ihr klar, dass ihre Mutter vermutlich recht hatte. *Er* war derjenige, dem etwas entging, wenn er sich nicht bei ihr meldete.

»Danke, Mum«, sagte sie und umarmte sie fest. »Du hast zwar ziemlich seltsame Methoden, aber mir geht's tatsächlich schon ein bisschen besser.«

Ihre Mutter lächelte. »Männer sind ziemlich leicht zu durchschauen. Sie wollen immer das, was sie nicht haben können. Du musst sie nur davon überzeugen, dass du das bist, was sie haben wollen.«

April nickte. »Dann verzieh ich mich jetzt mal wieder in mein Zimmer.« Sie griff nach dem Becher mit der heißen Schokolade und wandte sich zum Gehen.

»Ach, April?«, sagte ihre Mutter, als sie gerade die Tür hinter sich schließen wollte. »Er wird anrufen. Sie rufen immer an.«

Das hab ich heute schon mal gehört. Warum sind sich da alle bloß so sicher?

Fünfzehntes Kapitel

Klick.
Klick-Klack.
Klick.
April schlug erschrocken die Augen auf und sah sich blinzelnd im Zimmer um. *Was war das?* Hatte sie das Geräusch eben wirklich gehört oder es nur geträumt? Bevor sie sich ins Bett gelegt hatte, hatte sie Fiona per Mail noch kurz auf den neuesten Stand gebracht und dann vergessen, den Laptop auszuschalten, sodass die blau-weißen Kreisel des Bildschirmschoners den Raum nun in ein gespenstisches Licht tauchten.
Klick.
Klick-Klack.
Einen Moment lang war es still, dann ertönte das seltsame Klickgeräusch erneut, und April hörte, wie jemand unten auf der Straße einen unterdrückten Fluch ausstieß.
Okay, *das* konnte sie nun wirklich nicht geträumt haben. Sie sprang aus dem Bett, rannte zum Fenster und spähte in die dunkle Nacht hinaus. Aber außer dem verwaisten Platz, auf den die Bäume ihre Schatten warfen, war dort unten nichts zu sehen. Stand derjenige vielleicht direkt vor dem Haus? Da ihr Zimmer unter dem Dach lag, konnte sie von ihrem Fenster aus nicht in den kleinen Vorgarten hinunterschauen.
Klick.
Sie zuckte erschrocken zurück, als etwas – ein Kieselsteinchen? – nur wenige Zentimeter von ihr entfernt gegen die

Fensterscheibe schlug. »Jetzt reicht's«, murmelte sie, riss das Fenster auf und streckte vorsichtig den Kopf hinaus. »Wer ist da?«, zischte sie, als sie eine dunkle Gestalt vor dem kleinen Tor stehen sah.

»Ich bin's!«

»Wer ist ›ich‹?« Ihr kam einen Moment lang der Gedanke, es könne der Mörder sein – sozusagen als Krönung ihrer katastrophalen Woche.

Als die Gestalt auf die andere Straßenseite huschte und sich unter den gelben Lichtkegel einer Laterne stellte, machte ihr Herz einen Satz. Es war Gabriel.

Im ersten Moment spürte sie nur Glück und Erleichterung, aber dann mischte sich Ärger in ihre Freude. Sie hatte so lange auf ein Zeichen von ihm gewartet, und jetzt weckte er sie mitten in der Nacht?

»Was willst du hier?«, zischte sie. »Weißt du eigentlich, wie viel Uhr es ist?«

»Nein.«

»Ich auch nicht, aber es ist verdammt spät.«

»Oh. Entschuldige bitte, wenn ich dich geweckt habe … Ich wollte nur …«, stammelte er und hielt etwas in die Höhe.

»Was willst du, Gabriel?«

»Unser Date.«

Sie starrte ihn fassungslos an. *»Unser Date?«* Sie atmete langsam aus und ermahnte sich, ruhig zu bleiben. »Moment. Ich komm runter.«

Leise schloss sie das Fenster und zog sich einen Kapuzenpulli über ihren Pyjama. Dann rannte sie zum Spiegel, fuhr sich mit den Händen durch die Haare und spielte ganz kurz mit dem Gedanken, ihn einfach dort unten stehen und versauern zu lassen. Verdient hätte er es. Stand einfach nachts vor ihrer Tür, nachdem sie schon gedacht hatte, sie würde nie wieder etwas von ihm hören. Ihr Wiedersehen hatte sie sich definitiv anders vorgestellt. Vielleicht hatte der Trick ihrer Mutter mit der positiven Visualisierung besser funktioniert, als sie gedacht hätte, denn jetzt, wo er endlich gekommen war, wollte sie eigentlich nur noch, dass er wieder ging. Auf Zehenspitzen und bei jedem Knarzen der Dielen erschrocken innehaltend – hoffentlich wachten ihre Eltern nicht auf, das hätte ihr gerade noch gefehlt –, schlich sie die Treppe hinunter, huschte zur Haustür und öffnete sie einen winzigen Spaltbreit.

»Was willst du?«

»Ich hab dir etwas mitgebracht.«

Sie sah ihn mit fragend hochgezogenen Brauen an.

»Komm raus, dann zeig ich's dir.«

Seufzend schlüpfte sie nach draußen und verschränkte die Arme vor der Brust. Sie gestand es sich zwar nur ungern ein, aber Gabriel sah genauso umwerfend aus wie an dem Abend, als sie ihn auf der gegenüberliegenden Straßenseite das erste Mal gesehen hatte. Vielleicht war er ein bisschen zerzauster und blasser als damals, doch der Blick seiner wunderschönen Augen traf sie immer noch mitten ins Herz. Aber hübsche Augen waren schließlich nicht alles, dachte sie trotzig.

»Hier«, sagte er und hielt ihr eine Pappschachtel mit zwei dampfenden Kaffeebechern und vier leicht zerdrückten Donuts hin.

»Kaffee und Donuts?«, fragte sie entgeistert. »Mitten in der Nacht?!«

»Ich ... also ... eigentlich wollte ich dir Blumen mitbringen«, stammelte er nervös, »aber das Einzige, was um diese Uhrzeit noch geöffnet hatte, war das Nachtcafé am Ende der Archway Road, wo die Taxifahrer immer sitzen.«

»Schön, dass du dir so viel Mühe für mich gegeben hast«, brummte April, die nicht vorhatte, es ihm so leicht zu machen.

Gabriel nickte leicht geknickt. »Ich hatte fest vor, dich anzurufen«, sagte er leise. »Wirklich, das musst du mir glauben. Aber ich hatte einfach …«

»Was?«, unterbrach April. »Wichtigeres zu tun?«

»Es ist kompliziert.«

»Ich weiß nicht, was an einem Anruf kompliziert sein soll, Gabriel«, seufzte sie. »Hör zu, es ist verdammt spät und verdammt kalt, und ich geh jetzt lieber wieder rein und …«

Er deutete auf den kleinen Platz auf der anderen Straßenseite. »Könnten wir uns nicht einen Moment auf eine Bank setzen? Ich möchte mich wenigstens bei dir entschuldigen und dir alles erklären.« Er lächelte zaghaft. »Die Donuts schmecken besser, als sie aussehen.«

April zögerte. »Es ist eiskalt.«

Gabriel stellte den Pappbehälter sofort auf dem Boden ab, zog seine Jacke aus und hielt sie ihr hin. »Bitte?«

Widerstrebend zog sie die Jacke an und schlang sie sich fest um den Körper. Sie duftete nach Gabriel und war schön vorgewärmt. Einen Moment lang konnte April sich ganz genau vorstellen, wie es sich anfühlen würde, in seinen Armen zu liegen.

»Meinetwegen, aber nicht lange. Und wenn mein Vater aufwacht, dann sage ich, dass du mich entführt hast, okay?«

Sie verschwand noch einmal kurz im Haus, schlüpfte in die Joggingschuhe ihres Vaters und folgte Gabriel dann die Stufen hinab und über die Straße.

»Gott, ich sehe aus wie eine Stadtstreicherin.«

Gabriel grinste. »Du siehst absolut hinreißend aus.«

Ha, ha, dachte April. *Sich erst nicht melden und mir jetzt Komplimente machen.* Gabriel setzte sich auf eine Bank, und sie ließ sich fröstelnd neben ihm auf der Kante nieder, die Hände tief in den Jackentaschen vergraben.

»Hier, der Kaffee wird dich ein bisschen wärmen.« Gabriel reichte ihr einen der Becher. »Es ist zwar keine Super-Spezial-

Extra-Latte, sondern bloß einfacher Filterkaffee, aber wenigstens ist er heiß.«

April nippte schweigend daran.

»Hör zu, ich ... Es tut mir wirklich leid, dass ich nicht angerufen habe«, sagte Gabriel schließlich. »Das war nicht okay. Es gibt nur ...« Er verstummte, musterte sie von der Seite und fuhr dann hastig fort: »Es gibt da nur ein paar Dinge, die ich dir im Moment noch nicht erklären kann. Dinge, von denen du wahrscheinlich gar nichts wissen willst und die, na ja, alles in allem bedeuten, dass wir nicht besonders gut zueinander passen.«

Na toll, dachte April. *Er macht mit mir Schluss, bevor überhaupt etwas zwischen uns passiert ist.*

Gabriel wandte ihr den Kopf zu und sah sie mit seinen im Licht der Straßenlaterne dunkel schimmernden Augen durchdringend an. »Aber das ist mir egal. Ich möchte trotzdem mit dir ...«

»Was?«

»... zusammen sein«, sagte er leise. »Ich möchte mit dir zusammen sein, April. So wie jetzt – nur du und ich, und niemand sonst. Was allerdings nichts daran ändern würde, dass es kompliziert wäre. Es würde immer Dinge geben, die ich dir nicht erklären könnte.«

Es lag so viel Sehnsucht und Aufrichtigkeit in seiner Stimme, dass April gar nicht anders konnte, als ihm zu glauben. Ihr klopfte das Herz bis zum Hals, und ihre Haut kribbelte. Er wollte mit ihr *zusammen* sein.

»Zum Beispiel könnte ich dir nicht erklären, warum ich so selten in der Schule bin«, fuhr Gabriel fort und wandte den Blick ab, »oder warum ich dich mitten in der Nacht auf eine einsame Parkbank entführe.«

April zuckte mit den Achseln, obwohl sich die Geste in den breiten Schultern seiner Jacke verlor. »Das ist schon okay«,

sagte sie. »Also eigentlich ist es nicht okay, aber es ist okay ...
ach, du weißt schon, wie ich es meine.«

Gabriel lachte. »Danke. Immerhin sind wir hier. Wir haben ein Date.«

»Ist es denn ein Date?«, fragte April, der plötzlich ganz flau im Magen war.

Gabriel hielt ihr einen Donut hin. »Es gibt bestimmt tollere Dates, ich weiß. Aber in Sachen Romantik bin ich immer ein bisschen hilflos.«

»Da muss ich dir leider recht geben.«

»Autsch.«

April nahm den Donut und biss ein Stück davon ab. Er hatte eine dicke Zuckergussglasur und war mit Marmelade gefüllt und schmeckte tatsächlich ziemlich gut. Plötzlich konnte sie sich nichts Romantischeres vorstellen, als nachts im Park auf einer Bank zu sitzen und Marmeladendonuts zu essen.

»Tja, es ist fast Mitternacht – Kino, essen gehen oder ein Drink im Pub kommen wohl eher nicht mehr infrage. Was hast du dir für unser Date denn so vorgestellt?«, fragte sie ihn mit einem Lächeln.

»Wie wäre es mit einem Spaziergang?«

April streckte die Beine aus und wackelte mit den Füßen in den zu großen Joggingschuhen. »Ich weiß nicht, ob ich in denen besonders weit komme.«

»Einen Versuch ist es wert.« Gabriel stand auf und hielt ihr galant den Arm hin. Sie rutschte von der Bank, hakte sich bei ihm unter, und die beiden schlenderten gemeinsam durch den Park. April musste zugeben, dass es sogar sehr romantisch war, Arm in Arm im Mondschein spazieren zu gehen, während alle anderen um sie herum schliefen.

»Ich mag die Nacht«, sagte sie, und ihr Atem blies kleine Dampfwölkchen in die kalte Luft. »Alles ist so still und ruhig.«

Gabriel nickte. »Als wäre man plötzlich mitten auf dem

Land, ohne dass man dafür hätte wegfahren müssen. Mir sind der Lärm und die Hektik der Stadt oft zu viel. Und es ist zu … zu hell.« Er zuckte mit den Achseln, aber April nickte.

»Ich weiß, was du meinst. Man kann sich gut vorstellen, wie es hier gewesen sein muss, als Highgate noch ein richtiges Dorf war … bevor es die ganzen Autos und all das gab.«

Schweigend gingen sie am Scientific Institute und der United Reform Church vorbei.

»Hast du Lust, zum Teich hinunter zu spazieren?«, fragte Gabriel.

April schüttelte zögernd den Kopf. »Ich glaube, es wäre besser, wenn ich wieder nach Hause gehe. Ich will nicht, dass mein Dad aufwacht, mich sucht und dich mit einem Golfschläger verprügelt.« *Zumindest will ich es jetzt nicht mehr, auch wenn ich vorhin dachte, dass du es verdient hättest,* fügte sie in Gedanken hinzu.

»Gut. Dann begleite ich dich noch zurück.«

»Dann war es das also schon?«, fragte sie, obwohl der Vorschlag, nach Hause zu gehen, von ihr selbst gekommen war. Der Gedanke, dass sie sich schon wieder voneinander trennen mussten, war unerträglich, aber ihr Gesicht fühlte sich vor Kälte schon so taub an, als hätte sie eine Dosis Botox gespritzt bekommen.

»Ich wünschte, du könntest noch ein bisschen bleiben«, sagte Gabriel leise.

»Und ich wünschte, du wärst ein bisschen früher gekommen …«, lachte sie, aber er blieb ernst.

»Glaub mir, es wäre für uns beide besser gewesen, wenn ich *gar* nicht gekommen wäre, aber ich konnte einfach nicht aufhören, an dich zu denken. Ich war ganz krank vor Sehnsucht, dich zu sehen. Außerdem …«, ein Lächeln huschte über sein Gesicht, »… bin ich schließlich dein Beschützer. Ich musste doch nach dir sehen.«

Vor dem Haus angekommen, zog April widerstrebend seine Jacke aus. Als sie sie ihm zurückgab, trafen sich ihre Blicke.

Küss mich. Bitte küss mich, flehte sie stumm. *Diesmal musst du es einfach tun.* Einen Moment lang schien ihr Wunsch wie eine visualisierte Zeitlupenaufnahme zwischen ihnen in der Luft zu schweben, und sie sah, wie sich seine Lippen öffneten. Dann fuhr er mit den Fingerkuppen sanft die Kontur ihrer Wange nach. Sie neigte den Kopf seiner Hand entgegen, genoss die Wärme seiner Berührung auf ihrer Haut.

»Bevor du gehst, würde ich gern noch etwas wissen«, sagte er.

April brachte keinen Ton heraus, konnte ihn nur fragend ansehen.

»Was ist mit deinem Lieblingsplatz? Erinnerst du dich? Du hast gesagt, du würdest mir deinen Lieblingsplatz in London zeigen.«

»Ach so«, sagte sie enttäuscht. »Covent Garden. Dort gibt es eine kleine Patisserie, die ganz toll ist.«

»Gibt es da gute Donuts?«

»Schokoladeneclairs, um genau zu sein.« Sie lächelte.

»Dann musst du mich unbedingt bald mal dorthin mitnehmen.«

»Vielleicht«, sagte sie leise und wandte sich zur Tür, aber er hielt sie am Arm fest.

»Nicht *vielleicht*«, sagte er. »Ganz bestimmt.«

April schlüpfte leise ins Haus, schloss die Tür und lehnte sich mit klopfendem Herzen dagegen. *Oh Gott, was war das denn gerade?* Sie legte eine Hand auf die Wange und spürte Gabriels Berührung nach. Dann zog sie die Joggingschuhe ihres Vaters aus, stellte sie unter die Garderobe und schlich mit einem debilen Lächeln auf dem Gesicht die Treppe zu ihrem Zimmer hinauf.

Sechzehntes Kapitel

Am nächsten Morgen brauchte April keinen Wecker, um wach zu werden. Noch bevor die Sonne es über den Horizont geschafft hatte, war sie schon aus dem Bett gesprungen und ins Badezimmer geeilt. Trotz des trüben Dämmerlichts fühlte sie sich hellwach und voller Tatendrang, und nachdem sie geduscht hatte, war sie bereit für die wichtigste Aufgabe des Tages: sich für die Schule zurechtmachen. Das richtige Outfit war heute von zentraler Bedeutung – sie wollte nicht nur strebsam und klug aussehen, sondern unwiderstehlich sexy. Zumindest eines war schon mal sicher: Wofür auch immer sie sich entschied, sie würde darin garantiert besser aussehen als in den Sachen, die sie gestern auf ihrem nächtlichen Spontan-Date mit Gabriel angehabt hatte. Aber sie wollte nicht nur besser, sondern *umwerfend* aussehen, wenn sie ihm begegnete, und die Chancen, dass sie sich sahen, standen gut – heute war nämlich Mittwoch, und auf dem Stundenplan stand als Erstes Philosophie.

Ungefähr eine Viertelstunde später türmten sich auf ihrem Bett alle möglichen Oberteile, Röcke und Hosen, die sie anprobiert und wieder aussortiert hatte. Nach langem Grübeln entschied sie sich für eine schwarze Leggins, ein blau-weiß gestreiftes Longshirt und Ballerinas, ein Look, der sie hoffentlich wie Kate Moss aussehen ließ und nicht so, als hätte sie Stunden vor dem Spiegel verbracht. Als sie die Treppe hinuntersprang, stellte sie überrascht fest, dass ihr Vater bereits am Küchentisch saß, wo er sich gerade über eine Schale Rice Krispies beugte.

»Morgen, Schatz«, begrüßte er sie. »So früh schon so munter?«

Sie drückte ihm schnell einen Kuss auf die Wange und tänzelte dann an ihm vorbei, um sich einen Toast zu machen.

»Da steckt doch irgendwas dahinter«, sagte ihr Vater. »Hat deine Mutter dir Prozac ins Essen gemischt? Gestern hast du noch ein Gesicht wie zehn Tage Regenwetter gezogen, und heute schäumst du vor guter Laune schier über.«

»Was dagegen?« April grinste. »Oder ist es neuerdings verboten, gute Laune zu haben?«

Ihr Vater betrachtete sie amüsiert. »Auf keinen Fall, nur zu!« Er lächelte. »Aber wenn du die echte April siehst, richte ihr doch bitte aus, dass sie hier trotzdem jederzeit willkommen ist.«

April streckte ihm die Zunge raus und holte sich einen Teller aus einem Küchenschrank. »Und, was steht bei dir in der Redaktion heute an?«, fragte sie.

Ihr Vater verzog das Gesicht. »Es geht immer noch um diese Morde. In einer Gegend wie dieser bekommt man nicht so oft ein Gewaltverbrechen auf den Tisch, geschweige denn zwei. Ich muss also dringend mit einer hieb- und stichfesten Exklusivstory aufwarten, bevor uns die Jungs von der Konkurrenz zuvorkommen. Ist nicht ganz so einfach bei einer Wochenzeitung mit kleinem Budget und wenig Mitarbeitern.«

»Hast du denn schon eine Idee?«

»Hm, vielleicht. Heute Abend erfahre ich mehr. Ich hab da eine ziemlich heiße Spur, und wenn etwas an der Sache dran ist, könnte es dem Fall sogar eine ganz neue Wendung geben.«

»Klingt spannend.«

»Mal sehen. Vielleicht lässt sich das Material auch für mein aktuelles Buch verwenden. Und wie sieht's bei dir aus? Welche Fächer hast du heute?«

»Gleich in der ersten Stunde Philosophie und – oh nein!« Aprils Laune bekam einen empfindlichen Dämpfer, als ihr einfiel, dass sie die Kurzgeschichte, über die sie heute im Unterricht sprechen wollten, gar nicht richtig gelesen, sondern lediglich überflogen hatte. Dabei würde der Falke sie, nach ihrer eher schwachen Leistung in der letzten Stunde, garantiert etwas dazu fragen. Außerdem war Benjamin Osbourne auch in dem Kurs, und wo er war, war auch Marcus Brent nicht weit. Bei dem Gedanken, ihn wiederzusehen, lief es ihr kalt über den Rücken.

»Was hast du denn auf einmal, Schatz?«, fragte ihr Vater.

»Ach, nichts«, wich April ihm aus.

»Sieht aber nicht nach nichts aus.«

»Ich ... ich hab bloß vergessen, eine Kurzgeschichte zu lesen, die wir aufhatten. Du weißt schon, die von John Wyndham. Ich hab dir neulich davon erzählt.«

Ihr Vater legte den Löffel zur Seite und griff nach seiner Tasche. »Wenn's weiter nichts ist ... Vielleicht kann ich dir helfen.«

»Hast du sie gelesen?«, fragte sie hoffnungsvoll.

»Nein.« Er klappte seinen Laptop auf. »Aber ich wette, bei Wikipedia steht eine Inhaltsangabe.«

»Stimmt! Superidee!«, jubelte April und schlang von hinten die Arme um ihn. »Dad, du bist einfach der Beste!«

»Hey, hey, immer mit der Ruhe!«, lachte er. »Ich bin mir nicht sicher, ob mich das als einen guten Vater auszeichnet. Ich kann mich nämlich nicht erinnern, in einem Elternratgeber jemals gelesen zu haben, dass man seinen Kindern helfen soll, bei den Hausaufgaben zu schummeln.«

»Dieses eine Mal ist es bestimmt okay.«

In diesem Moment klingelte das Telefon, und Aprils Herz

machte einen Satz. *War das vielleicht Gabriel?* »Ich geh schon«, sagte sie schnell und rannte in den Flur. Aber das Telefon stand nicht in der Station auf dem kleinen Dielentischchen.

»Dad? Wo ist das Telefon?«, rief sie.

»In meinem Arbeitszimmer vielleicht?«

Sie rannte ins Arbeitszimmer ihres Vaters und durchstöberte das Durcheinander auf dem Schreibtisch. »Herrgott, was muss er auch so ein Chaot sein«, murmelte sie genervt, während sie Unterlagen und Bücher hochhob. Schließlich entdeckte sie das Telefon unter einer Ausgabe des *New Scientist* und drückte es sich hastig ans Ohr.

»Hallo?«

»Du liebe Güte, was schreist du denn so, Kind?« Es war ihr Großvater.

»Oh, hallo, Grandpa«, sagte sie enttäuscht. Natürlich war die Idee, Gabriel könnte sie anrufen, absurd gewesen, aber nach ihrem gestrigen »Date« hätte sie alles für möglich gehalten.

»Was ist denn das für eine Begrüßung?«, brummte ihr Großvater beleidigt. »Da will man sich erkundigen, wie es seiner geliebten Enkeltochter geht, und wie wird es einem gedankt?«

»Tut mir leid.« April seufzte. »Ich ... ich dachte, es wäre jemand anderes.«

»Ha, das hab ich deutlich gemerkt!«, dröhnte er. »Ich bin schließlich nicht von vorgestern! Aber jetzt sag mir mal bitte, wer wichtiger sein könnte als dein eigen Fleisch und Blut, hmm? Sag mir das!«

April verdrehte die Augen und hielt – wie schon so oft – den Hörer ein paar Zentimeter vom Ohr weg, während er weitermeckerte. Die Anrufe ihres Großvaters arteten oft in wütendes Gezeter aus, weil er meinte, wegen irgendetwas beleidigt sein zu müssen. Letzte Woche hatte er ihren Vater zusammengebrüllt, weil er erst nach dem fünften Klingeln das Telefon abgenommen hatte. Es war nicht schwer zu erraten, von wem ihre Mutter ihr aufbrausendes Temperament geerbt hatte. April hatte mittlerweile akzeptiert, dass ihr Großvater eben einfach so war und sich auf seine alten Tage wohl auch nicht mehr ändern würde, aber heute Morgen hatte sie weder die Zeit noch die Geduld für seine Ausbrüche.

»Grandpa ... Grand... Grandpa, jetzt hör mir doch endlich mal zu«, versuchte sie seine Schimpftirade zu unterbrechen. »Ich unterhalte mich wirklich für mein Leben gern mit dir, aber ich muss gleich in die Schule und davor dringend noch eine wichtige Hausaufgabe erledigen.«

»Aha! Die Schule ist dir also wichtiger als dein eigener Großvater ...«, legte er von Neuem los, aber diesmal schnitt sie ihm gleich resolut das Wort ab.

»Ich liebe dich, Großpapa, lass uns später telefonieren«, sagte sie und legte auf.

Kurz überkam sie ein schlechtes Gewissen. Schließlich konnte ihr Großvater nichts dafür, dass er nicht Gabriel war. Trotzdem musste er ihr deswegen nicht gleich so eine Moralpredigt halten. Davon hatte sie in den letzten Tagen wahrlich schon genügend gehört. Sie stand einen Moment lang mit hängenden Schultern da und fragte sich, wie es sein konnte, dass ein so winziger Vorfall einem so leicht die gute Laune verdarb. Seufzend bückte sie sich nach den Blättern, die bei ihrer Suche nach dem Telefon auf den Boden geflattert waren, als ihr Blick auf einen Briefbogen mit dem vertrauten Schriftzug der *Sunday Times* fiel. Neugierig hob sie ihn auf und überflog den ersten Absatz.

Lieber William,
ich möchte Ihnen noch einmal sagen, wie sehr es mich ge-
freut hat, dass Sie es letzten Donnerstag möglich machen

konnten, zu einem Bewerbungsgespräch hierherzukommen. Sie wissen sicherlich, wie sehr wir Sie hier bei der ST schätzen — unser Redakteur Peter Noble ist ein besonders großer Fan von Ihnen. Ihre Ideen für den Aufbau eines engagierten Rechercheteams in Glasgow, um die Berichterstattung in der schottischen Ausgabe unserer Zeitung aufzupolieren, haben mich zutiefst beeindruckt.

Verwirrt ließ April den Brief sinken. Warum hatte ihr Vater ihnen nicht erzählt, dass er ein Vorstellungsgespräch bei der *Sunday Times* gehabt hatte? Sie las stirnrunzelnd weiter, und als sie zum letzten Absatz kam, stockte ihr beinahe der Atem.

… auf dieser Grundlage und vorbehaltlich der noch zu führenden Gehaltsverhandlung möchte ich Ihnen hiermit den Posten des Chefredakteurs anbieten, und zwar mit sofortigem Arbeitsantritt. Bitte teilen Sie mir Ihre Entscheidung so rasch wie möglich mit.

Mit den besten Grüßen
Paul Bingham
Verleger

April ließ sich fassungslos gegen die Schreibtischkante sinken. Warum schlägt jemand eine Spitzenstelle bei einer der renommiertesten Zeitungen des Landes aus, um stattdessen für ein Käseblatt Artikel über Parksünder und Dorffeste zu schreiben? Das ergab einfach keinen Sinn. Sie legte den Brief zurück, als ihr Blick auf die vielen Post-its fiel, die überall auf Unterlagen und Zetteln klebten. »Vampirhierarchie?« stand auf einem und darunter »Drei Nester? Vier?«.

»Verdammte Vampire!«, murmelte sie wütend, zog das Post-it ab, nahm den Brief wieder an sich und stürmte damit in die Küche zurück.

Ihr Vater blickte von seinem Laptop auf. »Wer war's denn?« Als er den Brief in ihrer Hand sah, huschte ein unbehaglicher Ausdruck über sein Gesicht.

»Was soll das?«, fragte sie und legte den Brief vor ihn auf den Tisch. »Warum hast du uns nichts davon erzählt?«

Er wurde blass. »Das … Das hätte ich noch.«

»Ach ja? Und wann, wenn ich fragen darf?«

»Hör zu, Schatz, ich kann verstehen, dass du wütend bist, aber das war etwas, das ich allein entscheiden musste.«

»Allein?«, fragte April fassungslos. »Eine Entscheidung, die die ganze Familie betrifft? Was ist mit Mum und mir? Zählt unsere Meinung etwa nichts mehr?«

»Doch, natürlich, aber …«

»Was aber? Du hast uns vorgemacht, wir hätten keine andere Wahl, als in dieses verdammte Provinznest zu ziehen. Deinetwegen musste ich die Stadt, in der ich praktisch aufgewachsen bin, und alle meine Freunde verlassen! Hast du eigentlich eine Ahnung, wie ich mich jetzt fühle?«

Ihr Vater stand auf und ging auf sie zu, aber April wich vor ihm zurück.

»Bitte, April, beruhige dich und lass uns vernünftig darüber reden.«

»Vernünftig darüber reden?« Sie schüttelte fassungslos den Kopf. »Dafür ist es jetzt wohl ein bisschen zu spät. Du hast ja schon Fakten geschaffen.«

»Ich wollte genauso wenig aus Schottland weg wie du.«

»Und warum sind wir dann hier? Von Edinburgh nach Glasgow sind es gerade mal vierzig Minuten, du hättest doch ohne Probleme pendeln können!« Vor Enttäuschung und Wut liefen ihr die Tränen über die Wangen.

»Manchmal muss man eben gewisse Opfer bringen, April, und …«, begann ihr Vater, aber sie unterbrach ihn wütend.

»Opfer! Von welchen Opfern sprichst du? Ich habe mein

ganzes bisheriges Leben aufgegeben, weil du uns gezwungen hast, hierherzuziehen. Ich muss in eine Schule gehen, wo ich im Unterricht noch nicht mal die Hälfte von dem verstehe, was sie dort reden, und wo mich alle von oben herab anschauen. Und das alles nur, weil du keine Lust auf den Job hattest, der dir angeboten wurde ...«

»Das war nicht der einzige Grund. Deine Mutter ...«

»Willst du die Schuld jetzt etwa auf Mum schieben? Sie war von Anfang an dagegen, dass du die Stelle in London annimmst, und ihr habt euch die ganze Zeit deswegen gestritten. Also wenn hier jemand verantwortlich ist, dann bist das einzig und allein du.«

Ihr Vater schüttelte den Kopf und senkte den Blick. April ballte die Hände so sehr zu Fäusten, dass sich ihre Fingernägel schmerzhaft in die Handflächen gruben. Ihr Vater schaffte es ja noch nicht einmal, sie anzusehen und einfach zuzugeben, dass er sie angelogen hatte. Sie wusste nicht, wann sie jemals so wütend gewesen war. Wie konnte er nur derart egoistisch über ihrer aller Leben entscheiden und ihnen einfach verschweigen, dass es eine Alternative gegeben hätte?

»*Warum* sind wir hier? Vielleicht deswegen?« Sie streckte ihrem Vater das Post-it entgegen. Auf seinem Gesicht spiegelte sich erst Verwirrung wider, dann Verlegenheit und schließlich Wut.

»Gib das sofort her!«, zischte er und machte einen Schritt auf sie zu. »Wie kannst du es wagen, auf meinem Schreibtisch herumzuschnüffeln!«

»Hier, bitte! Da hast du's!« Sie zerknüllte das Post-it und warf es ihm vor die Füße. »Wenigstens weiß ich jetzt, an welcher Stelle ich in deinem Leben stehe.«

Er hob den Zettel auf und strich ihn glatt. »Du solltest deine Nase nicht in Angelegenheiten stecken, die gefährlich sein könnten.«

»Gefährlich?«, höhnte April. »Falls du vom Highgate-Vampir sprichst: Damit er gefährlich sein könnte, müsste er erst mal existieren!«

Ihr Vater sah sie scharf an. »Der Highgate-Vampir? Was weißt du über die Sache?«

»Dein verdammter Highgate-Vampir ist eine Touristenattraktion, Dad!«, rief April höhnisch. »Den kennt hier jeder! Und wegen so einem Quatsch hast du uns hergebracht?«

»Untersteh dich, so mit mir zu reden!«, schrie er. »Wie kannst du mich nur für so selbstsüchtig halten? Wir sind hergekommen, weil es für die Familie das Beste war. Für jeden von uns. Auch für dich.«

»Okay, dann sieh mir jetzt in die Augen und sag mir, dass wir nicht wegen der verfluchten Vampire hier sind«, entgegnete April.

Ihr Vater starrte sie schwer atmend an. In seinem Blick sah sie Schuldgefühle und Trotz und noch etwas anderes, das sie nicht deuten konnte. Bis sie mit einem Mal erkannte, was es war: Traurigkeit. Er schloss die Augen, und einen Moment lang glaubte sie, er würde tatsächlich anfangen zu weinen. Ihr erster Impuls war, ihn in den Arm zu nehmen. William Dunne war immer ihr Held gewesen, ihr warmherziger und liebenswürdiger Vater, mit dem man im Gegensatz zu den meisten anderen Vätern, die sie kannte, Spaß haben konnte, der witzig war und an ihrem Leben Anteil nahm. Sie hatte immer das Gefühl gehabt, über alles mit ihm reden zu können, denn er war stark und klug und hatte vor allem meistens recht mit dem, was er sagte. Egal, was passierte, ihr Vater hatte eine Antwort darauf gewusst. Und jetzt hatte er ihr Urvertrauen in ihn erschüttert, hatte sie verraten, sich selbst von dem Sockel gestoßen, auf den sie ihn gestellt hatte. Er war nicht Superman, sondern ein ganz gewöhnlicher Durchschnittsvater, der eben doch nicht auf alles eine Antwort wusste, der Fehler machte und sich genau wie jeder andere Mensch vor schwierigen Entscheidungen drückte. Und diese Erkenntnis brach ihr beinahe das Herz.

»Es ging mir darum, ihnen näher zu sein«, sagte er leise. »Deswegen mussten wir nach Highgate ziehen. Die Sache ist wichtiger, als du dir vorstellen kannst.«

»*Ihnen?*«, fragte sie fassungslos. »Meinst du damit etwa die Vampire? Gott, Dad, du kannst einem wirklich leidtun.«

»Ich verbiete dir, so mit mir zu sprechen!«, entgegnete er wütend. »Ich bin dein Vater!«

»Toller Vater, der als erwachsener Mann noch an Märchen glaubt! Und wegen diesem albernen Quatsch hast du mein Leben ruiniert? Großvater hat recht, was dich betrifft!«

Ihr Vater stieß ein bitteres Lachen aus. »Er muss es ja wissen.«

April wusste, dass sie zu weit gegangen war, aber sie war so unglaublich verletzt, dass sie einfach nicht anders konnte, als noch einen draufzusetzen.

»Bei ihm bin ich mir wenigstens sicher, dass er nur das Beste für mich will«, sagte sie. »Es ist immerhin nicht seine Schuld, dass wir hier sind.«

Ihr Vater fuhr sich erschöpft durch die Haare. »Da wäre ich mir an deiner Stelle nicht so sicher.«

Plötzlich fiel das fehlende Puzzleteilchen an seinen Platz, und April verstand. Natürlich! *Er* war der Grund. Nur deswegen hatte ihr Vater ein fantastisches Jobangebot in Schottland abgelehnt und seine Familie kurzerhand hierherverfrachtet – er versuchte, seinem Schwiegervater zu imponieren.

»Darum geht es also?«, sagte sie ungläubig. »Du willst einen Bestseller schreiben, um Großvater zu beweisen, dass er sich in dir geirrt hat? Und wenn daraus auch noch eine Fernsehdokumentation gemacht werden würde, dann könntest du es ihm so richtig beweisen, ja?«

Er schüttelte den Kopf. »Sei nicht kindisch. Wir versuchen,

dir das beste Leben zu ermöglichen, das wir dir bieten können. Ich weiß, dass du dich schon für sehr erwachsen hältst,
April, aber es gibt trotzdem noch Gefahren auf dieser Welt,
vor denen du beschützt werden musst, und Dinge, die du
nicht verstehst.«

»Das weiß ich selbst«, stieß sie hervor, und ihr liefen wieder
Tränen übers Gesicht. »Aber wenn du wirklich glaubst, dass
es in Highgate blutsaugende Vampire gibt, dann kannst du
einem nicht nur leidtun, Dad, sondern … dann … dann bist
du echt nicht mehr zu retten. Gott, ist das alles zum Kotzen!«

»April Dunne!«, rief ihr Vater und packte sie am Arm. »Du
wirst dich auf der Stelle dafür entschuldigen, was du gesagt
hast!«

»Lass mich los!« Sie befreite sich aus seinem Griff, schnappte sich ihre Schultasche und wich zur Tür zurück. »An diesem
Ort werden Leute ermordet, und trotzdem bringst du deine
Familie hierher, wo sie in Lebensgefahr ist, und alles nur, um
einen alten Mann zu beeindrucken? Was soll ich denn sonst
von dir denken?«

»Ich gebe mein Bestes für dich und deine Mutter«, rief er
ihr hinterher. »Vielleicht hast du recht, vielleicht ist es an der
Zeit, dir zu erklären, was vor sich geht. Aber du musst mir
glauben, dass ich davon überzeugt war, alles zum Guten für
uns zu wenden und uns ein besseres Leben zu ermöglichen.«

»Falls wir es überhaupt schaffen, noch so lange am Leben
zu bleiben.« Schluchzend griff sie nach ihrem Mantel, zog ihn
an und drückte die Klinke der Eingangstür herunter.

»April, bitte«, beschwor er sie, kam in den Flur gelaufen
und stemmte eine Hand gegen die Tür. »Ich kann dir alles erklären!«

»Lass mich!« Sie schob seine Hand weg und riss die Tür
auf. »Das werde ich dir niemals verzeihen – niemals! Ich hasse dich!«

Sie stürmte die Stufen hinunter und rannte, ohne nach rechts und links zu schauen, über die Straße und den Platz. Erst an der Ecke zur Swain's Lane blieb sie schließlich stehen und blickte zum Haus zurück, weil sie tief in ihrem Inneren die winzige Hoffnung hatte, dass ihr Vater – der geliebte Held ihrer Kindheit – ihr nachgelaufen wäre. Doch da war niemand. Die Tür war zu und ihr Vater wieder im Inneren des Hauses verschwunden.

Siebzehntes Kapitel

Trotz des Regens boten die Teiche einen wunderschönen Anblick. Das wenige Licht, das sich seinen Weg durch den wolkenverhangenen Himmel bahnen konnte, verwandelte die feinen Regentropfen in einen schimmernden Vorhang, der über dem Wasser zu schweben schien. April zitterte vor Kälte. So hübsch das alles auch anzusehen war, bereute sie es doch, keinen Regenschirm mitgenommen zu haben. Sie schlug den Kragen ihres dünnen Mantels hoch und drängte sich noch etwas dichter an den Stamm der Trauerweide, unter die sie sich vor dem Schauer geflüchtet hatte. »Danke, Baum«, flüsterte sie und strich liebevoll über die Rinde. Wenigstens einer passte auf sie auf und bewahrte sie davor, dass ihr die Tropfen in den Nacken liefen. *Ein Baum!*, dachte sie kopfschüttelnd. Nach dem furchtbaren Streit mit ihrem Vater war sie blindlings Richtung West Hill gerannt. Sie hatte einfach einen Fuß vor den anderen gesetzt, bis sie schließlich im Park bei den Teichen gelandet war. Außer ein paar sehr pflichtbewussten Hundebesitzern schien sich niemand bei dem Wetter vor die Tür gewagt zu haben, sodass sie den Park praktisch für sich allein hatte. Sie ließ sich am Stamm der Weide zu Boden gleiten, schlang die Arme um die Knie und musste plötzlich laut aufschluchzen. Wie hatte ihr Leben nur so aus den Fugen geraten können? Noch vor wenigen Wochen hatte sie sich sicher und geborgen gefühlt, sie hatte Freunde gehabt, ein Haus mit einem Garten, und wäre mit ein bisschen Glück vielleicht sogar mit Neil Stevenson zusammengekommen. Sie hatte so ziemlich alles gehabt, was ein Mädchen sich wünschen konnte. Und jetzt? Ihre Schultern bebten, heiße Tränen liefen ihr über die Wangen und vermischten sich mit den Tropfen, die von den Blättern fielen. Jetzt hatte sie gar nichts mehr. Ihre Mutter war kaum zu Hause, ihr Vater war ein egoistischer Irrer, und ihre beste Freundin lebte Hunderte von Kilometern von ihr entfernt ihr eigenes Leben weiter. Was blieb ihr denn noch? Nachdenklich blickte sie auf das grünlich schimmernde, von Regentropfen getüpfelte Wasser und fragte sich, ob es wohl kalt sein würde. Obwohl sie schaudernd zu dem Schluss kam, dass es sogar ziemlich kalt sein würde, dachte sie, dass es ihnen allen recht geschehen würde, wenn man sie wie Ophelia auf dem präraffaelitischen Gemälde von Millais zwischen den Teichrosen treibend finden würde. Oder würde ihnen womöglich noch nicht einmal auffallen, dass sie weg war? Sie stieß einen tiefen Seufzer aus, stand auf, schlenderte um den Teich und schlug schließlich den Weg Richtung Parliament Hill ein. Im Sommer musste es hier herrlich sein, aber der Gedanke an fröhlich lachende, sonnenbadende und frisbeespielende Menschen machte sie nur noch trauriger und einsamer. Sie zog ihr Handy heraus und stellte fest, dass sie keine Nachrichten hatte. Genau wie schon vor fünf Minuten. Am liebsten hätte sie das Ding mit weit ausholender weltverachtender Geste in den Teich geworfen, aber das hätte bedeutet, jede Hoffnung aufzugeben. Außerdem liebte sie ihr Handy. *Mein Gott, April,* dachte sie. *Du bist genauso erbärmlich wie dein Vater.* Er klammerte sich an die absurde Vorstellung, in Highgate gäbe es übernatürliche Wesen, während sie sich an die ebenso absurde Hoffnung klammerte, Gabriel Swift könnte ihr Freund werden. Nein, es war noch viel schlimmer. Wenn sie ehrlich war, träumte sie sogar davon, dass er ihr einen Antrag machen, sie auf die Bahamas entführen, ihr in einer wunderschönen Zeremonie am Strand das Jawort geben und ihr nach einer leidenschaftlichen Hochzeitsnacht gestehen würde, dass er unglaublich reich und nebenbei auch noch der beste Freund von Justin Timberlake war. *Von wegen positive Visualisierung,* dachte sie schnaubend und kramte ein feuchtes Taschentuch aus der Tasche, um sich die Nase zu putzen. Während sie sich schnäuzte, fragte sie sich, welche Vorstellung eigentlich absurder war. Vampire oder Justin Timberlake? Wer weiß? Vielleicht hatte ihr Vater ja recht. Schließlich war er nicht allein. Caro glaubte an Vampire und Mr Gill aus der Buchhandlung ebenfalls. Und dann waren da außerdem noch diese seltsam glühenden Augen auf dem Friedhof und die Sache mit den verschwundenen Jungs auf den Partyfotos. Das waren vielleicht nicht gerade überwältigende Beweise für die tatsächliche Existenz Untoter, aber was wusste sie schon? Vor drei Wochen hätte sie auch noch nicht geglaubt, dass sie einmal mit einer Trauerweide reden und die Schule schwänzen würde. Als die Glocke der Kirche auf dem West Hill zu läuten begann, blieb April stehen und zählte stumm mit. Eins, zwei, drei … zehn Uhr. Der Philosophieunterricht war beinahe um, und sie bezweifelte, dass irgendjemand mitbekommen hatte, dass sie fehlte. *Gabriel vielleicht?* Vielleicht.

Sie bekam sofort ein schlechtes Gewissen. Es war gemein, ihm zu unterstellen, dass er so oberflächlich war. Zwar hatte er sich Zeit gelassen, bis er sich bei ihr gemeldet hatte, aber immerhin war er gestern Abend schließlich doch aufgetaucht, und obwohl er sich immer noch bedeckt hielt, hatte er wenigstens den Anstand gehabt, ihr zu sagen, dass es Dinge gab, die er ihr nicht erklären konnte. Er gab nicht vor, jemand zu sein, der er gar nicht war. Es war nicht seine Schuld, dass ihr Vater sie in dieses verdammte Highgate verschleppt hatte, um hier Doktor van Helsing für Arme zu spielen. Sie stieß ein bitteres Lachen aus und merkte plötzlich, dass sie völlig durchnässt war, erbärmlich fror und ihre Nase lief.

»Ach, was soll's«, murmelte sie, kehrte um und schlug den Weg zur Schule ein.

Als sie sich unter dem Handtrockner auf der Mädchentoilette die Haare trocken gefönt und ihre Schuhe mit Unmengen von Papiertüchern vom gröbsten Matsch befreit hatte, war die Philosophiestunde längst zu Ende, und der Englischkurs hatte bereits angefangen. Also ging sie stattdessen in die Bibliothek, wo sie wenigstens in Ruhe nachdenken und noch ein paar Hausaufgaben vorbereiten konnte. Sie schwänzte sonst nie den Unterricht und hatte das Gefühl, die versäumten Stunden irgendwie nachholen zu müssen. Außerdem wollte sie in Miss Holdens Kurs nicht schon wieder wie eine Vollidiotin dastehen.

Zur ihrer Überraschung war die Bibliothek wie ausgestorben.

»Wer sollte denn auch hier sein?«, schalt sie sich leise. »Die sitzen ja alle brav im Unterricht.« Trotzdem war sie froh, dass sie sich mit niemandem unterhalten musste. Nachdem sie ihre feuchte Jacke über einen Stuhl gehängt hatte, ging sie in die Geschichtsabteilung.

Also auf in die Renaissance, seufzte sie, während sie an den Regalreihen vorbeischlenderte und die Titel las. *Dann wenden wir uns mal der europäischen Kulturgeschichte zu, statt an romantische Dates mit Jungs zu denken.*

Sie zog ein paar Bücher aus dem Regal und blätterte darin herum, aber entweder waren sie staubtrocken oder extrem wissenschaftlich und kompliziert oder beides. *Warum kann es nicht so was wie »Weltgeschichte für Dummies« geben?*, fragte sie sich, als sie am Ende eines Regals einen Stapel Zeitschriften entdeckte.

»Ah, das ist doch schon eher was für mich«, freute sie sich und griff nach der, die zuoberst lag. Es war eine vergilbte Fachzeitschrift namens *Modern History*. Lustlos blätterte sie durch die Seiten und überflog Artikel über die Eisenzeit, über Römische Bäder und die Russische Revolution. Auf einmal blieb ihr Blick an einem Namen hängen, der in der Einleitung eines Artikels über Torfleichen stand, die im Moor gefunden worden waren: Annabel Holden. Das musste *Miss* Holden, ihre Geschichtslehrerin, sein – sie hatte den Artikel geschrieben! Als sie den Text las, musste sie jedoch enttäuscht feststellen, dass es sich um einen ziemlich langweiligen Beitrag über die konservierenden Eigenschaften von Mooren handelte. Nichts, das ihr für ihre nächste Stunde von Nutzen sein würde.

»Hm, obwohl …« April dachte kurz nach und nahm dann den kompletten Stapel Zeitschriften an ihren Platz mit. Als sie die Magazine durchblätterte, bestätigte sich ihre Vermutung: Miss Holden tauchte noch öfter darin auf, meistens als Verfasserin zäher Artikel, gelegentlich aber auch in Interviews, die mit ihr geführt worden waren. Allerdings war nichts davon besonders interessant, bis April in der vorletzten Zeitschrift auf einen Aufsatz stieß, der mit dem Titel »Die Vergangenheit frisst sich selbst« überschrieben war. In der Einleitung stand:

Neue wissenschaftliche Forschungsansätze stellen unser traditionelles Geschichtskonzept auf den Kopf und verlagern den Schwerpunkt von starren Zeitleisten und Daten auf zeitgenössische Quellen. Diese spannende neue Herangehensweise wird uns möglicherweise sogar dazu zwingen, einige unserer heiligsten Thesen neu zu überdenken.

Anschließend wurden die Vor- und Nachteile der Methode beleuchtet, sich der Geschichte als einem sich ständig wandelnden Organismus zu nähern, statt sie lediglich als eine statische Abfolge von Ereignissen oder von durch Könige und

Politiker gefällte Entscheidungen zu betrachten. Das war genau das Thema, über das Miss Holden in der letzten Stunde gesprochen hatte! Aber es kam noch besser, die Lehrerin wurde in dem Artikel sogar zitiert:

»Die Menschen des achtzehnten Jahrhunderts betrachteten sich nicht als geschichtliche Gestalten, die bald nur noch in Büchern und Aufzeichnungen existieren«, so Professor Annabel Holden von der Harvard University, »sondern als moderne und technisch fortschrittliche Intellektuelle. Sie hatten die sieben Weltmeere befahren, neue Länder entdeckt und den Himmel kartografiert. Sie hatten Dampfmaschinen entwickelt, die Eisenbahnen vorantrieben, und waren Gottes erwähltes Volk. Wenn wir sie nur als Museumsstücke oder geschichtliche Kuriositäten sehen, entgeht uns unglaublich viel. Wir müssen unser Verständnis für Geschichte von Grund auf revolutionieren und sie uns als die lebenden, atmenden Menschen vorstellen, die sie waren. In vielerlei Hinsicht waren die Könige, Königinnen und Politiker der Geschichte die Popstars ihrer Zeit.«

April hörte, wie sich ihr von hinten jemand näherte, und nahm an, dass Miss Townley in die Bibliothek gekommen war. Als sie sich jedoch umdrehte und stattdessen Layla sah, die auf sie zukam, wurde ihr ganz schlecht. Davinas Busenfreundin trug einen kurzen Faltenrock und einen eng anliegenden Rollkragenpullover und ließ sich mit einem künstlichen Lächeln im Gesicht ihr gegenüber auf den Stuhl sinken. April sah sich nervös um. Die Bibliothek war immer noch menschenleer, und die Uhr zeigte erst Viertel vor zwölf.

»Freistunde«, sagte Layla, die ihrem Blick gefolgt war, mit einem spöttischen Grinsen. »Jedenfalls trifft es sich sehr gut, dass wir uns hier begegnen, weil ich mich nämlich schon seit

⊲ 262 ⊳

der Party mal ganz in Ruhe mit dir unterhalten wollte. Und hier wird uns bestimmt niemand stören.«

»Worüber willst du dich denn unterhalten?«, fragte April misstrauisch.

»Ach, ich wollte nur mal hören, wie du dich bis jetzt so hier eingelebt hast und ob es irgendetwas gibt, wobei ich dir behilflich sein kann?«

April rutschte unbehaglich auf ihrem Stuhl hin und her. Layla wollte ihr helfen? Bis jetzt hatte sie eigentlich immer nur über sie gelästert und sie fertiggemacht.

»Danke, mir geht's bestens. Hier sind alle unglaublich nett und freundlich zu mir«, antwortete sie. Auf keinen Fall würde sie ausgerechnet der Schlange von dem toten Fuchs auf dem Friedhof erzählen oder sich wegen der üblen Partygerüchte ausheulen, die Marcus Brent verbreitet hatte.

»Ja, das ist mir auch aufgefallen«, sagte Layla, und in ihrer Stimme lag eine Schärfe, die April sofort in Alarmbereitschaft versetzte. »Es gibt eine Menge Leute an der Schule, die sehr interessiert an dir zu sein scheinen. Ich frage mich bloß ... *warum?*«

April zuckte mit den Achseln. »Weil ich die Neue bin, nehme ich an.«

»Mhmm.« Layla neigte gespielt teilnahmsvoll den Kopf. »War bestimmt nicht leicht für dich, in einer völlig unbekannten Umgebung ganz neu anzufangen, oder?«

»Wie schon gesagt, die meisten Leute hier haben mich total freundlich empfangen. Vor allem Davina. Es war echt nett von ihr, mich auf die Party einzuladen.«

Layla kniff die Augen zusammen. »Stimmt. Allerdings habe ich gehört, dass du dort nicht besonders viel Spaß hattest«, sagte sie mit einem kleinen Kichern. »Aber das solltest du nicht überbewerten, vor allem wenn man bedenkt, aus welchem Grund du eingeladen wurdest.«

»Wie bitte?« April runzelte die Stirn. »Ich fürchte, ich verstehe nicht, was du meinst.«

Layla sah sich kurz um und zischte dann: »Hör auf, dich dumm zu stellen, du kleines Miststück. Davina hat dich bestimmt nicht auf die Party eingeladen, weil sie dich so süß und nett findet, das wirst doch wohl sogar du gemerkt haben.«

»Äh … nein. Ich glaube nicht, dass …«

Layla griff über den Tisch nach Aprils Hand und hielt sie so fest umklammert, dass es schmerzte. »Denk drüber nach, *Neue*. Und während du das tust, kannst du dir auch gleich überlegen, ob du nicht langsam damit aufhören solltest, den ganzen Jungs hier an der Schule schöne Augen zu machen. Die scheinen ja alle hin und weg von dir zu sein. Sogar der arme Marcus Brent kann kaum die Finger von dir lassen.«

»Untersteh dich …«, stieß April wütend hervor, aber Layla ließ sie nicht ausreden.

»Ich begreife nicht, was die alle an dir finden«, sagte sie gehässig. »An deinem Aussehen kann es jedenfalls nicht liegen.«

»Was … Ich verstehe nicht … Aua!«

Layla grub ihre manikürten Fingernägel in Aprils Handrücken. »Und was ich dir jetzt sage, sage ich nur einmal: Lass die Finger von meinem Freund, verstanden? Er ist bereits vergeben, und zwar an mich!«

April spürte, wie sich mit einem Mal eine Eiseskälte in ihr ausbreitete. Stimmte das? Sie war sich so sicher gewesen, dass Gabriel alles, was er gestern gesagt hatte, aufrichtig und ernst gemeint hatte, aber plötzlich klangen seine Worte hohl und wertlos. Sie hätte am liebsten aufgehört zu atmen. Erst der Streit mit ihrem Vater und jetzt das. *Kann denn gar nichts auch mal gut laufen?* Ihr Leben verwandelte sich Stück für Stück in einen Albtraum.

Layla schob mit einem letzten warnenden Blick den Stuhl zurück und stand auf.

»Ich hoffe für dich, dass wir diese Unterhaltung nicht noch einmal führen müssen. Du hast offensichtlich keine Ahnung, wie die Dinge hier an der Ravenwood laufen, und wir wollen doch nicht, dass dir irgendetwas zustößt, oder? Ach, und unternimm bitte etwas gegen deine Haare«, fügte sie mit einem grausamen Lächeln hinzu. »Du siehst aus wie eine Pennerin.«

Caro schlug vor, Layla heiße Suppe in den Schoß zu schütten oder ihre Cola Light zu vergiften.

»Gewalt ist die einzige Sprache, die manche Leute verstehen«, sagte sie mit leiser, entschlossener Stimme und blickte zum anderen Ende der Cafeteria, wo die Schlangen an ihrem üblichen Platz saßen und mit gewohnter Selbstgefälligkeit an ihren Salatblättern knabberten. »Eine schöne Schale voll heißer Tomatensuppe würde sich auf ihrem Rock sicher ziemlich gut machen.«

»Na, na, na«, sagte Simon. »Wir wollen uns doch wohl nicht auf ihr Niveau herablassen, oder?«

»Und wenn schon«, schnaubte Caro. »Hast du dir mal die Abdrücke ihrer Klauen auf Aprils Hand angeschaut?«

»Schon gut, Caro.« April rieb sich über den Handrücken. »Mir ist ja nichts passiert.« Das war gelogen. Äußerlich mochte sie vielleicht unversehrt sein, aber in ihrem Inneren war sie zutiefst verletzt. Sosehr sie sich dagegen sträubte zu glauben, dass Layla tatsächlich mit Gabriel zusammen war, konnte sie nicht ausschließen, dass an der Behauptung vielleicht doch etwas dran war. Sie war hier bloß die Neue, während Layla schon seit Jahren an der Ravenwood war. Was wusste sie schon über Gabriel oder darüber, wie die Dinge hier liefen? Nicht einmal Caro oder Simon kannten ihn wirklich oder wussten, welches Leben er außerhalb der Schule führte, und dabei waren die beiden in Sachen Klatsch und Tratsch normalerweise immer auf dem neusten Stand.

»Meint ihr, sie ist wirklich mit Gabriel zusammen?«

»Ich habe ein paar diskrete Nachforschungen angestellt und kann …«, begann Simon, als Caro ihn prustend unterbrach.

»Sorry«, kicherte sie. »Aber *Diskretion* ist nun wirklich nicht deine Stärke.«

»Hallo?«, sagte April genervt. »Könntet ihr eure kleinen Sticheleien vielleicht ausnahmsweise mal sein lassen und euch ernsthaft meinen Problemen widmen?«

»Also«, setzte Simon von Neuem an und warf Caro einen finsteren Blick zu, »was Gabriel angeht, hab ich so gut wie nichts rausfinden können, aber Layla hat definitiv einen Freund. Sie haben es offensichtlich nicht an die große Glocke gehängt, was ihr zwar überhaupt nicht ähnlich sieht, aber …« Er sah April mitfühlend an, und sie nickte.

»Aber zu Gabriel würde es passen«, beendete sie den Satz für ihn. »Er ist eher der verschwiegene Typ.«

»Tut mir leid, Süße.« Caro griff nach Aprils Hand und drückte sie. »Hat er dir denn das Gefühl vermittelt, dass du gerade das einzige Mädchen in seinem Leben bist?«

April zuckte traurig mit den Achseln. »Er hat unser Treffen ein *Date* genannt. Es war kurz vor Mitternacht. Und er hatte Donuts dabei.«

Simon seufzte. »So sind wir Männer nun mal, mein Herz. Wir sind Getriebene unserer Bedürfnisse. Und sieh sie dir an.« Er deutete mit einer Kopfbewegung zu Layla hinüber, die Davina gerade etwas zuraunte, woraufhin die beiden in Lachen ausbrachen. »Layla ist exakt der Typ von Mädchen, der Jungs bei der Befriedigung dieser Art von Bedürfnissen gern behilflich ist. Für gewöhnlich in einer Toilettenkabine.«

»Simon!« Caro verpasste ihm einen Tritt gegen das Schienbein und nickte kurz vielsagend in Aprils Richtung. »Etwas weniger Informationen hätten es auch getan!«

»Tut mir leid.« Er zog schuldbewusst die Schultern hoch. »Vielleicht hast du recht und Diskretion zählt wirklich nicht zu meinen Stärken. Trotzdem bleibt die Frage, wie wir weiter vorgehen sollen?«

April sah ihn verblüfft an. »Weiter vorgehen? Wie meinst du das?«

»Na ja, wir können ja wohl nicht zulassen, dass Miss Krallenklaue gewinnt, oder?«

April betrachtete nachdenklich die Kratzer auf ihrem Handrücken und sah dann zu Layla hinüber. »Nein«, sagte sie. »Können wir nicht.«

Aprils Besuch in der Bibliothek hatte sich ausgezahlt – sie war heil durch die Geschichtsstunde gekommen. Wie erwartet hatte Miss Holden sie aufgerufen und ihr eine schwierige Frage zur Rolle der Politik in der Gesellschaft des Mittelalters gestellt. Aber sie hatte sich sofort an den letzten Satz des Interviews erinnert, in dem die Geschichtslehrerin von Königen und Königinnen als Popstars gesprochen hatte, und geantwortet, dass die Staatsoberhäupter schon damals wussten, wie sie die Stimmung in der Bevölkerung benutzen konnten, um an Beliebtheit zu gewinnen oder sie zu erhalten. Zwar hatte Chessy, eines der Mädchen aus Davinas Gefolge, ihr etwas den Wind aus den Segeln genommen, indem sie spöttisch gefragt hatte: »Machst du es dir mit dieser Definition von Politik nicht ein bisschen zu leicht?«, aber April hatte gesehen, dass Miss Holden ihre Antwort recht wohlwollend zur Kenntnis genommen hatte. Nicht beeindruckt – immerhin hatte April sich ihrer eigenen Theorie bedient, was sie jedoch nicht wissen konnte –, aber doch zufrieden, dass sie sich offensichtlich mit dem Thema auseinandergesetzt hatte. Außerdem war es ihr gelungen, sich gleich nach dem Gong aus dem Klassenzimmer zu stehlen, ohne eine weitere Predigt gehalten zu bekommen, was sie als Zeichen wertete, dass die Lehrerin ihr gegenüber gnädig gestimmt war. Sie war gerade auf dem Weg zum Schultor, wo sie sich mit Caro treffen wollte, um weitere Rachepläne gegen Layla zu schmieden, als sie plötzlich jemanden sah. Sie blieb wie angewurzelt stehen und versteckte sich hinter einem Pfeiler. Gabriel wartete neben dem Eingang und rieb sich die Hände, um sie zu wärmen. Wartete er etwa auf sie? Hatte er von ihrer Begegnung mit Layla in der Bibliothek erfahren? Wollte er ihr alles erklären? Sie beobachtete mit angehaltenem Atem, wie sein Blick suchend über die herausströmenden Schüler wanderte, so als würde er tatsächlich auf jemanden warten. Nach einer Weile schob er missmutig die Hände in die Jackentasche und ging mit finsterem Blick Richtung Tor. April atmete erleichtert aus. Sie brauchte noch etwas Zeit, um sich erst mal selbst über alles klar zu werden, bevor sie ihm das nächste Mal gegenübertreten konnte. Kaum hatte sie ihr Versteck verlassen, hörte sie, wie jemand ihren Namen rief. Als sie sich umdrehte, sank ihre Laune in den Keller. Mr Sheldon stand bei seinem Wagen neben dem Haupteingang und winkte sie zu sich.

»Hätten Sie einen Moment Zeit, April?« Er fixierte sie mit seinem seltsamen Raubvogelblick, während sie auf seinen schicken Sportflitzer zuging und sich seiner Aufforderung folgend auf den Beifahrersitz setzte.

»Nun, April«, sagte er, nachdem sie vorsichtig die Tür der Nobelkarosse zugezogen hatte, um sie ja nicht zu beschädigen. »Ich will gar nicht lange um den heißen Brei herumreden – warum sind Sie heute nicht in meinem Unterricht erschienen?«

Seine Direktheit verschlug ihr die Sprache. Sie war es gewöhnt, dass Lehrer erst einmal herumdrucksten und sich eher langsam an das Problem herantasteten, indem sie Fragen wie »Ist bei Ihnen zu Hause alles in Ordnung?« stellten.

»Ich habe im Moment ein paar persönliche Probleme.«

»Verstehe. Und welcher Art sind diese persönlichen Probleme?«

Wieder fühlte sie sich völlig überrumpelt. An der St. Geoffrey's hätte kein Lehrer es gewagt, weiter nachzuhaken, weil alle Angst gehabt hätten, sich irgendwelche Geschichten über pubertätsbedingten Weltschmerz anhören zu müssen.

»Ich hatte einen schlimmen Streit mit meinem Vater.«

»Tatsächlich? Und das war Grund genug für Sie, dem Unterricht fernzubleiben, statt mit dem Rest der Klasse über die Kurzgeschichte von John Wyndham zu diskutieren?«

»Ja.«

Mr Sheldon nickte und schien einen Moment lang darüber nachzudenken. »Sie sind sich doch sicherlich im Klaren darüber, dass die Ravenwood School eine Schule für besonders begabte Schüler ist?«

»Ja.«

»Nun, dann werden Sie sich gewiss auch vorstellen können, dass die Ravenwood School zu den Schulen des Landes zählt, die den besten Notendurchschnitt vorweisen können, weshalb die Warteliste für die Aufnahme hier entsprechend lang ist. Sie verdanken es den guten Beziehungen Ihrer Familie, dass Sie überhaupt an dieser Schule aufgenommen wurden.«

April wollte darauf etwas erwidern, aber Mr Sheldon hob die Hand. »Verstehen Sie mich nicht falsch, April, dagegen ist grundsätzlich nichts einzuwenden. Sehr viele unserer Schüler haben sich ihre Aufnahme mit Geld erkauft oder verdanken sie dem Einfluss ihrer Familie. Und Ihre Familie gehört zu den einflussreichsten, wenn ich das mal so sagen darf.«

April sah ihn überrascht an, aber Mr Sheldon sprach schon weiter.

»Allerdings haben wir die Pflicht, unserem guten Ruf gerecht zu werden, und wenn ein Schüler oder eine Schülerin unsere hohen Anforderungen nicht erfüllen kann, müssen wir die Betroffenen leider bitten, unsere Schule wieder zu verlassen, ganz gleich wie einflussreich ihre Familien sein mögen. Ist Ihnen klar, was ich Ihnen damit sagen möchte?«

»Natürlich«, antwortete April leise.

»Wunderbar, dann haben wir uns also verstanden«, sagte der Schuldirektor und schob den Schlüssel ins Zündschloss.

April stieg aus und ging um den Wagen herum, als Mr Sheldon noch einmal das Seitenfenster herunterließ. »Eines noch, April«, sagte er und winkte sie zu sich zurück. »Ich nehme an, dass ein Gespräch mit einem Lehrer Ihrer Erfahrung nach stets mit Sätzen wie: ›Wenn Sie irgendwelche Probleme haben oder über etwas reden möchten, meine Tür steht Ihnen immer offen‹, endet?«

April sah ihn fragend an und stellte unbehaglich fest, dass der Blick seiner Augen noch stechender war als vorher. Sie musste an ein physikalisches Experiment aus der Mittelstufe denken, bei dem sie die Anziehungs- beziehungsweise Abstoßungskraft von Magneten untersucht hatten. Aus irgendeinem Grund erinnerten seine Augen sie an die kleinen Magnete, die sie an diesem Tag benutzt hatten.

»Ich persönlich kann mir kaum etwas Schrecklicheres vorstellen, als jeden Tag eine Horde aufgelöster Schülerinnen in meinem Büro sitzen zu haben, die darüber jammern, dass ihr Freund sie wegen einer anderen sitzen gelassen hat«, fuhr Mr Sheldon fort. »In Ihrem Fall habe ich allerdings das Gefühl, Ihnen gegenüber eine gewisse Verantwortung zu tragen.«

April schüttelte stirnrunzelnd den Kopf. »Warum? Wegen der Sache mit Marcus Brent?«

Er sah sie einen Augenblick lang an, als hätte er keine Ahnung, wovon sie sprach. »Nein, das ist nicht der Grund – obwohl Sie versichert sein können, dass wir in diesem Fall mit ganz besonderer Härte vorgegangen sind. Ein solches Verhalten dulde ich an meiner Schule nicht. Allerdings ist es durchaus ein Lehrbeispiel dafür, wie gefährlich es ist, bösartige Gerüchte über jemanden zu verbreiten, ganz gleich welche Provokation dem vorausgegangen ist.«

April starrte ihn fassungslos an. Wieso wusste er so genau, was passiert war?

»Finden Sie nicht, dass Sie sich in dieser Angelegenheit besser an einen der Lehrer hätten wenden sollen? Wir unterstützen keine Selbstjustiz an der Ravenwood.«

»Aber … ich verstehe nicht …«, stammelte April. »Warum haben Sie das Gefühl, dass Sie sich um mich ganz besonders kümmern müssen?«

Der Schulleiter sah sie einen Moment lang an und brach dann in Lachen aus. »Mein Gott, dann haben Ihre Eltern es Ihnen gar nicht erzählt?« Er startete den Wagen.

»Haben mir *was* nicht erzählt?«, fragte April über das Röhren des Motors hinweg.

Mr Sheldon zögerte kurz und sagte dann mit einem kleinen Lächeln: »Dass ich ein alter Freund der Familie bin.«

Achtzehntes Kapitel

Caro erwartete sie schon am Schultor.

»Lizzie Welch hat mir erzählt, dass du dir vom Falken einen Rüffel abholen musstest, da dachte ich, ich bleibe besser in der Nähe, falls du Trost brauchst.«

»Lieb von dir«, sagte April zerstreut. Ihr schwirrte nach dem Gespräch mit dem Schulleiter immer noch der Kopf. Sie hätte gern mehr über diese angebliche Freundschaft zu ihrer Familie erfahren, aber als sie nachgehakt hatte, hatte er bloß gesagt: »Vielleicht fragen Sie das lieber Ihre Mutter.«

»Gabriel hat auch eine Weile hier rumgestanden. Er sah irgendwie genervt aus, aber das scheint bei ihm ja der Normalzustand zu sein. Jedenfalls wollte ich ihn nicht so direkt fragen, ob er vielleicht auf dich wartet.«

April nickte, und sie gingen langsam auf der Swain's Lane in Richtung des Cafés auf der High Street.

»Was hat der Sheldon denn von dir gewollt? Hat er dir die Leviten gelesen, weil du nicht im Unterricht warst? Oder ging es um dieses Arschloch Marcus Brent? Was passiert jetzt überhaupt mit dem?«

»Mr Sheldon hat angedeutet, dass er ziemlich hart mit ihm ins Gericht gegangen ist.«

Caro schauderte. »Puh, ich kann mir vorstellen, dass das kein Spaß für ihn war – was nicht heißen soll, dass ein Dreckskerl wie Marcus nicht die allerhärteste Strafe verdient hätte.«

»Und dann hat er die Frechheit besessen, mir zu sagen, ich

hätte mich lieber einem Lehrer anvertrauen sollen, statt Marcus zu ›provozieren‹. Er hat fast so getan, als wäre es meine eigene Schuld gewesen.«

»Wie bitte? Das ist ja wohl das Allerletzte!«, schimpfte Caro. »Aber da sieht man mal wieder, dass Lehrer einfach keine Ahnung haben, was unter den Schülern wirklich abgeht. Gott, manchmal hasse ich diese verdammte Schule.«

»Geht mir genauso«, stimmte April ihr seufzend zu. »Hauptsächlich wollte er wohl wegen des versäumten Unterrichts heute Vormittag mit mir reden und nicht wegen Marcus. Aber was mich viel mehr belastet ...« Sie zögerte kurz und fragte sich, ob sie ihrer Freundin von dem Streit mit ihrem Vater erzählen sollte, entschied dann aber, dass sie dringend mit jemandem darüber reden musste. Also berichtete sie ihr von dem Jobangebot und dem Post-it mit den Vampir-Anmerkungen und wie der Konflikt zwischen ihr und ihrem Vater eskaliert war, nachdem sie ihn deswegen zur Rede gestellt hatte.

»Ich war so wahnsinnig wütend«, sagte sie. »Er ist überhaupt nicht bereit, einzusehen, dass es total egoistisch von ihm ist, seine Familie an einen Ort zu bringen, von dem er glaubt, dass dort ein Haufen blutsaugender Killer sein Unwesen treibt.«

Caro verzog das Gesicht. Das Thema Vampire war immer noch ein wunder Punkt zwischen ihnen beiden, obwohl sie seit ihrem kleinen Streit nach der Party nicht mehr darüber gesprochen hatten. Natürlich hatte April sich bei ihr dafür entschuldigt, dass sie so überreagiert hatte, aber seitdem hatte sie das Thema nicht mehr angeschnitten. Einerseits waren in den letzten Tagen zu viele andere Dinge passiert, die ihr Kopfzerbrechen bereitet hatten, zum anderen waren ihr die Nachforschungen ihres Vaters über Untote aber auch ein bisschen peinlich gewesen. Es war eine Sache, wenn eine überzeugte Anhängerin von Verschwörungstheorien wie Caro an Ungeheuer und Dämonen glaubte – schließlich war sie erst sechzehn und besaß offensichtlich eine lebhafte Fantasie –, aber es war etwas ganz anderes, wenn ein Familienvater Anfang vierzig auf solche Ammenmärchen hereinfiel. April hatte sich an die Spleens ihres Vaters gewöhnt, doch hier ging es um etwas anderes. Sie hatte sich nicht mit dem Gedanken auseinandersetzen wollen, dass er seine Familie durch den Umzug nach Highgate womöglich vorsätzlich in Gefahr gebracht hatte, nur weil er hinter einer Story her gewesen war. Allerdings deuteten die jüngsten Ereignisse leider darauf hin, dass irgendetwas an seinen Theorien dran sein musste.

»Ich verstehe, was du meinst«, sagte Caro nachdenklich. »Schließlich erwartet man von seinen Eltern, dass sie vernünftige und nachvollziehbare Entscheidungen treffen. Aber das tun sie eben nicht immer. Mein Vater hat zum Beispiel letztes Jahr einfach seine gesamten Ersparnisse für ein monströses Wohnmobil ausgegeben. Wir können es uns kaum leisten, die Heizung reparieren zu lassen, aber jetzt parkt vor unserem Haus ein mobiles Chemieklo.«

April musste kichern.

»Eltern sind nicht automatisch klüger, bloß weil sie erwachsen sind. Manchmal verhalten sie sich genauso unvernünftig wie wir«, fuhr Caro fort. »Vielleicht ist dein Vater ja wirklich hergekommen, um für sein Buch zu recherchieren, aber ich glaube, dass er sich nicht bewusst war, in was für eine Gefahr er euch bringt, sondern erst hier gemerkt hat, dass er sich und seiner Familie womöglich ein bisschen zu viel zugemutet hat.«

»Das kann schon sein.« April lächelte. Sie war froh, sich Caro anvertraut zu haben. Wahrscheinlich hatte ihre Freundin recht, und ihr Vater war ursprünglich davon ausgegangen, dass die Vampirgeschichte sich letzten Endes genau wie die

Kornkreise und anderen paranormalen Phänomene, die er untersucht hatte, als reiner Mythos entpuppen würde, aber dann waren die Morde passiert, und er hatte erkannt, dass er möglicherweise an einer ganz großen Sache dran war. Sie schüttelte den Kopf. Es war nicht einfach, seine Eltern als ganz normale Menschen mit Fehlern und Schwächen zu sehen, und sie war sich nicht sicher, ob sie das überhaupt wollte.

»Ach, da fällt mir noch etwas Komisches ein, das Mr Sheldon vorhin gesagt hat.«

»Was denn?«, fragte Caro.

»Er hat behauptet, er sei ein alter Freund der Familie.«

»Was? Das klingt nicht komisch – das klingt *gruselig*! Also ich hätte keine Lust, mich von Mr Sheldon babysitten zu lassen.«

»Ja, aber das Komische daran ist, dass ich bis letzte Woche noch nie etwas von ihm gehört hatte. Er war auch ganz sicher noch nie bei uns zu Hause. An diese stechenden Augen hätte ich mich ganz bestimmt erinnert. Und als ich dann nachgehakt habe, hat er so getan, als wäre das Ganze ein Riesengeheimnis.«

»Stimmt, das ist wirklich komisch. Am besten, du fragst mal deinen Vater.«

April verzog das Gesicht. »Ist vielleicht ein bisschen schwierig im Moment. Schließlich hab ich ihm gerade erst gesagt, dass ich ihn hasse.«

»Ach ja, stimmt. Tut mir leid.«

Inzwischen waren sie auf Höhe des Friedhofs angekommen, und April zog Caro auf die andere Straßenseite, um nicht neben dem schmiedeeisernen Zaun entlanggehen zu müssen, durch den die weißen Grabsteine zu sehen waren, die im schwindenden Licht wie gespenstische Gebeine aus der Erde ragten.

»Was ist denn jetzt eigentlich mit Gabriel? Hat er vorhin

auf dich gewartet? Habt ihr noch mal miteinander gesprochen?«, fragte Caro.

April schüttelte den Kopf. »Nein, und ich hab im Moment schon genug andere Sorgen. Gabriel ist mir jetzt erst mal egal.«

Caro sah sie mit skeptisch hochgezogenen Brauen an. »Und das soll ich dir abkaufen?«

April versuchte zu lächeln, aber es gelang ihr nicht. »Ich bin irgendwie total verwirrt. Einerseits würde ich gern mit ihm reden, und andererseits hab ich das Gefühl, erst mal in Ruhe über alles nachdenken zu müssen.«

Noch vor ein paar Stunden war sie sich so sicher gewesen, was ihn und seine Gefühle für sie anging. Immerhin war er mitten in der Nacht mit Donuts und Kaffee unter ihrem Fenster erschienen und hatte gesagt, dass er mit ihr zusammen sein wollte, egal wie kompliziert es werden würde. Er hatte dabei so zögernd und hilflos gewirkt, dass sie keinen Zweifel an seiner Ernsthaftigkeit gehabt hatte. Sie hatte nie ein romantischeres Date mit einem Jungen erlebt. Nicht dass sie in der Hinsicht besonders viel Erfahrung gehabt hätte, aber Gabriel verkörperte alles, was ein Mädchen sich nur wünschen konnte: Er war liebenswürdig und zuvorkommend … und unglaublich sexy. Aber seit Layla im wahrsten Sinne des Wortes ihre Krallen ausgefahren und behauptet hatte, er wäre bereits an sie vergeben, schmerzte jeder noch so flüchtige Gedanke an ihn. Einen wunderbaren Augenblick lang war Gabriel das Beste gewesen, das ihr im Leben je passiert war, und jetzt … jetzt bohrte sich die Erinnerung an ihre letzte Begegnung wie ein stumpfes Messer in ihr Herz.

April ließ den Kopf hängen. »Ich komme mir nur so dumm vor«, seufzte sie. »Da wirft ein Junge mitten in der Nacht Steinchen an mein Fenster und lädt mich zu einem Spaziergang im Mondschein ein, und schon träume ich von der ganz großen Liebe. Dabei hatte er sich wahrscheinlich bloß mit Layla gestritten und wollte sich ein bisschen mit mir ablenken. Bestimmt hat er das gemeint, als er gesagt hat, dass alles ziemlich kompliziert wäre.«

»Hör auf, dich selbst fertigzumachen«, sagte Caro und rieb ihr liebevoll die Schulter. »Es ist doch nicht deine Schuld, wenn der Scheißkerl zweigleisig fährt. Diese romantische Nummer mit dem Mitternachtsdate hätte selbst mich total umgehauen, und du weißt ja mittlerweile, was für eine Zynikerin ich bin.«

April nickte traurig. »Aber wenn er wirklich mit Layla zusammen ist, muss ich ihn mir aus dem Kopf schlagen ... oder? Außer sie beschließt plötzlich, sich von ihm zu trennen und Nonne zu werden.«

»Was nicht sehr wahrscheinlich ist«, sagte Caro.

»Und selbst wenn – ich weiß nicht, ob ich mich damit zufriedengeben könnte, bloß zweite Wahl zu sein.«

Caro grinste. »Ach ... bei so einem heißen Typen ...«

April brachte ein winziges Lächeln zustande. »Mal sehen. Vielleicht denk ich noch mal drüber nach.«

Als sie am Haupteingang des Friedhofs vorbeikamen, wanderte Aprils Blick unwillkürlich zu dem großen schweren Eisentor, fast so, als rechne sie damit, in den dahinterliegenden Schatten ein glühendes Augenpaar oder einen knöchernen Zeigefinger zu sehen, der sie herbeiwinkte.

»Alles okay?«, fragte Caro besorgt.

»Ja, es ist nur ... Ich weiß, dass es kindisch ist, aber seit dem Abend, an dem Isabelle ermordet wurde und ich den toten Fuchs gefunden habe, laufe ich nicht mehr so gern hier vorbei.«

»Was soll daran denn kindisch sein?«, entgegnete Caro. »Das würde doch jedem so gehen.« Sie nahm Aprils Hand und rannte mit ihr über die Straße, in den Waterlow Park hinein.

»Was machst du denn?«, lachte April, als ihre Freundin sie den Hügel hinauf auf den Teich zuzerrte.

»Ich rette dich!«, rief Caro. »Und jetzt komm endlich. Wir müssen im Americano sein, bevor ihnen diese köstlichen Cremeteilchen ausgehen.«

Lachend durchquerten sie den Park und rannten an der großen Voliäre mit den Vögeln und den Tennisplätzen vorbei, bis sie schließlich völlig außer Atem die High Street erreicht hatten.

»Halt! Stehen bleiben! Ich kann nicht mehr!«, keuchte April, beugte sich vor und stützte sich mit den Händen auf den Knien ab. Caro trabte zurück und hakte sich bei ihr unter, nachdem sie sich wieder aufgerichtet hatte.

»Schwächling.« Sie grinste. »So wirst du es nie in die Leichtathletikmannschaft der Ravenwood schaffen.«

»So was an dieser Schule für Intelligenzbestien?«

»Nein«, lachte Caro und zog April weiter die Straße entlang.

Als sie zu dem Zebrastreifen zwischen der High Street und Bisham Gardens kamen, näherte sich ein Streifenwagen mit Blaulicht, dicht gefolgt von einer Ambulanz und einem weiteren Polizeiauto. Der ohnehin schon dichte Feierabendverkehr geriet vollends ins Stocken, als die anderen Autos seitlich ausscheren und zum Teil sogar auf den Bordstein ausweichen mussten, um den Wagen Platz zu machen. April hielt sich die Ohren zu, als sie mit kreischenden Sirenen vorbeirasten.

»Die haben es aber ganz schön eilig!«, brüllte Caro über den Lärm hinweg.

Selbst als die kleine Fahrzeugkolonne schon außer Sichtweite war, blieb das ohrenbetäubende Heulen der Sirenen weiterhin hörbar.

»Komm mit! Irgendwo ganz hier in der Nähe muss was passiert sein!«, rief Caro und wollte April mit sich ziehen.

»Ich weiß nicht …« April zögerte. »Da ein Krankenwagen dabei war, sind wahrscheinlich Menschen verletzt, und das Letzte, was die jetzt brauchen, sind neugierige Schaulustige.«

»Jetzt komm schon mit!«, rief Caro. »Wann kriegt man schon mal einen echten Notfall zu sehen? Bitte! Wir schauen nur ganz kurz, was passiert ist, okay?«

Caro flitzte über die Straße, und April folgte ihr widerstrebend. Sie holte sie ein, als sie gerade in die South Grove einbog und in Richtung des kleinen Platzes rannte, der gegenüber von ihrem Haus lag.

»Hey, das ist ja quasi direkt bei dir vor der Tür«, rief Caro ihr aufgeregt über die Schulter zu.

Als ob das was Gutes wäre, dachte April und wich einem weißen Lieferwagen aus, der ihretwegen bremsen musste.

»Sorry!«, rief sie und hob entschuldigend die Hände, als der Fahrer wütend auf die Hupe drückte, dann rannte sie weiter auf den Pond Square zu. Der Platz war von rotierendem Rot- und Blaulicht, das von den umliegenden Gebäuden und Bäumen reflektiert wurde, hell erleuchtet. Die Einsatzfahrzeuge parkten dicht an dicht in der Straße, und dazwischen rannten Leute hin und her und brüllten sich über den Lärm irgendwelche Anweisungen zu. Erst jetzt bemerkte sie, dass Caro stehen geblieben war und nun wieder zu ihr zurückgerannt kam. Das Gesicht ihrer Freundin wirkte in dem gespenstisch kreiselnden Licht blass und ernst. April spürte sofort, dass etwas Schlimmes passiert sein musste, aber als sie an ihr vorbeilaufen wollte, hielt Caro sie am Arm fest.

»Warte, April …« Ihre Stimme klang besorgt. »Ich glaub, die sind in euer Haus gerannt.«

»Was?« April lächelte verwirrt. »Aber … das kann doch gar nicht sein …«, murmelte sie und ging, während Caro sie weiter am Arm hielt, wie ferngesteuert noch ein paar Schritte weiter über den Platz. »Oh Gott!« Sie presste sich eine Hand auf den Mund, als sie durch eine Lücke zwischen den Einsatzfahrzeugen sah, dass die gelbe Eingangstür offen stand. Erschrocken riss sie sich von Caro los.

»April!«, rief Caro verzweifelt. »Bleib stehen …«

Aber April ließ ihre Tasche fallen und raste blindlings über die Straße und auf das Haus zu. Ein uniformierter Polizist versuchte, sie aufzuhalten, als sie den Vorgarten erreicht hatte, doch sie stieß ihn von sich und stürmte dann die Stufen hinauf und durch die Tür in den Flur, wo sie beinahe über einen Mann in einer hellgrünen Jacke gestürzt wäre, der vor dem Arbeitszimmer ihres Vaters kniete.

»Was ist passiert? Was … Was tun Sie hier?« Ihre Stimme war kaum mehr als ein heiseres Flüstern. Alles um sie herum begann sich zu drehen, als sie sich mit angstgeweiteten Augen umsah und zu begreifen versuchte, was vor sich ging. Zu ihrer Rechten lag das Wohnzimmer – es sah aus, als wäre darin eine Bombe explodiert. Zerfledderte Papiere und Bücher waren über den ganzen Boden zerstreut, Regale und Bilder von den Wänden gerissen und kaputtgeschlagen worden. Das kleine Dielentischchen lag umgeworfen im Flur, daneben das Telefon, dessen Mobilteil aussah, als hätte es jemand mit farbverschmierten Fingern angefasst. *Wenn Dad das sieht, bekommt er einen Anfall,* dachte sie völlig zusammenhangslos, weil ihr Verstand sich noch weigerte zu glauben, was sie tief in ihrem Inneren bereits wusste: Was sie da sah, war keine Farbe. Langsam folgte ihr Blick den dunklen Schmierspuren, die sich über den Boden und die Wand hinauf zogen. Am Türrahmen prangte ein dicker Klecks – nein, kein Klecks, *ein Handabdruck* –, der sich nach unten hin verwischte, als hätte jemand – nicht jemand, *dein Dad, dein Dad* – versucht, sich festzuhalten, und wäre zu Boden gerutscht.

»NEEEIIIN!« Sie drängte sich an dem Rettungssanitäter vorbei, der am Boden kauerte und sich über irgendetwas beugte, während Caro und der Polizist vergeblich versuchten, sie zurückzuhalten.

Dieses *Etwas* war ihr Vater. Ihr *Vater*. Er lag zwischen Arbeitszimmer und Flur auf dem Boden und starrte mit blicklosen Augen an die Decke. Unter seinen Schultern breitete sich eine dunkle Lache aus. Der Sanitäter machte sich an einer tiefen klaffenden Wunde an seinem Hals zu schaffen. Sie sah aus, als hätte jemand das Fleisch aufgerissen.

»Nein! Nein! Bitte nicht, Dad, bitte nicht«, wimmerte April. Mit bebenden Fingern fuhr sie die Konturen seines Gesichts nach, ohne ihn zu berühren, und umklammerte dann seine schlaffe Hand, die sich feucht und klebrig anfühlte. *Blut. Das ist Blut. Das Blut meines Vaters.* Die Worte hallten seltsam unwirklich durch ihren Kopf. Seine Augenlider flatterten, und aus seiner Kehle drang leises Gurgeln. *Er lebt! Er lebt!* April blickte verzweifelt zu dem Sanitäter auf, der sie jedoch gar nicht wahrzunehmen schien, sondern sich voll und ganz auf seine Arbeit konzentrierte. Immer noch versuchten die anderen, sie wegzuzerren, aber sie schlug sie weg.

»Liebes...«, stieß ihr Vater röchelnd hervor. Er drehte ihr mit einem kaum wahrnehmbaren Lächeln den Kopf zu. »Hab...« Er hustete rasselnd, und zwischen seinen Lippen zerplatzten kleine Blutbläschen. »Keine... Angst.«

Der Sanitäter schob April zur Seite und leuchtete ihrem Vater mit einer kleinen Taschenlampe in die Augen. »Können Sie mich hören?« Er legte eine Hand an seine Wange. »Nicht ohnmächtig werden! Halten Sie durch! Sie schaffen das!«

William Dunne brachte ein schwaches Nicken zustande, woraufhin der Sanitäter ihm ein Verbandspäckchen auf die Kehle drückte, das sich sekundenschnell dunkelrot färbte.

»April«, wisperte ihr Vater, dessen gurgelnde Stimme kaum noch hörbar war, als würde ihm der Atem ausgehen. »April... du musst etwas wissen. Deine Mutter...«

Plötzlich verkrampfte er sich und stöhnte laut.

»Dad, nicht«, schluchzte April. »Du darfst nicht sprechen ... bitte ...«

Er lächelte sie mit blutverschmierten Lippen an und drückte erneut ihre Hand. »Ich liebe dich, April. Ich werde immer für dich da sein.«

»Ich liebe dich auch, Dad! Bitte verlass mich nicht, bitte!«

Sie blickte zu dem Sanitäter auf und sah gerade noch, wie er den Polizisten einen Blick zuwarf und kaum merklich den Kopf schüttelte.

»Nein! Nein! Nein!«, rief sie weinend, als der Polizist von hinten die Arme um sie schlang und sie wegzog.

»Komm, Kleines. Lass den Mann seine Arbeit tun«, versuchte er sie zu beruhigen.

»Nein ... nein ... ich will bei ihm bleiben ... nein ...« Verzweifelt versuchte sie sich aus den Armen des Polizisten zu befreien, streckte flehend die Hände nach ihrem Vater aus, rief nach ihm und klammerte sich am Türrahmen fest, wo ihre roten Fingerabdrücke sich mit den seinen vermischten.

Als man ihr die Wolldecke brachte, wusste sie, dass er tot war. Sie saß mit Caro, die ihr einen Arm um die Schulter gelegt hatte, draußen auf dem Platz auf einer Parkbank und spürte kaum, wie eine Polizistin sie ihr umlegte. Ihr Blick war auf die gelbe Eingangstür geheftet, durch die die Sanitäter gerade die fahrbare Trage schoben, auf der ihr Vater lag. Sie wirkten routiniert, aber in ihren Bewegungen lag nicht die fieberhafte Hektik und angespannte Nervosität, die man normalerweise erwarten würde. Es war keine Eile mehr geboten – und in diesem Moment wusste sie es. Ihr Vater war tot.

»Ihre Mutter ist schon auf dem Weg ins Krankenhaus«, sagte die Polizistin sanft. »Wir bringen Sie dorthin.«

April starrte ausdruckslos ins Leere.

Caro sah zu der Beamtin auf und nickte. »Danke.«

Die Polizei hatte den gesamten Platz abgesperrt, aber die Schaulustigen hielten auch so respektvoll Abstand. Vielleicht spürten sie, dass etwas Schreckliches geschehen war.

»Kommen Sie.« Die Polizistin nahm April am Arm und führte sie zu einem der Streifenwagen. Kurze Zeit später rollte der Rettungswagen gefolgt von dem Polizeiauto langsam vom Platz. April saß stumm zwischen Caro und der Polizistin auf der Rückbank. Wartete auf irgendein Gefühl, irgendeine Reaktion auf das Schreckliche, das sie gesehen hatte. Aber sie fühlte sich innerlich taub und leer, als wäre sie der Welt entrückt und könnte zwar alles sehen, aber nicht wirklich daran teilhaben.

»Warum sollte jemand so etwas tun?«, fragte sie mehr sich selbst als Caro oder die Polizistin neben sich.

»Es gibt nun mal schreckliche Menschen auf der Welt«, antwortete die Polizistin. »Aber Sie können sicher sein, dass wir alles tun werden, um den Täter so schnell wie möglich zu fassen.«

April wollte etwas darauf erwidern, wollte die Polizistin auffordern, sofort mit der Suche nach dem Mörder zu beginnen, doch es war, als wären ihre Lippen eingefroren, sie brachte keinen Ton heraus. Und dann stand sie plötzlich in der Eingangshalle des Krankenhauses, blinzelte gegen das grelle Neonlicht an und sah zu, wie die Sanitäter, die ihren Vater auf der Trage den Flur hinunterschoben, immer kleiner und kleiner wurden, bis sie hinter einer Schwingtür verschwanden.

Verwirrt blickte sie sich um. Ärzte und Schwestern eilten an ihr vorbei, Patienten in Klinikkitteln schlurften auf Krücken gestützt oder Infusionsständer neben sich herschiebend freud- und hoffnungslos durch den Flur.

»Wo sind wir hier?«, flüsterte April. *Sieht es so in der Hölle aus?* Die Polizistin führte sie und Caro in einen kleinen leeren Warteraum, wo sie auf weißen Plastikstühlen Platz nahmen.

»Warum kann ich denn nicht weinen?«, fragte April tonlos.

»Du weinst doch«, sagte Caro leise.

April berührte ihre tränenüberströmte Wange. »Er hat versucht, mir etwas zu sagen, bevor er … bevor …«

Caro nickte und zog sie fest an sich. »Ich weiß, meine Süße, ich weiß.«

»Was hat Ihr Vater denn gesagt?«, erkundigte sich die Polizistin.

April sah zu ihr auf. Sie war noch ziemlich jung, nur ein paar Jahre älter als sie und Caro, und hatte ein hübsches rosiges Gesicht, aber der Ausdruck in ihren Augen vermittelte April trotz ihrer Benommenheit das Gefühl, auf der Hut sein zu müssen. Im Blick der jungen Beamtin lag Ehrgeiz, vielleicht hoffte sie, etwas von ihr zu erfahren, das ihr für ihre Karriere nützlich sein könnte. April nahm es ihr nicht übel, sie wusste, dass sie nur ihre Arbeit machte, aber eine innere Stimme sagte ihr, dass es klüger war, in Ruhe über alles nachzudenken, bevor sie mit jemand anderem darüber sprach. Sie musste erst versuchen, ihre eigenen Schlüsse aus allem zu ziehen.

»Dass er mich liebt«, sagte sie schluchzend.

»Natürlich hat er dich geliebt«, flüsterte Caro heiser und drückte sie an sich. »Natürlich hat er das.«

Aber April wusste, dass ihr Vater versucht hatte, ihr auch noch etwas anderes mitzuteilen. Etwas sehr Wichtiges, das er mit einem eindringlichen, ernsten Blick unterstrichen hatte, als er gesagt hatte: »April … du musst etwas wissen. Deine Mutter …«

April vergrub den Kopf in den Händen. Die letzten Worte ihres Vaters. Eine entsetzliche Übelkeit stieg in ihr auf, als sie sich an ihre eigenen letzten Worte erinnerte, die sie ihm heute Morgen entgegengeschleudert hatte: »Das werde ich dir niemals verzeihen – niemals! Ich hasse dich!« Gemeine, egoistische Worte, mit denen sie ihm hatte wehtun wollen. Worte, die sie in dem Moment genau so gemeint hatte, die sie ihm buchstäblich vor die Füße gespuckt hatte. Und auch wenn sie ihm in diesem letzten schrecklichen Moment auf dem Fußboden zwischen Flur und Arbeitszimmer gesagt hatte, dass sie ihn liebte, wusste sie, dass diese grauenhaften, kindischen, trotzigen Worte sie für den Rest ihres Lebens verfolgen würden.

»Verzeih mir«, flüsterte sie. »Bitte verzeih mir, Dad.«

Die Tür flog auf, und ihre Mutter stürzte, die Arme weit ausgebreitet, das Gesicht vor Kummer ganz bleich und ausgezehrt, ins Wartezimmer.

»Liebling!« Sie riss ihre Tochter in ihre Arme und presste sie an sich. April brach von heftigen Schluchzern geschüttelt zusammen und weinte und weinte, dass sie kaum noch Luft bekam. *Warum er? Warum, Gott, warum? Oh bitte, mach, dass das alles nicht wahr ist. Ich will meinen Dad zurück.* Verzweifelt klammerte sie sich an ihre Mutter, die sie wie ein kleines Kind in den Armen wiegte, ihr beruhigende Worte zuflüsterte, ihr die Stirn küsste, die Tränen wegwischte und mit ihr weinte. Als sie schließlich völlig erschöpft und mit hämmerndem Kopf wieder aus ihrer Trauer auftauchte, waren Caro und die Polizistin gegangen. Sie fuhr sich mit dem Ärmel übers Gesicht und blickte zu ihrer Mutter auf.

»Wer sollte ihm das antun, Mum?«, fragte sie. »Wer hat ihn so gehasst?«

»Ich weiß es nicht«, sagte ihre Mutter mit gepresster Stimme. »Aber wir werden die Schuldigen finden und sie dafür büßen lassen. Glaub mir, das werden sie bitter bereuen.«

Ihre Augen waren ganz dunkel vor Trauer und Fassungslosigkeit, und es lag eine Entschlossenheit darin, die April noch nie zuvor gesehen hatte.

»Glaubst du, es hat etwas mit seiner Arbeit zu tun? Einer gefährlichen Spur, die er verfolgte?«

Ihre Mutter schüttelte den Kopf. »Ich habe wirklich keine Ahnung, Liebes, aber wer auch immer es war, wird den Tag verfluchen, an dem er Hand an diesen wunderbaren Mann gelegt hat ...«

April kamen wieder die Tränen, und sie sank von Schluchzern geschüttelt in sich zusammen, als sie daran dachte, dass ihr herzensguter, lieber Vater jetzt leblos und kalt irgendwo in diesem Gebäude lag. Wie konnte das sein? Es war falsch, sinnlos und schrecklich ungerecht. Ihre Mutter nahm sie zärtlich in die Arme und murmelte leise tröstende Worte, die ihren Schmerz doch nicht lindern konnten.

April hob den Kopf. »Ist er wirklich für immer fort?«

Ihre Mutter nickte. »Jetzt gibt es nur noch uns beide«, flüsterte sie und strich ihr die Haare aus dem feuchten Gesicht. »Wir müssen stark sein – für ihn. Er hätte nicht gewollt, dass wir den Mut verlieren.«

April zog hilflos die Schultern hoch. »Ich bin nicht stark. Ich will einfach nur einschlafen und nie wieder aufwachen.«

»Sag das nicht, Liebes.« Ihre Mutter legte einen Finger unter ihr Kinn, hob es an und suchte ihren Blick. »Du bist das Wertvollste, das ich auf der Welt habe.«

Es lagen so viel Gefühl und Hingabe in ihren Worten, dass April ihre Mutter erstaunt ansah. Der Schmerz hatte sich ihr tief ins Gesicht gegraben, und in ihren Augen glitzerten noch immer Tränen. Plötzlich schämte April sich. Sie war so in ihrem eigenen Kummer verloren gewesen, dass sie den Schmerz ihrer Mutter gar nicht wahrgenommen hatte. Sie hatte ihn schon geliebt, bevor die beiden überhaupt gewusst hatten, dass sie eines Tages eine Tochter haben würden. Sie hatte ihren Mann verloren, ihre große Liebe. Ihr Innerstes musste in tausend Stücke zerbrochen sein. April schlang fest die Arme um sie und drückte sie an sich.

»Du hast recht, Mum«, sagte sie. »Wir müssen jetzt aufeinander aufpassen.«

Aber in ihrem Herzen hatte sie sich noch nie einsamer gefühlt als in diesem Moment.

Teil zwei

Neunzehntes Kapitel

Es war ein wunderschöner Morgen – für andere Leute zumindest. April saß gegenüber dem Friedhofstor auf der Mauer, beobachtete die kleinen Sonnenstrahltupfer, die durch die Blätter der Bäume fielen und auf dem Gehweg tanzten, sobald ein Windhauch die Äste bewegte, und wünschte sich, sie könnte sich über das ungewöhnlich gute Wetter freuen. Wünschte sich, sie könnte sich überhaupt über irgendetwas freuen. Sie spürte, wie ihr trotz der milden Temperaturen allmählich die Kälte des Steins in die Glieder kroch, konnte sich aber nicht dazu durchringen, aufzustehen. So wie sie sich zurzeit zu kaum etwas durchringen konnte. Wenn sie sich nicht irrte, war heute Mittwoch, seit dem Tod ihres Vaters war also erst eine Woche vergangen, aber inzwischen hatte die Zeit ihre Bedeutung verloren. Manchmal dehnte eine Minute sich zu einer Ewigkeit aus und drohte sie dem eisernen Griff eines bohrenden Schmerzes zu überlassen, ein andermal saß sie in der Wanne, blickte auf und stellte fest, dass bereits eine Stunde vergangen und ihr Badewasser eiskalt geworden war.

Ein älteres Paar trat aus dem Park, überquerte die Straße und ging gemächlich auf das geschlossene Tor zu. Sie schauten auf das Schild, und die Frau warf einen Blick auf ihre Uhr. Offensichtlich befriedigt zauberte sie einen kleinen Falthocker aus ihrer Tasche und setzte sich, um zu warten.

April wusste eigentlich, dass es ein Fehler gewesen war hierherzukommen. Eine Wunde kann nur heilen, wenn man aufhört, darin herumzustochern. Das war so etwas wie Erste-Hilfe-Grundwissen, das jeder Mensch hatte. Auf ihre Situation übertragen hieß das: Halte dich von allem fern, was mit dem Tod deines Vaters zu tun hat – falsch, mit der *Ermordung* deines Vaters. Was das betraf, so war sich die Polizei absolut sicher, so sicher, dass kurz darauf eine Pressekonferenz anberaumt und in einer ersten Stellungnahme bekannt gegeben wurde, dass der »bekannte Journalist und Autor William Dunne in seinem Haus überfallen und ermordet wurde«. Sie hatten von einem »schrecklichen Vorfall« gesprochen, was April wütend gemacht hatte. Mit »schrecklich« konnte man vielleicht das Wetter beschreiben oder ein Fußballergebnis. Aber das Wort wurde noch nicht einmal annähernd dem grauenvollen Verbrechen gerecht, das an ihrem Vater begangen worden war. Die Polizei hatte die Bevölkerung dazu aufgerufen, Ruhe zu bewahren, und versichert, alles in ihrer Macht Stehende zu tun, um den Mörder zu finden. Dieses »Alles in ihrer Macht Stehende« schien allerdings nur daraus zu bestehen, an ein paar Türen am Pond Square zu klopfen und die Nachbarn zu befragen, ob sie irgendetwas Auffälliges gesehen oder mitbekommen hätten. Die Antwort hatte wohl immer Nein gelautet. April hatte Detective Inspector Reece angerufen, der mit dem Fall betraut war – derselbe Beamte, der sie am Tag nach Isabelles Ermordung in Mr Sheldons Büro befragt hatte –, um von ihm etwas über den Stand der Ermittlungen zu erfahren. Er war zwar mitfühlend und höflich gewesen, hatte aber keinerlei Informationen an sie weitergegeben. »Vertrauen Sie uns, April«, hatte er gesagt, »wer immer das getan hat, wir finden ihn.« Aber genau das war das Problem: Sie vertraute der Polizei nicht. Sie vertraute niemandem mehr. Ihr Vater war in seinen eigenen vier Wänden – ihrem Zuhause – umgebracht worden, und niemand schien den Grund dafür zu kennen. Hatte es etwas mit seinen Nachforschungen zu tun? War es ein aus dem Ruder gelaufener Einbruch gewesen? Hatte er seinen Mörder womöglich gekannt? April fühlte sich schutzlos und konnte das Gefühl nicht abschütteln, auf Schritt und Tritt beobachtet zu werden. Was in gewisser Weise auch den Tatsachen entsprach. Vor ihrem Haus waren Polizeibeamte postiert worden, um sensationslüsterne Schaulustige und skrupellose Presseleute abzuschrecken, die seit einer Woche ihr Lager auf dem Platz aufgeschlagen hatten. Wie vorherzusehen gewesen war, hatten sich die Zeitungen wie die Hyänen auf die Story gestürzt: Drei brutale Morde innerhalb von nur einer Woche lieferten Stoff für saftige Schlagzeilen. *Ham & High*, die Zeitung, für die ihr Vater gearbeitet hatte, hatte ganze acht Seiten über die Fälle gebracht, die hauptsächlich auf Spekulationen und Vermutungen beruhten. Offensichtlich wussten die Autoren genauso wenig wie April oder die Polizei, was für einer Sache William Dunne auf der Spur gewesen war. Man hatte ihrer Mutter nahegelegt, erst einmal unterzutauchen. Natürlich nur inoffiziell – niemals hätte man bei Scotland Yard zu solch drastischen Mitteln gegriffen, sie an einen geheimen sicheren Ort zu bringen –, aber man hatte ihrer Mutter eindringlich geraten, »dem Mädchen zuliebe« Highgate zu verlassen. Also waren sie vorübergehend zu ihrem Großvater gezogen, etwas anderes wäre ihnen auch kaum übrig geblieben. Ihr Großvater hatte sie mit offenen Armen aufgenommen und war froh, sie bei sich zu haben. April war angenehm überrascht davon gewesen, wie einfühlsam er mit ihnen umging. Er ließ ihnen ihren Freiraum und schützte sie sowohl vor der Presse und der Polizei als auch vor den wohlmeinenden Beileidsbekundungen Bekannter am Telefon. Und er hatte noch kein einziges geringschätziges Wort über ihren Vater verloren – im Gegenteil. Trotzdem trug der gotisch-düstere Prunk der Hamilton-Villa mit ihren dunklen Winkeln und schmalen, hohen Fenstern nicht gerade dazu bei,

Aprils Laune zu heben. Am liebsten wäre sie nach Edinburgh zu Fiona und ihren Freunden zurückgekehrt, um sich mit vertrauten Menschen und Erinnerungen an glückliche Zeiten zu umgeben. Doch sie konnte jetzt nicht weg. Die Polizei wollte sie noch einmal befragen, offensichtlich ging man davon aus, dass der Mord an ihrem Vater etwas mit den Morden an Alix Graves und Isabelle Davis zu tun hatte. Aber der zweite und eigentlich wichtigere Grund, weshalb sie in London blieb, war, dass sie sich Sorgen um ihre Mutter machte. Sie schien sich gerade so lange beherrscht haben zu können, bis sie das Gefühl gehabt hatte, dass ihre Tochter über den schlimmsten Schmerz hinweg war, und war dann selbst völlig zusammengebrochen. In der letzten Woche hatte sie kaum das Bett verlassen, sie aß nicht mehr, wusch sich nicht, war hohlwangig und blass. Am besorgniserregendsten jedoch war, dass sie sich weigerte, darüber zu sprechen. Jedes Mal, wenn April in das dämmerige Zimmer ihrer Mutter trat, hatte sie den Eindruck, als warte sie darauf, dass ihr Mann endlich kam, um sie zu wecken. Als könnte sie alles ungeschehen machen, indem sie so tat, als wäre es nie geschehen. April war also gezwungen gewesen, mehr oder weniger allein klarzukommen, und hatte ihre Tage damit verbracht, stundenlang grübelnd auf einer Bank im Garten zu sitzen oder durch Covent Garden Market zu streifen, wo die Schaufenster bereits vorweihnachtlich bunt dekoriert waren. Um ihre sich im Kreis drehenden Gedanken abzulenken, hatte sie sich einfach treiben lassen, egal wohin. Hauptsache, sie war weit genug vom düsteren Haus ihres Großvaters entfernt. Und so hatte sie sich heute plötzlich in der U-Bahn wiedergefunden und war an den einzigen Ort zurückgekehrt, der sie in London an ihren Vater erinnerte: nach Highgate.

Mittlerweile hatten sich vor dem Friedhofstor ungefähr ein Dutzend Leute eingefunden, die in kleinen Zweier- oder

Dreiergrüppchen zusammenstanden. Bis auf ein junges Touristenpärchen in funktionaler Outdoorkleidung waren es eher ältere Semester in Tweedklamotten. *Warum sind die alle hier?*, fragte April sich. *Weil sie selbst schon mit einem Bein im Grab stehen?* Hätte man ihr dieselbe Frage gestellt, hätte sie jedoch auch keine befriedigende Antwort darauf gewusst. In diesem Moment öffnete eine rundliche Frau mittleren Alters in einem grauen Kostüm das Tor und winkte die Wartenden herein. April zögerte. *Ist das wirklich eine gute Idee, oder mache ich es mir damit nur noch schwerer?* Aber wie so oft in letzter Zeit übernahm ihr Instinkt die Führung, und im nächsten Moment war sie schon durch das Tor gegangen und hatte sich der Gruppe angeschlossen.

»Das Geld geben Sie bitte dem jungen Mann zu Ihrer Linken«, rief die Frau mit Oberlehrerinnenstimme. *Na toll,* dachte April, als sie sich in der Schlange anstellte, ohne zu wissen, worauf sie sich überhaupt einließ. *Eine Friedhofsführung mit Enid Blyton.* Nachdem alle ihren Obolus entrichtet hatten, wurden sie über einen großen Vorplatz zu einem von Holzbänken flankierten Kriegsdenkmal gescheucht, wo die Gouvernante sich als »Judith« vorstellte, wobei ihr anzusehen war, dass es ihr höchst unangenehm war, sich mit dem Vornamen anreden lassen zu müssen. Judith begrüßte jeden der Führungsteilnehmer persönlich und erkundigte sich, woher sie kamen.

»Ähm, aus Edinburgh«, antwortete April zögernd, weil ihr plötzlich wieder einfiel, wie eindringlich die Polizei sie davor gewarnt hatte, sich in dieser Gegend aufzuhalten.

»Ach, Sie kommen aus Schottland?« Judith musterte sie missbilligend über den Rand ihrer Goldbrille hinweg – offensichtlich entsprach sie nicht ihrer Vorstellung der kultivierten Bildungsbürgerinnen, die sie sich für ihre Führung wünschte – und wandte sich dann schnell den anderen zu. Zur Gruppe gehörte ein Trio aus Esher und ein Paar aus Norfolk, die weißhaarige ältere Dame mit dem Falthocker und ihr Mann kamen »aus einer kleinen Stadt in Cheshire«, und die Outdoor-Freaks waren Touristen aus der Ukraine. Am interessantesten fand April ein Paar aus Milwaukee, das trotz seines betagten Alters – die beiden mussten ungefähr Ende sechzig sein – Jeans und Lederjacke trug, als wären die zwei gerade erst von einer Harley-Davidson gestiegen. Vielleicht waren sie das ja auch. Judith schien ihr unkonventionelles Auftreten gar nicht zu schätzen und richtete ihre strengen Warnungen – immer bei der Gruppe bleiben, nicht über Gräber laufen oder die angelegten Wege verlassen und keine Videoaufnahmen! – vor allem an diese beiden. Anschließend riss sie den Arm in die Höhe, als würde sie das Startzeichen für ein Formel-1-Rennen geben, trällerte »Hier entlang, bitte!« und führte die sich langsam in Marsch setzende Gruppe eine Marmortreppe am hinteren Ende des Vorplatzes hinauf. Oben angekommen brachen alle kollektiv in ehrfürchtige Ausrufe des Staunens aus. Von dem erhöhten Aussichtspunkt aus bot der Friedhof mit seiner düsteren Schönheit einen überwältigenden Anblick. Vor ihnen wand sich ein Pfad über das Areal, der zu beiden Seiten von verwitterten und zum Teil zugewachsenen Grabsteinen und Kreuzen gesäumt war.

»Wow!«, sagte die Biker-Lady. »Das ist ja der absolute Wahnsinn.«

April hätte es nicht besser in Worte fassen können. Der Friedhof hatte etwas Erhabenes, zutiefst Bewegendes und gleichzeitig Furchterregendes an sich und war bei Weitem der schönste Ort, den sie jemals gesehen hatte. Allerdings bekam sie deswegen sofort ein schlechtes Gewissen. Seit dem Tod ihres Vaters hatte sie das Gefühl, dass es unangemessen war, sich über etwas zu freuen. Mit welchem Recht genoss sie diesen Anblick, wenn ihr Vater nie wieder einen Sonnenuntergang oder ein im Morgentau glitzerndes Spinnennetz oder eine Blumenwiese sehen durfte? Wenn er nie wieder irgendetwas sehen durfte. Sie kämpfte die aufsteigenden Tränen zurück – Judith hatte bestimmt etwas dagegen, wenn die Teilnehmer ihrer Führung öffentlich Gefühlsregungen zeigten – und versuchte stattdessen, den Friedhof mit den Augen eines unbeteiligten Beobachters zu betrachten. Sie dachte an Miss Holden und ihre Auffassung von Vergangenheit – dass man Geschichte nur verstehen kann, wenn man nachvollziehen kann, wie die Menschen zu den jeweiligen Zeiten *lebten*. Wenn man im Viktorianischen Zeitalter der Toten auf diese Weise gedacht hatte, dann musste die damalige Art zu leben sehr eindrucksvoll gewesen sein.

Als Judith die staunenden Gesichter sah, lächelte sie so zufrieden, als hätte sie den Friedhof höchstpersönlich angelegt.

»Dann möchte ich Sie nun erst einmal auf eine Reise in das neunzehnte Jahrhundert mitnehmen«, begann sie. »Damals lebten in London ungefähr eine Million Menschen. Zwanzig Jahre später war die Bevölkerungszahl sprunghaft auf zweieinhalb Millionen angestiegen. Heutzutage berichten die Medien beinahe täglich über unkontrollierte Zuwanderung, aber vor hundertfünfzig Jahren strömten die Menschen nur so in die Stadt. Die Cholera grassierte, und ganze Familien starben den Hungertod, sodass die Friedhöfe bald heillos überlastet waren und das Grundwasser verseuchten. Es musste etwas unternommen werden, und das« – sie zeigte mit einer weit ausholenden Geste auf den vor ihnen liegenden Friedhof – »war die Lösung. Der Highgate Cemetery wurde 1839 angelegt und ist einer von sieben vor den Toren der Hauptstadt gelegenen Friedhöfen, die alle zwischen 1832 und 1841 eröffnet wurden. Highgate ist zwar der kleinste von ihnen, dafür aber bei Weitem der Eindrucksvollste.«

Judith zählte noch ein paar weitere historische Daten und

Begebenheiten auf, erwähnte einige der Berühmtheiten, die hier begraben waren – darunter mehrere Schriftsteller, ein Nobelpreisträger und Politiker –, wies auf die prachtvollsten Beispiele der Grabkunst hin und erklärte, dass der Friedhof vor einhundert Jahren ein wahres Pflanzen- und Blumenparadies gewesen sei.

»Wenn Sie so wollen, war er eine Art viktorianisches Disneyland, in dem modebewusste Damen sich gern zu einem Spaziergang trafen.«

»Und warum dieser Ort ist dann so ... so ...«, suchte der Ukrainer nach dem richtigen Wort, »so ... tot?«

»Ich nehme an, Sie wollen damit auf das hinweisen, was wir als ›verwaltete Vernachlässigung‹ bezeichnen«, antwortete Judith mit nachsichtigem Lächeln. »Wir haben versucht, einen Mittelweg zwischen dem, was dieser Friedhof einst verkörperte, und dem, was im Laufe der Zeit daraus wurde, zu finden. Nach dem Ersten Weltkrieg begann er allmählich zu verfallen. Sämtliche Grabparzellen waren verkauft – insgesamt sind es zweiundfünfzigtausend –, und als Folge blieben die Einnahmen aus. In den späten Sechzigerjahren war der Friedhof völlig verwahrlost und wurde mehrfach Opfer blinder Zerstörungswut, bis er im Jahr 1973 schließlich geschlossen wurde.«

Während April langsam den Hügel hinaufschlenderte, fragte sie sich erneut, warum sie ausgerechnet an eine Stätte des Todes gekommen war. Sie hatte eigentlich erwartet, dass die Beschäftigung mit dem Thema schmerzhaft sein würde, aber das war sie nicht. Ganz im Gegenteil. Irgendwie hatte es etwas Tröstendes an sich, auf einem Friedhof zu sein, so als wäre sie hier mit ihrer Trauer nicht allein. Tausende von Töchtern hatten denselben Verlust erlitten wie sie, gar nicht zu reden von dem Schmerz der Eltern, die ihre Kinder hatten begraben müssen. Vielleicht unterschied ihr Verhalten sich gar nicht so sehr von dem ihrer Mutter – im Grunde vermied sie es, der Realität ins Auge zu blicken. Wenn sie die Gräber anderer Menschen betrachtete, musste sie sich nicht vorstellen, wie das frisch ausgehobene Grab ihres Vaters aussehen würde. Während sie den Friedhof durchquerten, hielt sie immer wieder nach dem Grab ihrer Familie Ausschau, aber die Chancen, auf diesem riesigen Gelände per Zufall darauf zu stoßen, waren natürlich gering. Sie hatte auch keine Lust, Judith danach zu fragen, weil sie sich ziemlich sicher war, dass sie ein Riesenaufheben darum machen würde, und das war das Letzte, was sie heute gebrauchen konnte. Insgeheim fragte sie sich aber auch, ob sie nicht vielleicht nur noch einmal den Circle of Lebanon sehen und dorthin zurückkehren wollte, wo Gabriel ihre Hand gehalten und sie sich ihm so nahe gefühlt hatte. In diesem Augenblick war sie glücklich gewesen und hatte sich lebendig gefühlt. Und auch wenn sie wusste, dass es ihm offensichtlich nichts bedeutet hatte, war der Gedanke daran irgendwie tröstlich. Unnötig zu erwähnen, dass sie in der vergangenen Woche kein einziges Wort von Gabriel gehört hatte. Es hatten sich so viele Leute bei ihr gemeldet, entfernte Verwandte, enge Freunde und sogar ein paar ehemalige Mitschüler von der St. Geoffrey's, mit denen sie kaum je etwas zu tun gehabt hatte, dass sie ihr Handy irgendwann ausgeschaltet hatte. Aber warum hätte er sich auch melden sollen? Er war ja mit Layla zusammen. Die Vorstellung versetzte ihr zwar immer noch einen winzigen Stich, aber es erschien ihr albern und sinnlos, sich wegen Gabriel den Kopf zu zerbrechen. Sie verstand jetzt, was echter Schmerz war, und so ein bisschen Liebeskummer war im Vergleich dazu nicht der Rede wert.

»Und hier, meine Damen und Herren«, verkündete Judith, als sie um die nächste Ecke bogen, »haben die Architekten jegliche Zurückhaltung und Bescheidenheit abgelegt.« Hinter einem alten verwachsenen Baum tauchte ein spektakuläres

Steinportal auf, durch das man auf einen breiten, den Hang hinaufführenden Pfad gelangte.

»Willkommen auf der Egyptian Avenue, einem Meisterstück der Grabkunst, das dem Mausoleum von Halikarnassos nachempfunden sein soll.«

Es war ein unglaublich langer, von Bäumen gesäumter, gemauerter Korridor, über den sich ein dichtes Blätterdach spannte, sodass der Eindruck entstand, man schaue in einen dunklen Tunnel, an dessen Ende ein kleines Sonnenfenster wartete. Als sie ihn entlanggingen, stellten sie fest, dass in regelmäßigen Abständen schwarze Eisenflügeltüren in die Mauern eingelassen waren.

»Werden diese Grabkammern noch genutzt?«, fragte April.

»Du liebe Güte, nein!«, antwortete Judith. »Den Familien gehören diese Grabstellen zwar auf ewig – die Schlüssel werden in der Verwaltung aufbewahrt –, und die Besitzer oder ›Schlüsselhalter‹, wie wir sie nennen, können jederzeit darüber verfügen. Aber für Beerdigungen sind sie schon seit Jahrzehnten nicht mehr genutzt worden.«

Andächtig staunend folgte die Gruppe dem Pfad und bewunderte die zum Teil aufwendigen, in Stein gehauenen Inschriften und Ornamente über den Kammern. Irgendwann fiel April auf, dass die Schlüssellöcher umgekehrt eingesetzt waren, was sie seltsam beunruhigte.

Der Biker-Lady war es ebenfalls aufgefallen. »Was hat es mit diesen verrückten Schlüssellöchern auf sich?«, fragte sie.

»Ach, das ist ein alberner Aberglaube. Manche Leute glauben, sie würden den Teufel verwirren und es ihm unmöglich machen, die Tür zu öffnen«, erklärte Judith mit gezwungenem Lächeln.

»Aber die Ägypter glaubten doch gar nicht an den Teufel«, mischte sich eine der älteren Damen, die eine Tweedjacke trug, ein. »Sie beteten eine ganze Vielzahl von Göttern an.«

»Das ist richtig, aber einige dieser Götter waren ... wie soll ich sagen ... schwierig.«

Judith drehte sich um und eilte so hastig zum Ende des Pfads, als wolle sie weitere Fragen abwehren.

»Und jetzt kommen wir zum Highlight des Highgate-Friedhofs«, rief sie stolz, als sie aus der alleeartigen Egyptian Avenue traten, und deutete auf den Circle of Lebanon. April warf ihr einen stirnrunzelnden Blick zu – Gabriel hatte genau die gleichen Worte benutzt. Hatte er diese Führung etwa auch mitgemacht? Vielleicht war er mit Layla ebenfalls hier gewesen – sozusagen als eine Art gruseliges Vorspiel. Natürlich war es nicht Judiths Schuld, dass Gabriel nicht der war, für den sie ihn gehalten hatte, trotzdem fing diese Frau an, ihr extrem auf die Nerven zu gehen.

»Warum hat diese Grabkammer keine Tür?«, fragte sie und zeigte auf eine mit Holzbrettern zugenagelte Gruft.

»Mutwillige Beschädigung, fürchte ich. In den Sechziger- und Siebzigerjahren war es ganz besonders schlimm. Gräber wurden geschändet, Särge geöffnet. Ein Skandal war das!«

Die Gruppe murmelte zustimmend und schnappte dann kollektiv nach Luft, als April ganz beiläufig fragte: »War das zu der Zeit, als die Vampire auf dem Friedhof umgingen?«

»Vampire?«, sagte einer der älteren Männer.

»Ach, wissen Sie. Damals machten eine Menge haarsträubender Gerüchte die Runde«, antwortete Judith mit einem gereizten Seitenblick auf April. »Die Leute bildeten sich ein, alle möglichen Dinge auf dem Friedhof zu sehen. Was in Anbetracht der eben beschriebenen Zerstörungswut, der dieser Ort ausgesetzt war, nicht weiter verwunderlich ist und am Ende dann ja auch wie gesagt zur Schließung des Friedhofs führte. Aber ich versichere Ihnen, dass es nie irgendwelche Geister oder sonst etwas in der Art hier gegeben hat. Wenn Sie mir jetzt bitte weiterfolgen würden ...«

»Schade eigentlich«, flüsterte die Biker-Lady April zwinkernd zu, »ein paar Gespenster würden wenigstens ein bisschen Leben hier reinbringen.«

Judith hetzte sie durch die Ringanlage, die bei Tageslicht viel weitläufiger und offener wirkte. Es herrschte zwar andachtsvolle Stille, aber es fehlte die Magie, die April in der Nacht mit Gabriel hier empfunden hatte. *Kommt wohl darauf an, mit wem man herkommt,* dachte sie, während sie sich im Julius-Beer-Mausoleum – für das der Besitzer seinerzeit den Gegenwert von zweieinhalb Millionen Pfund bezahlt hatte – die Totenmaske eines Kindes ansahen.

»Und wo ist das Grab von Dickens?«, erkundigte sich die Frau mit dem Falthocker.

»Falls Sie von *Charles* Dickens sprechen – der liegt in Westminster«, antwortete Judith etwas schroff, als empfände sie es als persönliche Beleidigung, dass der Schriftsteller es versäumt hatte, sich hier begraben zu lassen. »Obwohl es eigentlich sein Wunsch gewesen war, in Highgate seine letzte Ruhe zu finden, aber Queen Victoria hat verfügt, dass er in Westminster Abbey beigesetzt wurde, und was ihre Majestät wollte, das bekam sie in der Regel auch. Seine Frau und seine Tochter wurden allerdings beide hier bestattet.«

»Ooohhh, können wir uns ihre Gräber ansehen?«, bat die Dame mit der Tweedjacke.

Judith zog entschuldigend die Schultern hoch. »Ich fürchte, das geht nicht.«

»Hat das etwas mit dem Mord zu tun?«, fragte die Tweed-Dame.

»Mord?«, stieß die Frau mit dem Falthocker hervor.

»Vor vierzehn Tagen erst wurde hier ein Mädchen umgebracht«, erklärte die Dame in Tweed. »Die Polizei scheint jedoch noch immer im Dunkeln zu tappen, der Mörder könnte also jederzeit erneut zuschlagen.«

Ein besorgtes Raunen ging durch die Gruppe, und April beobachtete, wie einige der Teilnehmer sich unbehaglich umsahen, als erwarteten sie, dass jeden Moment ein messerschwingender Verrückter aus dem Gebüsch sprang.

Judith hob beschwichtigend die Hände. »Ich bitte Sie, meine Damen und Herren. Es besteht absolut kein Grund zur Beunruhigung. Trotz einiger reißerischer Berichte in der Presse kann ich Ihnen versichern, dass es dort nicht das Geringste zu sehen gibt.«

»Sind Sie selbst am Tatort gewesen?«, fragte April.

»Nein«, sagte Judith und presste die Lippen aufeinander.

»Wo ist es denn passiert?«, wollte die Dame in Tweed wissen.

Judith räusperte sich. »Im östlichen Teil des Friedhofs, in einem Bereich, den wir den ›Acker der Andersgläubigen‹ nennen.«

»Andersgläubige?«, hakte die Frau mit dem Falthocker nach und presste sich erschrocken die Hand auf die Brust. »Liegen dort etwa Heiden?«

»Aber nein.« Judith lächelte, offensichtlich erfreut darüber, sich wieder einem unverfänglicheren Thema zuwenden zu können. »Der Bereich wird nur deswegen so genannt, weil dort Menschen begraben liegen, die zu ihren Lebzeiten nicht der Anglikanischen Kirche angehörten«, erklärte sie. »Es hat also nichts damit zu tun, dass dort unreligiöse oder unchristliche Beerdigungen ...«

»Und warum können wir uns diesen Bereich nicht anschauen?«, unterbrach sie die Biker-Lady.

»Ganz einfach, meine Liebe«, sagte Judith mühsam beherrscht. Ihr schien allmählich die Geduld mit ihrer widerspenstigen Gruppe auszugehen. »Dort findet heute ein Begräbnis statt. Aus Rücksichtnahme auf die Hinterbliebenen wurde die Route der Führung ein kleines bisschen abgeändert.«

Es entstand ein kurzes Schweigen.

»Aber hatten Sie vorhin nicht gesagt, der Friedhof wäre belegt?«, fragte April.

Diesmal war Judith ihr Unbehagen deutlich anzumerken. »Nun, ein paar Gräber wurden verlegt, um etwas Platz zu schaffen.«

»Dann handelt es sich wohl um eine wichtige Persönlichkeit?«

»Das weiß ich nicht.«

»Wirklich nicht?«

»Wir werden nicht über alles informiert«, entgegnete Judith leicht schnippisch. »Aber wie Sie sicher verstehen werden, ist eine Beerdigung eine ganz persönliche Angelegenheit, wenn Sie mir nun also hier entlang folgen würden... Dort drüben befindet sich die letzte Ruhestätte eines sehr interessanten Mannes...«

Während der Rest der Gruppe Judith folgte und um eine Ecke verschwand, verließ April kurz entschlossen den Pfad und verbarg sich hinter einem Gebüsch, bis die Stimmen immer leiser wurden und schließlich kaum noch zu hören waren. Sie wusste zwar selbst nicht, welcher Teufel sie ritt, den strengen Anweisungen ihrer Führerin zuwiderzuhandeln, aber schon im nächsten Moment trat sie wie ferngesteuert auf den Pfad zurück und ging in die entgegengesetzte Richtung den Hügel hinauf. Anfangs fiel es ihr schwer, sich in dem Gewirr der verschlungenen Pfade zurechtzufinden, als sie jedoch in einiger Entfernung die Turmspitze der St. Michael's Church sah, wusste sie, dass sie den richtigen Weg eingeschlagen hatte. Sie ging auf den Ostteil des Friedhofs zu, wo der »Acker der Andersgläubigen« lag. Aus irgendeinem Grund wollte sie sich den Ort, an dem Isabelle ermordet worden war, bei Tageslicht ansehen, auch wenn sie nicht wusste, was sie dort zu sehen hoffte. Vielleicht entdeckte sie ja eine Spur oder einen

Hinweis, den die Polizei übersehen hatte, sodass sie wenigstens im Nachhinein noch etwas für das arme Mädchen tun konnte, wenn sie ihr schon an jenem Abend nicht hatte helfen können. Außerdem konnte ein Anhaltspunkt zu Isabelles Mörder auch ein Anhaltspunkt zu dem ihres Vaters sein. Gedankenversunken spazierte sie den Pfad entlang und fragte sich, was ihr Vater von diesem Ort gehalten hätte, ob er ...

Sie blieb abrupt stehen. Einen Moment lang bildete sie sich ein, ein körperloses Gesicht zu sehen, das über einem halb umgekippten Grabstein schwebte. Erschrocken wich sie ein paar Schritte zurück, bis ihr klar wurde, dass sie keinen Geist, sondern einen Menschen aus Fleisch und Blut gesehen hatte, der zu einer Gruppe von ungefähr zwanzig Leuten gehörte, die allesamt schwarz gekleidet waren. *Natürlich*, dachte April. *Die Beerdigung.* Sie hielt respektvoll Abstand, spürte aber zugleich eine seltsame Neugier in sich aufsteigen, die vermutlich daher rührte, dass sie noch nie auf einem Begräbnis gewesen war. Wie verhielten sich die Menschen in so einer Situation? Weinten und wehklagten sie laut, oder versuchten sie, Fassung zu bewahren? Sie reckte den Kopf und beobachtete durch die Zweige eines Buschs hindurch die Gesichter der Trauernden. Die meisten blickten mit ernster Miene zu Boden, während ein weiß gewandeter Geistlicher etwas sagte, das sie nicht hören konnte. Eine Frau schluchzte in ihr Taschentuch, alle anderen sahen entweder traurig aus oder traten unbehaglich von einem Fuß auf den anderen, als wären sie lieber woanders. April verließ ihr Versteck hinter dem Busch und ging weiter den Pfad entlang. Sie fühlte sich seltsam getröstet, nachdem sie die Beerdigung beobachtet hatte. Überhaupt spürte sie an diesem Ort, der schon so viel Kummer und Leid gesehen hatte und für den der Tod eine Selbstverständlichkeit war, erstaunliche Gefasstheit, fast schon so etwas wie innere Heiterkeit. Dabei hatte sie damit gerechnet – sich vielleicht sogar gewünscht, wenn sie ehrlich war –, dass die Atmosphäre auf dem Friedhof ihre eigene Niedergeschlagenheit und Schwermut widerspiegeln würde und sie völlig darin versinken könnte. Stattdessen strahlte er Ruhe und Frieden aus und wirkte wie ein ganz eigenes verzaubertes Universum. Es war nahezu unmöglich, über einen so alten Friedhof zu gehen, ohne die Grabinschriften zu lesen und davon berührt zu sein: »Charlotte Gosling, geliebte Tochter, 1897–1919« – »In stillem Gedenken an Elizabeth Sexton, 1878–1899, Ruhe in Frieden« – »Joseph Cottingham, für immer eingeschlafen am 10. Mai 1888«. Von den Worten ging eine Kraft und Energie aus, der sie sich nicht entziehen konnte und die ihr guttat. »Ewiger Friede«, »Im Himmel verbunden«, »Abberufen in die Ewigkeit«, »Lebt in unseren Herzen weiter«. Bei so viel Innigkeit fiel es schwer, hart und verbittert zu bleiben. Jeder dieser Menschen war eng mit seiner Familie und seinen Freunden verbunden gewesen, jeder hatte ein Echo in ihrem Leben hinterlassen. Sie dachte daran, dass Gabriel gesagt hatte, bestimmte Gegenstände und Orte könnten Gefühle in sich aufnehmen und konservieren. Bei dem Gedanken an all die sterblichen Überreste, die direkt zu ihren Füßen lagen, hätte ihr eigentlich gruseln sollen, aber angesichts der in die Grabsteine eingemeißelten Worte endloser Liebe und Zuneigung verlor der Tod seinen Schrecken.

Als April in Gedanken versunken um eine hinter dichtem Efeu und einem Kastanienbaum verborgene Ecke trat, versperrte ihr plötzlich ein schwarz-gelbes Absperrband der Polizei den Weg. Der Tatort! Sie duckte sich darunter hindurch und folgte einem schmalen, neben der Ostmauer verlaufenden Pfad. In der Mitte des etwa hundert Quadratmeter umfassenden Bereichs blieb sie stehen. *Ist es womöglich genau hier passiert?*, fragte sie sich und rechnete, als sie vorsichtig den Blick über den Boden wandern ließ, fast damit, inmitten eines großen geronnenen Blutflecks zu stehen. Aber sie sah nur Blätter, Zweige und kleine Steinchen, noch nicht einmal die Andeutung eines Fußabdrucks von den Mitarbeitern der Spurensicherung. Der Gedanke an die Männer in ihren hellblauen Schutzanzügen versetzte ihr einen Stich, weil ihr bewusst wurde, dass dieselben Beamten wahrscheinlich nur wenige Tage später durch ihr Zuhause gelaufen waren. Fröstelnd schlang sie die Arme um den Oberkörper und verspürte plötzlich den Wunsch, so schnell wie möglich von hier wegzukommen. Als sie nach rechts abbog, konnte sie schon nach wenigen Schritten durch das alte schmiedeeiserne Tor, neben dem das merkwürdige weiße Häuschen stand, die sonnenbeschienene Swain's Lane sehen. Genau durch dieses Tor hatte sie an jenem Abend zum ersten Mal den Friedhof betreten. Es kam ihr seltsam unwirklich vor, auf die Straße hinauszublicken und zu wissen, dass die nächsten Cafés und Bars nur ein paar hundert Meter entfernt waren. Es war, als würde sie durch das falsche Ende eines Fernrohrs schauen. In der abgeschlossenen Welt des Friedhofs herrschte immer noch das Viktorianische Zeitalter, und sie meinte fast, die Gegenwart der Verstorbenen wie einen sanften Windhauch auf der Haut zu spüren. Aber hier, wo die alte Mauer endete und die moderne Welt mit ihren grellen Lichtern und lärmenden Straßen bereits zum Greifen nah war, spürte April, wie ihre Stimmung sich erneut verdüsterte und die mittlerweile vertraute Niedergeschlagenheit von ihr Besitz ergriff. Es war kälter hier, die Sonne wurde von den dichten Baumkronen und Kletterpflanzen verdeckt, und die verfallenen Grabsteine schienen sich höhnisch dem Pfad entgegenzuneigen. Sie konnte nicht genau bestimmen, woran es lag, aber irgendetwas war hier anders ... bedrohlich, böse. Es löste dieselbe Beklemmung in ihr aus wie das Porträt im Salon ihres Großvaters. Trotzdem wollte sie sich noch einmal die Stelle ansehen, an der sie den Fuchs gefunden hatte, um ungefähr einschätzen zu können, wie weit sie von der Stelle entfernt war, an der Isabelle ermordet worden war. Soweit sie es beurteilen konnte, war es ziemlich in der Nähe gewesen. Vorsichtig einen Fuß vor den anderen setzend, ging sie auf das Tor zu und betrachtete stirnrunzelnd das weiße Häuschen. Wozu diente es? Es sah aus wie die Miniaturausgabe eines englischen Landhauses und hatte sogar einen Schornstein. Sie hatte das Gefühl, dass es hier noch ein bisschen kälter war, was an einem so ungewöhnlich sonnigen Herbsttag eigentlich nicht sein konnte. Das Häuschen verströmte eine regelrechte Eiseskälte. Langsam näherte sie sich dem Gebäude, dessen weiße Mauern im Schatten der Bäume zu leuchten schienen. *Jetzt stell dich nicht so an, du Angsthase!*, schalt April sich. *Das ist doch bloß ein Häuschen.* Als sie durch eines der schmutzigen dunklen Fenster spähte, wich sie erschrocken zurück. Hinter der Scheibe tauchte ein bleiches Gesicht auf. »Oh Gott!«, entfuhr es ihr, und sie rannte instinktiv davon.

»Halt!«, rief eine Stimme. Eine energische, wütende Stimme, die sich nicht wie die eines Geists anhörte. »Was zum Teufel haben Sie hier zu suchen?«

April kam schlitternd zum Stehen. Als sie sich umdrehte, sah sie einen großen Mann in einem Arbeitsoverall aus dem Haus laufen.

»Sie wissen, dass es verboten ist, ein polizeilich abgesperrtes Gelände zu betreten, oder?«, rief er.

Selbst aus der Entfernung konnte April sehen, dass er stinksauer war. *Als wäre er selbst bei etwas Verbotenem erwischt worden*, schoss es ihr durch den Kopf.

»Ich habe an der Führung teilgenommen und irgendwie meine Gruppe verloren und mich verlaufen«, sagte sie.

Der Mann zog skeptisch die Brauen hoch. »Dann bringe ich Sie lieber wieder zur Gruppe zurück, bevor Sie hier noch irgendetwas beschädigen.«

Er kam langsam auf sie zu, und jetzt sah sie, dass er um die vierzig war und die drahtigen Haare und das wettergegerbte Gesicht eines Menschen hatte, der schon sein Leben lang im Freien arbeitet. Er deutete auf den Pfad, und sie folgte ihm misstrauisch.

»Was machen Sie hier?«, fragte sie.

»Machen?«

»Arbeiten Sie hier?«

»Ich kümmere mich um die Gräber.«

»Ist das nicht manchmal gruselig?«

»Wieso gruselig?«

»Na ja, Sie wissen schon, wegen der Geister und so. Vor allem nachts muss es doch ganz schön unheimlich sein.«

Der Mann sah sie scharf an. »Nachts ist hier niemand.«

»Wirklich nicht? Gibt es keinen Sicherheitsdienst?«

»Warum wollen Sie das wissen?«

»Ich war bloß neugierig.«

»Die Neugier ist schon manchem zum Verhängnis geworden.«

Nachdem sie auf den Hauptweg abgebogen waren, beschleunigte der Mann seine Schritte, als hätte er es eilig, sie loszuwerden. Er schien kein Freund oberflächlichen Geplauders zu sein. *In seinem Job hat er wahrscheinlich nicht besonders viel Kontakt zu anderen Menschen,* dachte April.

»Was ist denn das?«, fragte sie und blieb an der Ecke stehen, an der der Pfad eine Biegung machte. Sie deutete auf einen hüfthohen länglichen Quader, auf dem eine kunstvoll aus Stein gehauene Frau lag, die ein Ohr auf das Grab presste, als lausche sie auf ein Lebenszeichen. Eine unglaubliche Melancholie und Traurigkeit ging von der Skulptur aus. »Was ist das?«, fragte sie noch einmal.

Der Mann zögerte. »Sie wird der ›Schlafende Engel‹ genannt«, antwortete er schließlich leise.

»Wer ist hier begraben?«

April hatte den Eindruck, dass der Mann es vermied, das Grabmal direkt anzusehen.

»Ein Mädchen«, sagte er. »Sie starb, als sie ungefähr in Ihrem Alter war. Ihr Name war Francesca Bryne. Sie wurde 1894 hier begraben.«

»Wie traurig.«

»Warum?«

April sah ihn erstaunt an. Auf seinem Gesicht lag ein widerwilliger Ausdruck. »Warum? Das arme Mädchen ist offensichtlich sehr geliebt worden, wenn ihr jemand ein so wunderschönes Denkmal gesetzt hat.«

Bevor er etwas darauf erwidern konnte, kam Judith keuchend und mit hochrotem Kopf um die Ecke gestürmt.

»Mein Gott, da sind Sie ja!«, rief sie aufgebracht. »Ich habe Sie überall gesucht und war schon kurz davor, die Polizei zu rufen. Niemand verlässt die Gruppe oder die offiziellen Wege, das hatte ich zu Beginn der Führung doch ausdrücklich gesagt!«

»Tut mir leid«, entschuldigte sich April. »Ich hatte mir gerade einen interessanten Stein im Mauerwerk angesehen, und als ich mich umdrehte, waren Sie plötzlich verschwunden. Und dann hab ich mich irgendwie verlaufen.«

»In all den Jahren habe ich bei einer Führung noch keinen einzigen Teilnehmer verloren, keinen einzigen!«, regte Judith sich auf. »Ich hätte gute Lust, Sie bei der Polizei zu melden.«

»Mein Vater ist kürzlich gestorben«, sagte April leise und nahm der Führerin damit jeden Wind aus den Segeln.

»Oh ... ich ... also ich ...«, stammelte Judith betroffen.

April senkte den Kopf, damit sie die Tränen nicht sehen konnte, die ihr plötzlich in die Augen gestiegen waren. Sie hatte keine Ahnung, was in sie gefahren war, einer im Grunde genommen völlig Fremden zu sagen, dass ihr Vater gestorben war, aber Judiths übertriebene Wut hatte sie völlig aus der Fassung gebracht.

»Nun, ich würde sagen, dann vergessen wir die Sache einfach und freuen uns, dass Sie uns nicht völlig verloren gegangen sind«, sagte Judith schließlich, nachdem sie sich wieder einigermaßen gefangen hatte.

»Dieser Herr hier war so freundlich, mir den Rückweg zu zeigen.« April drehte sich zu dem Mann um, aber er war nicht mehr da. »Oh. Wo ist er denn hin? Er hat mir sogar etwas über das Grab hier erzählt.«

»Über den Schlafenden Engel?«, fragte die Führerin erstaunt.

»Ja, er meinte, hier sei ein junges Mädchen namens Francesca begraben. Ganz schön traurig.«

»Das kann gar nicht sein.« Judith warf April einen seltsam mitleidigen Blick zu, als würde sie sie für nicht ganz zurechnungsfähig halten. »Und jetzt kommen Sie, ich begleite Sie noch bis zum Tor.«

»Warum kann das nicht sein?«

»Weil niemand weiß, was es mit dem Schlafenden Engel auf sich hat. Es ist zwar urkundlich festgehalten, wer die Grabstelle gekauft hat, aber daraus geht nicht hervor, wer hier begraben liegt. Wir vermuten, dass es sich um ein Kind handelt, aber wirklich sicher können wir uns da nicht sein. Wie, sagten Sie, soll das Mädchen geheißen haben? Francesca? Nein, völlig ausgeschlossen. Wir haben ausführliche Nachforschungen über den gesamten Friedhof angestellt, und es gibt hier niemanden mit diesem Namen.«

»Aber der Mann hat es mir doch erzählt«, blieb April hartnäckig, während Judith sie zum Tor zurückführte und es nun ziemlich eilig zu haben schien, sich von ihr zu verabschieden. »Er hat gesagt, er würde hier arbeiten und sich um die Gräber kümmern. Ein großer Mann in einem Arbeitsoverall?«

Judith lächelte nachsichtig. »Wen immer Sie da getroffen haben, mein liebes Kind, ich kann Ihnen versichern, dass ich ihn hier noch nie gesehen habe.«

»Er kam aus dem kleinen Häuschen da hinten…« April verstummte, als ihr klar wurde, dass sie sich damit unabsichtlich verraten hatte.

»Aus dem Pförtnerhaus?«, fragte Judith erschrocken. »Da kann aber niemand gewesen sein, weil es schon seit Jahrzehnten nicht mehr benutzt wird und immer verschlossen ist.«

»Aber er hat gesagt, dass…«

»Jetzt hören Sie mir mal gut zu, junge Dame«, sagte die Führerin streng, »in den fünfzehn Jahren, die ich hier nun schon Führungen organisiere, hat noch nie jemand während einer Beerdigung gearbeitet.« Mittlerweile waren sie wieder auf dem Vorplatz vor dem Haupteingang angekommen. »Und Sie sollten sich jetzt lieber auch auf den Nachhauseweg machen. Die Führung ist im Grunde schon seit über einer halben Stunde beendet.«

»Aber wenn ich ihn doch gesehen hab!«

»Glauben Sie mir«, entgegnete Judith mit wachsendem Unmut, »Ihre Beschreibung des Mannes passt auf niemanden, der hier arbeitet.«

»Sind Sie sicher?«

»So sicher, wie ich jetzt dieses Tor hinter Ihnen zuschließe.«

Zwanzigstes Kapitel

Um den Styroporbecher hatte sich eine kleine Teepfütze gebildet. Wenn sie ihn hin- und herschob, zog er gewundene Schlieren hinter sich her. Und wenn sie ihn hochhob und wieder abstellte, stoben winzige Tröpfchen auf.

»April, nicht.«

Sie tauchte die Spitze ihres Zeigefingers in die kleine Lache und beobachtete, wie sich das Neonlicht in der milchigen Oberfläche spiegelte.

»Würdest du bitte damit aufhören, Schatz?«

April blickte auf und blinzelte, als würde sie den Raum zum ersten Mal wahrnehmen. Nicht dass besonders viel zu sehen war – in dem Vernehmungsraum der Polizei gab es nur nackte grüne Wände und einen Resopaltisch mit vier Stühlen, mehr nicht. Ihre Mutter saß neben ihr und rutschte unbehaglich auf ihrem Plastikstuhl herum. Sie war gereizter Stimmung, seit sie angekommen waren, was nun schon mehrere Stunden her war, und ihr Verhalten schwankte zwischen völliger Teilnahmslosigkeit und hektischer Nervosität.

»Als hätten wir nichts Besseres zu tun.« Verärgert stieß sie die Luft aus. »Ich muss *heute* noch einmal mit dem Gerichtsmediziner sprechen. *Heute*!«, sagte sie und schaute zum x-ten Mal innerhalb weniger Minuten auf ihre Armbanduhr. »Es ist Freitagnachmittag. Wenn wir jetzt keine Antworten bekommen, müssen wir schon wieder ein ganzes Wochenende warten.«

»Ich weiß, Mum, aber es nützt doch nichts, sich deswegen so aufzuregen.«

»Ich will mich aber aufregen, sonst tut es ja niemand«, entgegnete ihre Mutter. »Die Leute hier kommen einfach nicht in die Gänge – wenn wir alles den verdammten Behörden überlassen, brauchen sie noch Wochen für die Obduktion, und was wird dann aus uns?«

April sah ihre Mutter traurig an. »Für Dad spielt Zeit keine Rolle mehr.«

»Aber für uns! Wie sollen wir denn sonst weitermachen?« Silvia traten die Tränen in die Augen. »Wir können ihn noch nicht einmal beerdigen und uns von ihm verabschieden. Ich habe das Gefühl, völlig in der Luft zu hängen.«

April griff nach der Hand ihrer Mutter und drückte sie. Sie wusste genau, was sie durchmachte und dass die Beerdigung wichtig war, um ihre Trauer herauslassen und verarbeiten zu können. Die durch die Obduktion verursachte Verzögerung machte sie alle völlig krank, auch wenn sie für die Ermittlungen unerlässlich war. Ihre Mutter erstickte allmählich an dem Schmerz und Kummer, der sich in ihr aufgestaut hatte. Obwohl sie sich nach wie vor die meiste Zeit in ihrem Bett verkroch, wirkte sie abgespannt und hatte tiefe Ringe unter den Augen. Nicht dass April selbst so viel besser ausgesehen hätte. Seit ihrer eigenmächtigen Erkundungstour über den Friedhof vor zwei Tagen wurde sie von Albträumen geplagt. Sie sah bleiche Gesichter hinter Fensterscheiben, schlafende Engel, die plötzlich erwachten, und – was aus irgendeinem Grund am verstörendsten war – eine schwarze Eisenflügeltür mit einem auf dem Kopf stehenden Schlüsselloch, die sie nicht öffnen konnte. Die schlaflosen Nächte hatten ihre Spuren hinterlassen, genau wie ihre Mutter sah sie blass und erschöpft aus, aber ihr Aussehen machte ihr im Moment die geringsten Sorgen, zumal sie außer ihrer Mutter und ihrem Großvater sowieso niemanden sah. Sie hatte sich noch nicht überwinden können, wieder in die Schule zu gehen, und war froh, dass es bis jetzt auch niemand von ihr zu erwarten schien. Im Unterschied zu ihrer Mutter hatte sie es allerdings nicht eilig, ihren Vater zu beerdigen. Sobald der Pfarrer die erste Handvoll Erde auf den Sarg werfen würde, könnte sie nicht mehr so tun, als wäre er noch da, als würde er am Küchentisch sitzend in ein Buch vertieft auf sie warten, wenn sie heimkam. Sie wollte nicht weitermachen, wollte sich einem Leben ohne ihren Vater nicht stellen. Er war tot, aber für sie war er nicht weg. Noch nicht.

»Bitte entschuldigen Sie, dass Sie so lange warten mussten.« Die Tür des spartanischen Vernehmungszimmers ging auf, und Detective Inspector Reece kam herein, gefolgt von Detective Sergeant Amy Carling, die den gleichen schlecht sitzenden grünen Hosenanzug trug, den sie auch schon angehabt hatte, als sie April in der Schule befragt hatten. Mr Reece trug in jeder Hand einen dampfenden Becher Tee.

»Ich dachte, ein schöner heißer Tee würde Ihnen vielleicht guttun.« Er stellte die Becher auf den Tisch, warf ein paar Zuckertütchen und Plastiklöffel daneben und setzte sich ihnen gegenüber. »Es tut mir wirklich leid, dass wir nicht früher hier sein konnten, aber Sie werden sicherlich Verständnis dafür haben, dass es in unserem Beruf unabdingbar ist, sofort zur Stelle zu sein, wenn etwas Wichtiges passiert.«

»Etwas Wichtiges?«, wiederholte Aprils Mutter eisig. »Wir haben den Weg hierher auf uns genommen, um Ihnen bei den Ermittlungen im Mord an meinem Mann behilflich zu sein, Inspector. Ich hätte eigentlich gedacht, Sie würden das für *wichtig* erachten.«

Der Inspector war ein untersetzter Mann Mitte fünfzig mit graumelierten kurzen Haaren und klugen Augen, die im Leben vermutlich schon so ziemlich alles gesehen hatten, wie April annahm.

»Natürlich, Mrs Dunne«, sagte er freundlich. »Ich kann mich nur noch einmal bei Ihnen entschuldigen und Ihnen versichern, dass wir versuchen werden, es so kurz wie möglich zu halten. Sie haben sicherlich genügend andere Dinge zu tun, und wir sind Ihnen außerordentlich dankbar, dass Sie uns trotz der für Sie so schweren Zeit behilflich sind.«

Silvia schien noch etwas darauf erwidern zu wollen, aber April warf ihr einen flehenden Blick zu, worauf sie die Lippen zusammenkniff und nur nickte.

»Gut, fangen wir also an.« Sergeant Amy Carling stellte ein Aufnahmegerät auf den Tisch und schlug einen Block auf.

»Wir haben Sie heute hierhergebeten, weil ich mich gern noch einmal ausführlich mit April unterhalten würde, um ganz sicher ausschließen zu können, dass wir nichts übersehen haben. Ich weiß, wie schwierig es für Sie sein muss, noch einmal über die schrecklichen Geschehnisse sprechen zu müssen, April«, sagte Inspector Reece einfühlsam. »Aber würden Sie uns bitte ganz genau schildern, was an jenem Tag passiert ist? Erzählen Sie uns alles, woran Sie sich erinnern können, ganz gleich, wie unbedeutend oder unsinnig es Ihnen erscheint. Jedes noch so winzige Detail könnte nützlich für uns sein, um den Mörder Ihres Vaters zu fassen, in Ordnung?«

April hatte sich vor diesem Moment gefürchtet. Sie sah ihre Mutter an, die beruhigend ihre Hand drückte, aber was ihr Sorgen bereitete, war weniger die Tatsache, dass sie den Tag in ihrer Erinnerung noch einmal durchleben musste, sondern dass ihre Mutter nichts von dem hässlichen Streit mit ihrem Vater wusste. Sie hatte das Haus an diesem Morgen ungewöhnlich früh verlassen, um ihren Vater in Covent Garden zu besuchen, sodass sie nichts von der Auseinandersetzung mitbekommen hatte, und April wäre es lieber gewesen, sie würde nie etwas davon erfahren. Andererseits hatte sie keine Ahnung, wie sie sonst erklären sollte, dass sie ausgerechnet an diesem Morgen nicht auf direktem Weg in die Schule gegangen war – sie rechnete damit, dass die Polizei bereits dort gewesen war und Bescheid wusste. Der Hauptgrund aber, weshalb sie nicht von dem schrecklichen Streit erzählen wollte, war der, dass sie wie ein gemeines Miststück und ihr Vater wie ein durchgeknallter Spinner wirken würde. Das Andenken an ihn sollte nicht auf diese Weise beschmutzt werden.

»Ich glaube, ich habe das Haus zur gewohnten Zeit verlassen«, begann sie zögernd, den Blick auf ihren Teebecher geheftet, »bin dann aber zunächst zu den Teichen im Park gegangen. Kurz nach elf bin ich in der Schule angekommen und hab mich sofort in die Bibliothek gesetzt.«

»Aber ...«, ihre Mutter sah erstaunt von ihr zu den beiden Beamten, »warum bist du denn nicht gleich in die Schule gegangen?«

»Ich hatte zwei Freistunden«, log sie und wich Inspector Reece' Blick aus.

Sergeant Carling schüttelte den Kopf. »Wir haben mit Ihren Lehrern gesprochen, April, und wissen, dass Sie nicht zum Unterricht erschienen sind. Und nun fragen wir uns natürlich, aus welchem Grund Sie die Schule geschwänzt haben.«

April schob den Becher auf dem Tisch hin und her. »Ich ... Ich wollte allein sein.«

»Aber warum, April? Was ist denn passiert?«, fragte ihre Mutter.

»Nichts ... Ich ... Ich wollte ...«, stammelte April. »Ich musste nur über ein paar Dinge nachdenken.«

»Und das konnte nicht bis nach dem Unterricht warten? Was hast du denn im Park gemacht?«

April warf ihrer Mutter einen stirnrunzelnden Blick zu. Hielt sie nun die Befragung ab oder die Polizei?

»Nichts weiter. Ich bin ziellos herumgelaufen«, antwortete sie ausweichend.

»Ist Ihnen dort irgendjemand begegnet?«, wollte Inspector Reece wissen.

April schüttelte den Kopf. Außer den wenigen Spaziergängern, die ihre Hunde Gassi führten, war im Park kein Mensch unterwegs gewesen, sie war sich also sicher, dass niemand sie gesehen hatte.

»Warum sind Sie statt in die Schule in den Park gegangen, April?«, fragte er sanft.

»Ist es wegen dieses Jungen gewesen?«, sagte ihre Mutter.

»Mom!«, rief April verlegen.

Sie seufzte und beschloss, dass es besser war, für einen unglücklich verliebten Teenager gehalten zu werden, als erklären zu müssen, was an dem Morgen zwischen ihr und ihrem Vater vorgefallen war. Es machte ihr auch schon so genug zu schaffen. Also senkte sie den Kopf und nickte.

»Er hatte versprochen, mich anzurufen, sich dann aber nicht gemeldet, und deswegen wollte ich nicht in Mr Sheldons Stunde, weil er auch in diesem Kurs ist«, sagte sie hastig. »Also bin ich im Regen rumgelaufen und hab mich anschließend noch eine Weile in die Bibliothek gesetzt.«

Was Layla bestätigen könnte, dachte April. *Obwohl sie garantiert lieber einen Meineid schwören würde, als mir zu helfen.*

Sie sah ihre Mutter an. »Tut mir leid, Mum.«

Zu ihrer Überraschung legte ihre Mutter ihr liebevoll die Hand auf den Arm. »Schon in Ordnung, Liebes. Ich bin dir nicht böse.«

Reece blickte auf seine Notizen und tippte mit der Spitze seines Stifts auf den Block. »Ihnen ist also niemand aufgefallen, der Ihnen irgendwie verdächtig oder seltsam vorgekommen wäre?«

April schüttelte den Kopf.

»Was ist mit dem Abend, an dem Isabelle Davis ermordet wurde? Haben Sie damals vielleicht jemanden gesehen?«

»Was soll diese Frage?«, sagte Aprils Mutter irritiert. »Dazu haben Sie meine Tochter doch bereits vernommen. Ich dachte, hier ginge es um den Tag, an dem mein Mann ermordet wurde.«

Reece nickte. »Richtig. Fangen wir also noch einmal von vorn an«, erwiderte er ruhig. »Wann sind Sie an besagtem Morgen aufgestanden? Was haben Sie gefrühstückt?«

»Das muss so gegen sieben gewesen sein.«

April krümmte sich innerlich vor Verlegenheit, als sie sich daran erinnerte, wie nervös sie gewesen war, als sie sich für die Schule – für Gabriel – zurechtgemacht hatte.

»Sind Sie von allein aufgewacht, oder hat Ihr Vater Sie geweckt?«, fragte Sergeant Carling. April war bereits aufgefallen, dass die junge Polizistin längst nicht mehr so freundlich zu ihr war wie bei ihrer ersten Begegnung. Sie behandelte sie beinahe wie eine Verdächtige. *Ist sie der »Bad Cop« von den beiden?*, dachte sie.

»Nein, ich bin von allein aufgewacht.«

»Warum?«

»Was meinen Sie mit *warum*?«

»Nun, ich habe selbst Kinder«, mischte Reece sich ein, »und die würde noch nicht einmal eine Bombe wecken, die direkt neben ihrem Bett einschlägt. Deswegen die Frage, warum Sie so früh aufgewacht sind.«

»Ich weiß es nicht«, sagte April und beobachtete beunruhigt, wie Sergeant Carling »weiß es nicht« auf ihren Block kritzelte. *Stellt das etwa schon eine Straftat dar?*

»Und was haben Sie am Abend zuvor gemacht?«

Vor Aprils innerem Auge tauchte Gabriel auf, wie er zu ihrem Fenster hochsah. Aber das konnten sie unmöglich wissen ... oder?

»N-Nichts«, stotterte sie.

»Sie hatte Besuch von zwei Freunden«, sagte ihre Mutter.

Reece blätterte kurz in seinen Notizen. »Ah ja, Caroline Jackson und Simon Oliver, ist das richtig?«

April wurde abwechselnd heiß und kalt. Wenn sie bereits darüber informiert waren, dass Caro und Simon bei ihr gewesen waren, was wussten sie sonst noch alles? Womöglich wussten sie auch, dass sie gelogen hatte, als sie gesagt hatte, sie hätte an dem Abend von Isabelles Ermordung niemanden in der Nähe gesehen? Wenn Gabriel die Polizei verständigt hatte, könnte er den Beamten dann nicht auch erzählt haben, dass sie ebenfalls dort gewesen war? Plötzlich bekam sie es mit der Angst zu tun. Was sollte sie tun, wenn sie nicht nachweisen konnte, wo sie sich zur Tatzeit der beiden Morde aufgehalten hatte? Glaubten sie etwa, sie hätte etwas mit dem Tod ihres Vaters zu tun? Vor lauter Verzweiflung versuchte sie, ihre Angst mit Empörung zu kaschieren.

»Ja, das ist richtig. Und? Ist es neuerdings etwa verboten, Freunde zu Besuch zu haben?«, sagte sie gereizt.

»Natürlich nicht, April«, versuchte Inspector Reece zu beschwichtigen. »Wir würden nur gern wissen, ob es dafür einen bestimmten Grund gab. Vielleicht Probleme in der Schule? Oder ging es um diesen Jungen?« Er ließ die Fragen ganz beiläufig klingen, aber April sah, wie es hinter seiner Stirn arbeitete: Wenn sie am darauffolgenden Tag nicht zur Schule gegangen war, musste entweder am Abend zuvor oder frühmorgens irgendetwas vorgefallen sein. Er blätterte erneut in seinen Unterlagen. »Wie ich gehört habe, hatten Sie an diesem Tag nach der Schule ein Gespräch mit Mr Sheldon?«

April spürte, wie ihre Mutter sie von der Seite fassungslos ansah, und wusste, dass sie ihr einiges würde erklären müssen, wenn sie wieder zu Hause waren.

»Worum ging es in diesem Gespräch?«, hakte Reece nach.

»Er wollte wissen, warum ich nicht in seinem Unterricht erschienen bin«, erklärte April.

»Hören Sie, Inspector, was sollen diese ganzen Fragen?«, mischte ihre Mutter sich ungeduldig ein. »Ich dachte, Sie hätten uns hierhergebeten, um Ihnen zu helfen, und nicht, damit Sie meine Tochter ins Kreuzverhör nehmen können.«

»Wir versuchen lediglich uns ein Bild davon zu machen, wie es April an diesem Tag ging, Mrs Dunne«, erklärte Sergeant Carling. »Es ist für uns wichtig, etwas über die geistige Verfassung sämtlicher Verdächtigen zu wissen und ...«

»Sämtlicher Verdächtigen?«, unterbrach Aprils Mutter sie aufgebracht. »Meine Tochter ist ein junges Mädchen, das um ihren Vater trauert, keine Verdächtige!«

»Aber, aber.« Inspector Reece hob beschwichtigend die Hände. »Lassen Sie uns doch bitte versuchen, sachlich zu bleiben.«

»April hat Ihnen alles gesagt, was sie weiß, Inspector«, entgegnete Silvia, »und trotzdem behandeln Sie sie beinahe so, als hätte sie irgendetwas verbrochen. Sie ist gerade mal sechzehn, um Himmels willen! Ihr Vater wurde ermordet! Wir sind aus freien Stücken hergekommen, und da Sie offensichtlich keine sachbezogenen Fragen mehr haben, würden wir jetzt lieber wieder gehen.«

Sergeant Carling räusperte sich. »Unsere Fragen *sind* sachbezogen, Mrs Dunne. Und da April das Gespräch mit Mr Sheldon hatte, war sie zur Tatzeit nicht zu Hause. Das verschafft ihr sozusagen ein Alibi.«

»Ein *Alibi?*«, zischte Aprils Mutter so wutentbrannt, dass die Polizistin zusammenzuckte. »Wollen Sie damit etwa andeuten, mein Kind wäre in der Lage, *seinen eigenen Vater zu töten?*«, schrie sie und sprang empört auf. »Wie können Sie es wagen, so etwas auch nur im Entferntesten in Betracht zu ziehen!« Sie wandte sich an Inspector Reece und fügte mit plötzlich ruhiger und kalter Stimme hinzu: »Das wird Konsequenzen für Sie haben. Für Sie und Ihre Karriere und Ihr behagliches kleines Leben. Und das ist keine leere Drohung – Sie haben einen schrecklichen Fehler begangen.«

April sah dem Inspector an, dass er keine Sekunde an Silvia Dunnes Worten zweifelte.

Dann griff ihre Mutter nach ihrer Hand und verließ mit einem höflichen »Auf Wiedersehen, Detective Inspector Reece« hocherhobenen Hauptes den Vernehmungsraum.

»Warum hast du mir nicht erzählt, dass du an dem Vormittag nicht in der Schule warst?«, fragte Aprils Mutter.

Sie zuckte mit den Schultern. »Weil ich dachte, es wäre dir lieber, wenn du so etwas gar nicht weißt.«

Ihre Mutter schlug die Wagentür lauter zu als nötig. Auf der Fahrt nach Covent Garden wechselten sie kaum ein Wort. April war immer noch erschüttert darüber, dass die Vernehmung so eine plötzliche Wendung genommen hatte, und ihre Mutter kochte vor Wut. Obwohl keine der beiden etwas dafür konnte, richteten sie ihre ganze Frustration und das Gefühl der Ohnmacht auf einmal gegeneinander. April war ihrer Mutter zwar dankbar dafür, dass sie sich so schützend vor sie gestellt hatte, aber sie nahm es ihr übel, dass sie ihr ihre Fragen nicht unter vier Augen gestellt hatte. Das wäre nicht nötig gewesen, dadurch hatte sie das Misstrauen der beiden Beamten doch erst recht geschürt. Natürlich war ihr klar, dass ihre Mutter ihrerseits wütend darüber war, nichts von ihrem Fehlen in der Schule gewusst zu haben, aber wann und wie hätte sie es ihr denn sagen sollen, nachdem sie sich so völlig in sich zurückgezogen hatte?

»Warum sollte mir das lieber sein? Was willst du damit sagen?«, fragte ihre Mutter ungehalten und knöpfte sich mit wütenden Bewegungen ihren Trenchcoat auf, nachdem sie geparkt hatten und von der Tiefgarage ins Haus hinaufgingen.

»Dass du in der letzten Zeit nur mit dir selbst beschäftigt warst und nicht für mich da gewesen bist«, sagte April.

»Aber seit wir von Highgate zu Papa gezogen sind, bin ich doch die ganze Zeit bei dir gewesen.«

»Dich in dein dunkles Zimmer zu verkriechen, nennst du bei mir sein? Wie oft bin ich zu dir gekommen, um mit dir zu reden, und du hast dir die Decke über den Kopf gezogen oder stumm auf den Fernseher gestarrt. Du hast wahrscheinlich noch nicht mal gemerkt, dass ich die ganze Woche nicht in der Schule gewesen bin.«

»Glaubst du, ich liege im Bett, weil es mir Spaß macht? Das ist auch für mich eine harte Zeit«, sagte ihre Mutter und warf die Autoschlüssel auf ein Tischchen im Eingangsbereich.

»Das weiß ich doch, Mum! Aber trotzdem ist es eine Tatsache, dass du mich jetzt, wo ich dich am meisten brauchen würde, einfach im Stich lässt und dich nur um dich selbst kümmerst. Aber so bist du ja schon immer gewesen – es geht immer nur um dich, dich, dich.«

»Pass auf, in welchem Ton du mit mir sprichst, April! Ich bin deine Mutter!«

»Ach ja? Davon hab ich in letzter Zeit aber nicht viel mitbekommen.«

Silvia packte April am Arm und funkelte sie wütend an. »Ich verbiete dir, derart respektlos mit mir umzugehen. Dein Vater...«

»Lass ja Dad aus dem Spiel! Ständig hast du an ihm rumgenörgelt, ihm das Leben schwer gemacht und ihn spüren lassen, wie sehr du ihn verachtest. Wahrscheinlich bist du sogar froh, dass er tot ist.«

Silvias Hand hinterließ einen brennenden roten Abdruck auf Aprils Wange. »Wie kannst du es wagen? Wie kannst du es wagen, April Dunne?«

April rannte durch die Eingangshalle in den Salon und

flüchtete sich auf den kleinen Balkon, der auf den Garten hinausführte. Schwer atmend und unfähig, auch nur einen klaren Gedanken zu fassen, stützte sie sich auf die steinerne Balustrade. Ihr war schmerzlich klar, dass sie zu weit gegangen war, aber sie hatte einfach nicht mehr gewusst, wohin mit all den angestauten Gefühlen, ihrer Angst, ihrer Trauer und ihrer Hilflosigkeit. Und wenn doch alles ihre Schuld war? Wenn das, was sie an dem Morgen zu ihrem Vater gesagt hatte, ihn dazu gebracht hatte, irgendetwas zu tun, das letztlich zu seinem Tod geführt hatte? Was, wenn sie nicht mit ihm gestritten oder Mr Sheldon einfach hätte stehen lassen und nach Hause gegangen wäre? Wäre er dann jetzt noch am Leben? Oder wäre sie ebenfalls tot? Einen Moment lang wünschte sie sich, es wäre so. Alles war besser als die Hölle auf Erden, die sie jetzt erlebte. Sie zog ein zerknülltes Taschentuch aus ihrer Tasche, wischte sich damit über das tränennasse Gesicht und atmete ein paarmal tief ein und aus. *Nicht schon wieder weinen!*, ermahnte sie sich stumm. Sie durfte sich nicht so gehen lassen. *Du bist schließlich kein kleines Kind mehr.* Kaum hatte sie diesen Gedanken zu Ende gedacht, wurde ihr klar, dass es genau das war, wonach sie sich sehnte und warum sie so wütend auf ihre Mutter gewesen war: Sie *wollte* wieder klein sein, wollte sich auf ihren Schoß kuscheln, sich von ihr beschützen lassen und hören, dass alles gut werden würde. »Es tut mir leid«, sagte plötzlich eine Stimme hinter ihr.

April drehte sich um. Die Augen ihrer Mutter waren gerötet und schimmerten feucht. »Das wäre ja mal was ganz Neues«, entgegnete sie sarkastisch. Sie hasste sich selbst dafür, so hart und unversöhnlich zu sein, ihre Mutter litt schließlich mindestens genauso sehr unter dem Verlust wie sie, aber sie war einfach noch zu wütend und verletzt, um vernünftig zu reagieren.

»Nicht, Liebes! Es ist auch so schon hart genug.«

»Was hast du denn erwartet? Wach endlich auf, Mum! Das hier ist nicht mehr dein Prinzessinnenleben!«

Ihre Mutter schüttelte verzweifelt den Kopf. »Meinst du, das wüsste ich nicht?«, sagte sie leise und wischte sich mit einer wütenden Handbewegung die Tränen von den Wangen. »Das ist ein verdammter Albtraum, und ich weiß einfach nicht, wie ich ihn aushalten soll. Ich schaffe das nicht alleine. Wenn doch nur ...« Sie verstummte. »Warum muss das ausgerechnet mir passieren?«

»Dir?«, rief April. »Falls du es vergessen hast – es passiert nicht nur *dir*! Aber du teilst deinen Kummer ja nicht mit mir, und jedes Mal, wenn du dich mit Grandpa unterhältst und ich dazukomme, verstummt ihr plötzlich – was verheimlicht ihr mir?«

»Was verheimlichst *du* mir?«, erwiderte ihre Mutter aufgebracht. »Hast du eigentlich eine Ahnung, wie unangenehm es für mich war, von der Polizei zu erfahren, dass du an dem Vormittag nicht im Unterricht warst? Mitanhören zu müssen, wie du bei der Befragung gelogen hast? Wenn dein Vater dabei gewesen wäre ...«

»Dad hätte es verstanden, weil er nämlich gewusst hätte, warum ich nicht die Wahrheit sagen wollte!« Kaum waren die Worte heraus, wusste sie, dass sie einen Fehler gemacht hatte.

»Wie ... Was hätte er gewusst?«, fragte ihre Mutter stirnrunzelnd und machte einen Schritt auf sie zu. »Ist an dem Morgen irgendetwas passiert?«

»Nein ... so war das nicht gem...«

Ihre Mutter griff nach ihrer Hand und zwang sie, ihr in die Augen zu schauen. »Was ist passiert?«

»Du tust mir weh, Mum.« April zog ihre Hand zurück. »Wir hatten einen Streit, okay? Das ist alles. Und dann hab ich ihn erst wieder gesehen, als ... als ...« Ihre Stimme brach. »Als es schon zu spät war.«

»Worum ging es bei dem Streit? Ihr habt euch schon öfter gestritten, aber deswegen hast du noch nie die Schule geschwänzt.«

April rieb sich die schmerzende Hand und schüttelte den Kopf. Ihre Mutter hatte recht: Es war ein verdammter Albtraum. Sie wusste selbst nicht, wie sie das alles aushalten sollte, aber ihr die Wahrheit zu sagen und Wort für Wort wiederzugeben, was sie an jenem Morgen zu ihrem Vater gesagt hatte, wie sie ihn angeschrien und welche Gemeinheiten sie ihm an den Kopf geworfen hatte ... das war zu viel. Das brachte sie nicht über sich.

»Es ging um Gabriel.«

»Wieso hättet ihr euch deswegen streiten sollen?«

April holte tief Luft und sagte sich, dass es nur zum Besten ihrer Mutter war, dass sie sie lediglich beschützen wollte. Was würde es bringen, ihr die Wahrheit zu sagen? *Ich habe herausgefunden, dass Dad nur deswegen nach Highgate ziehen wollte, um für irgendeine dämliche Vampirstory zu recherchieren.* Würde ihre Mutter wirklich wissen wollen, dass ihr Mann sie angelogen hatte? Dass er verantwortungslos, ja geradezu rücksichtslos gehandelt hatte? Oder dass er einen Posten als Chefredakteur bei der *Sunday Times* ausgeschlagen hatte? Das würde dem Andenken an den Mann, den sie liebte, nur unnötig schaden.

»Er wollte, dass ich mich nicht mehr mit ihm treffe.«

»Aber warum?«

April zuckte mit den Schultern und tat so, als widerstrebe es ihr, darüber zu sprechen, obwohl sie in Wirklichkeit versuchte, Zeit zu gewinnen. Die Frage ihrer Mutter war absolut berechtigt. Weshalb hätte ihr Vater ihr verbieten sollen, sich mit einem Jungen zu treffen, den er nie kennengelernt hatte? Ihr Gehirn arbeitete auf Hochtouren, bis sie schließlich glaubte, eine halbwegs plausible Erklärung gefunden zu haben.

»Er war der Meinung, dass meine Leistungen in der Schule darunter leiden würden«, sagte sie und versuchte, so überzeugend wie möglich die bockige Sechzehnjährige zu spielen. »Er war der Meinung, dass ... dass ...«

»Was?«

»Dass ich euch das schuldig sei«, stieß April wütend hervor. »Weil er so hart dafür schuften würde, dass ich auf diese dämliche Schule für Hochbegabte gehen kann, und er deswegen von mir erwarten könne, dass ich mich voll und ganz darauf konzentriere. Als ginge es im Leben nur um Leistung und gute Noten.«

Ihre Mutter sah sie mitfühlend an und streichelte ihr sanft die Hand. »Sei nicht so streng mit ihm, Liebes. Dieser Junge hat dich ja wirklich ganz schön verwirrt, weißt du nicht mehr? Dein Vater wollte nur dein Bestes, und er hat wirklich hart gearbeitet, damit wir einigermaßen über die Runden kommen.« Sie hielt einen Moment lang inne. »Ich weiß nicht, ob er dir das jemals erzählt hat, aber dein Großvater hatte uns angeboten, die Schulgebühren zu übernehmen. Dein Dad hat nichts davon hören wollen. Er war ein stolzer Mann. Und am stolzesten war er auf dich.«

April sah traurig auf den Garten hinaus. Hatte ihre Mutter recht? War ihr Dad wirklich stolz auf sie gewesen? Sie war sich nicht sicher und wünschte sich nichts mehr, als dass er hier gewesen wäre, um es ihr selbst zu sagen.

»Mum? Was glaubst du, wer hat Dad das angetan?«

»Ich weiß es nicht«, antwortete ihre Mutter und wich ihrem Blick aus. »Das zu klären ist Sache der Polizei. Wir können nur hoffen, dass sie ihre Arbeit gut machen und den oder die Schuldigen bald gefunden haben.«

»Aber du hast dir doch bestimmt auch schon den Kopf darüber zerbrochen. Warum hätte ihn irgendjemand umbringen wollen?«

»Dafür kann es alle möglichen Gründe geben, Schatz. Ein schiefgelaufener Einbruch, irgendwelche durchgedrehten Junkies. Wer weiß ... vielleicht werden wir es auch nie erfahren.«

April runzelte die Stirn. Sie hatte das deutliche Gefühl, dass ihre Mutter ihr irgendetwas verschwieg.

»Wurde er von jemandem bedroht?«

»Wie bitte? Nein! Das hätte er mir erzählt.«

»Aber es könnte doch sein, oder? Schließlich hat er jahrelang ziemlich brenzlige Themen recherchiert – organisiertes Verbrechen, Drogenhandel, Menschenschmuggel. Damit ist er bestimmt einigen Leuten auf die Füße getreten.«

Ihre Mutter schüttelte den Kopf. »Er war kein Agent des britischen Geheimdienstes, Liebes, sondern Journalist.«

Der Blick ihrer Mutter nahm plötzlich einen abwesenden Ausdruck an, als erinnere sie sich an etwas oder als würde ihr etwas klar werden.

»Was ist, Mum? Weißt du irgendetwas?«

»Nein. Nein, ich weiß noch nicht einmal, woran er gerade gearbeitet hat. Wir haben nie wirklich über seine Arbeit gesprochen. Aber die Polizei wird mit Sicherheit allen Spuren nachgehen.«

April musterte ihre Mutter prüfend. Irgendetwas nagte an ihr, aber was?

»Mum«, sagte sie leise, »warum habt ihr in den letzten Wochen so viel gestritten?«

»Wie kommst du jetzt darauf? Haben wir denn wirklich so oft gestritten?«

»Ich dachte nur ... na ja ... wegen der ganzen Andeutungen neulich, als wir Grandpa besucht haben, und dem, was ich manchmal mitbekommen habe, wenn du und Dad ... wenn ihr euch angeschrien habt ... Ich habe mich irgendwann gefragt, ob ... ob ...«

»Was hast du dich gefragt, Schatz?«

April zuckte hilflos mit den Schultern. »Ob ich vielleicht adoptiert bin.«

Ihre Mutter lachte ungläubig. »Um Gottes willen, was redest du denn da, Liebes? Du bist ohne jeden Zweifel unser Kind. Und du hast so viel von deinem Vater – du bist klug und zielstrebig und eigensinnig.« Sie strich über Aprils Wange. »Er hat dich so sehr geliebt.«

»Und was ist mit dir?«

»Du bist mein Ein und Alles!«

»Nein, ich meine, was habe ich von dir?«

»Nicht so viel«, sagte sie traurig. »Zum Glück.«

Sie zog April in ihre Arme und drückte sie fest an sich. »Wir haben jetzt nur noch uns beide. Und ich werde niemals zulassen, dass irgendjemand dir wehtut. Das verspreche ich dir.«

Dankbar schmiegte April den Kopf an die Schulter ihrer Mutter. Seit dem Tod ihres Vaters hatte sie sich nichts mehr gewünscht, als das zu hören. Sie wischte sich eine Träne von der Wange. »Und wie geht es jetzt weiter?«

Ein düsterer Ausdruck huschte über das Gesicht ihrer Mutter. »Ich möchte, dass wir nach Hause zurückkehren.«

April dachte schaudernd an den riesigen dunklen Blutfleck im Arbeitszimmer ihres Vaters. »Du willst wirklich dorthin zurück?«

Ihre Mutter schob sie ein Stück von sich weg und sah sie mit einer Traurigkeit an, die sie noch nie bei ihr gesehen hatte.

»Es ist der einzige Ort, an dem er noch ist«, flüsterte sie.

Einundzwanzigstes Kapitel

Am liebsten hielt sich April im Haus ihres Großvaters in der Küche auf. Anders als der Rest der Villa verströmte sie stets behagliche Gemütlichkeit, und Mrs Stanton, die Frau des Butlers und langjährige Haushälterin ihres Großvaters, hatte fast immer ein Backblech voller Zimtschnecken oder einen köstlichen Auflauf in der Backröhre des glänzenden, schweren schwarzen AGA-Herds, der den Raum dominierte. Als kleines Mädchen hatte April sich gern unter dem massiven Holztisch verkrochen und gelesen, während Mrs Stanton geschäftig mit Backzutaten herumhantierte und einen Teig für Scones oder Plätzchen zusammenrührte. Manchmal war ihr Vater zu ihr unter den Tisch geschlüpft und hatte mit ihr gespielt – wahrscheinlich war er froh gewesen, sich ebenfalls für eine Weile vor den Erwachsenen verstecken zu können. Und auch jetzt nach dem Streit mit ihrer Mutter bot die Küche den perfekten Rückzugsort. Heute war sie allerdings dunkel und verlassen, da Mrs Stanton ihre Schwester besuchte.

Wobei *verlassen* nicht ganz stimmte ...

»Grandpa! Gott, hast du mich erschreckt!«, keuchte April, als sie ihren Großvater am Tisch sitzen sah.

»Entschuldige, Liebes«, sagte ihr Großvater. »Aber ab und zu sitze ich ganz gern im Dunklen. Hilft mir beim Nachdenken.«

April ging zu ihm und drückte ihm einen Kuss auf die Stirn. »Geht mir genauso. Darf ich dir Gesellschaft leisten?«

»Natürlich. Hol dir eine Tasse, Mrs Stanton hat mir eine Thermoskanne heiße Schokolade nach dem Rezept meiner Großmutter dagelassen.«

April nahm sich eine Tasse aus einem Küchenschrank und setzte sich neben ihren Großvater. Er schenkte ihr etwas von der heißen Schokolade ein, und dann saßen sie eine Weile in einträchtiges Schweigen versunken einfach nur da.

»Unter diesem Tisch haben Dad und ich früher manchmal gespielt«, sagte sie irgendwann leise. »Wir haben so getan, als wären wir in einer Indianerhütte oder auf dem Piratenschiff von Peter Pan.«

»Ha! Peter Pan ... Das passt zu deinem Vater.«

»Grandpa, bitte«, sagte April. »Kannst du noch nicht einmal jetzt nett von ihm reden? Er ist tot.«

»Tut mir leid, Kleines«, entschuldigte er sich und streichelte ihr über die Hand. »Du hast recht. Dein Vater war ein guter Mann. Ich war zwar selten einer Meinung mit ihm, aber er hat dich von ganzem Herzen geliebt – genau wie deine Mutter. Und deswegen trauere ich aufrichtig mit euch, das musst du mir glauben.«

»Ich weiß, dass du immer noch das kleine Mädchen mit den Zöpfen in mir siehst, aber ...«

»Überhaupt nicht!«, unterbrach er sie und drückte ihre Hand. »Du bist eine wunderschöne junge Frau, Prinzessin«, sagte er und fügte dann hastig hinzu: »Bitte entschuldige, wir hatten ja ausgemacht, dass ich dich nicht mehr Prinzessin nenne.« Offensichtlich hatte er ihren Wutanfall vor der Halloweenparty nicht vergessen.

»Ist schon okay, Grandpa«, sagte April und strich über seine riesige Pranke. »Nenn mich ruhig Prinzessin, wenn du möchtest – aber nur wenn du mich nicht mehr wie ein kleines Kind behandelst. Ich will, dass du wie mit einem erwachsenen Menschen mit mir umgehst, gerade jetzt.«

Er sah sie von der Seite an. »Raus damit – was liegt dir auf dem Herzen?«

»Ich muss wissen, was mit Dad passiert ist.«

Er runzelte die Stirn und wollte etwas entgegnen, aber April legte ihm eine Hand auf den Arm.

»Grandpa, ich *muss* es wissen. Wie soll ich denn jemals wieder Ruhe finden können, wenn ich nicht weiß, warum ihm das angetan wurde?«

»An manche Dinge rührt man besser nicht, Prinzessin.«

»Bitte, Grandpa.«

Er starrte auf seine Tasse und nickte nachdenklich. »Ich habe mit ein paar Leuten von der Polizei gesprochen, mit denen ich befreundet bin, und kann dir nur sagen, was sie mir gesagt haben. Offensichtlich hat jemand auf deinen Vater gewartet, als er nach Hause kam.«

»Oh Gott.« April presste sich eine Hand auf den Mund.

»Es gab offenbar zuerst einen Kampf im Wohnzimmer und anschließend in seinem Arbeitszimmer … Dann wurde ihm die Kehle durchtrennt, und er verblutete.«

Als April in Tränen ausbrach, nahm ihr Großvater sie in die Arme. »Es tut mir so leid, Prinzessin. Du weißt gar nicht, wie sehr ich mir wünsche, dir wäre das alles erspart geblieben.«

»Aber warum sollte ihm jemand so etwas Schreckliches antun, Grandpa? Warum?«

»Ich glaube, dass es sehr viele Menschen gibt, die sich jeden Tag aufs Neue genau die gleiche Frage stellen. Und die Antwort ist meiner Meinung nach immer dieselbe: Wir haben uns zu weit von der Natur entfernt.«

»Was meinst du damit?«

»Ganz einfach – wir umgeben uns mit Beton, wir laufen über Teppich, wir berühren Holz nur dann, wenn wir uns an einen Tisch setzen, und bilden uns ein, Lichtjahre von unserem einstigen Dasein als Höhlenmenschen entfernt zu sein.

Dabei lauert tief in uns immer noch die Bestie, die bereit ist, für einen winzigen Fetzen Fleisch zu töten. Oder in der heutigen Zeit eben für Drogen oder Geld. Ich weiß, dass dich das wenig trösten wird, aber genau so ist es.«

Seltsamerweise fühlte April sich sogar sehr getröstet. Ihr Großvater hatte endlich einmal auf Augenhöhe mit ihr gesprochen und ihr zugetraut, die Wahrheit verkraften zu können. Und sie gab ihm mit dem, was er über die menschliche Natur gesagt hatte, recht. Seit sie in London war, hatte sie bis auf wenige Ausnahmen fast nur schlechte Erfahrungen mit anderen Menschen gemacht. Unter der zivilisierten Oberfläche lauerte, ähnlich wie ihr Großvater es beschrieben hatte, eine Bestie mit gebleckten Zähnen und ausgefahrenen Klauen, die vor nichts zurückschreckte, um zu bekommen, was sie wollte. Und genau so eine Bestie hatte ihr den geliebten Vater genommen. Es war keine angenehme Wahrheit, aber es fühlte sich trotzdem richtig an, sich ihr zu stellen. Ihre Tränen sickerten in das Hemd ihres Großvaters, an dessen starker Schulter ihr Kopf lag, und sie atmete tief seinen vertrauten Duft ein, der ihr ein Gefühl von Geborgenheit gab.

»Kann ich dich noch etwas anderes fragen?«, sagte sie und wischte sich mit dem Stofftaschentuch, das er ihr reichte, die Tränen ab.

»Natürlich.«

»Warum heißt unsere Familie Hamilton?«

Ihr Großvater sah sie einen Moment lang verwirrt an, als verstünde er nicht, was sie meinte, und lächelte dann amüsiert. »Was für eine komische Frage.«

»So komisch ist sie gar nicht«, entgegnete April. »Außer dass wir von einem alten osteuropäischen Adelsgeschlecht abstammen sollen, weiß ich so gut wie gar nichts über unsere Familiengeschichte. Und wenn ich mal versuche nachzuhaken, weichen mir alle aus.«

»Tja, Prinzessin.« Ihr Großvater wiegte bedächtig den Kopf. »Wie alle Familien haben auch wir ein paar Leichen im Keller. Deswegen sprechen wir nicht viel darüber. Aber ich kann dir versichern, dass du aus einer guten Familie adliger Herkunft stammst.«

»Aber warum heißen wir Hamilton, wenn du aus Rumänien stammst?«

Ihr Großvater lächelte. »Nun, als ich in den Sechzigerjahren nach England kam, herrschte noch ein strenges Klassensystem, und es gab eine Menge Vorurteile gegen jeden, der … nun ja … anders war. Versteh mich nicht falsch, April, ich bin sehr stolz auf meine Wurzeln. Die Entscheidung, den Namen zu ändern, beruhte auf rein praktischen Erwägungen, weil ich davon ausging, dass ich in der Gesellschaft schneller akzeptiert werden würde, wenn ich einen englischen Namen hatte, an meinem Akzent arbeitete und Dreiteiler trug.« Er machte eine weit ausholende Geste, die das gesamte Haus einschloss. »Und ich hatte recht.«

April nickte langsam. Sie hätte ihn gern noch mehr gefragt, zum Beispiel, warum er überhaupt hergekommen war, wenn ihm seine Herkunft und Traditionen so viel bedeuteten, und was das für Leichen waren, die im Familienkeller lagen. Aber fürs Erste war sie einfach froh, dass er ihr so ehrlich geantwortet hatte und nicht wieder ausgewichen war. Außerdem gab es im Moment genug anderes, mit dem sie fertigwerden musste, sie legte keinen Wert darauf, möglicherweise zu erfahren, dass irgendwelche Familienmitglieder von Interpol gesucht wurden.

»Und was soll ich jetzt tun, Grandpa?«

»Weitermachen. Du entstammst einer langen Linie starker Frauen, auch wenn du dich gerade vielleicht alles andere als stark fühlst. Genau wie deine Mutter. Wir wissen beide, dass es sie härter getroffen hat, als sie zugibt, und deswegen musst du versuchen, auch für sie stark zu sein. Das Wichtigste ist jetzt, dass die Familie zusammenhält, den Rest erledigt Gott. Er hat ein Auge auf gute Familien, wie wir eine sind.«

»Das ist eine schöne Vorstellung, aber ich weiß nicht, ob ...«

»Ob du überhaupt glauben kannst?«, beendete er ihren Satz für sie. »Keine Sorge, Kleines. Das ist ihm egal. Er wird trotzdem auf dich Acht geben. Jedenfalls ist es gut, an etwas zu glauben, darin waren dein Vater und ich uns ausnahmsweise mal einig. *Er* glaubte an etwas. Das ist heutzutage sehr selten.«

»Woran glaubte er?«

»An so altmodische Dinge wie Ehre, Familie und den Wert harter Arbeit. Alles gute, achtbare Dinge. Und er glaubte an dich, meine Prinzessin.«

»Warum sagt ihr mir das jetzt alle ständig?«

»Vielleicht weil uns wieder bewusst geworden ist, wie viele Dinge im Leben wir ungesagt lassen, bis es schließlich irgendwann zu spät dafür ist.«

April musste plötzlich an ihren Nachmittag auf dem Highgate Friedhof und die Grabsteine mit ihren Inschriften denken. Wussten die Menschen, die unter der Erde lagen, was ihre Liebsten für sie empfunden hatten? Wahrscheinlich nicht. Vielleicht war es schon immer so gewesen, dass alle zu wenig miteinander über das redeten, was wirklich von Bedeutung war, und nur die Dichter sprachen aus, was sie fühlten. Unwillkürlich wanderten ihre Gedanken zu Gabriel. *Ich werde diesen Fehler nicht noch einmal machen,* dachte sie entschlossen. *Von jetzt an verschwende ich meine Zeit nicht mehr mit Leuten, die mir Gefühle vorgaukeln, die nicht echt sind.*

Es war Zeit, die Tränen zu trocknen und zu tun, was sie tun musste: herausfinden, wer ihren Vater umgebracht hatte – und aus welchem Grund.

Zweiundzwanzigstes Kapitel

Es war kalt. Bitterkalt. Ein beißender Nordwind fegte durch die Straßen und fand mühelos seinen Weg unter Aprils Mantel. In Edinburgh war es nie so kalt gewesen, vielleicht war es ihr aber auch einfach nie so bewusst gewesen. Schließlich hatte sie damals noch nicht diese schreckliche innere Kälte mit sich herumgetragen. Es war ein regnerischer Montagmorgen, und sie ging den West Hill in Richtung der Ravenwood School hinunter. Niemand hatte sie gedrängt, wieder zur Schule zu gehen – natürlich nicht, nach all dem Schrecklichen, das passiert war –, aber was hätte sie sonst machen sollen? Am Wochenende waren sie an den Pond Square zurückgezogen, und sie war froh, dem Haus mit der unangemessen fröhlich gelben Eingangstür und dem Buntglasfenster mit der düsteren Jagdszene für eine Weile entfliehen zu können. April war ihrer Mutter zuliebe mitgekommen, weil sie wusste, wie wichtig es für ihren Seelenfrieden war, wieder zur Normalität zurückzukehren, aber es gab nichts in ihrem Leben, das ihr schwerer gefallen war, als durch diese Tür zu treten. Als sie die verwaiste Diele betreten hatten, waren keinerlei Anzeichen des grauenhaften Kampfes mehr zu sehen gewesen – wofür sie den Reinigungskräften der Polizei im Stummen gedankt hatte –, aber die Atmosphäre im Haus war immer noch bedrückend, als laste ein schwerer, dunkler Nebel in den Zimmern und Fluren, den sie mühsam durchdringen mussten.

Es gab nur eine Möglichkeit, damit fertigzuwerden: Sie mussten so tun, als würde das Leben seinen gewohnten Gang gehen, auch wenn das mitunter schier unmöglich schien, wenn ihr Blick zum Beispiel zufällig am Mantel ihres Vaters an der Garderobe hängen blieb oder an seiner Lieblingstasse, die noch auf der Spüle stand. In solchen Momenten wurde ihr von Neuem schmerzlich bewusst, dass er für immer aus ihrem Leben gegangen war. Das Wissen, dass der Mörder hier im Haus gewesen war, machte es ihr zusätzlich schwer, mit allem fertigzuwerden. War er ins Haus eingedrungen und hatte sich dort auf die Lauer gelegt und den perfekten Moment abgewartet, um zuzuschlagen, wie ihr Großvater es angedeutet hatte? Oder hatte er vielleicht doch draußen gewartet, bis ihr Vater nach Hause gekommen war, geklingelt und sich dann brutal an ihm vorbeigedrängt und in der Diele auf ihn gestürzt? Die Verwüstungen im Wohn- und Arbeitszimmer ließen darauf schließen, dass der Eindringling nach etwas gesucht hatte, aber niemand wusste, was das gewesen sein könnte. Hatte er auch den Rest des Hauses durchsucht? War er in der Küche gewesen? Im Badezimmer? Vielleicht sogar in ihrer kleinen Dachkammer? Es gab keinen einzigen Winkel innerhalb dieser vier Wände, in dem sie sich wirklich sicher fühlte. Mittlerweile konnte sie sich auch nicht länger vormachen, dass ihr Vater zurückkehren würde, dass sein ansteckendes Lachen diesen düsteren Ort irgendwann wieder erfüllen würde. Vergangenen Freitagnachmittag hatte man sie informiert, dass die Gerichtsmedizin den Leichnam ihres Vaters endlich freigegeben hatte, worauf sich ihre Mutter sofort in die Vorbereitungen für die Beerdigung gestürzt hatte. April war nicht wirklich überrascht gewesen, als sie erfuhr, dass ihr Vater in der Familiengruft auf dem Highgate-Friedhof beigesetzt werden sollte, auch wenn sich anfangs alles in ihr dagegen gesträubt hatte. In ihrer Wunschvorstellung fand das

Begräbnis auf einem grünen Hügel unter einer großen alten Eiche statt, um die sich die schwarz gekleidete Trauergemeinde scharte, während der Sarg langsam in die Erde hinuntergelassen wurde. Aber je länger sie darüber nachgedacht hatte, desto mehr hatte sie sich mit dem Gedanken angefreundet, dass ihr Vater nicht unter einer meterdicken Erdschicht begraben, sondern in einer überirdischen Grabkammer zur letzten Ruhe gebettet werden würde. Dort hatte er wenigstens die Chance, an die Tür zu klopfen, falls er doch noch aufwachte. Die Erforschung des Unerklärlichen war die große Leidenschaft seines Lebens gewesen, im Tod würde er nun umherwandern und die Geheimnisse von Highgate enträtseln können. Und er war in der Gruft zumindest nicht allein. Diesen Gedanken fand April irgendwie tröstlich. Trotzdem konnte sie sich nicht dazu überwinden, mehr Zeit als nötig zu Hause zu verbringen, und der einzige Ort, an den sie fliehen konnte, war nun einmal die Ravenwood School. Vielleicht würde es sie zumindest ein bisschen ablenken, über Lehrbüchern zu brüten.

Die Fassade des Schulgebäudes wirkte noch abweisender als sonst, und April schlug fröstelnd den Kragen hoch, als sie darauf zuging. *Hoffentlich ist das kein fataler Fehler,* dachte sie besorgt, als sie durch das Tor trat. Sie hatte es bewusst so eingerichtet, dass sie erst kurz vor Unterrichtsbeginn in der Schule war, um so wenig neugierigen und mitleidig blickenden Mitschülern wie möglich zu begegnen. Sie durchquerte gerade die Eingangshalle, als sie plötzlich wie angewurzelt stehen blieb und am liebsten wieder umgedreht wäre. Ein paar Meter vor ihr stand Gabriel und unterhielt sich mit dieser grauenhaften Sara.

April versuchte mit gesenktem Kopf an den beiden vorbeizueilen – ohne Erfolg.

»April!«, rief Gabriel. »Seit wann bist du denn wieder da?«

»Seit heute«, antwortete sie und blieb widerwillig stehen. »Aber ich bin spät dran und ...«

»Es hat mir so leidgetan, als ich das mit deinem Vater gehört habe«, sagte Sara mit falschem Mitgefühl. Gabriel warf ihr einen finsteren Blick zu, woraufhin sie murmelte, sie müsse jetzt dringend in ihren Kurs, und trotzig abzog.

April wollte ebenfalls schleunigst weitergehen, als Gabriel sie am Arm zurückhielt.

»Warte doch«, bat er. »Wie geht es dir? Ich hab mir Sorgen gemacht.«

»Ach ja?«, entgegnete sie feindselig. »Komisch, davon hab ich gar nichts mitbekommen.«

»Hey, was ist denn los?«, fragte Gabriel verwirrt und blickte dann betreten zu Boden. »Ich weiß, ich hätte ...«

»Du musst dich nicht erklären«, unterbrach April ihn. »Wahrscheinlich hattest du eine Menge anderer Dinge im Kopf.« Sie nickte vielsagend in die Richtung, in die Sara verschwunden war.

»Sara?« Gabriel schüttelte fassungslos den Kopf. »Du glaubst doch nicht etwa ...«

»Ist doch ganz egal, was ich glaube.« April wollte sich an ihm vorbeischieben, aber er hielt sie erneut am Arm zurück.

»April, bitte rede doch mit mir! Warum bist du so wütend auf mich?«

»Was interessiert dich das auf einmal?«

»Ich dachte, seit neulich Nacht wüsstest du, was ich für dich empfinde. Ich hab dir doch auch gesagt, dass es ziemlich kompliziert werden würde mit uns.«

»Das Einzige, was ich weiß, ist, dass du wieder nicht angerufen hast, obwohl du es versprochen hattest. Wie lange ist das jetzt her? Eineinhalb Wochen? Zehn Tage, in denen ich kein Wort von dir gehört habe, und das, obwohl du doch mit Sicherheit mitbekommen hast, was passiert ist.«

»Ich wollte anrufen. Ich hatte schon ungefähr ein Dutzend Mal das Telefon in der Hand…«

»Schon gut, du musst mir nichts erklären«, schnitt April ihm das Wort ab. »Hör zu, Gabriel, du hattest recht. Wir passen wirklich nicht besonders gut zusammen, und deswegen halte ich es für das Beste, wenn wir uns in Zukunft aus dem Weg gehen.«

Und mit diesen Worten riss sie sich los und ging hocherhobenen Hauptes den Flur hinunter. Doch statt Genugtuung darüber zu empfinden, ihm die Meinung gesagt zu haben, war sie einfach nur traurig.

Der Englischlehrer Mr Andrews nickte April zu, als sie leise und unter den überraschten Blicken der anderen Schüler ins Klassenzimmer schlüpfte und sich neben Caro setzte, verlor jedoch kein Wort darüber, dass sie ein bisschen zu spät war.

»Wie geht es dir?«, flüsterte Caro. »Ich habe nicht damit gerechnet, dass du so schnell wieder in die Schule kommst.«

»Geht schon«, flüsterte April zurück, obwohl das, vor allem nach der Begegnung mit Gabriel, eine glatte Lüge war. »Irgendwie muss es ja weitergehen.«

Caro nickte und drückte ihr unter dem Tisch mitfühlend das Knie.

April spürte ein schlechtes Gewissen in sich aufsteigen. Seit dem Tod ihres Vaters hatte sie sich fast vollständig von ihren Freunden zurückgezogen. Diverse Mitschüler, darunter auch Davina und Simon, hatten sich bei ihr gemeldet oder ihr SMS geschickt, aber sie hatte mit niemandem sprechen wollen, noch nicht einmal mit Fiona oder Caro. Was hätten sie auch bereden sollen? Es gab nichts weiter zu sagen außer »Oh Gott, das ist alles so schrecklich«. Niemand konnte wirklich nachvollziehen, was sie gerade durchmachte. Noch nicht einmal diejenigen, die vielleicht selbst schon jemand Naheste-

hendes verloren hatten, denn in den seltensten Fällen musste jemand mitansehen, wie der geliebte Mensch starb. Und so
dankbar sie für die Anteilnahme und Hilfsangebote war, hatte
sie dennoch das Gefühl, allein damit klarkommen zu müssen.

»Hamlets größtes Problem ist, dass er zu viel nachdenkt«,
sagte Mr Andrews gerade. »Einerseits bescherte das der Welt
ein hervorragendes Drama und einen der großartigsten Mo-
nologe, die Shakespeare jemals geschrieben hat, andererseits
macht es Hamlet zu einer tragischen und mitunter ziemlich
nervigen Figur.«

Höfliches Lachen ertönte.

»Wenn Sie nun zur zweiten Szene des dritten Aufzugs vor-
blättern würden. Polonius ist gerade abgegangen, und wir erleben Hamlet so wütend wie noch nie zuvor. Er beginnt zu
ahnen, welche Rolle seine Mutter beim Tod seines Vaters
spielte, außerdem hat Polonius ihn mit seiner geschwätzigen
Speichelleckerei derart auf die Palme gebracht, dass er kurz
davor ist zu explodieren. Jacob, würden Sie uns den Absatz
bitte vorlesen?«

Ein großer sommersprossiger Junge mit rotblonden Haaren erhob sich und begann mit kräftiger klarer Stimme zu lesen. »›Nun ist die wahre Spukezeit der Nacht ...‹«

»Achtung, Theater-AG«, raunte Caro April ins Ohr. »Der
Typ hält sich für Kenneth Branagh oder Mel Gibson oder so
jemanden.«

Die beiden hörten zu, wie Jacob den Rest des bekannten
Selbstgesprächs vorlas:

»Wo Grüfte gähnen und die Hölle selbst
Pest haucht in diese Welt. Nun tränk ich wohl heiß Blut
Und täte Dinge, die der bittre Tag
Mit Schaudern säh. Still, jetzt zu meiner Mutter!
O Herz, vergiss nicht die Natur! Nie dränge

Sich Neros Seel in diesen festen Busen!
Grausam, nicht unnatürlich, lass mich sein;
Nur reden will ich Dolche, keine brauchen.
Hierin seid Heuchler, Zung, und du, Gemüt:
Wie hart mit ihr auch meine Rede schmäle,
Nie willge drein, sie zu versiegeln, Seele!«

Als er fertig war, klatschte die Klasse kurz Beifall.

»Sehr gut, Jacob«, sagte Mr Andrews lächelnd. »Obwohl Schauspieler die Zeile ›Tränk ich wohl heiß Blut‹ normalerweise heraus*schreien*! Trotzdem eine ganz ausgezeichnete Darbietung. Kann mir jemand sagen, wovon Hamlet hier spricht?«

»Davon, dass er seine Mutter umbringen wird«, antwortete ein Mädchen mit einem blauen Haarreif.

»Ja und nein«, entgegnete Mr Andrews. »Er sagt, ›Hierin seid Heuchler, Zung, und du, Gemüt‹. Er möchte sie umbringen, weiß aber, dass er es geschickt anstellen und zunächst Stillschweigen bewahren muss, um herauszufinden, was wirklich passiert ist. Was natürlich nur wieder eine weitere Ausrede dafür ist, nicht handeln zu müssen. Ein paar Szenen weiter stößt Hamlet auf seinen Onkel, der den Mord gesteht und anschließend niederkniet, um zu beten – die perfekte Gelegenheit, Rache zu üben –, doch sogar in diesem Moment schafft Hamlet es, sich davor zu drücken.«

»Aber bringt er Polonius nicht gleich darauf um?«, fragte ein pickelgesichtiger Junge in der ersten Reihe.

»Doch. Er scheint so wütend auf sich zu sein, dass er seine Mutter und seinen Onkel nicht umgebracht hat, dass er schließlich die Kontrolle über sich verliert. Das Problem ist, dass er herausfinden möchte, wer seinen Vater umgebracht hat, um seinen Geist zu rächen, aber einfach nicht weiß, wie er das anstellen soll.«

Da geht es dir wie mir, Hamlet, dachte April finster. Sie wusste genauso wenig, was sie tun sollte. Sie wusste nur, dass sie unbedingt herausfinden musste, wer hinter dem Mord an ihrem Vater steckte, erst dann würde sie handeln können. Dazu war sie fest entschlossen. Mr Andrews blickte nervös in ihre Richtung, als hätte er ihre Gedanken gelesen, und richtete den Schwerpunkt ihrer Diskussion dann abrupt auf Hamlets Beziehung zu seiner Mutter.

Wenn du wüsstest, dachte April mit einem schmalen Lächeln.

Wie sich nach der Stunde herausstellte, hätte April sich keine Sorgen darüber machen müssen, wie ihre Mitschüler darauf reagieren würden, dass sie wieder da war, weil sie sie nämlich mehr oder weniger ignorierten. Als sie mit Caro den Flur Richtung Cafeteria entlangging, vermieden sie es geradezu, ihr in die Augen zu schauen.

»Was ist los?«, sagte April, als sie sich an einen freien Tisch setzten. »Ich hab damit gerechnet, dass alle mich anstarren würden, aber stattdessen gehen sie mir aus dem Weg.« Sie seufzte. »Na ja, wahrscheinlich wissen sie einfach nicht, wie sie damit umgehen sollen.«

Caro zog die Brauen hoch und räusperte sich. »Das hat eher einen anderen Grund.«

»Aha, und welchen?«, fragte April stirnrunzelnd.

»Na ja, in der Zeit, in der du weg warst, ist einiges passiert.«

»Erzähl!«

Caro beugte sich verschwörerisch über den Tisch. »Milo Asprey liegt im Krankenhaus, und die liebe Layla heult sich an seinem Bett die Augen aus.«

»Wieso das denn? Warum sollte sie … Oh Gott.«

Eine Mischung widerstreitender Gefühle stürmte auf sie

ein – Hoffnung, Verzweiflung, aber auch Erleichterung. Plötzlich wurde ihr klar, dass Layla, als sie sie bei ihrer Auseinandersetzung in der Bibliothek aufgefordert hatte, die Finger von ihrem Freund zu lassen, nicht von Gabriel gesprochen hatte, sondern von Milo. Was einerseits bedeutete, dass Gabriel kein zweigleisig fahrender Scheißkerl war, aber auch, dass Milo es mit der Treue offensichtlich nicht so genau nahm. In diesem Moment hatte sie fast Verständnis dafür, dass Layla ihr in der Bibliothek so eine Szene gemacht hatte, auch wenn sie eigentlich die falsche Adresse dafür gewesen war, schließlich hatte Milo sich an sie rangemacht und nicht umgekehrt. Aber das war ihr im Augenblick ziemlich egal, weil sie nur noch einen Gedanken hatte: Gabriel. Stöhnend vergrub sie den Kopf in den Händen, als sie daran dachte, wie sie ihn vorhin abgefertigt und stehen gelassen hatte.

»Was ist?«, fragte Caro.

»Ich hab Gabriel gesagt, dass ich ihn nicht mehr sehen will.«

»Oh-oh!« Caro verzog mitfühlend das Gesicht. »Wegen der Sache mit Layla?«

April nickte.

»Und du hast es ihm so richtig gegeben?«, interpretierte Caro ihre zerknirschte Miene.

»Ich war jedenfalls nicht besonders freundlich«, seufzte April.

Die beiden Freundinnen sahen sich einen Moment lang schweigend an.

»Was ist eigentlich passiert?«, fragte April schließlich. »Mit Milo, meine ich.«

»Das ist das Merkwürdigste an der Sache – niemand weiß es«, antwortete Caro. »Seine Haut hat offenbar am ganzen Körper Blasen geworfen und soll sich stellenweise förmlich vom Fleisch lösen. Anscheinend musste er am Bett festgeschnallt werden, weil er auch noch heftige Krampfanfälle hat. Ich hab gehört, dass er kurz vor einem Organversagen steht, hab aber keine Ahnung, ob an dem Gerücht was dran ist.«

»Das ist ja schrecklich.«

»Was ist schrecklich?«

April sah auf, als Layla an ihrem Tisch stehen blieb, die Hände in die Hüften stemmte und angriffslustig das Kinn vorreckte. Hinter ihr standen Chessy und Ling Po, die jetzt ganz offiziell Mitglied der Schlangenbrut zu sein schien.

»Dass Milo so krank ist«, sagte April. »Ich habe es eben erst erfahren. Das tut mir total leid, Layla.«

»Ach? Und warum sollte ausgerechnet dir das leidtun?«

April warf Caro einen nervösen Blick zu. »Ich verstehe nicht, was du meinst ... Ich wollte damit doch nur sagen, dass ich es schlimm finde, wie schlecht es ihm geht.«

»Schlimm?« Layla lachte höhnisch. »Das ist alles, was dir dazu einfällt? Mein Freund liegt auf der Intensivstation, und du findest das ›schlimm‹?« Sie drehte sich mit gespielter Fassungslosigkeit zu den beiden anderen Mädchen um, die ebenso fassungslos die Brauen hochzogen.

»Hör zu, Layla«, sagte Caro. »Warum verziehst du dich nicht einfach wieder und lässt April in Ruhe?«

»Halt du dich da raus, Jackson«, fuhr Layla sie an. »Wir unterhalten uns doch nur, nicht wahr, April? Wir plaudern wie zwei gute alte Freundinnen über Jungs.«

April konnte nur verwirrt die Stirn runzeln.

»Obwohl du natürlich nicht besonders viel zu dem Thema beizusteuern hast, oder? Dabei stehen die Jungs doch angeblich so auf dich. Aber vielleicht stehst *du* ja eher auf Mädchen.«

Ihr Gefolge kicherte.

»Ich meine, wenn man sich euch beide so anschaut ...«

»Jetzt reicht's!«, rief Caro. »Sie hat dir doch überhaupt nichts getan.«

»Natürlich nicht.« Layla grinste spöttisch. »Sie *kann* mir gar nichts tun. Wir spielen nämlich nicht in derselben Liga, stimmt's, Mädels?«, sagte sie mit einem boshaften Lächeln an ihre Freundinnen gewandt.

»Hör zu, ich kann verstehen, dass du wegen Milo total fertig bist, aber …«, versuchte April die Situation zu entschärfen, doch Layla ließ sie gar nicht erst ausreden.

»Sag du mir nicht, wie ich mich fühle, verstanden?«, zischte sie. »Glaubst du vielleicht, nur weil dein Daddy tot ist, könntest du meinen Schmerz nachempfinden? Du hast ja keine Ahnung.«

Ehe April noch etwas darauf erwidern konnte, hatte Layla sich schon auf sie gestürzt und drückte ihren Kopf auf die Tischplatte.

»Lass mich los!«, schrie April, aber Layla dachte überhaupt nicht daran, sondern verstärkte den Griff um ihren Nacken noch.

»Halt die Klappe, du miese kleine Schlampe«, fauchte sie ihr ins Ohr. »Oder ich schneide dir die Kehle heraus, so wie man es bei deinem Vater gemacht hat.«

»*Was?*«, keuchte April. Plötzlich sah sie rot. »Wie kannst du es wagen, so etwas Schreckliches zu sagen!« Mit einem wütenden Aufschrei befreite sie sich aus der Umklammerung und schubste Layla mit aller Kraft von sich. Einen Sekundenbruchteil lang fragte sie sich erstaunt, woher sie diese Stärke genommen hatte, es war, als wäre plötzlich ein Stromstoß durch ihren Körper gefahren, dann stolperte Layla rückwärts, rutschte auf irgendeinem verschütteten Getränk aus und knallte aufs Steißbein. Fast im gleichen Moment war April auch schon auf ihr und legte die Hände um ihren Hals.

»Halt dich bloß von mir fern!«, zischte sie. »Wenn du mir noch einmal zu nahe kommst, dann … dann bring ich dich um!«

Auf einmal griffen starke Hände nach ihr und zogen sie weg.

»Das halte ich für keine besonders gute Idee, Miss Dunne«, sagte eine Stimme. Als sie sich umdrehte, blieb ihr beinahe das Herz stehen. Es war Detective Inspector Reece.

Dreiundzwanzigstes Kapitel

Der Inspector nahm sie nicht fest, sondern brachte sie, ohne große Worte zu verlieren, zum Büro des Schulleiters, wo er sie vor der Tür warten ließ, während er sich mit Mr Sheldon unterhielt. April wusste nicht, was während dieser Unterhaltung gesprochen wurde, aber offenbar war es Reece irgendwie gelungen, den Schulleiter davon zu überzeugen, dass es sich lediglich um eine harmlose kleine Auseinandersetzung zwischen zwei nervlich angespannten Schülerinnen gehandelt hatte und dass er April jetzt höchstpersönlich nach Hause bringen würde. Ihr war es ziemlich egal, was passierte, und so zuckte sie bloß mit den Achseln, als Inspector Reece ihr alles erklärte und sie dann zu seinem Wagen führte. Was hätte es auch gebracht, zu protestieren? Ihr war klar, dass Layla, noch ehe sie sich angeschnallt hatten, bereits ihre Version der Ereignisse verbreitete: dass die neue Schülerin durchgedreht sei, sie angegriffen und ihr gedroht habe, sie umzubringen, weshalb sie jetzt von der Polizei abgeführt würde.

»Da kann man ja fast von Glück sagen, dass ich heute in die Schule gekommen bin, um mit Ihnen zu sprechen«, sagte Inspector Reece, als er den Motor startete. »Wenn ich bis morgen gewartet hätte, hätten Sie dieses Mädchen vielleicht erwürgt.« Sein Ton klang fast belustigt, aber April spürte, dass er beunruhigt war.

Was ist bloß in mich gefahren?, fragte sie sich. *In der einen*

Sekunde haben wir uns noch unterhalten, in der nächsten hab ich versucht, sie umzubringen.

»Worum ging es denn bei Ihrem Streit?«

April seufzte. Sie war es leid, alles immer nur mit sich ausmachen und ständig aufpassen zu müssen, was sie sagte. Mit einem Mal fühlte sie sich unglaublich erschöpft.

»Layla – das Mädchen, von dem Sie mich weggezogen haben –, denkt, dass ich ihr den Freund ausspannen will.«

»Und hat sie mit dieser Annahme recht?«

»Nein. Er hat sich auf einer Party an mich rangemacht, dabei aber wohl vergessen zu erwähnen, dass er eine Freundin hat.«

Inspector Reece nickte. »Aha, verstehe.«

Er setzte den Wagen zurück, fuhr dann langsam zum Tor hinaus und schlug den Weg Richtung Zentrum ein.

»Wie ich gehört habe, hat die Gerichtsmedizin den Leichnam Ihres Vaters freigegeben«, sagte er und warf April von der Seite einen kurzen Blick zu. »Ich nehme an, Sie sind froh, ihn endlich beerdigen und Stück für Stück wieder ein bisschen zur Normalität zurückkehren zu können?«

April zuckte nur mit den Schultern und schaute aus dem Fenster.

»Liege ich richtig mit der Vermutung, dass Sie jetzt noch nicht sofort nach Hause zurück wollen?«

April nickte, ohne ihn anzusehen.

»Darf ich Sie dann vielleicht zum Mittagessen einladen?«

Sie hob gleichgültig die Hände. »Von mir aus«, murmelte sie. »Aber bitte nicht zu McDonald's«, fügte sie nach einer kleinen Pause hinzu.

Reece lachte. »Wie Sie wünschen.«

Sie verließen Highgate und bogen auf die Hampstead Lane, wo sie unter anderem an dem berühmten Kenwood House vorbeifuhren. April hatte sich dieses stattliche Herrenhaus im georgianischen Stil immer schon einmal ansehen wollen, seit Hugh Grant dort in dem Film *Notting Hill* das Herz gebrochen worden war, aber sie war noch nicht dazu gekommen. Als sie jetzt so darüber nachdachte, fiel ihr auf, dass sie den Stadtteil bis auf die Besuche bei ihrem Großvater eigentlich nie verlassen hatte. Als würde unter dem Pond Square ein gewaltiger Magnet vergraben liegen, der nicht zuließ, dass sie sich zu weit von ihm entfernte. Das wäre zumindest eine Erklärung. Nach einer Weile bog Inspector Reece schließlich auf einen Parkplatz vor einem rustikal aussehenden Gebäude.

»Ein Pub?«, fragte sie verwundert und fast ein bisschen zu hoffnungsvoll.

Reece lächelte. »Für Sie gibt es dort höchstens eine Cola light, junge Dame. Aber die servieren dort eine ganz fantastische Ziegenkäse-Lasagne.«

Das *Spaniards Inn* war ein urig verwinkeltes Gasthaus mit niedrigen Balken, dunkler Holzvertäfelung und knarrenden Dielen. In einem mit Kupfer verkleideten Kamin prasselte sogar ein gemütliches Feuer. Alles sah genau so aus, wie sich amerikanische Touristen einen typisch englischen Pub vorstellten. Während Inspector Reece an der Theke die Bestellung aufgab, blieb April vor einer Tafel stehen, auf der die Geschichte des Pubs kurz zusammengefasst worden war. Anscheinend hatten sich hier bereits Charles Dickens, Lord Byron und der legendäre Straßenräuber Dick Turpin ihr Bier schmecken lassen, und in dem hinter dem Gebäude liegenden Garten hatte John Keats angeblich seine »Ode to a Nightingale« geschrieben.

Sie zuckte zusammen, als Inspector Reece hinter ihr lachte. »Ich würde nicht alles glauben, was da behauptet wird.« Er führte sie zu einer kleinen Sitznische und stellte die versprochene Cola light vor sie auf den Tisch. »Aber irgendwie ist es auch nett, die alten Legenden am Leben zu erhalten.«

Er nahm auf einem mit Leder bezogenen Stuhl neben dem Fenster Platz, von dem aus man auf eine Straßeninsel blickte, auf der ein kleines weißes Gebäude stand, das wie die Miniaturausgabe eines Landhauses aussah.

»Das Haus da drüben erinnert mich an das Pförtnerhäuschen am Osteingang des Highgate-Friedhofs«, sagte April, nachdem sie das Gebäude einen Moment lang nachdenklich betrachtet hatte. »Sie wissen schon, ganz in der Nähe von der Stelle, wo Isabelle Davis ermordet wurde.«

Reece sah sie mit hochgezogenen Brauen an.

»Ich habe neulich an einer Friedhofsführung teilgenommen«, erklärte sie, »und die Führerin sagte, es würde schon seit Jahrzehnten nicht mehr benutzt und sei immer verschlossen. Haben Sie es sich angesehen, als Sie dort auf Spurensuche waren?«

»Nur von außen«, antwortete Reece und rieb sich übers Kinn. »Wir haben uns nicht weiter damit beschäftigt, weil es ganz offensichtlich war, dass dort tatsächlich schon seit Jahren niemand mehr ein- und ausgegangen ist.«

April dachte an den großen Mann, der aus dem Haus gekommen war, den die Führerin angeblich noch nie dort gesehen hatte – dabei war sie sich absolut sicher, dass sie sich ihn nicht nur eingebildet hatte. Es war zum Verrücktwerden. Wenn sie doch nur wüsste, was das alles zu bedeuten hatte. Sie hatte das Gefühl, vor einem unvollständigen Puzzle zu sitzen und keine Chance zu haben, es zu einem brauchbaren Bild zusammenfügen zu können.

»Was ist das denn für ein Haus?«, fragte sie und deutete aus dem Fenster.

»Die alte Zollstation, in der Reisende früher den Wegezoll entrichteten, um die Straße benutzen zu dürfen. Angeblich hat Dick Turpin dort seine Opfer ausgespäht.«

»Den hätten Sie bestimmt gern geschnappt, was?«

»Für ihn wäre es jedenfalls sicher besser gewesen«, sagte

Reece. »Entgegen dem, was man sich landläufig so erzählt, wurde Dick Turpin von einem Mitglied seiner eigenen Bande aufgehängt. Ich bin eher ein Anhänger von Resozialisierungsmaßnahmen, von Galgen halte ich nicht besonders viel.«

April betrachtete ihn nachdenklich, während sie durch den Strohhalm von ihrer Cola trank. Sie war sich nicht sicher, was *sie* von *ihm* halten sollte, war aber froh, weder in der Schule noch zu Hause sein zu müssen – und ausnahmsweise mal wie eine erwachsene junge Frau behandelt zu werden. Okay, von der Cola light einmal abgesehen, aber die schmeckte immer noch besser als der Tee auf der Polizeistation neulich. Wobei sie natürlich wusste, dass Inspector Reece sie nicht zu einem netten Plauderstündchen hergebracht hatte – es war eher ein mit Getränken und Essen getarntes Verhör.

»Halten Sie es für eine gute Idee, eine Sechzehnjährige in ein Pub mitzunehmen?«, fragte April. »Gehört das zur normalen Verfahrensweise bei Befragungen?«

»Wir haben es hier nicht mit einem normalen Fall zu tun, April«, sagte Reece ernst. »Dafür wirft er zu viele verwirrende Fragen auf. Ich hatte gehofft, dass Sie uns vielleicht Aufschluss über einige Dinge geben könnten, und« – er deutete zur leeren Theke hinüber – »dachte mir, dass wir hier vor unerwünschten Lauschern geschützt wären.«

»Sie glauben, dass es auf der Polizeistation Leute geben könnte, die den Vernehmungsraum abhören?«

Reece lächelte. »Sie sind ein cleveres Mädchen, April, aber Sie sollten keine Verschwörungen sehen, wo keine sind. Überlassen Sie das Ihrer Freundin Caro.«

Diesmal war April diejenige, die lächelte. »Sie haben mit ihr gesprochen?«

Reece stieß einen tiefen Seufzer aus. »Gibt es eigentlich irgendetwas, von dem sie nicht glaubt, es stecke eine Weltverschwörung dahinter?«

»Ich fürchte, nicht. Konnte sie Ihnen denn irgendwie weiterhelfen?«

Der Inspector hielt einen Moment inne. »Ist schon komisch«, sagte er schließlich nachdenklich. »Manchmal hat man bei den Ermittlungen Scheuklappen auf, obwohl man eigentlich um die Ecke denken müsste.«

»Wie meinen Sie das?«

»Nun, die meisten Verbrechen laufen nach einem ziemlich einfachen Muster ab, besonders Gewaltverbrechen. Jemand gerät in Wut, erschlägt jemanden und hinterlässt dann eine Blutspur, die bis zu seinem Wagen zurückzuverfolgen ist — das ist jetzt natürlich sehr vereinfacht ausgedrückt, aber Sie wären überrascht, wie oft es sich genau so abspielt. Das ist auch der Grund dafür, warum die Aufklärungsrate bei Morden höher ist als bei anderen Vergehen.«

April wandte den Blick ab, weil sie spürte, wie ihr die Tränen in die Augen stiegen, und versuchte sich auf ein Bild an der Wand hinter dem Inspector zu konzentrieren.

»Bitte entschuldigen Sie«, sagte er mitfühlend. »Ich vergesse manchmal, wie schwer es für die Betroffenen ist, über diese Dinge zu sprechen. Mord ist mein täglich Brot, und dadurch verliere ich manchmal den Blick von außen.«

»Nein, das ist es nicht.« April blinzelte die Tränen weg. »Es fällt mir nur schwer, mir meinen Vater als Mordopfer vorzustellen. Es fühlt sich einfach so ... ich weiß auch nicht ... so *falsch* an.«

»Das verstehe ich. Aber ich kann es Ihnen leider nicht ersparen — wir müssen uns darüber unterhalten. Nur so haben wir eine Chance, den oder die Schuldigen zu finden.« Er sah sie eindringlich an. »Hören Sie, April, ich werde meine Karten offen auf den Tisch legen. Wir haben zwar noch keine stichhaltigen Beweise, aber wir gehen mit ziemlicher Sicherheit davon aus, dass die drei Morde — der an Alix Graves, an

Isabelle Davis und Ihrem Vater – in irgendeiner Form zusammenhängen. Mit zweien davon stehen Sie in Verbindung, und in meiner Welt ... nun ja, lassen Sie es mich so ausdrücken: Ich glaube nicht an Zufälle. Deswegen denke ich, dass Sie der Schlüssel zu diesem Fall sein könnten, auch wenn Ihnen das gar nicht bewusst ist.«

April sah ihn verwirrt an. Wovon redete er?

»Wenn Sie sagen, dass Sie keine Beweise haben, meinen Sie damit, dass es keine Spuren gibt? Zum Beispiel Fingerabdrücke oder so etwas?«

Reece rieb sich verlegen das Kinn. »Ganz genau so ist es. Das ist ja das Seltsame. Hochintelligente Serienkiller, die ihre Verbrechen bis ins kleinste Detail planen und durchführen, gibt es meiner Erfahrung nach nur in Thrillern. Im wahren Leben finden wir immer irgendwelche Beweise, Zeugen oder Spuren.«

»Und dieses Mal nicht?«

»Leider sind Sie, April, der einzig echte Anhaltspunkt, den wir haben. Es ist, als wäre der Mörder unsichtbar. Wir haben sämtliche Aufzeichnungen der Überwachungskameras überprüft, alle Passanten befragt, die zur fraglichen Tatzeit in der Nähe waren – nichts. Es gibt nicht die leiseste Spur, außer der Verwüstung im Haus.«

April wollte nicht an die »Verwüstung« denken. Sie wollte nicht daran denken, dass jemand in ihr Zuhause eingedrungen war und ihren Vater angegriffen hatte oder wie er zum Telefon gekrochen war und den verschmierten Blutfleck darauf hinterlassen hatte. Sie wünschte sich, nichts davon wäre je geschehen.

»Wir müssen ihn finden«, sagte sie bitter. »Wir müssen diesen brutalen Killer finden.«

Reece sah ihr in die Augen. »Das werden wir«, versicherte er ihr. »Früher oder später erwischen wir sie immer.«

Ihr Essen kam, und sie aßen ein paar Minuten schweigend. April wusste immer noch nicht, was sie von dem Inspector halten sollte. Er war nicht wie die abgebrühten, Whiskey trinkenden Zyniker, die sie aus Fernsehkrimis kannte. Es fing schon mal damit an, dass er Apfelsaftschorle trank. Und die Ziegenkäse-Lasagne schmeckte tatsächlich fantastisch. Vielleicht tat sie ihm ja auch einfach nur leid, und er war der Meinung, sie könnte jemanden gebrauchen, der ihr zuhörte. Nein, viel wahrscheinlicher war, dass er einfach seine Arbeit machte: versuchte, die Tochter des Opfers aus ihrer Deckung zu locken, um vielleicht ein paar nützliche Hinweise zu bekommen. Sie hatte nichts dagegen, sie hätte ihm sogar liebend gern geholfen, aber sie wusste einfach nicht, was sie ihm erzählen konnte.

»Was glauben Sie denn? Sie müssen doch zumindest eine Theorie haben?«

Reece lächelte verhalten. »Mich würde viel mehr interessieren, ob Sie eine Theorie haben.«

April zögerte, bevor sie antwortete. »Mein Vater ist – *war* – ein unglaublich feiner Mensch. Natürlich wird es Sie nicht erstaunen, dass ich als seine Tochter das sage, aber das war er wirklich. Meine Mutter hat ihm oft das Leben schwer gemacht, trotzdem hat er nie die Geduld mit ihr verloren und wurde nur selten wütend. Selbst wenn sie sich heftig gestritten haben, versuchte er immer, ruhig zu bleiben. Deswegen verstehe ich auch nicht, warum ihn jemand so gehasst haben sollte, dass er ihm das angetan hat.«

Sie trank einen Schluck von ihrer Cola und versuchte, den Kloß loszuwerden, der sich plötzlich in ihrer Kehle gebildet hatte. Dann setzte sie das Glas ab und schob den Teller von sich.

»Tut mir leid.«

»Sie müssen sich nicht entschuldigen«, sagte Inspector

Reece. »Im Grunde haben Sie genau das ausgesprochen, was ich mich selbst schon die ganze Zeit frage: Warum wurde ihm das angetan? Die naheliegendste Erklärung wäre, dass sich jemand wegen eines Artikels, der ihm geschadet hat, an ihrem Vater gerächt hat. Ein Enthüllungsjournalist seines Kalibers macht sich immer irgendwelche Feinde, aber ich muss Ihnen ganz ehrlich sagen, dass solche Vergeltungsmaßnahmen eher selten sind. Man hört immer wieder von Reportern, die in Kriegsgebieten getötet wurden, nicht aber zu Hause. Seltsamerweise legen die meisten Verbrecher in diesem Punkt eine erstaunliche Moral an den Tag – sie hegen in der Regel keine Rachegelüste gegen jemanden, der ihre Vergehen auf ehrlichem Wege aufdeckt. Andererseits könnte es natürlich schon sein, dass er jemandem oder einer Organisation bei einer seiner Recherchen zu nahe gekommen ist und mundtot gemacht werden musste.«

»Aber daran glauben Sie nicht.«

Reece zeigte mit der Gabel auf sie. »Ich wusste, dass Sie ein cleveres Mädchen sind. Nein, daran glaube ich nicht. Uns irritiert, dass nichts im Haus zu fehlen scheint, auch wenn wir das angesichts der Verwüstung, die in Wohn- und Arbeitszimmer herrschte, nicht mit letzter Sicherheit sagen können. Im Übrigen hat die sorgfältige Überprüfung sämtlicher Unterlagen und Aufzeichnungen nebst der Dateien in seinem Computer keinerlei Anhaltspunkte auf riskante Nachforschungen ergeben. Um die Wahrheit zu sagen, konnten wir mit dem meisten, was wir gefunden haben, nicht wirklich etwas anfangen, aber ich möchte Sie trotzdem gern bitten, sich etwas anzuschauen. Vielleicht können Sie mir etwas dazu sagen.«

Er zog einen Laptop aus seiner Aktentasche und stellte ihn auf den Tisch. Während sie warteten, bis er hochgefahren war, dachte April über das nach, was Reece gerade gesagt hatte.

»Wenn Sie weder im Haus noch im Computer irgendetwas Interessantes gefunden haben, könnte das doch ein Hinweis darauf sein, dass jemand etwas mitgenommen hat, oder?«

»Sehr richtig. Trotzdem bleibt immer noch die Frage nach dem Motiv für den Mord«, antwortete Reece. »Wenn ich an Informationen kommen wollte, die ihr Vater über mich gesammelt haben könnte, würde ich während seiner Abwesenheit in das Haus eindringen, seinen Computer stehlen und es wie einen Einbruchsdiebstahl aussehen lassen.«

»Dann gehen Sie also davon aus, dass der Mord geplant war?«

»Ich möchte Sie wirklich nicht noch mehr beunruhigen, April, aber das scheint die einzige logische Schlussfolgerung zu sein. Aber uns fehlt nach wie vor das Motiv.«

Er zog den Laptop zu sich heran und öffnete ein paar Ordner. »Das sind alles Dateien, die wir vom Computer Ihres Vaters kopiert haben«, erklärte er und drehte den Laptop so, dass April auf den Bildschirm schauen konnte. »Hier links ist die Rohfassung eines Artikels, an dem Ihr Vater für die Zeitung arbeitete. Es geht darin um den Mord an Isabelle Davis, die Hintergründe des Falls und die Geschichte des Tatorts – also den Highgate-Friedhof. Rechts daneben ist eine Datei, die Ihr Vater ein paar Wochen zuvor angelegt hat, sie enthält ein Exposé für ein neues Buch, das er seinem Verleger geschickt hat. Es handelt von historischen Mordfällen in London mit speziellen Verweisen auf diese Gegend. Schauen Sie sich die Dateien bitte kurz an: Es gibt zwar nur oberflächliche Parallelen, aber es gibt sie.«

Nervös scrollte April sich durch die Texte. Inspector Reece hatte recht. Wenn man explizit nach den Parallelen suchte, waren sie deutlich zu erkennen, betrachtete man sie allerdings etwas genauer, stellten sich Zweifel ein. Auf den ersten Blick schien der Mord an Isabelle Davis ein rein willkürliches Verbrechen gewesen zu sein – eine junge Frau ist allein in der Stadt unterwegs und begegnet ihrem Mörder ganz zufällig. Verglich man den Fall jedoch mit den Recherchen ihres Vaters für sein Buch – insbesondere mit den Whitechapel-Morden von 1888 –, wirkte die Tat plötzlich gar nicht mehr so willkürlich: Zwischen den ersten von Jack the Ripper begangenen Morden schien es anfangs auch keine Verbindung gegeben zu haben, außer der Tatsache, dass sie alle in Whitechapel verübt worden waren, so wie die Morde an Alix Graves, Isabelle Davis und ihrem Vater alle in Highgate stattgefunden hatten. Damals wie heute war der Täter mit unglaublicher Brutalität vorgegangen und hatte keine offensichtlichen Spuren hinterlassen. Darüber hinaus hatte eines der Mordopfer geplant, ein Buch über Highgate, den Friedhof und historische Mordfälle zu schreiben. Wieder eine Parallele oder lediglich ein bedeutungsloser Zufall? Im Grunde waren es nichts weiter als Spekulationen, die auf sehr wackligen Füßen standen.

»Damit will ich keinesfalls behaupten, dass dieser Fall etwas mit Jack the Ripper oder – Gott bewahre – mit Vampiren oder Seuchen oder worüber Ihr Vater sonst noch geforscht hat, zu tun hat«, sagte Reece. »Trotzdem muss ich alle Möglichkeiten in Betracht ziehen, so absurd sie zunächst erscheinen. Meine Arbeit besteht hauptsächlich darin, nach Mustern zu suchen und zu hoffen, dass sich daraus irgendwann ein zusammenhängendes Bild ergibt. Gleichzeitig muss ich mich immer wieder fragen: Kann irgendetwas davon als mögliches Mordmotiv gedient haben?«

Aprils Blick blieb an einem Satz auf dem Bildschirm hängen, und sie runzelte die Stirn.

»Weil Sie gerade Jack the Ripper erwähnt haben ...«, begann sie. »Könnte es nicht sein, dass wir es auch in diesem Fall mit einem Serienkiller zu tun haben? Ich meine, Sie haben ja selbst schon gesagt, dass es gewisse Parallelen gibt.«

»Stimmt«, seufzte Reece düster. »Aber Serienmörder sind in England extrem selten und gehen in der Regel nach dem immer gleichen Muster vor. Der Yorkshire Ripper, Fred West oder Harold Shipman – sie alle bevorzugten einen bestimmten Opfertyp und konnten irgendwann gefasst werden, weil sie nie von ihrem Schema abwichen.«

»Aber was ist mit den Parallelen, die diese Fälle aufweisen?«

»Die gibt es, ja«, sagte der Inspector, nachdem er sie einen Moment lang nachdenklich angesehen hatte. »Allen drei Opfern wurden ähnlich tödliche Halswunden zugefügt, die drei lebten im selben Stadtteil, einer der Morde fand auf dem Friedhof, die anderen beiden in unmittelbarer Nähe statt. Aber das war es dann auch schon. Die Tatzeit variiert, einmal wurde der Mord im Freien, die beiden anderen Male im Haus der Opfer begangen. Es handelt sich in zwei Fällen um Männer, im dritten um eine Frau. Das Ganze weist einfach nicht die gängigen Muster auf, die auf einen Serienmörder schließen ließen.«

»Und wie wollen Sie jetzt weiter vorgehen?«

»Nicht ich, April – wir«, antwortete Reece ernst. »Ich schaffe das nicht allein, ich brauche Ihre Hilfe. Und Sie können mir nur helfen, wenn Sie mir wirklich alles sagen, was Sie wissen oder gesehen haben – zum Beispiel an dem fraglichen Abend in der Swain's Lane: Sind Sie ganz sicher, dass Sie dort niemanden gesehen haben?«

Falls Reece ein guter Beobachter war, und davon ging April aus, konnte ihm nicht entgangen sein, dass bei seiner Frage ein Schatten über ihr Gesicht gehuscht war. Wahrscheinlich würde er ihre Reaktion als Angst interpretieren – Angst vor dem Mörder, Angst um ihr eigenes Leben, Angst davor, dass er erneut zuschlagen könnte. Und damit würde er auch nicht völlig falschliegen, aber die Wahrheit war, dass April vor allem Angst um Gabriel hatte. Sie war zwar auf dem Friedhof gewesen, hatte aber kaum etwas gesehen – im Gegensatz zu Gabriel, der sich dort länger als sie aufgehalten hatte, während sich der Mörder vermutlich immer noch versteckt gehalten hatte. Was, wenn er den Mörder gesehen hatte und wiedererkennen würde, womit er selbst zu einem potenziellen Opfer wurde? Oder ... *Oh Gott.* Plötzlich kam April ein grauenhafter Gedanke – etwas, das sie bis jetzt noch nicht in Betracht gezogen hatte. Sie fühlte sich, als hätte ihr jemand einen Hieb in den Magen versetzt.

»Oh mein Gott.« Sie schlang die Arme um den Bauch und krümmte sich.

»April? Alles in Ordnung?«

»Entschuldigen Sie bitte, ich fühle mich plötzlich gar nicht gut«, murmelte sie, schob den Stuhl zurück und stürzte auf die Toilette. Keuchend stützte sie sich am Waschbeckenrand ab – warum war ihr das nicht schon früher aufgefallen? Dabei war es doch so offensichtlich. Gabriel Swift hatte ihr von Anfang an etwas vorgemacht. Natürlich war ihr nicht entgangen, dass er sich seltsam verhalten hatte – in der Schule, bei ihrer Begegnung auf dem Friedhof am Abend des Mordes und in der Nacht nach der Halloweenparty –, aber irgendwann war es ihm gelungen, ihr diesbezügliches Misstrauen zu zerstreuen. Und ... was wenn es alles gelogen war? Wenn Gabriel Isabelle umgebracht hatte? *Und anschließend meinen Vater?*

April richtete sich auf und betrachtete sich im Spiegel. Jetzt stand ihr die Angst förmlich ins Gesicht geschrieben, weil plötzlich alles einen Sinn ergab. Warum hatte sie automatisch angenommen, dass noch eine dritte Person auf dem Friedhof gewesen war, als sie neben dem verletzten Fuchs gekniet hatte? Sie hatte zwar die dunkel glühenden Augen im Schatten der Bäume gesehen, aber es hätte auch Gabriel gewesen sein können, der dort gestanden hatte. Alles war so schnell gegangen, dass sie nicht mit Sicherheit sagen konnte, dass er es nicht gewesen war. Im Übrigen würde das auch alles andere erklären. Er hatte abgewartet, ob sie seinen Namen an die Polizei weitergeben würde, und als sie das nicht getan hatte, war er auf der Party auf sie zugekommen und ... *Oh Gott!* Hatte er sie in dieser Nacht womöglich auf den Friedhof geführt, um sie *umzubringen?* Fieberhaft ließ sie die Ereignisse des Abends noch einmal im Kopf Revue passieren. *Denk nach, April, denk nach!* Als Gabriel im Circle of Lebanon hinter ihr gestanden hatte, da hatte sie angenommen, dass er sie gleich küssen würde, aber möglicherweise hatte er ja etwas ganz anderes vorgehabt ... Was wäre passiert, wenn sie sich in dem Moment nicht zu ihm umgedreht hätte? Und dann hatte sie etwas über ihren Vater gesagt, und er hatte es plötzlich auffallend eilig gehabt zu gehen. Hatte er in dem Moment begriffen, dass ihr Vater an irgendetwas dran war, und beschlossen, noch eine Weile abzuwarten? Hatte *sie* womöglich den Mörder zu ihrem Vater geführt?

April schüttelte verzweifelt den Kopf. Das war alles zu viel. Sie bekam kaum noch Luft, und das Blut rauschte ihr in den Ohren. *Wie konnte ich nur so blind sein?*

Und dann hatte Gabriel sie mitten in der Nacht aus dem Haus gelockt, um mit ihr zu den Teichen im Park zu gehen. Was wäre passiert, wenn sie mitgegangen wäre? Schließlich fiel auch noch das letzte Puzzleteilchen an seinen Platz. Gabriel hatte mitbekommen, dass sie am folgenden Morgen nicht in der Philosophiestunde war, und musste geahnt haben, dass Mr Sheldon sie nach der Schule zur Rede stellen würde. Sie hatte ihn ja selbst gesehen, als er nervös am Schultor stand und auf irgendjemand zu warten schien. *Ich habe ihm die Gelegenheit gegeben, meinen Vater umzubringen!*

Sie zuckte erschrocken zusammen, als jemand gegen die Toilettentür hämmerte.

»April? Ist alles in Ordnung? Ich komme jetzt rein, okay?«
Inspector Reece öffnete die Tür einen Spaltbreit und blickte
prüfend in den Raum. April riss hastig ein paar Papiertücher
aus dem Spender und wischte sich übers Gesicht. Sie konnte
ihm nichts von ihrem Verdacht gegen Gabriel sagen – noch
nicht. Vorher brauchte sie einen Beweis dafür, dass ihr Verdacht auch wirklich begründet war.

»Alles okay«, sagte sie hastig. »Mir war bloß ein bisschen
übel. Wahrscheinlich die Lasagne.«

»Und nicht meine Frage, ob Sie an dem Abend noch jemand anderen auf der Swain's Lane gesehen haben?«

»Wie bitte? Nein, natürlich nicht. Ich habe in letzter Zeit
einfach einen ziemlich nervösen Magen.«

Reece betrachtete sie nachdenklich. Ihm war anzusehen,
dass er ihr diese Erklärung nicht abnahm. »Gut. Dann bringe
ich Sie jetzt wohl besser wieder nach Hause.«

»Mum?«, rief April, nachdem sie die Tür hinter sich zugemacht hatte.

Sie ging in die Küche, wo der Mantel ihrer Mutter über
einem Küchenstuhl hing. Auf dem Tisch standen ihre Hand-
tasche und ein leeres Weinglas mit einem Lippenstiftabdruck
am Rand.

»Mum? Bist du da?«

Sie ging die knarrende Treppe zum Schlafzimmer ihrer Eltern hoch, öffnete die Tür einen Spaltbreit und spähte hinein.
Wie erwartet lag ihre Mutter bäuchlings auf dem Bett, alle
Glieder weit von sich gestreckt. Wahrscheinlich hatte sie mal
wieder einen kleinen Cocktail aus Wein und Schlaftabletten
zu sich genommen. April konnte es ihr nicht wirklich verdenken, es gab Momente, in denen sie selbst auch gern alles aus-
geblendet hätte. Aber nicht jetzt – jetzt wollte sie hellwach
sein. Keine Ablenkung, nichts, was ihren Schmerz dämpfte,

sondern die direkte Konfrontation mit den Ereignissen, so quälend es auch war. Das war die einzige Möglichkeit, die Wahrheit herauszufinden. War Gabriel der Mörder? Bei dem Gedanken daran wurde ihr übel, aber sie musste aufhören, immer nur darüber nachzudenken, und endlich anfangen zu handeln. Aus welchem Grund könnte er ihren Vater umgebracht haben? Hatte er möglicherweise irgendetwas über ihn herausgefunden? War er hergekommen, um nach etwas Bestimmtem zu suchen? Nach etwas, das ihr Vater bei seinen Recherchen aufgedeckt hatte? Egal wie die Antwort lautete, sie brauchte Beweise, die ihren Verdacht bestätigten – oder entschärften. Und welcher Ort würde sich besser eignen, um mit ihrer Suche zu beginnen, als dieser? Der Tatort, der Ort, an dem ihr Vater umgebracht worden war.

Leise ging sie die Treppe wieder hinunter, blieb zögernd vor dem Arbeitszimmer stehen und öffnete schließlich mit zitternder Hand die Tür. Sie ging hinein, setzte sich langsam ausatmend auf eine Ecke des Schreibtischs und sah sich um. Bis auf das auffällige Fehlen des Teppichs, der beinahe den kompletten Boden bedeckt hatte, ließ nichts in dem Raum darauf schließen, dass sich hier etwas Entsetzliches ereignet hatte. Aber genau das war es, was ihr zu schaffen machte – die Spuren des Kampfes waren zwar beseitigt worden, aber damit waren gleichzeitig auch alle Spuren ihres Vaters aus dem Raum verschwunden. Das Arbeitszimmer war so aufgeräumt und peinlich sauber, wie es das zu seinen Lebzeiten nie gewesen war, selbst den Bürostuhl hatte man ordentlich unter den Schreibtisch geschoben. April zog die Schubladen auf: leer. Noch nicht einmal eine Kaffeetasse oder eine zerknitterte Zeitung auf dem Tisch deuteten darauf hin, dass in diesem Raum jemals jemand gearbeitet hatte. Traurig strich sie mit den Fingerkuppen über das Holz der Tischplatte und stellte sich vor, dass die Hände ihres Vaters genau die gleichen Stellen berührt hatten.

»Ich vermisse dich, Dad«, flüsterte sie mit erstickter Stimme. »Ich vermisse dich so sehr.«

Erst als ihre Tränen auf die lederne Schreibunterlage tropften, bemerkte sie, dass sie weinte. Eine plötzliche Welle aus Schmerz schlug über ihr zusammen und zog sie mit sich in die Tiefe. »Warum hast du uns verlassen?«, schluchzte sie in die Stille. »Warum, Dad? *Warum?*« Sie sank zu Boden, schlang die Arme um die Knie und wiegte sich langsam vor und zurück. Sie wollte ja stark sein, wollte nicht aufgeben, aber sie wusste einfach nicht, was sie tun sollte. *Was soll ich tun, Dad?*, flehte sie stumm. *Du hast immer gewusst, was zu tun ist.*

Sie hatte keine Ahnung, wie viel Zeit vergangen war, als der Tränenstrom irgendwann allmählich versiegte, ihr Atem sich beruhigte und sie nicht mehr am ganzen Körper zitterte. Erschöpft fuhr sie sich übers Gesicht, als ihr Blick auf etwas Blaues fiel, das aus einem schmalen Spalt zwischen der Rückwand des Schreibtischs und den Schubladenfächern hervorblitzte. Stirnrunzelnd kroch sie näher, ließ die Finger darübergleiten und versuchte, es herauszuziehen, aber es klemmte fest. Sie krabbelte wieder unter dem Tisch hervor, nahm sich einen Kuli aus der Stiftablage und stemmte den Spalt damit ein Stückchen auf, um besser danach greifen zu können. Als sie es endlich herausgezogen hatte und sah, was sie in den Händen hielt, machte ihr Herz einen Satz: Es war das schmale Notizbuch, das sie in der Nacht von Isabelles Tod von seinem Schreibtisch stibitzt hatte.

Aufgeregt setzte sie sich in den Bürostuhl und schlug es auf. Als sie das letzte Mal darin geblättert hatte, hatte sie sich über die fast unleserliche Schrift ihres Vaters und seine rätselhaften Verweise geärgert, aber jetzt kamen sie ihr wie eine Rettungsleine vor, wie leuchtende Straßenmarkierungen, die ihr den Weg wiesen.

»1674–1886?«, lautete einer der Einträge, »Churchyard

Bottom Wood / Coldfall Woods« ein anderer. Ein paar Seiten weiter stand etwas, das möglicherweise ein Buchtitel war: »*Das infernalische Böse*, Kingsley-Davis, 1903«, darunter eine Anmerkung: »Nester?«.

Ihre Augen weiteten sich. *Nester!* Dieses Wort hatte auch auf dem Post-it gestanden, das sie ihrem Vater an jenem Morgen vor die Füße geworfen hatte. Sie presste sich das kleine Büchlein aufgeregt an die Brust. Das war genau das, was sie brauchte, um die Spurensuche ihres Vaters fortzusetzen und die Wahrheit herauszufinden. Natürlich hätte sie auch versuchen können, Gabriel direkt mit ihrem Verdacht zu konfrontieren, aber das hielt sie für zu gefährlich, und solange sie keine stichhaltigen Beweise gegen ihn in der Hand hatte, würde er von sich aus bestimmt nichts zugeben. Dieses Buch war ein Zeichen. Das Erbe ihres Vaters. Es enthielt seine Gedanken und sein Herzblut, und er hatte es sicherlich nicht umsonst versteckt. Hatte er vielleicht sogar gewollt, dass sie es fand? Sie schloss die Augen und schickte ihm ein stummes Dankeschön.

»April?«

Ihre Mutter. Schnell sprang sie vom Sessel auf und schob das Notizbuch in ihre Hosentasche.

»April? Bist du das?«

Die schlaftrunkene Stimme ihrer Mutter kam aus dem oberen Stockwerk. April schloss so leise wie möglich die Tür zum Arbeitszimmer hinter sich und schlich zum Fuß der Treppe. »Hallo, Mum.«

»Was treibst du denn da unten?«, fragte ihre Mutter. »Ich dachte schon, ich hätte einen Einbrecher gehört.«

»Ich geh nur noch mal schnell raus«, antwortete April. Sie nahm ihren Mantel vom Ende des Treppengeländers und zog ihn sich über. »Brauchst du irgendetwas?«

»Wohin gehst du denn?«

April dachte kurz nach. »In die Buchhandlung. Ich muss noch etwas für eine Hausarbeit nachschlagen.«

Ihre Mutter strich sich die zerzausten Haare aus dem Gesicht. »Gott, du bist genau wie dein Vater«, sagte sie mit schwerer Zunge. »Sei bitte bis zum Abendessen wieder da, ich lass uns Pizza kommen.«

April stand schon fast an der Tür, als ihre Mutter sie noch einmal zurückrief.

»Ach, und Schatz? Könntest du mir aus dem kleinen Spirituosenladen an der Ecke noch zwei Flaschen Wein mitbringen? Sag einfach, dass er für mich ist, die kennen mich dort.«

Das glaub ich dir aufs Wort, dachte April unglücklich.

Vierundzwanzigstes Kapitel

Ein helles Bimmeln ertönte, als April die Tür aufdrückte. Mr Gill sah sie hinter seiner Theke mit leicht verquollenen, geröteten Augen an, die verrieten, dass sie ihn wahrscheinlich aus einem kleinen Nickerchen gerissen hatte. Aber nicht nur der Besitzer der Buchhandlung schien von dem über der Tür angebrachten Glockenspiel aufgewacht zu sein, sondern der gesamte Laden, und als die Tür wieder ins Schloss fiel, war es, als bliebe die Zeit stehen.

»Da sind Sie ja schon wieder«, sagte Mr Gill argwöhnisch und setzte seine Brille auf. »Was kann ich heute für Sie tun?«

»Ich habe mich gefragt, ob Sie vielleicht eine Art Verzeichnis haben, in dem alle Bücher, die Sie hier führen, aufgelistet sind.«

Mr Gill schnalzte missbilligend mit der Zunge. »So etwas brauche ich nicht. Ist alles hier oben gespeichert.« Er tippte sich mit dem Zeigefinger an die schlohweiße Schläfe.

»Könnten Sie mir dann sagen, ob Sie dieses Buch hier dahaben?« April schlug das Notizbuch ihres Vaters auf und zeigte auf einen Eintrag. »*Das infernalische Böse* von Kingsley-Davis?«

Der alte Mann betrachtete den Titel. »Hmm ... Das hatten wir tatsächlich hier. Das Buch war seinerzeit ziemlich gefragt, ist mittlerweile aber vergriffen. Wir hatten noch ein Exemplar da, aber das hat, glaube ich, die junge Dame neulich gekauft.«

»Welche junge Dame?«

»Oh, ein ganz reizendes junges Ding. Wunderbar schimmerndes Haar. Obwohl … nein, jetzt wo ich darüber nachdenke, hat sie das Buch am Ende dann doch nicht gekauft, das heißt, wir müssten es noch hierhaben.«

Der alte Mann erhob sich mühsam von seinem Stuhl und bedeutete ihr, ihm zum anderen Ende des Ladens zu folgen, wo er einen Samtvorhang zur Seite schob, der eine kleine Nische vom Rest des Raums trennte. Von dort aus führte eine Holzwendeltreppe in den ersten Stock hinauf, wo es eigentlich genauso aussah wie im Erdgeschoss, nur dass es hier sogar noch mehr Bücher gab. Vor sich hin murmelnd, ging Mr Gill die Regalreihen ab und las mit schräg gelegtem Kopf die Titel auf den abgegriffenen Lederrücken der Bücher.

»Ah, da ist es ja«, sagte er triumphierend, zog einen schmalen Band mit abgewetztem blauem Umschlag und verblasster goldener Aufschrift heraus und reichte ihn April ehrfurchtsvoll. »Eine ganz seltene Ausgabe. Hab nie eine zweite davon gesehen, und ich kann Ihnen versichern, dass sehr viele Leute danach gesucht haben.«

»Darf ich …?«, fragte April und zeigte auf einen Sessel neben dem Fenster.

»Oh, gewiss doch, gewiss«, sagte Mr Gill und schlurfte zur Treppe zurück. »Muss dann auch mal weitermachen. Sie sehen ja selbst, wie viel ich zu tun habe.«

Als er weg war, schlug April gespannt das Buch auf und las das Vorwort.

Mir obliegt die traurige Pflicht, den Leser im Rahmen dieses Buches über das wahre Grauen in Kenntnis zu setzen, das sich in unser aller Hinterhöfe versteckt. Es handelt sich hier nicht um ein historisches Grauen, wie es vielleicht einem jungen Mann beim Lesen über tote Könige und Königinnen einen angenehmen Schauer über den Rücken rieseln lassen

mag, sondern um eine sehr wirkliche und gegenwärtige Be-
drohung, welche die bereits unsicheren Grundfesten unserer
Zivilisation erschüttern könnte, so ihr nicht mit der nötigen
Vehemenz entgegengetreten wird. Es ist keine Krankheit,
vor der die Reichen sich mit komfortablen Wasserklosetts
und gehaltvoller Nahrung schützen könnten, und auch mit
Bildung und Erziehung kann ihr nicht entgegengewirkt wer-
den — die Gefahr lauert hinter den Türen der prächtigsten
Herrenhäuser des Landes ebenso wie in den dunklen Gassen
von Clerkenwell und Bow. Es ist meine innigste Hoffnung,
dass ich durch die schriftliche Niederlegung all dessen, was
mir bekannt ist, diese Teufel entlarven und unser Land ein
für alle Mal von ihnen befreien kann. Ich bitte Sie, liebe Le-
ser, nehmen Sie sich meine Worte zu Herzen, denn wenn es
dieser Plage erlaubt wird, sich auszubreiten, wird alles, das
uns lieb und teuer ist, für immer zunichtegemacht.
J. Kingsley-Davis, St. James, 1903

April lief es kalt über den Rücken. Das lag allerdings nicht
allein an der düsteren Warnung, die das Vorwort des Autors
enthielt, sondern vor allem daran, dass es eine frappierende
Ähnlichkeit mit dem hatte, das ihr Vater seinem neuen Buch
vorangestellt hatte.

Die Parallelen waren fast schon unheimlich — es sei denn,
er hätte Kingsley-Davis' Vorwort selbst gelesen —, aber hatte Mr Gill nicht gesagt, dass das Buch mittlerweile vergriffen
und extrem selten war? Andererseits war ihr Vater Journalist
gewesen und hätte mit Sicherheit Bücher ausfindig machen
können, an die andere nicht so leicht herankamen. Hastig
blätterte sie zum Inhaltsverzeichnis zurück, um sich die Kapi-
telüberschriften anzusehen. »Erstes Kapitel — Die Geschichte
der Vampire«, »Zweites Kapitel — Ankunft auf englischem Boden«, »Drittes Kapitel — Die Nester sind eingerichtet«, »Vier-

tes Kapitel – Die Diener sind rekrutiert«. Es handelte sich offensichtlich um die Geschichte eines Mythos, der hier jedoch als historische Tatsache dargestellt war. In jedem Fall würde das Buch April bei ihren Nachforschungen nützen. Sie sah auf dem Innendeckel nach, wie viel es kosten sollte, und wäre beinahe vom Stuhl gefallen. »Dreihundertdreißig Pfund?«, stieß sie entsetzt hervor. *Wie kann ein so altes abgegriffenes Büchlein so viel wert sein, wenn man im Internet Informationen zu jedem Thema umsonst bekommt?*

Andererseits hatte sie im Netz bisher nichts gefunden, was wirklich hilfreich gewesen wäre. Im Gegenteil, alles was sie über den Highgate-Vampir gelesen hatte, war verwirrend gewesen und schien eher auf Hysterie zu beruhen als auf harten Fakten. *Was wahrscheinlich daran liegt, dass Vampire nur in der Einbildung existieren,* rief April sich in Erinnerung. *Man kann schließlich nicht ins Naturkundemuseum gehen, um sich einen anzusehen.*

Enttäuscht stieg sie die Wendeltreppe wieder hinunter und legte das Buch vor Mr Gill auf die Ladentheke. »Danke«, sagte sie.

»Haben Sie es sich doch anders überlegt?«, fragte er und sah sie über den Rand seiner Brille an.

»Leider kann ich mir ein so teures Buch nicht leisten«, antwortete April bedauernd. »Obwohl es unglaublich schade ist, weil es genau das ist, wonach ich gesucht habe.«

»Ja, das hat die andere junge Dame auch gesagt«, murmelte Mr Gill.

»Wer war sie?«

»Oh, sie kam vor einer kleinen Weile, fragte nach Kingsley-Davis und sagte dann ebenfalls, dass sie es sich nicht leisten könne. Die Menschen wissen den Wert seltener Bücher einfach nicht mehr zu schätzen. Einige der Bücher hier sind die letzte verbliebene Ausgabe eines Meisterwerks, für dessen

Fertigstellung es Jahrzehnte brauchte. Sie enthalten wichtige Informationen, die andernfalls verloren wären.« Der alte Mann hielt einen Moment lang nachdenklich inne. »Vieles davon ist natürlich ausgemachter Blödsinn«, fügte er hinzu.

»Haben Sie trotzdem vielen Dank, dass ich hineinschauen durfte ...«

»Isabelle«, unterbrach Mr Gill sie plötzlich.

April sah den Buchhändler, der sich über ein dickes Auftragsbuch beugte, erschrocken an.

»Der Name der jungen Dame ... «, erklärte er. »Sie hieß Isabelle Davis. Ich hatte ihn mir für den Fall aufgeschrieben, dass wir noch eine preiswertere Ausgabe hereinbekommen sollten, was jedoch, wie ich ihr sagte, äußerst unwahrscheinlich ist. Deswegen konnte ich mich auch daran erinnern – wegen der Namensgleichheit, verstehen Sie? Möglicherweise waren sie und der Autor weitläufig miteinander verwandt.«

»Könnte das dieselbe Isabelle Davis gewesen sein, die auf dem Friedhof ermordet wurde?«

Mr Gills wässrige Augen weiteten sich. »Halten Sie das wirklich für möglich?«, fragte er. »Ich habe natürlich von dem Mord gelesen, schreckliche Geschichte, aber man kann sich niemals vorstellen, dass so etwas jemandem passiert sein könnte, mit dem man sich selbst unterhalten hat, finden Sie nicht? Meine Güte, das arme Mädchen.«

April spürte, wie sich die feinen Härchen in ihrem Nacken aufstellten. »Vielen Dank, Mr Gill.«

»Falls Sie noch einen Moment Zeit haben, könnte ich Ihnen eine kurze mündliche Zusammenfassung des Inhalts geben«, sagte er, hob das Buch in die Höhe und wedelte damit in ihre Richtung. »Ich habe es selbst gelesen, nachdem Miss Davis gegangen war, weil ich neugierig geworden war. Hochinteressante Lektüre. Vor allem in Anbetracht des späteren ... ähm ... Mordes.«

»Oh, das wäre großartig.«

»Gut, dann nehmen Sie doch bitte da drüben Platz und lassen Sie uns sehen, woran ich mich alles erinnern kann. Aber zuerst mache ich uns noch einen schönen heißen Tee, was meinen Sie?«, sagte er und griff nach der schottengemusterten Thermoskanne.

»Tee wäre großartig«, antwortete April dankbar.

Fünfundzwanzigstes Kapitel

Das Gartentürchen wurde aufgerissen, und dann hallte ein lauter Begrüßungsschrei über den stillen Pond Square. Kaum hatte das Taxi angehalten, war Fiona herausgesprungen, auf das Haus zugerannt, hatte die Arme um April geschlungen und drückte sie nun fest an sich.

»Oh Gott, Fee«, stöhnte April, halb hustend, halb lachend. »Du erwürgst mich ja.«

»Ich bin so froh, dich zu sehen«, sagte Fiona, nachdem sie den Taxifahrer bezahlt und ihre Reisetasche zum Haus geschleppt hatten. »Obwohl ich mir natürlich gewünscht hätte, unser Wiedersehen würde unter einem glücklicheren Stern stehen. Wie geht es dir?«

Fionas Miene war so tragikomisch, dass April fast lachen musste. Ihre Freundin sah sogar noch blasser und bedrückter aus als sie selbst. Was natürlich durch ihr schwarzes Seidenkleid, die langen schwarzen Handschuhe und den schwarzen Pillbox-Hut mit dem kleinen Schleier noch verstärkt wurde, den sie sich vermutlich zugelegt hatte, um Alix Graves' Tod zu betrauern. Passend zu ihrer stolzen schottischen Abstammung hatte Fiona sanft gewellte rote Haare und einen cremeweißen Teint, aber heute wirkte ihr hübsches Gesicht noch blasser als sonst. Getreu ihrem Wahlspruch, stets dem Anlass entsprechend gekleidet zu sein – was bei ihr fast schon zwanghafte Züge annahm –, war ihr Look perfekt auf die bevorstehende Beerdigung abgestimmt.

»Es geht so«, sagte April traurig. »Am besten fühle ich mich, wenn ich keine Zeit zum Nachdenken hab. Warum hast du mir nicht erlaubt, dich vom Bahnhof abzuholen?«

Fiona zuckte mit den Achseln. »Ich dachte, du hast heute bestimmt wichtigere Dinge zu tun.«

April nickte. Wenn dies ein Tag wie jeder andere gewesen wäre, hätte sie weiter Spurensuche betrieben, um den Tod ihres Vaters aufzuklären – zumal die Dinge, die sie am Vortag in Mr Gills Buchhandlung erfahren hatte, in ganz neue Richtungen wiesen. Aber es war kein Tag wie jeder andere: Ihr Dad lag in einem Sarg im Beerdigungsinstitut und wartete darauf, zur Kirche und anschließend zum Friedhof gefahren zu werden.

»Leider muss ich Mum bei den Vorbereitungen für den Empfang nach dem Begräbnis helfen«, sagte sie, »dabei würde ich lieber Zeit mit dir verbringen, statt mir ihr über die perfekte Konsistenz von Blätterteigpastetchen zu diskutieren.«

»Wie geht es ihr?«

»Sie hält sich einigermaßen tapfer«, antwortete April, während sie Fiona half, ihre Reisetasche in ihr Zimmer hinaufzutragen. »Die Organisation der Trauerfeier hat sie ein bisschen abgelenkt. Sie ist geradezu besessen davon, dass alles perfekt werden muss – als würde sich auf einer Beerdigung irgendjemand für die Kuchen interessieren«, fügte sie bitter hinzu.

»Und was ist mit deinem Großvater?«

»Der kommt erst später, und mit ihm wahrscheinlich jede Menge seltsamer Verwandter, die ich noch nie in meinem Leben gesehen habe … Deswegen bin ich umso froher, dich an meiner Seite zu haben.«

»Was ist mit Caro und Simon? Kommen die beiden nicht? Nach allem, was du mir von ihnen erzählt hast, will ich sie unbedingt kennenlernen. Ich sterbe fast vor Neugier … oops!« Sie presste sich betreten die Hand auf den Mund. »Oh Mann, tut mir leid, ich wollte nicht …«

»Hey, sei nicht albern.« April lächelte. »Das ist doch bloß eine Redewendung. Caro kommt zur Trauerfeier – es ist bloß eine kleine Zeremonie. Mum hat außerdem noch Davina und Ben mit ihren Eltern eingeladen, weil die Osbournes seit Kurzem zu ihren besten Freunden zählen. Aber jetzt lass uns lieber endlich über etwas Normales reden! Was gibt's Neues aus Edinburgh?«

Sie setzten sich auf Aprils Bett, wo Fiona sie auf den neusten Stand brachte. Sie erzählte ihr, was in der Schule passiert war, wer über wen Gerüchte verbreitet hatte, welche Jungs sie und Julie auf der Shoppingmeile gesehen hatten und was das alles zu bedeuten hatte. April unterbrach Fiona ständig mit neugierigen Zwischenfragen. Einen kurzen Moment lang fühlte es sich so an, als wäre sie nie aus Edinburgh weg gewesen und als gäbe es auf der Welt nichts Wichtigeres als den neuesten Klatsch und Tratsch. *Wären wir doch bloß in Schottland geblieben,* dachte sie traurig, horchte dann aber gespannt auf, als Fiona ihr die größte Neuigkeit von allen erzählte: Miranda Cooper war nicht mehr mit Neil Stevenson zusammen.

»Angeblich war sie ihm ›zu unreif‹ – das hat zumindest Neils Freund Jake behauptet«, sagte Fiona. »Aber Julie glaubt, dass das bloß Jungensprache für ›war nicht bereit, mit ihm zu schlafen‹ ist. Jedenfalls ist er jetzt wieder zu haben.«

April versuchte ein begeistertes Gesicht zu machen, aber ihr Lächeln schaffte es nicht bis zu ihren Augen.

»Tut mir leid, Süße.« Fiona drückte ihr Knie. »Ich weiß, wie schwer der Tag heute für dich sein muss.«

»Das ist es nicht«, sagte April. »Ich ... keine Ahnung, das kommt mir alles auf einmal so ... so absurd vor, verstehst du? Ich wünsche mir nichts mehr, als mir wieder wie früher den Kopf über Neil und Miranda zerbrechen zu können, aber alles erscheint mir plötzlich so fremd und so weit weg.«

»Das ist doch nur normal, schließlich baust du dir gerade ein neues Leben auf«, sagte Fiona.

»Damit hat es noch nicht einmal so viel zu tun, sondern eher mit den seltsamen Dingen, die mir hier passiert sind.«

»Zum Beispiel die Sache mit den Partyfotos?«

April fuhr sich erschöpft durch die Haare. »Ja, auch, aber nicht nur. Es ist so viel passiert – die Morde an Alix, Isabelle Davis und meinem Vater, dann die Tatsache, dass Milo mit dieser mysteriösen Krankheit im Krankenhaus liegt … die Sache mit Gabriel und dass ich nicht weiß, welche Rolle er bei all dem spielt, und jetzt hab ich auch noch dieses Vampirbuch entdeckt, in dem ziemlich interessante Dinge stehen. Aber ich weiß einfach nicht, was ich machen soll.«

»Moment mal«, hakte Fiona stirnrunzelnd nach, »spul noch mal ein Stück zurück. Milo? Das ist doch der Typ von der Party, oder? Und der liegt im Krankenhaus? Warum? Und was ist mit Gabriel, und von welchem Vampirbuch redest du? Na los, erzähl schon!«

April musste lächeln, als ihr klar wurde, dass Fiona das alles ja gar nicht wissen konnte. Früher hatte sie immer jeden Gedanken und jede Erfahrung sofort mit ihr geteilt, aber seit sie in London lebte, war so viel passiert, dass sie es einfach nicht geschafft hatte, ihre Freundin immer auf dem Laufenden zu halten. Erst in diesem Moment wurde ihr bewusst, dass sie sich das letzte Mal unmittelbar nach der Party länger unterhalten hatten – in der vergangenen Woche hatte sie ihr Handy meistens ausgeschaltet gehabt. Sie holte tief Luft und informierte Fiona nachträglich über alles, was passiert war: den Streit mit Layla in der Cafeteria, das Gespräch mit Inspector Reece im Pub, wie es mit Gabriel weitergegangen war und dass sie nicht wusste, ob sie ihm trauen konnte, über das Notizbuch ihres Vaters, das sie gefunden hatte, und ihren Besuch in Mr Gills Buchhandlung.

»Das ist ja unglaublich.« Fiona sah sie mit großen Augen an. »Los, lass uns gleich mal einen Blick in das Notizbuch werfen«, sagte sie aufgeregt.

April zog es unter ihrer Matratze hervor. Sie hatte die teilweise kaum leserlichen Einträge mühsam entziffert und mittlerweile so oft durchgelesen, dass sie sie fast auswendig konnte. Die Mehrzahl der Einträge schien sich in zwei Themenbereiche zu gliedern: verschiedene Sichtungen von angeblichen Vampiren in Highgate, insbesondere in den Sechziger- und Siebzigerjahren, sowie — und das war der für sie spannendere Teil — die Nachforschungen ihres Vaters zur Ravenwood School. Vor allem eine Notiz hatte sie aufmerken lassen: »Regent = Ravenwood? Nah.«

»Der Vampir-Regent« war Gegenstand eines der Kapitel des Buches, das Mr Gill gestern Abend freundlicherweise für sie zusammengefasst hatte. Der alte Mann hatte eindeutig seine Berufung verfehlt – er hätte einen fantastischen Lehrer abgegeben –, so lebendig und eindringlich hatte er wiedergegeben, worum es in dem Buch ging. Unter anderem war der Autor der Ansicht, dass es in London drei Vampirnester gegeben hatte – in Highgate, in Covent Garden und in Spitalfields –, über die eine Art allmächtiger Supervampir herrschte, der Vampir-Regent genannt worden war. Mr Gill hatte betont, dass es sich dabei lediglich um einen Mythos handelte und dass der Autor möglicherweise unter dem Einfluss von Gin gestanden oder an den gehirnerweichenden Folgen einer nicht ausgeheilten Syphilis (oder beidem) gelitten hätte. Dennoch schien der alte Buchhändler nicht vollkommen auszuschließen, dass der Mythos auf einem wahren Kern beruhen könnte. Das und die Tatsache, dass ihr Vater diese Gerüchte offenbar sehr ernst genommen hatte, waren Anstoß genug für April gewesen, weiter nachzuforschen. Sie wusste zwar immer noch nicht, ob er selbst das Buch von Kingsley-Davis gelesen hatte, aber vieles in seinen Aufzeichnungen deckte sich mit dem, was in dem Buch stand: der Regent, die Nester und die Verbindung zu Highgate.

»Was, glaubst du, bedeutet ›Nah‹? Dass der Vampir-Regent – vorausgesetzt es gibt ihn – sich irgendwo hier in der Nähe aufhält? Zum Beispiel in Highgate?«, fragte Fiona schaudernd.

»Das hab ich mich auch schon gefragt«, sagte April. »Entweder das, oder er hatte das Gefühl, der Wahrheit schon ganz nahe zu sein – ich habe keine Ahnung.«

Fiona blätterte ein paar Seiten weiter. »Was bedeutet dieser Eintrag hier: Altar in C.F.WDS?«

April schüttelte den Kopf. »Wenn ich das nur wüsste. Das Buch ist voll von diesen kryptischen Abkürzungen. Kein Wunder, schließlich hat er die Notizen ja nur für sich selbst angelegt.«

»Aber er hat das Buch doch versteckt, oder? Also muss er seine Notizen für ziemlich wichtig gehalten und angenommen haben, dass sie ihn zu denjenigen führen könnten, die Antworten auf seine Fragen wissen.«

»Deswegen will ich ja auch unbedingt noch mehr über unsere Schule herausfinden. Er war offensichtlich überzeugt davon, dass derjenige, der hinter der Schule steht, eine Verbindung zum Regenten hat. Vielleicht hat jemand von der Ravenwood School dafür gesorgt, ihn aus dem Weg zu schaffen.«

»Und warum hätte er dich dann ausgerechnet auf diese Schule schicken sollen?«, sagte Fiona. »Ich meine, wenn er wirklich geglaubt hat, dass es dort vor Vampiren nur so wimmelt, hätte er dich dadurch doch in Gefahr gebracht, oder?«

April nickte nachdenklich. Mit genau dieser Frage hatte sie auch schon gerungen. Es war eine Sache, mit seiner Familie in eine gefährliche Gegend zu ziehen, aber eine ganz andere, sein einziges Kind an einer Schule anzumelden, von der er an-

genommen hatte, sie würde von blutsaugenden Untoten gelei-
tet. Aus diesem Grund war April eigentlich überzeugt davon,
dass ihr Vater nicht wirklich an die Vampire geglaubt hatte.

»Aber mal abgesehen davon, ob an der Vampirgeschichte
etwas dran ist oder nicht – und ich finde, sie klingt eher unwahrscheinlich –, glaubst du doch nicht ernsthaft, dass Gabriel deinen Dad umgebracht hat, oder?«, sagte Fiona leise. »Ich
meine ... so wie du am Anfang über ihn geredet hast, hätte ich
ihn eher für einen Märchenprinzen gehalten und nicht für einen psychopathischen Serienkiller.«

April seufzte. »Wahrscheinlich hab ich mich einfach in ihm
getäuscht, Fee. Wäre ja nicht das erste Mal, dass ich mich in
den Falschen verliebe.«

Fiona zog eine Grimasse.

»Was?«

»Na ja ... nicht böse sein, Süße, aber du hast tatsächlich ein
Händchen dafür, dir ausgerechnet immer solche Jungs auszusuchen, die unerreichbar sind, und dich in romantischen Tag-
träumen zu verlieren, die wahrscheinlich niemals wahr werden.«

»Du meinst Neil?«

»Ja, aber davor gab es auch noch David Brody und diesen
Baz, den wir auf dem Flohmarkt kennengelernt haben, erinnerst du dich? Du hattest schon eure Hochzeit geplant, bevor
du überhaupt eine SMS von ihm bekommen hattest.«

April gab es zwar nicht gerne zu, aber Fiona hatte recht.
Vielleicht hatte sie ja so eine Art masochistische Ader, dass sie
sich immer wieder Abfuhren einhandelte und sich vorsätzlich
Jungs aussuchte, die ihr nicht guttaten? *Ein potenzieller Serienmörder ist bis jetzt allerdings noch nie darunter gewesen*, dachte
sie kopfschüttelnd.

»Das heißt, du glaubst, dass ich mit meinem Verdacht gegen Gabriel falschliege?«, fragte sie.

»Ehrlich gesagt, finde ich ihn ziemlich weit hergeholt«, antwortete Fiona. »Natürlich ist es seltsam, dass er an dem Abend am Tatort war, an dem diese Isabelle umgebracht wurde, aber du warst auch dort und bist deswegen noch lange keine Mörderin. Und dass er dich nach der Party auf den Friedhof gelotst haben soll, um dich abzumurksen … Sorry, aber das ist selbst für deine Verhältnisse ein bisschen zu horrorfilmmäßig. Hast du schon mal darüber nachgedacht, dass der Typ vielleicht wirklich auf dich steht? Wahrscheinlich wollte er auf dem Friedhof ganze andere Sachen mit dir machen …«

April warf ein Kissen nach ihr, fühlte sich aber schon ein bisschen besser, nachdem sie Fionas Meinung zu ihren Befürchtungen gehört hatte. Es stimmte – ihr Misstrauen gegen Gabriel beruhte nur auf Vermutungen und Spekulationen. Und er hatte schließlich selbst gesagt, dass die Situation kompliziert sei und es Dinge gäbe, über die er nicht mit ihr reden könne. Und das Missverständnis, dass er und Layla ein Paar seien, hatte sich zum Glück inzwischen auch geklärt. Als sie an ihn dachte, spürte sie plötzlich ein aufgeregtes Ziehen in der Magengegend, versuchte es aber sofort zu unterdrücken. Selbst wenn Gabriel den Mord an Isabelle und ihrem Vater nicht selbst begangen hatte, musste er irgendwie darin verwickelt sein, sonst würde es nicht so viele Verbindungen zwischen ihm und den Morden geben.

»Erde an April …«, riss Fiona sie aus ihren Grübeleien. »Wir waren noch nicht fertig. Erzähl mir noch mehr über dieses Vampirbuch.«

»Okay. Der Autor – Jonathan Kingsley-Davis – scheint das viktorianische Gegenstück zu meinem Vater gewesen zu sein«, erzählte April. »Er hat Jahre damit zugebracht, alle möglichen ungeklärten Ereignisse im East End zu untersuchen.«

»Du meinst, solche Sachen wie die Verbrechen von Jack the Ripper?«

»Unter anderem, ja. Grauenhafte Morde waren damals wohl praktisch an der Tagesordnung. Jedenfalls behauptete er, dass alles letztlich auf die Vampire zurückzuführen sei. Aber nicht auf irgendwelche ziellos umherirrenden blutrünstigen Untoten, sondern Gruppen, die in, wie er es nannte, ›Nestern‹ organisiert waren. Von denen soll es in London drei Stück gegeben haben – in Covent Garden, Spitalfields und in Highgate –, über die ein sogenannter Regent herrschte. Er erteilte die Befehle und rekrutierte die Diener.«

»Nester?«, wiederholte Fiona erschrocken. »Hier in Highgate? Dann reden wir also nicht nur von einem einzigen Vampir, der sein Unwesen auf dem Friedhof treibt, sondern von einer ganzen Horde?«

April sah ihre Freundin mit hochgezogenen Brauen an. »Ich dachte, *ich* wäre diejenige, die zu viele Horrorfilme geschaut hat ... Jedenfalls hat dieser Kingsley-Davis geglaubt, dass sie schon seit Jahrhunderten unter uns leben und ihren gesellschaftlichen Einfluss nutzen, um nach Belieben morden zu können, ohne dafür bestraft werden zu können.«

Während sie noch redete, kam April ein weiterer Gedanke: Wenn es diesen Vampir-Regenten wirklich gab und er das Sagen hatte, dann war er es möglicherweise gewesen, der den Mord an ihrem Vater angeordnet hatte, weil er der Wahrheit – wie auch immer sie letztendlich aussah – zu nahe gekommen war. Hatte Gabriel vielleicht den Auftrag gehabt, ihren Vater, Isabelle und Alix zu töten? Wenn ja, dann war der Vampir-Regent derjenige, den sie suchen musste. Das heißt, falls er überhaupt existierte.

Fiona schüttelte seufzend den Kopf. »Das ist alles ganz schön kompliziert und verwirrend«, sagte sie. »Was glaubst du denn? Meinst du, dieser Kingsley-Davis hat recht?«

»Ich hab keine Ahnung, ob es Vampire gibt oder nicht oder ob irgendein König über sie regiert. Mich würde interessieren, warum Isabelle Davis das Buch haben wollte. Es ist mehr als merkwürdig, dass ausgerechnet die Person, die zuletzt danach gefragt hat, kurz darauf brutal auf dem Friedhof ermordet wurde.«

»Dein Dad hatte es vielleicht auch gefunden«, sagte Fiona leise.

April nickte. »Und jetzt habe ich es entdeckt.«

»Oh Mann, das gefällt mir gar nicht.« Fiona stöhnte und machte ein besorgtes Gesicht.

Aber April stellte zu ihrer Überraschung fest, dass sie fast gar keine Angst empfand. Im Moment zählte für sie nur, dass sie die Wahrheit herausfinden wollte. Wenn sie sich damit in Gefahr brachte, würde sie das in Kauf nehmen.

»Fest steht, dass Isabelle und mein Vater an derselben Sache dran waren, und deswegen spielt es erst einmal keine Rolle, ob ich persönlich an Vampire glaube oder nicht, verstehst du?« Während sie ihre Freundin ansah, knabberte sie nachdenklich an ihrer Unterlippe. »Aber alle Menschen, die in die Geschichte verwickelt sind, glauben offensichtlich an ihre Existenz.«

Fiona schien allmählich zu begreifen, denn ihr Gesichtsausdruck wurde auf einmal sehr ernst. »Du denkst doch hoffentlich nicht darüber nach, Gabriel zur Rede zu stellen?« Sie senkte die Stimme zu einem Flüstern. »Wenn auch nur im Entferntesten die Möglichkeit besteht, dass er vielleicht der Mörder deines Vaters sein könnte, solltest du dich lieber von ihm fernhalten.«

»Aber verstehst du denn nicht, Fee! Egal ob er der Mörder ist oder nicht – er weiß mehr, als er mir gesagt hat, und ich muss herausfinden, warum mein Vater ermordet wurde.«

Fiona legte ihr eine Hand auf den Arm. »Tu das nicht. Du

weißt doch, dass die Kids, die sich in Horrorfilmen auf die Suche nach dem Killer machen, am Ende immer diejenigen sind, die umgebracht werden.«

»Bei ›Scooby-Doo‹ wird keiner umgebracht.«

»›Scooby-Doo‹ ist eine Zeichentrickserie.«

»Na und? Egal ob Zeichentrickserie, Dracula-Verfilmung oder Splatter-Movie, das ist doch sowieso alles bloß erfunden.«

»Ja, aber hier geht es ums echte Leben und um echte Menschen, die umgebracht worden sind, falls ich dich daran erinnern darf.«

»Nicht nötig«, entgegnete April heftig. »Mein Vater ist tot, und ich muss herausfinden, wer ihm das angetan hat. Verstehst du nicht, Fee? Ich habe neben ihm gekniet, während er starb. Ich hatte überall sein Blut an mir«, sagte sie mit tränenerstickter Stimme. »Die Polizei tappt immer noch völlig im Dunkeln – ich kann einfach nicht anders, als meinen Teil dazu beizutragen, dass der Mörder gefunden wird, sonst drehe ich durch. Außerdem habe ich Angst, dass noch mehr Menschen sterben könnten.«

Fiona griff nach ihrer Hand und drückte sie. »Okay, meine Süße, okay. Ich hab's kapiert und ich werde dir helfen. Aber wir müssen wahnsinnig vorsichtig sein, hast du gehört? Keine tollkühnen Heldentaten.«

April nickte. »Versprochen.«

»Und noch was ...«

»Was?«

»Wenn wir hier ›Scooby-Doo‹ spielen, bin ich Daphne.«

Sechsundzwanzigstes Kapitel

Das Wetter passte perfekt zu einer Beerdigung. Der Himmel war wolkenverhangen, ein feiner Nieselregen hatte eingesetzt, und ein kalter Wind wirbelte die letzten Herbstblätter durch die Luft. Sie verließen mit gebeugten Schultern das Haus, gingen langsam um den Platz herum und überquerten die South Grove. Wie April es vermutet hatte, kannte sie kaum einen der Menschen, die ihnen auf dem kurzen Weg zur St. Michaels Church folgten – alle schwarz gekleidet, mit ernster, ehrerbietiger Miene, manche mit einem Taschentuch in der Hand, um sich die Tränen von den Wangen zu tupfen. April konnte nicht weinen. Noch immer fühlte sich die ganze Situation unwirklich an. Doch als sie dann am Ende des Mittelgangs in der Kirche den mit Blumen bedeckten Sarg sah, spürte sie plötzlich, wie ihre Knie nachgaben.

»Geht es?« Fiona hakte sich bei ihr unter und drückte ihre Hand. Seit ihrer Ankunft heute Morgen war sie ihrer Freundin nicht von der Seite gewichen, und dafür war April ihr unendlich dankbar.

Sie nickte und nahm in der ersten Bankreihe neben ihrer Mutter und ihrem Großvater Platz. Die Zeit schien stillzustehen, als der Pfarrer zu der Gedenkrede ansetzte, den Humor ihres Vaters rühmte, sein Engagement und seine Hingabe als Vater und Ehemann. Er sprach über ihn, als wäre er ein alter Freund von ihm. Doch alles, was April denken konnte, war: *Du kanntest ihn doch überhaupt nicht. Er war mein Vater.* Mein

Vater. Er hat mich *geliebt.* Wie ferngesteuert folgte sie der Zeremonie, sprach die Gebete mit, stimmte in die Choräle mit ein, nahm aber alles nur am Rande wahr, als würde sie aus großer Entfernung einen eigenartigen Film verfolgen. Wie konnte es nur sein, dass ein Mann, der so voller Leben und Begeisterungsfähigkeit gewesen war, nun tot im Sarg lag? Als der Trauergottesdienst zu Ende war, traten alle hinaus und stiegen in glänzende schwarze Limousinen, die in einer Reihe vor der Kirche darauf warteten, sie die kurze Strecke bis zum Friedhof zu bringen. April war froh, dass die Swain's Lane eine Einbahnstraße war, weshalb sie eine Schleife um den West Hill fahren mussten, sodass ihr der Weg an den anderen Gräbern vorbei erspart blieb. Den Blick starr auf das Seitenfenster gerichtet, beobachtete sie, wie der Regen gegen die Scheibe schlug und die Tropfen sich zu kleinen Rinnsalen formierten, die in Schlangenlinien am Glas hinunterliefen. Schließlich bogen der Leichenwagen und die ihm folgenden Autos durchs Tor und parkten direkt dahinter. April stieg aus und atmete die kalte Luft ein.

Wieder war Fiona sofort an ihrer Seite und schob den Arm unter ihren. Sie nickte ihr mit einem kleinen Lächeln ermutigend zu. »Du schaffst das«, flüsterte sie. »Deinem Dad zuliebe.«

April nickte. Sie musste auch für ihre Mutter stark sein. Silvia war nur mehr ein Schatten ihrer selbst und konnte sich kaum auf den Beinen halten, ihr Atem ging zitternd und stoßweise. Aprils Großvater hatte einen Arm um sie gelegt und musste sie bei jedem Schritt stützen. Der Pfarrer trat zu den beiden, sagte ein paar Worte zu ihrer Mutter und kam dann auf die beiden Mädchen zu. Er hatte ein rundliches Gesicht mit roten Apfelbäckchen, und in seinen Augen lag ein gütiger Ausdruck.

»Mein aufrichtiges Beileid, April«, sagte er. »Ihr Vater war ein guter Mann.«

April dankte ihm mit einem Nicken.

»Ich habe die Gespräche mit ihm immer sehr genossen«, sagte der Pfarrer, und als er ihren verwirrten Gesichtsausdruck sah, fügte er mit einem kleinen Lächeln hinzu: »Wahrscheinlich hat er es Ihnen gegenüber gar nicht erwähnt, aber er hat mich hin und wieder besucht. Der angenehmste Mensch, den man sich vorstellen kann. Wann immer Sie das Bedürfnis haben zu reden – ich bin jederzeit für Sie da.«

Er griff nach ihrer Hand, drückte sie sanft, dann kehrte er zu ihrer Mutter zurück und deutete auf die Treppe.

April blickte ihm stirnrunzelnd hinterher. Was sollten das denn für Gespräche gewesen sein? Sie waren doch erst vor zwei Wochen nach Highgate gezogen, und ihr Vater war nie besonders religiös gewesen. Hatten seine Besuche beim Pfarrer womöglich etwas mit seinen Nachforschungen zu tun gehabt? Sie schüttelte den Kopf und zwang sich, ihre Gedanken auf das Hier und Jetzt zu lenken, als die Träger den dunklen Holzsarg auf ihre Schultern hoben und gemessenen Schrittes dem Pfarrer den Hügel zur Grabstätte hinauf folgten.

»Christus ist auferstanden von den Toten, hat den Tod durch den Tod zertreten und denen in den Gräbern das Leben geschenkt …«, psalmodierte er das *Christos Anesti*.

April konzentrierte sich darauf, einen Fuß vor den anderen zu setzen, und dankte Fiona stumm dafür, sie dazu überredet zu haben, Ballerinas statt Schuhe mit Absätzen anzuziehen. Die Augen fest auf den Boden geheftet, versuchte sie, nicht daran zu denken, dass sie ihrem Vater gleich zum letzten Mal Lebewohl würde sagen müssen.

Während sie langsam den Hügel hinaufschritten, ließ sie den Blick über die ihr mittlerweile seltsam vertrauten Gräber und Statuen wandern, Engel und Tiere und deprimierende Christusdarstellungen. Noch ein paar Tage zuvor hatte sie tröstlichen Zuspruch in ihnen gefunden, heute strahlten sie nur Verzweiflung und Leere aus. Doch plötzlich sah sie etwas, das sie wie angewurzelt stehen bleiben ließ. Sie hielt sich erschrocken an Fiona fest.

»Was ist denn?«, flüsterte ihre Freundin.

»Nichts«, flüsterte April zurück.

Aber das war gelogen. Etwa zwanzig Meter vom Weg entfernt, von den Büschen halb verborgen, hatte sie den Mann aus dem kleinen weißen Pförtnerhäuschen stehen sehen. Den Mann, der so plötzlich verschwunden war und von dem die Friedhofsführerin behauptet hatte, sie hätte ihn sich nur eingebildet. Sie dachte kurz daran, Fiona auf ihn aufmerksam zu machen, um zu überprüfen, ob sie ihn ebenfalls sah, verwarf den Gedanken dann aber wieder. *Ich bilde mir keine Sachen ein*, dachte sie verbissen. *Mir geht es gut.* Als sie erneut zu ihm hinüberblickte, war er nicht mehr da.

»Ich kümmere mich um die Gräber«, hatte er gesagt. April nahm an, dass er weitergegangen war, um seine Arbeit zu tun, hatte aber auch keine Zeit, länger darüber nachzudenken, denn in diesem Moment kam beinahe drohend die letzte Ruhestätte ihres Vaters in Sicht. Die Gruft der Hamiltons glich einem griechischen Säulentempel mit schmiedeeisernen Flügeltüren und einem Giebeldach. Zu Aprils Überraschung war über der Tür jedoch nicht der Name »Hamilton« eingemeißelt, sondern »Vladescu«. Obwohl ihr Großvater ihr erzählt hatte, dass er seinen Nachnamen geändert hatte, war der Anblick ein kleiner Schock. *Ist das mein Name?*, dachte sie unglücklich. *Ist das alles, was bleibt, jetzt da mein Vater tot ist? Der Nachname von jemand anders?*

Die Tür war bereits geöffnet, und neben dem Eingang stand ein Tisch, über den ein dunkelroter Samtstoff gebreitet war, während der kleine Treppenaufgang von großen Blumengebinden gesäumt war. Behutsam stellten die Sargträger den Sarg ab, und der Pfarrer begann mit dem Bestattungsritual, das im Laufe der letzten zweihundert Jahre auf diesem Hügel immer und immer wieder vollzogen worden war.

»Und Jesus sagt: Ich bin die Auferstehung und das Leben. Wer an mich glaubt, wird leben, auch wenn er stirbt. Und jeder, der lebt und an mich glaubt, wird auf ewig nicht sterben.«

April liefen die Tränen über die Wangen.

»In deine Hände, oh Herr, befehlen wir den Geist deines treuen Dieners William«, fuhr der Pfarrer fort. »Bewahre ihn nach deiner Gnade, beschirme ihn unter dem Schatten deiner Flügel. Gepriesen sei, der da war und der da ist und der da kommt. Lob und Preis sei ihm in Ewigkeit.«

Die Trauernden murmelten ein »Amen«, dann trat Aprils Mutter von ihrem Vater gestützt nach vorn und legte schluchzend eine weiße Rose auf den Sarg, während der Pfarrer das Kreuzzeichen machte und aus dem Buch Hiob zitierte: »Der Mensch, vom Weibe geboren, lebt kurze Zeit und ist voll Unruhe, geht auf wie eine Blume und fällt ab, flieht wie ein Schatten und bleibt nicht. Mitten im Leben sind wir im Tode …«

April trat an den Sarg und legte ebenfalls eine Blume darauf nieder. »Ich liebe dich, Daddy«, wisperte sie.

»… und so legen wir seinen Leib in Gottes Acker, Erde zu Erde, Asche zu Asche, Staub zu Staub, in Erwartung der allgemeinen Auferstehung am Jüngsten Tage und des Lebens der zukünftigen Welt durch Jesus Christus unsern Herrn …«

Nacheinander traten nun die Trauergäste nach vorne, dann gab der Pfarrer den Trägern ein Zeichen, und sie hoben den Sarg in die Gruft, während die Gemeinde über das Schluchzen von Aprils Mutter hinweg das Vaterunser betete. »Und vergib uns unsere Schuld …« Der Pfarrer trat vor die Gruft, um die Türen zu schließen, »… sondern erlöse uns von dem Bösen …«, als plötzlich ein herzzerreißender Aufschrei alle Anwesenden verstummen ließ.

»Neeeiiin!« Aprils Mutter klammerte sich an eine der Flügeltüren. »Verlass mich nicht!«

Der Pfarrer legte ihr eine Hand auf die Schulter und sprach leise und beruhigend auf sie ein, als sie plötzlich das Bewusstsein zu verlieren schien und zu Boden sank. April eilte sofort zu ihr, doch ihr Großvater war schneller, zog seine Tochter wieder auf die Beine und stützte sie, woraufhin der Pfarrer so behutsam wie möglich die Zeremonie beendete.

»Gott ist es, der Frieden bringt. Er hat den großen Hirten der Schafe aus dem Reich der Toten heraufgeführt, Jesus, unseren Herrn, durch dessen Blut er den ewigen Bund in Kraft gesetzt hat. Möge seine Seele durch die Gnade Gottes in Frieden ruhen. Amen.«

Siebenundzwanzigstes Kapitel

Caro hatte sich die Nägel in einem neutralen hellen Rosaton lackiert. Es war nur eine winzige Geste, aber sie rührte April beinahe erneut zu Tränen.

»Das ... das ist so ... Danke!«, stammelte sie gerührt. Es war das erste Mal, dass sie Caro nicht mit schwarz lackierten Nägeln sah, die eigentlich fast schon ihr Markenzeichen waren – eine Art Statement, damit alle sofort sahen, mit wem sie es zu tun hatten. Aber heute hatte sie zu Ehren ihres Vaters darauf verzichtet.

Caro errötete leicht und zuckte hilflos mit den Schultern. »Ich dachte, es wäre angemessen, sozusagen als Zeichen meiner Achtung.« Sie senkte die Stimme. »Außerdem wollte ich nicht, dass irgendjemand von diesen seltsamen Leuten denkt, ich würde mich lustig machen wollen.«

Die »seltsamen Leute« waren Aprils Verwandte mütterlicherseits, die den Großteil der Trauergesellschaft ausmachten, da ihr Vater außer ihr und ihrer Mutter kaum noch Familie gehabt hatte. Wie fast alle Hamiltons – oder vielmehr Vladescus? – waren sie hochgewachsen und athletisch gebaut. April hatte immer angenommen, ihr Großvater spreche von einer Charaktereigenschaft, wenn er sagte, die Frauen aus ihrer Familie seien »stark«, aber jetzt verstand sie, dass er damit auch ihre Statur gemeint hatte. Gutes Aussehen schien ebenfalls in ihren Genen zu liegen, was April hoffen ließ, dass sich die edlen hohen Wangenknochen ihrer Mutter eines Tages doch noch bei ihr herausbilden würden. Charakterlich hoffte sie allerdings, ganz nach der Familie ihres Vaters zu schlagen. Verstohlen blickte sie zu den Constances, Mariellas und Georginas hinüber, die mit angemessen ernster Miene an ihrem Wein nippten. Natürlich verhielten sich alle sehr höflich und zuvorkommend und beteuerten immer wieder, wie leid es ihnen tue und was für ein liebenswürdiger Mensch ihr Vater gewesen sei, aber aus ihren Worten sprach keine Wärme, und die Blicke, mit denen sie sich umsahen, hatten etwas leicht Überhebliches. Vielleicht fragten sie sich auch, warum Silvia die Trauerfeier ausgerechnet in dem Haus abhalten musste, in dem ihr Mann so brutal ermordet worden war. April jedenfalls hatte sich diese Frage gestellt.

»Die würden sich keinen Zacken aus der Krone brechen, wenn sie ab und zu mal lächeln würden«, raunte Fiona. »Ich meine, es versteht sich von selbst, dass man bei so einem Anlass keine Schenkelklopferwitze reißen sollte, aber ist eine Trauerfeier nicht dazu da, dem Leben eines Menschen mit all seinen Sinnen zu gedenken?«

»Wahrscheinlich haben sie Angst, dass ihr Make-up bröckeln könnte«, sagte Caro.

April war froh, dass Fiona und Caro sich so gut verstanden, als würden sie sich schon seit Jahren kennen. Ihr Leben war in den vergangenen Wochen völlig auf den Kopf gestellt worden, und es war tröstlich zu wissen, dass sie sich auch in so schwierigen Zeiten auf ihre Freundinnen verlassen konnte. Bei diesem Gedanken stahl sich sogar ein kleines Lächeln auf ihr Gesicht.

»Worüber tuscheln die jungen Damen denn so angeregt?«, sagte plötzlich eine Stimme hinter ihr.

April drehte sich um und stand einem hochgewachsenen Mann gegenüber, der etwa im Alter ihres Vaters war. Sie erinnerte sich vage, sein Gesicht auf einem der Fotos im Haus ihres Großvaters gesehen zu haben. Auch er besaß die klassische Hamilton-Statur, allerdings bewahrten ihn seine leicht schiefe Nase, die aussah, als sei sie schon mal gebrochen worden, und seine tief liegenden Augen davor, die gleiche unterkühlte Attraktivität zu verströmen wie die anderen. In seinem engen schwarzen Anzug und mit dem bulligen Nacken hatte er sogar fast etwas von einem Gangsterboss. Außerdem sah eine seiner Augenbrauen aus, als würde er sie ständig leicht amüsiert nach oben ziehen, was April sofort für ihn einnahm.

»Ich bin dein Onkel Luke«, stellte er sich vor und streckte seine Hand aus. »April erinnert sich bestimmt nicht an mich«, fügte er an Fiona und Caro gewandt hinzu, »aber ich habe sie sofort wiedererkannt. Du hast sehr viel Ähnlichkeit mit deiner Mutter, April.«

»Hoffentlich nicht zu viel.«

Er lachte. »Ich weiß, was du meinst. Deine Mutter ist eine fantastische Frau, trotzdem tut man besser daran, nicht ihren Unmut auf sich zu ziehen. Aber ganz egal, wie sehr sie dich manchmal in den Wahnsinn treibt – sei froh, dass du nicht als ihr kleiner Bruder groß geworden bist.«

»Hat sie Sie gefoltert?«, fragte Caro mit einem Augenzwinkern.

»Nicht direkt.« Luke lächelte. »Obwohl ... die eine oder andere Narbe habe ich schon davongetragen.« Er schob die Manschette seines Hemds ein Stück nach oben und zeigte den Mädchen eine gekrümmte weiße Linie auf der Innenseite seines Handgelenks.

»War es so schlimm, dass Sie versucht haben, sich das Leben zu nehmen?«, fragte Fiona entsetzt.

»Herrgott, Fee!«, zischte April und warf ihrem Onkel einen peinlich berührten Blick zu. »Tut mir leid, sie ist sonst nicht so.«

Aber Luke lachte nur. »Kein Problem ... Der Gedanke liegt

ja nahe«, scherzte er. »Nein, tatsächlich ist es eine Bisswunde. Ich wollte Silvia nicht mit meinem Pogostick – das waren so Springstöcke, die damals groß in Mode waren – spielen lassen, also hat sie kurzerhand ihre Zähne in meinem Handgelenk versenkt. Tja, ich hab dann ziemlich schnell nachgegeben.«

Die drei Mädchen blickten ehrfürchtig zu Aprils Mutter hinüber. Sie saß auf der anderen Seite des Raums und nippte an einer klaren Flüssigkeit, die garantiert kein Wasser war, während sie sich mit einem grauhaarigen Mann unterhielt, den April als einen alten Freund ihres Vaters von der Zeitung wiedererkannte.

»Ist das der Grund, warum Sie April so lange nicht gesehen haben? Weil Sie sich von Ihrer beißwütigen Schwester fernhalten wollten?«, fragte Caro.

April warf ihrer Freundin einen mahnenden Blick zu, den diese mit Unschuldsmiene und einem stummen »Was denn?« erwiderte.

»Ist schon okay«, sagte Luke amüsiert. »Ich fürchte, eine echte Entschuldigung habe ich nicht, außer dass ich die letzten zehn Jahre im Ausland gearbeitet habe und nur selten zu Hause war. Seit Kurzem lebe ich aber wieder in London, sodass wir uns in Zukunft bestimmt öfter sehen werden. Jedenfalls habe ich all die Jahre über immer gewusst, dass dein Vater gut auf euch aufpasste. Deine Mutter hat mir regelmäßig geschrieben und Bilder von dir mitgeschickt.«

»Wirklich?« April sah überrascht noch einmal zu ihrer Mutter hinüber, die sich gerade mit einem Spitzentaschentuch die Nase abtupfte. Sie konnte sich nicht daran erinnern, als Kind viel fotografiert worden zu sein, und war sich nicht einmal sicher, ob ihre Eltern überhaupt eine Kamera besaßen.

»Onkel Luke?«, fragte sie. »Heißt du eigentlich Hamilton oder Vladescu?«

Ihr Onkel lächelte. »Wir sind immer schon Hamiltons gewesen«, antwortete er. »Unser Vater hat seinen Nachnamen geändert, bevor deine Mum und ich geboren wurden. Muss ziemlich seltsam für dich gewesen sein, als du den alten Namen auf der Gruft gelesen hast, oder?«

April nickte. »Es ist irgendwie komisch, dass mein Vater jetzt zusammen mit diesen ganzen Fremden da drin liegen soll.«

»Ach, darüber würde ich mir an deiner Stelle keine Sorgen machen«, entgegnete Luke und zog seine geschwungene Augenbraue noch ein Stückchen höher. »So, und jetzt schaue ich mal wieder nach deiner Mutter. Wir sehen uns bestimmt nachher noch mal, ja?«

»Er scheint nett zu sein«, sagte Fiona, als er weg war.

»Ich wünschte, ich hätte einen Onkel wie ihn«, seufzte Caro. »Meine sind entweder kriminell oder bei den Bullen.«

»Das wusste ich gar nicht«, sagte April erstaunt.

»Es gibt eine Menge, was du noch nicht weißt«, erwiderte Caro augenzwinkernd. »Nein, im Ernst, ist doch klar, dass man mit so was nicht hausieren geht. Wenn das die Trauerfeier meines Vaters wäre, wären jetzt schon alle betrunken und würden sich die Köpfe einschlagen.«

»Apropos ...«, murmelte Fiona und deutete mit dem Kopf in die Richtung von Aprils Mutter. Sie war schwankend von ihrem Platz aufgestanden, woraufhin Aprils Großvater auf sie zueilte, um sie zu stützen.

»Lass mich in Ruhe!«, zischte sie und schlug seinen Arm weg. »Ich brauche deine Hilfe nicht, ich kann sehr gut auf meinen eigenen Füßen stehen ... Schließlich musste ich das schon die ganzen letzten zwanzig Jahre hindurch unter Beweis stellen.«

»Entschuldigt mich bitte kurz«, sagte April und folgte ihrer Mutter in die Küche, wo sie gerade dabei war, sich Wodka nachzuschenken.

»Findest du nicht, dass du langsam genug hast, Mum? Du fängst an, peinlich zu werden.«

»Nein, ich finde nicht, dass ich genug habe«, entgegnete ihre Mutter und trank demonstrativ einen großen Schluck Wodka. »Ich werde nie genug haben. Niemals. Und wenn dir das peinlich ist, dann hau doch einfach auch ab.« Sie machte eine wedelnde Handbewegung Richtung Wohnzimmer.

»Wieso *auch*?«

»Genau wie dein Vater«, antwortete ihre Mutter mit schwerer Zunge. »Er ist wieder mal auf und davon und hat uns allein gelassen.«

»Wieder mal? Wovon redest du, Mum?«

»Wovon ich rede? Aber woher sollst du es auch wissen, du bist ja immer Daddys kleiner Liebling gewesen, nicht wahr?«, stieß Silvia bitter hervor. »In deinen Augen hat er natürlich immer alles richtig gemacht, dein perfekter Vater. Aber wie hätte er auch irgendetwas falsch machen sollen, wenn sein ganzes Dasein sich ausschließlich darum drehte, sein kleines Mädchen zu beschützen?«

April fühlte sich immer unbehaglicher, so als wäre sie unfreiwillig in eine Unterhaltung gestolpert, die nicht für ihre Ohren bestimmt war.

»Mich beschützen? Wovor denn?«

Ihre Mutter warf den Kopf in den Nacken und brach in hysterisches Lachen aus. »Vor *denen* natürlich«, sagte sie und machte eine weit ausholende Geste, bei der sie etwas von ihrem Drink verschüttete.

»Nicht, Silvia!«, herrschte der alte Mr Hamilton, der plötzlich in der Küche aufgetaucht war, seine Tochter an und riss ihr das Glas aus der Hand. »Das ist jetzt weder der richtige Moment noch der passende Ort.«

»Ach nein? Wann ist denn dann der richtige Moment, ihr zu sagen, wer ihr Vater wirklich war? Doch wohl jetzt, wo er tot ist? Und vor ein paar Wochen konntest du es doch selbst kaum erwarten, es ihr zu erzählen.«

»Ich warne dich«, sagte Aprils Großvater gefährlich leise und schloss die Finger so fest um das Glas, dass seine Knöchel weiß hervortraten.

»Grandpa, bitte!« April eilte auf ihn zu und versuchte, ihn am Arm zurückzuziehen, aber genauso gut hätte sie versuchen können, einen Baumstamm zu bewegen. »Sie ist einfach nur betrunken und mit den Nerven am Ende«, sagte sie verzweifelt. »Sie weiß doch gar nicht mehr, was sie sagt.«

Ihr Großvater starrte sie einen Moment lang an, als würde er sie gar nicht erkennen. In seinen Augen loderte eine unbändige Wut auf, dann entspannten sich seine Gesichtszüge plötzlich wieder, und er stellte das Glas auf die Küchentheke. »Natürlich. Du hast recht. Es war für uns alle ein harter Tag.«

»Hart? Für dich?«, höhnte Aprils Mutter. »Und ich hätte gedacht, du lässt die Champagnerkorken knallen.«

»Mum, bitte«, flehte April. »Können wir nicht wenigstens heute versuchen, miteinander klarzukommen? Ich habe diese ständigen Streitereien so satt. Ich kann nicht mehr, verstehst du? Ich habe gerade meinen Vater beerdigt, und ich will nicht, dass einer von euch ...« Ihre Stimme brach, und ihr schossen die Tränen in die Augen. »Versprecht mir, dass ihr mich nicht auch noch allein lasst.«

Ihr Großvater und ihre Mutter sahen sich an. Es war nur ein ganz kurzer Blick, der gerade mal den Bruchteil einer Sekunde dauerte, aber wieder hatte April das Gefühl, etwas gesehen zu haben, das nicht für ihre Augen bestimmt gewesen war.

»Wir gehen nirgendwohin, Prinzessin«, sagte ihr Großvater beruhigend und nahm sie fest in den Arm. »Darauf kannst du dich verlassen.«

Wenigstens Davina schien sich prächtig zu amüsieren. Als April ins Wohnzimmer zurückkehrte, war die Königin der Schlangen, die ein kurzes schwarzes Satinkleid und mörderisch hohe High Heels trug, gerade dabei, mit praktisch sämtlichen männlichen Mitgliedern der Familie Hamilton gleichzeitig zu flirten. *Hat sie irgendwie nicht mitbekommen, dass es sich um eine Trauerfeier und nicht um eine Party handelt?*, fragte April sich und beobachtete stirnrunzelnd, wie Davina sich an einen ihrer Cousins lehnte und kokett lachte.

»Hey, Darling«, rief sie, als sie April kommen sah, und ihr Gesichtsausdruck wechselte wie auf Knopfdruck von heiter zu besorgt. »Wie geht es dir? Es tut mir so leid für dich.« Sie küsste die Luft neben Aprils Wangen und raunte ihr ins Ohr: »Wer ist dieser Sexgott hinter mir?«

»Ich glaube, einer meiner Cousins, aber genau weiß ich es nicht – ich habe ihn bisher nie persönlich kennengelernt.«

April grübelte immer noch darüber nach, was eigentlich der Grund dafür war. Ihre Mutter hatte ihr oft erzählt, wie sie als Mädchen gezwungen worden war, entsetzlich langweilige Ferien mit ältlichen Tanten und Onkeln zu verbringen, und dass sie sich schon damals geschworen hatte, ihre eigenen Kinder später einmal mit solchen Besuchen zu verschonen. April hatte zwar immer vermutet, dass noch mehr dahinterstecken musste, zumal die Beziehung ihrer Eltern zu ihrem Großvater stets ziemlich angespannt gewesen war, aber trotzdem nie weiter nachgehakt, sondern es einfach so hingenommen. Erst als sie älter geworden war, hatte sie angefangen, sich zu fragen, ob vielleicht irgendeine alte Familienfehde, über die niemand mit ihr sprechen wollte, der Grund dafür war, dass sie nie an großen Familientreffen teilnahmen. Angesichts der Auseinandersetzung zwischen ihrer Mutter und ihrem Großvater vorhin in der Küche schien sie mit dieser Vermutung wohl gar nicht so falschzuliegen.

»Bist du denn nicht mehr mit Jonathon zusammen?«, fragte sie.

Davina runzelte einen Moment lang die Stirn, als versuche sie sich das Gesicht eines entfernten Bekannten in Erinnerung zu rufen. »Ach so, Jonathon … nein, den gibt's nicht mehr«, sagte sie vage und blickte plötzlich interessiert über Aprils Schulter. »Und wer ist das da? Mein Gott, dieser Hut ist ja ein Traum!«

Bis April sich umgedreht hatte, fingerte Davina bereits an dem Schleier von Fionas Hut herum.

»Ähm … Davina, das ist meine Freundin Fiona aus Edinburgh.«

»Ich bin entzückt«, säuselte Davina und zog eine äußerst verwirrte Fiona mit sich zu einer kleinen Sitzecke, wo sie anfing, wie ein Wasserfall auf sie einzureden. »Also du musst mir unbedingt erzählen, wo man in Edinburgh derart fantastische Vintageteile herbekommt, du musst nämlich wissen, dass …«

April stand einfach nur da und starrte den beiden fassungslos hinterher.

»Tut mir leid, aber so benimmt sie sich immer auf Beerdigungen«, sagte plötzlich eine Stimme hinter ihr.

April musste sich nicht umdrehen, sie wusste auch so, dass es Benjamin war. *Warum muss er sich ständig so an mich heranschleichen?* Er ging um sie herum und reichte ihr ein Glas Wein, woraufhin sie sich nervös im Raum umblickte.

»Keine Sorge.« Benjamin lächelte. »Dein Großvater führt gerade eine hitzige Diskussion mit meinem Vater, und deine Mutter sitzt auf der Treppe und unterhält sich mit dem Falken.«

April sah ihn überrascht an. »Mr Sheldon ist auch hier?«

»Ich weiß genau, was du denkst«, sagte Benjamin und verdrehte die Augen. »Bei unseren Familientreffen ist er auch immer mit von der Partie – und nicht nur er. Meine Mutter unterhält sich gerade in der Küche angeregt mit Miss Holden. Wir hätten genauso gut in der Schule bleiben können.«

April nahm einen kräftigen Schluck von dem Wein und schauderte.

»Mir scheint, den hast du nötig gehabt.« Benjamin strich ihr sanft über den Arm. »Wie geht es dir? Ist bestimmt alles andere als einfach für dich heute.«

April schüttelte den Kopf. »Nein, nein, es geht schon, danke«, antwortete sie zerstreut. Die Worte ihrer Mutter wollten ihr einfach nicht mehr aus dem Kopf gehen. *Wann ist denn dann der richtige Moment, ihr zu sagen, wer ihr Vater wirklich war?*

Was hatte sie damit sagen wollen? Dass ihr Vater nicht der Mann gewesen war, für den sie ihn gehalten hatte? Aber er war doch immer ein treu sorgender, hart arbeitender Familienvater gewesen ... Oder hatte sie am Ende etwas ganz anderes damit gemeint? War William Dunne womöglich gar nicht ihr Vater gewesen?

»Bist du sicher, dass alles in Ordnung ist, April?«, fragte Benjamin besorgt. »Du siehst nämlich nicht danach aus.«

»Tut mir leid, ich brauche bloß ein bisschen frische Luft.«

Sie ließ ihn stehen und flüchtete sich an den anderen Trauergästen vorbei in den kleinen Garten hinaus, der eigentlich gar kein richtiger Garten war, sondern eher eine Art Hinterhof. Früher waren diese Hinterhöfe, von denen fast jedes dieser Stadthäuser einen besaß, ausschließlich von den Dienstboten zur Verrichtung diverser Hausarbeiten genutzt worden. Aber Tilda, die Freundin ihrer Mutter, die ihnen das Haus vermittelt hatte, hatte dort eine kleine, von Blumenbeeten ge-

säumte Terrasse mit einer hübschen Sitzecke aus Teakholz-
möbeln anlegen lassen. Leider war es mittlerweile Spätherbst
und damit ziemlich ungemütlich draußen. April setzte sich auf
eine Bank und schlang zitternd die Arme um den Oberkörper. *Gott, ist das kalt,* dachte sie. *Warum ist es nur so entsetzlich kalt?*

Plötzlich nahm sie den Geruch von Rauch wahr und drehte den Kopf.

»Sorry«, sagte der Mann, der neben der Tür stand, und hob
seine Hand, in der er eine Zigarette hielt. »Schreckliche Ange-
wohnheit, ich weiß. Wenn es Sie stört, kann ich sie auch gerne ausmachen.«

April schüttelte zwar den Kopf, aber da hatte er seine Zigarette schon ausgedrückt.

»Ich werde dann mal lieber wieder reingehen – Sie sehen
aus, als wollten Sie ein bisschen allein sein. Wollte Ihnen auch
nur ganz kurz Hallo sagen.« Er beugte sich vor und streckte
ihr die Hand hin. »Peter Noble. Ich bin ein alter Freund Ihres Vaters.«

April schüttelte seine Hand. *Warum kommt mir sein Name
bloß so bekannt vor?*

»Ähm … darf ich Sie vielleicht etwas fragen?«, sagte sie
aus einer spontanen Laune heraus. »Es geht um meinen Vater.«

»Natürlich. Was möchten Sie wissen?«

»Bin ich … bin ich ihm ähnlich?«

Peter Noble lachte leise. »Und ob«, sagte er. »Sie sind ihm
wie aus dem Gesicht geschnitten.«

»Wirklich?«

Er nickte und deutete auf einen der Stühle. »Darf ich?«

»Bitte. Ich würde gern noch etwas mehr über ihn hören.«

Lächelnd setzte der Mann sich ihr gegenüber. Er sah ein
kleines bisschen älter aus als ihr Vater, was aber vielleicht

auch nur an seinen etwas zu langen grauen Haaren und der silbergerahmten Brille lag. *Er sieht wie der Typ Mann aus, der abgewetzte Tweedjacketts trägt und eine Dänische Dogge hat,* dachte April. Jedenfalls hatte sie aus irgendeinem Grund sofort das Gefühl, ihm vertrauen zu können. *Außerdem ist er ein alter Freund von Dad, also muss er zu den Guten gehören ... oder?*

»Ich habe Ihren Vater leider nicht mehr gesehen, seit er damals mit Ihnen und Ihrer Mutter nach Edinburgh gezogen ist«, sagte Peter Noble. »Aber wir haben während all der Jahre regelmäßig telefoniert und uns Briefe geschrieben.«

Der Brief – natürlich! Peter Noble war der Mann, der in dem Schreiben erwähnt wurde, in dem man ihrem Vater die Stelle als Chefredakteur bei der *Sunday Times* angeboten hatte. In dem Brief, den sie an dem Morgen ihres Streits entdeckt hatte. An dem Tag, an dem er starb.

»Arbeiten Sie nicht selbst auch für eine Zeitung?«, sagte sie.

»Stimmt genau, woher wissen Sie das?«

»Ach, mein Vater hat vor ein paar Wochen mal so etwas erwähnt.«

»Jedenfalls habe ich Sie oder Ihre Mutter schon seit Jahren nicht mehr gesehen, aber als ich vorhin hereinkam und sah, wie Sie sich mit Ihren Freundinnen unterhielten, wusste ich sofort, dass Sie es sind. Sie haben exakt seine Augen. Und sein Kinn.«

»Sein Kinn?« April lächelte unsicher.

»Ja, die Art, wie Sie es nach vorne recken, wenn Sie sich ereifern – genau wie Ihr Vater.« Er zögerte einen Moment. »Ich bin vorhin leider unfreiwillig Zeuge der Unterhaltung geworden, die Sie mit Ihrer Mutter in der Küche geführt haben. Ich kannte William seit unserer Jugendzeit, und glauben Sie mir: Sie gleichen Ihrem Vater wirklich in jeder Hinsicht. Und glauben Sie mir außerdem, wenn ich Ihnen sage, dass Sie sein Ein und Alles waren.«

April wandte den Blick ab.

»Es ist seltsam, über ihn in der Vergangenheitsform zu sprechen, ich weiß – aber ich kann Ihnen versprechen, dass es einfacher wird. Ich habe vor ein paar Jahren meine Frau verloren. Das war eine harte Zeit... eine wirklich harte Zeit, aber irgendwie überlebt man sie. Will war ein zäher Hund, wenn Sie mir diese etwas saloppe Ausdrucksweise erlauben, und falls Sie nur halb so zäh sind...« – er schmunzelte – »und vielleicht noch eine ordentliche Portion vom feurigen Temperament Ihrer Mutter mitbekommen haben, dann bin ich davon überzeugt, dass Sie sich keine Sorgen um Ihr Wohlergehen zu machen brauchen.«

»Ich mache mir aber Sorgen«, sagte April traurig.

»Wenn ich irgendetwas für Sie tun kann«, Mr Noble zog seine Brieftasche heraus und reichte April eine Visitenkarte, »wenn Sie einen väterlichen Rat brauchen oder Hilfe bei einer Hausarbeit oder wenn Sie einfach nur mit jemandem über Ihren Dad reden möchten, rufen Sie mich bitte jederzeit an. Ich sage Ihnen ganz ehrlich – mir würde das auch guttun. Ich vermisse den alten Burschen nämlich. Und wie ich ihn vermisse!«

»Danke.« April lächelte tapfer. »Vielen Dank. Ich komme bestimmt auf Ihr Angebot zurück.«

Als sie wieder ins Wohnzimmer trat, standen Davina, Fiona und Caro in einer Ecke, hatten die Köpfe zusammengesteckt und tuschelten aufgeregt.

»April, na endlich!«, rief Davina und winkte sie hektisch zu ihnen. »Schnell, komm her. Wir brauchen deine Hilfe.«

Sie schaute die drei Mädchen verwirrt an. »Was ist denn los?«

402

»Genau das ist es ja«, flüsterte Caro. »Wir wissen es nicht. Also hör zu: Du weißt doch, dass Mr Sheldon da ist, oder? Okay, das ist nicht weiter verwunderlich, schließlich ist er ein Freund eurer Familie. Davina hat ihre Mutter gefragt, und anscheinend kennt *deine* Mutter ihn noch von der Uni.«

Davina nickte ungeduldig. »Das erklärt, warum der Falke hier ist. Aber was hat Miss Holden hier zu suchen?«

»Ich habe keine Ahnung«, sagte April nun vollends verwirrt.

»Fiona hat da so eine Vermutung.« Davina platzte beinahe vor Aufregung. »Und ich glaube, sie könnte recht haben, aber wir brauchen dich, um es herauszufinden.«

»Was herausfinden?«

»Na, ob Miss Holden mit dem Falken liiert ist, natürlich!«

April schüttelte lächelnd den Kopf. Die drei schafften es sogar auf einer Trauerfeier, einen potenziellen romantischen Skandal aufzudecken.

»Warum fragst du Miss Holden nicht einfach?«

»Als ob sie ausgerechnet mir was sagen würde«, schnaubte Davina. »Sie weiß genau, dass ich sie für eine Hexe halte. Und Caro sagt sie bestimmt auch nichts, weil sie Caro für den leibhaftigen Antichristen hält. Und Fee kennt sie nicht – also musst du es machen.«

April war erstaunt darüber, wie schnell Fiona und Davina sich angefreundet zu haben schienen. Davina nannte Fiona sogar schon »Fee«. *Dabei ist das mein Kosename für sie*, dachte sie leicht beleidigt.

»Nun mach schon! Geh.« Davina schob April Richtung Flur. »Sie ist gerade in der Küche. Und komm erst wieder, wenn du was rausgefunden hast!«

Widerstrebend schlenderte April den Flur entlang und war sehr erleichtert, als sie bemerkte, dass Miss Holden sich gerade mit einem Paar mittleren Alters unterhielt. Sie wollte gerade wieder kehrtmachen, als die Lehrerin sie entdeckte und zu sich winkte.

»Kommen Sie, kommen Sie, April. Ich möchte Ihnen Mr und Mrs Osbourne vorstellen, Davinas und Benjamins Eltern.«

Mrs Osbourne trug einen wadenlangen Pelzmantel und hatte die schwärzesten aus der Stirn toupierten Haare, die April je gesehen hatte. Bei ihrem Anblick musste April unwillkürlich an die Bilder einer in schwarzen dichten Rauch gehüllten, brennenden Ölquelle denken, die sie einmal auf CNN gesehen hatte. Mr Osbourne war groß und hatte dieselben stechend blauen Augen wie sein Sohn Benjamin. Obwohl er nicht wirklich wie der durchtriebene Bond-Bösewicht aussah, als den Caro ihn dargestellt hatte, konnte April sich ihn gut als skrupellosen Großindustriellen vorstellen, der streikende Arbeiter an die Luft setzte und in seinem edlen zweireihigen Anzug, ohne mit der Wimper zu zucken, Unternehmen zerschlug, um ihre Einzelteile gewinnbringend weiterzuverkaufen. Die beiden gaben ein beeindruckendes Paar ab, und selbst Aprils hochnäsige Verwandtschaft schien ihnen Achtung zu zollen. Man hätte fast meinen können, es wären Mitglieder des Königshauses anwesend. Doch trotz ihrer imposanten Erscheinung war April längst nicht so überwältigt von den Osbournes, wie sie es erwartet hätte. Da die beiden so wunderschöne Kinder hatten, hatte April sie sich irgendwie glamouröser vorgestellt. Aber wenn man sich die Eltern irgendwelcher Supermodels ansah, fragte man sich ja manchmal auch, wie sie so perfekten Nachwuchs zustande gebracht hatten.

»Schön, Sie endlich einmal kennenzulernen, April.« Mrs Osbourne nahm ihre Hand und tätschelte sie. »Wir haben uns schon einige Male mit Ihrer Mutter getroffen. Sie spricht ständig von Ihnen und wie gut Sie sich in der Schule machen.«

April glaubte zu sehen, wie Miss Holden bei dieser Bemerkung eine Augenbraue hochzog, aber vielleicht bildete sie es sich auch nur ein.

»Wenn es irgendetwas gibt, das wir für Sie tun können – ein Wort von Ihnen genügt«, sagte Mr Osbourne und berührte flüchtig ihren Arm.

April nickte höflich. *Ich bin mir nicht sicher, ob Sie mir immer noch so bereitwillig Ihre Hilfe anbieten würden, wenn Sie wüssten, was Caro und ich schon alles über Sie gesagt haben,* dachte sie und sagte laut: »Vielen Dank, dass Sie gekommen sind. Es ist im Moment sehr wichtig für meine Mutter zu spüren, dass es Menschen gibt, die sich um sie sorgen.«

»Aber natürlich«, sagte Mrs Osbourne. »Ich komme nächste Woche einmal vorbei, wenn es ihr, äh, ein bisschen besser geht.«

Mr Osbourne tippte auf seine Armbanduhr. »Bitte entschuldigen Sie uns jetzt, April, aber wir werden leider noch woanders erwartet.«

»Dinner bei den Camerons – eine ziemlich langweilige Angelegenheit, aber sozusagen eine gesellschaftliche Pflichtveranstaltung, wenn Sie verstehen, was ich meine. Wir verabschieden uns nur noch rasch von Ihrer lieben Mutter und Ihrem Großvater und überlassen es Ben, Davina später nach Hause zu bringen, dann kann sie noch ein bisschen Zeit mit Ihnen und Ihren Freundinnen verbringen«, erklärte Mrs Osbourne und tätschelte wieder ihre Hand. »Und nächsten Samstag müssen Sie unbedingt auf den Winterball kommen«, fügte sie schon im Gehen hinzu. »Ich weiß, dass Ihnen vermutlich nicht nach Feiern zumute sein wird, aber manchmal ist Ablenkung die beste Medizin. Ich werde Davina bitten, Ihnen eine Einladung zukommen zu lassen.«

Nachdem die beiden gegangen waren, blieb April allein mit Miss Holden zurück. Sie lächelten sich verlegen an. Offenbar wusste ihre Lehrerin außerhalb der Schule nicht viel mit ihr anzufangen.

»Und Sie sind mit Mr Sheldon gekommen?«, platzte April schließlich heraus, um das Schweigen zu brechen.

Die Lehrerin lachte. »Ja, aber nicht als seine Begleiterin, falls es das ist, was Sie wissen wollten. Nein, Ihre Mutter hat Robert – Mr Sheldon – gebeten, mich mitzubringen. Ich habe Ihre Eltern vor einiger Zeit kennengelernt, als sie in der Schule waren, um Sie dort anzumelden. Ich nehme an, Ihre Mutter dachte, Sie könnten vielleicht ein bisschen moralische Unterstützung von einer erfahrenen Pädagogin gebrauchen.« Miss Holden lächelte. »Aber ich glaube, Sie bekommen bereits jede erdenkliche Unterstützung.« Sie deutete mit einem Kopfnicken zur Wohnzimmertür, wo Davina, Fiona und Caro mit betont gleichgültigen Mienen auf Beobachtungsposten standen.

»Eines noch, April«, sagte die Lehrerin plötzlich und senkte die Stimme. »Ich weiß, das ist nicht der richtige Moment dafür, aber es gibt etwas, worüber ich dringend mit Ihnen sprechen muss, wenn das alles hier vorüber ist.«

April stöhnte innerlich auf. Nicht noch eine Strafpredigt wegen mangelhafter schulischer Leistungen. Nicht heute!

»Geht es um die Hausarbeit, die Sie …«

»Nein, nichts dergleichen, aber es ist wichtig, dass wir uns unterhalten«, unterbrach Miss Holden sie leise. »Ich melde mich bei Ihnen. Passen Sie bis dahin gut auf sich auf, und seien Sie stark. Ihr Vater war ein wunderbarer Mann. Sie können sehr stolz sein auf alles, was er getan hat.«

Als die Lehrerin gegangen war, blieb April allein in der Küche zurück. Ihr schwirrte der Kopf. *Was hat das alles zu bedeuten?* Aber viel Zeit blieb ihr nicht, darüber nachzugrübeln, denn kurz darauf stürmten Caro, Davina und Fiona mit besorgten Mienen in den Raum.

April musste lachen. »Jetzt schaut doch nicht so – Miss Holden hat nichts mit dem Falken, meine Mutter hat sie eingeladen.«

Caro schüttelte den Kopf. »Vergiss Miss Holden«, sagte sie ernst. »Es geht um etwas anderes.«

»Worum denn?«, fragte April verwirrt.

Die drei Mädchen sahen sich an.

»Um Gabriel«, sagte Fiona. »Er wartet draußen.«

Achtundzwanzigstes Kapitel

Er saß auf derselben Bank. Der Bank, auf der er und April in der Nacht gesessen hatten, als er mit Kaffee und Donuts unter ihrem Fenster stand. Der Bank, auf der sie in eine Decke gewickelt gewartet hatte, bis der Leichnam ihres Vaters auf einer Bahre herausgetragen wurde. Eine unglaubliche Wut stieg in ihr auf, als sie ihn dort sitzen sah. Allein die Möglichkeit, dass er etwas mit dem Mord an ihrem Vater zu tun haben könnte, brachte ihr Blut so sehr in Wallung, als fließe siedendes Öl durch ihre Adern.

»Wie kann er es wagen?«, stieß sie hervor, riss die Haustür auf und wollte die Eingangsstufen hinunterstürzen.

»April, warte!« Fiona hielt sie am Arm zurück. »Das ist jetzt wirklich nicht der richtige Zeitpunkt – denk an deine Mutter.«

»Meine Mutter?« April befreite sich mit einer heftigen Bewegung aus Fionas Griff. »Meine Mutter würde wollen, dass er dafür bezahlt. Er hat meinen Vater umgebracht!«

»Beruhig dich, Süße. Das weißt du doch gar nicht.«

»Ich kann es vielleicht nicht beweisen, Fee, aber mein Gefühl sagt mir, dass er irgendetwas damit zu tun hat, und ich muss endlich herausfinden, was.«

»Dann zieh wenigstens deinen Mantel an. Es ist eiskalt.« Fiona legte ihn ihr um die Schultern. April bedankte sich mit einem kurzen Nicken und steuerte dann entschlossen auf den Platz zu. Gabriel sah aus, als hätte er schon eine ganze Weile

dort gesessen. Die Schultern seiner Jacke waren dunkel vom
Regen, seine Haare klebten ihm tropfnass am Kopf, und trotzdem sah er immer noch unfassbar gut aus – zum Teufel mit
ihm. April verfluchte sich selbst dafür, dass noch nicht einmal
ihre unbändige Wut ihr Herz davon abhalten konnte, bei seinem Anblick schneller zu schlagen.

»Verdammt noch mal, was willst du hier?«, fuhr sie ihn an.
»Wolltest du dir noch einmal den Tatort anschauen?«

»Hey!« Er hob beschwichtigend die Hände. »Beruhige dich
doch erst einmal. Ich bin hier, weil ich dich sehen wollte.«

»Sag du mir nicht, ich soll mich beruhigen«, stieß sie zwischen zusammengepressten Zähnen hervor und ballte die
Hände zu Fäusten. »Für wen hältst du dich?«

»Okay, dann erklär mir bitte wenigstens, was ich getan haben soll.«

»Tu nicht so, als wüsstest du nicht genau, wovon ich spreche.« Sie funkelte ihn wütend an.

»Wenn ich es dir doch sage, April, ich hab keine Ahnung,
was du meinst«, entgegnete er.

»Und was machst du dann hier?«, fragte sie. »Was sitzt du
hier auf dem Platz, wenn du so unschuldig bist?«

Gabriel sah sie einen Moment lang stumm an, dann wandte
er den Blick ab. »Ich hab mir Sorgen gemacht und wollte sehen, wie es dir geht.«

»Das kommt ein bisschen spät, findest du nicht? Mein Vater
ist vor *zehn* Tagen gestorben. Du musst wirklich ganz krank
gewesen sein vor Sorge um mich.«

Als Gabriel sie jetzt wieder ansah, war sein Blick fast flehend. »Ich habe versucht, dich anzurufen, April, mehr als
einmal, aber dein Handy war ständig ausgeschaltet. Dann
wart ihr auf einmal plötzlich weg, euer Haus war verwaist,
in der Schule warst du auch nicht, und als ich dich dann in
der Eingangshalle gesehen habe, bist du sofort wütend auf

mich losgegangen. Ich habe mir wirklich Sorgen um dich gemacht.«

»Ja klar.«

»Hör zu, lass uns ein bisschen durch den Park spazieren und uns in Ruhe unterhalten, okay?«

April lief ein kalter Schauer über den Rücken, als sie daran dachte, wie er in der Nacht, als er Steinchen gegen ihr Fenster geworfen hatte, fast genau das Gleiche zu ihr gesagt hatte. In der Nacht, in der sie sich danach gesehnt hatte, noch ein bisschen länger bei ihm bleiben zu können, Arm in Arm mit ihm im Mondschein zu spazieren. Was wäre passiert, wenn sie damals mitgegangen wäre? Würde sie dann jetzt auch hier stehen? Würde ihr Vater noch leben? Sie blickte über die Schulter zum Haus zurück, aber ihre Freundinnen waren wieder hineingegangen, und plötzlich fühlte sie sich schutzlos und allein. Fiona hatte recht – sie hatte keine Ahnung, ob Gabriel der Mörder war, und natürlich wünschte sie sich verzweifelt, ihr Verdacht würde sich als falsch herausstellen, aber was wusste sie schon über ihn? Gleichzeitig drängte alles in ihr danach herauszufinden, was mit ihrem Vater geschehen war. Sie *musste* mit Gabriel sprechen.

»Warum willst du mich dazu bringen, mit dir allein zu sein?«, fragte sie und versuchte vergeblich, das Zittern in ihrer Stimme zu unterdrücken. »Um mir das Gleiche anzutun, was du meinem Vater angetan hast?«

Gabriel schüttelte den Kopf, und ein verletzter und verwirrter Ausdruck huschte über sein Gesicht. »Ich weiß wirklich nicht, wovon du sprichst, April«, sagte er. »Oder... Glaubst du etwa, ich hätte irgendetwas mit seinem Tod zu tun?«

»Sag du's mir.«

»Nein, natürlich nicht! Wie kannst du so etwas auch nur denken?«

»Okay, dann erklär mir, was du an dem Abend, an dem Isabelle Davis ermordet wurde, auf dem Friedhof zu suchen hattest? Und wo bist du an dem Abend gewesen, an dem Alix Graves umgebracht wurde?«

Gabriel blickte zu Boden. »Ich habe dir gesagt, dass es Dinge gibt, über die ich nicht...«, begann er und verstummte dann.

»Was? Die du mir nicht sagen kannst, weil ich sie nicht verstehen würde? Oder weil du mir dann gestehen müsstest, was du getan hast?«

Er hielt sie an den Handgelenken fest und sah ihr in die Augen. »Ich habe nichts getan.«

»Wirklich? Warum sagst du mir dann nicht einfach, was los ist! Was soll diese ganze Geheimnistuerei?«

»Du würdest es mir nicht glauben, wenn ich es dir sagen würde.«

»Warum lässt du mich das nicht selbst entscheiden? Ich habe gerade meinen Vater begraben, Gabriel. Das Mindeste, was du tun kannst, ist, mir zu erzählen, was du darüber weißt. Wer hat ihn umgebracht?«

Er schüttelte den Kopf. »Ich habe keine Ahnung«, sagte er, aber sein ausweichender Blick strafte ihn Lügen.

»Du weißt doch etwas darüber. Bitte, Gabriel – sag es mir!«

»Ich kann nicht!«, stieß er heftig hervor.

»Dann lass mich in Ruhe!«, entgegnete sie genauso heftig, schüttelte seine Hände ab und wollte zum Haus zurückstürmen. Gabriel sprang von der Bank auf und versperrte ihr den Weg.

»Lass mich vorbei!« Aufgebracht stemmte sie die Hände in die Hüften.

»Erst wenn du mit mir geredet hast.«

»Vergiss es.«

»April, bitte!« In seinen Augen flackerte Verzweiflung auf. »Sei nicht dumm.«

»Du nennst mich dumm? Warum? Weil ich hinter dein Geheimnis gekommen bin?«, sagte sie und versuchte, ihre Stimme selbstsicherer klingen zu lassen, als sie sich fühlte. »Weil ich weiß, dass du ein Mörder bist?«

»Weil du dich nur noch mehr in Gefahr bringst, deswegen!«, rief er.

Jetzt kroch tatsächlich Angst in ihr hoch. Welche Gefahr? Ging die Gefahr von ihm aus? Gabriel stand zwischen ihr und dem Haus. Sie blickte an seiner Schulter vorbei zu der gelb lackierten Tür. Sie war verschlossen. *Warum schaut denn niemand zum Fenster hinaus?* Sie versuchte, sich an ihm vorbeizuschieben, aber er breitete die Arme aus.

»Lass es mich dir erklären«, bat er und kam einen Schritt auf sie zu.

In diesem Moment hörte sie einen Bus vorbeifahren und drehte sich, ohne weiter nachzudenken, um und rannte in die entgegengesetzte Richtung davon.

»April, bleib stehen!«, rief er ihr hinterher. »Wo willst du denn hin?«

Weg von dir, dachte sie, während sie, ohne noch einmal zurückzuschauen, quer über den Platz auf die Kirche zurannte.

»Komm zurück!«, schrie er, aber sie dachte gar nicht daran.

Der rote Bus hielt an der vor einem Pub namens *The Flask* gelegenen Haltestelle, und sie erwischte ihn gerade noch, bevor die Türen sich zischend hinter ihr schlossen.

»Da hat es aber jemand ganz schön eilig, hm?«, sagte der Fahrer freundlich.

»Ja, ich bin auf der Flucht vor einem Serienkiller«, keuchte April.

Der Fahrer lachte und fuhr wieder an. April sah aus einem der Seitenfenster, wie Gabriel schlitternd an der Haltestelle zum Stehen kam und dem Bus hinterherstarrte.

»Wohin soll's denn gehen?«

»Wie bitte?«

»Wohin möchten Sie?«

April kramte eine Handvoll Kleingeld aus ihrer Manteltasche.

»Egal wohin, nur weg von hier.«

Nachdem der Bus Highgate verlassen hatte und durch Kentish Town und Camden gefahren war, kam er wegen des Londoner Feierabendverkehrs schließlich nur noch stockend voran. Jetzt, da sie sicher sein konnte, Gabriel abgehängt zu haben, entspannte April sich zum ersten Mal an diesem Tag. Sie hatte einen Fensterplatz auf dem Oberdeck und genoss es fast, auf die an ihr vorbeiziehende Stadt mit ihrer vorweihnachtlichen Beleuchtung und blinkenden Neonreklame zu blicken. Die Schaufenster der Geschäfte verströmten warmes einladendes Licht, und die die Bürgersteige bevölkernden Menschen wirkten glamouröser als sonst, wie sie in Mäntel und Schals gehüllt vorüberflanierten. Viele von ihnen waren mit großen Tragetaschen beladen, in denen sich zweifellos die ersten erstandenen Weihnachtsgeschenke stapelten. April spürte, wie ihr eine Träne über die Wange lief. *Gott, das muss endlich aufhören. Ich kann doch nicht ständig wegen allem und jedem anfangen zu weinen.* Aber so einfach war es nicht. Dieses Jahr würde sie das erste Mal Weihnachten ohne ihren Vater feiern, und – so absurd der Gedanke auch war – es würde auch für ihn das erste Weihnachtsfest ohne seine Familie sein. Hatte eine Tochter außerdem nicht alles Recht der Welt, am Tag der Beerdigung ihres Vaters so oft und so viel zu weinen, wie sie wollte? Plötzlich bekam sie ein schlechtes Gewissen. Sie hätte nicht einfach so von zu Hause weglaufen dürfen, ihre Mutter würde sich Sorgen machen. *Falls sie nicht schon zu betrunken dazu ist,* dachte sie mit einem freudlosen Lächeln. Es tat ihr auch leid, dass sie Fiona, die ihretwegen die lange Reise aus

Edinburgh auf sich genommen hatte, einfach so zurückgelassen hatte, aber sie war sich sicher, dass Caro sich um sie kümmern würde. Sie hoffte bloß, dass Davina ihre Krallen nicht zu sehr nach ihren Freundinnen ausstrecken würde, während sie weg war.

Hektisch durchsuchte sie ihre Manteltaschen. Gott sei Dank! Sie hatte ihr Handy eingesteckt. Schnell schrieb sie Fiona eine SMS.

Sorry, muss mal einen Moment für mich allein sein. Denkst du dir eine Entschuldigung für meine Mum aus? Melde mich später. Kuss

Tatsächlich ging es ihr hier in diesem Bus, fernab der Trauerfeier und den ganzen fremden Leuten, die ihr – so gut sie es auch meinten – murmelnd ihr Beileid ausgesprochen hatten, deutlich besser. Alles hatte so unecht und aufgesetzt gewirkt, dass sie das Gefühl gehabt hatte zu ersticken. Und sie war erleichtert, Gabriel entkommen zu sein. Sie war sich ganz sicher, dass ein schuldbewusster Ausdruck über sein Gesicht gehuscht war, als sie ihn gefragt hatte, wer ihren Vater umgebracht hatte. Selbst wenn er nicht der Mörder gewesen war – wieso hatte er nicht heftiger widersprochen oder ein handfestes Alibi für den Zeitpunkt der Morde vorgewiesen? Irgendetwas hielt er vor ihr zurück, daran hegte sie nicht den geringsten Zweifel. Und damit war er nicht der Einzige. Ihre Mutter, ihr Großvater und vielleicht sogar ihr Vater – wenn das, was ihre Mutter in der Küche gesagt hatte, stimmte –, jeder von ihnen hatte ihr etwas verschwiegen. Warum glaubten alle, dass sie mit der Wahrheit nicht umgehen könnte? Sie war kein kleines Kind mehr. Die Erwachsenen hielten ihr Vorträge über Sex und Drogen, trauten ihr aber gleichzeitig nicht zu, mit den Auswüchsen ihrer verkorksten Leben fertigwerden zu können. April fasste einen Entschluss. Sie würde Inspector Reece anrufen und ihm erzählen, was sie in jener Nacht auf dem Friedhof gesehen hatte, und zwar alles. Sie scrollte durch das Adressbuch ihres Handys, bis sie seinen Namen gefunden hatte, und drückte auf »Anrufen«. *Verbindung wird hergestellt ...*

Im letzten Moment drückte sie auf die »Abbrechen«-Taste. Was genau sollte sie ihm sagen? »Hallo, Inspector Reece? Also, ich hab Ihnen zwar bei zwei Gelegenheiten erzählt, ich hätte an dem Abend auf dem Friedhof niemanden gesehen, aber ... na ja, die Sache ist die – der Mörder ist sozusagen mein Freund ...«

Trotz des Ernsts der Lage musste April kurz lächeln, als sie sich die Reaktion des Polizeibeamten vorstellte – *Und warum erzählen Sie mir das erst jetzt? – Ähm, na ja, weil ich mich gerade auf dem Platz vor unserem Haus lautstark mit ihm gestritten habe? Klingt das überzeugend genug?*

April musste zugeben, dass das nicht sehr glaubhaft klingen würde, und wie Fiona schon ganz richtig gesagt hatte, *wusste* sie nicht mit Sicherheit, ob Gabriel etwas damit zu tun hatte. Trotzdem sagte ihr Gefühl ihr, dass irgendetwas nicht stimmte. Die Morde, das, was in der Schule vor sich ging, die Art, wie sich die Menschen um sie herum verhielten – es war einfach *merkwürdig*. An der Haltestelle Kings Cross sprang sie aus dem Bus, rannte die Rolltreppe zur U-Bahn hinunter, quetschte sich in die brechend volle Bahn und fuhr gegen einen Kinderwagen gepresst Richtung Piccadilly Circus. In Covent Garden stieg sie aus und fühlte sich augenblicklich besser. Es war ihre Lieblingshaltestelle. Sie liebte die altmodisch grün gekachelten Wände und die klapprigen Aufzüge, die einen mitten hinein in das vibrierende Großstadttreiben Londons entließen – es hatte beinahe etwas Magisches. Auf diesen Teil der Fahrt hatte sie sich immer am meisten gefreut, wenn ihre Mutter sie früher als Kind zum Shoppen mit hierher genommen hatte. Aber jetzt war sie auf sich allein gestellt und hatte zum ersten Mal, seit sich am frühen Nachmittag die schweren Eisenflügeltüren der Gruft hinter dem Sarg ihres Vaters geschlossen hatte, das Gefühl, wieder frei atmen zu können. Weit und breit war niemand, der ihr sagte, was sie tun sollte, niemand, der sie neugierig oder mitleidig ansah, niemand, der sich weigerte, ihr irgendetwas zu erklären – hier ging sie in der Menge unter, war bloß eine unter vielen. Aus irgendeinem Grund schienen die Lichter hier heller zu leuchten, die Luft süßer und verheißungsvoller zu duften. Sie erinnerte sich daran, wie ihre Mutter einmal gesagt hatte, dass Weltstädte eine ganz eigene Energie ausstrahlten. Immerhin eine Sache, bei der sie mit ihr einer Meinung sein konnte.

April ließ sich mit der Menschenmenge an der Oper vorbeitreiben und schlenderte durch die belebten Geschäftsstraßen, als sie plötzlich ihre Lieblingspatisserie entdeckte. So wie Audrey Hepburn sich an den Auslagen von Tiffany nicht hatte sattsehen können, liebte April es, sich im Schaufenster die wunderschön dekorierten Torten und Kuchen und kunstvollen Pralinenarrangements anzusehen. Während sie eine Hand gegen die kalte Scheibe presste, klimperte sie mit dem kläglichen Rest ihres Kleingelds in der Manteltasche und wünschte sich, sie hätte noch genug, um sich eine heiße Schokolade leisten zu können.

»Ich wusste, dass ich dich hier finden würde.«

April wirbelte herum. Es war Gabriel. Er hatte sie aufgespürt.

Neunundzwanzigstes Kapitel

Mit dem Rücken gegen das Schaufenster gepresst, blickte sie sich panisch um wie ein Kaninchen in der Falle. Gabriel, der ihren gehetzten Ausdruck sah, trat einen Schritt auf sie zu.

»Alles okay, April. Du brauchst keine Angst zu haben«, sagte er und streckte die Hände nach ihr aus. Aber da hatte sie sich auch schon von der Scheibe abgestoßen und war losgerannt – mitten in eine Frau hinein, die einen Pappbecher Kaffee in der Hand hielt, der in einer Explosion aus milchiger brauner Brühe und Schaum auf den Asphalt klatschte.

»Hey!«, rief die Frau wütend, aber April hörte nur den Wind, der an ihren Ohren vorbeirauschte. Panisch warf sie einen Blick über die Schulter und sah, dass Gabriel ihr hinterherlief. *Nein!* Sie raffte ihr Kleid ein Stückchen höher, um besser laufen zu können, einmal mehr dankbar, sich heute Morgen für die Ballerinas entschieden zu haben, und hetzte, den Passanten ausweichend, im Zickzackkurs den Gehweg entlang. An der nächsten Ecke überquerte sie die Straße, wäre beinahe in ein Black Cab hineingerannt und flüchtete sich in eine schmale Gasse. Sie wagte nicht, hinter sich zu blicken, um zu sehen, wie dicht Gabriel ihr auf den Fersen war. Aus dem Augenwinkel nahm sie die kleinen Lädchen mit den hübschen alten Erkerfenstern nur verschwommen wahr, während sie auf das andere Ende der Gasse zulief und gerade noch rechtzeitig schlitternd zum Stehen kam, als wie aus dem

Nichts plötzlich ein Bus direkt vor ihrer Nase an ihr vorbei-
zischte. *Links oder rechts? Links oder rechts?*, schrie eine Stimme in ihrem Kopf.

»April! Warte doch!« Gabriels Stimme klang, als wäre er
dicht hinter ihr. *Zu dicht.* Sie bog nach rechts ab, preschte die
Straße entlang, schlug einen Haken in eine weitere Gasse und
hoffte, ihren Verfolger in dem Wirrwarr winziger Straßen
abhängen zu können. Irgendwann war sie in einem kleinen
Gässchen angekommen, das zur Hauptverkehrsstraße zurückführte. Wohin jetzt? Sie schloss sich dem Fußgängerstrom an,
der sich den breiten Bürgersteig entlangschob – da, wo viele
Menschen waren, war sie sicherer, hoffte sie.

An der nächsten Kreuzung rannte sie über die Fahrbahn
und schlängelte sich zwischen hupenden Autos und blenden-
den Scheinwerfern hindurch, doch als sie auf der gegenüberliegenden Straßenseite ankam, stellte sie fest, dass sie jetzt
mitten auf dem Trafalgar Square stand. Der Platz wimmelte zwar nur so vor Touristen und Tauben, war aber zu weitläufig, um ihr wirklich Schutz zu bieten. Außerdem brauchte
sie dringend eine Pause, ihre Beine zitterten, und ihre Lungen brannten. Ihre letzten Kräfte mobilisierend, lief sie eine
große weiße Treppe hinauf und flüchtete sich hinter eine der
Säulen, die den Aufgang einer Kirche oder eines Justizgebäu-
des oder Ähnliches flankierten. Aber April nahm im Moment
sowieso kaum etwas um sich herum wahr, alles, was sie interessierte, war die Möglichkeit, sich dort verstecken zu können.
Keuchend ließ sie sich an dem kalten glatten Stein zu Boden
sinken und schnappte nach Luft. Als sich ihr Atem nach einer
Weile beruhigt hatte, spähte sie vorsichtig um die Ecke und
suchte den von Menschen bevölkerten Platz nach Gabriel ab.
*Vielleicht habe ich ihn ja wirklich abgehängt, und er hat die Ver-
folgung aufgegeben,* dachte sie.

Aber sie hatte sich zu früh gefreut. Ein paar Meter von ihr

entfernt stieg er beinahe gemächlich die Treppe hoch und kam direkt auf sie zugeschlendert, als wäre nichts geschehen. *Wie hat er es geschafft, so schnell hier zu sein?*

»April, bitte lauf nicht gleich wieder weg. Es tut mir leid, dass ich dich vorhin so erschreckt habe. Ich wollte dir keine Angst einjagen. Ich will doch nur mit dir reden«, sagte er, die Arme nach vorne gestreckt und die Handflächen nach unten zeigend, als würde er versuchen, ein scheues Tier zu beruhigen. »Bitte, April.«

Aus dem Augenwinkel heraus sah sie ein paar Touristen mit Kameras in den Händen die Treppe herunterkommen und begann, schrill und durchdringend zu schreien wie in einem alten Horrorfilm. Alle, die in Hörweite waren, drehten erschrocken die Köpfe, was April sofort ausnutzte. Vor Gabriel zurückweichend, brüllte sie: »Hilfe! Hilfe! Er hat meinen Geldbeutel geklaut, und jetzt will er mir auch noch mein Handy wegnehmen!« Sie hielt es in die Höhe, um die Wahrheit ihrer Behauptung zu unterstreichen.

Ein Mann mittleren Alters in einer dicken Daunenjacke trat beherzt vor und stellte sich zwischen sie und Gabriel.

»Hey, Alter«, fuhr er Gabriel in rauem New Yorker Akzent an. »Belästigst du die Lady etwa?«

»Sie ist meine Freundin«, antwortete Gabriel, ohne April aus den Augen zu lassen.

»Er lügt! Das stimmt nicht!«, schrie April.

»Hör zu, Kumpel, ich würde vorschlagen, du lässt es für heute gut sein«, meinte der New Yorker. »Ich hab das Gefühl, dass sie im Moment eher die Schnauze voll von dir hat.«

»Genau, lass sie in Ruhe!«, rief eine junge Schwarze, die in der Nähe stand.

»Ich rufe die Polizei!«, sagte ein hinzugetretener Mann und zückte sein Handy.

April wirbelte herum, rannte um die nächste Ecke, spurtete zwischen hoch aufragenden weißen Gebäuden hindurch und bog dann scharf links in eine schmale Seitenstraße ein. Im Laufen scrollte sie in ihrem Handy ungeschickt zu Reece' Nummer und drückte auf die »Anrufen«-Taste.

»Komm schon, geh ran!«, keuchte sie und presste sich das Telefon ans Ohr, ohne ihr Tempo zu verlangsamen.

»Hier spricht Detective Inspector Ian Reece …«

»Inspector! Ich bin's … April … April Dunne …«

»… bitte hinterlassen Sie eine Nachricht nach dem Ton.«

Verdammter Mist! Die Mailbox.

Als es piepte, versuchte sie es noch einmal. »Inspector Reece … hier spricht April Dunne … Ich bin …« – sie blickte sich verzweifelt um – »… ich bin in … in der Nähe des Trafalgar Square. Ich werde verfo …«

Und dann sprach sie plötzlich ins Leere. Das Handy war ihr aus der Hand gerissen worden. Sie fuhr herum, stolperte und fiel zu Boden. Gabriel stand über ihr und betrachtete das Display ihres Handys.

»Wen hast du angerufen? Die *Polizei*?«

April setzte zum nächsten Schrei an, aber er war schneller. Blitzschnell beugte er sich zu ihr hinunter und streckte die Arme nach ihr aus. *Das war's,* dachte sie panisch, *erwürgt mit gerade mal sechzehn Jahren.* Aber zu ihrer Überraschung zog er sie bloß einfach wieder auf die Beine.

»Was soll das?«, fragte er wütend, und April stellte verwundert fest, dass er kein bisschen außer Atem zu sein schien. »Warum rennst du vor mir weg?«

»Weil du ein Mörder bist!«, schrie sie und trat ihm mit voller Wucht gegen das Schienbein.

»Au, verdammt!« Gabriel krümmte sich vor Schmerz zusammen, worauf April, so schnell sie konnte, wegrannte. Am Ende der Gasse führte eine Treppe in eine Art Unterführung hinein. Immer drei Stufen auf einmal nehmend, stürzte April in die Tiefe, das Echo ihrer Schritte und ihres eigenen Atems in den Ohren, als sie etwas weiter vorne plötzlich eine Gruppe von Leuten stehen sah.

»Hilfe! Bitte helfen Sie mir!«, rief sie atemlos. »Ich werde verfolgt!«

Ein junger Typ fing sie auf, als sie in ihn hineinrannte. »Hey, hey!«, sagte er lachend. »Wer ist denn hinter dir her, Kleine?«

Er war ungefähr Mitte zwanzig, trug ein Polohemd und hatte sich die Haare zurückgegelt. Seine drei Begleiter waren etwa in seinem Alter und hatten wie er auffällige Retro-Trainingshosen und kurzärmlige Shirts an.

»Der da!«, sagte April schwer atmend und zeigte auf Gabriel, der inzwischen oben auf dem Treppenabsatz stand und dessen Silhouette sich fast gespenstisch vor dem Eingang der Unterführung abzeichnete.

»Wer ist der Kerl? Dein Freund?«, fragte einer der Typen glucksend.

»Vielleicht ihr Zuhälter«, rief ein anderer, und sie brachen alle in dreckiges Gelächter aus. Erst jetzt roch April, dass die Jungs offensichtlich angetrunken waren.

»Was ist? Will er dich verprügeln, Kleine?«, fragte der mit den zurückgegelten Haaren, die im Licht der Unterführung gelblich schimmerten. »Keine Sorge, wir klären das für dich.«

»Lasst sie gehen«, sagte Gabriel mit fester Stimme und kam auf sie zu.

»Oh-ohhh!«, machte einer der Typen spöttisch und löste damit noch mehr raues Gelächter aus. »Ich glaub fast, der Kerl meint's ernst.«

Der mit den gegelten Haaren trat ein paar Schritte vor, während einer seiner Freunde April von hinten am Arm festhielt.

»Okay, Freundchen, die Show ist vorbei. Du kannst abziehen«, sagte er. »Die Kleine steht jetzt unter unserem Schutz, und wir werden gut auf sie aufpassen, stimmt's, Jungs?«

Die anderen grölten zustimmend, und der Typ, der April am Arm festhielt, wandte ihr das Gesicht zu und grinste anzüglich.

Als Gabriel keine Anstalten machte zu gehen, griff der mit den Gel-Haaren plötzlich in seine Tasche, zückte ein Klappmesser und ließ die Klinge aufspringen.

»An deiner Stelle würde ich mich jetzt lieber verpissen, sonst ...« Weiter kam er nicht. Gabriel griff blitzschnell nach seiner Hand und drehte sie in einem unnatürlichen Winkel nach hinten. Ein widerliches Knacken gefolgt von einem schmerzerfüllten Schrei hallte durch die Unterführung, und dann ging alles rasend schnell: Der Typ, der April festhielt, stieß sie mit solcher Wucht von sich, dass sie zu Boden fiel. Danach hörte sie einen kehligen Schrei, der klang wie von einem wilden Tier, und im nächsten Moment flog der Typ an ihr vorbei und knallte mit dem Kopf gegen die gewölbte Mauer. Darauf folgten noch ein paar weitere dumpfe Schläge und ein Schrei, und dann war es vorüber. Alle vier lagen regungslos auf dem Boden, und April sah in das Gesicht von Gabriel, der sich über sie beugte, um ihr aufzuhelfen.

»Es ist vorbei«, flüsterte er sanft. »Es ist vorbei.«

»Lass mich«, schrie sie und kroch auf allen vieren rückwärts, bis sie gegen die Wand stieß und nicht mehr weiterkam.

»Die Kerle wollten dir wehtun, April«, sagte Gabriel und beugte sich erneut zur ihr hinunter, aber noch bevor er nach ihrer Hand greifen konnte, kam einer der Typen wieder auf die Füße und sprang ihm, wüste Beschimpfungen ausstoßend, an die Kehle. April sah sich panisch um und entdeckte plötzlich das Messer, das direkt neben ihr auf dem Boden lag. Hastig steckte sie es sich in die Manteltasche, rappelte sich auf und rannte aus der Unterführung. Als sie gerade die letzten Stufen

⊰ 422 ⊱

nahm, hatte Gabriel sie auch schon wieder eingeholt. Er packte sie grob am Handgelenk und schob sie in eine Wandnische. Sein Gesichtsausdruck war kalt und hart vor Wut.

»Ich habe nichts mit dem Tod deines Vaters zu tun, warum glaubst du mir das nicht endlich?«

»Warum sollte ich?«

»Du willst die Polizei anrufen?« Er zog ihr Handy aus der Tasche und hielt es ihr hin. »Okay, hier. Ruf Inspector Reece an und frag ihn, wo *er* war, als dein Vater ermordet wurde.«

April sah ihn misstrauisch an, griff dann aber nach dem Telefon und drückte mit zitternden Fingern auf *Wiederwahl.*

»April?« Diesmal meldete sich der Inspector gleich nach dem ersten Klingeln. »Wo sind Sie? Was ist passiert? Ich habe versucht, Sie zurückzurufen, habe aber nur Ihre Mailbox erreicht. Alles in Ordnung?«

»Mir geht es gut«, antwortete April. »Hören Sie, Inspector, ich muss Sie dringend etwas fragen. Wo waren Sie, als mein Vater umgebracht wurde?«

Am anderen Ende der Leitung herrschte verblüfftes Schweigen. »Warum wollen Sie das wissen, April?«, fragte er schließlich beunruhigt. »Sind Sie in Schwierigkeiten?«

»Bitte, Inspector Reece, ich weiß, wie seltsam sich diese Frage für Sie anhören muss, aber könnten Sie mir bitte einfach eine Antwort darauf geben? Es ist wichtig.«

Sie hörte, wie er seufzend ausatmete. »Ich habe einen Zeugen vernommen«, sagte er immer noch etwas widerstrebend. »Einen Ihrer Mitschüler – Gabriel Swift, um genau zu sein. Die Vernehmung musste jedoch ziemlich bald abgebrochen werden, weil wir kurz darauf über Funk die Meldung über den Mord an Ihrem Vater hereinbekamen. April, was ist los? Wo sind Sie überhaupt? Heute war doch die Beerdigung, sollten Sie nicht ...«

»Ich bin auf dem Weg nach Hause«, unterbrach sie ihn has-

tig und warf Gabriel einen schnellen Blick zu. »Ganz kurz
noch, Inspector – Sie sagten, Sie hätten Gabriel Swift als Zeugen vernommen … Um welchen Fall ging es dabei?«

Wieder herrschte einen Moment lang Schweigen in der
Leitung. »Um den Mord an Isabelle Davis. Er hat an dem
betreffenden Abend ebenfalls etwas beobachtet. Hören Sie,
April, warum sagen Sie mir nicht endlich, was los ist? Möchten Sie, dass ich …«

»Tut mir leid, Inspector, ich muss auflegen, mein Bus
kommt gerade«, log sie und steckte das Handy wieder in die
Tasche. Sie sah Gabriel erschöpft an und dachte kurz nach.
Dann drehte sie sich wortlos um und steuerte auf den nur ein
paar Meter entfernt liegenden Eingang der U-Bahn-Haltestelle Embankment zu.

Gabriel lief ihr hinterher und hielt sie am Arm fest, aber sie
riss sich los. »Lass mich. Mir ist das alles einfach zu viel. Du
hattest recht – es ist wirklich zu kompliziert mit uns«, zischte sie und schloss die Finger um den Griff des Messers in ihrer Manteltasche. »Oder willst du, dass ich wieder anfange zu
schreien?«

»Okay, okay.« Gabriel hob beschwichtigend die Hände.
»Aber lass es mich dir wenigstens erklären.«

»Danke, nicht nötig. Es interessiert mich nicht, was du
zu sagen hast«, entgegnete April und ging weiter Richtung
U-Bahn-Station.

»Und wenn ich dir diesmal wirklich *alles* sage?«

April blieb wie angewurzelt stehen und blickte zu ihm zurück. Meinte er das ernst? Oder würde er sie am Ende doch
wieder nur mit irgendwelchen Ausflüchten hinhalten? Sie
konnte jetzt zwar ausschließen, dass er der Mörder ihres Vaters war – was sie mehr erleichterte, als sie geglaubt hätte –,
aber das schloss nicht aus, dass er nicht doch etwas mit dem
Mord an Isabelle Davis zu tun hatte. Andererseits *musste* sie

einfach wissen, was passiert war, und er war offensichtlich bereit, ihr endlich eine Antwort darauf zu geben.

»Okay«, sagte sie. »Ich geb dir zwei Minuten.«

Gabriel deutete auf den kleinen, neben der U-Bahn-Station gelegenen Park. »Lass uns dazu vielleicht lieber irgendwohin gehen, wo es ein bisschen ruhiger ist.«

»Nein. Erst will ich wissen, warum du im Mordfall Isabelle Davis als Zeuge vernommen worden bist.«

Gabriel fuhr sich seufzend durch die Haare. Als er merkte, dass sie sich keinen Millimeter von der Stelle rühren würde, bevor er ihr nicht geantwortet hatte, gab er schließlich nach. »Ich habe an dem Abend anonym bei der Polizei angerufen und den Fund der Leiche gemeldet. Dass ich dich dort gesehen habe, habe ich verschwiegen, so wie du ihnen nicht erzählt hast, dass ich am Tatort gewesen bin. Wofür ich mich übrigens noch gar nicht bei dir bedankt habe.«

April zuckte mit den Achseln. »Keine Ursache.« Es klang ironischer, als sie es beabsichtigt hatte. »Aber warum warst du dann an dem Tag, als mein Vater umgebracht wurde, bei Inspector Reece als Zeuge vorgeladen?«

»Ich habe später noch mal bei der Polizei angerufen«, sagte er nach einem kurzen Zögern, »und mich als der anonyme Anrufer zu erkennen gegeben, weil mir noch etwas eingefallen war, das vielleicht wichtig sein könnte. Ich wollte ihnen helfen, Isabelles Mörder zu finden.«

»Aber warum hast du eine ganze Woche damit gewartet? Woher der plötzliche Sinneswandel?«

»Wegen der Halloweenparty«, sagte Gabriel leise. »Weil mir an dem Abend klar geworden ist, was sie getan haben und was sie vorhatten. Ich dachte, ich könnte dafür sorgen, dass es aufhört.«

»Dass was aufhört?«, fragte April. »Und wen meinst du mit ›sie‹?«

Gabriel blickte sich nervös um. »Hör zu, du erfährst von mir alles, was du wissen willst, aber nicht hier mitten auf der Straße. Bitte, April …«, sagte er und begann rückwärts Richtung Park zu gehen, »vertrau mir, nur noch dieses eine Mal.«

April überlegte einen Moment, dann folgte sie ihm. Was sollte schon passieren? *Er könnte dich umbringen und auffressen*, flüsterte eine Stimme in ihrem Kopf. Aber nach dem Tag, den sie hinter sich hatte, gab es eigentlich nichts mehr, das sie schrecken konnte.

»Okay, fangen wir mit dem Abend auf dem Friedhof an«, sagte sie ungeduldig, als sie im Park angekommen waren. »Was genau ist mit Isabelle Davis passiert? Und was hast du dort zu suchen gehabt?«

»Ich weiß, dass du absolut keinen Grund hast, mir irgendetwas von dem zu glauben, was ich sage«, begann Gabriel zögernd, »aber sie wurde von einer wilden Bestie getötet, und ich habe versucht, dich zu beschützen.«

»So wie du vorhin diese Typen fertiggemacht hast, die versucht haben, mir zu helfen – meinst du das mit ›beschützen‹?«

»Die hatten nicht vor, dir zu helfen, April, glaub mir. Im Gegenteil.«

»Ach ja? Und wieso bist du dir da so sicher? Kannst du jetzt etwa auch noch Gedanken lesen?«

Gabriel antwortete nicht sofort, sondern heftete den Blick auf den Boden. »Verdammt, April«, stieß er schließlich verzweifelt hervor. »Ich kann dir nicht alles sagen … jedenfalls nicht alles auf einmal.«

»Okay, hör zu, ich hab endgültig keine Lust mehr«, seufzte April frustriert. »Du bittest mich, dir zu vertrauen, dir einfach so alles zu glauben, was du sagst, egal wie lächerlich es sich anhört, aber was ist mit deinem Vertrauen mir gegenüber? Weißt du was, Gabriel? Vergiss es einfach!« Sie machte auf dem Absatz kehrt und ging wieder Richtung Straße.

»Ich konnte sie riechen.«

April blieb stehen und drehte sich stirnrunzelnd zu ihm um. Er hatte es so leise gesagt, dass sie nicht sicher war, ob sie ihn richtig verstanden hatte.

»Du konntest sie *riechen*?«, wiederholte sie mit einem nervösen Lachen.

Gabriel nickte und erwiderte ihren fassungslosen Blick, ohne mit der Wimper zu zucken. Er sah nicht so aus, als würde er scherzen.

»Okay, und wonach rochen sie?«

»Nach Gewalt. Grausamkeit. Sex.«

April sah ihn an und blinzelte ein paarmal. Er schien das wirklich vollkommen ernst zu meinen. Ihr Magen fühlte sich an, als würde sie im freien Fall einen Aufzugschacht hinabstürzen. Ihr Blick huschte zu dem erleuchteten Schild der U-Bahn-Haltestelle, aber der Eingang war zu weit weg. Niemand würde sie aus der Entfernung sehen. Sie schaute zum Tor des Parks zurück, das jedoch ebenfalls schon ein gutes Stück hinter ihnen lag. Sie saß in der Falle.

»Dich kann ich auch riechen, April«, sagte Gabriel. »Ich rieche Angst, Bedauern und ... und noch etwas anderes – was ist es?«

April wich entsetzt vor ihm zurück. »Lass mich in Frieden«, flüsterte sie.

»Du hattest recht, April«, sagte er, ohne sie aus den Augen zu lassen. »Ich *bin* ein Mörder. Ein Jäger. Wie wir alle. Nur dass manche von uns besser darin sind als andere.«

Und dann machte es in Aprils Kopf endlich Klick, und sie begriff mit einem Mal, wovon er redete, begriff, was wirklich hinter all dem steckte, was passiert war. Aber noch weigerte sich ihr Verstand, es zu akzeptieren.

»Das ist nicht dein Ernst.« Sie funkelte ihn empört an. Plötzlich war jede Angst wie weggeblasen, und sie spürte nur noch unbändigen Zorn. »Das ist nicht dein *Ernst*!«, sagte sie noch einmal lauter, schob die Hand in die Manteltasche und trat einen Schritt auf Gabriel zu. Dann zog sie ihr Handy heraus, richtete es auf ihn und drückte auf den Auslöser der Kamera. Der Blitz tauchte den kleinen Park für einen Sekundenbruchteil in grelles Licht, und Gabriel taumelte benommen zurück.

»Das gibt's nicht«, flüsterte April, als sie auf das Display schaute. *Da ist nichts zu sehen. Dabei weiß ich genau, dass die Kamera nicht kaputt ist, und Halluzinationen hab ich auch nicht. Auf dem Foto ist einfach nichts zu sehen.* »Du bist ein Vampir?« Sie sah ihn ungläubig an. »Du bist ein verdammter Vampir?«

Gabriel trat auf sie zu. »April …«

»Du bist ein verdammter Vampir!« Sie wirbelte herum und rannte los, aber er war schneller. Viel schneller. Sie war keine zwei Schritt weit gekommen, da stand er schon wieder vor ihr, hielt sie an den Armen fest und beugte sich zu ihr herunter, sodass sein Gesicht ihrem ganz nah war. Sie konnte noch nicht einmal schreien, so entsetzlich war der Anblick. Seine Lippen zogen sich zu einem grässlichen Grinsen zurück und entblößten scharfe glitzernde Reißzähne, seine Nasenflügel blähten sich, und seine Augen wurden zu schmalen, tiefschwarzen Schlitzen. *Oh Gott, so schwarz.* Wie die Augen an dem Abend auf dem Friedhof.

»Ja, ich bin ein Vampir«, zischte er. »Und damit bin ich für dich nichts weiter als ein Monster, stimmt's?« Er neigte leicht den Kopf und näherte sich mit gebleckten Zähnen ihrem Hals.

Er wird mich umbringen. Genau wie Isabelle. Und dann hörte April auf zu denken, und ihr Überlebensinstinkt übernahm die Führung. Sie zog das Messer aus ihrer Manteltasche und stach mit einem verzweifelten Aufschrei zu.

Ein verwirrter Ausdruck huschte über Gabriels Gesicht, dann ließ er die Arme sinken und blickte fassungslos auf den Griff des Messers hinunter, der aus seinem Bauch ragte.

»Du wolltest mich erstechen?«, sagte er verblüfft. April sah entsetzt zu, wie er das Messer aus seinem Körper zog und die blutig glänzende Klinge betrachtete. Dann hob er den Kopf, um sie anzusehen, aber sie wartete gar nicht erst ab, wie er reagieren würde, sondern wirbelte herum und rannte, so schnell ihre Füße sie trugen, davon und stürzte sich, ohne nach rechts oder links zu schauen, mitten auf die dicht befahrene Straße. Ein Wagen fuhr so knapp an ihr vorbei, dass es ihr die Haare aus dem Gesicht wehte, aber sie dachte nicht daran, stehen zu bleiben, ignorierte das wütende Hupen und die quietschenden Reifen und hatte nur noch einen einzigen Gedanken: *Flieh!* Fast hatte sie es geschafft und den sich vorüberwälzenden Blechstrom zwischen sich und Gabriel gebracht, als sie über die Bordsteinkante stolperte und der Länge nach hinschlug. Stöhnend rappelte sie sich wieder auf und hastete weiter. Im Laufen blickte sie an sich hinunter und bemerkte, dass sie sich das Knie aufgeschlagen hatte – in der Strumpfhose klaffte ein Loch, durch das Blut sickerte. Die Wunde sah tief aus, aber sie rannte trotzdem humpelnd weiter. Ihr war klar, dass sie es auf keinen Fall bis zur U-Bahn-Station schaffen würde, aber vielleicht legte am nahe gelegenen Themseufer gerade ein Touristenboot ab, oder sie konnte sich dort irgendwo verstecken. Sie biss die Zähne zusammen und ging trotz des Schmerzes immer weiter, bis sie plötzlich vor einer hoch aufragenden Steinsäule stand – Cleopatra's Needle. Auf einem Bein hüpfend, schaffte sie es bis zum Fuß des riesigen Obelisken, dann konnte sie nicht mehr und beschloss, sich einen Moment lang auszuruhen. *Und wohin jetzt?*, fragte sie sich erschöpft und blickte sich um. Hinter der Säule standen zwei riesige Sphinxe, die zumindest ein bisschen Schutz versprachen. Sie schleppte sich mit letzter Kraft zu einer der beiden Skulpturen, setzte sich auf den steinernen Quader, auf dem sie ruhte, und betastete prüfend ihr Knie.

»Autsch«, wisperte sie. Obwohl es wahrscheinlich nur eine tiefe Schürfwunde war, spürte sie, wie ihr Knie langsam steif wurde. Wenn Gabriel sie jetzt entdeckte, würde sie noch nicht einmal mehr vor ihm davonlaufen können. *Wird er mich finden? Oder war der Stich so tief, dass er verblutet ist?* Sie vergrub stöhnend das Gesicht in den Händen. *Typisch. Da lerne ich den Jungen meiner Träume kennen, und was ist? Er erweist sich als blutrünstiger Vampir! Ich habe wirklich kein Händchen für Jungs.* Sie tastete in ihrer Tasche nach dem Handy. Sie musste irgendjemanden anrufen und um Hilfe bitten, aber wen? Sie konnte ja schlecht bei der Polizei anrufen und melden, dass in Westminster ein Vampir frei herumlief – falls sie ihn nicht getötet hatte. Aber Reece – den konnte sie anrufen! Er würde ihr zwar wahrscheinlich auch nicht glauben, aber ohne zu zögern eine Streife herschicken, um sie abzuholen. Als sie auf ihr Handy blickte, sah sie, dass auf dem Display immer noch das Foto war, das sie eben von Gabriel geschossen hatte. Ein gestochen scharfes Farbbild. Nur dass Gabriel darauf nicht zu sehen war. Genau wie auf dem Foto, das sie auf der Party von Milo geschossen hatte, war an der Stelle, an der Gabriel hätte stehen sollen, nichts weiter als ein seltsam verschwommener schwarzer Fleck zu sehen. April wusste, dass sie keine Zeit verlieren durfte, schaffte es aber nicht, den Blick von dem Foto loszureißen. *Er war ein Vampir!* Das war völlig absurd, einfach unmöglich. Aber auf eine merkwürdige Art und Weise ergab nun alles einen Sinn. Sein ständiges plötzliches Verschwinden, die Dinge, die er ihr nicht erklären konnte, ihr Spaziergang zum Circle of Lebanon, sogar das mitternächtliche Date auf dem Platz vor ihrem Haus. *Warum hab ich es nicht schon viel früher erkannt?*, fragte sie sich kopfschüttelnd. »Weil es keine Vampire gibt, du Idiotin!«, flüsterte sie wütend.

»Doch, April. Es gibt uns.«

Sie zuckte zusammen und presste sich erschrocken gegen die Flanke der Sphinx.

»Bitte, lauf nicht wieder weg, April«, sagte Gabriel leise.

»Aber ich ... ich hab dich doch ...«, stammelte sie. »Du hast geblutet.«

»Ja, auch durch unsere Adern fließt Blut, aber ...« Er schob sein dunkel verschmiertes Hemd ein Stückchen nach oben und verzog das Gesicht, als hätte er Schmerzen. In seinem Bauch klaffte eine tiefe Wunde, doch das Blut an ihren Rändern war bereits geronnen und getrocknet. Es sah aus, als hätte der Heilungsprozess bereits eingesetzt.

»Wie ...?«, war alles, was April herausbrachte.

Gabriel ließ sich in einigem Abstand neben ihr auf dem Quader nieder. »Ich bin ein Vampir, schon vergessen?«, sagte er sanft. »Unsere Wunden heilen schnell. Was nicht heißt, dass sie nicht höllisch wehtun.«

»Du wolltest mich beißen!«, hielt sie aufgebracht dagegen. »Ich dachte, du würdest mich umbringen, genau wie du Isabelle umgebracht hast.«

»Ich hatte nicht wirklich vor, dich zu beißen, April«, sagte er. »Und ich habe Isabelle nicht getötet. Ich wollte dir nur zeigen, wer ... *was* ich wirklich bin. Ich wollte, dass du es mit eigenen Augen siehst.«

»Aber warum hast du es mir nicht einfach von Anfang an gesagt?«

Gabriel sah sie von der Seite an. »Kannst du dir die Frage nicht selbst beantworten?«

April seufzte. »Schon gut. Kommt wahrscheinlich nicht so gut an, wenn du dich Leuten als blutsaugender Dämon vorstellst.«

»Wir sind keine Dämonen«, widersprach er heftig.

»Du redest die ganze Zeit im Plural – dann gibt es also noch mehr von deiner Sorte?«

»Mehr, als du glauben würdest.«

Und auf einmal begriff April, dass alles wahr war. *Alles.* Es gab die Nester, es gab den Regenten, und es gab den Highgate-Vampir – alles, was sie in Mr Gills Laden in dem Buch gelesen hatte, stimmte. »Oh mein Gott«, wisperte sie, und heiße Scham stieg in ihr auf, als sie daran dachte, wie sie mit ihrem Vater gesprochen hatte, wie sie ihn dafür verhöhnt hatte, dass er in seinem Alter noch an Monster glaubte. Dabei hatte er die ganze Zeit recht gehabt.

»Und wo sind sie?«, fragte April. »*Wer* sind sie? Woran erkenne ich, wer ein Vampir ist und wer nicht?«

Gabriel zuckte mit den Schultern. »Das ist nicht so einfach.«

»Jetzt hör mir mal gut zu, Gabriel Swift«, entgegnete April, in der plötzlich unbändige Wut aufloderte. »Entweder du bringst mich um und saugst mir mein Blut aus den Adern, oder du hörst endlich – endlich! – auf, in Rätseln zu sprechen. Ich hab die Nase nämlich langsam gestrichen voll davon, verdammt noch mal!«

Gabriel warf lachend den Kopf in den Nacken, verstummte dann aber schlagartig und drückte sich stöhnend eine Hand auf den Bauch. »Du bist definitiv etwas ganz Besonderes, April Dunne.«

»Was? Willst du dich jetzt auch noch lustig über mich machen?«, fauchte April.

»Na ja, die meisten Menschen werden halb wahnsinnig vor Angst oder betteln um ihr Leben, wenn sie das erste Mal mit einem Vampir konfrontiert werden, aber du rammst ihm ein Messer in den Bauch und machst ihm eine Szene.«

Jetzt musste selbst April kichern. Sie presste sich die Hand auf den Mund, aber das Kichern verwandelte sich in hysterisches Lachen, und dann brach sich mit einem Mal die ganze Anspannung des Tages Bahn, und sie wurde von heftigen

Schluchzern geschüttelt, und die Tränen strömten ihr nur so übers Gesicht. Gabriel rückte näher, legte ihr einen Arm um die Schulter und drückte sie an sich, und obwohl sie ihn eigentlich hätte wegstoßen sollen, schmiegte sie sich fest an ihn und legte ihren Kopf an seine Brust. Trotz ihrer Angst hatte seine Umarmung etwas unglaublich Tröstliches.

»Dann bist du also wirklich ein Vampir, hm?«, schniefte sie schließlich, als der Tränenstrom allmählich versiegte, kramte nach einem Taschentuch und schnäuzte sich die Nase.

»Ich fürchte, ja.«

»Und wie ist das so?«

»Schwierig.«

Sie schnaubte. »Das kann ich mir vorstellen.« Sie stand vorsichtig auf, um zu prüfen, wie es ihrem Knie ging, das tatsächlich schon ein bisschen weniger wehtat. »Komm, lass uns ein bisschen gehen«, sagte sie und stützte sich zögernd auf den Arm, den er ihr anbot. »Aber wehe du fährst noch einmal deine Fangzähne aus.«

Die beiden schlenderten entlang des Ufers zurück und betrachteten schweigend den träge fließenden dunklen Strom, auf dessen Wasseroberfläche sich die Lichter der umliegenden Gebäude spiegelten. Plötzlich blieb April stehen und sah ihn an.

»Wie alt bist du eigentlich?«

Gabriel zögerte, bevor er antwortete. »Ich bin 1870 geboren worden.«

»Großer Gott, das ist ... das ist doch total verrückt! Dann bist du also unsterblich? Heißt das, dass du ewig lebst? Hast du immer schon so ausgesehen wie jetzt?«

Gabriel strich sanft über ihre Hand, und April stellte überrascht fest, dass sie diesmal nicht zusammenzuckte.

»Du solltest nicht versuchen, alles auf einmal zu verstehen, April«, sagte er. »Es ist unglaublich schwer, es zu begreifen, aber es ist wahr.«

Mittlerweile waren sie im Schatten der Hungerford Bridge angekommen.

»Wie geht es deinem Knie?«, fragte er.

»Besser«, antwortete sie. »Aber viel wichtiger ist wohl die Frage, wie es dir geht?« Sie blickte sich um und senkte die Stimme. »Hör zu, es tut mir leid, dass ich dir das Messer in den Bauch gerammt habe.«

»Komm mit«, sagte er, »ich möchte dir etwas zeigen.« Er hob April mühelos in seine Arme und lief mit ihr die Treppe zur Jubilee Footbridge hinauf.

»Hey!«, protestierte sie. »Ich bin doch nicht behindert.«

»Ich weiß«, grinste er. »Und jetzt halt bitte den Mund und beschwer dich nicht, ich versuche doch nur, nett zu dir zu sein. Dafür dass du mich gerade niedergestochen hast, bin ich sogar extrem nett.«

April hielt den Mund. Sie nahm es ihm zwar immer noch ein bisschen übel, dass er ihr nicht von Anfang an die Wahrheit gesagt hatte – ganz abgesehen davon, dass die Tatsache, dass er tatsächlich ein Vampir war, sie sehr verstörte –, aber es war … na ja … es war ein schönes Gefühl, von einem Jungen die Treppe hochgetragen zu werden. *Ruhe in Frieden, Feminismus,* dachte sie mit einem kleinen Lächeln. Oben angekommen, stellte Gabriel sie wieder sanft auf die Füße, und sie gingen über die Brücke. Das London Eye, das derzeit höchste Riesenrad Europas, ragte als schimmernde Scheibe hoch über dem Südufer auf.

»Ist es nicht wunderschön?«, flüsterte April. »Ich glaube, ich habe die Themse noch nie bei Nacht gesehen. Jedenfalls nicht von so Nahem.«

Gabriel nickte. »Früher habe ich in der Nähe des Flusses gewohnt«, erzählte er, »und bin nachts oft hierhergekommen und habe einfach zugesehen, wie er vorüberfloss. Damals war hier natürlich viel mehr los, und das London Eye gab es noch nicht – nur Lagerhäuser und hässliche Armensiedlungen. Damals galt es als überaus gefährlich, in der Nähe des Flusses zu leben.«

»Du lebst wirklich schon so lange, oder?« April blieb stehen und blickte sich um, um sicherzugehen, dass niemand sie hören konnte. »Und du bist tatsächlich ein *Vampir*?«

Gabriel nickte. »Ich weiß, wie schwer es ist, das zu begreifen. Aber ich schwöre dir, dass es die Wahrheit ist.«

»Aber was bist du? Bist du so eine Art...?« Ihr hatte das Wort »Monster« auf der Zunge gelegen, aber sie wollte ihn nicht verletzen.

»Ich bin ein Mensch genau wie du, aber ich wurde mit dem Vampir-Virus infiziert. Ich will dich jetzt nicht mit komplizierten Einzelheiten verwirren, aber vereinfacht ausgedrückt, könnte man sagen, dass dieser Virus ununterbrochen unsere Zellen zerstört, sodass unser Körper ständig neue produziert. Deswegen haben wir so eine makellose Haut und dichte, kräftige Haare und werden nie krank. Wir altern genauso wie andere Menschen, aber dadurch, dass unser Körper sich unentwegt erneuert, schreitet der Alterungsprozess unendlich viel langsamer voran. Es ist also nicht so, dass wir übernatürliche Sagengestalten sind, wir sind Menschen. Die Wissenschaft hat es bisher lediglich noch nicht geschafft, das Virus zu entschlüsseln. Und bevor du fragst – nein, ich kann mich nicht in eine Fledermaus verwandeln.«

April lächelte, während sie ihren Weg fortsetzten. Durch das Gehen waren die Schmerzen in ihrem Knie wieder schlimmer geworden, und sie ließ es zu, dass Gabriel sie noch ein wenig enger an sich zog, um sie zu stützen. Ihr Unbehagen hatte sie jetzt völlig verloren.

»Wie ist es passiert?«, fragte sie und sah zu ihm auf. »Wie hast du dich mit dem Vampir-Virus angesteckt, meine ich?«

»Ich wurde gebissen«, antwortete er knapp.

Als April ihn forschend ansah, zuckte Gabriel mit den Achseln.

»Ich habe mich wissentlich entschieden, ein Vampir zu werden«, sagte er leise. »Ich habe es aus Liebe getan.«

Auch wenn April immer noch nicht wusste, wie sie mit diesem neuen Wissen umgehen sollte, und sich über ihre Gefühle ihm gegenüber alles andere als im Klaren war, gefiel es ihr überhaupt nicht, dass er das Wort »Liebe« benutzte, ohne dass sie etwas damit zu tun hatte.

»Liebe?« Sie rückte wieder ein winziges Stück von ihm ab.

»Klingt verrückt, ich weiß. Aber ich war jung und ungestüm und … Damals war ich noch Student. Ich studierte Recht. Ich hatte ziemlich wenig Geld, die meisten gesellschaftlichen Vergnügungen konnte ich mir nicht leisten, also bin ich nachts hier spazieren gegangen, um mich zu zerstreuen. Eines Abends dann hörte ich plötzlich einen Schrei. Er kam genau von dort drüben.« Gabriel zeigte den Fluss hinunter. »Ein paar Halbstarke, in Wirklichkeit waren sie fast noch Kinder, hatten ein Mädchen überfallen und versuchten, ihre Tasche zu stehlen. Und da bin ich ihr zu Hilfe geeilt.«

»Du Held!«

»Na ja.« Er räusperte sich verlegen. »Ist nicht so gut gelaufen für mich. Ich bin übel verprügelt worden. Am Ende war es das Mädchen, das die Kerle von mir runterzog. Ziemlich peinlich das Ganze.«

»Und danach wurde sie deine Freundin?«

Er nickte. »Ja, Lily, so hieß sie, wurde meine Freundin – meine Verlobte, um genau zu sein. Sie war wunderschön, das süßeste Geschöpf, das man sich vorstellen konnte, aber sie hatte auch einen unglaublich starken Willen. Sie hasste die Einschränkungen, die ihr Geschlecht ihr auferlegte, und konnte sich nicht damit abfinden, dass andere ihr vorschreiben wollten, wie eine Frau sich zu benehmen hatte.«

»Da bin ich ganz ihrer Meinung.«

»Sie ist immer fuchsteufelswild geworden, wenn ihr irgendjemand gesagt hat, dass eine junge Frau nicht allein spazieren gehen sollte, obwohl sie ja am eigenen Leib erlebt hatte, in welche Gefahr sie sich dadurch brachte. Sie hatte einen scharfen Verstand und zu allem eine ganz eigene Meinung. Jedenfalls verliebten wir uns ineinander, und kurz darauf fragte ich sie, ob sie meine Frau werden wolle.«

»Und was ist schiefgelaufen?« April konnte kaum fassen, dass sie tatsächlich auf eine Frau eifersüchtig war, die vor über hundert Jahren geboren worden war. Aber so, wie der Abend bis jetzt verlaufen war, hätte es sie nicht gewundert, wenn sich herausgestellt hätte, dass Gabriels wunderschöne, kluge Verlobte ebenfalls noch am Leben war.

Gabriel ließ den Blick über den Fluss wandern. »Sie wurde krank. Schwindsucht – heutzutage nennt man es Tuberkulose. Es ist wahrscheinlich schwer für dich, dir vorzustellen, welche Zustände vor hundert Jahren in London herrschten, aber die Lebensbedingungen waren einfach schrecklich. Überall Krankheit und Hunger. Ganze Familien ertränkten sich in der Themse, um dem Hungertod zuvorzukommen. Und die Tuberkulose war die schlimmste Seuche von allen. Man musste nur an einem infizierten Hustenden vorbeilaufen, schon konnte man sich anstecken.«

Mittlerweile waren sie am Ende der Fußgängerbrücke angekommen, und Gabriel half April galant die Stufen hinunter. Sie schlenderten den Uferweg entlang auf das Riesenrad zu, um das ringsum ein kleiner Jahrmarkt aufgebaut war, und blieben einen Moment lang stehen, um ein paar Kindern zuzuschauen, die lachend und kreischend auf einem alten Karussell im viktorianischen Stil fuhren.

»Es brach mir das Herz, zusehen zu müssen, wie sie vor meinen Augen immer schwächer wurde«, sagte Gabriel. »Jedes Mal, wenn sie hustete, krümmte sie sich unter Schmerzen und spuckte Blut in ihr Taschentuch. Im Laufe der Zeit breitete sich die Krankheit auch auf ihrer Haut aus, und sie bekam entsetzliche eiternde Geschwüre, verlor immer mehr Gewicht, und schließlich befiel sie auch ihre Knochen, sodass sie kaum noch laufen konnte. Ich hätte alles getan, um sie zu retten.«

Er hielt einen Moment lang inne und blickte zum Nachthimmel auf.

»Es gingen damals Gerüchte um, dass sich in der Nähe der Kirche von Spitalfields schlimme Dinge ereignet haben sollen – das war, noch bevor Jack the Ripper in London sein Unwesen trieb. Man erzählte sich, dass dort Tote wiederauferstanden seien. Das Viertel war damals ein ziemlich düsterer Ort, selbst tagsüber schaffte es die Sonne kaum, den dichten Smog zu durchdringen, der ständig in den Straßen hing. Verbrecher und Taschendiebe konnten tun und lassen, was sie wollten, weil sie inmitten der Nebelschwaden einfach ungesehen verschwinden konnten. Ein Studienfreund von mir wohnte in einer Pension in Whitechapel, weil die Mieten dort günstiger waren. Irgendwann schloss er sich einer Gruppe ziemlich übler Kerle an, feierte wilde Trinkgelage mit ihnen und besuchte Opiumhöhlen. Eines Abends erzählte er mir von den Vampiren. Er sprach in ehrfürchtig gedämpftem Tonfall von ihnen, als würde er über die königliche Familie reden. Ich habe ihm genauso wenig geglaubt wie du mir, bis er mir dann seine Narben zeigte. Die Vampire benutzten ihn als ›Spender‹. So nennen wir diejenigen Menschen, die Vampiren erlauben, von ihrem Blut zu trinken. Er hatte eine Idee, wie Lily zu retten war, und redete auf mich ein, dass sein ›Meister‹ Lily wandeln könne, dass sie vollkommen gesund werden könne, wenn sie ihm erlauben würde, sie zu einem Vampir zu machen. Und dieser Meister, von dem er sprach, war nicht irgendein Vampir – er war ihr Anführer, der *Vampir-Regent*.«

438

Bei der Erinnerung daran schüttelte Gabriel traurig den Kopf. »Ich wusste, dass Lily niemals damit einverstanden sein würde. Sie war sehr fromm. Aber eines Nachts ging es ihr schlechter denn je. Ich saß an ihrem Bett, tupfte ihr den kalten Schweiß von der Stirn und spürte jeden ihrer Hustenanfälle, jeden Krampf wie Messerstiche in meinem Herzen. Ich hielt es einfach nicht mehr aus. Und dann fasste ich den Entschluss, es zu tun.« Er seufzte. »Ich war schwach.«

»Nein, das warst du nicht.« April berührte sanft seine Hand. »Im Gegenteil. Das war ganz schön mutig von dir.«

»Glaubst du, ja? Oder war es vielleicht nur meine Angst, das alles alleine durchstehen zu müssen? Ich weiß es nicht mehr. Jedenfalls habe ich meinen Freund schließlich gebeten, mich zu diesem Regenten zu führen. Er residierte in einem herrschaftlichen Haus in der Nähe von Bethnal Green, und sobald ich über die Schwelle getreten war, wusste ich, dass die Gerüchte über Vampire wahr waren. Das Haus war prachtvoll und luxuriös, aber zugleich düster und voller bösartiger Kreaturen. Ich habe das Gesicht des Regenten nie gesehen – bis heute nicht. Er wusste es immer geschickt im Schatten zu verbergen. Er fragte mich nach dem Grund meines Besuches und äußerte sich mitfühlend, als ich ihm von Lilys Krankheit erzählte. Und dann biss er mich.«

»Und was passierte dann?«

»Ich spürte, wie ich starb, musste mich aber zwingen weiterzuleben. Das fühlt sich ungefähr so an, als würde man mit den Fingerspitzen an einer steilen Klippe über einem Abgrund baumeln und sich mit letzter Kraft nach oben ziehen. Es war entsetzlich, einfach nur entsetzlich.« Ihn schauderte.

»Aber du hast es für sie getan – für Lily«, sagte April. »Das ist doch etwas Wunderschönes.«

Gabriel schüttelte den Kopf. »Leider kam alles anders. Ganz anders. Ich wurde reingelegt. Als es vorbei war, lachte der Regent mir ins Gesicht und sagte, dass ich Lily schon selbst wandeln müsse, wenn ich sie retten wolle. Er würde sich nicht den Appetit verderben lassen, indem er in das widerwärtig faulige kranke Fleisch einer Schwindsüchtigen bisse.«

»Aber warum hat er sein Wort nicht gehalten?«

»Es ging um Macht. Vampire lieben die Macht fast genauso sehr wie das Töten. Das Ganze war für ihn ein Spiel, eine Zerstreuung, ein amüsanter kleiner Zeitvertreib. Und dann hat er mich auch noch verhöhnt. Gott, war ich wütend. Ich war so unendlich wütend auf ihn.«

»Was hast du dann gemacht?«

»Mich mit Klauen und Zähnen auf ihn gestürzt. Überheblich, wie er war, hatte er damit nicht gerechnet. Ich muss ihn wohl auch ziemlich übel erwischt haben, bin aber selbst kaum mit dem Leben davongekommen – seine Wächter jagten mich durch ganz London. Was ich getan hatte, war die größte Dummheit, die ich hätte begehen können, denn anschließend blieb mir nichts anderes übrig, als mit der todkranken Lily vor seinen Häschern zu fliehen. Wir sind allerdings nicht besonders weit gekommen.«

»Was ist aus Lily geworden?«

»Sie starb in meinen Armen. Sie wollte sich nicht wandeln lassen.«

Er wandte April den Kopf zu, und sie streckte instinktiv die Hand nach ihm aus, hielt dann aber zögernd inne. Er war ein *Vampir*. Ein Mörder. Geboren im Jahr 1870. Schon »normale« Jungs bereiteten ihr Kopfzerbrechen, und es war sicher vernünftiger, sich auf ihn gar nicht erst einzulassen. Also ließ sie die Hand wieder sinken, und nach einer Weile kehrten sie um und schlugen den Weg Richtung Waterloo ein.

»Was hast du dann gemacht?«, fragte April schließlich.

»Nichts. Ich brannte darauf, Rache zu nehmen, aber es gab nur wenig, das ich tun konnte. Sie kannten mich, ich wäre noch nicht einmal mehr in die Nähe des Regenten gekommen. Außerdem war ich körperlich geschwächt. Ein Vampir benötigt Blut, um sich zu stärken, und Lily hatte mich, nachdem ich ihr alles gebeichtet hatte, schwören lassen, dass ich bis auf den Regenten niemals einen Menschen umbringen würde. Glaube mir, April, das ist schwer – das Schwerste, was man von einem Vampir verlangen kann. Unsere Instinkte sind die eines Jägers, eines wilden Tiers, das töten will – töten *muss*. Sosehr man auch versucht, diesen Trieb zu überwinden, er steckt einfach in einem. Und wenn der Drang zu übermächtig wird, kann ein Vampir ein wahres Blutbad anrichten … wie ein Fuchs in einem Hühnerstall.«

April versuchte, sich Gabriel als mordlüsterne Bestie vorzustellen, aber es gelang ihr nicht. Nach all den Zweifeln und Verdächtigungen und obwohl sie nun wusste, dass er ein Vampir war, dass er im tiefsten Inneren ein instinktgetriebener Mörder war, konnte sie sich einfach nicht vorstellen, dass er imstande sein könnte, ein Menschenleben auszulöschen.

»Aber warum hast du geschworen, den Regenten umzubringen, ich meine, warum nur *ihn*?«

»Wenn man den Vampir tötet, der einen gewandelt hat, neutralisiert sich der Virus, mit dem man von ihm angesteckt wurde. Es wirkt praktisch wie ein Gegenmittel.«

April sah ihn mit großen Augen an. »Das heißt, dann wärst du geheilt? Und könntest ein normales Leben führen?«

Gabriel lächelte. »Theoretisch. So einen Fall hat es bisher aber anscheinend nur ganz selten gegeben. Ich habe auch nur Gerüchte darüber gehört, vielleicht ist es bloß ein Mythos.«

»Aber wenn der Regent weiß, dass du hinter ihm her bist, wie kannst du dich dann so frei in London bewegen? Seine Wächter könnten dich doch jederzeit finden?«

»Genau das ist der Punkt – er weiß es nicht. Als mich seine Leute in jener Nacht damals in der Kirche von Spitalfields aufspürten, kämpfte ich erbittert gegen sie, dabei ging eine Petroleumlampe zu Bruch und steckte die Sakristei in Brand. Ich konnte durch die Krypta fliehen, aber sie nahmen an, ich wäre in den Flammen umgekommen.«

»Und was, wenn sie dich doch eines Tages erwischen?«

Gabriel lächelte, aber sein Blick blieb ernst. »Vampire sind hochmütig und arrogant. Für sie war die Sache damit erledigt, sie hatten keinerlei Veranlassung, sich noch länger mit einem Niemand wie mir zu beschäftigen. Und ich habe dafür gesorgt, dass sie keinen Grund hatten, an meinem Tod zu zweifeln. Seit jener Nacht lebe ich im Verborgenen, aber ich halte Augen und Ohren offen, warte auf den richtigen Augenblick, verfolge ihre Spur, vergewissere mich, dass sie mich immer noch für tot halten. Aber in letzter Zeit...«

»Was?«

Gabriel schüttelte den Kopf. »Ich kann es nicht beschwören, aber ich habe das Gefühl, dass ich beobachtet werde.«

April lief ein kalter Schauer über den Rücken. Es war schon schwer genug, das alles überhaupt zu begreifen, aber die Vorstellung, dass jemand – irgendein *Killer* – sie vielleicht in diesem Moment verfolgte und beobachtete, war zu viel für sie. »Glaubst du, der Regent hat dich aufgespürt und lässt dich heimlich überwachen?«, fragte sie entsetzt. »Weißt du denn inzwischen, wer er ist?«

»Nein, ich weiß es bis heute nicht«, seufzte Gabriel. »Er ist klug und gerissen, hält sich nie lange am selben Ort auf und reist nur mit Geleitschutz. Er leidet regelrecht unter Verfolgungswahn und ist ein wahrer Meister in der Kunst, sämtliche Spuren zu verwischen. Vor ungefähr einem Jahr habe ich seine Fährte verloren, aber ich kann seine Gegenwart spüren. Ja, ich bin mir sicher, dass er wieder unterwegs ist.«

»Wenn er sich so geschickt versteckt, wie willst du ihn dann finden?«

»Noch wichtiger als Anonymität ist ihm Macht, aber um Macht auszuüben, muss er aus seinem Versteck kommen. Vielleicht ist er der Kopf eines großen internationalen Unternehmens oder das Mitglied einer einflussreichen Regierungsorganisation. Er wird nicht umhinkönnen, sich in Dinge einzumischen, Menschen und Ereignisse zu manipulieren – er kann nicht für immer unsichtbar bleiben. Und ich glaube, dass diese Morde erst der Anfang sind.«

Gabriel sah April an, die seinen Blick mit vor Furcht geweiteten Augen erwiderte. »Tut mir leid, ich wollte dir keine Angst einjagen, aber ich bin mir ziemlich sicher, dass der Regent etwas mit den Highgate-Morden zu tun hat. Und selbst wenn nicht – irgendetwas ist faul. Das Gleichgewicht ist gestört.«

»Welches Gleichgewicht?«

»Das zwischen Menschen und Vampiren. Das Kino und die Literatur haben ein völlig falsches Bild von uns gezeichnet – wir Vampire sind leise und unaufdringlich. Wir tragen keine rot gefütterten Umhänge und leben auch nicht in riesigen alten Schlössern. Im Gegenteil verbergen wir unsere Identität, so gut wir können, weil es sich leichter jagen lässt, wenn die Beute sich in Sicherheit wiegt.«

April schauderte. »Und mit Beute meinst du … uns?«

Gabriel nickte. »Aber ich habe in letzter Zeit den Eindruck, als hätten einige von uns ihre Deckung verlassen, als wäre es ihnen egal, dass man hinter ihr Geheimnis kommen könnte. Und diese drei Morde …«

»Du machst mir Angst, Gabriel.«

Er sah sie ernst an. »Deine Angst ist berechtigt.«

Mittlerweile hatten sie die Waterloo Road erreicht. Nach Ladenschluss waren die Straßen zwar immer noch belebt, aber bereits wesentlich ruhiger, und auch der Berufsverkehr hatte nachgelassen. Der Bus hielt genau in dem Moment an der Haltestelle, als sie dort ankamen. Sie stiegen ein und setzten sich auf dem Oberdeck in einigem Abstand zu den anderen Fahrgästen auf eine Bank, wo sie ungestört reden konnten.

»Und wo ist Lily jetzt? Ich meine … wo ist sie begraben?«, fragte April. Als der Bus mit einem Ruck anfuhr, wurde sie gegen Gabriel gedrückt und genoss die enge Berührung.

»Auf dem Highgate-Friedhof.« Gabriel schwieg einen Moment und betrachtete die vor dem Fenster vorbeifliegenden Lichter der Stadt. »Deswegen war ich an dem Abend, an dem Isabelle ermordet wurde, dort. Es war Lilys Geburtstag, und ich wollte wie jedes Jahr ihr Grab besuchen. Aber es war noch jemand – etwas – auf dem Friedhof. Ein anderer Vampir. Ich konnte ihn riechen, spürte die Gefahr. Er hatte Füchse, mehrere Vögel und eine Katze getötet und war in einem regelrechten Blutrausch.«

»Gott! Und was hast du gemacht?«

Gabriel zuckte mit den Achseln. »Wir haben miteinander gekämpft. Er war stark, aber ich nehme an, dass Isabelle sich erbittert gegen ihn zur Wehr gesetzt hatte, denn er war verletzt. Wenn ich nicht dort gewesen wäre, hätte er mit Sicherheit auch dich umgebracht.«

In diesem Moment kam April ein schrecklicher Gedanke. »Aber das heißt doch, dass er dich gesehen hat, oder? Weiß der Mörder, wer du bist?«

Gabriel nickte. »Genau das ist es, was mir Sorgen macht. Es war stockfinster auf dem Friedhof, aber es könnte gut möglich sein, dass er mein Gesicht gesehen hat, als ich dich auf die Swain's Lane in Sicherheit gezerrt habe. Das ist aber nicht das Einzige, was mich beunruhigt.«

»Was noch?«

»Ich habe dir schon gesagt, dass ich das Gefühl habe, beobachtet zu werden. Das ist auch der Grund, warum ich mich in den letzten Wochen so rar gemacht habe. Ich glaube, dass jemand mich in eine Falle locken will. Und dann ist da noch die Sache mit der Polizei. Als ich zu der Zeugenvernehmung bei Inspector Reece erschienen bin, hatte ich das Gefühl, dass sie bereits wussten, dass ich wegen des Mordes an Isabelle bei ihnen war. Es war, als hätten sie von jemandem einen Tipp bekommen.«

April spürte, wie ihr auf der Stirn kalter Schweiß ausbrach. »Der Regent?«

»Ich weiß es nicht, aber es wäre doch äußerst praktisch für ihn, wenn ich der Hauptverdächtige in einem Mordfall und damit aus dem Verkehr gezogen wäre. Andererseits frage ich mich, weshalb mich der Regent nicht schon längst töten ließ, wenn er weiß, wer ich bin.«

April sah ihn an. »Weißt du, wer der Mörder ist?«

Gabriel wich ihrem Blick aus und schaute aus dem Fenster. »Nein, das habe ich dir doch schon gesagt. Aber wenn der Regent Isabelles Tod angeordnet hat, spielt es kaum eine Rolle, *wer* sie umgebracht hat. Was zählt, ist, *warum* sie getötet wurde.«

April nickte und ließ den Blick über die anderen Fahrgäste im Bus wandern. Eine dicke schwarze Frau in einem grünen Regenmantel, zu deren Füßen zerschlissene Einkaufstüten standen, ein junger Mann in einem Anzug, der aussah, als wäre es sein erster, zwei Mädchen, die sich kichernd über eine Zeitschrift beugten. Es kam April vor, als säßen sie auf der anderen Seite eines doppeltverglasten Fensters. Sie waren in der echten Welt, während sie selbst in diesem Paralleluniversum gelandet war, in dem alles, woran sie ihr Leben lang geglaubt hatte, keinen Sinn mehr ergab.

Plötzlich kam ihr ein Gedanke. »Warum bringen eigentlich nicht alle, die gebissen wurden, denjenigen um, der sie zum Vampir gewandt hat, um dem Fluch zu entgehen?«, fragte sie.

Gabriel lachte bitter. »Weil man sich ganz bewusst dafür entscheiden muss, Vampir zu werden. Die Ahnungslosen, die gebissen und mit dem Virus infiziert werden, sterben. Nur wer sich aus freien Stücken dafür entscheidet, Vampir zu sein – wer den Fluch willentlich herbeiführt –, überlebt. Aber man muss es wirklich aus tiefster Seele wollen. Und diejenigen, die es so weit geschafft haben, werden wohl kaum ihren Schöpfer umbringen. Schließlich hat er sie zu dem gemacht, was sie sich sehnlichst zu sein gewünscht haben. Das ist wie mit Leuten, die unbedingt Polizist oder Lehrer werden wollen – das ist immer ein ganz bestimmter Menschenschlag.«

»Jetzt nimmst du mich auf den Arm.« April sah ihn prüfend an.

»Ein bisschen.« Gabriel lächelte.

»Aber du hast gesagt, dass das Töten in der Natur der Vampire liegt. Warum bringt ihr euch dann nicht gegenseitig um?«

»Weil wir Jäger sind. Wir suchen uns immer eine Beute, die schwächer ist als wir. Ein Löwe würde auch keinen Leoparden angreifen, schließlich sind beides Raubtiere. Wir hätten aber auch nicht viel davon. Vampire können sich nicht von Vampirblut ernähren. Abgesehen davon würde es auch nur unerwünschte Aufmerksamkeit auf uns ziehen, und das ist übrigens auch der Grund, warum mich das, was in Highgate passiert ist, so beunruhigt. Es verstößt gegen alle Regeln. Alix Graves hätte noch als Unfall durchgehen können – anfangs nahm ich an, da wäre vielleicht irgendetwas schiefgelaufen –, aber als dann auch noch Isabelle und dein Vater ermordet wurden, schrillten bei mir alle Alarmglocken. Drei derart öffentliche Morde innerhalb von drei Wochen sind extrem untypisch. Das widerspricht dem gesunden Vampirinstinkt. Ich habe den Verdacht, dass eine bestimmte Absicht dahintersteckt.«

»Oder vielleicht eine bestimmte Person?«

»Ganz genau. Ich kann mir einfach nicht vorstellen, dass das alles ohne die Beteiligung des Regenten passiert sein soll.«

Aprils Blick fiel auf ihr eigenes Spiegelbild im Fenster. Ihr Gesicht wirkte ernst und angespannt, so verzweifelt war sie darum bemüht, die vielen Informationen zu verarbeiten und die richtigen Fragen zu stellen. *Ich fühle mich, als müsste ich morgen eine Klassenarbeit darüber schreiben.* Der Gedanke brachte sie zum Lachen.

»Was ist?«, sagte Gabriel stirnrunzelnd.

»Ich musste nur daran denken, wie absurd das alles ist.« April fuhr sich erschöpft durch die Haare. »Ich habe gerade meinen Vater beerdigt, und jetzt sitze ich hier und bekomme einen Einführungskurs in Vampirkunde, als wäre das alles real.«

»Es ist real, April.«

April schlug mit der Faust frustriert gegen die Lehne des Vordersitzes. »Aber das kann doch alles gar nicht sein! Hast du eine Ahnung, wie verrückt sich das für mich anhört?«

Gabriel wandte ihr den Kopf zu und sagte beinahe schroff: »Verrückt oder nicht – es passiert. Dein Vater wurde deswegen umgebracht.«

April spürte, wie wieder Wut in ihr aufstieg. Das war einfach alles zu viel für einen Tag. Ihre Nerven lagen blank, und ihr Verstand weigerte sich nach wie vor hartnäckig, zu glauben, was Gabriel ihr erzählte. Plötzlich schoss ihr der Gedanke durch den Kopf, dass alles, was passiert war – das Messer, die Wunde –, nur ein kranker Scherz gewesen war, ein gemeiner Trick. Ohne Vorwarnung riss sie Gabriels Hemd nach oben.

»Was soll das?«, sagte er.

»Zeig mir noch mal die Wunde! Ich brauche einen Beweis, dass das alles wahr ist!«

Gabriel packte ihre Hand und presste sie auf die gerötete

Stelle an seinem Bauch. Die Haut war geschwollen und fühlte sich heiß an. Und absolut real.

»Willst du nicht vielleicht noch deinen Finger in die Wunde bohren?«, stieß er wütend hervor. »Bist du dann zufrieden?«

April zog hastig die Hand weg.

»Warum soll ich dir glauben?«, fragte sie. »Weil du mir ein rührseliges Märchen über deine unsterbliche Liebe zu Lily erzählt hast? Wer sagt mir, dass du das nicht alles aus einem kitschigen Liebesroman geklaut hast?«

»Beleidige mich nicht, April«, sagte Gabriel mit gefährlich leiser Stimme. »Alles, was ich dir gesagt habe, war die Wahrheit. Ich habe mich noch nie jemandem so offenbart wie dir. Also verwende es jetzt nicht gegen mich.«

»Ich weiß nur, dass der Mord an meinem Vater etwas mit seinen Nachforschungen zu tun haben muss. Möglicherweise hat er herausgefunden, dass es in Highgate Vampire gibt. Vielleicht war er ja hinter *dir* her.«

Gabriel schüttelte erschöpft den Kopf. »Nein, war er nicht.«

»Und woher willst du das so genau wissen?«

»Weil er hauptsächlich über die Ravenwood School recherchiert hat.«

April starrte ihn verblüfft an. »Woher weißt du das? Aber dann musst du doch auch wissen, wer ihn umgebracht hat!«

»Warum glaubst du mir nicht endlich? Ich habe wirklich keine Ahnung.«

»Aber du hast einen Verdacht? Sag es mir! Ich habe ein Recht, es zu erfahren!«

Gabriel wandte den Blick ab, aber sie packte ihn an seinem Mantelkragen und zwang ihn, sie anzusehen.

»Du musst es mir sagen, Gabriel! Wer hat meinen Vater umgebracht?«

Gabriel sah ihr in die Augen und sagte mit fester Stimme: »Du musst mir glauben, April. Ich weiß es nicht. Aber wie schon gesagt, wenn der Regent seinen Tod angeordnet hat, dann spielt es keine große Rolle, wer den Mord ausgeführt hat.«

»Für dich vielleicht nicht«, zischte sie. »Aber ich will, dass derjenige für das bezahlt, was er meinem Vater angetan hat.« Sie wollte aufstehen und streckte die Hand nach dem Halteknopf aus.

»Nicht, April.« Gabriel zog sie auf den Platz zurück. »Du bist schon zu weit gekommen, um jetzt davor wegzulaufen.«

»Ich laufe nicht weg«, entgegnete sie wütend. »Ich werde den Mörder meines Vaters finden, mit oder ohne deine Hilfe!«

Gabriel nickte bedächtig. »Okay. Ich sage dir, was ich weiß, aber ich warne dich: Es wird dir nicht gefallen.«

April verschränkte die Arme. »Warum lässt du mich das nicht einfach selbst entscheiden?«

»Na schön. Wie wär's damit: Ravenwood ist eine Vampirschule.«

»Was?« April zog fassungslos die Brauen hoch. »Jetzt nimmst du mich aber wirklich auf den Arm.«

»Willst du, dass ich es dir erzähle, oder nicht?«

April nickte. Sie war sich zwar nicht sicher, ob sie es wirklich hören wollte, aber Gabriel hatte recht: Wenn man erst einmal durch die verborgene Tür in das Paralleluniversum gesogen worden war, konnte man nicht einfach so in sein altes Leben zurückkehren.

»Die Ravenwood ist eine Art Rekrutierungsanstalt«, fuhr Gabriel fort. »Die einzelnen Vampirclans haben so etwas wie ein Bündnis geschlossen, das allerdings auf ziemlich wackeligen Füßen steht.«

»Meinst du mit Clans die Nester?«, hakte April nach.

Gabriel sah sie erstaunt an. »Woher kennst du diesen Begriff? Es ist lange her, seit ich ihn zuletzt gehört habe.«

»Mein Vater hat ihn mal erwähnt«, antwortete April ausweichend. Sie wollte ihm nicht alles erzählen, was sie wusste – weder von dem Notizbuch oder Mr Gill noch von den Theorien, die Inspector Reece aufgestellt hatte. Sosehr sie sich auch wünschte, Gabriel vertrauen zu können, war sie sich immer noch nicht sicher, ob sie das wirklich konnte.

»Ich habe keine Ahnung, wer die Schule im Hintergrund leitet, aber sicher ist, dass diejenigen, die an der Spitze der Nahrungskette stehen, bestens abgeschirmt werden und eindeutig ehrgeizige Ziele verfolgen. Nur die intelligentesten, einflussreichsten und begabtesten Jugendlichen des Landes werden aufgenommen, um dort für ihre Zwecke geschult und eingesetzt zu werden.«

April war fassungslos – dann hatte Caro also die ganze Zeit recht gehabt.

»Willst du damit sagen, dass sie die Schüler in Vampire wandeln?«

»Nur einige von ihnen. Aber alle Schüler sind in Gefahr. Deshalb habe ich dir an deinem ersten Schultag zugeflüstert, dass du verschwinden sollst, verstehst du? Ziemlich blöd von mir, ich weiß, aber ich war so unglaublich wütend. Ich habe es einfach nicht ausgehalten, mitanzusehen, wie wieder jemand für ihre Intrigen missbraucht werden sollte.« Er seufzte. »Dabei hätte ich wissen müssen, dass es nichts bringt. Vampire sind Meister der Manipulation – sie müssen einen Menschen nicht wandeln, um ihn zu beherrschen.«

»Sondern? Hypnotisieren sie ihn?«

Gabriel lachte. »Nein, viel einfacher – sie schaffen Abhängigkeiten durch Sex, Drogen, Erpressung oder Liebe … um nur ein paar ihrer Methoden zu nennen.«

»Liebe?«

»Es gibt nichts Einfacheres, als sich in einen Vampir zu verlieben.«

Wem sagst du das, dachte April, verdrängte den Gedanken

aber sofort wieder. Sie durfte sich jetzt nicht von ihren Gefühlen beeinflussen lassen.

»Aber was bezwecken sie damit? Welches übergeordnete Ziel steckt hinter alldem?«

Gabriel zuckte mit den Achseln. »Es geht ihnen natürlich darum, die Macht an sich zu reißen. Sie wollen, dass ihre Leute in allen wichtigen gesellschaftlichen Bereichen vertreten sind und ganz oben mitmischen – sei es als Ärzte, Richter, Politiker, Generäle, Banker oder in anderen einflussreichen Positionen.«

»Ein Vampir als Premierminister? Wie soll das denn funktionieren? Auf Fotos oder im Fernsehen wäre er doch gar nicht zu sehen.«

»Genau aus diesem Grund konzentrieren sie sich darauf, die Menschen zu verführen und zu manipulieren, statt sie zu wandeln. Sie müssen sie nur davon überzeugen, dass sie die richtige Sache vertreten. In dieser Hinsicht unterscheidet sich der Vampirismus nicht vom Kommunismus oder vom christlichen Glauben. Und die Menschen, die sie für ihre Zwecke gewonnen haben, stellen sie dann vor die Kameras: als Premierminister oder als Präsident. Aber die eigentlichen Drahtzieher bleiben dabei stets unsichtbar im Hintergrund.«

April dachte einen Moment lang darüber nach. »Okay, die Schüler werden also rekrutiert – aber von wem?«

Der Blick, mit dem Gabriel sie ansah, spiegelte ehrliche Verwirrung wider. »Ich dachte, das wäre dir schon längst klar.«

Ihre Augen weiteten sich. »Du etwa?«

»Ich und meine Freunde, ja.«

April sah ihn entgeistert an. »Aber wenn du den Regenten so sehr hasst, wie konntest du dann Teil des Systems werden?«

»Noch bin ich mir ja nicht sicher, dass der Regent tatsächlich hinter alldem steckt. Aber genau das ist der Grund, warum ich an der Schule bin und ihr Spiel mitmache – um so nah wie möglich an sie heranzukommen. Nur so kann ich herausfinden, was sie vorhaben und wer wirklich das Sagen hat.«

»Indem du unschuldige Hochbegabte verführst und dazu bringst, Vampire zu werden oder ihnen zu dienen?«

Das war alles zu viel. Der Junge, in den sie sich verliebt hatte, war nicht nur ein Vampir – er war aktiv an der Verschwörung beteiligt. Und sie hatte geglaubt, er wäre einer von den Guten, eine Art Rebell, der seinesgleichen den Rücken gekehrt hatte. Dabei war er einer von ihnen! Sie sah plötzlich wieder Ling Po vor sich, wie sie damals weinend mit blutendem Arm auf der Toilette gesessen hatte, nachdem Davina und ihre Freundinnen gegangen waren, und wieder fiel ein Puzzleteilchen an seinen Platz. »Trinkst du etwa auch ihr Blut?«

Ein wütendes Funkeln trat in Gabriels Augen. »Verdammt, April, wach endlich auf!«, fuhr er sie an. »Wie hätte ich mir denn sonst das Vertrauen der Vampire erschleichen sollen? Und ist es nicht besser, ein bisschen Blut von einer albernen kleinen Schülerin zu trinken, als jemanden in seinem eigenen Haus umzubringen?«

»Alberne kleine Schülerin?«, wiederholte April mit zusammengekniffenen Augen. »Du redest ja gerade so, als wären unsere Mitschülerinnen nichts weiter als Spielzeuge. Aber das sind Menschen, Gabriel! Soll das etwa heißen, wenn du Sara auf Milos Party im Badezimmer nicht gebissen hättest, wärst du losgezogen und hättest irgendjemand Fremdes ausgesaugt?«

»Nein, natürlich nicht«, sagte Gabriel. »Aber Blut ist nun einmal überlebensnotwendig für mich. Für uns alle.«

»Moment mal«, sagte April, weil in diesem Moment ein weiteres Puzzleteilchen an seinen Platz fiel und das Bild vervollständigte. »Wen meinst du mit ›uns‹? Davina? Benjamin? Die Schlangen? Sind sie etwa alle Vampire?«

Gabriel nickte.

»Oh Gott.« Ihr wurde schwindelig. »Oh mein Gott!« Sie stand entschlossen auf und drückte auf den Halteknopf. »Warum hast du mir das nicht schon früher gesagt?« Mit schmerzverzerrtem Gesicht humpelte sie eilig die Treppe hinunter.

Kaum hatten die Türen des Busses sich zischend geöffnet, sprang sie hinaus und rannte, so schnell ihr verletztes Knie es zuließ, die Straße entlang, während sie hektisch ihr Handy aus der Manteltasche nestelte.

»April!«, rief Gabriel, der ihr hinterhergelaufen war. »Wohin gehen wir?«

April sah ihn an und presste das Telefon an ihr Ohr. »Meine Freundinnen retten.«

Dreißigstes Kapitel

Fiona war nicht mehr da, als sie bei April zu Hause ankamen. Um genau zu sein, war niemand mehr da. Bis auf eine Armada benutzter, halb geleerter Gläser, die überall herumstanden, und Bergen von unangerührtem Essen in der Küche war das Haus vollkommen verlassen. Irgendjemand hatte wohl den halbherzigen Versuch unternommen, ein bisschen aufzuräumen, aber April war sich ziemlich sicher, dass es nicht ihre Mutter gewesen war. Wo *steckte* sie überhaupt? Sie zückte ihr Handy und rief sie an, bekam aber nur die Mailbox dran.

»Hey, Mum, wo bist du? Ich bin gerade nach Hause gekommen, aber es ist niemand mehr hier, und ich mache mir ein bisschen Sorgen. Bitte melde dich, sobald du die Nachricht abgehört hast, ja?«

»Hast du schon versucht, deine Freundin Fiona zu erreichen?«, fragte Gabriel.

April gab ihm mit einem Blick zu verstehen, wie überflüssig die Frage war. *Natürlich* hatte sie Fiona schon angerufen, allerdings konnte es nichts schaden, es noch einmal zu probieren. Aber auch bei Fiona meldete sich wieder nur die Mailbox. »*Hi, Fee hier. Bitte nach dem Piepston – blablabla. Ihr wisst schon, was zu tun ist ...*«

April sah Gabriel an. »Wohin könnten sie sie gebracht haben?«

Gabriel zuckte mit den Achseln. »Sie könnten überall sein.

Aber ich bin mir ziemlich sicher, dass sie nicht gegen ihren Willen verschleppt wurden.«

»Woher willst du das wissen?«, rief April, deren Sorge sich allmählich in Angst verwandelte. »Womöglich haben sie ihnen inzwischen schon etwas angetan!«

Als Gabriel auf sie zutrat, um sie zu beruhigen, schubste sie ihn von sich.

»Das wäre Unsinn! Überleg doch mal, April. Sie wollen sie schließlich für ihre Sache gewinnen, was hätten sie denn davon, wenn sie sie umbringen würden?«

»Woher soll ich das wissen?«, rief sie. »Du bist doch der verdammte Vampir – sag du's mir! Macht es *Spaß*, Menschen zu töten?«, fügte sie bitter hinzu.

»Keine Ahnung«, antwortete Gabriel verletzt, dann runzelte er plötzlich die Stirn und ging zum Kamin. »Hier.« Er reichte April eine hastig auf einen Zettel gekritzelte Nachricht, die an der Uhr auf dem Sims gelehnt hatte.

April, Darling, sind im Euphoria auf der York Road. Du stehst auf der Gästeliste. Davina

Als sie kurz darauf im Taxi saßen, brachte April kein Wort heraus, so wütend war sie. Wütend auf Davina und Benjamin, die offensichtlich versuchten, ihre Freundinnen zu rekrutieren oder womöglich zu töten. Wütend auf Fiona und Caro, die mit den beiden mitgegangen waren, weil sie anscheinend nicht begriffen hatten, auf wen sie sich da einließen. Wütend auf Gabriel, weil er ein verdammter Vampir war. Und wütend auf ihre Mutter, die weiß Gott wohin verschwunden war, statt ihr zur Seite zu stehen.

»Was denken sie sich eigentlich dabei?«, brach es schließlich empört aus ihr hervor. »Mein Vater ist heute beerdigt worden, und die ziehen los, um in irgendeinem Club Party zu machen?«

»Dein Vater hätte bestimmt nicht gewollt, dass die Trauerfeier für ihn zu schwermütig wird.«

»Zwischen ›zu schwermütig‹ und ›Party machen‹ besteht ja wohl ein himmelweiter Unterschied«, fauchte April. »Und was ist mit mir? Warum haben sie nicht auf mich gewartet?«

»Sie wussten doch gar nicht, wo du warst oder wann du zurückkommst«, wandte Gabriel ein.

»Was hat das denn damit zu tun? Statt in einen Club zu gehen, hätten sie sich mal lieber Sorgen machen und mich suchen sollen!«

Gabriel öffnete den Mund, als wolle er sie darauf aufmerksam machen, wie kindisch sie sich anhörte, überlegte es sich dann jedoch offensichtlich anders.

»Hey«, sagte er sanft. »Sei nicht so hart mit ihnen. Es ist unglaublich schwer, sich dem Einfluss von Vampiren zu entziehen. Ich habe dir doch erklärt, dass sie es meisterhaft beherrschen, Menschen zu manipulieren, um von ihnen zu bekommen, was sie wollen. Sie locken ihre Opfer mit allen zur Verfügung stehenden Mitteln und bringen sie dazu, den ganzen Mist über das ›auserwählte Volk‹ zu glauben.«

»Auserwähltes Volk?«

»Das ist so was wie der Rekrutierungs-Slogan«, antwortete Gabriel. »Wir machen den potenziellen Rekruten unser Leben schmackhaft – Vampire sind schön, mächtig und reich. Aber für die meisten Menschen ist die Wandlung ein zu großer Schritt, genau genommen jagt ihnen die Vorstellung eine Heidenangst ein. Also bieten wir ihnen stattdessen die Möglichkeit an, in unseren Kreisen zu verkehren, nicht nur an der Schule, sondern auch darüber hinaus. Das ist ein unglaublich verlockendes Angebot, gerade für solche Schüler, die wegen ihrer Hochbegabung für gewöhnlich ein Außenseiterleben führen. Und das Angebot, mit einer Art Superrasse göttlicher Geschöpfe zusammenzuarbeiten und dadurch das Leben der

Auserwählten zu führen, können die wenigsten ausschlagen. Ich meine, überleg doch mal: Wer würde nicht gern fantastisch aussehen, beliebt sein und der coolen Clique angehören? Damit ködern sie die Streber und die Außenseiter – der Gedanke, endlich richtig dazuzugehören, ist Musik in den Ohren solcher Schüler.«

»Entschuldige bitte mal«, sagte April gekränkt, »aber meine Freundinnen sind weder Streberinnen noch Außenseiterinnen. Caro kann Davina noch nicht einmal ausstehen.«

»Wenn du meinst«, antwortete Gabriel nur und beugte sich dann vor, um den Taxifahrer zu bezahlen. »Wir sind da.«

Das Taxi hatte vor einem riesigen, hallenartigen Gebäude gehalten, das sich etwas abseits von der Hauptverkehrsstraße inmitten eines Industriegebiets befand. An der Längsseite war ein großes Neonschild angebracht, auf dem in Laufschrift der Name des Clubs in Endlosschleife lief. Die Warteschlange vor dem Eingang reichte bis um das Gebäude herum.

»Oh Gott, da werden wir doch niemals reingelassen«, stöhnte April, nachdem sie ausgestiegen und das Taxi weitergefahren war.

»Siehst du, genau darum geht es«, sagte Gabriel. »Das ist das Lockmittel für die Rekruten – mit uns kommst du *immer* und *überall* rein.« Er fasste sie an den Schultern und sah sie eindringlich an. »Okay, April, was ich dir jetzt sage, ist sehr wichtig. Du musst alles vergessen, was ich dir heute über Vampire, über die Ravenwood School und die Verschwörung erzählt habe, in Ordnung? Du hast nicht die leiseste Ahnung, was hinter alldem steckt. Du weißt auch nicht, dass Davina und Benjamin Vampire sind. Und vor allem eins ist wichtig: Ich bin einfach nur einer ihrer versnobten Freunde, mehr weißt du nicht über mich. Verstanden?«

»Aber wie kann ich …«

»Ob du mich verstanden hast?«

»Ja«, antwortete April, und ihr kam flüchtig der Gedanke, ob er sie gerade mit seiner vampirischen Überzeugungskunst zu manipulieren versuchte.

Gabriel spürte ihre Unentschlossenheit und griff nach ihren Händen. »Das ist kein Spiel, April«, sagte er sehr ernst. »Diese Leute wirken vielleicht wie oberflächliche Luxusgeschöpfe, aber im tiefsten Inneren sind sie *Bestien*. Falls du für sie zu einer Bedrohung wirst, werden sie nicht zögern, dich und deine Mutter zu töten. Wenn du ihnen auch nur den geringsten Anhaltspunkt für den Verdacht lieferst, du könntest wissen, was sie sind und was sie tun, werden sie in deinem Blut baden.«

Seine Stimme klang so eindringlich, dass April ihn nur mit weit aufgerissenen Augen anstarren konnte.

»Hast du verstanden, was ich gesagt habe?«

Als April stumm nickte, drehte Gabriel sich um und wollte auf den Club zugehen, aber sie hielt ihn am Arm zurück.

»Bist du wie sie? Wärst du auch imstande, all diese Dinge zu tun?«

Er sah sie einen Moment lang schweigend an. »Komm jetzt«, sagte er nur. »Lass uns reingehen.«

Sie sah ihm forschend in die Augen. »Beantworte mir nur eine Frage, Gabriel, dann tue ich alles, was du willst, einverstanden?«

Er nickte.

»Du hast Lily doch damals versprochen, nie einen Menschen umzubringen. Hast du dieses Versprechen gehalten?«

Ohne ihrem Blick auszuweichen, nickte er erneut. »Ja, das habe ich«, sagte er und fügte im Weitergehen düster hinzu: »Bis jetzt jedenfalls.«

Es war unfassbar laut in dem Club. So laut, dass April, als sie an sich hinuntersah, bemerkte, wie der Saum ihres Kleides im Takt der Bässe erzitterte. Sie war froh, dass sie sich die Zeit genommen hatte, sich umzuziehen, während sie auf das Taxi gewartet hatten. Die Schürfwunde am Knie hatte sie verbunden und mit einer blickdichten Strumpfhose kaschiert, aber sie pochte immer noch schmerzhaft, und ihre Füße brannten, weil sie heute so viel gerannt war. In der Halle herrschte eine tropenartige schwüle Hitze, und sie standen inmitten des Gewühls der tanzenden Clubgäste, auf deren halbnackten Körpern Schweißperlen und das von der Decke tropfende Kondenswasser glänzten. Zumindest hoffte April, dass es Wasser war. Es war zu dunkel, um es genau zu erkennen. Als sie sich auf die Zehenspitzen stellte, um über die Menge hinwegzusehen, sah sie eine erhöhte Tanzfläche, die von rotierenden Scheinwerfern und zuckenden Stroboskopblitzen beleuchtet war, aber der Rest des Clubs war in ein dunkel glühendes Rot getaucht, das noch bedrohlicher wirkte als UV-Licht. Gabriel nahm ihre Hand und schob sich mit ihr durch die Menge.

»Hey! Nicht so schnell – mein Knie!«, rief April, aber Gabriel schien sie nicht hören zu können – oder zu wollen. Sie kamen an einer gigantischen Bar vorbei und traten dann durch eine Art Bogengang in einen kleineren Raum, in dem es zumindest ein bisschen leiser und kühler war. Als April sich suchend umblickte, erstarrte sie: Auf der anderen Seite des Raums beugte Benjamin sich gerade über Fionas entblößten Hals.

»Fee!«, rief sie panisch. Benjamin hielt inne, sah auf und winkte ihr, dann wandte er sich wieder Fiona zu – aber nicht, um seine Fangzähne in ihrem Hals zu versenken, sondern um sich weiter mit ihr zu unterhalten, was bei dieser Lautstärke nur möglich war, indem man in das Ohr seines Gesprächspartners brüllte.

»Sie unterhalten sich bloß«, murmelte April erleichtert. »Unterhalten sich bloß.« *Und jetzt reiß dich zusammen!*

»April!«, rief Davina, die es sich auf einer Couch auf einem erhöhten Sitzbereich bequem gemacht hatte, ihnen zu. »Hier sind wir.« Sie winkte ihnen, und auf ihr Zeichen hin hob einer der hünenhaften Security Guards ein rotes Samtseil an, das als Absperrung diente.

»Ist das Euphoria nicht total genial?«, rief Davina. »Das ist im Moment der heißeste Club außerhalb von Soho.«

»*Heiß* trifft es ziemlich gut«, sagte April trocken.

Davina kicherte und machte mit hoheitsvoller Geste einen der Kellner auf sich aufmerksam, der kurz darauf einen Cocktail in einem Champagnerglas an ihren Tisch brachte. Das Getränk sah in dem gedämpften Licht blutrot aus, was jedoch angesichts der Beleuchtung im Club nicht weiter verwunderlich war. April leerte das Glas in einem Zug.

»Dein Stil gefällt mir«, sagte eine Stimme zur ihrer Linken. April wandte den Kopf und sah ein bildschönes, in ein hautenges Lederkleid gehülltes Mädchen neben sich stehen. Sie musste zweimal hinschauen, bis sie erkannte, dass es Ling Po war. Ihre langen Haare glänzten wie schwarze Seide, ihr Teint schimmerte wie feinstes Porzellan, und ihre Augen funkelten. *Hat sie einen Wellnesstag in einem Luxus-Spa spendiert bekommen, um für die »Sache« überzeugt zu werden, oder wurde sie bereits gewandelt?*, fragte April sich alarmiert. Von dem schüchternen, nervösen kleinen Mäuschen, das sie erst vor ein paar Wochen kennengelernt hatte, war jedenfalls nichts mehr übrig geblieben. Als Ling ihr Erstaunen bemerkte, strahlte sie übers ganze Gesicht.

»Gefalle ich dir?«, fragte sie und warf sich in Pose.

»Ja ... ähm ... ich bin ... Wow ...«

»Unglaublich, oder? Ich kann es selbst kaum fassen, was für eine langweilige Streberin ich vor Kurzem noch gewesen bin!« Sie lachte. »Davina hat die Frau in mir zum Leben erweckt«, sagte sie, ließ eine Hand um Davinas Taille gleiten und sah mit einem Ausdruck in den Augen zu ihr auf, der an Anbetung grenzte.

»Das hat alles schon immer in dir gesteckt, Kätzchen.« Davina lächelte und flüsterte Ling etwas ins Ohr, die daraufhin kicherte und hüftschwingend davonstolzierte.

»Und jetzt erzähl«, sagte Davina aufgeregt zu April. »Hast du dich mit Gabe versöhnt? Ist zwischen euch wieder alles in Ordnung? Wie romantisch, dass er sich auf die Suche nach dir gemacht hat, findest du nicht?«

April zwang sich zu lächeln – sie hatte Gabriels Warnung nicht vergessen. »Ob der Romantikfaktor heute so hoch war, weiß ich nicht«, antwortete sie. »Aber ich fand es sehr süß von ihm, dass er gekommen ist. Andererseits war es aber auch das Mindeste, was er tun konnte.«

»Ich weiß.« Davina zog einen kleinen Schmollmund. »Caro hat mir erzählt, wie mies er sich verhalten hat. Der Tag heute muss wahnsinnig hart für dich gewesen sein, Darling. Aber jetzt sind wir hier und vertreiben die düsteren Gedanken mit ein paar leckeren Cocktails! Dem besten Heilmittel der Welt!« Sie griff hinter sich, nahm ein Glas vom Tablett eines Kellners und reichte es April.

»Cheers!« April hob ihr Glas und hoffte, dass sie sich so verhielt, wie Gabriel es von ihr erwartete. Sie hatte nämlich keine Ahnung, wie eine Rekrutin sich zu benehmen hatte. Davina stieß mit ihr an und lächelte durchtrieben.

»Auf immerwährende Heilung!«, sagte sie und wandte sich dann zwinkernd einem umwerfend aussehenden Jungen zu, der eine Lederjacke trug.

April blickte sich suchend im VIP-Bereich um. Auf der anderen Seite unterhielt Caro sich gerade mit einem hübschen Jungen mit kunstvoll zerwühlten schwarzen Haaren, der alles, was sie sagte, hoch amüsant zu finden schien. Anstelle der Sorgen, die April sich gerade noch um ihre Freundinnen gemacht hatte, trat plötzlich Wut. Aus irgendeinem Grund ärgerte Caros Verhalten sie mehr als das von Fiona. Schließlich hatte Caro doch schon seit Langem den Verdacht, dass es an der Ravenwood Vampire gab – hätte sie da nicht die Erste sein müssen, die misstrauisch wurde? Warum ließ sie sich jetzt so bereitwillig auf diese Leute ein?

Sie ging zu den beiden hinüber. »Sag mal, was machst du eigentlich hier?«, fragte sie laut, um den Lärm zu übertönen.

Caro blickte gereizt zu ihr auf, als wolle sie nicht gestört werden.

»Können wir kurz reden?«, fragte April und fasste Caro am Arm.

»Was ist denn los?« Caro hievte sich aus ihrem Sessel und blieb schwankend stehen.

April führte sie in eine Ecke, in der es ein bisschen ruhiger war. Sie konnte es immer noch nicht fassen, dass Caro tatsächlich zusammen mit ihrer angeblichen Erzfeindin in diesen Club gegangen war.

»Was hast du mit Davina hier zu suchen?«, zischte sie ihr ins Ohr. »Mein Vater wurde heute beerdigt, schon vergessen?«

»Schrei mich gefälligst nicht so an«, entgegnete Caro angriffslustig. Ihre Augen waren glasig und ihr Gesicht gerötet – sie hatte definitiv schon mehr als bloß ein paar Cocktails intus. »Du bist einfach abgehauen und hast niemandem gesagt, wo du bist. Was hast du denn erwartet? Dass wir alle bei dir zu Hause rumsitzen und warten, bis du irgendwann geruhst zurückzukommen?«

April spürte, wie sie vor Wut und Kränkung rot anlief. »Ich habe Fiona eine SMS geschrieben, dass ich ein bisschen allein sein musste, und mein Handy war die ganze Zeit an. Du hättest ja auch anrufen und mal nachfragen können.«

»Na klar, und was hätte unser kleiner Sonnenschein dann gesagt?«

»Muss ich mich jetzt auch noch dafür entschuldigen, an

dem Tag, an dem ich meinen Vater begraben habe, eine Spaß-
bremse zu sein?!«, rief April fassungslos. »Ich dachte, du
wärst meine Freundin, aber dir scheint überhaupt nicht klar
zu sein, wie hart das alles für mich ist.«

»Ach ja? Und hast du dich mal gefragt, was ich in den letzten Wochen durchgemacht habe? Nein, hast du nicht! Weil es
nämlich immer nur um dich gegangen ist!«

»Was *du* durchgemacht hast?« April sah sie ungläubig an.

»Ach, vergiss es einfach«, sagte Caro und drehte sich um.

»Nein, ich will es wissen!«, rief April und hielt sie am Arm
zurück. »Na los, sag schon!«

Caro funkelte sie wütend an. »Du hast echt keine Ahnung,
oder? Gott ...«

April packte sie an den Schultern und schüttelte sie. »Was
ist denn los? Dann sag es mir doch endlich!«

Caro schubste sie weg und hielt ihre Hände vor Aprils
Gesicht. »Blut!«, rief sie. »Ich habe Blut an meinen Händen,
überall Blut. Ja – es war dein Vater, und nein – ich kann mir
nicht vorstellen, wie wahnsinnig hart das für dich sein muss.
Aber ich bin dabei gewesen, April. Ich habe genau wie du
mitansehen müssen, wie er starb!«

April sah, dass Caros Hände zu zittern begannen. Ihrer
Freundin liefen dicke Tränen übers Gesicht.

»Ich habe sie immer und immer wieder gewaschen, aber ich
habe das Gefühl, dass das Blut immer noch an mir klebt.« Ihre
Stimme brach. »Und es gibt niemanden, mit dem ich darüber
reden könnte. Du bist in letzter Zeit so gut wie nie ans Telefon
gegangen, und alle anderen fragen mich immer nur, wie es dir
geht und wie du damit klarkommst. Aber was ist mit mir? Wie
soll *ich* damit klarkommen?«

Der Vorwurf traf April wie eine Ohrfeige. Sie war so mit
ihrem eigenen Kummer beschäftigt gewesen, dass sie der Gedanke, wie Caro mit alldem fertigwurde, noch nicht einmal

gestreift hatte. Caro war an dem Tag dabei gewesen, sie hatte direkt hinter ihr gestanden und versucht, sie von ihrem Vater wegzuziehen. *Natürlich* hatte sie alles mitangesehen. Sie streckte beschämt die Hand nach ihrer Freundin aus.

»Es tut mir leid …«

Caro schüttelte den Kopf. »Nicht«, sagte sie. »Ich *weiß*, wie beschissen das alles im Moment für dich ist, ich *weiß*, dass für dich alles viel schrecklicher ist als für mich. Aber heute nehme ich mir ausnahmsweise das Recht heraus, mich sinnlos zu betrinken und von irgendeinem fremden Typen küssen zu lassen, okay?«

April nickte. »Das war total gedankenlos von mir. Tut mir leid. Wirklich.«

Caro rang sich ein kleines Lächeln ab und wischte sich die Tränen von den Wangen. »Mir doch auch.«

April sah ihr betroffen hinterher, als sie zu dem schwarzhaarigen Jungen zurückging. Sie hatte sich in ihrem ganzen Leben nie elender gefühlt. Caro hatte vollkommen recht. Der Verlust ihres Vaters war das Schlimmste gewesen, was ihr in ihrem Leben je passiert war. Ihre Welt war zerbrochen, und nichts würde je wieder so sein, wie es einmal war. Sie hatte keine Ahnung, ob sie jemals darüber hinwegkommen würde. Aber deswegen hätte sie ihre Freundinnen – und es waren gute Freundinnen – nicht vernachlässigen dürfen. Auf der Suche nach Fiona ließ sie ihren Blick durch den VIP-Bereich schweifen und entdeckte sie schließlich neben einem Typen, der aussah, als wäre er geradewegs einem Burberry-Katalog entstiegen. Die beiden schienen in eine ernste Unterhaltung vertieft zu sein. Gabriel stand mit Benjamin, Marcus und ein paar anderen Leuten, die sie vage von der Halloweenparty wiedererkannte, am anderen Ende des Raums und schien sich blendend zu amüsieren. April fragte sich, wer von diesen Leuten alles ein Vampir und wer ein Rekrutierter war und ob ihre Freundinnen ihren Verführungskünsten womöglich bereits erlegen waren. Für den ahnungslosen Betrachter war das, was sie sah, nichts weiter als der noble VIP-Bereich eines angesagten Clubs, in dem schöne junge Menschen ausgelassen feierten, aber mit dem Hintergrundwissen, das sie mittlerweile hatte, strahlte dieser Ort für sie etwas fast schon Bedrohliches aus. Sie spielte kurz mit dem Gedanken, heimlich ein paar Handyfotos zu machen, um eine Antwort auf ihre Frage zu bekommen, aber sie erinnerte sich noch zu gut an Gabriels Warnung: Wenn du ihnen auch nur den geringsten Anhaltspunkt für den Verdacht lieferst, du könntest wissen, was sie sind und was sie tun, werden sie in deinem Blut baden.

»Hey. Alles okay, Süße?« April fuhr herum. Fiona stand neben ihr und stocherte mit dem Strohhalm nervös in ihrem Drink herum. April zog ihre Freundin ein paar Schritte weiter in eine Nische, wo ihnen niemand ins Gesicht sehen konnte.

»Nein, nichts ist okay«, seufzte sie. »Ich hab Caro gerade eine Szene gemacht, und jetzt komme ich mir zu allem anderen auch noch wie eine miese Freundin vor.«

»Du hast ihr eine Szene gemacht? Warum?«

»Als ich nach Hause gekommen bin und ihr alle weg wart, hab ich totale Panik bekommen und geglaubt, ihr wärt alle umgebracht worden.«

Fiona lachte. »Wie du siehst, leben wir noch. Davina hat den Vorschlag gemacht, noch ...« Sie verstummte und presste sich eine Hand auf den Mund. »Oh Gott, kein Wunder, dass du das geglaubt hast.«

April blickte sich verstohlen um. »Dann weißt du also Bescheid?«, flüsterte sie.

»Worüber?«

»Na, dass sie ... *Vampire* sind.«

Fiona runzelte verwirrt die Stirn und nahm einen Schluck von ihrem Drink. »Was? Nein, ich meinte, dass du das gedacht hast, als du nach Hause gekommen bist und niemand mehr da war, noch nicht einmal deine Mutter. Immerhin ist dein Dad dort ... *du weißt schon.*« Sie zog eine entschuldigende Grimasse. »Da wäre wahrscheinlich jeder erst mal auf so einen Gedanken gekommen. Das tut mir wirklich leid, Süße. Wir hätten auf dich warten sollen, aber Benjamin hat gemeint, dass du sicher kein Problem damit hättest und dass Gabriel ja später mit dir nachkommen könnte, wenn dir nach Ablenkung wäre ... Das hat sich so einleuchtend angehört.«

Sie sind wirklich verdammt gut, dachte April und nahm einen tiefen Schluck von ihrem Cocktail. »Was hast du denn meiner Mutter gesagt, wo ich bin?«, fragte sie.

»Ich hab ihr gesagt, dass Gabriel vorbeigekommen ist und ihr ein bisschen spazieren gegangen seid. Ich glaube, sie hat mir die Story abgekauft. Deine Mum ist aber auch wirklich ziemlich cool. Ich meine, es gibt nicht viele Mütter, die sich dazu überreden lassen würden, mit den Freunden ihrer Tochter in einen Club zu gehen – besonders nicht an einem Tag wie heute.«

»Was?«, rief April erschrocken. »Willst du damit sagen, dass meine Mum auch hier ist?«

Fiona zuckte verunsichert mit den Schultern, während April sich hektisch umsah.

»Ich dachte, das wüsstest du.«

»Wie bitte? Nein, verdammt noch mal. Ich hatte keine Ahnung!«, rief April wütend und stürmte davon, als sie die blonde Frau erkannte, mit der sich Davina gerade unterhielt.

»Mum!« Sie packte ihre Mutter am Arm und wirbelte sie zu sich herum. »Was hast du hier zu suchen, verdammt noch mal?«

»Oh, hallo, Schatz«, nuschelte Silvia mit schwerer Zunge. »Wir feiern gerade eine kleine After-Show-Party. Schön, dass du uns gefunden hast.«

»Wir haben Dad heute unter die Erde gebracht!«, erwiderte April aufgebracht. »Wie kannst du nur?«

»Aber was ist denn dabei? Ich habe mir doch nur einen kleinen Drink mit deinen Freunden gegönnt, und außerdem hat Davina etwas sehr Wahres gesagt.«

»Davina?« April warf der Schlangenkönigin einen finsteren Blick zu.

»Jetzt hör mir doch erst mal zu«, lallte ihre Mutter und wedelte mit erhobenem Zeigefinger vor ihrem Gesicht herum. »Davina hat gesagt, dass dein Vater sicher nicht gewollt hätte, dass wir heute nur Trübsal blasen. Nein, er hätte gewollt, dass wir sein Leben feiern, weil er nämlich ein ganz besonderer Mann war. Und sie hat recht – William *war* ein ganz besonderer Mann. Und deswegen fand ich es besser, seiner auf diese Weise zu gedenken, statt mit all den Verwandten, die ihn sowieso nie leiden konnten, zu Hause herumzuhocken.«

»Weißt du was, Mum? Du kannst einem wirklich nur noch leidtun!«, schrie April ihre Mutter an und hielt dann erschrocken inne. Es waren exakt die gleichen Worte, die sie ihrem Vater an dem Tag an den Kopf geworfen hatte, an dem er ermordet worden war.

»Komm jetzt.« Sie nahm ihre Mutter an der Hand und zog sie mit sich davon. »Wir gehen nach Hause.«

Silvia hatte Mühe, sich auf den Beinen zu halten. »Ich glaube, du hast recht, Schatz. Um ehrlich zu sein, fühle ich mich nicht besonders.«

»Alles in Ordnung? Braucht ihr vielleicht Hilfe?« Benjamin war, dicht gefolgt von Gabriel, auf sie zugekommen.

»Nein danke, es geht schon. Fee? Kannst du ihren anderen Arm nehmen?« Die beiden Mädchen nahmen Silvia in ihre Mitte und führten sie Richtung Ausgang.

»Wartet, ich mach euch den Weg frei«, sagte Gabriel und ging voraus.

April erinnerte sich an seine Warnung und drehte sich noch einmal zu Davina um.

»Bitte entschuldige«, sagte sie. »Lieb, dass ihr euch um sie gekümmert habt, aber …«

»Hey, du musst dich doch nicht entschuldigen«, unterbrach Davina sie und zog wieder ihren Schmollmund. »Das ist ein langer, harter Tag für euch gewesen. Wir sehen uns dann in der Schule, okay?«

April zwang sich zu lächeln.

Draußen schlug ihnen kalte Nachtluft entgegen, die April nach der stickigen Hitze im Club als einen wahren Segen empfand. Sie winkten ein Taxi heran und packten Silvia, die mittlerweile fast eingeschlafen war, auf den Rücksitz. Als Fiona bereits im Wagen saß, wandte April sich an Gabriel und flüsterte: »Könntest du bitte wieder reingehen und auf Caro aufpassen?«

Gabriel lächelte. »Klar, mach ich.«

»Und kannst du morgen um acht zu mir kommen? Wir müssen dringend reden.«

»Aber morgen ist Mittwoch – was ist mit der Schule?«

»Ich hab wegen der Beerdigung einen Tag frei bekommen, und du wirst es bei deinem Bildungsstand bestimmt verkraften, wenn du mal einen Vormittag die Schule schwänzt.«

Gabriel grinste, dann beugte er sich plötzlich zu ihr herunter und küsste sie auf die Wange.

»Oh.« Ihre Hand schnellte zu der Stelle, an der seine Lippen ihre Haut gestreift hatten.

Gabriel lachte, und April drehte sich benommen um und stieg in das Taxi ein. Als der Wagen anfuhr, kurbelte sie hektisch die Scheibe hinunter, streckte noch einmal den Kopf zum Fenster heraus und rief: »Hey! Und wehe du versetzt mich wieder! Dann wirst du dir wünschen, du *wärst* tot.«

Einunddreißigstes Kapitel

Eine Minute vor acht klingelte es an der Haustür. April und Fiona saßen gerade in der Küche, aßen knusprige Croissants, die Fiona im Ofen aufgebacken hatte, und besprachen die Ereignisse des vorherigen Tages. Fiona war schon erstaunlich früh munter gewesen und hatte fröhlich vor sich hin summend alle Spuren der gestrigen Trauerfeier beseitigt, sodass die Küche nun wieder blitzsauber war. April hatte ihre Freundin schon immer für ihre Stehaufmännchen-Mentalität bewundert, auch wenn sie ihr mit ihrer ewigen Munterkeit manchmal auf die Nerven ging. Aber seit wann war sie zur Putzfee mutiert? *Gehört das zum Rekrutierungsprozess dazu?*, fragte April sich und schämte sich gleich darauf, ihre beste Freundin zu verdächtigen, sich von den Vampiren verführt haben zu lassen, aber mittlerweile hielt sie eine gesunde Portion Paranoia für ganz nützlich. Lieber verdächtigte sie jemanden zu Unrecht, als irgendwann unversehens in ihrer eigenen Blutlache aufzuwachen. Es war nun einmal eine Tatsache, dass Fiona sich gestern blendend mit Davina und Benjamin verstanden hatte. Eigentlich hatte April vorgehabt, mit ihr und Caro über das zu sprechen, was Gabriel ihr erzählt hatte, aber mittlerweile war sie sich nicht mehr sicher, ob das wirklich eine gute Idee war. Sie war sich mit gar nichts mehr sicher.

Es klingelte erneut, diesmal gleich zweimal hintereinander. »Oh Gott, er ist gekommen, und er ist sogar pünktlich.«

April sprang auf, bereute die abrupte Bewegung aber sofort, als ihr Knie sich mit einem pochenden Schmerz meldete. »Wie sehe ich aus?«, fragte sie und strich ihren Rock glatt.

»Du siehst toll aus«, sagte Fiona. »So, und jetzt atmest du tief durch und beruhigst dich. Es geht bloß um einen Jungen, okay? Und wenn er so pünktlich ist, dann hat er definitiv Interesse an dir.«

April klopfte das Herz trotzdem bis zum Hals, als sie zur Tür ging.

»Ein Wunder! Du bist ausnahmsweise mal pünktlich...«, rief sie, als sie die Tür aufriss, und verstummte dann abrupt.

Vor ihr stand nicht Gabriel, sondern Detective Inspector Ian Reece und Detective Sergeant Amy Carling.

»Haben Sie jemand anderen erwartet?«, fragte Sergeant Carling mit einem schmalen Lächeln.

»Ich... nein... Ich meine, ja. Bloß eine Freundin«, stammelte April, die sich noch nicht wieder von dem Schock erholt hatte. »Warum sind Sie hier?« Sie sah Inspector Reece an. »Ist etwas passiert?«

»Kein Grund zur Beunruhigung«, sagte Reece. »Ich wollte nur vor der Schule noch kurz mit Ihnen sprechen. Dürfen wir reinkommen?«

April warf einen Blick über die Schulter. »Also im Moment ist es ehrlich gesagt ein bisschen unpassend... wegen der Beerdigung gestern und allem.«

»Es wird auch bestimmt nicht lange dauern. Wir haben nur ein paar Fragen, dann sind Sie uns schon wieder los«, sagte Reece und lächelte gewinnend.

»In Ordnung.« April warf einen nervösen Blick auf den Platz hinter ihnen. Noch keine Spur von Gabriel. Es hätte ihr gerade noch gefehlt, dass die Polizei anfing, sie über ihre Beziehung auszufragen, zumal sie sich darüber selbst noch nicht wirklich im Klaren war. Sie ließ die beiden Beamten eintreten und führte sie ins Wohnzimmer. »Aber ich habe wirklich nicht viel Zeit«, sagte sie, als sie sich setzten.

»Es wird nicht lange dauern«, wiederholte Reece. »Möchten Sie vielleicht Ihre Mutter dazubitten?«

April schüttelte den Kopf. Sie wollte die Sache so schnell wie möglich hinter sich bringen und wagte gar nicht daran zu denken, wie ihre Mutter reagieren würde, wenn man sie nach dem gestrigen Abend um diese Uhrzeit aus dem Bett holen würde – und dann auch noch, um mit dem Mann zu reden, mit dem sie sich bei ihrer letzten Begegnung so angelegt hatte.

»Nein, nicht nötig«, antwortete sie.

»Okay«, sagte Reece. »Kommen wir gleich zum Thema. Sie können sich vielleicht vorstellen, dass ich nach Ihrem Anruf gestern Abend ziemlich beunruhigt war, April. Was ist denn da genau passiert?«

April spürte, wie sie rot wurde. »Oh Gott, das tut mir wahnsinnig leid. Ich war ein bisschen durcheinander und habe geglaubt, dass mich jemand verfolgen würde, aber … aber das habe ich mir wohl doch nur eingebildet.«

»Was haben Sie denn am Abend der Beerdigung Ihres Vaters überhaupt in der Londoner Innenstadt gemacht, Liebes?«, fragte Sergeant Carling sanft.

Nenn mich nicht »Liebes«, du dämliche Kuh, dachte April gereizt. Sie kaufte der Polizistin ihr freundliches Getue nicht ab und durchschaute sofort, was sie mit der vertraulichen Anrede bezweckte.

»Ich, na ja, ich brauchte ein bisschen Abstand«, sagte April. »Auf der Trauerfeier waren so viele Menschen, die ich noch nie gesehen hatte und die über meinen Vater redeten, als hätten sie ihn besser gekannt als ich. Ich wollte einfach an einem Ort sein, von dem ich wusste, dass er dort immer glücklich gewesen ist.«

»Und welcher Ort war das?«, erkundigte sich Reece.

»Eine kleine Patisserie in Covent Garden. Mein Großvater wohnt ganz in der Nähe.«

Sergeant Carling schlug ihr Notizbuch auf.

»Haben Sie sich in das Café gesetzt?«, fragte Reece.

»Nein. Als ich davorstand, habe ich gemerkt, dass ich nicht genug Geld dabeihatte«, antwortete April. »Hören Sie, das ist doch alles nicht so wichtig. Worum geht es wirklich? Haben Sie etwas Neues herausgefunden?«

Reece und Carling tauschten einen Blick aus.

»Wir haben Ihren Anruf zurückverfolgt«, sagte Inspector Reece, »und können dadurch ziemlich genau bestimmen, wo Sie sich aufgehalten haben.«

Als April darauf nichts erwiderte, fuhr Reece fort. »Es kam gestern Abend in der Nähe von Covent Garden zu einer gewalttätigen Auseinandersetzung, und, nun ja, es gibt einige Parallelen zu den Fällen in Highgate.«

»Inwiefern?«, fragte April.

Reece schüttelte den Kopf. »Tut mir leid, aber darüber kann ich Ihnen zum gegenwärtigen Zeitpunkt der Ermittlungen noch nichts sagen.«

»Warum nicht? Hab ich nicht das Recht …«, begann April, aber Sergeant Carling unterbrach sie.

»Können Sie uns bitte genau beschreiben, wo Sie sich befunden haben?«

April senkte den Blick. »Nein, tut mir leid. Wie schon gesagt, hatte ich das Gefühl, verfolgt zu werden, und habe gar nicht richtig darauf geachtet, wo ich hinlief.«

»Und wer, glaubten Sie, hat Sie verfolgt, April?«, fragte Reece.

»Ich weiß es nicht.« Sie warf ihm einen kurzen Blick zu. »Der Mörder?«

Sergeant Carling musterte sie skeptisch. »Haben Sie irgendetwas Auffälliges bemerkt, April?«

»Nein, nichts«, antwortete sie hastig – ein bisschen *zu* hastig – und spürte, wie ihr Magen sich zusammenzog. »Was ist denn passiert? Wurde wieder jemand umgebracht?«

Inspector Reece zögerte einen Moment, bevor er antwortete. »Leider ja. Ziemlich scheußliche Angelegenheit.«

April presste sich eine Hand auf den Mund. »Oh nein.«

Sergeant Carling sah sie eindringlich an. »Wissen Sie irgendetwas darüber, April?«

April schloss die Augen und schüttelte den Kopf. »Nein, ich weiß wirklich nichts.«

Und ob du etwas darüber weißt!, schrie eine Stimme in ihrem Kopf. *Du bist sogar dort gewesen!* Aber mehr hätte April den beiden Beamten auch nicht sagen können. Hatte Gabriel diese Typen umgebracht? Sie war sich sicher gewesen, dass sie noch gelebt hatten, als sie davonrannte. Aber sie hatte natürlich keine Ahnung, was Gabriel getan hatte, nachdem sie die Stufen hochgelaufen war. Aber warum hätte er sie umbringen sollen? *Er ist ein Vampir, und das Töten liegt in seiner Natur.* Andererseits stellten sie zu dem Zeitpunkt für sie doch gar keine Gefahr mehr dar, und Gabriel hatte ihr am Abend zuvor selbst gesagt, dass Vampire eher versuchen würden, ihre Opfer für sich einzunehmen, weil sie nichts davon hätten, sie umzubringen. Das klang logisch – aber auch nur wenn man davon ausging, dass Vampire sich logisch verhielten. Und konnte das ein Wesen mit einem derart ausgeprägten Killerinstinkt überhaupt?

Reece beugte sich auf seinem Sessel vor und berührte April am Knie. Sie zuckte zusammen.

»Was ist denn los, April?«

April sah ihn mit zornfunkelnden Augen an. »Was los ist?«, wiederholte sie aufgebracht. »Mein Vater wurde ungefähr zwei Meter von dem Platz, auf dem Sie gerade sitzen, niedergemetzelt, und Sie fragen mich, was los ist? Sie haben gesagt, dass Serienmorde extrem selten sind, aber genau das passiert gerade – und zwar direkt vor meiner Nase, und es nimmt einfach kein Ende. Es ist, als würde irgendein verdammter Fluch auf mir liegen.« Sie sah mit Tränen in den Augen zu Reece auf. »Glauben Sie, dass es meine Schuld ist?«

Der Inspector sagte eine ganze Weile gar nichts, sondern sah sie nur stumm an. »Nein, April, es ist nicht Ihre Schuld«, antwortete er schließlich ernst und stand auf. »So schrecklich es ist – solche Dinge passieren. Leider. London ist eine Stadt mit siebeneinhalb Millionen Einwohnern. Ich kann nachvollziehen, dass Sie das Gefühl haben, das alles hätte etwas mit Ihnen zu tun, aber ich bin mir sicher, dass dieser Eindruck täuscht. In der Regel geschehen solche Verbrechen völlig willkürlich.«

»Aber was ist denn genau passiert, Inspector?«, sagte sie. »Ich meine, in London sind doch überall Überwachungskameras angebracht. Gibt es denn keine Aufzeichnungen des Vorfalls?«

Wieder warfen die beiden Beamten sich diesen seltsamen Blick zu.

»Doch«, antwortete Reece. »Aber die sind unbrauchbar. Der Vorfall selbst ereignete sich in einer Fußgängerunterführung in der Nähe von Covent Garden, in der leider keine Kameras installiert sind. Wir haben lediglich Aufnahmen von Ihnen, wie Sie über den Trafalgar Square laufen und ... na ja ...«

»Was?«

Reece zuckte mit den Achseln. »Wahrscheinlich ist es nicht weiter von Bedeutung, aber ... es gibt eine Videoaufzeichnung von Ihnen, auf der zu sehen ist, wie Sie gehetzt in eine kleine Gasse rennen, als würden Sie von jemand verfolgt, aber hinter Ihnen ist niemand.«

»Da ist niemand?«, wiederholte April leise. »Wirklich nicht?«

Der Inspector runzelte die Stirn. »Nein. Glaubten Sie in dem Moment denn, es wäre jemand hinter Ihnen her?«

April schüttelte den Kopf. »Wie schon gesagt, ich *dachte*, dass mich jemand verfolgt, aber wahrscheinlich habe ich mir das alles bloß eingebildet.«

»Sieht ganz so aus. Machen Sie sich also bitte keine allzu großen Sorgen. Das ist bestimmt bloß einer dieser seltsamen Zufälle gewesen, die es öfter im Leben gibt.«

April rang sich ein kleines Lächeln ab. Sie wusste, dass er nur nett zu ihr sein wollte, aber er kannte die Wahrheit nicht. Er hatte keine Ahnung, dass Gabriel dort gewesen war, dass er diese Typen möglicherweise kaltblütig getötet hatte. Und er hätte ihr ganz sicher nicht geglaubt, wenn sie ihm auch noch den Rest von dem erzählt hätte, was sie inzwischen über Gabriel Swift wusste. April stand ebenfalls auf und begleitete die beiden Beamten zur Tür. Als sie sie gerade hinter ihnen schließen wollte, fiel ihr noch etwas ein.

»Inspector Reece?«, rief sie und lief ihm ein paar Schritte hinterher. »Darf ich Sie noch was fragen?«

Reece sah sie an, dann wandte er sich an Sergeant Carling und bat sie, im Wagen auf ihn zu warten.

»Was meinten Sie, als Sie sagten: ›Wahrscheinlich ist es nicht weiter von Bedeutung‹?«, fragte sie, als die Polizistin außer Hörweite war. »Sie wissen schon, als Sie eben von den Bändern der Überwachungskameras gesprochen haben?«

»Ach das«, sagte Reece. »Nichts, worüber Sie sich sorgen müssten. Wahrscheinlich bloß ein Defekt an der Kamera.«

»Aber warum haben Sie es überhaupt erwähnt? Bin ich vielleicht doch verfolgt worden?«

Reece schüttelte den Kopf. »Nein, da war nur ein verschwommener dunkler Fleck auf dem Band zu sehen, mehr nicht«, sagte er und lachte, aber es klang unecht. April spürte, dass ihn irgendetwas beunruhigte.

»Bitte, Inspector«, flehte sie. »Sie fangen an, mir Angst zu machen.«

Er sah sie einen Moment lang an, dann seufzte er. »Na schön. Kurz nachdem Sie in die Gasse gelaufen waren, huschte eine Art dunkler Schatten durchs Bild. Im ersten Moment dachte ich, Ihnen wäre tatsächlich jemand gefolgt, aber unsere Techniker haben mir versichert, dass das ausgeschlossen ist — es sei denn, dieser Jemand wäre durchsichtig gewesen. Sie tippen auf einen Softwarefehler. Tut mir leid, ich hätte es gar nicht erst erwähnen sollen. Und jetzt versuchen Sie bitte, sich keine Sorgen mehr zu machen«, bat er sie. »Ich verspreche Ihnen, dass wir diese ganze Sache aufklären werden.«

Dafür müssten Sie allerdings erst einmal an die Existenz von Vampiren glauben, dachte April bitter, als sie ins Haus zurückging und die Tür hinter sich schloss.

Zweiunddreißigstes Kapitel

April gab sich alle Mühe, tapfer zu sein, trotzdem brach ihr beinahe das Herz, als sie zusah, wie Fiona ihre Reisetasche im Kofferraum des Taxis verstaute. Es war so schön gewesen, ihre alte Freundin bei sich zu haben, auch wenn sie den Großteil ihrer gemeinsamen Zeit damit verbracht hatten, sich über Vampire und merkwürdige Aufzeichnungen in Notizbüchern und unerklärliche Ereignisse zu unterhalten. Aber es war mitten im Schuljahr, und Fionas Eltern wollten nicht, dass sie zu viel vom Unterricht verpasste. April war dankbar, dass sie ihrer Tochter überhaupt erlaubt hatten, sie in London zu besuchen. Sie wusste nicht, wie sie die Beerdigung ohne ihre Freundin überstanden hätte. Durch ihre Anwesenheit hatte sie das Gefühl gehabt, ein winziges Stück von ihrem alten Leben zurückzubekommen, sich an einem letzten Rest von Normalität festhalten zu können. Aber jetzt musste sie Fiona wieder fahren lassen. Nicht nur, weil ihre Eltern es so wollten, sondern auch deswegen, weil sie hier bei ihr nicht sicher war. Um sie herum wurden ständig Menschen ermordet, und nach dem gestrigen Abend durfte sie nicht riskieren, dass die Vampire Fiona auch nur noch einen Schritt näher kamen. Sie wollte sie nicht auch noch verlieren.

»Soll ich nicht doch lieber noch ein paar Tage bleiben?«, sagte Fiona, als sie April zum Abschied umarmte.

»Du hast keine Ahnung, wie sehr ich mir das wünschen würde«, antwortete sie. »Aber ich kann mich nicht ewig an dir festklammern. Ich muss langsam anfangen, wieder alleine klarzukommen. Und außerdem hast du ein Ticket für die Business Class – du willst dir doch nicht etwa die kostenlosen Snacks entgehen lassen, oder?«

Fiona lächelte und drückte sie fest an sich. »Du rufst mich jeden Tag an, okay?«

»Soll das ein Scherz sein?«, rief April. »Ich melde mich stündlich bei dir!«

Sie hätte gern noch mehr gesagt, hatte aber Angst, wieder in Tränen auszubrechen.

»Pass auf dich auf«, bat Fiona. »Im Ernst, Süße. Ich hab das Gefühl, dass das hier eine gefährliche Ecke ist. Also bitte keine Alleingänge in irgendwelche Spukhäuser und wenn, dann nimm wenigstens eine Taschenlampe mit, okay?«

April kicherte, aber Fionas Gesicht nahm sofort wieder einen besorgten Ausdruck an.

»Und nimm dich vor Gabriel in Acht, hörst du?« Sie senkte die Stimme. »Ich weiß, dass er anbetungswürdig und supernett und alles ist, aber er ist und bleibt nun mal ein Kerl, und wir wissen ja beide, dass die immer nur auf das eine aus sind.«

Als April Gabriels Namen hörte, spürte sie ein aufgeregtes Ziehen im Bauch, das sich jedoch sofort in einen schmerzhaften Stich verwandelte, als sie an das Gespräch mit der Polizei zurückdachte.

»Ich passe auf mich auf«, sagte sie, als Fiona ins Taxi stieg. »Versprochen.«

Und dann war sie weg – eine Hand gegen die Heckscheibe gepresst, mit der anderen heftig winkend, saß sie im Wagen, der um die Ecke verschwand und sie mit sich fortnahm. April blieb verloren vor dem Haus stehen und starrte auf die Stelle, wo eben noch ihre beste Freundin gestanden hatte. Der letzte Fixpunkt aus ihrem alten Leben war fort und hatte sie in diesem neuen Leben, das ihr wie eine bedrohliche Fantasiewelt voller blutrünstiger Fabelwesen erschien, zurückgelassen. Was sollte sie nur tun?

In ihrer Tasche vibrierte ihr Handy. Eine SMS von Fiona – es standen bloß zwei Worte darin: *Sei stark.*

April lächelte. Das war ein guter Rat, sie hoffte nur, dass sie die Kraft hatte, ihn auch befolgen zu können. Und als sie gerade wieder ins Haus zurückkehren wollte, sah sie ihn. Gabriel stand auf der gegenüberliegenden Straßenseite und schaute zu ihr rüber, genau wie an dem Abend, als sie ihn das erste Mal gesehen hatte.

Hastig blickte sie sich auf dem Platz um. Nicht auszudenken, wenn die Polizei ihn hier sah. Sie winkte ihn zu sich.

»Komm mit rein.« Drinnen führte sie ihn ins Wohnzimmer und schloss die Tür. Dann drehte sie sich zu ihm um und sah ihn prüfend an.

»Meinst du, du schaffst es, mir ausnahmsweise mal nicht auszuweichen, sondern mir eine klare Antwort zu geben, wenn ich dir jetzt eine Frage stelle?«

»Natürlich«, sagte er lächelnd.

»Was hast du mit den Typen gemacht, die mich gestern Abend belästigt haben?«

»Ich habe getan, was ich tun musste«, antwortete er, ohne sie anzusehen.

»Du weichst schon wieder aus, Gabriel!«

»Was willst du denn von mir hören, April? Dass ich ihnen die Köpfe abgerissen und ihr Blut getrunken habe? Ist es das, was du von mir denkst?«

»Hast du sie umgebracht?«, rief sie. »Sag es mir!«

»Nein, verdammt noch mal!« Er sagte es beinahe verwundert. »Natürlich nicht! Wie um alles in der Welt kommst du darauf, dass ich so etwas tun würde?«

»Das fragst du noch?«, entgegnete sie. »Wer von uns beiden ist denn hier die blutsaugende Bestie?«

»Ich bin keine *Bestie*!« Zornesröte schoss ihm in die blassen Wangen. »Und ich habe diese Typen nicht umgebracht.« Er griff nach ihren Händen und zwang sie, ihn anzusehen. »Bei allem, was mir heilig ist«, sagte er mit ruhiger, fester Stimme, »und bei allem, was *dir* heilig ist, schwöre ich, dass ich sie nicht getötet habe.«

Sein Blick war so eindringlich und intensiv, dass Aprils Herz schneller schlug. Sie konnte in seinen dunklen Augen nichts Heimtückisches oder Böses erkennen. Und in diesem Moment wusste sie, dass er die Wahrheit sagte.

»Oh Gott, es tut mir leid«, flüsterte sie. »Nach allem, was gestern Abend passiert ist, habe ich mir nichts mehr gewünscht, als dir glauben zu können, aber es ist so verflucht schwer. Und dann stand heute Morgen auch noch die Polizei vor der Tür und hat mir gesagt, dass diese Kerle umgebracht worden sind.«

Gabriels Gesichtszüge wurden weich, und er zog sie fest an sich. »Ich weiß. Ich weiß, wie schwer es ist, mir zu glauben«, murmelte er an ihrem Ohr. »Aber ... aber du musst an mich glauben, weil ...« Er löste sich von ihr und blickte zu Boden.

»Weil?«

»Weil ... weil du mir wichtig bist, April.« Er hielt einen Moment lang inne und atmete tief durch. »Am liebsten würde ich einfach fortgehen, aber ich kann nicht. So etwas habe ich nicht mehr empfunden, seit ...«

»APRIL!«

Es war die Stimme ihrer Mutter.

»Mist!« April entzog sich hastig Gabriels Umarmung, schlüpfte zur Tür hinaus und rannte zur Treppe.

»Was ist denn das für ein Geschrei?«, stöhnte ihre Mutter, die oben am Treppenabsatz stand. »Bei dem Lärm kann doch kein Mensch schlafen!«

»Tut mir leid, Mum. Wir haben nur ... Wir sind ab jetzt ganz leise, versprochen.«

»Das will ich euch auch geraten haben«, brummte ihre Mutter und verschwand wieder in ihrem Zimmer.

April stieß leise die Luft aus und kehrte ins Wohnzimmer zurück.

»Okay. Was glaubst du, wer sie umgebracht hat?«, sagte sie, nachdem sie sich aufs Sofa gesetzt hatten.

»Ist die Polizei deswegen hier gewesen?«, fragte Gabriel.

»Ja. Sie haben gesagt, es gäbe einige Parallelen zu den Highgate-Morden.«

Gabriel runzelte nachdenklich die Stirn. »Dann muss dir noch jemand anderes gefolgt sein. Jemand, den ich nicht gesehen habe.«

»Du meinst, ein anderer Vampir?« April lief ein kalter Schauer über den Rücken.

»Ja. Wenn die Morde nach einem vergleichbaren Muster verübt wurden, gibt es eigentlich keine andere Erklärung dafür. So etwas Ähnliches hatte ich schon befürchtet.«

»Was hast du befürchtet?« Jetzt hatte April wirklich Angst. »Dass ich ebenfalls umgebracht werden soll?«

»Ich weiß es nicht«, sagte Gabriel zögernd.

»Sag es mir!« Sie packte ihn am Arm. »Ich muss es wissen!«

Er befreite sich sanft aus ihrem Griff, behielt ihre Hand aber in seiner. »Ich weiß es wirklich nicht, April. Das ist die Wahrheit«, fügte er hinzu, als er ihren zweifelnden Blick sah. »Aber es steht fest, dass hier irgendetwas ganz Übles im Gang ist. Die Vampir-Clans standen schon immer miteinander auf Kriegsfuß, aber das hier ist etwas anderes, etwas, das es noch nie gegeben hat.«

»Wie meinst du das?«

Er sah sie an. »Wir haben Regeln. Und irgendjemand ist dabei, diese Regeln zu brechen.«

»Vampire haben *Regeln*?«, fragte April skeptisch.

»Ich weiß, das klingt absurd, aber über die Jahrhunderte

hinweg haben wir gelernt, dass Regeln notwendig sind, um unsere wahre Identität zu schützen – und nichts ist wichtiger für einen Vampir, als unentdeckt zu bleiben.«

»Und was genau beinhalten diese Regeln?«, fragte April seufzend.

Gabriel senkte den Blick. »Es wird dir nicht gefallen.«

»Warum überrascht mich das nicht?«

»Wir dürfen keine Kinder, keine Familien und keine bekannten Persönlichkeiten umbringen und nur einmal pro Mondzyklus, pro Monat meine ich, Beute machen. Kurz – wir müssen alles vermeiden, was Aufmerksamkeit auf uns ziehen könnte. Aber die Highgate-Morde verstoßen gegen diese Regeln.«

»Und was schließt du daraus?«

Gabriel schüttelte den Kopf. »Entweder ist der Waffenstillstand gebrochen worden, oder der Regent steckt hinter den Morden – vielleicht auch beides. Es gibt aber auch noch eine vierte Möglichkeit: dass es sich um einen Einzelgänger handelt, einen abtrünnigen Vampir, der völlig eigenmächtig vorgeht.«

»Aber aus welchem Grund? Das widerspricht doch allem, was du mir bis jetzt über das Jagdverhalten von Vampiren erklärt hast.«

Gabriel zuckte mit den Achseln. »Vielleicht hat er seine Triebe nicht im Griff, oder es ist die pure Mordlust, die ihn dazu anstachelt. Es kann aber auch sein, dass er ganz eigene Ziele verfolgt oder sich irgendwie bedroht fühlt.«

»Und wenn dieser Vampir meinen Vater getötet hat ...«

»Genau das beunruhigt mich. Wenn er deinen Vater als Bedrohung ansah, könnte er das Gleiche auch von dir denken.«

April vergrub verzweifelt den Kopf in den Händen. Als hätte sie nicht schon genug, worüber sie sich Sorgen machen musste.

»Aber wie passt dann der Mord an den Typen in Covent Garden dazu?«

»Der Mörder ist dir offensichtlich gefolgt und hat auf eine günstige Gelegenheit gewartet. Aber dann habe ich ihm dazwischengefunkt.«

»Nein, ich meine, warum sagst du, dass er gegen die Regeln verstößt.«

»Zwei andere Regeln lauten: Töte immer nur eine Person auf einmal. Und niemals vor Mitternacht.«

April lachte nervös. »Niemals vor Mitternacht? Klingt wie aus einem Draculafilm.«

»Die Regel ist nicht so sinnlos, wie sie vielleicht klingt. Nach Mitternacht sind nicht mehr so viele Menschen auf den Straßen unterwegs, und wenn, dann sind sie meistens allein – keine Zeugen, leichte Beute. Außerdem sind um diese Uhrzeit überraschend wenig Polizeistreifen im Einsatz.«

»Schärfen Eltern ihren Kindern deswegen immer ein, spätestens bis Mitternacht zu Hause zu sein?«

Gabriel lächelte finster. »Halte dich lieber daran, April«, sagte er. »Das ist nämlich einer der wenigen Vampirmythen, der der Wahrheit entspricht.«

»Der Wahrheit *entsprach*.«

»Genau.«

Dreiunddreißigstes Kapitel

»Knoblauch nützt also auch nichts?«

April saß mit Gabriel in der Küche und ließ sich einen Crashkurs in Vampir-Kunde geben.

»Für Pastasauce eignet er sich perfekt«, sagte Gabriel lächelnd. »Aber nicht, um sich einen Vampir vom Leib zu halten oder ihn gar damit zu töten.«

»Und woher kommt dann dieses Ammenmärchen mit dem Knoblauch? Ich meine, warum nicht Petersilie oder Koriander oder irgendein anderes Kraut?«

»Weil Knoblauch früher zu medizinischen Zwecken eingesetzt wurde und Menschen auf ›magische‹ Weise heilen konnte. Tatsächlich wirkt es wie eine Art natürliches Antibiotikum. Einige Krankheiten lösen, wenn sie unbehandelt bleiben, Wahnvorstellungen aus, und damals glaubte man, mit Knoblauch Dämonen austreiben zu können.« Als er sah, wie April die Brauen hochzog, tat er, als wäre er gekränkt. »Hey, das sind alles historische Fakten – vor dir sitzt immerhin ein Zeitzeuge.«

»Weihwasser?«

»Fehlanzeige«, antwortete Gabriel. »Wir können uns gefahrlos in Kirchen aufhalten.«

»Sonnenlicht?«

»Jein. Wir können uns zwar der Sonne aussetzen, fühlen uns im Sonnenschein aber nicht besonders wohl. Die Sonne reizt unsere Haut und tut uns in den Augen weh. Aus diesem Grund lieben Vampire auch das Nachtleben und hassen den frühen Morgen. Im Gegensatz zu den Blutgebern – sorry, Menschen – ziehen wir die Nacht dem Tag und den Winter dem Sommer vor.«

April runzelte die Stirn und hob die Hand, um eine Zwischenfrage zu stellen. »Moment mal ... Ihr nennt uns ›Blutgeber‹?«, fragte sie ungläubig. Sie fand es beunruhigend, aber auch fast schon beleidigend, dass Vampire über Menschen sprachen, als wären sie nichts weiter als Nutztiere.

»Na ja ... das ist so ein Begriff, der ...«, stammelte Gabriel betreten.

»Schon gut«, unterbrach April ihn. »Was ist mit dem Kreuzzeichen?«

»Völliger Unsinn, genau wie der Mythos, dass wir in Spiegeln nicht zu sehen seien. Wenn das wahr wäre, könnten wir uns in keiner Innenstadt mehr frei bewegen, weil wir ständig Angst haben müssten, jemand könnte bemerken, dass wir uns in einer Schaufensterscheibe nicht spiegeln.«

»Und warum glauben dann alle an diesen Quatsch?«

»Weil wir wollen, dass ihr daran glaubt. All diese Mythen wurden von Vampiren bewusst in die Welt gesetzt.«

»Aber wieso?«

»Ganz einfach. Wann immer einer von uns verdächtigt wurde, ein Vampir zu sein, musste er nichts weiter tun, als sich irgendwo am helllichten Tag blicken zu lassen, in eine Kirche zu gehen oder Knoblauch zu essen. Es ist bloß eine weitere Maßnahme, um unentdeckt zu bleiben.«

April nagte nachdenklich an ihrer Unterlippe, während sie versuchte, das Gehörte zu verarbeiten. »Aber wenn es euch so gut gelingt, eure wahre Identität zu verbergen, wie könnt ihr andere Vampire dann überhaupt erkennen?«

Ein unruhiger Ausdruck huschte über Gabriels Gesicht. »Kommt drauf an. Gewandelte Vampire, also diejenigen, die wie ich durch einen Biss zum Vampir gemacht wurden, verraten sich durch ihre Makellosigkeit. Sie sind einfach zu perfekt. Einen echten Vampir zu erkennen ist dagegen sehr viel schwieriger.«

»Was ist ein echter Vampir?«

»Der leibliche Nachkomme von zwei Vampiren. Sie sind ungleich mächtiger, weil sie bereits als Vampir geboren wurden. Die Gabe, andere zu manipulieren, und die Rücksichtslosigkeit liegen ihnen sozusagen in den Genen – sie töten, ohne zu zögern. Ihre Körper regenerieren sich außerdem viel besser und schneller, sodass es fast unmöglich ist, sie zu vernichten.«

»Aber warum sind nur sie die ›echten‹ Vampire?«

Gabriel zog eine Grimasse. »Pure Arroganz. Als reinrassige Vampire fühlen sie sich sowohl Menschen als auch gewandelten Vampiren überlegen – sie betrachten sich als das ultimative Raubtier an der Spitze der Nahrungskette.«

April schauderte. »Und wie erkennst du dann einen echten Vampir?«

»Wir sind Jäger«, antwortete Gabriel. »Unser Sehvermögen, unser Gehör und unser Geruchssinn sind sehr viel ausgeprägter als bei Menschen. Das Problem ist nur leider, dass ein echter Vampir wie ein Blutgeber aussieht und riecht, im Gegensatz zu einem gewandelten Vampir, den ich am Geruch erkennen kann.«

»Aha, wonach riecht er denn?«

»Nach Tod.«

»Oh.«

April blickte auf ihre Hände hinunter und versuchte, ihre nächste Frage so beiläufig wie möglich klingen zu lassen, obwohl sich in ihrem Innersten ein nervöses Kribbeln breitmachte. »Und wie ist das mit der Nahrung? Könnt ihr auch normales Essen zu euch nehmen, oder ernährt ihr euch nur von Blut?« Bei der Vorstellung, wie Gabriel seinen Mund auf den hübschen Hals irgendeines anderen Mädchens presste, spürte sie, wie sie zwischen morbider Faszination und brennender Eifersucht hin- und hergerissen war.

»Das ist ein Aspekt, der dir definitiv nicht gefallen wird«, sagte Gabriel widerstrebend.

»Ich will es trotzdem wissen.«

»Wir können normale Nahrung zu uns nehmen – dank unseres ausgezeichneten Geruchs- und Geschmackssinns gehört gutes Essen sogar zu unseren größten Vergnügen. Aber wir brauchen Blut, um zu überleben, und können uns ausschließlich von menschlichem Blut ernähren, das wir mindestens einmal pro Woche trinken müssen, weil wir sonst krank werden.«

Gabriel hatte recht gehabt – dieser Aspekt gefiel ihr ganz und gar nicht. Als sie an Ling dachte, wie sie auf der Toilette geweint und sich ihr blutendes Handgelenk gehalten hatte, spürte sie erneut Wut in sich aufsteigen.

»Und von wem ernährst du dich?«, fragte sie, unfähig, ihren Abscheu zu verbergen.

»Von Spendern. Ich habe dir das Konzept neulich schon mal erklärt – Spender sind Leute, die uns erlauben, ein bisschen von ihrem Blut zu trinken. Wir brauchen nicht viel.«

Aprils Hand fuhr unwillkürlich an ihre Kehle. »Wage es bloß nicht, auch nur daran zu denken.«

»Niemals!«, sagte er mit einem kleinen Lächeln. »Aber um wieder zum eigentlichen Thema zurückzukehren. Der Bedarf an Spendern ist unter anderem ein Grund für die Rekrutierungen an der Ravenwood School – dadurch stehen genug Menschen zur Verfügung, von denen sie sich ernähren können. Und je mehr Blut ein Vampir bekommt, desto stärker wird er.«

April stieß einen tiefen Seufzer aus. Ihr wäre es lieber gewesen, sie hätte das alles gar nicht erfahren, andererseits wusste sie, dass es keinen Sinn hatte, sich darüber aufzuregen.

Das war nun einmal seine Natur, Gabriel hatte gar keine andere Wahl, als sich von menschlichem Blut zu ernähren. Sie musste sich darauf konzentrieren, welche Schlüsse sie aus diesem Wissen ziehen konnte, um zu verhindern, dass noch mehr unschuldige Menschen den Vampiren zum Opfer fielen.

»Okay, und wie können wir sie aufhalten? Indem wir ihnen einen Pflock ins Herz rammen?«

»Funktionieren würde es. Das ist einer der wenigen Bereiche, in denen das, was in der Literatur und in Filmen behauptet wird, den Tatsachen entspricht. Genau genommen kann man einen Vampir auf so ziemlich jede Weise töten, man muss es nur gründlich erledigen, indem man sein Herz durchbohrt, ihn erstickt oder ertränkt, ihm den Kopf abschlägt oder ihn verbrennt. Die Verletzungen müssen in jedem Fall tödlich sein, andernfalls erholt er sich durch den schnellen Heilungsprozess, zu dem sein Körper in der Lage ist, wieder. Du hast es gestern Abend ja selbst gesehen.«

Gabriel zog sein Hemd hoch und zeigte ihr die Stichwunde, von der nichts als ein noch leicht geröteter Striemen übrig geblieben war. Als April ihm in die Augen sah, verstand sie plötzlich nicht mehr, wie sie so große Angst vor ihm gehabt haben konnte, dass sie ihm ein Messer in den Bauch gerammt hatte. Er war unglaublich schön, sensibel und warmherzig … Sie streckte die Hand aus und fuhr, so behutsam sie konnte, mit den Fingerspitzen über die gerötete Stelle.

»Bitte verzeih mir, Gabriel«, sagte sie sanft.

»April«, flüsterte er, legte seine Hand über ihre und näherte sich ihr langsam – bis April im letzten Moment plötzlich reflexartig vor ihm zurückwich.

»Ich … Ich sollte vielleicht lieber mal kurz nach meiner Mum sehen«, sagte sie rasch und floh aus der Küche.

Was tu ich denn da?, fragte sie sich verwirrt, während sie die Treppe hinauflief. *Wann hat ein Junge – genauer, der sü-*

ßeste Junge der Welt – mich jemals so angesehen? Und ich habe nichts Besseres zu tun, als einfach davonzurennen?

Sich im Stillen selbst verfluchend, streckte sie vorsichtig den Kopf in das Zimmer ihrer Mutter.

»Mmmmm, Schatz?«, murmelte Silvia und drehte sich schlaftrunken um. »Bist du das?«

»Hey, Mum.«

»Sei so lieb und reich mir meine Tabletten rüber, ja? Ich hab entsetzliche Kopfschmerzen.«

April seufzte leise, ging aber zur Kommode, wo die Tabletten standen, und gab sie ihr.

»Danke, Liebes.« Ihre Mutter zog sich wieder die Decke über den Kopf. »Ach, und könntest du den Fernseher leiser stellen. Ich höre die ganze Zeit irgendwelche Stimmen.«

»Natürlich, Mum. Mach ich.«

Sie schloss sachte die Tür und ging wieder nach unten, wo sie Gabriel im Wohnzimmer fand. Er saß auf dem Sofa und blätterte in einem Buch.

»Oh, hey. Ich hoffe, du hast nichts dagegen.« Er hielt das Buch hoch, sodass sie das Cover sehen konnte, auf dem stand: *Unter dunklen Wellen: Das Rätsel um das Ungeheuer von Loch Ness.*

»Das ist eines der Bücher meines Vaters«, sagte April stolz.

»Scheint ziemlich gut zu sein.« Er nickte anerkennend. »Ich habe gerade gelesen, das der Loch Ness aufgrund seiner Tiefe mehr Wasser enthält als alle anderen schottischen Seen zusammen. Er ist siebenunddreißig Kilometer lang und eins Komma fünf Kilometer breit – ein verdammt gutes Versteck.«

»Nessie hat mein Dad zwar nicht gefunden ...«, April setzte sich neben ihn und sah sich ein paar der Aufnahmen an, »... aber wir haben tolle Ferien dort oben verbracht. Vor unserem Cottage stand jeden Tag ein Eiswagen ... Aber vielleicht verklärt mein Gedächtnis die Erinnerung auch nur.«

Gabriel strich ihr sanft über die Hand. »Ich wünschte, ich hätte deinen Vater kennengelernt«, sagte er. »Aber ich verspreche dir, alles in meiner Macht Stehende zu tun, um herauszufinden, wer ihn umgebracht hat.«

April konnte nur nicken. »Ich vermisse ihn schrecklich«, sagte sie nach einer kleinen Weile.

»Erzähl mir von ihm.«

Sie wandte den Blick ab. »Ich weiß nicht …«

»Bitte, ich meine es ernst«, beharrte er. »Erzähl mir von Schottland.«

»Also gut«, gab sie nach und spürte plötzlich zu ihrer Überraschung, dass es ihr sogar ein Bedürfnis war, über glücklichere Zeiten zu sprechen. Sie lehnte sich ins Polster zurück und begann ihm von ihren liebsten Erinnerungen zu erzählen. Von den Ferien auf der Isle of Skye, wo sie einen gestrandeten Kutter entdeckt hatten – ihr Vater hatte sie hineingehoben, damit sie darin nach Piratenschätzen suchen konnte, aber leider hatte sie nur ein paar alte Fischernetze gefunden. Oder von dem Nachmittag, als er versucht hatte, ihr das Angeln beizubringen, und wie sie im Wasser umgefallen war. Ihre Gummistiefel waren anschließend voller Froschlaich gewesen. Sie erzählte Gabriel von den Geburtstagen und den herrlichen Spielen, die sie sich ausgedacht hatten, und von ihren Fahrradtouren. Und während sie erzählte, fühlte sie sich so geborgen und entspannt wie schon seit Wochen, vielleicht sogar schon seit Jahren nicht mehr. Stück für Stück rutschte sie ein bisschen tiefer ins Sofa, bis ihr Kopf schließlich an Gabriels Schulter ruhte. Es fühlte sich gut an. Es fühlte sich richtig an. Gabriel begann, ihr langsam und zärtlich über die Haare zu streicheln. Als er ihr sanft eine Strähne hinters Ohr strich, rieselte ein warmer Schauer durch ihren Körper. *Küss mich*, flehte sie stumm und schloss die Augen. *Oh Gott, bitte küss mich.*

Stattdessen gab Gabriel plötzlich einen fauchenden Laut von sich, fuhr hoch und starrte sie entsetzt an.

»Was hast du denn?« April setzte sich erschrocken auf und sah ihn an. Auf seinem Gesicht spiegelte sich eine Mischung aus Schock, Angst und noch etwas anderem wider, das sie im ersten Moment nicht deuten konnte. Es war *Abscheu*. April schlug das Herz bis zum Hals. *Findet er mich so abstoßend?*

»Was ist los? Hab ich irgendetwas falsch gemacht?«, fragte sie.

Gabriel fuhr sich aufgewühlt mit der Hand durch die Haare und ging dann nervös im Raum auf und ab.

»Gabriel! Rede mit mir!«

Er schüttelte nur stumm den Kopf.

»Bitte!«

Endlich sah er sie an, und nun lag in seinem Blick ein völlig neuer Ausdruck: Mitleid. »Das sollte dir lieber jemand anderes sagen.«

»Was? Was soll mir jemand anderes sagen?«

Ihr wurde mit einem Mal eiskalt, als ihr plötzlich einfiel, woher sie diesen Ausdruck in seinen Augen kannte: Es war derselbe Blick, der in die Augen ihrer Mutter und ihres Großvaters trat, wenn sie ihnen Fragen zur Geschichte ihrer Familie stellte und sie ihr nur ausweichend antworteten. Ihr Magen zog sich zu einer winzigen Kugel zusammen. Was, wenn all das gar nichts mit Vampiren zu tun hatte? Wenn es um *sie* ging?

»Bitte, Gabriel«, sagte sie, und diesmal lag echte Verzweiflung in ihrer Stimme. »Was stimmt nicht mit mir?«

Er trat zu ihr und nahm ihre Hände in seine. »In Ordnung, April. Aber du musst mir versprechen, nicht durchzudrehen, okay?«

»Mach es mir doch nicht noch schwerer«, sagte sie mit zitternder Stimme.

Er nickte und holte tief Luft. »Du hast das Mal.«

April hob unsicher die Hand ans Gesicht. »Was für ein Mal? Wo?« Sie sprang auf, stürzte zum Kamin und schaute in den Spiegel, der über dem Sims hing. »Ich sehe nichts.«

Gabriel stellte sich hinter sie und strich ihr sanft die Haare aus dem Nacken. »Es ist hier, genau an der Haarlinie oberhalb deines Ohrs. Siehst du es jetzt?«

April beugte sich noch etwas näher an den Spiegel heran. *Da war tatsächlich etwas.*

»Was ist das? Ein Muttermal?«

Gabriel nickte und berührte es vorsichtig. »Es ist der Nordstern – das Zeichen der Wiedergeburt, des Lichtbringers.«

April kniff die Augen zusammen. Für sie sah es eher wie ein Tintenfleck aus als wie ein Stern, aber Gabriels Gesichtsausdruck nach zu urteilen, hatte es tatsächlich irgendeine wichtige Bedeutung. Er wirkte erschüttert und zutiefst betroffen, als hätte er gerade Krebs bei ihr diagnostiziert. Allmählich bekam sie es wirklich mit der Angst zu tun.

»Was hat dieses Mal zu bedeuten? Bin ich krank? Und sag jetzt bitte nicht wieder, es wäre zu kompliziert oder würde mir nicht gefallen.«

Gabriel schüttelte den Kopf. »Okay … Also eigentlich weiß ich von diesem Mal auch nur aus den alten Vampir-Überlieferungen, aber ich hatte schon so einen Verdacht, als ich von der Sache mit Milo gehört habe. Und jetzt …« Er sah sie an. »Und jetzt weiß ich, dass es stimmt.«

»Dass was stimmt?«, rief April. »Ich drehe gleich durch vor Angst, Gabriel. Jetzt sag es mir schon!«

»Du bist eine Furie. Du bist die letzte der Furien.« April rang nach Luft. Es war, als hätte jemand die Heizung zu hoch gedreht.

»Ich soll eine Furie sein?«, fragte sie mit trockenem Mund. »Was meinst du damit?«

»Furien sind Vampir-Jägerinnen.«

»Wie bitte? Das ist ein Scherz, oder?«

Gabriel nahm ihre Hand. »Ich wünschte, es wäre so, glaub mir«, sagte er. Dann führte er sie zum Sofa zurück und setzte sich neben sie, ohne ihre Hand loszulassen. Sie war dankbar für seine Nähe, aber die Berührung löste nicht die gleiche Wärme in ihr aus wie noch ein paar Minuten zuvor.

»Ich bin kein Experte für Vampir-Überlieferungen, und vielleicht stimmt es ja auch gar nicht. Viele halten die Furien für einen Mythos, eine Art schwarzer Mann für Vampir-Kinder. Der Legende nach sollen die Furien drei Frauen sein, die innerhalb einer Generation geboren wurden und die Macht haben, alle Vampire zu vernichten. Manche glauben, dass die Furien nicht wirklich, sondern nur im übertragenen Sinn existieren, dass es sich um eine überlieferte Prophezeiung handelt, die besagt, dass die Vampire eines Tages ausgelöscht werden. Ich denke, dass es sich um eine Art genetische Anomalie handelt, sozusagen das natürliche Gegenstück zu den Vampiren.«

April schlug das Herz immer noch bis zum Hals, aber Gabriels Berührung und das sanfte Streicheln seines Daumens über ihren Handrücken hatten etwas Beruhigendes.

»Ich verstehe das nicht«, sagte sie, und es gelang ihr nicht, das Zittern in ihrer Stimme zu unterdrücken. »Was soll *ich* mit Vampiren zu tun haben?«

»Okay, ich werde versuchen, es dir zu erklären«, sagte er. »Im Grunde ist ein Vampir nichts weiter als das Opfer einer Krankheit, eines seltsamen Virus, der sein System befallen hat. Wir sind in einer Art Zwischenstadium gefangen und schweben sozusagen zwischen Leben und Tod.«

April nickte. »So weit bin ich mitgekommen.«

»Na ja, und du bist das Heilmittel, das Gegengift.«

»Ich kann euch heilen?«

Er schüttelte traurig den Kopf. »Ich wünschte, es wäre so. Nein, Furien tragen ebenfalls einen Virus in sich, der den Regenerierungsmechanismus von Vampiren ausschaltet. Sobald sie sich mit dem Virus angesteckt haben, kann die Krankheit sich ausbreiten und …« Er zuckte mit den Achseln.

»Was und? Was passiert dann?«

»Sie frisst ihn praktisch bei lebendigem Leib auf.«

April presste sich die Hand auf den Mund. »Oh Gott! Und du glaubst, dass genau das mit Milo passiert ist? Dass ich ihn getötet habe?«

Gabriel nickte. »Er muss sich mit dem Virus angesteckt haben, als du ihn geküsst hast.«

»Nein … nein … nein … nein …« April vergrub stöhnend das Gesicht in den Händen. »Was habe ich getan?«

»Diese Bestie braucht dir nicht leidzutun«, sagte Gabriel verächtlich. »Wenn du wüsstest, was er Mädchen wie dir all die Jahre über angetan hat, hättest du kein schlechtes Gewissen. Er hat es nicht besser verdient.«

»Wie kannst du so etwas sagen!«, rief April. »Du bist nicht derjenige, der ihn umgebracht hat! Ich bin eine Mörderin! Eine Mörderin!«

Gabriel packte sie an den Schultern und zwang sie, ihn anzusehen. »Nein, April, du bist keine Mörderin. Milo lebt doch noch. Er ist im Krankenhaus. Außerdem wusstest du nicht, was du getan hast. Du hattest keine Ahnung, dass du ihn infizieren könntest. Du hast dich nicht wissentlich dazu entschieden, ihn mit dem Virus anzustecken. Du bist ein guter Mensch, April.«

»Bin ich das?«, sagte sie bitter. »Und was ist damit?« Sie deutete auf das Mal hinter ihrem Ohr. »Du bist nicht gerade vor Freude an die Decke gesprungen, als du es entdeckt hast. In Gegenteil – du hast mich angesehen, als hätte ich die Pest.«

»April …«

Sie schüttelte den Kopf. »Weißt du, was ich vorhin gedacht habe, als du mir die Haare aus dem Gesicht gestrichen hast?«

Sie lächelte traurig. »Ich habe gedacht, du wolltest mich küssen.«

Gabriel versuchte, ihrem Blick standzuhalten, aber es gelang ihm nicht. »Es tut mir leid«, sagte er leise und sah zu Boden.

April stand auf, ging zur Tür und öffnete sie. »Geh.«

»Wie bitte?«

»Du hast mich schon richtig verstanden«, sagte April. »Du hast mir die ganze Zeit vorgemacht, ich würde dir etwas bedeuten, dabei ging es dir nur darum, herauszufinden, ob ich dieses verdammte Mal am Körper trage. Nur deswegen hast du mich nach meinem Vater gefragt! Nur damit wir uns näherkommen und du deinen Verdacht überprüfen konntest. Was glaubst du wohl, wie ich mich jetzt fühle?«

»Aber verstehst du denn nicht?«, sagte Gabriel eindringlich. »Du kannst das nicht einfach ignorieren. Wenn die Vampire herausfinden, wer du bist, werden sie versuchen, dich zu töten. Du hast keine Wahl, du musst deine Bestimmung annehmen, du musst die Prophezeiung erfüllen!«

April schüttelte heftig den Kopf. »Ich muss gar nichts!«, rief sie aufgebracht. »Ich muss keine verdammte Prophezeiung erfüllen. Ich muss nur meinen Schulabschluss machen.«

»April, bitte ...«

»Nein.« Sie reichte ihm seinen Mantel und zog ihn dann in den Flur hinaus zur Tür. »Nie und nimmer.«

Als sie ihn nach draußen schob, drehte er sich noch einmal um und sagte mit leiser, drängender Stimme: »Es ist *deine* Bestimmung, April, ob es dir gefällt oder nicht.«

»Ich will keine verdammte Bestimmung haben!«, rief sie. »Ich will einen Freund!«

Und dann knallte sie die Tür hinter ihm zu.

Vierunddreißigstes Kapitel

Überall waren Bücher. Sie stapelten sich auf dem Esstisch, auf dem Boden und lagen kreuz und quer über das Sofa verteilt. April stand auf einem Stuhl vor dem Regal und tastete mit der Hand die nackten Bretter ab. *Wo sind sie?* Es musste noch mehr davon geben. Nachdem sie Gabriel hinausgeworfen hatte, hatte sie sich sofort auf die Suche nach weiteren Aufzeichnungen ihres Vaters gemacht. Er musste sie irgendwo versteckt haben, da war sie sich sicher, und sie war fest entschlossen, sie zu finden. Was sie jetzt mehr denn je brauchte, waren Antworten. Sie sprang vom Stuhl und griff nach einem der Bücher ihres Vaters, das auf dem Boden lag. ›Brennende Begierde‹ – eine Geschichte über die Hexen zur Zeit der englischen Inquisition. In der Hoffnung, es würde irgendein Zettel mit Notizen herausfallen, hielt sie es an den Buchdeckeln umgekehrt in die Höhe und schüttelte es. *Nichts.* In den Kartons mit seinen Unterlagen, die ihnen die Polizei mittlerweile zurückgegeben hatte, war, wie Inspector Reece bereits angedeutet hatte, nichts zu finden gewesen, was sie weitergebracht hätte. Der Inhalt bestand hauptsächlich aus Ordnern mit Recherchematerial für frühere Bücher und Artikel und langweiligen wissenschaftlichen Untersuchungen über die Heilkunde im neunzehnten Jahrhundert. Die Aufzeichnungen in dem kleinen Notizbuch, das sie unter seinem Schreibtisch entdeckt hatte, waren einfach zu kryptisch, um daraus schlau zu werden. April konnte sich nicht vorstellen, dass es nicht irgendwo weitere Notizen und Aufzeichnungen gab. Ihr Vater hatte immer außerordentlich gründlich und hartnäckig recherchiert – sonst wäre er kein so erstklassiger Enthüllungsjournalist gewesen. Wo also hatte er seine Aufzeichnungen über die Vampire versteckt? Sie musste unbedingt mehr über sie, den Regenten und die Nachforschungen, die ihr Vater über die Ravenwood School angestellt hatte, herausfinden, aber im Moment wollte sie vor allem etwas über sich erfahren. War sie tatsächlich eine Furie? War alles, was Gabriel ihr erzählt hatte, wahr? Hätte sie Milo tatsächlich durch einen schlichten Kuss umbringen können? Und worin genau bestand diese Bestimmung, von der er gesprochen hatte? Wo auch immer die Notizen waren, in den Büchern hatte sie nichts gefunden. Dabei hatte sie so sehr gehofft, zwischen einem der Buchdeckel einen Hinweis zu entdecken, aber das Einzige, was sie gefunden hatte, waren leere Zettel, die er hie und da als Lesezeichen benutzt hatte.

»Versuchst du ein bisschen Ordnung zu schaffen, Schatz?«

April fuhr herum. In der Tür stand ihre Mutter, die Schlafbrille in die Stirn geschoben und ihre Bettdecke um die Schultern geschlungen. Sie sah schrecklich aus. Ihre Haut war grau und eingefallen, die Augen rot gerändert, und ihre Lippen schimmerten bläulich.

»Ja, ich wollte die Bücher sortieren, weil doch alles ein bisschen durcheinandergeraten ist ... nach dem ... du weißt schon, nach dem Kampf.«

Ihre Mutter starrte vor sich hin, als hätte sie ihr gar nicht zugehört.

»Tut mir leid, Liebes«, sagte sie schließlich. »Ich fühle mich völlig zerschlagen. Das ist absolut nicht mein Tag heute.«

»Warum legst du dich nicht einfach wieder hin?«, schlug April vor. »Ich bring dir gleich eine heiße Zitrone hoch.«

»Danke, Schatz, das ist furchtbar lieb von dir.« Ihre Mutter lächelte schwach.

»Ach, Mum … bevor du gehst – sind das eigentlich alle unsere Bücher?«

Ihre Mutter zog ratlos die Schultern hoch. »Dein Dad hat die Umzugskisten ausgepackt, aber ich glaube, im Keller stehen noch einige Kartons.«

Natürlich, wie konnte ich nur so dämlich sein!, dachte April und ärgerte sich über sich selbst. *Der Keller!*

Sie setzte heißes Wasser auf und ging dann nervös zu der Tür unter der Treppe, die in den Keller hinabführte. In dunklen, fensterlosen Räumen hatte sie sich noch nie besonders wohlgefühlt, aber da war sie sicher nicht die Einzige. Als sie die Tür öffnete und die Stiege hinunterspähte, schlug ihr modrige Luft entgegen. Es war stockdunkel.

»Wo geht denn im Keller das Licht an, Mum?«, rief sie.

»Das ist kaputt«, kam es dumpf zurück. »Neben der Treppe liegt eine Taschenlampe.«

Oh Gott, auch das noch.

April entdeckte die schwere orangefarbene Taschenlampe und schaltete sie ein – dafür, dass sie so groß war, gab sie erbärmlich wenig Licht ab. *Sei stark,* rief sie sich Fionas Worte ins Gedächtnis, legte eine Hand aufs Geländer und ging vorsichtig die Stufen hinunter, um nicht über die Kisten und Schachteln zu stolpern, die dort standen. Als sie auf der letzten Stufe angekommen war, sah sie, dass der Keller, der sich direkt unter der Küche befand, ein ziemlich langer, schmaler Raum war, dessen Wände aus nacktem Backstein bestanden. Hier unten herrschte ein viel zu großes Durcheinander, als dass sie sich darin ernsthaft bedroht gefühlt hätte – überall standen aufeinandergestapelte Kartons herum. April klappte einen von ihnen auf und spähte hinein: Bücher, Bücher und noch mehr Bücher. Fachliteratur über Politik und Wirtschaft, eine Gedichtsammlung, die Biografie eines Malers, von dem sie noch nie etwas gehört hatte. Der Inhalt des nächsten Kartons war sogar noch chaotischer: lose zusammengeheftete Unterlagen, von einer Rasenmäher-Quittung bis zu einer Gasrechnung aus dem Jahr 1998 war alles vorhanden. Ausgeschlossen, in diesem Durcheinander jemals etwas zu finden. Entmutigt begann sie, die Treppe wieder nach oben zu steigen, und zuckte erschrocken zusammen, als ihr irgendetwas über die Wange strich.

Hektisch wischte sie sich übers Gesicht. *Eine Spinnwebe?* April hasste Spinnen.

Sie schrie auf, als sie in ihren Haaren plötzlich etwas krabbeln spürte, und fuhr sich hektisch über den Kopf, wobei ihr die Taschenlampe aus der Hand fiel. »Mist«, murmelte sie und bückte sich, um sie wieder aufzuheben. Direkt neben ihr auf der Stufe, vom schwachen Schein der Lampe angestrahlt, stand eine alte Blechdose von Quality Street auf einem Zeitschriftenstapel. April klemmte sich die Taschenlampe unter den Arm, hob den Deckel ab, und da lag es – ein kleines grünes Büchlein, auf dessen Umschlag nur ein einziges wunderbares Wort eingeprägt war: Terminkalender. Ihr Herz machte einen Satz. Natürlich: Das war der perfekte Aufbewahrungsort – versteckt und doch leicht zugänglich. Hastig blätterte sie durch die Seiten und suchte nach dem Tag, an dem ihr Vater ermordet worden war. »Komm schon ... wo bist du?«, murmelte sie ungeduldig. Da! Und auf der Mitte der Seite hatte ihr Vater einen Termin eingetragen.

»Mum!« Sie stürmte in die Küche hinauf, nahm den Wasserkessel vom Herd, lief in den Flur, griff nach ihrem Mantel und rannte dann zur Tür. »Ich muss ganz schnell noch mal weg!«

»Und was ist mit meiner heißen Zitrone?«, rief ihre Mutter von oben.

Aber da hatte April schon die Tür hinter sich zugeschlagen und die Straße überquert.

Sie spähte durch das schmutzige Butzenfenster und beschirmte die Augen mit den Händen, um besser hineinsehen zu können.

»Mr Gill!«, rief sie ungeduldig und klopfte an den Fensterrahmen. »Ich bin's! April Dunne!«

Sie sah, dass der alte Mann den Kopf in den Nacken gelegt auf seinem Stuhl hinter der Ladentheke saß. Seinem geöffneten Mund nach zu urteilen, schnarchte er vermutlich friedlich vor sich hin. April ging in die Hocke und klappte den Briefkastenschlitz in der Tür nach oben.

»Mr Gill!«

Sein Kopf rollte langsam zur Seite, sackte ihm auf die Schulter, und dann schreckte er plötzlich hoch.

»Was?«, murmelte er und blickte sich schlaftrunken um.

»Ich bin's!«, rief April noch einmal. »April Dunne!«

»Um Himmels willen, was machen Sie denn da unten?«, fragte er ungehalten.

»Ich wollte zu Ihnen.«

»Na, dann nehmen Sie gefälligst die Tür wie jeder andere und versuchen nicht, durch den Briefkastenschlitz zu kriechen.« Der alte Mann stand steifbeinig auf und ließ sie rein.

»Tut mir wirklich leid«, sagte April und klopfte ihren Mantel ab. »Ich wollte Sie nicht aufwecken, aber ich muss dringend mit Ihnen sprechen.«

»Mich aufwecken?«, sagte er entrüstet und tastete seine Westentaschen nach seiner Brille ab, bis er schließlich merkte, dass sie bereits auf seiner Nase saß. »Ich habe mitten in der Arbeit gesteckt und Inventur gemacht, junge Dame. Was gibt's denn nun so Dringendes?«

April zog den Terminkalender ihres Vaters aus der Manteltasche und schlug die entsprechende Seite auf. »Hier. Das habe ich im Kalender meines Vaters gefunden.« Sie deutete auf den umkringelten Eintrag am Tag seines Todes: *Griffin's, 14.30.*

Mr Gill rückte seine Brille zurecht, warf einen Blick in das Büchlein und sah dann wieder April an.

»Sie sagten, es geht um Ihren Vater? Ist er ein Kunde?«

April schüttelte traurig den Kopf. »*War*. Er ist vor ein paar Wochen gestorben.«

»Oh. Das tut mir sehr leid, mein Kind. Kam es sehr unerwartet? Sie müssen wissen, in meinem Alter ist das Unerwartete alles, worauf man sich noch freuen kann.«

»Sehr unerwartet, ja.«

»Kommen Sie. Am besten setzen Sie sich erst einmal und erzählen mir in aller Ruhe, wie ich Ihnen helfen kann.«

April nahm auf einem der Hocker Platz und erklärte Mr Gill, dass sie herauszufinden versuchte, woran ihr Vater vor seinem Tod gearbeitet hatte. »Der Termin bei Ihnen in der Buchhandlung ist der letzte Eintrag in seinem Kalender, verstehen Sie?«

»Hmmm.« Mr Gill runzelte nachdenklich die Stirn. »Wegen des Weihnachtsgeschäfts war in letzter Zeit sehr viel los bei uns. Ich kann mich nicht mehr genau erinnern, wer an diesem Tag alles in den Laden kam.«

»Aber der Kalendereintrag klingt so, als hätte er mit Ihnen einen konkreten Termin vereinbart, sonst hätte mein Vater wahrscheinlich keine genaue Uhrzeit dazu notiert.«

»Er hatte einen Termin?« Mr Gill tippte sich mit dem Zeigefinger an die Lippen. »Möglich, möglich. Lassen Sie mich kurz nachsehen.«

Er schlug sein in braunes Leder gebundenes Auftragsbuch auf, blätterte leise vor sich hin murmelnd bis zum entsprechenden Datum und fuhr dann mit dem Finger die Liste der Einträge hinunter.

»Ein Mr Dunne?«, fragte er schließlich und blickte April über den Rand seiner Brille hinweg an.

»Genau! Ja, das ist mein Vater — was hat er gekauft?«

Der alte Mann schüttelte langsam den Kopf. »Nein, ich glaube nicht, dass … nein, ich weiß es sogar ganz genau.«

»Was wissen Sie genau?«, fragte April ungeduldig.

»Ihr Vater hatte den Termin telefonisch vereinbart, sagte, er sei auf der Suche nach einem bestimmten Buch, das er unbedingt bräuchte, aber er ist leider nicht gekommen. Ich kann mich deswegen noch so gut daran erinnern, weil auf Radio Four eine Sendung kam, die ich mir eigentlich anhören wollte und von der ich den Anfang verpasste, weil ich auf ihn wartete. Wahrscheinlich ist ihm ein anderer wichtiger Termin dazwischengekommen?«

»Ja, wahrscheinlich.«

April hätte heulen können. Sie war sich so sicher gewesen, endlich einen entscheidenden Hinweis gefunden zu haben, und war doch wieder nur in einer Sackgasse gelandet.

»Wirklich schade, es ist nämlich ein ganz ausgezeichnetes Buch.«

April schaute auf. »Welches Buch?«

Mr Gill griff unter seine Ladentheke und zog einen schmalen Band mit verblasstem rotem Umschlag hervor. »Das hier ist das Buch, für das er sich interessierte – *Volksmythen aus dem Osmanischen Reich*. Eine sehr seltene Ausgabe, aber noch in tadellosem Zustand.«

»Darf ich es mir ansehen?«, fragte April aufgeregt.

»Aber gewiss, bitte sehr. Möchten Sie sich vielleicht in den Leseraum zurückziehen? Den Weg dorthin kennen Sie ja bereits.«

April setzte sich an das Pult und schlug als Erstes das Register auf. *Furien, die, Seiten 23–4, 112, 212–34*. Ja! Volltreffer!

Fieberhaft blätterte sie zu den betreffenden Seiten zurück und begann zu lesen.

Die früheste Erwähnung der Furien findet sich um das Jahr 1560 zur Regierungszeit von Süleyman I., als das Osmanische Reich seine Grenzen bis tief nach Europa ausdehnte, insbesondere nach Ungarn, Transsilvanien und die Walachei. Wegen des in diesen Kulturen tief verwurzelten Vampirglaubens vermuten einige Gelehrte, die osmanischen Fürsten könnten die Furien als eine Art Gegenmythos erschaffen haben. Andere sind der Ansicht, es handle sich bei ihnen um eine volksmythische Abwandlung der alttestamentarischen Racheengel. Ganz gleich, wer letztendlich recht hat, die Geschichte ist dieselbe: In jeder Generation werden drei Frauen geboren, die ein sternenförmiges Mal tragen und denen die Macht gegeben ist, Vampire zu töten. Die Furien besitzen die Fähigkeit, Vampire auf den ersten Blick zu erkennen, und verfügen über außergewöhnliche Kräfte, durch die sie ihnen im Kampf weit überlegen sind. So sollen sie beispielsweise in der Lage sein, einen Vampir mit ihrem feuerspuckenden Atem zu verbrennen. Im Gegensatz zu den vielfältigen Augenzeugenberichten über angebliche Vampire sind gegenwärtig keinerlei Quellen bekannt, in denen von der Sichtung einer Furie die Rede ist, obgleich diese Wesen Berichten zufolge bereits ganze Landstriche von Vampiren gesäubert haben sollen. Young (vgl.) vertritt die Theorie, die Furien seien eine personifizierte Metapher für die muslimische Herrschaft oder den Islam selbst — das sprichwörtliche Licht des Propheten, das die Kreaturen der Nacht vertreibt. Für diese These spricht auch, dass das Geburtsmal der Furien in seiner Form an den Stern in der Mitte des Halbmondes erinnert, der die Flagge des Osmanischen Reiches ziert. Seltsam ist, dass es in den vierhundert Jahren der kaiserlichen Herrschaft nicht gelungen ist, die Gerüchte über die Vampire als auch über ihre rätselhafte Nemesis — die Furien — aus der Welt zu schaffen.

»Verdammt«, murmelte April.

Bin ich wirklich eine Furie?, fragte sie sich auf dem Rückweg über den Pond Square. *Bin ich die Geißel, die geschickt wurde, um die Vampire zu vernichten?* Sie hatte jeden noch so kleinen Querverweis zu den Furien in dem Buch gelesen, aber nur wenig Stichhaltiges gefunden, was wohl vor allem daran lag, dass es ein Buch über alte Mythen war und kein praktischer Ratgeber für Vampirjäger. Abgesehen davon konnte sie nicht davon ausgehen, dass alle Legenden wahr waren, nur weil sich eine als wahr erwiesen hatte. *Und selbst wenn ich diese Auserwählte bin, ist es immer noch meine Sache, was ich aus meiner Bestimmung mache. Nicht alle großen Menschen werden automatisch Basketballspieler.*

Tief in ihrem Herzen wusste April, dass sie nicht einfach so tun konnte, als wäre nichts. Die Furien wurden als Superheldinnen dargestellt, die die Macht besaßen, das Böse zu vernichten. *Aber ich bin keine frühzeitliche Amazone, ich bin doch bloß eine sechzehnjährige Schülerin.* Als sie die Haustür hinter sich ins Schloss fallen ließ, fühlte sie sich klein und verletzlich. Sie wollte nicht in den Krieg ziehen. Sie wollte mit ihren Freundinnen abhängen und über Mädchenkram quatschen. Es erschien ihr eine zu schwere Bürde, die Zukunft der menschlichen Rasse auf den Schultern zu tragen, zumal sie schon genug mit dem Tod ihres Vaters zu kämpfen hatte, einen kaum zu bewältigenden Berg an Hausaufgaben erledigen musste und unglücklich in einen Jungen verliebt war, der sich zufällig als Vampir entpuppt hatte.

»April? Bist du wieder da?«, rief ihre Mutter von oben.

»Ja«, rief April zurück und stieg erschöpft die Treppe hoch.

»Davina Osbourne hat angerufen«, sagte ihre Mutter, als sie in ihr Zimmer kam.

»Ach, echt? Was wollte sie?«

»Ich glaube, sie wollte nur ein bisschen mit dir plaudern. Jedenfalls war sie ganz reizend und hat gefragt, ob du morgen nach der Schule nicht bei ihr vorbeikommen willst. Ich habe dir die Nummer neben das Telefon in deinem Zimmer gelegt.«

Aprils Lächeln gefror, während ihr Dutzende von Gedanken gleichzeitig durch den Kopf jagten. Hatte Davina vor, sie zu rekrutieren? Sollte sie zunächst einmal so tun, als würde sie mitspielen?

»Stimmt etwas nicht?«, fragte ihre Mutter, als sie ihre versteinerte Miene sah.

»Nein, ich muss nur Unmengen von Hausaufgaben nachholen und habe eigentlich gar keine Zeit, mich nach der Schule noch mit jemandem zu treffen.«

»Sei nicht albern«, sagte ihre Mutter. »Die Osbournes sind ganz entzückende Leute, und wenn dir ihre Tochter ihre Freundschaft anbietet, solltest du das nicht ablehnen.«

Von wegen entzückende Leute, dachte April.

»Es kann nie schaden, einflussreiche Freunde zu haben. Glaub mir, ich weiß, wovon ich rede.«

Seufzend trottete April nach oben in ihr Zimmer, ließ sich aufs Bett fallen und wählte Davinas Nummer. Als das Besetztzeichen ertönte, holte sie noch einmal den Terminkalender ihres Vaters hervor.

Enttäuscht blätterte sie durch die Seiten. Der Terminkalender brachte sie genauso wenig weiter wie das Notizbuch. Sie hatte so sehr gehofft, darin auf einen Namen zu stoßen, von dem aus ein dicker Pfeil auf das Wort »VAMPIR-REGENT« zeigte. Andererseits hätte ihr das auch wenig genützt. Selbst wenn sie einen derart konkreten Hinweis gefunden hätte, hätte sie damit nicht zur Polizei gehen können, weil man sie dort sofort für verrückt erklärt hätte, wenn sie angefangen hätte, von den Vampiren zu erzählen. Abgesehen davon wusste sie ja auch nicht, ob der Regent überhaupt hinter dem Mord an ihrem Vater steckte. Genau genommen war der Terminkalender sogar noch kryptischer als das Notizbuch. Namen waren zu Initialen abgekürzt, Telefonnummern ohne weitere Anhaltspunkte notiert, und dazwischen tauchten immer wieder Einträge auf, die ihr überhaupt nicht weiterhalfen. »In der Reinigung vorbeigehen«, stand da, »Die Russen-Deadline nicht vergessen!« oder »Mittagessen, Riva, 13.30«. Alles in allem schien es ein ganz normaler Kalender zu sein, wie ihn wahrscheinlich jeder Journalist mit sich herumtrug. Trotzdem blieb die Frage, weshalb ihr Vater so eine Geheimniskrämerei betrieben hatte, wenn in dem Büchlein ohnehin nichts Wichtiges stand. April wusste, dass sie keine Ruhe finden würde, bevor sie seinen Tod nicht aufgeklärt hatte, aber so wie es aussah, würde sie erst einmal den Rest des Puzzles lösen müssen und herausfinden, wer oder was hinter der Ravenwood School steckte, um ihre Antwort zu bekommen. Sie schob den Kalender wieder unter ihre Matratze und versuchte es erneut bei Davina.

»Oh, hi, Darling. Ich hab schon die große Neuigkeit gehört!«, sagte Davina aufgeregt.

»Welche Neuigkeit?«

»Na, dass du Gabriel den Laufpass gegeben hast!«, rief sie.

»Woher weißt du das?«, fragte April misstrauisch.

»Ach, so etwas spricht sich eben schnell herum«, antwortete Davina ausweichend. »Gabe hat Ben sein Herz ausgeschüttet, Ben hat es Marcus erzählt, Marcus hat es Sara erzählt ... Jedenfalls bist du jetzt wieder zu haben, und das heißt ...«

»Das heißt was?«

»Dass wir Pläne schmieden müssen! Du kommst so gut bei den Jungs an, dass wir für dich problemlos einen neuen Freund finden werden. Die Party ist genau der richtige Rahmen für die Suche. Es sind nämlich ein paar sehr geeignete Kandidaten eingeladen.«

»Welche Party?«

»Welche Party? Daddys Winterball natürlich!«, sagte Davina. »Sag bloß, du hast ihn vergessen. Er findet am Samstag statt. Du kommst doch?«

»Ja, natürlich, aber ...«

»Kein Aber. Das ist die perfekte Gelegenheit für dich, ein paar fantastische Jungs kennenzulernen und dich abzulenken.«

Obwohl April sich am liebsten komplett von Davina und ihresgleichen ferngehalten hätte, wusste sie, dass der Ball außerdem die perfekte Gelegenheit sein würde, um mehr über die Todesumstände ihres Vaters herauszufinden. Also riss sie sich zusammen und versuchte, so begeistert wie möglich zu klingen.

»Wenn das so ist ... Das sollte ich mir auf keinen Fall entgehen lassen.«

»Sehr schön. Alles Weitere besprechen wir morgen nach der Schule, okay? Aber jetzt muss ich sausen und mich weiter um Lings Pediküre kümmern. Sie hat bestimmt schon ganz schrumpelige Zehen. Ciao!«

»Gütiger Himmel«, murmelte April, nachdem sie aufgelegt hatte. Und dieses Mädchen sollte eine blutrünstige Untote sein? Das war, als wolle man ihr weismachen, Paris Hilton hätte vor, in Polen einzumarschieren.

»Schatz!«, riss die Stimme ihrer Mutter sie aus ihren Gedanken. »Hab ich da gerade etwas von einer Party gehört?«

Fünfunddreißigstes Kapitel

Caro sah ziemlich mitgenommen aus. Sie war blass, hatte tiefe Ringe unter den Augen und blinzelte mit schmerzverzerrtem Gesicht gegen die Morgensonne an.

»Du siehst aus wie der Tod«, sagte April, als sie sich auf einem verwaisten Spielplatz, wo sie vor unerwünschten Zuhörern sicher waren, neben sie auf eine Bank fallen ließ.

»Genauso fühl ich mich auch«, stöhnte Caro. Sie setzte sich eine Sonnenbrille auf und zog ihren Mantel enger. »Sonst dauert ein Kater doch immer nur einen Tag, aber diesmal hört er gar nicht mehr auf. Wenigstens habe ich es heute vor die Tür geschafft, gestern konnte ich noch nicht einmal aufstehen und musste mich von meiner Mutter in der Schule entschuldigen lassen. Was war überhaupt los in dem Club? Alles, woran ich mich erinnern kann, ist ein brechend voller roter Raum und jede Menge hübscher Jungs in einer Sitzecke.«

»Da muss ich schon weg gewesen sein«, sagte April lächelnd. »Was für Jungs?«

»Tolle Jungs, sexy Jungs, zum Niederknien süße Jungs, die sich alle mit mir unterhalten und mir Drinks spendieren wollten, bis plötzlich dein verdammter Mister Darcy aufgetaucht ist, der die ganzen süßen Jungs vertrieben, auf die Uhr getippt und mich aus dem Club gezerrt hat. Ich meine, wo bleibt denn da der Spaß?«

»Gabriel hat dich nach Hause gebracht?«, fragte April und spürte einen winzigen eifersüchtigen Stich.

»Nach Hause *entführt* trifft es wohl besser. Und den ganzen Heimweg über hat er mich mit Fragen gelöchert und wollte wissen, worüber Ben und Davina mit mir gesprochen haben. Komisch. Ich hatte nicht das Gefühl, dass er sie besonders gut leiden kann, dabei ist er doch mit ihnen befreundet.«

»Das ist unter anderem der Grund, warum ich dich hierhergeschleppt hab. Ich muss dir etwas sagen – etwas, das Gabriel betrifft.«

»Oh Gott, April«, sagte Caro. »Du bist doch nicht etwa ...«

»Nein, ich bin nicht schwanger!«, rief April entrüstet. »Wie kannst du so was auch nur denken«, fügte sie in etwas leiserem Tonfall hinzu. »Ich mag vielleicht naiv sein, aber dass man mit jemandem Sex haben muss, um schwanger zu werden, weiß ich immerhin. Ich kenne ihn doch erst seit zwei Wochen!«

»Sorry, aber ich glaube, mein Hirn läuft heute nur auf Sparflamme«, entschuldigte Caro sich.

»Dann versuch dich bitte zusammenzureißen«, sagte April ernst. »Ich muss dringend mit jemandem darüber reden, sonst dreh ich noch durch, aber ich weiß einfach nicht, wem ich noch vertrauen kann. Also bitte sag mir, dass ich mich wenigstens auf dich verlassen kann.«

Caro setzte sich abrupt auf und hob ihre Sonnenbrille an. »Was? Natürlich kannst du dich auf mich verlassen«, sagte sie bestürzt. »Wie kommst du denn darauf, dass du das nicht mehr könntest?«

April zuckte hilflos mit den Achseln. »Na ja, du scheinst dich in dem Club ziemlich gut mit Davina und Benjamin verstanden zu haben.«

»Ist das ein Wunder? Ich hatte Unmengen von Cocktails intus!«, sagte Caro. »Und die beiden kannten ein paar extrem süße Jungs. Das ist alles. Aber warum sollst du mir deswegen nicht mehr vertrauen können?«

April sah sie an. »Weil Davina und Benjamin Vampire sind.«

»Wie bitte?«

April holte tief Luft und erzählte ihr von dem Notizbuch ihres Vaters, ihrem Besuch bei Mr Gill und dem Buch von Kingsley-Davis, von den Nestern und dem Vampir-Regenten und endete schließlich mit der Verfolgungsjagd, die sie sich mit Gabriel in Covent Garden geliefert hatte.

»Das glaub ich jetzt nicht«, flüsterte Caro mit weit aufgerissenen Augen. »Du hast ihm wirklich ein Messer in den Bauch gerammt?«

April nickte und erzählte ihr dann, wie Gabriel das Mal gefunden hatte und von den Furien.

»Wow!«, machte Caro, den Blick in die Ferne gerichtet. »Das ist … das ist *abgefahren.*«

April wartete darauf, dass ihre Freundin sie mit Fragen bestürmte und ihre üblichen sarkastischen Sprüche klopfte, aber Caro saß einfach da und starrte stumm vor sich hin.

»Also ehrlich gesagt, ist das nicht unbedingt die Reaktion, mit der ich gerechnet hatte«, brach April schließlich das Schweigen.

»Hey, du rennst hier offene Türen ein«, sagte Caro. »Ich hab dir schon an deinem ersten Schultag gesagt, dass es um uns herum nur so von Vampiren wimmelt.«

»Ja, schon, aber ich dachte, du meinst das mehr im übertragenen Sinn. Dass sie einen emotional oder sonst wie aussaugen, aber doch nicht, dass es echte Blutsauger sind.«

»Für dich ist das mit Sicherheit ein Schock, aber ich versuche jetzt schon seit Jahren hinter das Geheimnis von Ravenwood zu kommen. Ehrlich, ich freu mich total, dass ich so ein verdammt cleveres Mädchen bin, aber um vor Begeisterung Purzelbäume zu schlagen, bin ich jetzt einfach zu verkatert.«

April war trotzdem enttäuscht, dass Caro so gelassen blieb

und sich noch nicht einmal zu einem hämischen »Siehst du, ich hab's dir doch gleich gesagt« hinreißen ließ. »Findest du das nicht total beängstigend?«, fragte sie leicht gekränkt.

»Natürlich macht mir das Angst, Süße«, sagte Caro und drückte sanft ihre Hand. »Aber du verlierst das große Ganze aus den Augen. Innerhalb von einer Woche wurden in ein und demselben Stadtteil drei Menschen umgebracht, aber hier gehen schon seit Jahren seltsame Dinge vor sich. Irgendetwas stimmt nicht in Highgate, und das Gleiche gilt für die Ravenwood School. Ich weiß, wie schwer es für dich sein muss, das alles in der Kürze der Zeit zu begreifen, gar nicht davon zu reden, dass dein eigener Vater unter den Opfern ist, aber einige von uns – jedenfalls diejenigen, die ein bisschen genauer hinsehen und hinhören – leben schon seit Jahren damit. Du hast dem Ganzen jetzt einen konkreten Namen gegeben und einige neue Details geliefert, aber es bestätigt nur, was ich schon seit Langem vermutet habe.«

»Und was ist das?«, fragte April.

Caro nahm ihre Sonnenbrille ab. Der Ausdruck in ihren Augen war unendlich traurig. »Dass wir vom Bösen umgeben sind.«

Einen starken Kaffee und zwei Vitaminsprudeltabletten später begann Caro sich langsam wieder wie ein Mensch zu fühlen. Mittlerweile war es Mittagszeit, und sie und April waren in die Bücherei gegangen, um im Internet die letzten Tage von Alix Graves zu recherchieren.

»Unglaublich, was im Netz alles über ihn zu finden ist«, murmelte April, den Blick auf ihren Bildschirm geheftet. »Als Promi scheint man strenger überwacht zu werden als in jedem Hochsicherheitsgefängnis. Ich kann dir genau sagen, in welchen Läden er shoppen war und mit wem er sich getroffen hat.«

»Ich kann dir sogar sagen, was er zu Mittag gegessen hat«, sagte Caro und drehte ihren Computer so, dass April auf den Monitor sehen konnte. »Schau dir das mal an.«

Es war ein Artikel auf einer Website namens celebstalking. com, der die Überschrift »Alix in Gefahr?« trug.

Wenn man ist, was man isst, dann ist der zum Sterben schöne Sänger Alix Graves möglicherweise bald ein Herzinfarktpatient. Unsere Spione haben gestern in Soho beobachtet, wie er aus dem texanischen Steakhaus Rancho Diablo kam. Weitere Nachforschungen haben ergeben, dass der Belarus-Frontmann dort eine ganze Platte Spare Ribs verspeiste, gefolgt von einem ziemlich roh aussehenden T-Bone-Steak, und das Ganze mit »drei oder vier« Bier hinunterspülte. Vorsicht, Alix, sonst wachsen dir noch Hörner. Oder Rettungsringe!

»Gott, es muss schrecklich sein, wenn irgendwelche fremden Leute jeden deiner Schritte verfolgen«, sagte April.

»Stimmt, aber in dem Fall profitieren wir davon«, antwortete Caro.

»Guten Tag, die Damen!«

Sie drehten sich beide zu Simon um, der beschwingt auf sie zugeschlendert kam. So verkatert Caro aussah, so blendend sah er aus: Seine Emo-Frisur saß perfekt, und in seiner Aufmachung mit lässig um den Hals geschlungenem Schal, marineblauem Poloshirt und Jeans verströmte er dezente Eleganz. So wie er aussah, hätte er ohne Weiteres die Rückseite der *GQ* zieren können.

Caro und April wechselten einen stirnrunzelnden Blick.

»Meine Güte, ist das alles aufregend!«, sagte Simon. »Ich erhalte mitten in einer Mathe-Doppelstunde eine mysteriöse SMS, in der ich aufgefordert werde, in die Bibliothek zu kommen, und was finde ich vor? Zwei hinreißende Mädchen, die fleißig wie die Bienen sind. Was gibt's?«

»Wir haben uns bloß gefragt, ob du dir vielleicht ein paar Fotos von Alix Graves anschauen willst.«

Simon zog eine Grimasse. »Ist das nicht Schnee von gestern, wenn ihr versteht, was ich meine?«

»Und das aus dem Mund eines fanatischen Belarus-Fans?«, fragte Caro verwirrt.

»Eines *ehemaligen* fanatischen Belarus-Fans, Herzchen«, entgegnete Simon und wandte sich wieder zum Gehen. »Schaut ihr mal schön alleine weiter Fotos. Ich treffe mich gleich mit den Mädels zum Mittagessen – habt ihr Lust, euch dazuzugesellen?«

»Was war das denn?«, sagte April, als er gegangen war. »Ich dachte, Alix Graves ist so etwas wie sein Idol gewesen?«

Caro hatte eine steile Falte zwischen den Augenbrauen. »Hast du gesehen, wie er angezogen war? Und wer sind denn bitte ›die Mädels‹? Ich dachte, *wir* sind seine Mädels.«

»Meinst du, er hat damit die Schlangen gemeint?«

Caro nickte. »Vielleicht sollten wir noch ein bisschen damit warten, bevor wir ihn einweihen.«

April beobachtete aus dem Augenwinkel heraus, wie ihre Freundin aufstand und zum Drucker hinüberging. Es war nicht zu übersehen, wie sehr Simons seltsames Verhalten ihr zusetzte, aber offensichtlich war es ihr lieber, nicht darauf angesprochen zu werden. Caro kam mit einem Blatt Papier zurück und reichte es ihr.

»Schau dir das mal an«, sagte sie. Es war ein doppelseitiger Artikel aus einem deutschen Boulevardblatt, der zwei Tage nach Alix' Tod erschienen war. Eines der darauf abgebildeten Fotos zeigte eine Polizeiabsperrung, hinter der ein Rettungswagen stand, in den gerade sein Leichnam auf einer Bahre geschoben wurde.

»Zusammengefasst steht in dem Artikel, dass Alix in der Nacht seines Todes eine Riesenparty geschmissen hat«, erklärte Caro. »In Deutschland sind sie nicht so schnell mit Verleumdungsklagen bei der Hand wie hier bei uns, also können die Medien die Sensationsgier ihrer Leser nach Lust und Laune bedienen. Jedenfalls soll es sich bei der Party um eine ausschweifende Orgie gehandelt haben, mit allem, was das dekadente Gothic-Herz begehrt – Grabkerzen, Weihrauch, Drogen, Hochprozentigem und leichten Mädchen.«

»Wow«, sagte April. »Andererseits können sie nach seinem Tod wahrscheinlich so ziemlich alles schreiben, was sie wollen, ohne es nachzuprüfen, oder?«

»Richtig. Besonders zuverlässig sind die Informationen sicher nicht, vor allem nachdem der Autor durchblicken lässt, dass Alix' Tod etwas mit abartigen Sexpraktiken unter Drogeneinfluss zu tun gehabt hätte. Wobei ich irgendwie das Gefühl habe, dass da noch viel krassere Sachen abgelaufen sind. Aber eigentlich wollte ich dir etwas anderes zeigen. Schau dir mal das Foto rechts an.«

April spürte, wie ihr Herz schneller schlug. Alix stand mit nacktem Oberkörper da und blickte düster und schmollend in die Kamera. Aber es war nicht seine wohl definierte Brustmuskulatur, die ihren Blick anzog ...

»Kommt dir irgendetwas darauf bekannt vor?«, fragte Caro.

April nickte fassungslos. Auf Alix' rechter Schulter prangte ein sternenförmiges Tattoo, das exakt so aussah wie das Mal hinter ihrem Ohr. Sie sprang von ihrem Stuhl auf und stürmte auf die Bibliotheks-Toilette. Hastig nahm sie ihre Haare hoch und beugte sich ganz dicht an den Spiegel heran. *Es sieht absolut identisch aus!*, dachte sie, als Caro hinter ihr den Raum betrat.

»Was hat das zu bedeuten, Caro? War Alix ein Spender?

Wusste er von der Legende? Ist er deswegen umgebracht worden?«

»Tut mir leid, Süße. Ich wünschte, ich wüsste es«, sagte Caro mitfühlend. »Vielleicht haben sie versucht, ihn zu wandeln, vielleicht wollte er aussteigen – ich habe wirklich keine Ahnung. Aber das ist noch nicht alles. Zehn Tage vor dieser angeblichen Orgie hatte er einen Termin bei Transparent Media.«

»Woher weißt du das?«

»Steht hier drin.« Caro reichte April einen weiteren Ausdruck. Es war ein Artikel aus der Musikzeitschrift *Music Week* mit einem Foto, auf dem Alix Graves gerade einem Mann in einem Anzug die Hand schüttelte. Die Bildunterschrift lautete: »Graves plant, die Verkaufstaktik von Transparent zu reformieren«.

April sah Caro an. »Und?«

Caro lächelte. »Transparent Media ist ein Tochterunternehmen von Agropharm. Und wer ist der Vorsitzende von Agropharm?«

April riss die Augen auf. »Natürlich! Nicholas Osbourne.«

Caro nickte. »Genau. Davinas Daddy.«

Sechsunddreißigstes Kapitel

Caro war stinksauer. Simon saß lachend und scherzend bei den Schlangen und den Rugby-Jungs in der Cafeteria, als hätte er schon immer dazugehört. Als er sie und April entdeckte, winkte er ihnen, machte aber keine Anstalten, an ihren Tisch rüberzukommen.

»Meinst du, die haben ihn rekrutiert?«, flüsterte April.

»Entweder das, oder er ist über Nacht zum Kotzbrocken mutiert.«

»Aber ist er nicht ein totales Mathe-Genie? Damit würde er doch perfekt in ihr Beuteschema passen?«, sagte April.

Caro sah sie an, und die Wut in ihren Augen wich Besorgnis. »Wir müssen etwas unternehmen«, sagte sie und warf einen Blick auf ihre Armbanduhr. »Ich hab da auch schon so eine Idee, komm mit.«

»Was denn für eine Idee?«, fragte April und versuchte, mit Caro Schritt zu halten, die aus der Cafeteria gestürmt war und entschlossen den Flur entlanglief.

»Der einzige Weg, sie aufzuhalten, ist meiner Meinung nach, das Übel bei der Wurzel zu packen, hab ich recht?«

April nickte. »Ja, ich glaube schon.«

»Schlag der Schlange den Kopf ab, und sie stirbt«, sagte Caro. »Und mit ein bisschen Glück scheuchen wir damit auch denjenigen auf, der deinen Vater umgebracht hat.«

»Wie bitte?« April hielt ihre Freundin am Arm fest und zwang sie dazu, stehen zu bleiben.

»Was ist los?«, fragte Caro überrascht, als sie Aprils wutverzerrtes Gesicht sah. »Hab ich was Falsches gesagt?«

»Ob du was Falsches gesagt hast? Du hast gerade angedeutet, dass dir deine dämliche Verschwörungstheorie wichtiger ist als der Mord an meinem Vater!«

»Was? Nein, so hab ich das doch gar ni...«

»Nichts – absolut *nichts* – ist wichtiger, als herauszufinden, wer meinen Vater getötet hat, ist das klar?«

Caro sah sie bestürzt an. »Ich... Natürlich ist das klar«, stammelte sie. »Ich wollte damit doch nur sagen, es kann gut sein, dass der Regent, oder wer auch immer hinter der Ravenwood School steht, den Tod deines Vaters angeordnet hat und dass wir so möglicherweise beide Fälle auf einmal lösen könnten. Ich bin voll und ganz auf deiner Seite, April, das musst du mir glauben.«

April schüttelte seufzend den Kopf. »Tut mir leid. Ich bin im Moment einfach ein bisschen empfindlich.«

»Hey, das versteh ich doch.« Caro lächelte verständnisvoll. »Du hast in letzter Zeit verdammt viel durchgemacht.«

»Okay«, sagte April, nachdem sie einmal tief durchgeatmet hatte. »Und wohin gehen wir jetzt?«

»Hab ich doch gesagt: Zur Wurzel des Übels. Der Falke nimmt sein Mittagessen immer außerhalb der Schule ein – frisches Menschenblut schätze ich –, also müssen wir uns nur irgendwie an seiner Sekretärin vorbeischleichen.«

»Wie bitte?«, flüsterte April, als sie durch die Flügeltür traten, die zu den Lehrerzimmern führte. »Du glaubst, dass Mr Sheldon ein Vampir ist?«

Caro blieb stehen und sah sie ernst an. »Zumindest müssen wir davon ausgehen. In diesem Fall gilt: Schuldig, bis die Unschuld bewiesen ist.«

»Und wie genau lautet die Anklage?«

April und Caro fuhren erschrocken herum und standen

Miss Holden gegenüber, die sie mit verschränkten Armen musterte.

»Oh, ähm, wir haben uns gerade nur über…«, stotterte April.

»…Jungs unterhalten«, beendete Caro ihren Satz.

Miss Holden seufzte. »Das überrascht mich nicht. Es wäre ja auch zu schön gewesen, wenn Sie sich über so etwas Konstruktives wie zum Beispiel Ihre Schularbeiten unterhalten hätten. Übrigens ein Thema, dem Sie beide etwas mehr Aufmerksamkeit schenken könnten.«

»Natürlich, Miss Holden«, sagte Caro. »Bitte entschuldigen Sie.« In ihrer Stimme schwang leichte Ironie mit, aber Miss Holden starrte sie nur finster an, bis sie den Blick senkte.

»Hören Sie, Caro, warum jagen Sie nicht weiter irgendwelchen Jungs nach oder was Sie sonst gerade vorhatten? Ich würde mich gern kurz allein mit April unterhalten.«

Caro sah aus, als wolle sie noch etwas erwidern, aber als die Lehrerin warnend eine Braue hochzog, drehte sie sich widerstrebend um und ging.

»Wie geht es Ihnen, April?«, fragte Miss Holden, als Caro weg war.

»Ganz okay.«

»Wirklich? Nach allem, was passiert ist, wäre es nur allzu verständlich, wenn Sie noch nicht wieder ganz auf den Beinen wären.«

»Nein, ich komme klar, wirklich«, antwortete April, die ihre Geschichtslehrerin so schnell wie möglich wieder loswerden wollte.

»Das freut mich aufrichtig für Sie. Nun, ich hatte ja neulich bereits angedeutet, dass ich dringend mit Ihnen über etwas sprechen muss.«

Irgendetwas am Gesichtsausdruck der Lehrerin ließ April stutzen.

»Geht es um meinen Vater?«

Miss Holden lächelte traurig. »Gewissermaßen, ja. Hätten Sie vielleicht heute nach der Schule noch einen Moment Zeit?«

April blickte zu Boden und schüttelte den Kopf. »Ich habe meiner Mutter versprochen, sofort nach Hause zu kommen. Sie ist immer noch ziemlich mitgenommen.«

Miss Holden hätte es bestimmt nicht gerne gehört, wenn sie ihr gesagt hätte, dass sie nach der Schule mit Davina verabredet war.

»Natürlich, das verstehe ich.« Die Lehrerin lächelte nachsichtig. »Wie wäre es dann, wenn wir uns morgen früh vor dem Unterricht treffen würden? Sagen wir um halb neun im Geschichtsraum?«

»Ich werde es versuchen«, versprach April und eilte dann Caro hinterher. Als sie vor Mr Sheldons Büro um die Ecke bog, zog Caro sie an der Hand in eine Türnische.

»Schscht!« Sie legte einen Finger an die Lippen und deutete mit dem Kopf zu der nur angelehnten Tür des Nebenraums. Es war das Vorzimmer des Büros des Schulleiters.

»Du wirst nicht glauben, was danach passiert ist ...«, war eine lachende Frauenstimme zu hören.

»Das ist Mrs Bagly, die Sekretärin«, wisperte Caro. »Sie ist eine alte Klatschtante, hängt ständig am Telefon. Keine Ahnung, wie oft ich mir schon ihr Gequatsche anhören musste, wenn ich mal wieder zum Falken zitiert wurde und darauf wartete, dass er mich reinholte. Die wird die Mittagspause garantiert durchtelefonieren.«

»Und wie sollen wir an ihr vorbeikommen?«

Caro zeigte auf die Tür. »Mrs Bagly sitzt zwar genau dahinter, aber wir können uns geduckt an der Empfangstheke entlangschleichen, dann bemerkt sie uns bestimmt nicht, und um die Ecke liegt dann auch schon Mr Sheldons Büro, das sie von ihrem Platz aus nicht im Blick hat.« Caro schaute auf ihre Uhr. »Wir haben noch mindestens eine halbe Stunde, bis er zurückkommt. Bist du bereit?«

April sah sie entsetzt an. »Aber wir können doch nicht einfach so in das Büro des Schulleiters spazieren!«

»Nicht *spazieren*«, flüsterte Caro. »Kriechen!« Sie ließ sich auf die Knie nieder und steuerte die Tür an.

»Caro!«, zischte April, aber ihre Freundin ließ sich nicht beirren und machte ihr Zeichen, ihr zu folgen. Dankbar, dass sie sich heute Morgen entschieden hatte, eine Hose und keinen kurzen Rock anzuziehen, folgte sie Caro kopfschüttelnd. Rechts von ihnen befand sich die Empfangstheke, die Mrs Baglys Sicht auf sie versperrte – solange sie dahinter sitzen blieb. Vorsichtig krabbelten sie auf allen vieren durch das Vorzimmer in das Büro von Mr Sheldon. Caro schloss in Zeitlupentempo die Tür, und als sie kaum hörbar zuschnappte, stießen beide lautlos die angehaltene Luft aus.

»Das ist Wahnsinn, was wir hier machen!«, wisperte April.

»Scht!«, machte Caro.

April sah sich um. Der Raum sah immer noch genauso chaotisch aus wie an dem Tag, als Inspector Reece und Sergeant Carling sie hier das erste Mal vernommen hatten. Aber bei dem Gedanken an die Polizei wurde sie nur noch nervöser, weshalb sie begann, so leise wie möglich die Schubladen eines Aktenschranks aufzuziehen, während Caro sich hinter Mr Sheldons Schreibtisch setzte.

»Wonach suchen wir eigentlich?«, raunte April.

»Keine Ahnung«, flüsterte Caro. »Nach irgendetwas Verdächtigem. Etwas, woraus hervorgeht, wer die geheimen Drahtzieher sind, die hinter der Schule stehen.«

April zog wahllos einen Ordner heraus. »Hey, ich hab hier Mr Andrews' Personalakte.«

»Nicht direkt das, wonach wir suchen.«

»Wow!«, staunte April. »Sein Lebenslauf ist absolut beeindruckend. Der Typ könnte überall arbeiten. Was will er hier?«

»Vielleicht ist Blut seine Lieblingsmahlzeit«, sagte Caro. »Und jetzt such weiter.«

Schon nach kurzer Zeit war April von der Flut an Informationen völlig überfordert. Sie fand Finanzierungstabellen und Kalkulationen für ein Spezialfenster im Physiklabor, korrigierte Chemie-Klassenarbeiten von vor sechs Jahren, sogar einen Kostenvoranschlag für einen Skiausflug nach Österreich. Aber nichts von dem, was sie entdeckte, war auch nur im Geringsten ungewöhnlich, sondern dokumentierte lediglich den ganz normalen Tagesablauf eines Gymnasiums.

»Irgendwas im Computer?«

»Ist alles passwortgeschützt, verdammt«, fluchte Caro leise. »Und die ganzen Ordner sind auch gesichert ... Hey, warte mal ... Bingo!«

April flitzte zu ihr hinüber. Caro hatte gerade eine Mail mit dem Logo von Agropharm geöffnet.

»Wo hast du die gefunden?«

»Mrs Bagly hat auf dem Rechner ihr eigenes E-Mail-Account und war ins cc gesetzt. Die Mail lag einfach im Posteingang. Ja!«, sagte sie aufgeregt, als sie sich den kurzen Text durchlas. »Hör dir das an: ›Es ist höchst ärgerlich, dass die Schule nicht genügend Kandidaten für unser Unternehmen hervorbringt. Ich muss Sie wohl nicht daran erinnern, wie hoch die Investitionen sind. Wir erwarten bessere Ergebnisse von Ihnen, Robert, sonst sehen wir uns gezwungen, die finanziellen Fördermittel für den Ausbau Ihres Labors einzustellen.‹«

»Wer hat die Mail denn geschrieben?«, fragte April.

»Nicholas Osbourne höchstpersönlich!«, antwortete Caro triumphierend. »Ob er der Regent ist?«

Die beiden fuhren erschrocken zusammen, als aus dem Vorzimmer lautes Husten ertönte.

»Schnell!«, zischte Caro. »Hinter die Tür!«

»Alles in Ordnung, Junge?«, drang dumpf Mr Sheldons Stimme zu ihnen herein. »Vielleicht würde ein Glas Wasser guttun?«

Das Husten verschlimmerte sich.

»Könnten Sie mir vielleicht kurz helfen, Mrs Bagly?«, sagte der Schulleiter. »Wir sollten ihn besser ins Krankenzimmer bringen.«

April musste Caro eine Hand auf den Mund pressen, um sie davon abzuhalten, vor Freude über ihr unfassbares Glück laut herauszuprusten. Vorsichtig huschten sie aus der Tür, spähten um die Ecke und rannten auf den Flur hinaus, sobald sie sahen, dass die Luft rein war.

Siebenunddreißigstes Kapitel

April sah ihn, als sie den Platz überquerte, und stieß einen unterdrückten Fluch aus. *Verdammt, warum bin ich nicht gleich zu Davina, statt vorher noch mal nach Hause zu gehen?* Detective Inspector Reece stand wartend am Gartentor. Dabei waren noch mehr Fragen das Letzte, was sie jetzt gebrauchen konnte. *Was ich brauche, sind Antworten.*

Sie wollte vor allem wissen, was die E-Mail zu bedeuten hatte, die sie im Computer des Schulleiters gefunden hatten. War Nicholas Osbourne der Regent? Er war definitiv so mächtig und einflussreich, wie man es vom Urheber einer finsteren Verschwörung erwarten würde, und hatte darüber hinaus sowohl mit Alix Graves zu tun gehabt als auch mit der Ravenwood School. Was hatte er damit gemeint, dass die Schule »nicht genügend Kandidaten« hervorbringen würde? Hatte der Falke die Aufgabe, die begabtesten Schüler für den Regenten auszusuchen, um sie zu wandeln? April konnte nur spekulieren, und genau das war das Frustrierende: Sie stolperte ununterbrochen über irgendwelche kleinen Hinweise, die jedoch immer nur noch mehr Fragen aufwarfen und sich einfach nicht zu einem schlüssigen Gesamtbild zusammenfügen ließen. Aber das war noch nicht einmal das Schlimmste. Was sollte sie denn machen, wenn sie einen stichhaltigen Beweis dafür finden sollte, dass Davinas Vater der Regent war? Zur Polizei gehen? Nicht einmal ein so relativ unvoreingenommener Mensch wie Inspector Reece würde ihr Glauben schenken.

»Ach, da sind Sie ja«, sagte Reece und schnippte seine Zigarette über den Bordstein. »Bitte entschuldigen Sie, dass ich Sie so direkt vor Ihrem Haus überfalle, aber ich wollte nicht schon wieder in der Schule aufkreuzen, und Ihre Mutter scheint nicht zu Hause zu sein.«

»Gibt es Neuigkeiten im Fall?«, fragte sie ohne große Hoffnung.

»Nicht wirklich.« Reece zuckte bedauernd mit den Achseln. »Aber wir haben inzwischen den vollständigen gerichtsmedizinischen Bericht vorliegen.« Er deutete mit dem Kopf auf die gelb lackierte Eingangstür. »Wollen wir uns vielleicht lieber drinnen weiterunterhalten?«

April schüttelte den Kopf. »Wenn es für Sie okay ist, Mr Reece, will ich über solche Dinge lieber nicht an dem Ort reden, an dem ...« Sie verstummte und unterdrückte ein Schaudern.

Er nickte. »Selbstverständlich. Darf ich Sie dann auf einen Kaffee einladen?«

Schweigend gingen sie zur High Street und setzten sich im Café Americano an einen ruhigen Ecktisch.

»Ich will nicht lange um den heißen Brei herumreden, April«, kam der Inspector gleich zur Sache, nachdem eine Bedienung an ihren Tisch gekommen war und ihre Bestellung aufgenommen hatte. »Die Auswertung des Berichts hat leider so gut wie nichts Neues ergeben. Fingerabdrücke, Fasernreste oder Hautpartikel unter den Fingernägeln – alles Fehlanzeige. Kurz, wir sind genauso schlau wie vorher. In einem Punkt ist die Autopsie jedoch zu einem ... wie soll ich sagen ...«, er zögerte unbehaglich, »zu einem höchst seltsamen Ergebnis gekommen.«

»Was meinen Sie?«, fragte April beunruhigt. Dem Beamten war deutlich anzusehen, dass er lieber nicht mit ihr darüber gesprochen hätte.

»Die Todesursache. Ihrem Vater wurde buchstäblich die

Kehle herausgerissen, als hätte ihn ein wildes Tier angefallen.«

April sah ihn entsetzt an und spürte, wie ihr Magen rebellierte.

»Mir ist klar, wie entsetzlich es für Sie sein muss, das zu hören«, sagte Reece mitfühlend. »Aber ich kann es Ihnen leider nicht ersparen.«

April schüttelte benommen den Kopf. »Ich verstehe nicht ganz – wollen Sie damit sagen, er wurde von einem Tier gebissen?«

»Nein, es waren zweifelsfrei menschliche Bissspuren. Er wurde mit bloßen Zähnen angegriffen.«

April unterdrückte ein Stöhnen.

»Solche Fälle kommen leider öfter vor, als man denkt. Vor allem bei Kneipenschlägereien zwischen Betrunkenen. Da werden häufig Ohren, manchmal sogar Nasen abgebissen. Einige primitive Urtriebe stecken wohl immer noch in uns und schlummern direkt unter der Oberfläche.«

»Aber jemandem die Kehle mit den Zähnen herauszureißen ... das ist ...«

»In der Tat«, stimmte Reece ihr zu. »Dem Gerichtsmediziner zufolge bedarf es einer enormen Kraftanstrengung, um einem anderen Menschen solche Verletzungen zuzufügen. Die Kiefermuskeln sind zwar die stärksten Muskeln des Körpers, aber eine solche Vorgehensweise setzt eine extreme Verhaltensstörung seitens des Angreifers voraus, weshalb wir davon ausgehen müssen, dass wir es hier unter Umständen mit einem Geisteskranken zu tun haben.«

»Unter Umständen? Das heißt, sicher sind Sie sich nicht?«

Der Inspector fuhr zögernd mit der Fingerkuppe den Rand seiner Kaffeetasse nach. »Eigentlich dürfte ich gar nicht mit Ihnen darüber sprechen, April«, sagte er schließlich, »aber ich gebe die Information trotzdem an Sie weiter, weil ich der Meinung bin, dass Sie das Recht haben, es zu erfahren, und wenn es nur zu Ihrem eigenen Schutz ist.«

April ballte unter dem Tisch die Hände zu Fäusten, während sie darauf wartete, was er zu sagen hatte.

»Alle drei Morde – der an Alix Graves, Isabelle Davis und Ihrem Vater – wurden exakt auf die gleiche Art verübt.«

Einen Moment lang hatte April das Gefühl, keine Luft mehr zu bekommen. »Sie wurden alle gebissen?«, wisperte sie.

Reece nickte. »Alle drei. Ja.«

Aprils Hände wanderten unwillkürlich zu ihrem Hals. Natürlich hätte sie mit so etwas rechnen müssen – da draußen lief schließlich eine Meute Vampire frei herum, von denen sie einen sogar ziemlich gut kannte –, aber es aus dem Mund eines Polizisten zu hören war trotzdem ein Schock. Irgendwie war es ihr gelungen, den Gedanken daran immer wieder zu verdrängen. Sie hatte gewusst, dass ihr Vater auf bestialische Weise umgebracht worden war, aber wie bestialisch sein Tod tatsächlich gewesen war, hatte sie sich einfach nicht vorstellen wollen.

»Und was jetzt?« Sie sah den Inspector mit flehendem Blick an. »Werden Sie ihn aufhalten können?«

»Wir werden selbstverständlich Ihr Haus überwachen lassen«, sagte Reece. »Glauben Sie mir, wir nehmen diese Angelegenheit extrem ernst.«

»Das habe ich nicht gefragt«, entgegnete April heftig. »Ich möchte wissen, ob Sie diese Bestie *stoppen* können.«

Reece fuhr sich betreten durch die Haare. »Um ehrlich zu sein – ich weiß es nicht. Was nicht heißt, dass wir nicht alles tun werden, um ...«

»Sie wissen es nicht?«, unterbrach April ihn verzweifelt. »Und jetzt warten und hoffen Sie einfach darauf, dass dieser Irre bei uns zu Hause auftaucht, um mir und meiner Mutter auch noch die Kehle herauszureißen?«

»So weit würden wir es niemals kommen lassen«, sagte

Reece bestimmt. »Das versichere ich Ihnen.« Aber der sorgenvolle Ausdruck in seinem Gesicht sprach eine andere Sprache. Er hatte tiefe Ringe unter den Augen, und die Falten auf seiner Stirn hatten sich seit dem letzten Mal, als sie ihn getroffen hatte, noch tiefer in die Haut gegraben.

»Wir werden ihn schnappen, April«, sagte er. »Und zwar auf die gleiche Weise, wie wir alle Verbrecher zur Strecke bringen – durch gute, solide Polizeiarbeit. Vermutlich wird das nicht so aufsehenerregend und schnell gehen, wie wir es uns wünschen würden, aber früher oder später wird er uns ins Netz gehen.«

»Früher oder später«, schnaubte April fassungslos. »Und bis es so weit ist, müssen wir jede Minute um unser Leben bangen?« Natürlich wusste sie, dass es nicht seine Schuld war, aber sie war extrem frustriert, und sie hatte Angst. Jeder Schatten, jedes Geräusch, selbst das Telefonklingeln ließ sie zusammenzucken. Gabriel hatte gesagt, er würde sich beobachtet fühlen, und genau das gleiche Gefühl hatte sie mittlerweile auch. Überall schienen Augen zu lauern, und sie war überzeugt davon, dass welche darunter waren, deren Blick auf sie gerichtet war.

»Wer könnte es getan haben, Mr Recce?«, fragte sie und sah den Polizisten forschend an. »Wer könnte meinen Vater umgebracht haben?«

»Nun, wie ich schon sagte, die Vorgehensweise deutet auf einen geistesgest…«

»Das meine ich nicht«, fiel sie ihm ins Wort. »Wer hätte die Möglichkeit dazu gehabt? Es muss doch irgendwelche Verdächtigen geben?«

Reece stellte seine Tasse ab. »Dazu kann ich Ihnen nichts sagen, April. Das sind streng vertrauliche Informationen. Ich habe Ihnen sowieso schon mehr erzählt, als Sie eigentlich wissen dürften.«

»Dann kommt es doch jetzt auf die eine oder andere zusätzliche Information auch nicht mehr an, oder?«

»Was ich Ihnen zur Todesursache gesagt habe, stand in unmittelbarem Zusammenhang mit Ihrer Sicherheit.«

April beugte sich vor. »Aber verstehen Sie denn nicht? Genau darum geht es doch. Wenn der Mörder nicht in das Haus eingebrochen ist, kann es gut sein, dass mein Vater ihn persönlich kannte, was wiederum bedeutet, dass ich ihn womöglich ebenfalls kenne. Was nützt es, unser Haus beobachten zu lassen, wenn der Mörder jederzeit mit einer Einladung zum Tee vor unserer Tür stehen könnte?«

Der Inspector betrachtete eine Weile schweigend seine Hände. »Eigentlich gibt es wirklich keinen Grund, warum ich es Ihnen nicht sagen sollte«, meinte er schließlich. »Aber ich glaube nicht, dass es Ihnen etwas nützen wird.«

»Bitte, Mr Reece.«

Er gab sich seufzend geschlagen. »Also schön, fangen wir mit Ihnen an. Wie wir wissen, hatten Sie an dem betreffenden Tag ein Gespräch mit Mr Sheldon vor dem Schulgebäude und sind anschließend mit Ihrer Freundin Caro Richtung High Street gegangen. Dort sahen Sie die Krankenwagen und rannten ins Haus. Das schließt Sie beide zunächst einmal aus. Ihre Mutter war den ganzen Vormittag bei Ihrem Großvater und befand sich gerade auf dem Weg von der Innenstadt nach Hause, als wir sie benachrichtigten, woraufhin sie sofort ins Krankenhaus gefahren ist. Ihr Großvater hat diese Aussage bestätigt und verfügt damit, nebenbei bemerkt, automatisch ebenfalls über ein Alibi.« Reece warf ihr einen prüfenden Blick zu. »Dass Ihr Freund Gabriel Swift zum fraglichen Zeitpunkt bei uns auf dem Präsidium war, hatte ich Ihnen ja bereits erzählt.«

»Er ist nicht mein Freund«, warf April ein.

»Wie auch immer, für uns zählt lediglich, dass er ein

hieb- und stichfestes Alibi hat. Außerdem haben wir die meisten Ihrer Mitschüler überprüft: Davina und Benjamin Osbourne, Marcus Brent, Simon Oliver, Ling Po Chan, Layla …«

»Woher wissen Sie so genau darüber Bescheid, mit wem ich an der Schule alles zu tun habe?«, unterbrach April ihn nervös. »Haben Sie mich etwa beobachten lassen?«

Reece lächelte schmal. »Wir haben Ihre Lehrer dazu befragt. Die Ravenwood School hat offensichtlich ein wachsames Auge auf ihre Schüler.«

April wurde rot.

»Anschließend haben wir das Umfeld Ihres Vaters unter die Lupe genommen: Freunde, Arbeitskollegen, Freundinnen Ihrer Mutter – die meisten der Damen saßen zur Tatzeit in exklusiven Friseur- oder Schönheitssalons. Und was meinen Anfangsverdacht angeht, Ihr Vater könne bei einer seiner Recherchen jemandem zu nahe gekommen sein: Alle infrage kommenden Personen sitzen entweder im Gefängnis oder befinden sich außer Landes.«

»Das heißt, Sie haben keinen einzigen Verdächtigen?«

»Leider ist das genaue Gegenteil der Fall. Die meisten Alibis sind alles andere als wasserdicht – ›Oh, da war ich zu Hause und habe ferngeschaut‹ oder ›Zu dem Zeitpunkt habe ich geschlafen‹. Wie sollen wir den Leuten das Gegenteil beweisen? Nehmen Sie nur Ihr eigenes Alibi. Es gibt zwar Zeugen, die bestätigen können, dass Sie und Mr Sheldon miteinander gesprochen haben, aber was den Zeitpunkt angeht, müssen wir uns auf das verlassen, was Sie beide uns gesagt haben. Hinzu kommt, dass der Schulleiter einen sehr schnellen Wagen fährt, er hätte nach dem Gespräch schnell zu Ihrem Haus fahren können, weil er sich darauf verlassen konnte, dass Sie angeben würden, sich mit ihm unterhalten zu haben. Würde man Ihnen Böses wollen, könnte man Ihnen sogar unterstellen, Sie steckten beide unter einer Decke. Aber wir sind hier nicht in einem Agatha-Christie-Krimi.«

April verstand, was er damit sagen wollte, aber es gefiel ihr ganz und gar nicht.

»Das heißt also, dass es jeder gewesen sein könnte?«

Reece lächelte freudlos. »Fast jeder hat ein löchriges Alibi, April. Ihre Freundin Davina hat ausgesagt, sie wäre shoppen gewesen, Benjamin gab an, mit Freunden ›herumgegangen‹ zu haben. Natürlich überprüfen wir diese Angaben, so weit es möglich ist, solange wir dabei jedoch nicht über ein blutbesudeltes Hemd oder Kleid stolpern, kommen wir nicht sehr viel weiter.«

»Aber wem soll ich denn dann überhaupt noch vertrauen können?«, fragte April verzweifelt.

»Niemandem«, sagte Inspector Reece beinahe schroff. »Sie dürfen absolut niemandem mehr vertrauen, haben Sie verstanden, April? Das mag Ihnen völlig übertrieben vorkommen, aber es ist der beste Rat, den ich Ihnen geben kann. Wie ich vorhin schon sagte, gehen wir von einem Einzeltäter aus, zumindest ist das die logische Schlussfolgerung. Andererseits stößt die Logik in diesem Fall ziemlich hart an ihre Grenzen. Schon allein die Frage nach dem Motiv stellt uns vor ein Rätsel. Wer von den eben genannten Verdächtigen hätte einen Grund gehabt, sowohl Ihren Vater als auch Isabelle Davis und Alix Graves umzubringen? Wo ist die Verbindung? Ich finde einfach keine, außer dass alle Beteiligten in irgendeiner Form mit der Ravenwood School zu tun hatten oder haben. Im Moment steht nur eines fest: Dieser Fall ist anders als alle, mit denen wir es bisher zu tun gehabt haben.«

»Und was bedeutet das konkret?« April spürte, wie sich von ihrem Magen aus ein eisiges Gefühl in ihrem ganzen Körper ausbreitete.

Reece schüttelte seufzend den Kopf. »Jede der eben erwähnten Personen könnte Ihren Vater umgebracht haben«, sagte er ernst und sah ihr direkt in die Augen. »Und einer von Ihnen hat es vermutlich getan.«

Achtunddreißigstes Kapitel

Das riesige alte Herrenhaus der Osbournes strahlte trotz seiner erhabenen Pracht und der kunstvoll angelegten Rasen- und Parkflächen, von denen es umgeben war, etwas Furchteinflößendes aus. Dass man als Besucher offenbar einer Art Sicherheits-Check unterzogen wurde, bevor man das Grundstück betreten durfte, verstärkte diesen Eindruck nur noch.

April drückte auf den Klingelknopf an der Gegensprechanlage und wartete, während eine Kamera mit einem rot blinkenden Sensor an der Seite herumschwenkte und sie ins Visier nahm.

»*Zzzzkrrrrr* ... Ja, bitte?«, ertönte eine von statischem Rauschen begleitete Stimme.

»Ähm, hallo. April Dunne ... ich bin mit Davina verabredet.«

»*Kkkkkzzzrrr* ... Einen Moment.«

Während April wartete, was als Nächstes passieren würde, fragte sie sich, ob sie nicht gerade dabei war, einen großen Fehler zu begehen. Nach ihrer waghalsigen, aber erfolgreichen kleinen Razzia im Büro des Schulleiters hatte sie Caro von ihrer Verabredung mit Davina erzählt, woraufhin ihre Freundin sich mal wieder die schlimmsten Horrorszenarien ausgemalt hatte. »Pass bloß auf. Sie versucht dich wie mit einem dieser Traktorstrahlen von den Raumschiffen in *Star Wars* an sich heranzuziehen«, hatte sie unheilvoll orakelt. »Es ist bestimmt nur noch eine Frage der Zeit, bis sie ihre Fangzähne ausfährt und sie dir in den Hals schlägt.«

Leider ist das genau das, was ich befürchte, dachte April, als plötzlich wie von Geisterhand das hohe schmiedeeiserne Tor aufschwang. Nach ihrer Unterhaltung mit Inspector Reece war sie zutiefst beunruhigt. Er hatte ihre schlimmsten Befürchtungen bestätigt: Ihr Vater war tatsächlich von einem Vampir umgebracht worden und hatte seinen Mörder aller Wahrscheinlichkeit nach persönlich gekannt. Hatte Davina ihn getötet? Oder Benjamin? Einer der Freunde der Osbournes oder ein Familienangehöriger? Es wäre sicher das Vernünftigste gewesen, sofort umzudrehen, die Beine in die Hand zu nehmen und wegzurennen. Aber das konnte sie nicht. Sie hatte die Verpflichtung herauszufinden, wer ihren Vater umgebracht hatte, auch wenn das bedeutete, dass sie sich selbst in Gefahr bringen musste. Und je tiefer sie in diese Parallelwelt vordrang, desto größer wurde die Bedrohung, der sie sich aussetzte. In der Schule machten Gerüchte die Runde, dass Milos Zustand sich verschlechtert hatte. Caros Biologielehrer, dem die nervöse Unruhe unter den Schülern nicht entgangen war, hatte sich die Zeit genommen zu versuchen, Milos Erkrankung zu erklären – offenbar handelte es sich um eine spezielle Form nekrotisierender Fasziitis, die durch Streptokokkenbakterien ausgelöst wird, wie Caro ihr fachmännisch erläutert hatte. Statt die Schüler zu beruhigen, hatten die Erklärungsversuche des Lehrers nur dazu geführt, dass anschließend panische Gerüchte über Ansteckungsrisiken in Umlauf kamen. April tastete nach dem Mal hinter ihrem Ohr und hoffte, dass Gabriel sich geirrt hatte.

»Du liebe Güte«, murmelte sie, während sie die Auffahrt entlangging. Der Kies knirschte leise unter ihren Sohlen, und der Weg schien kein Ende zu nehmen. Schon jetzt hatte sie das beklemmende Gefühl, kilometerweit von der Straße entfernt zu sein. Zu ihrer Linken lag ein künstlich angelegter Teich — der allerdings eher die Ausmaße eines Sees hatte —, über den eine asiatisch anmutende Brücke führte. Und dann endlich ragte vor ihr das Anwesen der Osbournes auf, das wie eine mittelalterliche Burganlage aussah. April stockte der Atem. Als die Osbournes bei ihnen auf der Trauerfeier gewesen waren, hatten sie sich wahrscheinlich gefühlt, als wären sie in einer winzigen Bruchbude zu Gast.

»Hallo, April!«, rief Davina, die schon wartend in der Eingangstür stand. »Der Security-Check ist total lästig, tut mir leid«, entschuldigte sie sich, als sie ihr entgegenlief und ihre Wangen küsste, ohne sie mit den Lippen zu berühren. »Aber das muss leider sein. Daddy ist wegen seines Unternehmens schon öfter Zielscheibe irgendwelcher fanatischer Aktivisten und Irrer gewesen.«

Was die Aktivisten wohl dazu sagen würden, wenn sie wüssten, dass sie sich mit einem Untoten anlegen?, dachte April, während sie Davina ins Haus folgte.

»Wow!« Sie blickte sich staunend in der Eingangshalle um, die von einer prächtigen Glaskuppel überdacht war. Entlang des gesamten Treppenaufgangs hingen beeindruckend aussehende, riesige Ölgemälde. »Euer Haus ist … überwältigend.«

»Gefällt es dir? Mir ist es ehrlich gesagt ein bisschen zu altmodisch. Wobei dieser Kasten noch gar nichts ist verglichen mit Daddys Haus in Gloucester — ein elisabethanischer Albtraum mit endlos langen knarrenden Korridoren und entsetzlich kleinen Fenstern.« Ihr schauderte. »Für Partys ist es allerdings die perfekte Location. Du kommst doch am Samstag zum Winterball? Es werden jede Menge von Daddys grauenhaften Freunden da sein — allesamt lüsterne alte Säcke —, und der weibliche Glamour-Faktor muss so hoch sein wie möglich.«

April nickte mit gespielter Begeisterung, als könne sie es kaum erwarten. In Wirklichkeit graute es ihr davor, von Men-

schen umringt zu sein, von denen sie nicht wusste, wer oder
was sie waren, von denen einige oder vielleicht sogar alle jedoch Mörder sein konnten. Die Mörder ihres *Vaters*.

»Wunderbar«, zwitscherte Davina. »Komm, wir gehen in
den Salon. Ling Po ist auch da.«

Der Salon strahlte trotz seiner Größe überraschende Be-
haglichkeit aus. Hohe Fenster gaben den Blick auf die Terrasse frei, die vom Schein der untergehenden Wintersonne in
sanftes Zwielicht getaucht war. Mit schwarzen und weißen
Seidenstoffen bezogene Art-déco-Sitzmöbel standen auf einem flauschigen cremeweißen Teppich.

»Hi, Honey.« Ling kam auf April zugeschwebt und küsste
sie zur Begrüßung auf die Wangen. »Ben bringt mir gerade
Poker bei.«

Benjamin saß an einem langen dunklen Holztisch und
mischte gekonnt einen Stapel Karten.

»Hoffentlich nicht Strip-Poker?«, sagte Davina streng.
»Dieser Kerl hat nämlich nur eins im Kopf.«

Benjamin ging nicht auf ihre Bemerkung ein, sondern lächelte April an. »Hallo! Willkommen im Irrenhaus.«

»Ein beeindruckendes Irrenhaus«, antwortete April.

»Sie findet es *überwältigend*«, warf Davina ein, worauf sie
und Ling sich seltsam vielsagend anlächelten.

»Ich weiß nicht«, sagte Ling. »Ich stehe eher auf moderne
Architektur als auf diese düsteren alten Kästen.«

»Banausin«, sagte Benjamin kopfschüttelnd.

»Davi und ich wollen gleich eine Runde in den Whirlpool,
kommst du mit, April?«

»April ist doch gerade erst gekommen, Ling. Jetzt lass sie
sich doch erst mal umsehen«, sagte Davina tadelnd.

»Aber du hast es mir versprochen«, schmollte Ling.

»Nur wenn April auch mitkommt«, sagte Davina und warf
ihr einen durchtriebenen Blick zu.

»Oh ... ähm ... wenn ich das gewusst hätte, hätte ich einen Badeanzug eingepackt«, sagte April unsicher.

»Im Whirlpool brauchst du doch keinen Badeanzug, Dummerchen«, kicherte Ling.

»Ach komm doch mit, April.« Davina stupste sie sanft am Arm. »Es ist herrlich, draußen im heißen Wasser zu sitzen, wenn es so kalt ist.«

»Lass dich von den beiden nicht zu etwas überreden, das du nicht willst, April«, mischte Benjamin sich ein. »Es ist eisig kalt da draußen, und die Biester nehmen dich wegen des Badeanzugs doch sowieso nur auf den Arm, stimmt's?«

Davina zog eine Schnute und schaute wie ein kleines Mädchen, das bei etwas Ungezogenem ertappt wurde. »Höchstens ein winziges bisschen.«

»Nehmt ihr euer Bad – ihr scheint es ja nötig zu haben. Ich kümmere mich in der Zwischenzeit um euren Gast«, sagte Benjamin seufzend.

»Ist das okay für dich, April?«, fragte Davina, die bereits auf die Terrassentür zusteuerte.

»Ich ... ja, natürlich, völlig okay«, sagte April, obwohl sie sich fühlte, als hätte man sie gerade in die Höhle des Löwen gestoßen. Aus irgendeinem Grund bildete sie sich ein, ein männlicher Vampir könnte ihr gefährlicher werden als ein weiblicher, aber schließlich hatte sie gewusst, wessen Haus sie betrat.

»Na los, raus mit euch. Husch-husch!«, sagte Benjamin und schloss die Tür hinter ihnen. Er wandte sich an April und verdrehte die Augen. »Die Rolle der perfekten Gastgeberin wird mein Schwesterchen noch ein bisschen üben müssen, sonst kann sie ihren Traum begraben, eines Tages in ein Königshaus einzuheiraten.«

April zwang sich zu einem Lachen. »Ist das wirklich ihr Traum?«

»Hat sie dir noch nicht davon erzählt? Seit sie alt genug war, um mit ihren Barbiepuppen Hochzeit zu spielen, behält sie sämtliche heiratsfähigen Prinzen der europäischen Königshäuser im Auge. Ihr Zimmer ist von oben bis unten mit den Fotos von blaublütigen Junggesellen tapeziert, die sie aus dem *Tatler* oder der *Paris Match* ausgeschnitten hat.«

April runzelte die Stirn. Davina wollte sich einen Prinzen angeln? Nicht dass sie sich darüber wunderte, dass Benjamins oberflächliche, luxussüchtige Schwester so hochtrabende Zukunftspläne hatte, aber falls sie tatsächlich ein Vampir war, hatte ihr Plan einen ziemlich großen Haken: Sie war auf Fotos unsichtbar. Als Gattin des Mitglieds einer Königsfamilie würde sie aber auf Schritt und Tritt von Paparazzi verfolgt werden. Gabriel hatte ihr erklärt, dass die Vampire sich bewusst im Hintergrund hielten und von dort aus die Strippen zogen. Falls Davina wirklich in den Hochadel einheiraten sollte, würde es für sie unmöglich sein, ein unauffälliges Leben zu führen. Boulevardzeitschriften wie *OK!* und *Hello!* würden sich um Fotos von ihr reißen, und dieses Risiko würde sie ja wohl kaum eingehen. Aber vielleicht hatten sie die Geschichte ja auch nur zur Tarnung erfunden.

»Was ist denn los?«, fragte Benjamin, dem der Ausdruck auf ihrem Gesicht nicht entgangen war.

»Nichts, gar nichts«, sagte April schnell. »Ich ... na ja, besonders romantisch ist das aber nicht. Ich meine, wo bleibt denn da die Liebe?«

»Davina und Romantik?« Benjamin lachte amüsiert. »Auf ihrer Prioritätenliste stehen zuallererst Dinge wie ›Bentley‹, ›Cartier‹ und ›Haute Couture‹.«

April musste kichern, bis ihr wieder einfiel, wo sie war und mit wem sie sich unterhielt. *Vergiss nicht, warum du hier bist, April,* schalt sie sich in Gedanken. *Es geht nur darum, den Mord an deinem Vater aufzuklären!*

»Und wie sehen deine Zukunftspläne aus, Ben?«, fragte sie im leichten Plauderton. »Willst du dir eine Thronerbin suchen?«

»Gott bewahre, nein«, sagte er. »Sollte ich jemals heiraten, dann nur aus Liebe.« Er zwinkerte ihr mit einem charmanten Lächeln zu, ergänzte dann jedoch sofort: »Aber ich möchte so schnell wie möglich in die Politik und dort Karriere machen, was vermutlich auch nicht besonders romantisch ist. Ich habe schon einige Medientrainings hinter mir und sammle gerade in einem der Unternehmen meines Vaters Erfahrung. Hört sich ganz schön öde an, ich weiß, aber man muss eben früh wissen, was man im Leben will, wenn man etwas erreichen möchte.«

Und manchmal ist das, was man will, bedeutungslos, dachte April bitter. Sie hatte auch einmal Träume und Zukunftspläne gehabt, aber das Schicksal hatte offenbar anderes mit ihr im Sinn. Sie fragte sich, ob Benjamin nicht genau die gleichen Probleme mit Foto- und Fernsehkameras haben würde wie Davina, aber vielleicht ging es bei diesem Training, das er gerade erwähnt hatte, ja genau darum, wie man den Medienrummel vermied. Und in der Politik war es natürlich auch ein Leichtes, sich im Hintergrund zu halten und von dort aus Einfluss auszuüben. Trotzdem war sie von dem, was er ihr erzählte, beunruhigt. Irgendwie hatte sie das Gefühl, dass hinter alldem mehr steckte, als ihr bisher bewusst gewesen war – nur was? Während sie darüber nachgrübelte, beobachteten sie, wie Davina und Ling lachend über die Terrasse zum Whirlpool flitzten.

»Bei Tag muss der Ausblick unglaublich sein«, sagte April und ging zum Fenster. Im schwindenden Licht konnte sie lediglich den unterhalb der Terrasse liegenden Garten sehen. Der dahinter angrenzende Park und der Friedhof waren in der Dämmerung nur zu erahnen. Das Anwesen der Osbournes war noch etwas mondäner als das von Milos Eltern, das allerdings direkt am Heath-Park lag. »Obwohl ich nicht so nah am Friedhof wohnen wollen würde. Findest du es nicht ein bisschen … keine Ahnung … unheimlich, dass direkt hinter eurer Gartenmauer diese ganzen Grabsteine stehen?«

»Ich habe mich daran gewöhnt«, sagte Benjamin achselzuckend. »Und irgendwelche Geister sind mir hier auch noch nie begegnet. Was hältst du davon, wenn ich dich ein bisschen herumführe, nachdem deine Gastgeberin dich so sträflich vernachlässigt?«

»Gerne.« April rang sich ein Lächeln ab und versuchte interessiert auszusehen, während in ihrem Inneren zwei sehr unterschiedliche Empfindungen miteinander kämpften. Die alte April, die in Edinburgh gelebt und Vampire nur aus Draculafilmen gekannt hatte, wäre am liebsten schreiend davongerannt. Aber die neue April, die unfreiwillig in eine Welt brutaler Morde und Realität gewordener Legenden eingetaucht war, wollte die Gelegenheit nutzen, so viele Hinweise wie möglich zu sammeln, die zur Aufklärung des Mordes an ihrem Vater beitragen konnten. Die neue April wollte Vergeltung – sie wollte denjenigen, der ihrem Vater das Leben genommen hatte, für seine Tat bezahlen lassen. Gleichzeitig war ihr natürlich klar, dass die Wahrscheinlichkeit, in eine Falle gelockt worden zu sein, ziemlich hoch war. Es war nicht so, als hätte ihr die Vorstellung, selbst mit herausgerissener Kehle zu enden, keine Angst gemacht, aber sie war bereit, dieses Risiko in Kauf zu nehmen.

Benjamin zeigte ihr die Bibliothek, die »Säulenhalle« – einen langen, herrschaftlichen Raum, der als Speisesaal für gesellschaftliche Anlässe diente – und die Küche, die sogar noch größer war als die ihres Großvaters. Ein geschwungener Treppenaufgang führte in das obere Stockwerk hinauf, wo sich weitere zwölf Räume befanden, unter anderem auch die Suite von Benjamins Eltern, die allein schon größer war als das gesamte Untergeschoss des Hauses, in dem sie mit ihrer Mutter lebte.

»Unser Haus am Pond Square ist gegen dieses die reinste Besenkammer«, sagte April mit einem schiefen Grinsen.

»Ja, ich weiß. Es ist geradezu absurd groß. Aber mein Vater empfängt hier ständig irgendwelche ›wichtigen Leute‹«, Benjamin malte mit den Fingern Anführungszeichen in die Luft. »Deswegen ist ihm so daran gelegen, in einem entsprechend repräsentativen Rahmen zu leben. Es fühlt sich ein bisschen an, als würde man in einem Museum wohnen – jedenfalls bis man hier reinkommt.«

Er öffnete eine Tür und machte eine einladende Handbewegung.

»Großer Gott!«, sagte April lachend, als sie in das Zimmer trat. »Ich nehme an, hier wohnst du?«

Der Raum sah aus, als wäre ein Wirbelwind hindurchgefegt. Der Boden war von Klamotten übersät, aus offen stehenden Kommodenschubladen quollen T-Shirts und Socken, in den Regalen stapelten sich Unmengen von Magazinen und DVDs, und in einer Ecke stand sogar ein Schlagzeug, von dem eine achtlos dort hingeworfene Jeans baumelte.

»Ich betrachte mein Zimmer sozusagen als Gegengewicht zum Rest des Hauses«, erklärte Benjamin. »Das Chaos hier bringt die penible Ordnung, die dort herrscht, noch besser zur Geltung.« Er deutete mit dem Kopf auf eine zweite Tür auf der gegenüberliegenden Seite des Zimmers. »Ich würde dir allerdings nicht raten, ins Bad zu gehen. Da drin kann ich nicht für deine Sicherheit garantieren.«

»Wow, ich wusste gar nicht, dass du so ein großer Fan von Alix Graves bist.« April zeigte auf eine mit Postern des Sängers und seiner Band zugepflasterte Wand.

Benjamin setzte ein schiefes Grinsen auf. »Komm bitte

nicht auf falsche Gedanken. Mir geht es natürlich nur um die Musik und nicht etwa um seinen tollen Körper«, sagte er und stellte sich schnell mit verschränkten Armen vor ein Bild, auf dem der Sänger nichts als eine Lederhose trug.

April kicherte und schob Benjamin zur Seite, um sich das Bild genauer anzusehen. Ihr wäre beinahe ein überraschter Schrei herausgerutscht, als sie erkannte, dass es das gleiche Foto war, das Caro ihr heute in der Bibliothek gezeigt hatte – das mit dem Sternentattoo. *Tief durchatmen, April,* ermahnte sie sich stumm. *Benjamin darf auf keinen Fall merken, was in dir vorgeht.* »Abgesehen davon, hatte er auch ein paar ziemlich coole Tattoos.«

»Ja, richtig!« Benjamin grinste. »Das, was mir an seinem Körper gefällt, sind natürlich ausschließlich die Tattoos. Tattoos sind unglaublich männlich.«

Verdammt, ich wünschte, er wäre kein Vampir, dachte April plötzlich, rügte sich jedoch sofort selbst für diesen Gedanken. *Er ist der Feind, schon vergessen?* Aber war er das wirklich? Schwer vorstellbar, wenn man in seinem Zimmer stand, das sich in nichts von anderen typischen Jungenzimmern unterschied. Aber dann dachte sie an den Abend zurück, an dem sich Gabriels engelsgleiches Gesicht plötzlich in die Fratze einer Bestie verwandelt hatte, und an die Wunde, die rasend schnell verheilt war. Sie hatte den Beweis mit eigenen Augen gesehen, warum fiel es ihr dann so schwer, daran zu glauben? Sie sah Benjamin an, der sich, einen Ellbogen aufgestützt, entspannt auf seinem Bett ausgestreckt hatte und charmant zu ihr auflächelte. Weil sie es nicht glauben *wollte.*

Von der Terrasse her war plötzlich ein spitzer Schrei zu hören. April rannte erschrocken zum Fenster und sah mit Erleichterung, dass es nur Ling und Davina waren, die sich im Whirlpool gegenseitig nass spritzten.

»Wenn man in diesem Haus lebt, lernt man, nicht bei jedem

Schrei gleich in Panik zu geraten.« Benjamin trat hinter sie und blickte über ihre Schulter nach draußen. »Du hast keine Ahnung, wie viele Dramen sich hier täglich abspielen.«

April fiel auf, dass Ling ziemlich dicht neben Davina saß, konnte aber nicht erkennen, was unter der sprudelnden Wasseroberfläche vor sich ging. Wahrscheinlich alberten die beiden nur herum.

»Ein Bad im Whirlpool hat auf unseren Partys übrigens Tradition«, sagte Benjamin mit leiser Stimme. »Besonders auf dem Winterball, und zwar immer um Punkt Mitternacht.«

Er stand so dicht hinter ihr, dass sie seinen warmen Atem im Nacken spüren konnte. Ein angenehmer Schauer rieselte ihr über den Rücken. Gabriel hatte recht gehabt, Vampire waren Meister der Verführung.

»Du kommst doch auf den Ball, oder?«, raunte er an ihrem Ohr.

»Ja, ich …« Sie drehte sich zu ihm um, als plötzlich erneut ein Schrei ertönte, aber diesmal kam er eindeutig aus dem Inneren des Hauses und klang nicht so, als würde jemand herumalbern, sondern als wäre wirklich etwas Schlimmes passiert.

Benjamin warf ihr einen besorgten Blick zu, dann rannte er aus dem Zimmer und den Korridor entlang. An der Treppe blieb er stehen und beugte sich übers Geländer.

»Mum! Was ist passiert?«, rief er und begann die Stufen hinunterzulaufen.

April eilte ihm hinterher und kam in dem Moment unten an, als Mrs Osbourne, ein Telefon in der Hand, das Gesicht kreidebleich, in die Eingangshalle trat. Sie sah ihren Sohn an und schüttelte den Kopf.

»Milo ist tot«, sagte sie fassungslos.

Neununddreißigstes Kapitel

Ganz Ravenwood trauerte. Milo Asprey war vielleicht nicht der beliebteste Junge der Schule gewesen, aber er schien doch viele Freunde gehabt zu haben. »Milos Wand« nach zu urteilen, waren fast alle Schüler zutiefst betroffen über seinen Tod. Bei der »Wand« handelte es sich um ein großes Anschlagbrett gleich neben dem Eingang der Cafeteria, das normalerweise nur für schulinterne Bekanntmachungen – Treffen des Schachclubs oder Konzerte der Schulband – genutzt wurde, aus dem jedoch, ohne dass es irgendwelcher offizieller Absprachen bedurft hätte, bis zur Mittagspause am Freitag eine Art Gedenktafel für den toten Jungen geworden war. Sie war übersät mit Fotos, Karten, Gedichten und sogar einigen liebevoll selbst gemalten Bildern, in denen Milos Humor, sein Einfühlungsvermögen und seine vielseitige Begabung gepriesen wurden. Die Schulleitung hatte sofort reagiert und verkündet, dass alles, was an der Tafel aufgehängt wurde, später in einem Erinnerungsalbum für Milos Familie zusammengefasst werden würde. Nebenbei verhalf die »Wand« Layla über Nacht zu ungeahnter Beliebtheit. War sie bis dahin vor allem als Davinas fiese und gehässige Handlangerin gesehen worden, hatte die Tatsache, dass sie bis zum bitteren Ende Tag und Nacht an Milos Krankenlager ausgeharrt hatte, sie in eine tragische Heldin verwandelt. Selbst die Mädchen, die regelmäßig Zielscheibe ihrer gemeinen Attacken gewesen waren, sprachen ihr voller Mitgefühl ihr Beileid aus.

April gehörte nicht zu ihnen. Von ihren persönlichen Gefühlen gegenüber Layla und ihrer scharfen Zunge einmal abgesehen, fiel es ihr unglaublich schwer, Milos Tod zu verarbeiten. Sie hatte immer wieder versucht, sich einzureden, dass alles, was passiert war, reiner Zufall gewesen war, dass Milo sich – ganz gleich, was Gabriel behauptet hatte – nach ihrem Kuss irgendeine tropische Krankheit eingefangen hatte, aber tief in ihrem Herzen wusste sie, dass sie sich da etwas vormachte. Dass sie ganz allein für seinen Tod verantwortlich war. Natürlich hatte sie ihn nicht vorsätzlich getötet, sie hatte ja keine Ahnung gehabt, dass sie etwas Besonderes war – geschweige denn eine Furie –, trotzdem lastete die Schuld auf ihr wie ein zentnerschweres Gewicht. Unbeteiligte Beobachter führten ihre Niedergeschlagenheit sicherlich auf die Trauer um Milo zurück, die sie aufgrund ihres eigenen jüngsten Verlusts möglicherweise noch heftiger empfand, aber darüber hinaus kämpfte April auch noch mit einem entsetzlichen Gefühl der Ohnmacht ihrem Schicksal gegenüber. Sie hatte gegen ihren Willen nach London ziehen müssen, ihr Vater war ermordet worden, bei der Suche nach dem Täter schien sie keinen Schritt weiterzukommen, und jetzt war ihr auch noch eine andere Rolle aufgezwungen worden, eine Rolle, der sie sich einfach nicht gewachsen fühlte. Caros Begeisterung für die »Mission«, wie sie es beharrlich nannte, verstärkte ihr Gefühl der Einsamkeit nur noch, was nicht zuletzt daran lag, dass sie insgeheim immer noch den Eindruck hatte, ihre Freundin würde es als zweitrangig betrachten, den Mörder ihres Vaters zu finden. Außer Fiona hatte sie sonst niemanden mehr, mit dem sie über all das, was sie beschäftigte, sprechen konnte – falls sie ihrer besten Freundin überhaupt noch vertrauen konnte, und da war sie sich nicht mehr so sicher. Von Gabriel hatte sie nichts mehr gehört, seit sie ihn vor zwei Tagen aus dem Haus geworfen hatte. Aber damit hatte sie natürlich rechnen müssen. Im

Übrigen hatte sie selbst genauso wenig versucht, mit ihm in Kontakt zu treten, was nicht einmal etwas mit ihrer Auseinandersetzung zu tun gehabt hatte. Schließlich war es nicht seine Schuld, dass sie das Mal trug, und er wäre wahrscheinlich der Einzige gewesen, der wirklich verstanden hätte, was sie gerade durchmachte. Aber sie hatte ja nicht einmal seine Telefonnummer. Doch selbst wenn sie die Möglichkeit gehabt hätte, ihn anzurufen, hätte sie es nicht getan. Vielleicht war sie überempfindlich, vielleicht steckte sie den Kopf in den Sand, um sich der bitteren Wahrheit nicht stellen zu müssen. Aber – verdammt noch mal – sie wollte keine Furie sein, was auch immer das konkret zu bedeuten hatte. Ihr war kurz der Gedanke gekommen, ihre Mutter oder ihren Großvater darauf anzusprechen und zu fragen, ob sie irgendetwas darüber wussten – möglicherweise hatte ihre Heimlichtuerei um ihre Vorfahren ja etwas mit dieser Furien-Geschichte zu tun. Aber sie war sich ziemlich sicher, dass sie von keinem der beiden eine ehrliche Antwort bekommen würde. Sie hatten ihr Geheimnis so lange für sich behalten, warum sollten sie jetzt damit herausrücken, »nur« weil sie aus Versehen jemanden umgebracht hatte? Außerdem ging es dabei vielleicht um etwas ganz anderes, und sie verspürte nicht die geringste Lust, in ein weiteres Wespennest zu stechen, wenn es nicht unbedingt sein musste. Es gab schon so genug, womit sie sich auseinandersetzen musste, obwohl sie sich am allerliebsten in ihrem Bett verkrochen und sich vor allem und jedem versteckt hätte.

April griff nach der Gabel und rammte sie in ihren Muffin. »Ich hasse Kuchen«, sagte sie.

Caro zog die Brauen hoch. Sie hatte April nach der Schule ins Americano eingeladen, um sie ein bisschen aufzumuntern.

»Also jetzt übertreibst du aber«, sagte sie und biss genießerisch in ihr Schokocroissant. »Kuchen ist eine der besten Erfindungen aller Zeiten.«

April musste gegen ihren Willen lächeln. Sie hatte großes Glück, eine so treue Freundin zu haben, und sogar die Sache mit Milo hatte ihr Gutes, weil sie weitestgehend in Ruhe gelassen wurde, was ihr tausendmal lieber war, als wenn über sie getuschelt worden wäre. Außerdem war sie dem angekündigten Gespräch mit Miss Holden aus dem Weg gegangen, indem sie behauptet hatte, Milos Tod habe sie zu sehr mitgenommen. Sie selbst war allerdings nicht die einzige Nutznießerin der Situation. Davina hatte die Gelegenheit beim Schopfe ergriffen, um in einem klassischen, ärmellosen schwarzen Chanel-Kleid und einer riesigen Sonnenbrille in der Schule aufzukreuzen, die sie in regelmäßigen Abständen anhob, um sich mit einem Spitzentaschentuch die Augen abzutupfen, und war dadurch mal wieder zur Trendsetterin geworden. Alle, nicht nur die Schlangen, folgten ihrem Beispiel und trugen die ganze Woche über Trauer. Man hätte denken können, an der Ravenwood herrsche strenge Uniformpflicht. Der einzige Farbtupfer, der aus dem Meer aus schwarzen Outfits herausragte, war – wenig überraschend – Caros dunkelroter Kapuzenpulli, den sie als eine Art »ironisches« Statement betrachtete, um ihr Image als Schulrebellin zu verfestigen.

»Ich dachte, wir sollten so tun, als würden wir uns rekrutieren lassen«, sagte April missmutig. »Wenn du weiter so fröhlich bunt rumläufst, wollen die Schlangen garantiert nichts mit dir zu tun haben.« Mittlerweile hatte sie ihren Muffin in kleine Stücke zerteilt und die Blaubeeren zu einem Häufchen auf dem Teller geschichtet.

»Da irrst du dich.« Caro zeigte mit der Gabel auf ihr Oberteil. »Dieses weinrote Monstrum ist die perfekte Tarnkleidung.«

April runzelte verwirrt die Stirn.

»Psychologisches Grundwissen, meine Liebe. Wenn ich mich Milo zu Ehren ebenfalls ganz in Schwarz hülle und anfangen würde, mit Layla zur Maniküre zu gehen, würden die Giftzähne doch sofort Verdacht schöpfen, oder? Dadurch, dass ich meine Außenseiterrolle aufrechterhalte, komme ich viel authentischer rüber, und das verstärkt ihren Wunsch, mich auf ihre Seite zu ziehen.«

»Moment mal«, sagte April. »Nennen wir die Vampire jetzt ›Giftzähne‹?«

»Ich finde, das Wort hat was.« Caro grinste. »Und wenn zufällig mal jemand mithört, können wir uns auf alle möglichen Leute beziehen: Lehrer, Jungs, ätzende Mitschülerinnen.«

April nickte zustimmend. »Gefällt mir.«

»Jedenfalls hat meine Taktik funktioniert«, sagte Caro triumphierend und zog ein goldenes Kuvert aus ihrer Tasche. »Voilà. Eine Eintrittskarte für den Winterball der Osbournes, überreicht vom Obergiftzahn Davina Osbourne höchstpersönlich.«

»Das gibt's doch nicht!« April sprang auf und umarmte ihre Freundin über den Tisch hinweg. Das waren endlich mal gute Neuigkeiten. Ihr hatte schon davor gegraut, ein zweites Mal mutterseelenallein auf eine stinkvornehme Party gehen zu müssen, auf der sie sich wie eine Außenseiterin vorkommen würde, die sich unter Vortäuschung falscher Tatsachen eingeschlichen hatte – von ihrem Vorhaben, dort nach weiteren Hinweisen zum Mörder ihres Vaters zu suchen, und der Gefahr, in die sie sich dadurch begeben würde, einmal ganz abgesehen.

»Cool! Wie hast du das hingekriegt?«

»Ich habe während einer Unterhaltung ganz beiläufig fallen gelassen, dass ich bereits einen Studienplatz in Cambridge, an der John Hopkins University und am Massachusetts Institute of Technology angeboten bekommen habe. Daraufhin passierte erst einmal gar nichts, wahrscheinlich hat Davina

Zeit gebraucht, um die Information zu überprüfen, aber dann fing sie urplötzlich an, mit meiner Halsschlagader zu flirten und sich mit mir über Cocktailkleider zu unterhalten.«

»Gut gemacht«, lobte April sie. »Vielleicht bringt uns das endlich einen Schritt weiter.«

»Hoffentlich, aber das ist noch nicht alles«, erzählte Caro weiter. »Ich hab gestern Abend noch mal versucht, die *Verschwundenen* aufzuspüren.«

Bei den »Verschwundenen« handelte es sich um die sechs Ravenwood-Schüler, von denen Caro ihr schon einmal erzählt hatte. Sie waren eines Tages nicht mehr in der Schule aufgetaucht und seitdem wie vom Erdboden verschluckt.

»Ich habe alle infrage kommenden Schulen abgeklappert und ehemalige Mitschüler und Freunde von ihnen befragt. Aber keiner hat jemals wieder etwas von ihnen gehört. Die haben noch nicht einmal mehr eine Weihnachtskarte bekommen.«

April nippte an ihrem Kaffee und gab sich Mühe, optimistisch zu bleiben. Wenn sie doch nur endlich etwas herausfinden würden, was sie weiterbrachte. Sie selbst trat mit ihren eigenen Ermittlungen zum Tod ihres Vaters auch auf der Stelle. Sein Terminkalender hatte bis auf die Verabredung mit Mr Gill keine brauchbaren Hinweise enthalten, und sie wusste immer noch nicht, warum er den Termin in der Buchhandlung damals nicht eingehalten hatte. Da ihre Mutter am Tag seines Todes bei ihrem Vater gewesen war, hatte sie ihr ebenfalls nichts darüber sagen können. Die Spur drohte im Sand zu verlaufen, genau wie ihre Nachforschungen über den Vampir-Regenten und die Furien. Trotz stundenlanger Internetrecherchen hatte sie weder etwas über eine interne Hierarchie innerhalb der Vampirgemeinschaft noch irgendwelche Anhaltspunkte über eine Art natürlichen Erzfeind gefunden. Die weit verbreitete Meinung schien zu sein, dass Vampire Einzelgänger waren, die ziellos umherstreiften und aufs Geratewohl töteten, aber wenn dem so wäre, hätten überall in England Leichen mit herausgerissenen Kehlen herumliegen müssen – nicht nur in London. April hatte das Gefühl, durch zähen Sirup zu waten. Die wilde Entschlossenheit, die sie noch vor wenigen Tagen verspürt hatte, hatte durch Milos Tod einen empfindlichen Dämpfer bekommen, und dass so gut wie jeder Hinweis ins Nichts zu führen schien, lähmte sie zusätzlich.

»Meinst du, wir finden auf der Party irgendetwas heraus?«

»Hab Vertrauen«, sagte Caro zuversichtlich. »Du hast jetzt das A-Team an deiner Seite.«

April wünschte, sie hätte daraus irgendeinen Trost ziehen können.

Vierzigstes Kapitel

Das Haus sah aus wie ein Schloss in einem Wintermärchen. Über Nacht war der erste Schnee gefallen und hatte dem Ball der Osbournes die perfekte Kulisse beschert. Nur zwei Tage zuvor, als April nach der Schule bei Davina zu Besuch gewesen war, hatte das Anwesen noch wie eine bedrohliche Festung gewirkt, aber als das Taxi jetzt durch das weit geöffnete Tor bog, war alles wie von Puderzucker überstäubt und glitzerte im Schein der die Auffahrt säumenden Fackeln, während die hohen Fenster des Hauses in einem warmen orangefarbenen Licht erstrahlten. Am Eingang standen Sicherheitsleute, die die Einladungen prüften, und auf der bekiesten Einfahrt begrüßten sich mit lautem Hallo die gut gelaunten Gäste. Die Herren trugen Smoking, die Damen schneeweiße Pelzmäntel und -stolen über prächtigen Abendkleidern und dazu kostbaren Schmuck, der im Licht des halb vollen Mondes funkelte. Der Winterball schien ein so wichtiges gesellschaftliches Ereignis zu sein, dass April froh war, ihre Mutter an ihrer Seite zu haben. Nachdem sie fast die gesamte vergangene Woche wieder im Bett verbracht und über Kopfschmerzen geklagt hatte, schien die Aussicht auf den Ball sie endlich aus ihrer Lethargie gerissen und ihre Stimmung gehoben zu haben. Als April morgens aufgestanden war, war ihre Mutter schon weg gewesen und hatte ihr auf dem Küchentisch einen Zettel mit der Nachricht »Bin in der Stadt« hinterlassen. Bei ihrer Rückkehr am Nachmittag war sie wie ausgewechselt ge-

wesen – ihr Teint schimmerte wieder rosig, ihre Haare waren
von Profis gestylt worden und glänzten, und ihre Augen strahlten. »Ich bin im West End shoppen gewesen«, hatte sie gesagt
und ein halbes Dutzend Einkaufstaschen auf Aprils Bett geworfen. »Und dir habe ich auch ein paar Sachen mitgebracht.«
Die *paar Sachen*, die sie mitgebracht hatte, waren der Grund,
warum April ein schulterfreies Alexander-McQueen-Ballkleid
und Peeptoes von Gucci trug und ihre Mutter ein eng anlie-
gendes Seidenkleid von Ossie Clark und die Diamanten, die
sie von ihrer Mutter geerbt hatte. »Keine Widerrede! Ich will,
dass meine Tochter heute die Königin des Balls wird«, hatte sie
auf Aprils Einwände erwidert und angefangen, ihr die Haare
zu frisieren und sie zu schminken. April gab es zwar nicht gerne zu, aber die Stylingaktion hatte stimmungstechnisch auch
bei ihr wahre Wunder bewirkt. Milos Tod, die Sache mit Gabriel und ihre neue inoffizielle Rolle als Buffy die Vampirjägerin
lasteten ihr zwar immer noch auf der Seele, aber sie hatte sich
erlaubt, es zu genießen, sich von ihrer Mutter für den Ball auf-
hübschen zu lassen und wenigstens einen Moment lang einmal
alles andere zu vergessen. Obwohl sie und Caro heute Abend
nicht nur zu ihrem Vergnügen hier waren, hatte sie beschlossen, trotzdem so viel Spaß wie möglich zu haben – vielleicht
würde sie um Mitternacht ja sogar mit Benjamin in den Whirlpool steigen, falls er sie dazu einladen sollte.

»Dass ihr beiden euch auch ja anständig benehmt, hört
ihr?«, sagte Aprils Mutter, als hätte sie die Gedanken ihrer
Tochter gelesen.

»Natürlich, Mrs Dunne«, säuselte Caro, die mit ihnen im
Taxi hergefahren war. »Wir werden uns nur von unserer al-
lerbesten Seite zeigen.«

»Das beruhigt mich, ich werde nämlich so viel Champagner trinken und wild über die Tanzfläche wirbeln, dass es für
uns drei reicht.«

»Mum!«, rief April.

»Keine Sorge, Liebes.« Silvia lächelte sie liebevoll an und drückte ihr Knie. »Das war nur ein Scherz. Selbstverständlich werde ich den ganzen Abend über ein Musterbeispiel für würdevolles Benehmen und Anmut abgeben.«

April gab ihr einen Kuss auf die Wange.

»Womit hab ich das denn verdient?«

»Damit, dass du wieder *du* bist.«

Nachdem das Taxi sie abgesetzt hatte, bahnten sie sich zwischen den parkenden Bentleys und Porsches hindurch einen Weg zum Eingangsportal, wo man sie freundlich durchwinkte, jedoch nicht, ohne sie vorher höflich darum gebeten zu haben, ihre Kameras und Handys abzugeben.

»Aus Sicherheitsgründen, Miss«, hatte einer der Securitymänner knapp geantwortet, als Caro etwas ungehalten nach dem Grund für diese Maßnahme gefragt hatte. Sie und April wechselten einen enttäuschten Blick, hatten jedoch keine andere Wahl gehabt, als sich zu fügen.

Caro pfiff leise durch die Zähne, als sie die Eingangshalle betraten. Die Dekorateure hatten sich selbst übertroffen und eine wunderschöne verzauberte Winterlandschaft geschaffen. Um das Geländer des Treppenaufgangs wanden sich grüne Efeuranken und duftende Tannenzweige, die Stufen waren von roten Teelichtern gesäumt, und von den Wänden hingen zarte Lichterketten, die wie winzige Eiszapfen schimmerten.

»Silvia! Wie schön, dass Sie gekommen sind!«

Barbara Osbourne kam ihnen in einem tief ausgeschnittenen silbernen Ballkleid entgegen und begrüßte Aprils Mutter mit einer herzlichen Umarmung.

»Es ist uns wirklich eine ganz besondere Freude, Sie wieder einmal in unserer Mitte zu haben«, sagte sie. »Und Sie, meine liebe April, sehen jedes Mal, wenn wir uns begegnen, noch hinreißender aus.«

Unsere erste Begegnung fand am Tag der Beerdigung meines Vaters statt, da werde ich wohl kaum hinreißend ausgesehen haben, dachte April, lächelte aber höflich.

»Darf ich Ihnen Caro Jackson vorstellen«, sagte Silvia. »Sie ist ebenfalls an der Ravenwood School.«

Caro machte einen kleinen Knicks und murmelte ein »Freut mich sehr«, aber ihre Aufmerksamkeit schien auf etwas anderes gerichtet zu sein. Als April ihrem Blick folgte, entdeckte sie Simon, der am anderen Ende des Raums an einem Flügel saß und gemeinsam mit Benjamin, Marcus und den restlichen Rugby-Jungs ein Lied schmetterte.

»Entschuldigt mich bitte kurz«, murmelte Caro und verschwand in der Menge. Mrs Osbourne entschuldigte sich ebenfalls und eilte strahlend ein paar neu eingetroffenen Gästen entgegen.

»Hübscher Junge«, sagte Aprils Mutter und nickte anerkennend in Simons Richtung.

»Ist aber leider vom anderen Ufer. Arme Caro.«

»Tatsächlich?« Silvia blickte noch einmal skeptisch zu ihm hinüber. »Das hätte ich nicht gedacht.«

Sie nahm sich ein Glas Champagner vom Tablett eines vorbeikommenden Kellners – »Nur eines«, sagte sie zwinkernd –, während April sich einen Orangensaft geben ließ. Sie hatte beschlossen, sich mit dem Alkohol heute lieber zurückzuhalten, um nicht in den gleichen Zustand zu geraten wie auf Milos Party.

»Es ist so schön, dich mal wieder glücklich zu sehen, Mum«, sagte sie, nachdem sie miteinander angestoßen hatten. »Na ja ... obwohl *glücklich* vielleicht nicht ganz das richtige Wort ist, aber ...«

Ihre Mutter legte ihr eine Hand auf den Arm. »Ist schon in Ordnung, Liebes. Ich weiß, was du meinst. Und keine Sorge, ich habe nicht vor, mir in absehbarer Zeit irgendeinen anderen Mann zu angeln. Genau genommen, ist das überhaupt kein Thema mehr für mich. Das klingt jetzt vielleicht seltsam für dich, aber von dem Moment an, in dem ich deinen Vater traf, gab es für mich keinen anderen Mann mehr. Ja, wir haben schwierige Zeiten durchgemacht und hatten Probleme, an denen wir arbeiten mussten, und es tut mir wahnsinnig leid, wie sehr du immer wieder unter unseren Auseinandersetzungen gelitten hast, aber ich habe William unendlich geliebt.« In ihren Augen begann es verdächtig zu glitzern, und sie hielt inne und presste sich kurz die Hand auf den Mund.

»Oh Mum«, flüsterte April traurig. Sie hatte noch nie ein einfaches Verhältnis zu ihrer Mutter gehabt – die im Vergleich zu ihrem Vater immer kühl und oberflächlich gewesen war –, aber es brach ihr beinahe das Herz, sie so leiden zu sehen. Sosehr sie selbst auch unter dem Verlust ihres Vaters litt, konnte sie sich vorstellen, wie ungleich schmerzhafter es für ihre Mutter sein musste, ihre einzig wahre Liebe verloren zu haben – zumal sie ihm das Leben über Jahre hinweg nicht gerade einfach gemacht hatte.

»Es geht schon wieder.« Silvia atmete tief durch. »Eines darfst du nie vergessen, April – dein Vater hat uns sehr geliebt. Manchmal fast zu sehr. Aber er liebte auch das Leben und wusste seine schönen Seiten zu schätzen. Wenn er jetzt hier wäre, wäre er bereits bei seinem zweiten Brandy angelangt und hätte mich auf die Tanzfläche gezerrt.«

April lachte. Ihre Mutter hatte recht, ihr Vater war der Mittelpunkt jeder Party gewesen und hatte es geliebt, die Leute mit witzigen Anekdoten zu unterhalten. Wäre er heute Abend hier gewesen, hätte es bestimmt ein paar Situationen gegeben, in denen er ihr total peinlich gewesen wäre. Und trotzdem hätte sie alles dafür gegeben, ihn noch einmal so erleben zu dürfen.

»Ich glaube, er hätte gewollt, dass wir ihn genau so in Erinnerung behalten«, sagte ihre Mutter. »Weißt du was? Wir sollten uns ein Beispiel an ihm nehmen und uns Hals über Kopf ins Leben stürzen.« Sie hob ihr Glas und stieß noch einmal mit April an. »Auf deinen Vater!«

»Auf deinen Mann!« April lächelte.

»So, und jetzt mische ich mich mal unter Leute meiner Altersgruppe, schließlich bist du hier, um dich mit deinen Freundinnen zu amüsieren, und willst nicht den ganzen Abend deine alte Mutter am Rockzipfel hängen haben.« Sie gab April einen Kuss auf die Wange und verschwand zwischen den anderen Gästen.

April stellte ihr leeres Glas auf dem Tablett eines Kellners ab, schlenderte in den hinteren Bereich des Hauses und trat auf die Terrasse hinaus, wo gasbetriebene Heizstrahler dafür sorgten, dass niemand in der eisigen Nachtluft frieren musste.

»Da ist sie ja!«, rief Davina und eilte ihr mit ausgebreiteten Armen über die Terrassenstufen entgegen. Sie trug ein trägerloses, mit perlmuttglänzenden Pailletten besetztes Etuikleid und eine weiße Pelzstola, die ihre blonde Mähne noch schimmernder und üppiger wirken ließ als sonst. Davina war ein außergewöhnlich schöner Vampir, das musste April ihr lassen. Als sie sich zur Begrüßung umarmten, entdeckte sie auf dem schneebedeckten Rasen hinter der Terrasse einen großen Festpavillon, in dem buntes Discolicht flackerte.

»Läuft da etwa gerade ›La Macarena‹?«, fragte sie lächelnd.

»Oh Gott, manchmal würde ich meinen Vater am liebsten erwürgen«, stöhnte Davina und verdrehte die Augen zum Nachthimmel. »Er hat irgendeinen extrem uncoolen DJ gebucht, der in den Achtzigern angeblich mal eine ganz große Nummer bei Radio One gewesen sein soll. *In den Achtzigern!* Offenbar hat er ein kleines Vermögen für ihn hingeblättert.«

»Ist er denn auch hier? Dein Vater, meine ich?«

»Um nichts in der Welt würde Daddy den Winterball verpassen. Er ist da unten und tanzt sich die Seele aus dem Leib. Das ist so was von peinlich. Dreihundertvierundsechzig Tage im Jahr ist er ein knallharter Geschäftsmann, und an diesem einen Abend benimmt er sich dann wie ein durchgeknallter Teenager.«

April lächelte traurig. »Klingt irgendwie nett.«

»Bitte entschuldige, Darling«, sagte Davina hastig und drückte ihre Hand. »Mein Mundwerk war mal wieder schneller als mein Kopf.«

»Unsinn, ich finde es einfach nett, dass er auch so menschlich sein kann.«

Als April aufging, was sie da gerade über den Mann gesagt hatte, den sie im Verdacht hatte, der Vampir-Regent zu sein, hätte sie beinahe laut gelacht.

»Mir wäre nur lieber, er würde seine ›nette‹ Seite nicht unbedingt auf diese Weise zeigen«, antwortete Davina missmutig, dann sah sie sich kurz um und führte April am Ellbogen Richtung Haus zurück. »Ich möchte dir ja nicht den Abend verderben«, sagte sie leise, »aber hast du schon gesehen, wer da ist?«

April folgte Davinas Blick und entdeckte eine Gruppe von Jungs, die lachend und sich zuprostend am anderen Ende der Terrasse stand, unter ihnen Benjamin, Marcus – und Gabriel.

»Keine Sorge, ich glaube nicht, dass er dich gesehen hat. Tut mir wirklich leid, Darling, aber Ben hat darauf bestanden, Gabe einzuladen. Ich weiß, dass er im Moment wahrscheinlich so ziemlich der letzte Mensch ist, dem du begegnen willst, aber ich habe Ben gebeten, ihn, so gut es geht, von dir fernzuhalten.«

»Das hättest du nicht tun müssen«, sagte April.

»Unsinn. Egal, was zwischen euch vorgefallen ist, ich stehe voll und ganz auf deiner Seite und möchte auf keinen Fall, dass dir irgendjemand den Abend verdirbt. Heute sollst du dich einfach nur amüsieren. Apropos – höchste Zeit, dass wir uns einen neuen Drink organisieren!«, rief sie und führte April ins Haus zurück. »Wusstest du, dass mein nichtsnutziger Bruder den besten Cocktail der Welt erfunden hat?«

April lachte. »Danke, aber mit dem Apple Pearl habe ich bereits Bekanntschaft geschlossen. Heute Abend halte ich mich lieber an die Softdrinks.«

Davina zog eine Schnute. »Spielverderberin.«

»Da wir gerade beim Thema Jungs sind«, sagte April. »Was ist eigentlich aus Jonathon geworden? Ich habe ihn schon eine Weile nicht mehr gesehen.«

Ein widerwilliger Ausdruck huschte über Davinas Gesicht. »Wir haben uns getrennt, als sein Vater beruflich die Stadt wechseln musste. Er war ganz süß, aber es gibt noch jede Menge andere süße Jungs.«

April hatte mit dieser Antwort fast schon gerechnet. »Die Familie ist in eine andere Stadt gezogen« – genau das hatten sie und Caro immer und immer wieder gehört, seit sie versuchten, die verschwundenen Ravenwood-Schüler ausfindig zu machen.

»Und wo wohnt er jetzt?«, fragte sie so beiläufig wie möglich.

»In Somerset, glaube ich«, sagte Davina seufzend. »Oder war es Devon? Jedenfalls irgendwo, wo es keinen Flughafen gibt. Aber wahrscheinlich gefällt es ihm mitten im Nirgendwo ganz gut. Er hat seine Zeit immer schon am liebsten mit *Lesen* verbracht.« Sie machte den Barmann mit einem Fingerschnippen auf sich aufmerksam und wandte sich noch einmal zu April um. »Kann ich dich wirklich nicht zu einem Drink überreden?«

»Im Moment nicht, danke«, lehnte April ab. »Ich geh mich mal kurz ein bisschen frisch machen, wir sehen uns dann später.«

Auf der Toilette schloss sie sorgfältig die Tür hinter sich ab, dann schlüpfte sie aus ihrem Schuh, stellte den Fuß auf den heruntergeklappten Klodeckel, raffte ihr langes Kleid nach oben – und zog mit einem triumphierenden Lächeln ihr Handy aus dem himmelblauen Strumpfband, das sie aus der Wäschekommode ihrer Mutter stibitzt hatte und das jetzt ihren Oberschenkel zierte.

Ein Glück, dass Handys inzwischen so klein sind, dachte sie, während sie es einschaltete und sorgfältig in ihrem BH-Körbchen verstaute. Kein Mädchen sollte jemals ohne sein persönliches Vampir-Ortungsgerät das Haus verlassen.

»Nicht übel, April Dunne«, sagte sie selbstzufrieden, als sie sich prüfend im Spiegel betrachtete. Die Haare fielen ihr in weichen glänzenden Wellen auf die nackten Schultern, und ihr Make-up war perfekt auf ihr traumhaft schönes violettes Ballkleid abgestimmt – sie fühlte sich wie eine Leinwandschönheit aus den 1930er-Jahren. »Gar nicht übel.« Dann klemmte sie sich ihre Clutch unter den Arm, warf ihrem Spiegelbild eine Kusshand zu und entriegelte mit einem geflüsterten »Die Show kann beginnen« die Tür.

Caro amüsierte sich allem Anschein nach prächtig. April stand oben auf der Treppe und beobachtete, wie ihre Freundin kurz nacheinander zwei Gläser Champagner leerte, bevor sie eine Gruppe gut aussehender Männer auf die Tanzfläche zog. Aber ihre Mission schien sie trotzdem nicht vergessen zu haben, denn als April sich etwas später zwischen den anderen Gästen hindurchschob, sah sie, dass Caro inzwischen an einem Tisch saß, wo sie sich angeregt mit jemandem unterhielt – und zwar mit niemand Geringerem als Nicholas Osbourne.

»April, komm mal kurz her!«, rief sie und winkte sie zu sich. »Du glaubst ja gar nicht, was für ein toller Tänzer Davinas Vater ist.«

»Ob ich wirklich so ein *toller* Tänzer bin, lassen wir mal dahingestellt sein«, sagte Mr Osbourne lächelnd, während er Aprils Hand schüttelte. »Meinen Kindern bin ich, fürchte ich, eher etwas peinlich.«

»Dann haben Davina und Ben offenbar noch nie gesehen, wie perfekt Sie den Ententanz beherrschen«, sagte Caro.

»Ihre Freundin hält mir gerade einen Vortrag über ethische Unternehmensführung«, erklärte Mr Osbourne sichtlich amüsiert. »Anscheinend ist sie der Meinung, sie könne meine Geschäfte effizienter führen als ich.«

»Ich habe ihn lediglich darauf hingewiesen, dass es ein genialer PR-Coup sein könnte, die Millionen, die für Marketing ausgegeben werden, an Wohltätigkeitsorganisationen zu spenden.«

»Wie denken Sie denn darüber, April?«, wandte Mr Osbourne sich an sie, um sie in die Unterhaltung mit einzubeziehen. Caro nutzte die Gelegenheit und formte mit den Lippen das Wort »Schule«. April musste sich das Lachen verkneifen. »Na ja, wie viel geben Sie denn im Jahr für wohltätige Zwecke aus? Können Spenden nicht auch von der Steuer abgesetzt werden?«

Nicholas Osbourne nickte. »Jedenfalls zu einem Teil, das stimmt.«

»Warum halten Sie es dann nicht wie die Reichen zu Zeiten Königin Victorias?«, schlug sie vor. »In der damaligen Zeit haben die Wohltäter Krankenhäuser und Schulen gebaut.«

»Genau, Sie könnten die ›Osbourne School of Dance‹ gründen«, schlug Caro vor.

Mr Osbourne lachte. »Ihre Ansichten gefallen mir, meine Damen, aber ich fürchte, so einfach funktioniert das heutzutage nicht mehr. Die Menschen sind zynischer geworden. Würde ich in meiner Eigenschaft als Besitzer von ›Agropharm‹ ein Krankenhaus errichten, käme es zu lautstarken Protesten und

Vorwürfen, wir würden die armen Kranken für unsere Zwecke ausnutzen, ihnen unsere Medikamente und medizinisch-technischen Errungenschaften aufzwingen und sie sozusagen als Versuchskaninchen missbrauchen.«

»Okay, aber wie wäre es dann mit einer Schule?«, fragte April.

»Das käme so ziemlich auf das Gleiche hinaus. Es ist kein Geheimnis, dass ich die Ravenwood School großzügig unterstütze, aber das wird nur deswegen toleriert, weil meine eigenen Kinder auf diese Schule gehen. Andernfalls würden die politisch eher links orientierten Zeitungen mich und das Unternehmen sicherlich beschuldigen, die begabtesten jungen Köpfe des Landes einer Gehirnwäsche zu unterziehen und ihre besten Ideen zu klauen.«

»Wir jungen Menschen sind ja auch tatsächlich leicht zu beeindrucken und zu manipulieren«, sagte Caro und zwinkerte April zu.

»Aber ist es in der Wirtschaft nicht ohnehin normal, dass man sich die besten Leute holt und ihre Ideen stiehlt?«, warf April ein.

»Das vielleicht schon«, entgegnete Mr Osbourne lachend. »Aber Gehirnwäschen führen wir in der Regel nicht durch.«

Der Kerl ist verdammt clever, dachte April. Natürlich hatte sie vom mutmaßlichen Vampir-Regenten nichts anderes erwartet, doch Davinas Vater war so aalglatt wie ein Politiker, was ihn umso gefährlicher machte.

»Aber Caro würden Sie doch bestimmt vom Fleck weg für Ihr Unternehmen engagieren, oder etwa nicht, Mr Osbourne?«, sagte April. »Sie gehört schon jetzt zur geistigen Elite des Landes und wird in Harvard studieren.«

»Am Massachusetts Institute of Technology«, korrigierte Caro sie. »Oder in Cambridge.«

Nicholas Osbourne schmunzelte. »Machen Sie erst einmal

Ihren Abschluss, dann können wir uns gerne weiter darüber unterhalten«, sagte er und tätschelte Caros Hand. »So, meine Damen, wenn Sie mich jetzt bitte entschuldigen würden – ich muss unbedingt auf dieses Lied von Duran Duran tanzen. Wir sehen uns bestimmt später noch einmal.«

»Dieser Mann ist das leibhaftige Böse«, raunte Caro, als er weg war. »Jede Wette, dass er der Regent ist.«

»Was macht dich so sicher? Nur weil er auf Duran Duran steht?«

»Ich hab ihn nach seinen Konkurrenten gefragt und ob er jemals eine Fusion in Betracht ziehen würde, und da hat er ein Gesicht gemacht, als würde er ihnen eher die Kehle rausreißen, als sich mit ihnen zusammenzutun. Er ist nicht der Typ Mann, der sich von irgendwem das Ruder aus der Hand nehmen lassen würde.«

»Aber nur weil er ein klassisches Alphatier ist, macht ihn das doch noch lange nicht zum Supervampir, Caro.«

»Haben wir in diesem Fall nicht gesagt, schuldig, bis die Unschuld bewiesen ist? Was sind das denn plötzlich für Zweifel?«

April beugte sich zu ihr vor, um auszuschließen, dass sie trotz der lauten Musik irgendjemand hören konnte. »Ich bin eine verdammte Furie, schon vergessen? Das heißt, *ich* wäre diejenige, die ihn töten müsste. Nicht dass ich irgendeine Idee habe, wie ich das anstellen sollte, schließlich kann ich nicht einfach anfangen, alle verdächtigen Partygäste zu küssen. Aber falls ich jemanden umbringen muss, will ich mir wenigstens absolut sicher sein, dass es den Richtigen trifft.«

»Okay, okay«, sagte Caro beschwichtigend. »Ich wollte ja bloß helfen.«

»Das weiß ich doch. Sorry, meine Nerven liegen im Moment etwas blank. Sag mal, wo steckt eigentlich Simon?«

»Schmeißt sich an alles ran, was zwei Beine hat. Ich hab ihn gefragt, was er auf einmal an den ganzen Rugby-Typen findet, und er meinte, die Jungs wären total in Ordnung, wenn man sie erst einmal kennengelernt hätte, und dass man sich ganz köstlich mit ihnen amüsieren könnte.« Caro verdrehte die Augen. »Als ich dann versucht habe, ihm zu erklären, in welcher Gefahr er schwebt, hat er mir vorgeworfen, dass ich überall nur noch Verschwörungen sehe und anscheinend langsam paranoid werde. Ich kann ihn sogar verstehen. Er hat ja keine Ahnung, dass sie Vampire sind, deshalb klingen meine Warnungen für ihn wahrscheinlich wirklich ziemlich durchgeknallt.«

»Das tut mir leid«, sagte April. Sie wusste, wie sehr es Caro fertigmachte, dass Simon zur »dunklen Seite« übergelaufen war.

»Ich sollte endlich aufhören, mir den Kopf über ihn zu zerbrechen. Er ist schließlich nicht mein Freund.« Caro zuckte traurig mit den Achseln. »Apropos ... ich glaube, das war mein Stichwort, den Rückzug anzutreten ...« Sie deutete mit einer leichten Kopfbewegung zur anderen Seite des Raumes.

Als April den Blick hob, spürte sie, wie ihr Herzschlag sich beschleunigte. Gabriel starrte direkt zu ihr rüber.

»Kein Wunder, dass er dich so anstarrt«, flüsterte Caro. »Du siehst heute Abend wunderschön aus. Aber sei nett zu ihm, okay? Immerhin ist er irgendwie auf unserer Seite.«

»Das wird sich noch zeigen.« April stand auf und ging zielstrebig über die Tanzfläche.

»April ...«, sagte Gabriel, als er sie auf sich zukommen sah, aber sie beachtete ihn gar nicht, sondern ging an ihm vorbei und trat am anderen Ende des Pavillons in den verschneiten Garten hinaus. Dort schlenderte sie zu einem kleinen Brunnen, der so weit vom Pavillon entfernt stand, dass man sie dort nicht sofort sehen würde, und schlang die Arme um den Oberkörper, um sich zu wärmen.

»Hier, zieh die an.« Gabriel, der ihr gefolgt war, trat hinter sie und legte ihr sein Jackett um die Schultern. Sie musste unwillkürlich an die anderen Male denken, als er ihr seine Jacke geliehen hatte, und konnte nicht anders, als sich heimlich über die Wärme und seinen vertrauten Duft zu freuen. Außerdem war ihr nicht entgangen, dass er in seinem perfekt sitzenden Smoking fantastisch aussah. Er hatte seine Fliege etwas gelockert und den obersten Hemdknopf geöffnet, und seine dunklen Haare fielen ihm in die Stirn. Einen Moment lang standen die beiden einfach nur da und blickten über die Gartenmauer der Osbournes auf den Friedhof, wo sich die Grabsteine und Katakomben, in helles Mondlicht getaucht, bleich vor dem dunklen Hintergrund abhoben.

»Bei Nacht sieht das alles so friedlich aus, findest du nicht?«, sagte sie leise. »So schön.«

»So ist es nicht immer«, antwortete Gabriel.

April fuhr zu ihm herum. »Fang jetzt bitte nicht schon wieder an, in Rätseln mit mir zu sprechen, Gabriel. Ich glaube, über den Punkt sind wir mittlerweile hinaus. Du bist ein Vampir, ich bin die Retterin der Menschheit, was soll es sonst noch für Geheimnisse geben?« Sie sah ihn an und schüttelte stöhnend den Kopf. »Es gibt noch mehr, stimmt's?«

»Noch mehr was?«

»Geheimnisse.«

»April, du kannst nicht ...«

»Ach, sei still!«, unterbrach sie ihn heftig. »Du, meine Mutter, mein Großvater und seit Neustem auch noch Miss Holden – ihr wollt alle mit mir über irgendwelche unglaublich wichtigen Dinge reden, rückt aber einfach nicht mit der Sprache heraus. Du glaubst gar nicht, wie sehr ich das satthabe!« Sie drehte sich um und wollte zum Haus zurück, aber Gabriel hielt sie am Arm fest und wirbelte sie zu sich herum, sodass sie direkt in seine dunklen Augen blicken musste, in denen ein wilder, leidenschaftlicher Ausdruck lag.

»Sieh mich an, April«, sagte er. »Ich bin hier, um dir zu helfen, also hör endlich auf, mich immer wieder von dir wegzustoßen. Ich weiß, wie schwer es dir fällt, das alles zu akzeptieren, aber es hat keinen Sinn, so zu tun, als wäre es nicht wahr. Wenn wir nichts unternehmen, werden die Leute, die deinen Vater umgebracht haben, gewinnen und das zu Ende führen, was sie sich vorgenommen haben – was immer es auch ist.«

»Und wenn schon?«, entgegnete April. »Welchen Unterschied würde das machen? Eine weitere korrupte Regierung, eine weitere Gruppe eigennütziger Leute, die an der Macht sind? Was wäre daran denn so viel anders als das, was wir ohnehin schon haben?«

Gabriel verstärkte den Griff um ihre Arme und schüttelte sie unsanft. »Wach endlich auf, April!«, sagte er wütend. »Du bist kein naives kleines Kind mehr, also hör auf, dich wie eines zu benehmen. Begreifst du denn nicht? Diese Leute sind nicht einfach nur korrupt, sie verkörpern das Böse. Sie sind durch und durch schlecht. Sie werden euch vergewaltigen, euch foltern, euch hungern lassen, euch verbrennen und sich dabei auch noch an eurer Qual weiden. Es bereitet ihnen teuflisches Vergnügen, anderen Schmerz und Leid zuzufügen, für sie gibt es nichts Köstlicheres als den Geschmack von Blut. Sie kennen keine Grenzen, haben keine Moral und werden nicht davor zurückschrecken, alles einzusetzen, das ihnen einen Vorteil verschafft: nukleare oder chemische Waffen, möglicherweise sogar Schlimmeres! Vielleicht haben sie vor, die Welt in die finsterste Feudalzeit zurückzustoßen und sich die Menschen als Sklaven zu halten. Du fragst, welchen Unterschied es machen würde? Es wäre die Hölle auf Erden!«

Entsetzliche Angst kroch in April hoch. Angst vor Gabriel und der Wut in seinen Augen, Angst vor der drohenden Gefahr und Angst vor dem, was sie womöglich gezwungen sein würde zu tun. Sie stieß ihn heftig von sich.

»Aber ich will das nicht!« Sie ballte die Hände zu Fäusten. »Ich will mit alldem nichts zu tun haben!«

»Dir wird wohl nichts anderes übrig bleiben«, zischte Gabriel. »Wir müssen uns unserer Verantwortung stellen und tun, was notwendig ist.«

»Scher dich zum Teufel!« Sie trommelte verzweifelt mit den Fäusten auf seinen Brustkorb ein, aber er schlang einfach die Arme um sie und drückte sie fest an sich.

»Bitte, April, hör mir zu«, sagte er eindringlich. »Ich wünschte, es wäre anders, aber ... aber wir brauchen dich, *ich* brauche dich, ich ...« Er verstummte.

»Was? Warum redest du nicht weiter, Gabriel?«, fuhr sie ihn an. »Was *ich*? Ich liebe dich? Ich hasse dich? Ich will dich? Was? Warum sagst du nicht einfach, was du fühlst?« Sie war so unglaublich wütend auf ihn und auf das Schicksal, das sie in diese Lage gebracht hatte. Gabriel wollte, dass sie ihr Leben in einem Krieg gegen einen Feind opferte, den sie noch nicht einmal sehen konnte. *Manchmal muss man eben gewisse Opfer bringen, April,* hatte ihr Vater ihr am Morgen ihres Streits gesagt. Aber sie wollte keine Opfer bringen, nicht wenn der Mann, an den sie ihr Herz verloren hatte, noch nicht einmal bereit war, ihr seine Gefühle zu gestehen.

Gabriel sah sie an, dann blickte er über ihre Schulter hinweg in die Nacht hinaus. »Ich habe geschworen, dass ich das alles nicht noch einmal durchmachen werde«, sagte er, ohne seine Umarmung zu lockern, und als er sie nun wieder ansah, loderte sein Blick wie Flammen. »Ich hab mir das alles genauso wenig ausgesucht wie du. Ich glaubte, dass dieser Teil meines Lebens für immer vorüber sei, und doch stehst du hier vor mir, so ... so wunderschön, so überwältigend und so zerbrechlich und gleichzeitig gefährlich.«

April wollte etwas erwidern, brachte aber keinen Ton heraus. Sie konnte ihn nur stumm anstarren.

»Ich will nur dich«, flüsterte Gabriel. »Ich wünsche mir nichts mehr, als dich zu küssen und nie wieder damit aufzuhören.« Jetzt lag in seinem Blick unendliche Traurigkeit. »Aber ich kann nicht.«

April riss sich von ihm los. »Soll das heißen, dass diese verdammte Furien-Sache immer zwischen uns stehen wird? Dass wir nie zusammen sein können, weil du ständig vor mir weglaufen musst?«, fragte sie mit Tränen in den Augen. Alles in ihr sehnte sich nach seiner Berührung, danach, von ihm geküsst und gehalten zu werden, aber sie war eine Unberührbare für ihn, Trägerin einer tödlichen Infektion. Es brach ihr das Herz.

»Das alles ist mir egal, Gabriel! Verstehst du denn nicht? Meine Bestimmung, dein gebrochenes Herz, das Gleichgewicht zwischen Menschen und Vampiren! Ich will einfach nur, dass du mir sagst, was du für mich empfindest. Ich will nichts von Legenden oder Überlieferungen hören, hier geht es doch nur um zwei Menschen, die sich gernhaben und die zusammen sein wollen. Ist das denn wirklich zu viel verlangt?«

Gabriel sah sie bloß stumm an, in seinem Blick lag eine unglaubliche Melancholie und grenzenloses Bedauern.

»Großartig.« April warf resigniert die Hände in die Luft. »Einfach großartig. Du willst, dass ich die Welt rette, aber du schaffst es nicht einmal, dich auf mich einzulassen? Und ich soll diejenige sein, die sich wie ein kleines Kind aufführt?« Sie drehte sich um und rannte zum Haus zurück, ohne auf den Schmerz in ihrem Knie und ihrem Herzen zu achten.

»April!«, rief er. »*April!*«

Aber sie war schon verschwunden.

April saß an der Bar und starrte in ihr zweites Glas Apple Pearl. *Zur Hölle mit dir, Gabriel Swift!*, dachte sie. Er hatte alles, was man sich von einem Jungen wünschen konnte: gutes Aussehen, eine geheimnisvolle Aura, Intelligenz und Humor. Er hatte sie süchtig nach sich gemacht, sie konnte einfach nicht die Finger von ihm lassen, und gleichzeitig trieb er sie in den Wahnsinn, indem er ständig neue Gründe fand, warum ihre Liebe zum Scheitern verurteilt war. Bei der Erinnerung an die Dinge, die er gesagt hatte, spürte sie ein warmes Glühen im ganzen Körper, aber was nützten diese Gefühle, wenn zwischen ihnen eine gläserne Wand stand, die sie für immer voneinander trennte? Und auch wenn ihr klar war, dass Gabriel vermutlich mit jedem seiner Einwände recht hatte – warum sollten sie zulassen, dass ihnen irgendwelche Geschichten aus verstaubten alten Büchern im Weg standen? Sie könnten zusammen fortgehen, an irgendeinen weit entfernten Ort durchbrennen, wo nichts von alldem zählte, wo sie einfach *sein* konnten. Aber noch während sie diesen Gedanken dachte, wusste sie, dass er ein Wunschtraum bleiben musste. Von ihrer schicksalhaften Bestimmung, irgendwelchen Malen, Vampiren und Furien einmal abgesehen, könnte sie niemals wirklich glücklich werden, solange sie nicht herausgefunden hatte, was mit ihrem Vater geschehen war und wer ihm das angetan hatte. Sie nahm einen tiefen Schluck von ihrem Cocktail und stellte das Glas dann entschlossen auf der Theke ab. *Okay, Gabriel, dachte sie. Du fügst dich vielleicht in dein Schicksal – aber ich gebe nicht so schnell auf.*

Was hätte ihr Vater an ihrer Stelle getan? Er hätte die Ärmel hochgekrempelt und etwas unternommen, so viel war sicher. Ständig nach Ausreden zu suchen, um Entscheidungen hinauszuschieben und nicht handeln zu müssen, war der falsche Weg – das hatte sie von ›Hamlet‹ gelernt. Da sollte noch einmal jemand sagen, in der Schule würde man nichts fürs Leben lernen. Aber was konnte sie tun? Vielleicht sollte sie Fiona anrufen und sich mit ihr besprechen? Wenn da nur nicht dieser nagende Verdacht gewesen wäre, dass Davina sie möglicherweise auf ihre Seite gezogen haben könnte. *Du musst auch mal jemandem vertrauen*, sagte sie sich, während sie sich vorbeugte und eine Hand in ihren BH schob.

»Darf ich dir vielleicht behilflich sein?«

Benjamin hatte sich auf den Barhocker neben sie gesetzt.

April stieß einen tiefen Seufzer aus. »Großer Gott, Ben! Mir wäre beinahe das Herz stehen geblieben.«

»Ach, und da wolltest du es durch eine kleine Massage wiederbeleben?«

Sie lächelte matt. »Hör zu, Ben, du bist wirklich süß, aber …«

Benjamin unterbrach sie mit einem Nicken. »Schon gut. Ich habe mitbekommen, wie du dich mit Gabe gestritten hast. Ich … Wie soll ich sagen … Ich habe Gabriel wegen eines Mädchens noch nie so außer sich erlebt.«

April runzelte die Stirn. »Was meinst du damit?«

»Euer Streit im Garten war leider nicht zu überhören.«

Sie schluckte. »Und was hast du gehört?«

»Nicht viel, nur irgendetwas in die Richtung, dass du das alles nicht willst, dass du es satthättest, und wenn ich mich richtig erinnere, wurde noch der Satz ›Hör endlich auf, dich wie ein kleines Kind zu benehmen‹ gesagt. Oder besser gesagt geschrien.«

April stöhnte innerlich auf. »Tut mir wirklich leid.«

»Hey, das muss es nicht. Gabriel ist selbst schuld, wenn ihm nicht klar ist, was für ein zauberhaftes Geschöpf du bist. Umso besser für diejenigen, die es wissen.«

April zog eine Augenbraue hoch. »Vielen Dank, der Herr.«

»Es ist nicht an mir, dir irgendwelche Ratschläge zu geben, aber du solltest die Entscheidung treffen, die du für richtig hältst.«

April nickte, trank einen letzten Schluck von ihrem Apple Pearl und schlug mit der flachen Hand auf die Theke. »Weißt du was? Du hast recht.« Dann glitt sie vom Barhocker, stolzierte davon und ließ einen völlig verdutzten Benjamin zurück, der ihr mit offenem Mund hinterherstarrte. Während sie sich zwischen den anderen Partygästen hindurchschob, zog sie verstohlen ihr Handy aus ihrem Ausschnitt.

Gabriel und seine verdammte Prophezeiung können mich mal, dachte sie, *genauso wie die Furien und ihr dämlicher Virus! Ich bin hier, um herauszufinden, wer meinen Vater getötet hat.* Wenn er aus dem Weg geräumt worden war, weil er zu viele Fragen gestellt hatte, war es eigentlich nur logisch, dass der Anführer der Giftzähne ihr die nötigen Antworten liefern konnte. Und sie war sich ziemlich sicher, dass sie sich dafür an Mr Osbourne halten musste. Aber zuerst brauchte sie einen handfesten Beweis dafür, dass er tatsächlich das war, wofür sie ihn hielt. Sie schlüpfte durch die Terrassentür und lief die Stufen zum Pavillon hinunter. Die Tanzfläche war brechend voll, aus den Boxen dröhnte irgendein Discoklassiker aus den Siebzigern, zu dem alle die Arme durch die Luft schwenkten. Die perfekte Tarnung – sie musste nur mitmachen. April tanzte unauffällig zu der Stelle hin, wo Mr Osbourne gerade seine Frau im Kreis herumwirbelte, und drehte ihm den Rücken zu. Dann vergewisserte sie sich, dass der Blitz ausgeschaltet war, schob das Handy seitlich unter ihrem Arm hindurch und drückte auf den Auslöser. Anschließend tanzte sie zu den Tischen zurück, setzte sich auf einen freien Stuhl und spähte, das Handy zwischen den Falten ihres Kleids verborgen, so unauffällig wie möglich aufs Display. Das Bild zeigte … Nicholas Osbourne, wie er gerade die Arme über den Kopf hob und seine Frau anstrahlte.

Wie konnte das sein? Er war doch ein Vampir – sogar der Anführer der Vampire! Aber ganz offensichtlich hatte sie sich geirrt. Mr Osbourne war zwar eindeutig ein Blutsauger, aber nur im übertragenen Sinn.

Einen Moment lang saß sie wie erstarrt da, dann löste sich die Anspannung und sie brach in Lachen aus.

Zwischen der Menge hindurch sah sie, wie Caro und Simon über die Tanzfläche fegten, als wäre ihnen nicht bewusst, wie gefährlich nah sie sich alle am Abgrund bewegten. April wurde wieder ernst.

Jetzt hängt alles von mir ab, dachte sie. *Irgendjemand muss herausfinden, wer meinen Vater umgebracht hat. Nicholas Osbourne war es anscheinend nicht, aber wer bleibt dann noch übrig? Benjamin und Davina rekrutieren Spender, aber soweit ich weiß, hatten sie keinerlei Verbindung zu meinem Vater.* April spürte, wie erneut Angst in ihr aufstieg. Konnte es sein, dass das, was sie bis jetzt herausgefunden hatte, gar nicht miteinander in Zusammenhang stand? Dass hier mehr als nur *eine* Verschwörung im Gang war? *Oh Gott, bitte lass es nicht noch komplizierter werden,* stöhnte sie stumm. Obwohl der Gedanke nicht uninteressant war, zwang April sich, sich nur auf das zu konzentrieren, was sie wusste, und sich nicht in Spekulationen zu verlieren. Was war mit Isabelle Davis? Davina hatte sie persönlich gekannt, aber April hatte keine Ahnung, wie eng ihr Verhältnis gewesen war. Und Alix Graves? *Alix!* Und wieder fiel ein Puzzleteilchen an seinen Platz. Vor ihrem inneren Auge stieg das Bild auf, das in Benjamins Zimmer hing, und sie erinnerte sich, dass er ihr erzählt hatte, er sammle gerade in einem der Unternehmen seines Vaters Erfahrung. Handelte es sich bei diesem Unternehmen vielleicht um Transparent Media, die Firma, mit der auch Alix geschäftlich zu tun gehabt hatte? Es gab nur eine Möglichkeit, das herauszufinden.

April öffnete vorsichtig die Tür zu Benjamins Zimmer und spähte hinein. Kurz überlegte sie, das Deckenlicht anzumachen, beschloss dann aber, kein Risiko einzugehen, und benutzte stattdessen die Hintergrundbeleuchtung ihres Handydisplays als Taschenlampe. Sie ging zu Benjamins unordentlichem Schreibtisch hinüber und fing an, die Schubladen zu durchsuchen, aber das Licht des Displays war viel zu schwach, um irgendetwas zu erkennen. *Mist!* Sie tastete nach dem Schalter der Schreibtischlampe und knipste sie an. Plötzlich hörte sie ein Lachen — oder nein, es klang eher wie ein heiseres Kichern —, drehte sich um und bekam einen solchen Schlag ins Gesicht, dass sie zur Seite taumelte.

»Du!«, sagte eine männliche Stimme, die voller Schadenfreude war, während sich gleichzeitig eine kräftige Hand um ihr Kinn schloss und brutal ihren Kopf herumriss. Panische Angst durchzuckte sie. *Marcus!* Wie durch einen Nebel hindurch erinnerte sie sich an Gabriels Worte über Jäger, die auf der Lauer lagen und sich stets eine Beute suchten, die schwächer war als sie. *Das kann nicht sein!*, dachte sie. *Er kann nicht... oder doch?* Aber sie bekam keine Gelegenheit, den Gedanken zu Ende zu denken, denn schon im nächsten Moment wurde sie mit einem heftigen Ruck zur Seite gezogen.

»Ich wusste, dass du kommen würdest.« Marcus schubste sie gegen den Schreibtisch und drückte ihr Gesicht dicht an die Lampe. Sie öffnete den Mund, um zu schreien, aber er stieß ihren Kopf mit solcher Gewalt nach unten, dass ihr Wangenknochen schmerzhaft auf der Schreibtischkante aufschlug.

»Na, na, na.« Er schnalzte missbilligend mit der Zunge. »Wir wollen doch nicht, dass dich irgendjemand hört, nicht wahr? Erst unterhalten wir uns ein bisschen. Also, wonach hast du hier drin gesucht?«

Als April nicht sofort antwortete, packte er sie an den Haaren und schleuderte sie gegen das Bücherregal.

»Rede endlich!«, zischte er. »Wonach. Hast. Du. Gesucht?« Mit jedem einzelnen Wort zerrte er sie wieder näher und näher an die Schreibtischlampe heran, bis sie die glühende Hitze der Glühbirne an ihrer Wange spürte. Verzweifelt versuchte sie, sich loszureißen, aber Marcus hielt sie mit eisernem Griff fest.

»Du wolltest wohl noch ein paar von deinen hübschen kleinen Fotos schießen, was?« Er hielt ihr das Handy vor die Nase und schmetterte es dann gegen die Wand. »An deiner Stelle würde ich jetzt langsam den Mund aufmachen, wenn du willst, dass der Schmerz aufhört. Glaub mir, du wirst dir wünschen, es so schnell wie möglich hinter dir zu haben.«

»Hilfe!«, schrie sie, verstummte aber sofort wieder, als Marcus sie gegen die Wand knallte. Ihr wurde kurz schwarz vor Augen, und sie spürte, wie warmes Blut an ihrer Schläfe hinunterrann.

»Du solltest wissen, dass ich es überhaupt nicht eilig habe, mein Engel«, sagte Marcus sanft. Er streichelte ihr übers Gesicht und leckte dann langsam das Blut von den Fingerkuppen. »Dafür schmeckst du mir viel zu gut.« Er grinste böse.

Er ist ein Vampir. Oh Gott, Marcus ist ein Vampir, rief eine gellende Stimme in ihrem Kopf. *Der Jäger hat seine Beute gefangen.*

»Ich *waaaa-rte*!«, sagte er in spöttischem Singsang und schlug dann erneut brutal ihren Kopf gegen die Wand.

»Drogen!«, rief sie.

Marcus schleuderte sie unvermittelt zu Boden.

»Was für Drogen?«

April dachte fieberhaft nach. Nachdem ihretwegen bereits zweimal die Polizei in der Schule gewesen war, stand es um ihren Ruf nicht zum Besten — vielleicht würde er ihr die Lüge ja abkaufen. *Vielleicht.*

»Ich ... ich brauchte dringend was und dachte, dass Ben ... dass er irgendwo in seinem Zimmer was versteckt hat«, stammelte sie, um Zeit zu schinden.

»Ben nimmt keine Drogen«, sagte Marcus, und seine Stimme triefte vor Verachtung. Jedes einzelne Wort war wie ein Todesurteil. Er war ein Vampir, ein Mörder, er würde ihr Blut trinken. *Oh Gott, bitte hilf mir!,* flehte April in stummer Panik, als ihr plötzlich etwas durch den Kopf schoss. Etwas, das Gabriel über Raubtiere gesagt hatte, über Leoparden und Löwen.

»Und du?«, sagte sie leise. »Nimmst du Drogen?«

»Was?«, fuhr er sie aufgebracht an. »Nein!«

»Und was hast du dann in Benjamins Zimmer zu suchen gehabt?«, fragte sie und rückte kaum merklich näher an den Schreibtisch heran. »Was hast du hier so ganz allein im Dunkeln gemacht?«

Marcus hob erneut die Hand. »Ich warne dich!«, zischte er, aber April merkte, dass er verunsichert war.

»Wolltest du ihm nah sein, Marcus?«, flüsterte sie. »Wolltest du deinen Kopf in Benjamins Kissen vergraben und seinen Duft riechen … du *Missgeburt*!«, schrie sie, während sie gleichzeitig aufsprang, die Schreibtischlampe packte und sie ihm ins Gesicht schleuderte. Marcus zuckte überrascht zurück, sodass sie an ihm vorbei übers Bett springen und ins Badezimmer hechten konnte, wo sie mit zitternden Fingern die Tür verriegelte.

»Du Miststück!«, brüllte er und rüttelte an der Klinke. April griff sich einen Stuhl und klemmte die Lehne unter den Griff, als Marcus dazu überging, sich gegen die Tür zu werfen.

»Ich bringe dich um, du miese kleine Schlampe!«, schrie er, und dann ertönte ein dumpfer Aufprall, als er sich wieder gegen die Tür warf. April sah sich verzweifelt um. Das Badezimmer war nicht besonders groß – ein Waschtisch, eine Wanne, eine Dusche und ein kleines Schiebefenster in der gegenüberliegenden Wand.

PANG.

Das Geräusch ging ihr durch Mark und Bein. Vielleicht würde jemand den Lärm hören und nachschauen, was los war? Aber angesichts der Größe des Hauses, dem lauten Stimmengewirr der Gäste und der dröhnenden Partymusik war das eher unwahrscheinlich. Sie könnte sich die Lunge aus dem Hals schreien, ohne dass irgendjemand sie hören würde. Nein, dieses Mal war sie ganz auf sich allein gestellt.

PANG.

Diesmal wurde der Aufprall vom Geräusch splitternden Holzes begleitet. Aprils Blick flog zum Fenster. Es war ihre einzige Chance. Hastig öffnete sie den Riegel und wollte das Fenster hochschieben. *Verdammt!* Es klemmte.

PANG.

»Du sitzt in der Falle, Miststück!«, höhnte Marcus. »Wir beide werden sehr viel Spaß miteinander haben!«

Panisch rüttelte sie am Rahmen des Schiebefensters und schaffte es endlich, es doch ein Stückchen hochzuschieben. Sie schob die Hände darunter und stemmte es mit aller Kraft noch etwas weiter nach oben. Der Spalt sah aus, als würde sie hindurchpassen. Sie *musste* hindurchpassen.

PANG.

Rasch zwängte sie ihren Oberkörper nach draußen. Die Splitter des spröde gewordenen alten Holzes bohrten sich ihr in die nackten Schultern, aber sie spürte den Schmerz kaum, während sie sich Zentimeter für Zentimeter weiterschob.

Und dann hörte sie, wie die Tür aus den Angeln flog.

Marcus schloss seine Hände um ihr rechtes Fußgelenk und zerrte sie in den Raum zurück. Sie schlug mit dem linken Fuß aus, stemmte sich gegen den Rand der Wanne – und stürzte dann, hilflos mit Armen und Beinen rudernd, kopfüber in die Dunkelheit. *Oh Gott! Ich werde mir das Genick brechen.*

PANG.

Diesmal war es das Geräusch ihres eigenen dumpfen Aufpralls. Sie war auf irgendetwas Weichem gelandet, spürte plötzlich, wie sie in warmes Wasser glitt, und schlug, aus Angst zu ertrinken, panisch um sich, bis ihr klar wurde, was passiert war. Ihr Sturz war von der Plastikplane abgefedert worden, mit der der Whirlpool abgedeckt war. Mit dem Oberkörper lag sie auf der Plane, aber ihre Beine standen im Wasser. Mühsam zog sie sich am Beckenrand heraus und blieb einen Moment lang schwer atmend auf dem Boden liegen.

»Du verdammte Hexe!«, brüllte Marcus, der sich oben aus dem Fenster beugte.

Wenigstens bin ich hier vor ihm sicher, dachte April erleichtert.

Irrtum.

Wasser spritzte ihr ins Gesicht, als Marcus auf einmal mit den Füßen voraus im Whirlpool landete. *Mein Gott, der Typ ist wahnsinnig!* Schnell rappelte April sich auf, merkte, dass sie nur noch einen Schuh anhatte, schleuderte ihn vom Fuß und raffte ihr triefend nasses Kleid hoch, um mehr Bewegungsfreiheit zu haben. *Wohin?* Sie sah sich hektisch um. Wenn sie Richtung Haus lief, würde Marcus ihr problemlos den Weg abschneiden können, also sprang sie über das Terrassengeländer und rannte barfuß über den leicht abfallenden, schneebedeckten Rasen auf den Pavillon zu.

»Gabriel!«, schrie sie gellend. »HILFE! HIIILFEEEE!«

»Zu spät!«, zischte Marcus, der plötzlich wie aus dem Nichts vor ihr aufgetaucht war. Einen Moment lang fiel das aus dem Haus dringende Licht auf sein Gesicht, und April sah, dass seine Lippen zu einer grässlichen Grimasse zurückgezogen waren und scharfe glitzernde Reißzähne entblößten. Seine Nasenflügel waren gebläht und die Augen zu schmalen Schlitzen verengt. Er sah aus wie Gabriel an dem Abend, an dem sie ihm das Messer in den Bauch gerammt hatte.

Ich wollte dir zeigen, was ich wirklich bin. Ich wollte, dass du es mit eigenen Augen siehst, hatte er gesagt.

Aber April blieb keine Zeit, weiter darüber nachzudenken, sie musste um ihr Leben rennen. Sie schlug einen Haken und lief in die einzige Richtung, die ihr noch blieb – direkt auf den Friedhof zu. Mit der Kraft der Verzweiflung zog sie sich an der Mauer empor und grub die Zehen in die Ritzen zwischen den Steinen, während sie jeden Augenblick damit rechnete, dass Marcus' Hände sich brutal um ihre Knöchel schlossen. Dass der raue Backstein die zarte Haut ihrer Fußsohlen aufriss, spürte sie kaum. Und dann fiel sie von Neuem, nur dass sie diesmal nicht in einem Whirlpool, sondern in einem zugeschneiten Busch landete, dessen dünne Zweige sich in ihren Körper bohrten. Aber der Schmerz wurde von panischer Angst betäubt, die sie nur an ihr Überleben denken ließ. Keuchend rappelte sie sich auf und rannte mit ausgestreckten Händen blindlings durch die Dunkelheit, stolperte über Grabsteine, stieß gegen Bäume und verfing sich mit den Füßen in den aus dem Erdreich ragenden Wurzeln. Immer weiter lief sie, bis sie über die Einfassung eines Grabes strauchelte, der Länge nach hinschlug, dabei mit dem Kopf gegen den hoch aufragenden weißen Grabstein knallte und benommen liegen blieb. Sie presste die Lippen zusammen, damit ihr keuchender Atem sie nicht verriet, und stellte sich tot. Angestrengt lauschte sie auf Geräusche ihres Verfolgers, aber alles war still. Hatte sie ihn abgehängt? Hatte er beschlossen, die Jagd aufzugeben? Oder hatte womöglich doch jemand bemerkt, wie sie in den Whirlpool gefallen waren?

Nein.

»Ich kann dich *hööööören*«, sang Marcus, und seine Stimme klang entsetzlich nah. »Ich kann hören, wie schnell dein kleines Herz schlägt, Häschen.«

Nenn mich nicht Häschen, dachte April wütend. Ihr Vater hatte sie manchmal so genannt, und es brachte ihr Blut in Wallung, den Kosenamen aus dem Mund dieses Ungeheuers zu hören.

Marcus stand links direkt neben ihr, konnte sie anscheinend aber nicht sehen, weil sie hinter zwei umgekippten, zersplitterten Grabsteinen lag, wo sie sich so flach auf den Boden drückte, dass sich die scharfkantigen abgebrochenen Marmorstücke schmerzhaft in ihren Rücken bohrten.

»Du kannst mir nicht entkommen, das weißt du doch, oder? Oh, ich werde mir ganz viel Zeit mit dir lassen, wenn ich dich gefunden habe. Hier draußen kannst du schreien, so viel du willst. Niemand wird etwas mitbekommen.«

April hörte, wie unter seinen Sohlen Laub raschelte, und wilde Hoffnung durchzuckte sie – es klang, als würde er sich entfernen …

»Und wenn ich genug mit dir gespielt habe, werde ich mit dir das Gleiche machen wie mit den nichtsnutzigen Blutgebern in der Unterführung in Covent Garden«, sagte er, und in seiner Stimme schwang Schadenfreude mit.

April hätte vor Überraschung beinahe aufgeschrien.

»Oh ja … Ich habe ihnen ihre Kehlen herausgerissen. Da bist du überrascht, nicht wahr? Du hättest nicht gedacht, dass ich das gewesen bin, hab ich recht? Ich habe dich beobachtet, dich belauert und auf den richtigen Moment gewartet. Aber dieser verdammte Gabriel Swift hat mir immer wieder einen Strich durch die Rechnung gemacht.«

Aprils erster Impuls war, aufzuspringen und davonzulaufen, aber sie zwang sich, still liegen zu bleiben und den Atem anzuhalten. Sie konnte nur hoffen, dass Marcus sie nicht finden würde, dass er nicht mitbekam, wie sie, am ganzen Körper zitternd, dicht neben ihm lag. *Er ist ein Vampir … Marcus ist ein Vampir …*, schoss es ihr durch den Kopf, während die Angst sie halb besinnungslos machte. Er musste der Einzelgänger sein, der abtrünnige Vampir, von dem Gabriel gesprochen hatte, der völlig eigenmächtig handelte und seine mordlüsternen Triebe nicht im Griff hatte. *Eine Art wiederauferstandener Jack the Ripper.*

»Aber jetzt wird sich mir niemand mehr in den Weg stellen.

Wenn ich mit dir fertig bin, knöpfe ich mir Caro Jackson vor und danach deine kleine Freundin Fiona. Dieser Wichtigtuer Gabriel Swift wird mir nicht mehr dazwischenfunken.«

April hätte sich am liebsten schreiend auf ihn gestürzt, um zu verhindern, dass er den Menschen, die sie liebte, etwas antat, doch ihr blieb nichts anderes übrig, als reglos wie ein Stein liegen zu bleiben. Sie hörte, wie seine Schritte nur wenige Meter von ihr entfernt über den Schnee knirschten.

»Du musst mir verzeihen, April«, flüsterte er plötzlich ganz sanft. »Ich habe doch nur Befehle ausgeführt. Isabelle ist der Wahrheit zu nahe gekommen. Es gefiel ihm nicht, es gefiel ihm ganz und gar nicht, dass sie so viele Fragen stellte. Und dein Vater? Ach, dein Vater ... Es gab einfach keine andere Lösung, verstehst du?«

Marcus! Marcus hat meinen Vater getötet!

Entsetzt beobachtete sie, wie er sich ihr, mit ausgestreckten Armen vorwärts schleichend, näherte, was seiner Silhouette das gespenstische Aussehen eines zum Leben erwachten Baumes verlieh.

»Und was Alix Graves angeht ... tja, das war etwas anderes. Alix konnte sich einfach nicht entscheiden. Er wollte einer von uns werden, behauptete, er könne seine kleinen naiven Fans davon überzeugen, dass das ewige Leben mehr Spaß machte als ein Leben bei Mummy und Daddy. Aber dann bekam er plötzlich doch kalte Füße. Und jetzt sind es nicht nur seine Füße, die kalt sind.«

Marcus war stehen geblieben und wendete lauernd den Kopf nach allen Seiten.

»Du dummes kleines Mädchen. Du kannst mir nicht entkommen«, sagte er. »Und weißt du auch, warum?«

April hielt die Luft an. Wartete ... wartete ... wartete. Und dann stieß sie einen gellenden Schrei aus, denn Marcus hatte sich mit einem entsetzlichen Fauchen auf sie geworfen, schloss seine scharfen Klauen um ihren Hals, hauchte ihr seinen heißen Atem ins Gesicht und starrte ihr mit vor Wahnsinn glitzerndem Blick direkt in die Augen.

»Weil ich dich nämlich *riechen* kann.« Aus seiner Kehle drang ein bedrohliches Knurren, als er seine scharfen Reißzähne entblößte. Als er den Griff seiner langen Finger um ihre Kehle verstärkte, schlug sie wild mit Armen und Beinen um sich, versuchte irgendwo Halt zu finden, krallte durch sein Hemd die Nägel in sein Fleisch.

»Wehr dich doch nicht so, mein Häschen«, flüsterte er. »Wir haben alle Zeit der Welt.« Dabei drückte er immer fester zu, und April spürte, wie sie allmählich die Kräfte verließen. Ihre Hände gruben sich verzweifelt in die kalte Erde, als ihre Fingerspitzen plötzlich auf etwas Hartes stießen. Sie fing an zu kratzen und zu schaben, versuchte, es herauszuziehen, bevor sie die Besinnung verlieren würde. In einer von Todesangst beflügelten letzten Anstrengung bäumte sie sich auf und presste einen stöhnenden Laut hervor. »Nnnn... mmmmmmnnnn... hhhhsss...«

»Hast du etwas gesagt?« Marcus kicherte boshaft.

»NNNnnn... mmmmNNN... Hhhsseee...«, versuchte sie es noch einmal, während sie gegen den heftigen Schwindel ankämpfte, der sie überfallen hatte.

Marcus lockerte seinen Griff etwas, offensichtlich war er neugierig darauf, was ihm seine Beute zu sagen versuchte.

»Was sagst du?«, wisperte er in ihr Ohr und leckte ihr dann mit seiner kalten Zunge über den Hals.

»Nenn... mich... nicht... Häschen!«, zischte April und schlug im nächsten Moment mit dem Stein, den sie aus der Erde geklaubt hatte, so fest sie konnte zu. Sie traf ihn genau an der Schläfe. Warmes Blut spritzt ihr aufs Gesicht, als Marcus aufheulte wie ein verwundetes Tier und sich von ihr herunterzurollen versuchte, aber sie klammerte sich an ihm fest und nutzte den Schwung seiner Drehbewegung aus, um sich rittlings auf ihn zu setzen. Und dann holte sie erneut aus und hieb ihm den scharfkantigen Stein tief ins Auge. Grimmige Freude erfüllte sie, als er aufschrie, bevor sie wieder und wieder zuschlug und ihm den Kiefer zertrümmerte. »Nenn! Mich! Nicht! Häschen!« Bei jedem Wort ließ sie den Stein von Neuem auf ihn niedersausen. »Nur mein Vater darf mich so nennen! Und mein Vater ist TOT! Weil du ihn getötet hast, du BESTIE!«

Irgendwann verließen sie die Kräfte, und sie brach vor Erschöpfung zitternd auf Marcus bewegungslosem Körper zusammen. Von Schluchzern geschüttelt, die Kehle vom Schreien und seinem Würgegriff ganz wund, rollte sie sich von ihm herunter und kroch durch den Schnee zu einem Grabstein, an dem sie sich hochzog.

Ist es das, was man als Furie zu tun hat?, dachte sie. *Irgendwelchen Vampiren um Mitternacht auf einem Friedhof das Gehirn zu Brei zu schlagen?*

»Ist das eure Prophezeiung?«, schluchzte sie. »Sieht so meine Zukunft aus?«

»Welche Prophezeiung?«, fragte eine Stimme. Im nächsten Moment flog April auch schon durch die Luft und knallte rücklings gegen einen Grabstein. *Er lebt noch*, dachte sie seltsam teilnahmslos und erinnerte sich an Gabriels Worte: *Es müssen tödliche Verletzungen sein. Von allem anderen erholt ein Vampir sich durch den schnellen Heilungsprozess, zu dem sein Körper in der Lage ist.*

»Von welcher Prophezeiung redest du?«, brüllte Marcus sie an, und aus seinem Mund sprühten Blut und hellroter Speichel. Er hob sie hoch, um sie erneut durch die Luft zu schleudern, als wäre sie eine Puppe. Ein stechender Schmerz durchzuckte ihren Körper, als sie seitlich auf einem umgekippten steinernen Kreuz landete. Im nächsten Moment war er auch schon

wieder über ihr, riss sie empor und schmetterte sie von Neuem zu Boden. Ihr Kopf rollte zur Seite, und sie stellte fest, dass
sie auf einem aus Marmor gemeißelten Sarkophag gelandet
war. Ihr rechter Arm stand in einem unnatürlichen Winkel
von ihrem Körper ab, und sie schmeckte den metallischen Geschmack von frischem Blut auf der Zunge.

Wieder packte Marcus sie an der Kehle, und in ihrer Brust
breitete sich ein schrecklicher, dumpfer Schmerz aus, der sie
beinahe ohnmächtig werden ließ.

»Erzähl mir von der Prophezeiung, April Dunne«, flüsterte
er sanft und streichelte ihr über die Wange. »Erzähl mir alles,
was du weißt, bevor ich dich darum betteln lasse, dich einen
gnädigen Tod sterben zu lassen.« Er zerrte so heftig an ihrem
verletzten Arm, dass sie gellend aufschrie. »Woher weißt du
von uns? Hat dir dein lieber toter Daddy von uns erzählt?
Komm schon, sag es mir.«

Diesmal ließ er ihr jedoch keine Gelegenheit zu antworten, sondern verstärkte seinen Griff um ihren Hals, sodass
sie kaum noch Luft bekam. Seine Stimme wurde leiser, klang
wie aus weiter Ferne, als würde er durch einen Tunnel davon-
schlendern, während die von dem Stein ausgehende Kälte in
ihren Körper kroch und sich ausbreitete, als wolle sie komplett Besitz von ihr ergreifen.

»Wenn du über uns Bescheid weißt, wirst du sicherlich
auch wissen, dass wir uns von Verletzungen sehr schnell wieder erholen können«, sagte Marcus in fast beiläufigem Plauderton. »Und bestimmt wirst du auch wissen, dass euer Blut
uns stark macht. Vielleicht ist es dir ja ein Trost, dass dein
Tod nicht umsonst sein wird ...«

Und dann war plötzlich ein Tosen um sie, als würde ein
Tornado durch den Friedhof wirbeln. April hörte einen gur-
gelnden Schrei, der wie von einem Ertrinkenden klang, im
nächsten Moment tauchte ein gütiges Gesicht über ihr auf –

war es Gabriel? – und die Kälte und der Schmerz verebbten.
Sie hatte das Gefühl, von weicher schneeweißer Watte um-
hüllt zu sein, und wünschte sich nichts mehr, als auf diesem
glatten, warmen Stein einzuschlafen und sich von der Dunkelheit für immer verschlucken zu lassen. Aber irgendetwas
hinderte sie daran, presste mit Gewalt Luft in ihre Lungen,
und ihr schossen flüchtig Erinnerungen an eine Zirkusnum-
mer durch den Kopf, bei der ein Mann eine Wärmflasche auf-
geblasen hatte, bis sie zerplatzte. Es tat einen Ruck, und plötzlich fuhr der Schmerz in ihren malträtierten Körper zurück.

»Nein«, flüsterte sie. »Tu das nicht.«

Aber Gabriel lächelte nur, beugte sich über sie und hauchte einen unendlich zärtlichen Kuss auf ihre Lippen. »Ich habe
so lange auf diesen Moment gewartet«, wisperte er. »Wenn du
nicht mehr wärst, würde ich auch nicht mehr auf dieser Welt
sein wollen.«

Tränen strömten ihr übers Gesicht, als sie ihm ihren Mund
entgegenhob und seinen Kuss erwiderte. Sie spürte die Wärme seiner Haut und wurde von dem Verlangen erfüllt, ihn enger an sich zu ziehen, während sie über das, was sie taten, entsetzt und zugleich so unendlich glücklich war, dass sie Angst
hatte, es würde ihr das Herz zerreißen. Sie öffnete die Augen
und sah flauschige weiße Schneeflocken, die auf sie herab-
schwebten und sich kühl auf ihren Wangen und Lidern nie-
derließen, als Gabriel die Lippen für einen Moment von ihren löste und mit erstickter Stimme flüsterte: »Ich liebe dich,
April Dunne.«

Sie lächelte, lachte unter Tränen, legte ihm die gesunde
Hand an die Wange, bedeckte sein Gesicht mit Küssen und
war von einem solchen Glücksgefühl durchdrungen, dass sie
dafür keine Worte gefunden hätte. Es war, als würde sie schweben. Und dann war Gabriel plötzlich verschwunden, und alles um sie herum ging in Lärm, hektischen Bewegungen und

grellen Lichtern unter. Mit einem Mal tauchte ein anderes Gesicht über ihr auf – es war Nicholas Osbourne, Davinas Vater, der Mann, der doch kein Vampir war. Er wirkte aufgebracht, brüllte irgendwelche Befehle in ein Handy und gestikulierte aufgeregt. April drehte benommen den Kopf zur Seite, blickte an ihrem Arm hinunter – und dann schrie sie. Ihre Welt bestand nur noch aus Schnee, Blut, gebrochenen Knochen und Schmerz. Sie hatte Gabriel Swift durch ihren Kuss dem Tode geweiht. Den Jungen, der ihr gesagt hatte, dass er sie liebte.

Einundvierzigstes Kapitel

Caro hatte schon wieder alle Weintrauben aufgegessen. April hätte darüber gelacht, wenn es ihr nicht solche Schmerzen bereitet hätte. Während der Woche, die sie im Krankenhaus gelegen hatte, war Caro jeden Tag nach der Schule zu Besuch gekommen und hatte jedes Mal eine große Tüte mit Obst, Chips und ungesunden Softdrinks mitgeschleppt, die helfen sollten »die Patientin wieder auf den Damm zu bringen«, obwohl die Schwestern wiederholt gesagt hatten, dass April nur das pürierte Krankenhausessen zu sich nehmen durfte – oder besser gesagt *konnte*. »Wäre doch schade, wenn das Zeug verdirbt«, hatte sie sich achselzuckend gerechtfertigt und nach den Käseflips gegriffen. April genoss ihre Besuche sehr und ließ sich von ihrer Freundin gern mit Geschichten aus der Außenwelt ablenken, besonders wenn es um das ging, was nach dem »Winterball-Massaker«, wie Caro es nannte, geschehen war. Zum Beispiel, dass es an der Schule jetzt auch »Aprils Wand« gab, die direkt gegenüber von »Milos Wand« angebracht worden und mit Karten und Briefen übersät war, auf denen ihr genau die Leute von Herzen gute Besserung wünschten, die vor Kurzem noch so hämisch über ihr anstößiges Benehmen auf der Halloweenparty getuschelt hatten.

»Diese Emily aus deinem Philosophiekurs behauptet, ihr wärt beste Freundinnen und würdet zusammen in Urlaub fahren, wenn du wieder auf den Beinen bist. Nach Clacton-on-Sea, glaube ich.«

April kicherte, zuckte aber sofort stöhnend zusammen. Beim Lachen tat ihr nicht nur der Hals weh, sondern auch die Rippen, von denen drei gebrochen waren. Angesichts der Tatsache, dass sie von einem blutrünstigen Höllenmonster angegriffen worden war, fand sie allerdings, dass sie noch glimpflich davongekommen war. Eine Wunde an ihrem Kopf hatte mit achtzehn Stichen genäht werden müssen, ihre Milz war ebenso wie ihr Kehlkopf gequetscht, und ihr linker kleiner Finger gebrochen. Am übelsten hatte es ihren Arm erwischt, der jedoch nicht gebrochen, sondern vollkommen zerfleischt worden war. »Er hat ausgesehen, als wäre ein tollwütiger Rottweiler über ihn hergefallen«, hatte der Chirurg später zu ihr gesagt. Im Moment war die Wunde nur zusammengeheftet und mit einem dicken Verband geschützt, weil noch eine weitere Operation anstand.

Bis auf eine riesige dunkelrote Blutlache, die am Friedhof zurückgeblieben war, fehlte von Marcus jede Spur. Die Polizei ging davon aus, dass es ihm irgendwie gelungen war, das Land zu verlassen. Laut Inspector Reece, der April tags zuvor besucht hatte, wurde wegen der Morde an Alix Graves, Isabelle Davis und William Dunne dringend nach ihm gefahndet. Allerdings vermutete April, dass ihre Aussage alles war, was die Polizei gegen ihn in der Hand hatte.

»An der Schule machen ungefähr fünfzig verschiedene Theorien über Marcus' Verschwinden die Runde«, erzählte Caro, während sie eine Banane schälte. »Darunter Cracksucht, Strahlenverseuchung und ein schwules Eifersuchtsdrama.«

»Letzteres hat wohl Simon in die Welt gesetzt?«, vermutete April.

»Du scheinst ihn nur allzu gut zu kennen.« Caro grinste. »Mich wundert nur, dass niemand die Sache mit« – sie senkte die Stimme – »*Vampiren* in Verbindung bringt, zumal das Ganze doch auf dem Highgate-Friedhof passiert ist. Ich war mir eigentlich sicher, dass die Medien sich wie die Geier auf die Story stürzen würden, aber vielleicht hat Nicholas Osbourne es geschafft, die Sache zu vertuschen.«

April lächelte. Selbst jetzt hielt Caro immer noch an ihrer Verschwörungstheorie fest, obwohl doch zweifelsfrei erwiesen war, dass Davinas Vater weder ein Vampir noch der kaltherzige Unmensch war, für den sie ihn gehalten hatte. Letzten Endes verdankte April ihm sogar ihr Leben. Nachdem Gabriel sie vom Friedhof in den Garten getragen hatte, hatte Davinas Vater mit einem Blick erkannt, dass keine Zeit blieb, auf einen Krankenwagen zu warten, und sie kurzerhand höchstpersönlich in die Notambulanz gefahren, die sich glücklicherweise ganz in der Nähe befand. Wie ihr erzählt worden war, hatte er sich dabei über sämtliche Geschwindigkeitsbegrenzungen hinweggesetzt und war über alle roten Ampeln gefahren. Aber ohne Gabriel hätte sie es niemals geschafft. Hätte er sich nicht geopfert, würde sie jetzt in der Gruft neben ihrem Vater liegen.

Oh Gabriel, was hast du nur getan?, dachte sie nun schon zum ungefähr hundertsten Mal.

Als sie zwei Tage nach dem Kampf auf dem Friedhof wieder zu Bewusstsein gekommen war, hatten die Ärzte ihr berichtet, wie fachgerecht der junge Mann ihre Wunde mit seinem Hemd verbunden hätte. »Er hat wirklich erstaunlich gute Arbeit geleistet«, hatte der Facharzt gesagt. »Ohne seine schnelle Hilfe wären Sie mit Sicherheit verblutet.«

Aber das war nicht alles. Gabriel hatte noch etwas anderes getan – etwas, das so wundervoll und so ungeheuerlich zugleich war, dass April bei dem Gedanken daran jedes Mal schier das Herz stockte. Er hatte sie beatmet. Er hatte seine Lippen auf ihre gelegt und ihr Leben eingehaucht, ohne sich darum zu kümmern, dass er sich dadurch zwangsläufig mit dem Furien-Virus ansteckte und seinen eigenen Tod besiegelte. In den letzten Tagen hatte April immer wieder wach gelegen und darüber nachgedacht, hin- und hergerissen zwischen Wut über seine Dummheit und Erstaunen über diesen unglaublich selbstlosen Akt der Liebe. Und daran, dass es Liebe war, zweifelte sie keinen Augenblick. Gabriel hatte sie nicht einfach nur wiederbelebt, er hatte sie geküsst – hatte sie, die sie halbtot auf dem Friedhof im Schnee gelegen hatte, so innig und leidenschaftlich geküsst, dass sie es in jeder Faser ihres Körpers gespürt hatte. Und dann – der Gedanke daran schmerzte so sehr, dass es ihr beinahe die Luft abschnürte – hatte er ihr gesagt, dass er sie liebte. Er *liebte* sie. Mehr noch: *Wenn sie nicht mehr wäre, wollte auch er nicht mehr auf dieser Welt sein.* Genau das waren seine Worte gewesen. Wann immer er sie in den letzten Tagen besucht hatte, hatte sie versucht, die Sprache darauf zu bringen, aber jedes Mal, wenn sie die Worte, die er zu ihr gesagt hatte, wiederholen wollte, war ihre Kehle wie zugeschnürt gewesen, und sie hatte nur seine Hand halten und flüstern können: »Ich auch nicht ... Ich auch nicht, Gabriel.«

April seufzte und versuchte die Gedanken an Gabriel zu verdrängen. »Und wie geht es den anderen so?«, fragte sie, um das Thema zu wechseln.

»Davina genießt es natürlich wieder mal, im Mittelpunkt zu stehen, weil die Tragödie sich nur wenige Meter von ihrem Zimmer entfernt abgespielt hat und ihr Vater jetzt als gefeierter Held dasteht. Übrigens hatte ich, was die positive PR betrifft, vollkommen recht. Die Aktienkurse von Agropharm sind nach Mr Osbournes Heldentat deutlich gestiegen. Ich will damit nicht andeuten, dass er dich nur wegen der guten Publicity gerettet hat, aber ...«

April grinste. »Du nimmst es ihm immer noch übel, dass er nicht der Regent ist, oder?«

Caro klaubte eine Mandarine aus der Tüte und begann sie

zu schälen. »Ein bisschen vielleicht.« Sie lächelte. »Aber dass er es nicht ist, bedeutet nicht, dass der Regent – wer immer er auch ist – nicht der heimliche Strippenzieher ist, der hinter der Ravenwood School steht. Außerdem wissen wir immer noch nicht, was es mit dieser E-Mail auf sich hat, die Mr Osbourne dem Falken geschickt hat. Ich meine, wofür braucht er die Ravenwood-Schüler?« Als sie Aprils besorgten Gesichtsausdruck bemerkte, entschuldigte sie sich hastig. »Aber darüber musst du dir im Moment nicht den Kopf zerbrechen, Süße. Außerdem haben Gabriel und ich gestern Abend so eine Art Kriegsrat abgehalten, und Big Gabe vermutet, dass die Giftzähne sich jetzt erst einmal still verhalten werden. Im Moment lastet einfach ein zu großer Druck auf ihnen. Und außerdem haben sie bestimmt auch noch jede Menge Weihnachtskäufe zu erledigen – Umhänge, Kerzen, Blutfleckenentferner, solche Dinge eben.«

April kicherte und zuckte erneut vor Schmerz zusammen.

»Wie kommt eigentlich deine Mutter mit allem klar?«, erkundigte Caro sich.

»Das klingt jetzt vielleicht zynisch, aber ich glaube, es war ganz heilsam für sie, dass ihre Tochter auf der Intensivstation gelandet ist«, sagte April. »Jetzt hat sie wieder etwas, worüber sie sich Sorgen machen und aufregen kann. Jedenfalls sieht sie wesentlicher gesünder aus als noch vor ein paar Tagen. Ich habe auch das Gefühl, dass sie und mein Großvater sich im Moment ganz gut vertragen. Die beiden haben angekündigt, sich zu einem ausführlichen Gespräch mit mir zusammensetzen zu wollen, wenn ich mich erholt habe. Ich bin mal gespannt, was dabei herauskommt. Wahrscheinlich, dass ich die Finger von wahnsinnigen Jungs lassen soll.«

»Ach, sieh an … Wenn man vom Teufel spricht«, sagte Caro plötzlich mit einem Grinsen und nickte zur Tür. April drehte den Kopf und sah Gabriel dort stehen. Ihr Herz schlug sofort einen Purzelbaum. Er war in einen dicken Mantel gehüllt und sah erschöpft aus.

»Hallo, Batman«, begrüßte Caro ihn und stand auf. »Jetzt bist du an der Reihe, unsere Patientin aufzuheitern.«

»Hey, meinetwegen musst du nicht gehen«, sagte Gabriel, aber Caro wedelte mit der leeren Tüte. »Meine Vorräte sind alle.« Sie beugte sich zu April hinunter und küsste sie zum Abschied auf die Wange.

Als sie weg war, setzte Gabriel sich auf den Stuhl neben dem Bett, und die beiden lächelten sich verlegen an. April freute sich, dass er gekommen war, aber es schmerzte sie, dass er so schlecht aussah. Es gab so vieles, das sie ihm sagen wollte, aber sie wusste einfach nicht, wie. Sie setzte sich auf, schwang die Beine aus dem Bett und griff nach ihrem Bademantel.

»Wir gehen ein bisschen im Garten spazieren«, gab sie einer Schwester Bescheid, als sie das Zimmer verließen, dann hakte sie sich bei Gabriel unter und ließ sich von ihm zum Aufzug führen, der sie in die Eingangshalle beförderte, in der sie auch an dem Abend gewartet hatte, an dem ihr Vater gestorben war.

Durch den Hintereingang gelangten sie in den Garten, von dem aus man Richtung Norden auf den Waterlow Park blickte und Richtung Süden auf einen Teil des Highgate-Friedhofs. Als April zwischen den kahlen Ästen der Bäume hindurch einen Blick auf das Anwesen der Osbournes erhaschte, schauderte ihr. Gabriel legte ihr fürsorglich seinen Mantel um die Schultern, was mittlerweile fast zu einem Ritual zwischen ihnen geworden war, und dann schlenderten sie einen kleinen Weg entlang.

»Wie geht es dir?«

»Ganz gut eigentlich.« April deutete auf ihren verbundenen Arm. »Die Ärzte sagen, ich würde mich erstaunlich schnell erholen. Nicht so schnell wie du natürlich … Ich meine, nicht so schnell, wie du dich früher erholt hast … Tut mir leid, das war gedankenlos von mir.«

Gabriel lachte. »Hey, mach dir keine Sorgen. Ich bin so weit okay. Vielleicht hört es sich komisch an, aber irgendwie gefällt mir dieser Zustand sogar ganz gut.«

»Wie kannst du so etwas sagen?« April sah ihn traurig an. »Du stirbst.«

Gabriel stieß einen langen Seufzer aus. »Ich war schon seit über hundert Jahren nicht mehr krank. Keine Erkältung, keine Kopfschmerzen, ich hatte höchstens mal einen kleinen Kratzer. Wenn man sich daran gewöhnt, kann einen das ziemlich selbstzufrieden und arrogant machen. Man verliert den Bezug zum echten Leben.«

Sie setzten sich auf eine Bank in der Nähe der Friedhofsmauer, und Gabriel strich gedankenverloren über die kahlen Zweige eines Strauchs.

»Schließlich geht es in der Natur letztlich immer um Vergehen und Neubeginn …«, sagte er leise. »In ein paar Monaten werden die Zweige dieses Strauchs neue Blätter tragen, und in den Beeten werden Blumen blühen. Die Welt befindet sich in einem ständigen Kreislauf, den man nur wahrnimmt, wenn man selbst verletzlich ist. Als sterblicher Mensch schlägt einem trostloses Regenwetter aufs Gemüt, man hat Angst, krank zu werden, und freut sich auf den Frühling. Einem Vampir ist das egal, weil ihm nichts etwas anhaben kann. Es ist merkwürdig, aber ich fühle mich so lebendig wie schon lange nicht mehr, seit ich sterbe. Genauer gesagt … seit ich dich habe.«

»Aber vielleicht musst du ja gar nicht sterben«, sagte April, der sofort wieder Tränen in die Augen stiegen. »Vielleicht gibt es ein Heilmittel.«

Gabriel legte ihr seine kalte Hand an die Wange. »Das gibt es, April.« Er lächelte. »Dich. Du bist das Heilmittel.«

»Ich habe dich doch gerade erst gefunden«, flüsterte April, und eine Träne rollte ihr über die Wange. »Warum muss ich alles, was ich liebe, verlieren?«

Gabriel nahm ihr Gesicht in seine Hände und küsste sie. Seine Lippen waren unendlich weich und warm, und als April sich an ihn schmiegte, spürte sie, dass sein Herz genauso schnell schlug wie ihres. *Fühlte sich so die Liebe an?*, dachte sie, doch dann zog sie sich plötzlich erschrocken zurück und stieß ihn mit ihrem gesunden Arm von sich.

»Gott, was tust du da?«, sagte sie. »Du darfst mich nicht küssen!«

Gabriel lachte. »Und ob ich darf!« Er zog sie wieder an sich und küsste sie von Neuem. »Schließlich kannst du mich nicht zweimal anstecken.«

April war nicht überzeugt. »Aber vielleicht wird es dadurch schlimmer.«

Er sah sie liebevoll an und legte ihr zwei Finger auf die Lippen. »Schsch. Vertrau mir, ich bin Arzt.«

»Du bist *was?*«

Er warf den Kopf in den Nacken und brach in Lachen aus, aber das leise Rasseln, das dabei in seinen Lungen zu hören war, gefiel April ganz und gar nicht. »Vergiss nicht, dass ich über hundert Jahre alt bin«, sagte er. »In der Zeit kann man eine Menge lernen. Mit irgendwas muss man sich ja beschäftigen – jede Nacht auf einer Kirchenorgel zu spielen wird auf Dauer nämlich ein bisschen langweilig.« Er zwinkerte.

April starrte ihn fassungslos an. »Du bist *Arzt?*«

Seltsamerweise fiel es ihr schwerer, das zu glauben, als dass er ein Untoter war.

»Ich habe dir doch erzählt, dass ich noch studiert habe, als ich gewandelt wurde, erinnerst du dich? Danach habe ich von Recht auf Medizin umgesattelt. Da ich regelmäßig Blut brauchte, um zu überleben, schien mir das eine vernünftige Entscheidung. Leider darf ich nicht praktizieren, sondern muss mich damit zufriedengeben, ständig neue Prüfungen abzulegen.«

»Warum das?«

»Weil ich so jung aussehe«, antwortete er. »Ich gehe gerade mal für Anfang zwanzig durch und damit höchstens als Assistenzarzt. Also muss ich alle paar Jahre noch mal ganz von vorn beginnen und mich woanders neu qualifizieren.«

»Aber wenn du ständig Blut siehst, löst das nicht permanent so eine Art Heißhunger in dir aus?«

Gabriel schüttelte den Kopf. »Genau das Gegenteil ist der Fall. Stell dir vor, du bist drogensüchtig und arbeitest in einer Apotheke. Da würdest du dich doch auch nicht die ganze Zeit zudröhnen, oder? So viel Blut zur freien Verfügung zu haben macht es für mich einfacher.«

»Aber gibt es nicht auch andere Möglichkeiten, an Blut zu kommen?«

»Doch, natürlich. Die meisten Vampire haben Blutgeber, die ihnen erlauben, jeden Tag ein bisschen von sich zu trinken.«

»Du nicht?«

»Früher schon«, sagte er, was April einen eifersüchtigen Stich versetzte, obwohl sie wusste, dass es lächerlich war.

»Dann hast du also Zugang zu den Blutbanken?«

Gabriel nickte. »Es ist nicht so, dass ich irgendjemandem etwas wegnehmen würde – es gibt immer einen riesigen Überschuss der Blutgruppe 0.«

»Jetzt verstehe ich auch, warum du meinen Arm so professionell verarztet hast!«

Gabriel nickte wieder. April versuchte, sich daran zu erinnern, was auf dem Friedhof genau passiert war, aber durch ihren Kopf wirbelten nur unzusammenhängende Bruchstücke von Bildern und Eindrücken: das Gefühl zu fallen, Grabsteine, Bäume, Marcus' blutüberströmtes Gesicht …

»Warum hast du es getan, Gabriel?«, fragte sie und sah ihn eindringlich an. »Warum hast du mich gerettet?«

Er strich ihr eine Haarsträhne aus dem Gesicht. »Weil ich dich nicht gehen lassen konnte«, sagte er sanft.

»Aber dafür wirst *du* bald gehen müssen.« Wieder traten ihr Tränen in die Augen. »Das heißt, wir werden so oder so voneinander getrennt.« Es war alles so furchtbar ungerecht – sie hatte ihren Seelenverwandten gefunden, ihn in ihrer grenzenlosen Blindheit immer wieder von sich gestoßen, und jetzt, da er ihr endlich seine Liebe gestanden hatte, würde er ihretwegen sterben müssen.

»Hey, noch bin ich nicht tot.« Gabriel zog sie wieder an sich, um sie zu küssen.

»Ähem ...«, räusperte sich jemand vernehmlich.

April fuhr herum und sah, dass Miss Holden vor ihnen stand.

»Miss Holden ... was ...?« Sie rückte unwillkürlich ein Stück von Gabriel ab. »Was machen Sie denn hier?«

Die Lehrerin zog die Brauen hoch. »Es ist Besuchszeit, April. Die Schwester hat mir gesagt, dass ich Sie hier finden würde.« Sie hob die Tasche hoch, die sie bei sich trug. »Ich habe Ihnen ein paar Bücher mitgebracht, von denen ich glaube, dass Sie Ihnen ein bisschen die Zeit vertreiben werden.«

Hausaufgaben?, dachte April entsetzt. *Hab ich nicht schon genug durchgemacht?*

»Dann geh ich wohl mal besser«, seufzte Gabriel und stand auf.

»Sehr freundlich«, sagte Miss Holden kühl. Gabriel nickte der Lehrerin zu, bückte sich dann aber noch einmal zu April hinunter und küsste sie zum Abschied lange und ausgiebig.

April saß wie betäubt da und sah ihm hinterher, als er sich wieder aufrichtete und dann langsam den Weg zurückschlenderte, den sie gekommen waren.

»Äh ... ja.« Miss Holden räusperte sich noch einmal und trat peinlich berührt von einem Fuß auf den anderen. »Was halten Sie davon, wenn wir eine Tasse Tee trinken? Ich könnte etwas Heißes vertragen.«

In der Krankenhaus-Cafeteria im Erdgeschoss holte die Lehrerin eine Schale heiße Suppe für April und ein Kännchen Tee für sich selbst, und die beiden setzten sich damit an einen abgelegenen Tisch in der Ecke.

April blies auf die dampfende Suppe. »Muss ich wirklich jetzt schon wieder anfangen, etwas für die Schule zu tun?«, fragte sie gequält.

»Sie gehen nicht auf *irgendeine* Schule, April, sondern auf die Ravenwood School«, antwortete Miss Holden streng. »Wenn Sie nicht zu sehr in Rückstand geraten wollen, müssen Sie sich ranhalten. Außerdem dachte ich, dass es Ihnen vielleicht ganz guttun würde, sich ein bisschen von dem abzulenken, was Sie in der letzten Zeit alles durchgemacht haben.«

April zuckte mit den Achseln. »Mir geht es so weit ganz gut«, sagte sie. »Natürlich war das alles ziemlich heftig – erst die neue Schule, dann der Mord an meinem Vater und jetzt auch noch dieser Überfall, aber ...«

»Oh, davon rede ich gar nicht«, unterbrach Miss Holden sie und trank einen Schluck von ihrem Tee. »Ich meinte die Vampire.«

Sie sagte es so leichthin, so ohne jede Dramatik in der Stimme, dass April glaubte, sich verhört zu haben. »Bitte entschuldigen Sie ... *Vampire?*«

»Ja, April.« Miss Holden lächelte. »Ich weiß Bescheid und habe bereits mehrmals versucht, mit Ihnen darüber zu sprechen.« Sie musterte sie mit einer hochgezogenen Braue. »Leider haben Sie mir bis jetzt keine Gelegenheit dazu gegeben.«

April legte fassungslos ihren Löffel hin. Plötzlich hatte sie überhaupt keinen Appetit mehr. »Sie ... Sie wissen Bescheid?«

Miss Holden nickte. »Vielleicht habe ich mich bisher nicht deutlich genug ausgedrückt. Natürlich trage ich als Lehrerin die Verantwortung für das Wohlergehen meiner Schüler, aber in Ihrem Fall geht meine Verantwortung noch sehr viel weiter. Ich weiß, dass Sie vor Kurzem herausgefunden haben, welches Ihr wahrer Platz in der Welt ist, und bin hier, um Ihnen zu helfen.«

April rutschte unbehaglich auf ihrem Stuhl hin und her. Wollte Miss Holden etwa andeuten, sie wusste, dass sie eine Furie war?

»Von welchem Platz in der Welt sprechen Sie?«, fragte sie vorsichtig.

»Sie sind eine Furie, April. Sie tragen das Mal hinter Ihrem Ohr.«

April fuhr sich unwillkürlich ans Ohr, um zu prüfen, ob ihre Haare darüberlagen. »Ich habe keine Ahnung, wovon Sie sprechen.«

Miss Holden nickte ernst und blickte dann auf ihre Tasse. »Ich kann Sie vollkommen verstehen, April. Es widerspricht dem gesunden Menschenverstand und muss Ihnen völlig absurd erscheinen. Sie haben nicht nur entdeckt, dass Vampire tatsächlich existieren, nein, Sie mussten außerdem feststellen, dass Sie mitten unter ihnen leben und sogar mit ihnen auf der Schule sind.«

April wusste nicht, was sie darauf erwidern sollte. Es wäre lächerlich gewesen, alles abzustreiten, aber sie hatte in letzter Zeit gelernt, auf der Hut zu sein. Schließlich kannte sie diese Frau kaum und konnte sich nicht im Mindesten vorstellen, wie die Hilfe aussehen sollte, die sie ihr anbot.

»Tut mir leid, ich verstehe immer noch nicht, wovon Sie sprechen«, wiederholte sie so gelassen wie möglich.

In Miss Holdens Mundwinkel stahl sich ein kleines Lächeln. »Na schön«, sagte sie und sah April wieder an. »Ich nehme an, bis jetzt hat noch niemand wirklich offen mit Ihnen darüber geredet, also werde ich das übernehmen. Ich heiße Annabel Holden und bin eine Wächterin. Ich habe schon, bevor ich sprechen konnte, von der Existenz der Vampire gewusst und bekämpfe sie, seit ich auf eigenen Beinen stehen kann. Die Wächter sind ein Geheimbund, dessen Mitglieder sich der Aufgabe verschrieben haben, Informationen über die Vampirgemeinschaft zu sammeln und alles in ihrer Macht Stehende zu tun, um ihren Aufstieg zu verhindern. Wir gehen dieser Verpflichtung nach, seit der erste Untote seinem Grab entstiegen ist, was nach Ansicht vieler auf vorchristliche Zeiten zurückdatiert. Meine Mutter gehörte diesem Geheimbund genauso an wie mein Großvater – das Wissen wird von Generation zu Generation weitergegeben. Wir Wächter – unter uns gibt es Polizisten, Priester, Akademiker und sogar Politiker – sind auf der ganzen Welt miteinander vernetzt, damit wir zu jeder Zeit Kenntnis darüber haben, an welchen Orten die Vampire aktiv sind, um unsere Leute dorthin entsenden zu können. Das ist auch der Grund, warum ich an der Ravenwood School unterrichte. Anfangs glaubte ich, meine Aufgabe würde darin bestehen, so viele Informationen wie möglich über die Organisation zu sammeln, die hinter Ravenwood steht, und mein Bestes zu geben, um die Schüler zu beschützen, aber wie sich nun herausstellt, bin ich anscheinend hier, um Sie zu trainieren.«

»Mich zu *trainieren*?«

Miss Holden lächelte. »Nicht wie Rocky. Ich werde Ihnen nicht beibringen zu boxen, sondern mein ganzes Wissen über Vampire an sie weitergeben. Wer sie sind, welche Fähigkeiten sie besitzen und welche Ziele sie verfolgen. Darüber hinaus werden Sie aber auch lernen, welche Fähigkeiten *Sie* besitzen. Denn ohne dieses Wissen schweben Sie in großer Gefahr.« Sie musterte April forschend. »Ich möchte Ihnen keine Angst einjagen, April, aber es wäre sinnlos, Ihnen etwas vorzumachen. Hier gehen üble Dinge vor sich, eine Finsternis senkt sich über alles.«

»Eine Finsternis?«

»Drei im Fokus der Öffentlichkeit stehende Morde, gewalttätige Übergriffe, eine gestiegene Rekrutierungsrate. Das alles sagt uns, dass die Vampire auf dem Vormarsch sind. Vielleicht geht es lediglich um einen Machtkampf zwischen den einzelnen Clans, aber die Zunahme der Rekrutierungen an der Ravenwood School lässt vermuten, dass es hier um einen weitaus tiefgreifenderen und finstereren Plan geht.«

»Dann war Marcus gar kein Abtrünniger, der völlig eigenmächtig gehandelt hat?«, fragte April, und eine schreckliche Angst stieg in ihr hoch. Es war schon schwierig genug gewesen zu akzeptieren, dass sie um ein Haar von einem Vampir getötet worden wäre, aber die Vorstellung, dass er womöglich im Auftrag von jemand anderem gehandelt hatte, war kaum zu ertragen.

»Es ist durchaus möglich, dass Marcus lediglich die Beherrschung verloren hat«, sagte Miss Holden behutsam, als sie Aprils erschrockene Miene sah. »Aber wenn er für die Morde an ihrem Vater und an Isabelle verantwortlich ist, gehe ich davon aus, dass er Befehle ausgeführt hat. Es tut mir leid, April. Ich hätte damit rechnen müssen, dass Marcus so etwas tun würde, nachdem Benjamin Sie ins Visier genommen hatte.«

»Ich wurde ins Visier genommen?«

»Ja. Genauso wie diverse andere Leute aus Ihrem nächsten Umfeld – ist Ihnen das denn nicht aufgefallen?«

April blickte auf ihre Hände hinunter. Sie fühlte sich unendlich schuldig, so viele Menschen, die ihr etwas bedeuteten, in diesen Albtraum mit hineingezogen zu haben.

»Ich kann nur vermuten, dass Marcus sich von Ihnen bedroht gefühlt hat, als ihm klar wurde, wie anziehend Sie auf

Benjamin, Davina und die anderen Vampire wirkten. Er spürte die Anziehungskraft, die von Ihnen ausging, ebenfalls, und ich vermute, dass er es nicht ertrug, dagegen so machtlos zu sein. Wahrscheinlich hat das schließlich dazu geführt, dass er die Kontrolle verlor. Nachdem er Sie in der Mädchentoilette der Schule angegriffen hatte, hat Mr Sheldon ihn selbstverständlich zur Rechenschaft gezogen, und ich war der Meinung, das würde reichen, um ihn ruhigzustellen. Aber ich habe mich geirrt.«

»Aber ich verstehe nicht... Von welcher Anziehungskraft reden Sie?«

»Sie sind eine Furie, April. Ob es Ihnen nun gefällt oder nicht, Tatsache ist, dass Sie das natürliche Gegengewicht zu den Vampiren darstellen. Sie ziehen Vampire an wie das Licht Motten. Ihr ganzes Sein ist darauf ausgerichtet, sie anzulocken: Ihr Äußeres, der Klang Ihrer Stimme, ja, selbst Ihr Körpergeruch. Es muss Ihnen doch aufgefallen sein, dass die Schüler an der Ravenwood recht ungewöhnlich auf Sie reagiert haben?«

April bekam eine Gänsehaut. Natürlich war ihr das nicht entgangen, doch sie hatte angenommen, es läge daran, dass sie als neue Schülerin für die anderen interessant gewesen war. Aber als sie jetzt darüber nachdachte, musste sie zugeben, dass das einiges erklären würde: zum Beispiel, warum Milo Asprey sie geküsst und Davina um ihre Freundschaft gebuhlt hatte. Bedeutete das, dass es wirklich wahr war? War sie wirklich anders als alle anderen? Sie *wollte* nicht anders sein.

Miss Holden sah sie an. »Sie sagen ja kaum etwas.«

April schüttelte den Kopf. Sie zögerte immer noch, sich der Lehrerin zu öffnen und ihr zu sagen, wie wütend es sie machte, ungefragt in diese Rolle gepresst worden zu sein und ihre Freunde und ihre Familie dadurch in Lebensgefahr zu bringen. »Ehrlich gesagt, fällt es mir schwer, über das, was Sie mir sagen, begeistert zu sein. Mein Vater ist umgebracht worden, ich wurde von einem Wahnsinnigen attackiert und … ich weiß nicht … mir geht im Moment einfach sehr viel im Kopf herum.«

»Sprechen Sie von Gabriel?«, fragte Miss Holden.

April sah ihre Lehrerin an und stellte fest, dass sie verständnisvoll lächelte.

»Ich glaube nicht, dass er sich zu Ihnen hingezogen fühlt, weil Sie eine Furie sind«, sagte Miss Holden. »Ich denke, es gibt dafür eine sehr viel einfachere Erklärung.«

Als April keinen Ton hervorbrachte, legte Miss Holden ihr sanft eine Hand auf den Arm. »Ich weiß, was er für Sie getan hat, April. Es war eine wundervolle, eine vollkommen selbstlose Tat, ganz gleich, wer oder was er ist. Und vielleicht hilft es Ihnen, wenn ich Ihnen sage, dass Gabriel Swift sich meines Wissens nie wieder für eine andere Frau interessiert hat, seit er Lily verloren hat.«

»Sie wissen von Lily?«, staunte April.

»Ich kenne die ganze Geschichte, April. Als Wächterin ist es meine Aufgabe, stets zu wissen, wo die einzelnen Vampire sich aufhalten und was sie tun. Sehen Sie sich bitte trotzdem vor. Er hat Ihnen zwar das Leben gerettet, aber er ist und bleibt ein Vampir.«

April traten erneut die Tränen in die Augen, und sie senkte den Kopf. »Nicht mehr lange«, sagte sie leise.

Miss Holden stellte ihre Tasche auf den Tisch und holte ein Buch heraus. »Ich muss leider wieder in die Schule zurück, aber ich lasse Ihnen das hier da.«

Sie schob ihr ein in Leinen gebundenes, altertümlich aussehendes Buch zu, wie es sie in Mr Gills Buchhandlung zu Tausenden gab. Auf dem Rücken stand in verblasster Schrift der Titel *Magie und Ritual*.

»Darin werden Sie viele Antworten auf Ihre Fragen finden«, sagte sie. »Es ist eine Art Handbuch für mythische Wesen aus dem Jahr 1840. Sie können so ziemlich alles, was darin steht, für bare Münze nehmen.« Sie tippte kurz auf ein leuchtend pinkfarbenes Post-it, das zwischen den Seiten steckte. »Das sechste Kapitel wird Sie vielleicht ganz besonders interessieren, deswegen habe ich Ihnen die Stelle markiert, obwohl ich Ihnen das als Wächterin eigentlich nicht sagen dürfte. Nehmen Sie es als Zeichen meines guten Willens.«

April sah sie fragend an, aber Miss Holden lächelte nur.

»Sie werden es dann schon verstehen«, sagte sie und stand auf. »Ach ja, ich habe Ihnen auf dem Post-it meine Nummer notiert. Rufen Sie mich an, wenn Sie sich dem Ganzen etwas besser gewachsen fühlen, dann können wir unsere Unterhaltung fortsetzen. Meine Tür steht Ihnen natürlich jederzeit offen«, fügte sie mit einem kleinen Lächeln hinzu.

April war mittlerweile ebenfalls aufgestanden und begleitete Miss Holden in die Eingangshalle. Vor dem Aufzug blieb sie stehen. »Was passiert, wenn ich wieder in die Schule komme?«, fragte sie.

»Alles wird wie gewohnt weitergehen. Ich bin Ihre Lehrerin und Sie nichts weiter als eine Schülerin unter vielen.«

»Aber ich kann doch nicht einfach so tun, als ob nichts geschehen wäre!«

Miss Holden sah sie ernst an. »Das *müssen* Sie aber, April, weil Ihr Leben davon abhängt, genauso wie das der Menschen in Ihrem Umfeld.«

April wollte etwas entgegnen, doch ihre Lehrerin hob eine Hand.

»Ich weiß, dass Ihnen das nicht gefällt, und ich habe absolutes Verständnis dafür, aber bitte machen Sie sich bewusst, dass die Vampire Sie genau im Auge behalten werden – ein paar von ihnen haben inzwischen sicher herausgefunden, dass sich mitten unter ihnen eine Furie befindet. Wir müssen sie unbedingt aufhalten, bevor sie dahinterkommen, dass es sich dabei um Sie handelt. Glauben Sie mir, es ist das Beste, wenn Sie weiter zur Schule gehen, ihr Vertrauen gewinnen und versuchen, sie vom Inneren des Kreises heraus zu bekämpfen. Die Überlegungen, die Ihre Freundin Caro in dieser Sache anstellt, scheinen mir sehr vielversprechend zu sein. Nur werden wir von nun an gemeinsam kämpfen.«

April nickte. Sie war sich nicht sicher, ob sie wirklich alles begriffen hatte, was Miss Holden ihr erzählt hatte, aber sie glaubte ihr sofort, wenn sie sagte, dass sie in Gefahr war.

»Heißt das, dass ich jetzt in Geschichte eine Eins bekomme?«, fragte sie.

»Nein, April, das heißt es nicht«, sagte die Lehrerin, als sie sich zum Gehen wandte. Aber April sah, dass sie lächelte.

Nachdem sie in ihr Zimmer zurückgekehrt war, hängte sie Gabriels Mantel sorgfältig über den Stuhl, kletterte ächzend ins Bett und schlug das Buch auf. Das sechste Kapitel trug den Titel *Mesopotamische Alchemie: Solve et Coagula*.

Was ist das? Französisch? Latein?, fragte sie sich und fing schließlich an zu lesen.

Die großen persischen Alchemisten waren Männer von Allweisheit und ungeheurem Ehrgeiz. Von den Myriaden an Begierden, die sie antrieben, waren es ganz besonders drei Fertigkeiten, die sie zu beherrschen suchten: die Umwandlung unedler Metalle in Gold, die Erschaffung eines Allheilmittels, welches alle Krankheiten und Seuchen kurieren konnte, und die Entdeckung von Alkahest, einem universellen Lösungsmittel, das jede Substanz, selbst die härtesten Steine, aufzulösen vermochte. Die ältesten und verschwiegensten aller Alchemisten waren die Hermetischen Gelehrten, deren Furcht erregende Experimente, in denen sie all ihr Wissen über Magie und Häresie vereinten, nur dem ei-

nen Ziel dienten: der Suche nach Unsterblichkeit. Vielfach wird in Forscherkreisen angenommen, der muslimische Arzt Muhammad Ibn Zakariya al-Razi oder Rhazes habe im neunten Jahrhundert mit seiner Suche tatsächlich Erfolg gehabt und dabei unbeabsichtigterweise die Rasse der Vampire erschaffen, wohingegen eine andere, nicht minder angesehene Schule von Gelehrten der Auffassung ist, die Alchemisten hätten im Gegenteil nach einem Heilmittel gegen das Vampir-Leiden gesucht. Es ist wie bei der alten Frage, was zuerst da war: das Huhn oder das Ei? Unbestritten ist jedoch, dass viele Alchemisten Anfang des sechzehnten Jahrhunderts, als das Aufkommen der Chemie und der Biologie zunehmend das philosophische Denken beeinflusste, gezwungen waren, sich für eine der beiden Seiten zu entscheiden oder unterzutauchen. So auch die Sekte der Wächter, direkte Nachfahren des Alchemisten Rhazes, die gelobten, ihr unermessliches Wissen ganz in den Dienst der Bekämpfung von Vampiren und Lykanthropen – also Werwölfen – zu stellen. Darüber hinaus gelobten sie, die Furien zu beschützen, einen kleinen Kreis auserwählter Menschen mit der angeborenen Fähigkeit, Vampire zu vernichten. Des Weiteren sollen die Wächter, denen nachgesagt wird, dass sie über umfangreiches magisches Wissen verfügen, ein Gegenmittel gefunden haben, das den Furien-Virus unwirksam macht. Über dieses als Drachenhauch bezeichnete Elixier ist allerdings nur wenig bekannt, außer dass es das Wurzelextrakt des Marschdornbaums und Blätter der Spirulapflanze enthalten soll, die nur in sehr wenigen alten englischen Wäldern vorkommen. Seine genaue Rezeptur soll der Überlieferung nach in dem lateinischen Traktat »Liber Albus« verborgen sein, einem der vielen mit dem Aufkommen des Materialismus verloren gegangenen Zauberbücher.

⊫ 602 ⊨

»Was liest du da?«

April blickte auf und sah Gabriel am Fußende ihres Betts stehen.

»Gabriel!« Wie der Blitz war sie bei ihm und schlang ihm etwas unbeholfen ihren gesunden Arm um den Hals.

»Hey, hey, nicht so stürmisch«, lachte er, drückte sie an sich und half ihr dann wieder ins Bett zurück.

»Ich freu mich nur so, dass du noch mal gekommen bist.«

Er zuckte verlegen mit den Achseln. »Wegen meines Mantels. Ich friere plötzlich noch mehr als früher.«

April warf ein Kissen nach ihm. »Und ich dachte, du hättest Sehnsucht nach mir gehabt.«

Er lächelte. »Das auch.«

»Setz dich! Ich habe unglaubliche Neuigkeiten!« Aufgeregt erzählte sie ihm, was sie von Miss Holden erfahren hatte, und zeigte ihm dann das Buch. Als sie fertig war, nickte Gabriel nur nachdenklich.

»Was ist los?«, fragte April. »Freust du dich denn gar nicht?«

»Natürlich freue ich mich. Jetzt, wo ich dich gefunden habe, will ich noch so lange wie möglich auf dieser Erde bleiben.« Er lächelte sie an. »Es gibt da nur einen Haken.«

»Welchen Haken?«

»Dieser Trank – vorausgesetzt, wir würden alle Zutaten dafür finden – kann vielleicht den Furien-Virus bekämpfen, aber er wird mich nicht heilen. Ich würde ein Vampir bleiben.«

»Aber du würdest leben!«, rief April. »Und wo Leben ist, ist Hoffnung, Gabriel. Wir könnten die Suche nach dem Vampir-Regenten gemeinsam fortsetzen, aber dafür musst du erst einmal wieder ganz gesund werden. Bitte, Gabriel«, flehte sie ihn unter Tränen an. »Ich habe dich doch gerade erst gefunden ... Verlass mich nicht schon wieder.«

Gabriel zog sie in seine Arme und drückte sie fest an sich. »Ich will dich nicht verlassen. Aber ich habe mich während der letzten Woche so unglaublich lebendig gefühlt, so verbunden mit der Welt und mit dir, dass ich dieses Gefühl nur ungern wieder verlieren würde. Trotzdem hast du natürlich recht. Wir werden uns auf die Suche nach diesem Buch machen, wo auch immer es sein mag. Und wir werden uns auch auf die Suche nach dem Regenten und demjenigen machen, der den Mord an deinem Vater in Auftrag gegeben hat. Einverstanden?«

April sah mit feucht schimmernden Augen zu ihm auf. »Einverstanden.«

Er drückte sie zärtlich in die Kissen zurück und küsste ihr die Tränen von den Wangen. »Es gibt da übrigens auch noch ein paar andere Dinge, die ich gerne machen würde.«

April kicherte und wollte ihn an sich ziehen, aber er löste sich sanft von ihr und stand auf.

»Hey, wo willst du hin?«, protestierte sie.

Gabriel ging zum Fenster und ließ die Jalousien herunter, dann schloss er die Tür ab.

»Na ja, bis wir ein Heilmittel für mich finden, wird wohl noch einige Zeit vergehen«, sagte er grinsend, während er zum Bett zurückkam, »und ich finde, wir sollten diese Zeit so gut wie möglich nutzen, meinst du nicht?«

Danksagung

Ich danke Dr. Jim Muir, sein unermessliches Expertenwissen über Psychiatrie, Psychologie, Psychoanalyse und die dunkle Seite des Menschen und anderer Wesen mit mir geteilt zu haben. Ein Hoch auf Danno für den Titel (obwohl du dich bestimmt nicht mehr daran erinnerst, ihn genannt zu haben), auf Diggo für das Brainstorming und das Promo-Video (www.thesourcecreative.com) und Will und Far für den transglobalen Bücherclub. Innigsten Dank Tom, der mich immer wieder dazu angetrieben hat, weiterzuschreiben, und dafür in Kauf nahm, als Nervensäge beschimpft zu werden, und Bowie für seine Inspiration (sieben Bücher – Tendenz steigend!) und seinen Ansporn. Und natürlich Horse und Philip für unvergessliche Kreativsitzungen im Bodean's.

Ein Riesendankeschön auch an Sheila Crowley und Eugenie Furniss für ihr Vertrauen, ihre Zuversicht und die Zimtschnecken, sowie an Gillian Redfearn für ihren Weitblick, ihre redaktionelle Erfahrung und für alle mit milder Strenge geäußerten »Anregungen«. Des Weiteren danke ich dem Gollancz-Design-Team für sein Können und seine Geduld und Lucy Fleming Brown, dass sie *By Midnight* als Allererste gelesen hat, und für ihr unschätzbares Feedback.

Aber vor allem möchte ich Linda Butt danken, für ihre Großzügigkeit, ihre Liebenswürdigkeit und dass sie geduldig stundenlang in Zügen ausharrte, Puppen machte und Cinderella spielte. Ohne ihre unermüdliche Unterstützung hätte dieses Buch nie angefangen, geschweige denn zu Ende gebracht.

Wird die Liebe endlich siegen?

416 Seiten
ISBN 978-3-442-20380-2

»Wenn Sie die ewige, unsterbliche Liebe erleben wollen,
dann lesen Sie die geniale Romantic-Mystery-Reihe ›Evermore‹.«
denglers-buchkritik.de

Die SPIEGEL-Bestsellerserie Evermore bei Page & Turner:

Die Unsterblichen	978-3-442-20360-4
Der blaue Mond	978-3-442-20361-1
Das Schattenland	978-3-442-20377-2
Das dunkle Feuer	978-3-442-20378-9
Der Stern der Nacht	978-3-442-20379-6
Für immer und ewig	978-3-442-20380-2

Überall, wo es Bücher gibt und unter www.pageundturner-verlag.de

Sie ist stark, sie ist kämpferisch, nur sie kann die Welt retten

Roman, 416 Seiten,
Deutsch von Inge Wehrmann,
ISBN 978-3-442-20394-9

»Phänomenal! Die perfekte Mischung aus Humor, romantischer Liebe und Action.«
YA Addict

Überall, wo es Bücher gibt, und unter www.pageundturner-verlag.de

Um die ganze Welt der
Romantischen Mystery & Fantasy
bei GOLDMANN kennenzulernen,
besuchen Sie uns doch im *Internet* unter:

www.goldmann-verlag.de

Dort können Sie
   nach weiteren interessanten Büchern *stöbern*,
   Näheres über unsere *Autoren* erfahren,
   in *Leseproben* blättern, alle *Termine* zu Lesungen und
   Events finden und den *Newsletter* mit interessanten
   Neuigkeiten, Gewinnspielen etc. abonnieren.

Ein *Gesamtverzeichnis* aller Goldmann Bücher finden
Sie dort ebenfalls.

Sehen Sie sich auch unsere *Videos* auf YouTube an und
werden Sie ein *Facebook*-Fan des Goldmann Verlags!

www.goldmann-verlag.de
www.facebook.com/goldmannverlag